Finnegans likvaka

Andra intressanta böcker, utgivna av Aleph Bokförlag:

JAMES JOYCE

FINNEGANS LIKVAKA

Finnegans Wake
motsvariggjord på svenska av

BERTIL FALK

Finnegans likvaka av Bertil Falk (född 1933) originalpubliceras här. En förkortad version av »Språket som en likvaka» publicerades i Kontrast Magasin nr 2/2021. *Finnegans likvaka* är Bertil Falks version av *Finnegans Wake* (1939) författad av James Joyce (1882–1941). Fotot på titelsidan föreställer James Joyce. Fotot på Bertil Falk på omslagets baksida är taget av Kristina Waldén.

Bilden på omslagets framsida och på sid. 6
är en teckning av konstnärinnan
Iris Brinkborg

Omslaget är formgivet av Nicolas Krizan.

Inlagan formgiven av Rickard Berghorn. Första upplagan (häftad).
Tryckt och distribuerad av Ingram Content Group
LLC i La Vergne, TN, USA 2021.

ISBN 978-91-87619-56-4

Innehåll

Sagt om Finnegans Wake

»Med bästa vilja i världen kan jag inte läsa ditt verk ... Det vaga stöd du fått från vissa franska och amerikanska kritiker anser jag handla om ren snobbism. Vad är det för mening med allt detta fyllesnack?» *– Stanislaus Joyce*

»Vi har romaner som storartat ger oss en värld i tre dimensioner: här är en berättelse som ger oss en ny dimension.» *– Padraic Colum*

»Jag har verkligen ansträngt mig för att förstå denna text, men jag har misslyckats totalt. Den är nästan omöjlig att dechiffrera, och när en eller två begripliga rader dyker upp likt telefonstolpar över en översvämning, så motverkas de genast av andra stolpar som löper i den motsatta riktningen ...» *– Harald Nicolson*

»Jag ska göra ett nytt försök med denna text, men hittills ser jag ingen mening alls i den. Ingenting som jag kan komma på, ingenting i stil med gudomlig inspiration eller en ny kur för gonorré, som skulle kunna vara värd all denna kringgående periferisering.» *– Ezra Pound*

»Författaren tycks göra något som inte har något samband med läsningen av ett skönlitterärt verk, inget sammanhängande är resultatet av alla dessa ord; det är ett spel som bara mr Joyce kan spela, för bara han kan reglerna, om det finns några. Han tar ett ord och vänder och vrider på det och jagar det upp och ner genom vartenda språk han känner till – engelska, franska, tyska, gaeliska, latin, grekiska, holländska, sanskrit, esperanto.» *– Anonym, Irish Times, 3 juni 1939*

»*Finnegans Wake* handlar om vemsomhelst, varsomhelst, närsomhelst.» *– William York Tindall*

»Man kan tänka sig att mr Joyce har använt sin storartade begåvning för att medvetet visa hur språket i ett schizofrent sinne ser ut. Han ensam kan förklara boken och jag antar att han ensam kan recensera den.» *– Anonym, Guardian, 12 maj 1939*

»Enligt min mening är *Finnegans Wake* det största spratten i litteraturhistorien. Det är som om man målade ett rött streck på en blå bakgrund, ramade in det och hängde upp det i ett galleri på Louvren. Konstkännare träder in i galleriet och med rynkade ögonbryn lutar de sina huvuden bakåt och stirrar på målningen några minuter i taget. ›Oh, javisst, jag ser vad han försöker säga med det röda strecket.› Vad beträffar *Finnegans Wake* kan kritikerna inte ens komma överens om den centrala uppsättningen karaktärer eller om en intrig. Boken är rappakalja. Bokstavligen.» *– Robert Bruce*

»Den olycksaliga *Finnegans Wake* är ingenting annat än en formlös och långtråkig klump av falska folksägner, en kall pudding till bok, en envis snarkning i rummet intill, ytterst irriterande för den sömnlöse! Mig nämligen. Dessutom har jag alltid avskytt hembygdslitteratur fylld med gamla original och imiterade dialekter. *Finnegans Wakes* utanverk döljer ett mycket konventionellt och trist hyreshus och det är bara enstaka inslag av himmelska tonfall som hindrar den från att vara fullkomligt banal. Jag vet att jag kommer att bli exkommunicerad för detta uttalande.» *– Vladimir Nabokov*

»En av de mest underhållande böcker som någonsin skrivits.» *– Anthony Burgess*

»Att dess språk var svårt och dess struktur komplext erkändes oförbehållsamt av alla som verkligen försökte läsa texten. Ändå belönades uppriktiga försök att förstå dess innebörd så generöst att en del läsare fortsatte att kämpa med den omöjliga uppgiften att komma fram till fullständig förståelse.» *– Joseph Campbell*

»Som med allting annat som har med Joyce att göra, så fortsätter man att läsa om man hittar något som man uppskattar. Gör man inte det, så förblir texten en kuriositet, en av de där stora olästa dammsamlarna i ett bibliotek.» *– David Price*

»Jag tror inte att värdet hos detta mästerverk – för det är ett mästerverk – kan utvinnas genom målmedvetna fälttåg i syfte att lägga ett puzzle. Tvärtom.»
– Philip Kitcher

»Om modernismen i litteraturen kan definieras som det orepresenterbaras realism, så visar sig *Vakan* vara ett belägg för realismens omöjlighet och för hjälpmedlens otillräcklighet att fånga, förmedla eller ens korrekt antyda drömmarnas omätbara surrealitet.» *– Michael Chabon*

»För en del läsare kommer *Vakan* alltid att fungera som en kraftfull beskrivning av modernismens urartning till fikonspråk. Faktum är att *Vakan* mångdubblar innebörden istället för att omintetgöra meningen. Tolerans inför mångfaldigandet, för att inte säga glädje inför detta mångfaldigande, är avgörande.» *– Leon Platt*

»Ingen ska klaga över att denna bok inte är skriven på engelska. Den är inte alls skriven. Den ska inte läsas. Den ska betraktas och avlyssnas. Hans text handlar inte om någonting. Den är detta någonting i sig självt.» *– Samuel Beckett*

»När jag skrev om natten kände jag på mig att jag inte gärna kunde använda orden i deras normala sammanhang. På det sättet uttrycker de inte hur saker och ting är på natten, i olika stadier – först medvetna, sedan halvt medvetna, därefter omedvetna. Jag fann att det inte kunde göras med ord i deras vanliga relationer och förbindelser. När morgonen kommer klarnar naturligtvis allting igen. Då ger jag dem tillbaka det engelska språket. Jag förstör det inte för alltid.» *– James Joyce*

»Det kolossalaste skämtet i världslitteraturen.» *– Oliver Gogarty*

»*Finnegans Wake* kan inte översättas. Den kan bara göras på nytt, och med mer eller mindre god tonträff blir det som Baudelaire kallar återdikt. Det är den frihet jag har haft. Begränsningarna har varit många. Men möjligheter har också erbjudits att med öppenhet läsa sig in i det skrivna.» *– Mario Grut*

»Att läsa *Finnegans Wake* är mer än en fråga om att samla ihop sina favoritcitat – även om det innebär en stor njutning, särskilt om man beundrar verkligt hemska skämt.» *– Michael Wood*

»Att läsa en sida på måfå i *Finnegans Wake* är som att försöka läsa när man är berusad.» *– Jason Novak*

»Kanske bör man inte se den som ett budskap från författare till läsare utan mera som en upptäcktsresa James Joyce gör i sin egen föreställningsvärld, sitt eget sinne.» *– Jean Bolinder*

»Vilken läsare som helst av *Finnegans Wake*, som tar sig den fysiska och andliga tid som krävs för att verkligen tränga in i dess djup, är en person som vår kultur bör värdera högt, för det står allt tydligare att *Finnegans Wake* är en av århundradets storartade skapelser vad beträffar europeisk kultur och det mänskliga sinnet.» *– Karl Reisman*

»*Finnegans Wake* är inte och ska aldrig bli begriplig för någon, möjligen med undantag för Gud. Möjligen.» *– Darragh McManus*

»Det är tufft om du bara försöker läsa den. Det är ännu tuffare om du är inriktad på att förstå den. Jag bestämde mig för att lära mig den utantill eftersom jag inte alls bestämt mig för att förstå den.» *– Neal Kosaly-Meyer*

»Romanen är till för att Joyce ska läsa publiken, istället för att publiken ska läsa författaren.» *– Rickard Berghorn*

»628 sidor av överspänt pladder, som de flesta inte skulle kunna skilja från den välbekanta ordsörja som strömmar från schizofrena patienter på sinnessjukhusens undangömda avdelningar.» *– Hervey Cleckley*

»Det krav jag ställer på mina läsare är att han ska ägna hela sitt liv åt att läsa mitt verk.» *– James Joyce*

»Vem i helvete är denne Joyce som kräver så många vakna timmar av de få tusen vakna timmar jag fortfarande har kvar att leva, för att man riktigt ska kunna uppskatta hans nycker och griller och infall i framställningen?» *– H. G. Wells*

Förord av Bertil Falk

Språket som en likvaka

Finnegans Wake (1939) av James Joyce har i forskarvärlden uppfattats som en enorm mångdubbel rebus varur ett sammanhang kan lösgöras från kökkenmöddingen av ord, hopskrapade från allsköns språk (inte minst danska, norska och svenska). Alltsammans blandat med en grammatikalisk orgie av uteblivna innebördsmarkerande ord och förblandade ordklasser och dubblerade satsdelar, förvrängda och mångtydiga ordbildningar, märkliga ordsammanställningar och egendomliga ordföljder, nonsensord, satser som hänger i luften, ofullbordade meningar. Likt adjektiv komparerar Joyce substantiv som egentligen inte kan kompareras (typ: brud brudare brudast). Med mera. Mycket mera! Exempelvis alliterationer och assonanser.

Ett ord i *Finnegans Wake* kan ibland tolkas som både subjekt och predikat eller objekt eller adjektiv, och kan syfta såväl på det föregående som på det efterkommande, en den grammatikaliska grumlighetens tradition som går tillbaka till Herakleitos. Intransitiva verb används transitivt (typ: Jag somnar huset). Påståendesatser avslutas med frågetecken och vice versa. Det handlar om obegripligheter som har mångdubbla innebörder eller flerdubbla meningslösheter.

Hur intrikat *Finnegans Wake* är visar professor Jean-Michel Rabaté när han konstaterar att »Where maggot Harvey kneeled till bags» visserligen ser ut som engelska men låter som danska: »Hvor meget har vi knibet tillbage?»

James Joyce tycks själv ha varit inställd på att litteraturforskarna ska ägna tid och liv åt att bena ut berättelsen om Finnegan som vaknar upp under sin egen likvaka. Joyce har nämligen förutsagt att det tar 300 år för forskarna att förstå boken.

Det brukar också framhävas att *Finnegans Wake* är en humoristisk bok, fast det är troligen mycket individuellt. Joyce kunde inte sällan höras skratta högt när han fick till ett stycke av sitt verk. Förvisso är skrönan uppbyggd med ordlekar och en sorts vitsar som viktiga komponenter. Och visst finns det partier som både är fyndiga, roliga och oöversättliga.

Man kan lika svepande påstå att det är en urtråkig bok. Många som försökt läsa den har inte haft det minsta svårt att hålla sig för skratt. Och med tanke på alla de som tar boken på fullaste allvar kan man med visst fog hävda att *FW* är en gravallvarlig historia.

Finnegans Wake finns inläst på engelska och tar 35 timmar att avlyssna. Slutet på kapitlet om Anna Livia Plurabelle finns dessutom i en inspelning från 1929 där Joyce själv läser avsnittet på sjungande irländsk dialekt. Inläsningen finns att avhöras i flera versioner på Youtube och kan hittas genom en enkel sökning.

JOYCE OCH FORSKAREN

Det sägs att textens innehåll har kartlagts och analyserats in i minsta detalj, men när man tar del av dessa kartläggningar i den ständigt växande litteraturen med analyser av texten, så visar det sig ganska snart att det handlar om mängder av kansken och tänkbara innebörder. Rikligt förekommande påståenden är att Joyce förmodligen avsåg hittan och möjligen menade han drattan. Det pågår helt enkelt något som liknar en akademisk gissningstävlan bland uttolkarna av denna litterära urkund. Likvakestudier delar med nationalekonomin och filosofin egenskapen att inte vara någon exakt vetenskap.

I samband med redigeringen av denna utgåva har utgivaren Rickard Berghorn kommit med en synpunkt som jag inte sett någon annan iakttagare göra. Jag citerar:

> Jag undrar om *Finnegans Wake* egentligen inte är ett slags inverterad roman. Skriven för att driva med, retas med och förvirra läsarna. Romanen är till för att Joyce ska läsa publiken, istället för att publiken ska läsa författaren. Han dirigerar reaktionerna från intellektuella navelskådare, kultursnobbar och den förbryllade Average Joe, och det är det intressanta med *Finnegans Wake.*

Ibland är det uppenbart att tolkningarna är långsökta eller käpprätta, vilket *Finnegans Wake* i och för sig också är, så det spelar egentligen ingen roll. Ibland direkt felaktiga eftersom en och annan tolkning bygger på verbala fenomen och händelser som inträffat efter verkets publicering och alltså inte alls kan vara vad Joyce tänkt sig. Såvida Joyce nu inte var så framsynt att han räknade med att texten skulle förvandlas i takt med den litterära obduktionen av Finnegans lik. *FW*-forskarna försöker att analysera kedjor av egendomliga ord, men det räcker med att en enda tolkning är fel för attt den svaga länken ska få hela resonemang att rasa ihop.

Vanliga läsare har inte tid att lägga ned sådan möda som t.ex. Philip Kitcher ägnat åt *FW*. Han höll på i åratal innan han under en flygtur fick en lidnersk knäpp och tyckte sig begripa det han läste. Och då får man komma ihåg att Kitcher till yrket är akademiker och filosof med arbetstid till sitt förfogande.

MÄSTERVERK ELLER RAPPAKALJA?

Ska man ta *Finnegans Wake* på allvar eller med en klackspark? Det går inte att komma ifrån att idoga forskare har funnit en mening i livet med att ägna tid och kraft åt att försöka förstå denna text, som pionjären Joseph Campbell med *A Skeleton Key to Finnegans Wake* (1944) och en senare forskare som Philip Kitcher med *Joyce's Kaleidoscope* (2007).

Philip Kitcher, min favorit bland *Wake*-forskarna, anser att *Finnegans Wake* är ett mästerverk. Det vill jag inte hålla med om. Det är egentligen en ganska tradig bok om man inte har en mycket speciell läggning. Andra har fastslagit att *Finnegans Wake* är raka motsatsen till mästerverk: rappakalja! Inte heller det vill jag hålla med om.

Det finns en gyllene medelväg, och det är att betrakta *Finnegans Wake* som ett spännande språkexperiment, och som sådant en kraftansträngning och en prestation av sällan skådat omfång. Joyce lade ner hela sin kraft på att genomföra sitt projekt, tillämpad lingvistisk grundforskning om språkets möjligheter och omöjligheter. Joyce genomförde sitt projekt med beundransvärd uthållighet. Resultatet av detta grovarbete är intressant och lärorikt, men mästerligt eller smörja?

Nja.

Man ska nog inte ikläda sig fanatikerns roll och överdriva verkets betydelse, men inte heller som skeptikerna avfärda detta monumentala verk som enbart gallimattias.

Det går inte heller att komma ifrån att den anspänning som Joyce lade i dagen har fått effekter i tillvaron. Att döpa nya fenomen genom att knycka ord ur denna mångfärgade röra förekommer. Känt exempel: kvark, benämning på en elementarpartikel, stulet från ordalydelsen »three quarks for Muster Mark» i *Finnegans Wake*. (De båda breda sunden mellan Sverige och Finland hette Kvarken redan innan Joyce lanserade begreppet. Vem vet. Han kanske knyckte ordet från svenskan. Han använde ju alla tänkbara och otänkbara språk i sitt verk).

Men det går inte att komma ifrån att ingen hade tagit *Finnegans Wake* på allvar, ifall inte James Joyce redan hade varit en prisad författare. Hade en okänd person skrivit boken hade den nonchalerats – om den ens hittat en förläggare. Nu var på sin tid kulturmaffian, inklusive Joyces vänner, delad i två läger, men i det långa loppet »förlorade» det negativa lägret och i dag vilar det ett akademiskt kultskimmer över *FW*.

ANADE HANDLINGSTRÅDAR

När jag tar del av Kitchers äreräddning av *FW* kan jag inte komma ifrån att resultatet ändå blir associationer åt alla håll och kanter, och så spretiga i tid och rum att man omöjligt kan se någon rimlig berättelse i konventionell eller ens okonventionell mening, i avsnitten där han träffsäkert tycks ha tolkat rätt genom att plocka ut och förklara ett och annat russin i denna russinstinna anrättning.

Att försöka få till en begriplig handling har nu pågått bland joycianska akademiker alltsedan boken kom ut 1939 och mig förefaller det som att man egentligen

Modernistisk obscenitet och moralpanik

Irländaren James Augustine Aloysius Joyce (1882–1941) var större delen av sitt vuxna liv på resande fot och bosatt i Frankrike och Schweiz, men förblev i själ och hjärta trogen sitt Irland och sin födelsestad Dublin. Hela hans författarskap bär motiv från den gröna ön. Inte minst *Finnegans Wake* tar avstamp i en humoristisk gammal ballad, »Finnegan's Wake», om en berusad irländsk byggarbetare som faller från en stege, tros vara död men kvicknar till under sin likvaka när någon spiller whisky över hans kropp. Whisky betyder f.ö. »livets vatten» på gaeliska.

Joyce är tillsammans med T.S. Eliot och Ezra Pound den litterära modernismens stora namn och banbrytare. Joyces mest kända verk *Ulysses* utgavs 1922, samma år som Eliots *The Waste Land* publicerades. Men emedan Eliots diktverk mottogs med intresse och inte alltför stora kontroverser, blev *Ulysses* polisanmäld och bannlyst i England och USA på grund av »obscenitet», d.v.s. den klassades som pornografi. Bannlysningen hävdes i USA 1934 och två år senare i Storbritannien.

Ulysses är delvis en travesti på Homeros *Odysséen* med handlingen omstuvad till Dublin, inte olikt sättet som bröderna Coen omstuvade samma antika verk till depressionens sydstater i filmen *O Brother, Where Art Thou?* (2000). Men berättarspråket består dels av ett fritt flöde av tankar och associationer i karaktärernas huvuden, dels av experimentell prosa med stilimitationer, parodier, ordlekar etc., allt det som Joyce sedan skulle dra till sin yttersta spets i *Finnegans Wake*. Ordmassorna gör handlingen svår att urskilja, men inte desto mindre blev den framgångrikt filmatiserad av Joseph Strick 1967 under samma titel (och vann en Oscar), och 2003 som Bloom med Stephen Rea som Leopold. *Ulysses* översattes senast 2012 till svenska som *Odysseus* av Erik Andersson.

På grund av kronisk inflammation i ögonen led James Joyce av mycket dålig syn och skrev på stora vita pappersark med röd krita. På foton ses han därför ofta med en lapp för ena ögat.

Joyce befann sig i Schweiz när han 1941 drabbades av blödande magsår och opererades akut. Operationen misslyckades och han dog följande dag. Han begravdes på kyrkogården Fluntern i Zürich.

bara fläckvis lyckats bena ut ett och annat – kanske. Och i den mån det handlar om handling speglar denna text mer än en enda handling.

Men, invänder någon, vi vet ju en hel del om de berättelser som utgör stommar till *Finnegans Wake* sedan fluktaren Finnegan ramlat ner från byggnadsställningen och slagit ihjäl sig. Skrönan om Finnegan som vaknar upp under sin egen likvaka, när han bestänks med sprit, är en ballad som sjungs på irländska pubar och helt enkelt tillhör irländsk folkloristik. Balladen finns att avlyssna på internet..

Händelseutvecklingen i kapitlet om Anna Livia Plurabella är också välkänd. Två skvallerkärringar tvättar kläder vid floden Liffey i Dublin. Frågan är i vilken utsträckning man märker detta vid en läsning, om man inte i förväg vet vad det handlar om. Däremot kan man kanske förnimma en underliggande, svår- för att inte säga ogripar, subliminalt uppfattad händelseutveckling när man avlyssnar *FW*.

Forskarna har mödosamt frilagt och vaskat fram berättelser ur *FW*, men oavsett om de tolkat rätt eller inte, så har de inte gjort det möjligt för vanliga läsare att se en sammanhängande berättelse, bortsett från den övergripande ramstrukturen att berättelsen går runt och fortsätter i all evighet. Textens HCE (Humphrey Chipden Earwicker) i all ära, men denne gestalt i dess olika framtoningar (t.ex. Here Comes Everyman) är inte lätt att greppa.

Även om här finns en sorts underliggande handling skapad genom ett associationsrikt spel, tycks den väsentliga avsikten med *Finnegans Wake* vara någon annan. Det närmaste jag kan komma en förklaring är att språkläraren James Joyce var så förälskad i tungomålens olika dräkter att han helt enkelt roade sig med att tänja på de lingvistiska gränserna tills de sprack.

Fair enough!

EN STIGANDE GIANERANT

Låt oss ta några smärre exempel som illustrerar hur svårt det är att få rätsida på *Finnegans Wake*. Jag väljer »... bungley well chute the rising gianerant.» Rent instinktivt blir detta på svenska något i stil med »... bungley stängde ordentligt den stigande gianeranten». Men forskare har kommit fram till den häpnadsväckande uppfattningen att Joyce menade »... Buckley shot the Russian general» d.v.s. »... Buckley sköt den ryske generalen». Här kan vi se att »bungley» har blivit »Buckley», »well» finns inte ens med, »chute» har blivit »shot», »rising» har blivit »Russian» och det tjusiga nonsensordet »gianerant» har blivit »general».

Fåkunniga som vi är frågar vi oss: Om det nu är som de säger, varför skrev inte Joyce så från början? Tja, det är väl det som är själva grejen. Dessutom kan vi inte vara helt säkra på att forskarna kommit på den bakomliggande avsikten i detta korta citat. Tolkningen ter sig verkligen inte som självklar.

Detta verk är besläktat med nonsenspoesi, dadaism och surrealism, men det känns ändå på något sätt fel att sortera in verket under någon av dessa rubriker. Det är svårt att sätta fingret på vari skillnaden består. Bortsett från den bakomliggande avsikten att tala nattens språk, så är det närmaste jag kan komma ett svar vad beträffar avsikten, att språkmannen Joyce närmade sig sin uppgift utifrån sin språklärarkänsla och med sitt irländska arv för ögonen som ett slags riktmärke. *Finnegans Wake* är helt enkelt seg selv nok. Den står på egna ben. Hur? Någon mäktigare än jag får bena ut den fisken.

DRÖMMENS SPRÅK

Och här står vi inför en grundläggande avsikt med *Finnegans Wake*. Skrönan är en nattens pendang till Joyces *Odysseus*, som utspelar sig på dagtid. Därmed får vi en förklaring till det egendomliga språket. Joyce gör nämligen exakt detsamma som August Strindberg redan före honom gjorde för dramatiken, då han med *Ett drömspel* härmade ...

> drömmens osammanhängande men skenbart logiska form. Allt kan ske, allt är möjligt och sannolikt. Tid och rum existera icke; på en obetydlig verklighetsgrund spinner inbillningen ut och väver nya mönster; en blandning av minnen, upplevelser, fria påhitt, orimligheter och improvisationer. Personerna klyvas, fördubblas, dubbleras, dunsta av, förtätas, flyta ut, samlas.

Här säger Joyce samma sak om *Finnegans Wake*:

> När jag skrev om natten kände jag på mig att jag inte gärna kunde använda orden i deras normala sammanhang. På det sättet uttrycker de inte hur saker och ting är på natten, i olika stadier – först medvetna, sedan halvt medvetna, därefter omedvetna. Jag fann att det inte kunde göras med ord i deras vanliga relationer och förbindelser. När morgonen kommer klarnar naturligtvis allting igen. Då ger jag dem tillbaka det engelska språket. Jag förstör det inte för alltid.

Skillnaden är den att Strindberg tillämpade metoden på dramatiken och det visuella, medan Joyce tillämpade den på själva språket. Dock har Joyce så vitt jag vet aldrig erkänt sig påverkad av Strindberg. Tvärtom ogillade han Strindberg. För honom var Ibsen den store skandinaven.

De som ägnar sina liv och sina akademiska karriärer åt att gräva ner sig i försök att få rätsida på Joyces gigantiska språkexperiment ter sig som personer vilka aldrig vuxit ifrån sin ungdoms fascination med att spela datorspel. Likvakeforskarna tycks utgöra den humanistiska fakultetens yttersta problemlösarnördar. Att de som kämpar på finner sin arbetsinsats meningsfull är inte att ta miste på.

James Joyce t.h. tillsammans med sin förläggare Sylvia Beach i Shakespeare and Company, legendarisk bokhandel och bokförlag i Paris som utgav den första upplagan av Ulysses.

LJUDKLANG OCH INTE INNEBÖRD

Under årens lopp har jag då och då återvänt till denna märkvärdiga bok, och under årtiondenas gång insåg jag för min del att det ver meningslöst att försöka begripa texten. Detta trots mitt bibliotek med böcker av Joyceförståsejpåare. Jag kom att inse, det många andra redan insett, att ett passande sätt att ta till sig texten är att läsa den högt eller höra den uppläst.

Språket i *Finnegans Wake* hanterar satsdelar och ordklasser på ett jämfört med det konventionella språket mycket brutalt sätt. Det handlar om en syntax eller snarare en brist på syntax, där grammatikens regler åsidosätts på flagrant sätt. För ögonen ter sig texten kantig men när texten högläses som om den vore normal, uppstår det intressanta fenomenet att kantigheten slipas av.

Hur kan det komma sig? Så vitt jag vågar gissa har det att göra med en inneboende egenskap hos språket. När man högläser en obegriplig text som om den vore normal framhävs de extra dimensioner som består av ljud, läten, timbre, betoningar och rytmer. Till skillnad från skrivet språk ligger talat språk inte stumt på ett papper. Utöver ordens betydelser eller brist på innebörd får kombinationen av vokaler och konsonanter ett liv utöver den platta texten på en boksida. Satsmelodin kommer till sin rätt först vid högläsning. Att dialekt ytterligare kan påverka upplevelsen visar inte minst Joyces egen intalning 1929 av slutet på avsnittet

»Anna Livia Plurabella». Detta i kombination med obegripligheten kan ta sig näst intill hypnotiska intryck.

Skulle detta bara gälla *Finnegans Wake*? Eller händer det med vilken meningslös text som helst? Kan en sådan text bära på samma ljudmässiga värden? Kan det rentav invagga oss i ett annorlunda medvetandetillstånd som det mässande tonläget i ett Noh-spel eller en indisk raga? Svar: jovisst! Öyvind Fahlström insåg detta, att döma av hans konkreta manifest. Faktum är att redan den giftmördande bigamistprästen Carl Jonas Love Almqvist var inne på den linjen.

Så här skrev Carl Jonas Love till kollegan Atterbom den 27/1 1839:

> Det intagande, ljufva och fängslande, som kan finnas i blott-och-bara språkljud, utan att man ens vet hvilket begrepp de beteckna, men allenast hör dem som toner, som musikaliska ljud ... denna idé är anslagen i Palatset, der sköna oskuldsfulla vildinnor tala ord, dem åhöraren ej kan öfversätta och på så sätt begripa, men ändock senterar genom personernas mimik, röstens behag och ljudens skönhet. Är icke denna idé värd någonting?

Almqvist var detta på spåret redan på året etthundra år innan *Finnegans Wake* publicerades. Och i Almqvists kölvatten sade Björn Ulvaues i tv-programmet *ABBA-dabba-dooo!!* att det är klangen i orden som är det viktiga, inte bara själva betydelsen. Den här effekten äger naturligtvis även rum när någon högläser en begriplig text, men då tar begripligheten överhanden och den ljudmässiga sidan av framförandet får sitta i baksätet.

Utan att alltför mycket låta mig påverkas av akademikernas spekulationer har jag försökt att svenskifiera, versioniera eller motsvariggöra texten, utan att bry mig så mycket om den eventuella innebörden, som forskarna brottas med bara för att inte så sällan bli nedbrottade av Joyce själv. Så jag håller fast vid min attityd att *FW* bäst avnjutes som ett flöde av ljudsensationer.

Vad ska vi då med *Finnegans Wake* att göra? Tja, den finns ju och fungerar alldeles utmärkt som katalysator och klangbotten för obegriplighetens melodiösa musikalitet.

EN MOTSVARIGGÖRARES VEDERMÖDOR

Att överföra *Finnegans Wake* till svenska är ett långsamt arbete. Det handlar om en transformering, en omvandling i slow motion av en oöverförbar text. Ibland är det så konstigt att det bara är att behålla det som det är. Må vara att det kan upplevas som en meningslös sysselsättning, men det är trots allt en form av intellektuell utmaning i stil med Hermann Hesses glaspärlelek. Hur som helst, ur originalets egenartade språk uppstår på svenska ett annat egendomligt språk.

Boken kan transformeras på oändligt många sätt. Varenda mening kan överflyttas till svenska eller vilket annat språk som helst i ett otal möjliga och omöjliga varianter. Nästan vartenda ord kan på samma sätt transplanteras på hur många sätt som helst. Möjligheterna liksom omöjligheterna tar aldrig slut. Ingen annan bok kan överflyttas till olika språk i så många ändlösa ordflöden och varianter.

Det ska konstateras att *Finnegans Wake*, som Mario Grut påpekat, inte kan översättas och, vill jag tillägga, knappast heller kan tolkas. *Finnegans Wake* kan möjligen versioneras. Eller ännu hellre motsvariggöras.

Engelska språket har i sig självt, utan att vi kan skylla på Joyce, sina specialiteter i förhållande till svenskan, som exempelvis de ofta förekommande of-genitiverna och presens participen. Jag gillar den i dagens hetssvenska så undanskuffade presens particip formen och har här fått möjlighet att vältra mig i den även om jag ibland lutat mig mot normal presens. Jag kör också ofta med av-genitiver som vi annars är sparsamma med på svenska.

Joyce lånar ord från ett otal språk och kombinerar dem med engelska ord. Här har jag verkligen haft hjälp av forskarna som i hög utsträckning identifierat alla dessa lån från kiswahili, afrikaans, japanska, etc. Dessutom tillhandahåller de dessa lånords innebörder. Frågan är: ska man överföra dessa ord till svenska eller ska man behålla dem som de är? Till att börja med hade jag en tendens att överflytta dem till svenska, men insåg snart att dessa ord redan i den engelska versionen för det mesta är obegripliga för engelskspråkiga läsare. De bör med andra ord bibehållas som de är, så att svenska läsare möts av samma obegriplighet. Jag har inte helt övergett den första metoden, men har avgjort från fall till fall vilken metod som ska användas. (Ett litet exempel: »... and why out you go by the ostiary on to the dirt track ...» Ordet »ostiary» betyder »dörrvakt» och är latin. Ska man behålla »ostiary» på svenska eller använda begreppet »portvakt»?)

Låt oss titta på ordet hushmagandy. Det visar sig att ordet är ett skotskt dialektuttryck, hochmagandy. Det betyder samlag. Hur många engelskspråkiga läsare vet det? Ska man översätta med samlag, eller har det vulgär klang och bör översättas med knull? Jag valde att använda det ursprungliga skotska ordet.

Ytterligare ett typexempel på hur Joyce får till det: aroundisements. Som synes handlar det om det franska ordet arrondissement men Joyce har bytt ut arrond mot det engelska around och ordet har raskt fått karaktären av frangelska.

Om vi tar ordet »morvaloos», så ser vi att det bakomliggande ordet är »marvelous». Det är på svenska »underbart». Jag har i kongruens med Joyces sätt att jobba förändrat ordet till »andurbert».

Ett annat litet russin: det joyciska ordet »naughtingales». Man ser lätt att det är baserat på »nigthingales» (näktergalar) men Joyce har också fått in associationen »naughty gales» (elaka vindar) och »naughty girls/gals» (stygga flickor). Man kan också notera associationen till »natt». Detta är ett tämligen enkelt exempel, men som synes är det i stort sett omöjligt att återge detta ord på svenska med alla betydelserna bibehållna.

I ett kapitel visade det sig att en mängd ord helt enkelt är flodnamn hämtade från olika platser på Jorden och som i Finnegans värld av allt att döma är symboler för floden Liffey. Jag tog mig före att förtydliga att dessa ord var flodnamn, vilket jag vid närmare eftertanke inte borde ha gjort. De som läser boken på engelska får ingen sådan hjälp. Jag borde ha låtit varje enskild läsare möta dessa ord utifrån sina individuella geografikunskaper, men har låtit det stå som det är. När jag sedan fann att många andra ord helt enkelt är ortnamn och för- och efternamn, så har jag låtit dem stå oförklarade i denna text, som ju redan i sig är obegriplig,

Vad gör man då när man hela tiden stöter på konstiga ord och egendomliga nybildningar som inte ens likvakespecialister kan förklara? Tja, en metod är att helt enkelt behålla fenomenen som de är, inte sällan med en svensk ändelse. Ungefär som Noriko Watanabe gjorde när hon överflyttade Lewis Carrolls Alice-böcker till japanska. Hon japaniserade helt enkelt de engelska orden enligt principen »backpack» – »bakkupakku». Och i *Finnegans Wake* handlar det förvisso inte om en skönhetstävling mellan olika ord. Orden är ofta trubbiga, kantiga och knöliga.

Ett annat sätt att överflytta ett ord är att helt enkelt ljudhärma det så att det låter svenskt, eller att bryta upp delar av ordet, finna svenska motsvarigheter till delarna och sammanföra dem till en helt ny ordbildning. Några av Öyvind Fahlströms idéer i Nalle Puh-manifestet »Hätila ragulpr på fåtskliaben» har här varit vägledande.

Jag har inte slaviskt försökt att spegla alla lingvistiska krumsprång utan använt alla de tänkbara och otänkbara litterära erfarenheter, som härrör från allsköns experiment och ismer såsom symbolism, dadaism, expressionism, surrealism, konkretism, barnböcker samt inte minst från språkmånglare som Herakleitos (*Fragment*), Snorre Sturlasson (*Háttatal*), den anonyme författaren till *Sir Gawain and the Green Knight*, Paul Claudel (*Cent phrases pour éventails*), e e cummings, Gertrude Stein och Kenneth Patchen samt inte minst svenskspråkiga vitterhetsidkare som poeterna Gunnar Björling och bernt eriksson, barnboksförfattaren Lennart Helsing, trestegshopparen Topsy Lindblom (Nalen-annonserna), språkekvilibristen Cello (aka Olle Carle), revykungen Karl Gerhard, faktasiförfattaren Sture Lönnerstrand och självfallet avantgardisten Öyvind Fahlström.

Under detta försök att svenska till *Finnegans Wake* har sättet att överflytta förändrats, förskjutits, omstrukturerats etc., vilket delvis beror på att originaltexten (tro det eller ej) tar sig nya uttryck i takt med att Joyce krånglar om sig. Men det hänger också samman med att jag till att börja med ansträngde mig för att »normalisera» texten till svenska, en attityd som jag allteftersom övergett. Om Du nu mot förmodan tycker Dig skymta en handling här eller där, så låt inte det avskräcka Dig. Obegripligheten dyker snabbt upp igen och begripligheten försvinner ut i nattens mörker.

Bertil Falk arbetande med Finnegans likvaka i Sigtuna folkhögskola jullovet 1954–1955. Foto: Hans Hederberg.

I några kapitel är kursiverade avsnitt på svenska. I andra kapitel har jag behållit Joyces original. Detta speglar processen att få till en svensk version. De kursiverade avsnitten på svenska tillkom för 30–40 år sedan. Några årtionden senare beslöt jag mig för att behålla allt kursivt som Joyce fastställt det.

En sak som jag tycker mig ha förnummit under arbetets gång är att *Finnegans Wake* inte bara är en skabrös anrättning på sina håll utan också ganska mansgrisig och lite rasistisk. De obscena perspektiven är i varje fall föga feministiska. Över huvud taget döljer sig under detta täcke av mer eller mindre slippriga svårbegripligheter en icke ringa mängd av attityder som med åren har blivit politiskt inkorrekta. Det är kanske tur för Joyce att han är obegriplig.

ETT LIV MED FINNEGANS WAKE

Det är tvivelaktigt om devisen »Friskt vågat, hälften vunnet» gäller när man tar sig an att överföra *Finnegans Wake* till svenska. Mario Grut ansträngde sig verkligen. I stället för att prisa Mario Gruts anspänning nedvärderades resultatet av kritikerna, som i stället för att anstränga sig själva såg till att helt bekvämt tycka till. Man ansåg att han hade dålig tonträff. Mario Grut var ett slags pionjär i sammanhanget medan hans griniga gnällputtar till kritiker inte bidrog med någon förståelse för *FW*. Hans översättning av kapitlet »Anna Livia Plurabella» publicerades av ellerströms förlag 2001 och hans »Maran och gracehoppet», ett litet häfte, kom ut på samma förlag 2009. Vid sin död arbetade han med ytterligare ett kapitel.

Med ett ex av *Finnegans Wake* och ett ex av Joseph Campbells *A Skeleton Key to Finnegans Wake* ägnade jag mig i min egenskap av omogen ung man vid årsskiftet 1954–1955 åt att inte bara försöka förstå verket utan också åt att försöka »översätta» början på avsnittet som utgör kapitel tio i boken eller kapitel två i del två. Jag misslyckades i båda avseendena. Sedermera har jag till och från fortsatt på den inslagna vägen. Jag lyckades transformera första kapitlet och använde mig av olika metoder hämtade från skilda ismer och diverse författare. 2013 blev det mitt »julkort» till uppdragsgivare och goda vänner i en liten numrerad upplaga, där originaltexten stod vid sidan om den svenska versionen. Som omogen åldring lägger jag nu fram hela resultatet efter 66 år.

Större delen av jullovet 1954–1955 bodde jag i Pojkarnas Stuga på Sigtuna folkhögskola. Till folkhögskolan kom efter jul varje år medlemmar i en kristlig gymnasieorganisation. En av dessa besökte mig i Pojkarnas Stuga när jag satt vid min skrivmaskin och brottades med *Finnegans Wake*. Det var Hans Hederberg, sedermera känd journalist och tv-producent.

Årtiondena sveper förbi. Efter nära 60 år ringer Hederberg mig hösten 2014 och frågar om jag minns honom. Det gör jag mycket väl. Han talar då om att han fotograferade mig när jag satt med min skrivmaskin och höll på med *Finnegans Wake*. Hans Hederberg visste inte att jag 2013 tryckt upp ett begränsat antal numrerade ex av det första kapitlet som julhälsning. Det fanns inga ex kvar utom ett onumrerat ex som makulerats och skulle kastas. Jag skickade honom det. Han mejlade mig fotografiet.

SLUTORD

Jag minns mycket väl varför jag 1954–1955 valde att ge mig på just det tionde kapitlet. Det såg rent typografiskt väldigt spännande ut och jag var vid denna tidpunkt mycket förtjust i Kenneth Patchens och e e cummings typografiskt utformade lyrik. Under årens lopp har just detta avsnitt varit mest besvärligt att handskas med. Anledningen är rent teknisk. Avsnittet har en ovanlig fysisk struktur. För att klara den saken har jag här fått hjälp av Rickard Berghorn. Utan det stödet hade det här företaget inte kunna slutföras.

Nog om detta! Jag har tillbringat så mycket tid under årens lopp vid Finnegans lik att kadavret borde ha börjat ruttna. Men så har icke skett. Det har behållit sin fräschhet likt ett katolskt helgon till beskådan i en glaskista i någon italiensk kyrka. Bortkastad tid? Jovisst! Jag har icke så sällan frågat mig vad fan jag egentligen hållit på med, ja, jag har stannat upp och frågat mig: är det här verkligen meningsfullt? Men faktum är att jag har haft djävulusiskt roligt.

Och kan trösta mig med … men vad säger jag nu … jag menar att jag kan glädja mig åt att detta är det tredje projektet i mitt liv som vuxit fram i långbänk. Det första var biografin *Feroze, the Forgotten Gandhi* som publicerades i Indien efter nära 40 års forskning. Det andra var utgåvan i tre band av *Faktasin: Den svenskspråkiga science fiction-litteraturens historia*, som jag samlade fakta till från det jag var 9 år (fast det visste jag inte då) och som det tog nära 80 år att få till. När jag nu går i mål med *Likvakan* handlar det om 66 år från början till slut. Kvar återstår att överflytta sir Richard Burtons fantastiska mastodontverk *Personal Narrative of a Pilgrimage to Al-Madinah & Mecca* (1855–1856) till svenska, men mänskligt att döma kommer jag inte att hinna bli klar med det innan jag dör. Nån annan får väl ta vid där jag slutar.

Slutligen ett varmt tack till just Rickard Berghorn och Aleph Bokförlag som möjliggjort denna publicering.

Västra Alstad den 7 april 2021
Bertil Falk

Finnegans likvaka

I.

flodflöde, förbi Eva och Adams, från strandens sväng till buktens böj, för oss via en behändig ström av återcirkulering tillbaka till Howth Castle och Environs.

Sir Tristram, violer d'amores, från över inomskärs, hade än en gång återanlänt från Nord Armorica på denna sida av Mindre Europas skrovliga näs för att omkämpa sitt peninsulära krig: inte heller hade topsawyers klippor vid Oconees ström överdrivit sig själva till grevskapet Laurences georgier medans de fördubblinade sitt tiggande hela tiden: inte heller enröst ur eneld fångtransporterad mishe mishe till tauftauf tuestpatrick: ännu ej, fast myckesnart efteråt, hade ett killingtrick avslutat en blind gammal isak; ännu ej, fast allt tillåtet i fåfänga, var med tvenne tvillingsystrar Nathandjoe. En skäppa ruttet av pappas malt hade Jhem eller Shen bryggt vid båglampa och regnbrynets röda ände var att bli sedd som ring på vattenytan.

Fallet (bababadalgharaghtakamminarronnkonnbronntonnerronntuonnthunntrovarrhounawnskawntoohoohoordenrnthurnuk!) av en en gång i tin brådmogen wallstretare återberättas tidigt till sängs och senare i livet ned genom all kristen körsång. Det tunga fallet från ytterväggen drar med sig med så kort varsel Finnegans fallera, irisk solid man, som humptyhuvudstupa av sig självt prompt skickar en utfrågande mer än well västerut på jakt efter tumptytumtårna: och deras upptullbomspunktochplats är vid knockoutet i parken där apelsinerna har lagts att rosta i det gröna alltsedan devlinst först älskade livvy.

Vad viljor krockar här gen wonts, ostrongudar munlåsta fiskgudar! Brékkek Kékkek Kékkek Kékkek! Kóax Kóax Kóax! Ualu Ualu Ualu! Quouauh! Bauddelärarnas partisaner är fortfarande ute för att mattemästaren Malachus Migräns och Verdons katapältar det kanniballistiska ut ur Huvud Hättans vitapojkar. Assegajstormar och bumerangströmmar. Gräsets bröd, vare mig fruktan! Blodlös strid, rädda! Armé appellerar med larm, förskräckande. Flodenfloden: atoll, en tull. Vad slags slump dräper, vad för luftslott loftas och ventileras! Vilka störstavalltskarna förförda av absolutionisterna! Vilken sann känsla för deras höhår med vilken strängstrong röst av falsk stamning! O hör här hur Hödr svamlade mot dunklet pappa till äktenskapsbrottare men (O mina tindrande stjärnor och kropp!) hur har mest högt finspända himmel mild reklams skytecken! Men waz iz! Fordom fanns sömmare (avlopp)! Ekarna av ålder nu ligger de i torv fast almar skuttar där askträd låg. Fall om du vill, resa du måste dig: och ingen så snart vare sig skall pharsen för ögonbläcket komma till en nedsatt sekulär Fenix.

Bygmester Finnegan, av den Stammande Handen, frimäns murare, levde på det bredaste sätt föreställningsmarginellt i sin forslyst förlångtbak för budskrap inför joshuas domarebok har gett oss nummer eller Helveticus begick deuteronomy (jästigår han strängeligen stack sin tete i en balja för att se sina ödens fremtid men innan han snabbt stack tillbaka igen, så dunstade vattnet, tack vare moses makt, och all guiness mötte sin exodus vilket bör visa dig vilken pentateuchig grabb du var!) och under mäkta udda år staplade denne man Handtråg, Cement och Edificier i Fylltratts Torp bildning supra buildning på bankerna för the livers vid Soangso. Han Addlade Lilla Phifle Annie uggade den lilla droppen krearthur. Vissna hår i hand stoppa upp din sak ihenne. Medans ofta spritbenägen, mithras mitra, med väldig murarspade i greppet och översmutsade overaller som han vaneregelmässigt gilla säden sin, liksom Haroun Childeric Eggeberth skulle han caligulera genom multiplikafallenhet alltituden och maltituden tills han gungbrädigt föddes vid ljuset av starkspriten, hans rundade stapel av andra dagar att resa sig okládd byggsten uppståndelse (glädjeskuttigt!), en waalworth till skyskrapa av mest ögona böjd upptornigt, erigerande från näst intill ingenting celeskalerande himalaya och allt detta därtill, hierarkitekttipptappologikal, med en brinnande buske abob från dess bubbelstorn och med Laurence af Don klättrandes upp och Tumlar af Bucket slåendes ned.

Han var en av de första med familjevapen och ett namn: Wassaily Booslaeugh af Riesengeborg. Hans huraldrik, i grönt med sköld, plågsamt, försilvrad, en hanget, efterföljande, gräslig, behornad. Hans vapensköld bjälkad med bågskytten spänd, helium, av den andre. Sponk är för husbondeman att handtera sin hacka. Hohohoho, Mister Finn, du ska bli Mister Finnigen! Komdag morron och, O, du är vin! Söndags kväll och du är vinäger! Hahahaha, Mister Fun, du kommer att finnas igen!

Vad sen agentliksom bringade denna traskgedi tordönsdag denna kommunala syndasak? Vårt kubhus skakar fortfarande när öronvittnet till dundret av hans arafatas men vi hör också genom successiva åldrar att sjabbiga korus av okalifiserade muslinmissilarhonom som skulle svartisera vitstenen alltid så sköldpaddlat ifrån himlen. Stanna oss varför i vårt sökande efter tätfärdighet, O upprätthållare, vid vilken tid vi vakna och vilken vi tar tandputtaren och innan vi klumpar ner på egen våran läderbädd och på natten och då stjärnorna slockar! För att en nick åt nabiren är bättre än en blinkning åt wabsinten. Annatvis viskande likt den där rektorn gäckande beduin emellan djävulen och det djupblå havet. Öronklippt ska crunchbracken bestämma. Då ska vi veta det att festen är en flyday. Hon har en förmåga att söka på plats och hon alislumpvasst ansar hjälpare, den drömdälskade. Hör! Hör. Det kan ha varit en felskjuten tegelsten, som en del säger, eller det må ha varit ett av hans kollapsat tillbakadragna löften, som andra ser det. (Det återstår nu tusen och en kiosktexter, allt sagt, av sak samma.) Men så säkert som abe eves heligtröda äbblen, (vad som med walhallens fasor av rollsrysare, pirattaxin, stenängar, stenkistor, trafikaos, automofilm, gunghippon, streetfleetar, turdroskor, megalurar, cirkusar och stadsdike och basilikyrka och aeropagoder och huset och glädjemumlet och snuten i jackan och mecklenburkska slynan bet honom i örat och merlinkumlets barracker och hans fira gamla domstolar, ju mera borrhål, och hans nattsvarta skorsstensgrupper vid TwelvePins ett dussin och molnbussarna slädslirar utmed Säkerhetenförstgatan och derrysgeléskakisar som snokar kring Tell-eNor-Tailors hörna och den rasande röken och förhoppningarna och horbullret hos hans stads infödda rumshållare, hussopare, domkrypoväxter dundrum och dundrum i drömlera murumd och allt upproret från alla aufrooser, ett tak för maj (hagtorn) och ett rev för Butt Bridge och sin bro trivs Tony)föll rumliga Phill utan varning omkull. Hans huve kändes tungt, hans hode skakade. (Det var en vägg som skulle byggas) Dimpad! Han störtar från stegen. Dampad! han var död. Dumpad! Mastabatomb, masturbabomb, när en man gifter sig är hans liv slut. Som hela världen kan se.

Scheisse? Jag skulle henne! Macool, Macool, diversejobbare worför dog du? efter en sorglig törstlig morgon? Snyftingar de suckgjorde vid Fylligens kryssaellermissa vaka, alla nationens hoolifaner, kullkastade i deras bestörtning och deras dubbeldecimaligt slösaktiga plethora av jämmer. Där fanns rörplommor och brudgrums och cheriffer och cittrare och plundrare och cinemän också. Och de alla tog del med skrikmastig shovialitet. Agog och magog och runtom dem en grogg. För fortsättningen av detta firande fram till utrotningen av Hanandhunigan! Nån som i kinkig kaross, mera, cancan hackigt, Bygga upp honom och fylla ned honom. Han är stel men han är stadig är han Priam Olim! Det var han som var den anständigt gladavlönade yngdomen. Skärp hans grävsten, tappa upp hans bira! Varomkring på denna kringla hörest tu ett sånt larm igen? Med deras djuplärda fyndigheter lagd mellan smutsiga fideliosar. De lade honom raklang utmed bädd. Med en flaskokalyps med finiskey för hans fötter. Och en tunna med Guinness över hans huvud. Dryck flödar absolut och strunt i nonsens alla fyllon sprutar, O!

Hurra, det finns emellertid bara ung glöd för uggelglobens hjul det synes som är taftologiskt sak samma. Välan, Honom finns så pass falla pladask på sin mage likt en övervuxen babbling, låt åss kika, se, hemmavid, slöja, titta hortensia borde blir borde, piatterplate. Hum! Från Shoppalist till Bailywick eller från Ashstan till Baronoath eller från Köpuppbankerna till Runthuvudet eller från stå för notan till iriskglimt i ögat Han Cakta Expanderar. Och hela vägen (ett horn!) från fjord till fjell skall hans buktvindars oboer jämra honom bergtagen (hoahoahoah!) i simmasamsummit och hela den livslånga natten, delidalens dalpphng natt, blåigklockors natt, hennes flitiga flöjt i knepiga trokéer (O carina! O carina!) väcker honom. Med henne issavan essavans och patterjackmartins om alla dessa inns och uts. Snacka en saga om tjocknad och snacka en sägen om kära svamla Trubblin. Välsignelse före glufset. För vad vi är, gif oss en gros om vi är, på väg att tro. Så poola bagen och skicka fisken för krävans skull. Omen. Grampupus faller ner men änkan dukar bordet. Vad finns fogat till skeden? Feefifofum fisken. Var finns hans bakade huvud? En bullebit av sanktpatricks Kennedybröd. Och vad var kopplat till hans berättelses skutt? Ett glas med Danu U'Dunnell's famösa olde Dobbelin öl. Men skåda, när du tömmer hans freudstoff och sötter tänder i den blomvita märgens kräpp bese honom sås om ett vidunder för han är ingmerstans. Finnalis! Bara en fadograf av en yestern scene. Näst intill Rubicon Laxamosalar, uråldrig utifrån Agapemonides dagar, vare han smulten i vår mist, olyckspackad iväg som sill. Så detta måls avdött för sommarn, shlook, schlice och dustoreherringtid.

Likväl må vi icke ännu se den brontoichthyanska konturen skissad asiumberett, ens i vår egen nattetid av den laxande strömmens starr som Bront gillade och Bruno dras till. *Hic Cubat Edilis. Apud Libertinam Parvulam.* Hurifall hon vore i flaggor eller flaxor, rökaragn eller söndagsgodis med ett mynt av mitt eller tiggar en pennyvikt. Urrah! Visst, älskar vi alla lilla Annie Ruinig, eller, vad vi menar är, älsklilla Anna Regnig, när under sitt ply, i toffla bland pölar hon pinkandes diddande daddande dansande bort. Yoh! Brontolone slaappar yoh snorkar. På Benn Heather, i Seeple Isout också. Det kraniska hodet på honom, grunden för hans kastell, Peer gyngre i däringa mist. Vad helst? Hans lerfötter, svärdade i koppargrönt, nakenhållen, där han sist föllpåmenschorna, vid der mund till magasinets mur, där våran maggan sett allt, med sin systeri sjal. Medan däröver mot denna belle alliance bakom KulleSextio, helgat hull! fortets bagside, bom, tarabom, tarabom, smyga ombuskar, platsen för uppmeders och hockums liggandes-på-lur. Så medans molnen rullar förbi, jamey, är angenämt ur stolthetsperspektiv vårt bergmassiv, numera Wellingtons nationalmuseum, med, på något grönigt avstånd, det charmfyllt vattenlösa landet och de båda helvita villabyar som hör visar sig själva så pass fnissbart kissamma mitt bland dårsamt lövverk, de snyggiska! Penetrerare har gratis inträng till museimassan. Walesare och Paddyfolk en skilling! Återamputerade invalider av gamla gardet finner poussepuff pousseperumbulator att sätta sin sorts bak. För hennes passerdyrk vädjar till dörrvakten, fröken Kathe. Topp.

Det här är vägen till museyrummet. Ta av era hattar gåing in! Nu yirz är i Willingdones Museyroom. Det här är en preussiös canoon. Det här är en frensk. Topp. Det här är preussiörens flagga med Kappa och Tefasionoist. Det här är bollen som Bynga preussiörens flagga. Det här är frensken som satte fyr på Bulan som bangade preussiörens flagga. Salutera kryssborsten! Upp med din pik och gaffel! Topp!

(Hästhuv! Fint!) Det här är Lippoleums trippelvunna hatt. Topp. Lipoleumhatt. Det här är Willingdone på sin samma vita hast, Københopp. Det här är den stora slakten Willingdone, grand och magentisk i sina guldtinna sporrar och hans järnade dux och hans qautrebrassiga trätafflor och hans magnats strumpekarta hans bangkoks stråväst och sina gycklargaloscher och hans pullapånäsian och hans tajta krigsbrallor. Det här är hans stora breda hast. Topp. Det här är de tre lipoleumarna boyne ihopkrupna i det levande diket. Det här är en iminduktigpåattdöda inglisk, det här är de grå skotska, det här är en david stånande. Det här är den store lipoleum mördandes lipoleum den mindre. En Galjbockens argument. Det här är satte lipoleumgrabb som värken var bagge eller bugge. Jasäjer, jasäjer! Fänghål Fitz Förmye. Snuskis Mac Dyke. Och Hårig O'Snabbis. Alla dom arminus-varminus. Det här är de Deliska alperna. Det här är Mont Tivel, det här är Mont Tipsey, det här är Stora Mons Injan. Det här är alpernas krimlinje hoppandes skyddförchock de tre lipoleumarna. Det här är tjejsarna med deras benhorn låtsas svimma för att läsa i sin handbiträdda bok om strateskit mens görandes sitt krig underplaggiskt obeslutat Willingdonskt. Tjejsarna är ett kosing i hennes hand och tjejsarna är en ravin i hennes hår och Willingdone fick upp bandet. Der här är det stora Willingdone in mormorian tallowskåp. Undergöraren offsajdar tjejsarna på flankerna. Sexkalibrig hostkraft. Topp. Det här är mig Belgum knyckandes sin phillipy ut från hans mest Hemsk Grimmast Solskottade Cromwellington. Plundrad. Det här är tjejsarnas hastings depesch för att spola Wittingdone. Depescha i tunna röda linjer tvärs min, Belgums, kortfront. Gira, gira, gira! Lieber Artor, Fruchta blisjuk! Fältskåda din tunna frau. Högaktningsfällt. Topplur. Det här var tjejsarnas tiktaker för att fontänoya Willingdone. Shee, shee, shee! Tjejsarna är avundigt agincourtande alla lipoleumare. Och lipoleumarna har blitt boycottongalna mot en ende Willingdone. Och Witlingdonen git the band up. Det här är både Belchum, bahytt till björnskinnsmässa, brytande sitt heliga löfte med en boll upp till hans öra till Willingdone. Det här är Wiltingdones slungade depeschbox. Despekt displejd over områden mig sällsynda Belchum. Salamangra! Ayi, ayi, ayi! Körsbärstjejsare. Fikonträdu! Baskade fikus anna. Voutre. Witlingdone. Det var Witlingdones första skämt, tand för tand. Hee, hee, hee! Det här är mig Belchum i sina tolvmila gummin, vitter kvitter och stampåt främst, fotande lägret för tjejsarna. Drick en slirk, drankaupp, för han är ju snarare köpt en guinness än han hade stort lager porter. Det här är Ryskius kanonballar. Det här är en schyttegrop. Det här är misteltrupp. Det här är kanonmeat med påvekran. Efter hans hundra dar av njutning, lovad vare pris. Tarras wahldras änkor! Det här är tjejsare i flotta, låga stavlar. Det här är lipoleumar i bråkiga hosor. Det här är Willingdone, som med flisor av Cork, beordrar eld! Himla dunder! (Bullensöra! Tävla!) Det här är kamelkavalleri, det här är Flooden, det här är Solpereno i strid, det här är deras mobilitet, det här är Panickbränt. Allsmeiktagud! Arthiz ockå lös. Det här är Wittinggjort skrik. Brum! Brum! Cumbrum! Det här är tjejsarnas skrik. Underwetter! Get scalar Finnkampar! Det här är tjejsare som rusar bort till sina fönsterlister nere i bunkershälarna. Med en rätt ruskigt rask och en tripp trapp troll släpper loft. För deras hjärtan är precis här. Tipp. Det här är mig Belchums tinktankyou tungtänkyou silverplatt för köket krepp i den kalla kanistern. Stackar som pröjsar! Det här är maratonglädjens Bissmark som tjejsarna dom lämnat efter sej. Det här är Wiltingdone svängande samma sitt marmorial täljaskop Sauve-Qui-Peut för sin kungliga skilsmössa på de rinnivägande tjejsarna. Gambariste delta porca! Dataveras fimmieras! Det här är den ynkligaste av lipoleumar. Taffytjuv, den där spejar på Willingdone från hans vita hast, Köpenhoppsudden. Stonewall Willingdone är ett gammalt misstags äktenskrap. Lipoleumar är snyggt hängda ballar. Det här är hyena Hennesssy flabbande högt åt Willingdone. Det här är leipzig Dooley krigandes skräck från Hennessey. Det här är hinduen Shimar Shin mellan Dooley pojken och Henneseyn. Tipp. Det här är vaxlike gamle Willingdone plockandes upp halva den trekantiga hatten hos lipoleum fromifrån näsblödd smuts. Det här är hinduen som crickettilltar ranjigalen för ett pissnedslag. Det här är Willingedonen öglande hälften av lipoleumhatten uppför svansen på böcksidan av hans stora vita harsle. Tipp. Det där var Willingdones sista skämt. Träff, träff, träff! Det här är Willingdones samma gamla harsle. Köpenhjälp, som viftar sitt svansoskop med halva lipoleumshatten till att skymfa hinduiske sjöpojken. Hney, hney, hney! (Bulisrag! Ojust!) Det här är havsgrabben, madrashattmakare, upphopp och pumpning, skrik åt Willingdonen: Aap Pukkaru! Pukka Yurap! Det här är Willingdonen, börnastalls schentleman, tindrar sin tändsticktaska till sin korsikristinehamniga Shimar Shin. Bazzoka ditt harsle! Det här är görförhonom sjögrabben blås hela halva liopleumshattane från svansspetsen baktill på hans stora breda harsle. Tipp. (Bullens öga! Spel!) Hur Copenhagen Endade. Den här vägen ur museirummet. Akta dina stövlar på utgåendet.

Puh!

Vad varmt det var när vi var men vad kapsejsande är det inte här omkring! Vi ingenstans hon bor men du måssna säga vemsomhelst för Jig-en-Lanternig önskelampa! Det är en månads och ett vindblåst stearinlitet hus. Nerepåstan, höga nerepåstan. Och sketen quaintlymine. Och sådant resonabelt väder också! Vagabondens vind som valsar runt piltdownmänskor och kullrigblockig (om du kan märka femtio så spejar jag fyra till) där finns den där knarrtrasten samlad tillsammans, runstenaning, görenaning, bedenaning, hällenaning, gnyenaning, skavenaning, flerenaning, ätenaning, gnällenaning, kännenaning, hjälpenaning, fleeceenaningknarrtrast. Varendabordsland av blekskaldsfält! Under hans sju råttsköldar ligger en, Punglarm. Med glaven i sin sida. Et skud avhästad. Våra duvpar är i flygande för nordklipporna. De tre kre korparna har flaxat sör'ut, kraxande om debaclet till himlens kvarter, varav tre buanden svarar; lagamånde klaga! Hon kommer åldrig ut när Tor blixtrar med sina felskickade flickor eller när Tor blåser tomspräckor nedför Tors görls. No nubo no! Inte för ditt liv! Henne vore alltför skrämd. Av jordfastmittben och bindmigrullaögon och allt dådet i bedrövelsen. Fe fo forn! Hon bara hoppas tills pojkar är pojkar. Här, och det fortfötter att förefälla nu, hon kommer, en fridsfugle, en parodisfågel, en peri pottmamma, ett nålstick i pålandiskeppet, medlilleputt, och powwowrar i beggybaggy, i bakfittad spargris, och en fickenflaska fjäderflängandes dess trollblixtrar overanskåmmelsens harebraregnbögar, pickandes här, hackandes där, kissemisse plunderpisse. Men det är våpenställestånd inatt, krigochfred, och försorg vi önskar oss en grumlig kyssman till de tullfalliga arbetare och där ska vara en uppsnyggad våpenstillestund för Hyggligaste Chelningar Everallt. Kom Nebo mig och suso sjung dagen vi sallybrerar. Hon lånade förarens helljus desto bättre att glo (som går snyggt går säker och skor runt) och alla spolierade varor går ner i hennes raggsuck: hylsor och skallrande knappar, nappiga extrastrumpor och alla nationers flaskor, klavikorder och skulderblod, kartor, nöcklar och vedtravar av haypennies och månbelysta broscher med blodstenade brak i dem, skryter med struntebandsorder och massor med skoset och nickel knappter och fader allsmjäkig och ett härligt skifte av kakor och haubits masöron och larver och likmaskar, dom och dem med iofs godis och klocknöjen och den sista suck som kom från hjärtat (fastspänt!) och den fagraste synd som solen såg (det är arken!) Med Kyss. Kyss Kryss. Korsa Kris. Kyss Kors. Till livets slutt. Slagen.

Hur underbart och hur trosfästigt av henne, när strängt verboten, att sno vårt historiska nu från det förgångna postprofetiska för att vilja göra oss alla adliga arvtuggare och borgmästarinnepigor av en ganska mysig fruktkörg. Hon lever mitt ibland skulder och flabbar genom alla tårar för oss (hennes födsel okontrollerbar), med ett förkläde som maskering och hennes träskor sparkar arior (så sær! så synd!) om du frågar mej och jag sackar dej. Hou! Hou! Tegelgrekers erigerung och Troyabyxors fall (det finns två synsätt för varje bild) för omfartsvägran av höga Frånsynen det är vad som gör livsverk lämnandes och värld är en cell för citybor att sitta i. Låt unga damen lubba bort med storyn och låt unga män prata lugn bakom butellens rygg. Hon vet sin knekts plikt medan London slaggar. Reddaru nån finne? säger han. Gjorde ja' vadå? Med ett flin säger hon. Och vi gillar alla en märriden Ann för hon är en legosoldat. Fast landet i sin längd ligger under likvidation (flöde!) och det är näsbarre ett hårbryn varken en ögonbuske på detta hårlösa fejs av Herrschaft vattenvältare hon ska låna en vesta och hyra torv och söka stränderna efter hennes mollusker för att värma och ska göra allt en som går på gatan kan för att piffa upp affärerna. Paff. För att puffa på blossandet. Poffpoff. Och även om Humpy skall falla frutti ganger lika klumpigt igen i skäggsponktsvarp av alla våra stora romanstratörer ska bli ägg till brakfest för kraxarna kommer för at sørgeham, solsidan upp försiktigt. Så sant är det att där var en omsättningen téet är så blött och när du tror du får syn på en bak försäkra dig då fast du är kukad av honom.

Sedan när hon är på sitt favorituppförande jobb av dronning Annes bandy, flöjtande för förstlingar och tar sitt tionde, vi må ta vår översikt över de båda högarna för att se nånting av utslag här liksom varsomhelst, vid sexor och sjuor, likt så många Hüglar och Collisar Ettrar omkring, sanktabirgutta och sanktputrick, i deras swishawish siden och deras tajta taffetaffe, spelandes Wharton's Folly, vid en tefasta på plankgolvet i parken. Stå upp, Musse! Bereden väg för Mimmi! Omedelbamse, Nicholas Stånd! Vi må inget se och höra om vi väljer bland de kortbenta notarier off Cork Hell eller bergahedarna vid Arbourhull eller Summerhills bergaskutt eller bergencellon vid Miseryhall eller de kontrabossade bergonerna på Konstitutionsknullen fast varje hop har sina flera toner och var kommers har sin klipska mekanik och varje harmuniska har en helt egen punkt, Olaf är på gång och Ivar är på lyft och Sitrics plats är dem emellan. Men alla de är alla där skrapandes framåt att nysa ut en sannolikhet som ska lösa och rädda livets robulösa rebus, hoppandes runt hans mitt likt rökt sill på en griller, O, att bli liggandes latent från Flodhards makroborg till Pied de Poudres mikroberg. Behöv detta ljud av irisk känsla. Verkligen? Här må engelska synas. Kungligigt? Tystnaden intar scenen. Fusk!

Så detta är Dyoublong?

Hysh! Corgfällig! Ekoland!

Hur Charmfullt Enastående! Det påminner dej åm utvaskad ingravering som vi brukade sudda ut på en bläckfläcksvägg i hans smutsiga värdshus. Brukade dom? (jag är säker på att den tröttsamme kapellskyfflaren med mujikal chocolat dosa, Miry Mitchell, lyssnar) Jag säger, resterna av den utnötta gravmuren där Ptollmens Incabus brukade bli utsuddad. Brukade vi? (Han bara låtsas sig slita på Jubals harpa från en andra existerad lyshnare, Fiery Farelly.) Det är veilbekant. Se efter för honom själv och se den gamla som är ny. Dbin. Lyysna på WKOO. Lyss? Vi mausolaijmmuren. Med en stor begarvning. Fumfum fumfum. Denna optofurie var ontophanes. Lyss! Wheatstones magiska lyra. De ska slita föröver. De ska lyssna för Olaf. De ska förtumla framöver. Cembalon ska bli deras för olafser.

Fyra saker därföre, säjer vår nedärvda Mammon Lujius i hans storslaget gamla historiorum, skrev nära Boriorum, blåaste boken Dubblins analer, f.t.i Dyfflinarsky skall aldrig svika tills Hedljungsrök och Cummulusogräs Eires e-ton stall pall. Och här nu de är fyra av dem. T. Totities! Enom. (Adar.) Ett bulbenträg översteg en ålderman. aj, aj. Duom. (Nizam.) En sko på en poor gammal kvonna. Ah, ho! Trium. (Tamuz.) En rödbrun kanske, o'brien o'stolthet, att överges. Kära nån, kära nån! Quodlibus. (Markismånan.) En penna inte mäktigare eller en målpost. Och så. Och allt. (Sukkot.)

Så, hur som dagdrivarens vind vänder blad efter blad, när som innocentius med anacletus spelar karlalglosfredögd motpavligt, de levandes löv i dådsboken, deras självas annaler tajming händelsecyklerna storartiga och nötionella, bringar fossilvis att passera hur.

1132 A.D. Mänskor som myrnor och emmetar vandrar på den store hvide Valfisk som ligger i en rännil. Bloddiga krig uppå Dublanium.

566 A.D. På detta års båleldsnatt efter översvimningen en kärring som hadde en ondske Fisk för att ösa döda torvor ur kärret se det under hennes Fisks löjrom när som hon sprang för att tillfredsfikna hennes koriositet och vare mig sawi men hon fann sig sällt säckafull av swaert tvåskos snabbspark och små illeganta skodon, så rika på svett. Suddiga verk på Hudlesford.

(Tystnad.)

566 A.D. Vid denna tid föll det ut att en mässsingslåst ungmö sörjde (sobralasolas!) därför att Puppette hennes kelgris var härjad av hennes av jätten Puropeus Pious. Bladdiga ord om BaileAthaCliath.

1132. A.D. Två söner i timmen föddes till en man och hans hagga. Dessa söner kallade sig själva Caddy och Primas. Primas var en Shantreevman och drillade alla anständiga mänskor. Caddy gick till Wonehouse och skrev en fars om fred. Fläckiga ord för Dublin.

Någonstans, benbarligen, i ginnungagapet mellan tiden före syndafloden och Anna Dominant måste kopisten ha flytt med sin skriftrulle. Det blodiga högvattnet steg eller en älg skällde honom eller sultrappern världsvridet från det excelsissimesta empyreiska (blixt, kort sagt) jordspraket eller Danamän utböligt bangar pang på bloddiga døren. En skriftställd då och där leds bort under gammals kod med en del fina täckta med sex märken eller niopinnar i metallmän för hans arbetes slagg medans det bara ska bli nu och då i våran tidseras bak, som ett uppskit av militära och civila ötaganden, som en gynekur leddes fram till schavotten för att i hemlighet ta samma fina summa via mellanhund med lådorna i hans grannes byrå.

Nu efter allt detta långsukta och pilgrimsfalska eller harmsna eller clere lyfter vi våra öron, ögon av mörkblått, från Liber Lividus blånta och, (toh!), hur kanske fredsamt eironiska, alla ragnarykande dyner och glimtande gläntor, självsträckningar f.ramför oss vårt frilands slätt! Två meter djupt din pastor bor: ung kronhjortspitt med pittens syster nafsar på atterfödd grönska; imaj hennes rockande gräs treklövers åbetydlighat; skynupp är av vintergråna. Därför, också, sakta åsneår. Efter Hanbjörnens och Hårigmannens tävling har blåklantarna i muren blitt qvar vid Baile Munna, skymingsros har utvält Goatstowns häckar, tuläppar har pressat tillsummansdem by sweet Rush, stadsland av tvinnatljus, vittornet och rödtornet har sagoögnat Likbergets majdalar, och, fast för ringar runt dem, men under en kyligad år av periheliggånger, har fårmerianerna gjort danskarnas blåtänder spröda och östmannen har plågats av mordbrännare och joycearna har spytt upp fuskbyggen mot himlen och Lien på den gröna är barnafader till Staden (År! År! Och skrattårar!), dessa paxknäppta knapphål har kadriljerats genom århundraden och vifta nu väfft på oss, frisk och piga-som-gör-allt på kvällen till Tagkålpåallasom.

Babblarna med sina egenkära tungor har varit (konfusium höll dem!) de gick och gick; tiggende skurker fanns och houhhhymna sångtom fanns och snygga nördbaggar fanns och parlez-vous fiancéer. Men har töat, bukhållare har mutterhummat, den blonde har letat upp den bruna: Elsker du mig, min kære pige?: och dunkeldanerna har kontrat med helvetiske venner: Vem plågas språkgåvan, din dumbecill? Och de föll uppå varandra: och själva hade de fallit. Och fortfarande gjorde nuförnätterna och forna nattetider alla de djärva ängens fioraser fram till sina shinfeinälskare bara för att säga: Slakta mig innan jag vissnar dig!: och lite senare: Plocka mig mens jag kan rodna! Klaga månde de slokna, gifta sig, och extravagdådligt rodna, var trofäst! För detta mordspråk är gammalt som haubitsarna. Tvaga en val ett tag i en rullebär (säger jag Dig inte sanningen, va?) med fena och klaffar som vickar och skakar. Tim Finnekanna tömmer bira, frestande Tam. Flippety! Flippery! Fleapow!

Hopp!

I Amnns namn denne karl på berget i pälsade stringbyxor en domän en ensam vem Joe Biggar var var? Omvandlas hans pygmépiga öltunnad, krympte hans lunkenfot. Han har locktår, dessa kortskinn, och, Oskåda detta är pektoral, hans mammamuskler mest monsteriskt. Det är släcka lunchen utifrån nåntings hjärndel. Mej tyckes en drakmänska. Han är nästanst på hugget här, är Dricksherry Sackersonbjörn, vare det barrträd eller februbrygd, marsarrak eller aprilfylla eller de rasande upploppens regnmånad eller stormmånad. Vilken skum sorts mahan. Det är öppenbart migipappan. Låtom oss överskrida hans brandförsvar och dessa kraaler av klyvsugna märgben. (Grotta!) Han kan befänga det skampråliga sättet att Herkules stoder. Kom igen, idiot ölstinn, trikåtajta kvinnor blåsta munkavlopp? F'låt oss, säkert gosse! Taler du donska? N. Tolkgrälar du skandinaviska? Nn. Spaghettar du angliska? Nnn. Grammattar du saxo? Nnnn. Klargör allt så! De här e en jute. Låt oss växla hattar och utbyta nåra starka verb svaga oach antingen slampartat högljutt abats blodiga bäckar.

Jute. – Yutah!

Mutt. – Mycket angemänt.

Jute. – E'ru döv?

Mutt. – Nästansom.

Jute. – Men ru e inte dövstum?

Mutt. – Nähä. Bara en yttrare.

Jeff. – Whoa? Va' e're me'rej?

Mutt. – Ja' blev en stunn en stammare.

Jute. – Vilken hehehehemsk grej, att vara orsak! Hur då, Mutt?

Mutt. – Det var buteljen, tonlöst!

Jute. – Vems batalj? I vilken?

Mutt. – Värsthusen i Dungtarf. Där brukar vördnad to be lic.

Jute. – Du r'ö, den sidan av din vojs är nästan oätlig för mig. Bli styckevis mer kloksam, som om jag vore dig.

Mutt. – Har? Har af? Hasatency? Urp, Boohooru! Booru usurpera! Jag trumplar från rath i mina gruvor när jag rimirimirimar!

Jute. – Ett ögonbläck. Bisonar är bisonoxar. Låt mig för all din tvekans skull korsa din oro med trinkgeld. Här ha'ru en silverpeng. Guiness är bra för dig.

Mutt. – Louee, louee! Hur träaktig visste jag inte, den osägbara Cedric Sihtrics gråkappa! Cead mjöligt felaktigt risför en dublind bar. Gammal grilsig growlsy! Han förlorade den på den där äggtestikla fläcken. Här där levern är. Monomar! Där var misärens måny. Mannekäng kan.

Jute. – Helt enkelt därför att Ordknäpp förutsäjr vår felsagaförkortare, heltlånat humpty dumpat skräp på marken här.

Mutt. – Just hur en puddingsten i natt brüsslar vid flodflödet.

Jute. – Herren Allmänslig! Med vad förslags nordbo liknar?

Mutt. – Romulerad med en tjur på en klumpäng. Rooks roarum rex roorne! Jag kunde saga till honom om det skummande hornet med hans woolseleysida inne, om halsen är jag på sutton, gjorde Brian d' of Linn.

Jute. – Boildoyle och Råhonung på mig när jag knappt förstånda en könstig från Sturk till finska i en sådan patwhat som din rotterdamröta. Opåhörd om oseddan! Gut eftermål! Se dig dömd.

Mutt. – Jag indrömmer helt. Knacka en sekund. Vandra en Dun eygonablink runtkring denna alltutomön och du skulle se hur gammal denna mina Elters slätt, tyskfri och våran, där vanan att kvida whirnbrel till tofsvippan över översvummen äng, där wilby citie enligt lagen om isthmon, varest droit av seigneur, isflak kom från hans värshus Byggningen till vars Finnisterra punkt. Låt erin minnas ruktet. Återuppstäm två raser, swede och bräckt. Mördering rue. Hitåt, krockande flöden, de äro i uppror: varföre cool vid ebb, de völa i fred. Åtaliga lövnadstackningör har nederfallit vid denna playa, tjöcka såm flötflingar, avföll från oben, likt en väldig trullis helt av virvölverldar. Nu är ni alla tombade till gröven, av jörd är du, till jörd åter. Stålthet, O stålthet, ditt pris!

Jute. – ›Stunk!›

Mutt. – Fiatfuit! Härinunder liggerrom. Stor inved litten och varjenatt liv också uslanning, babylone det greatgrandiga håthållet med tit tir titelhus, ALP på tveskört, drucken på ild, likeas jamlik till ogömlik i detta sakra cementert såm e liebeslove.

Jute. – ›Zmörd!

Mutt. – Mildundleize! Vai voldet våg bebordad. Des damms sjungen. Och dödstrastrofal hög har svalt upp dem alla. Dessa vårs av år är inte räddat tegeldamm och varande humus samma roteretur. Han som runränner må pippa på alla fyra. Åldkässel, njokässel, trekässel, faller sönder! Sälg mig dämpat bilett till Humblin! Hum-blady Fair. Men sila snacked mjukt, förmultning! Håll tyst, lyss!

Jute. – Lyss, tyst?

Mutt. – Tvestjärtsjätte med Amini, hon älvan.

Jute. – Tingshög?

Mutt. – Här är vicekungens grav.

Jute. – Hvadå.

Mutt. – Är du stenåldrad, din jute?

Jute. – Ja' e dutorslagen, sak smuts.

(Nedböjning) om du är abcdisträ, till denna lerbok, vilka kuriösa tecken (vänligen nedböjd), i detta allafabed! Kan du läsa (då Vi och Tu redan utrönt det) dess word? Det är sak samma som alla sagt. Många. Mixaderaser på mixaderaser. Mene tecken på väggan. De levde och skrattade och älskade till slutet. Ditt tingsdöme är givet till meadar och purser. Meanderthalesätt, förlust och igen, av vårt gamla Hedningburgh på den tiden då Huvet-i-Molnen vandrade på jorden. I den okunnighet som innefattar intrycket som knyter kunskap som finner namnformen som vattnar vetandet som förmedlar kontakter som sockrar känslan som driver åtrån som håller fast vid böjelsen som förföljer döden som tjatar tillkomsten som innebär existensialitetens fullföljande. Men med en rusning ut ur hans navel nås Ramasbottoms altarskap. En jordboende livsboksomsyns detta; mystiskt och det fortsätter att vara skakigt. En Hatch, en Celt, en Earplog varföret av vilka var att bryta jordskorpans bröd vid alla timmar, framplogning, bagudåt, likt yoxen vid oxoket. Här säger figuriner krigisk beväpning och montering. Montering och beväpning krigiska figuriner ses här. Futhorc, denna liffey avbild är för en jämmer kallas en flinteforfalde. Titta mot öster! Å jag säger då de'! Titta åt västen! Håll inne sköttet! Upp vakter och på dem! ace to ace! När en så liten del gör plikt i hålet vänjer vi oss snart vid alltförlite. Här (vänligen sluta) finns flerföldiga kokta små ärter av ett ganska så pekuniärt intresse isålite som de är pellets som utgör Tom Thumbs lön. Rätt rank rockar Ragnars rök och med dessa räckor orangutangon grovt och rättblörfel. Visst, visst, varförjordededå? Dick är för törne som stacknade i sin mull likt nån idjots förrådares framtår for vedergallring. Vilken mtrevlig gammal mröra alltsummans mblir! En gösselhågs lager av fåremöl! Oliver, betor, glikör, dalet, alfreder, beattar, gammar och daltonar. Uggleägg (O snälla nån sluta!) finns här, grekist av ålder och allt nu tamlygen obscenylon, och gamla världendubbelöjigt, fögvärt en smula gräs. Sss! Se snoken ormar överallt. Vår duribin svärmar av snakes. De kom till vår ö från triangulära Toucheaterre bortom den våta prärien uppstegrad mitt i lustgården fylld med fröbjuden äppelfrukt men utmed landstegad Paddy Wippingham och den hans avfallstunnor skadade dem krypandes på magen kuksnabbare än vår vem'e'där uturmannen kunde kvicka på hennes vad'e'de. Dela upp och samla partiet men räknandet vänder runt samma balifusion. Svindlare och spritlangare.

Yxa på thwacks på thracks, yxenvis. En efter en plats en blir tre ditto och en före. Två versus ett blir en möjglig fri och samma bakefter. Sättandes igång med en stor boaboa och trebenta kalvar och ivar-igraines murgrönska med ett bödskåp i sina munnar. Och en etthundrafylld osötatvägd liberorumqueue att Conan om vi kan till allafasors kväll. Vilket meanderthalesätt att slappa loss och med vad slags slut med tanke på hukande och antihukande och postproneantihukande! Attsäja till åss at vara varje Tim, Nick och Larry av åss, söner av guden, söner, småsöner, yeah och lojalasmåsöner, när ossar inte ska va', varje Sue, Siss och Sally av oss, Nans dottrar! Accusatjve ahnsire! F'bannade Adam i evigheter!

Sant är att det fanns in illis diebus liksom ännu inte lumpna papper i skrepkörgen och mäktigberget Perm fortfarande förlossningsstönande att undfly. Allt hanlar om antikanor. Du gav mig en känga (tecken på den!) och jag åt vinden. Jag ba' dej om ett pund (med för vadå?) och du gick till finkan. Men världen, se upp, är, var och ska förblö skrevandes sina egna wrunor för alltid, manushia, om allt det som faller under våra infrarationella känslors förbannelse före den sista mjölkkamelen, hjärtvenen som bultar mellan hans ögonbrunor, ska fortförande bindas fäst vid sin kusin Charmians grav där hans datum är tjudrat vid palmen som är hennes. Men hornet, dryckes-, skräckens dag är inte nu. Ett ben, en sten, ett fårskinn; tälj dem, svälj dem, skär upp dem alltid; ge dem till terrakocken i smaltdögeln: och Gutenmorg med hans cromagnacarta, Tintingfast och artonpunkters bönbok måste en gång för omniboss gå rubrickröd ut ur ordpressen annars är där ingen dygd kvar i alkohoran. Därför (insvept varnas man) är vad papyr är jort av, gjort av, hudar och ryck och missar i tryck. Tills du slutligen (fast ännu inte ändlikt) gör din bekäntskåp med Mister Typus, Mistress Tope och alla de små typtopics. Fullstopp. Så du behöver knappast stava mej hur varje ord ska bindas över för att bära tre poäng och tio typtopsiska läsningar genom Dubblinska bokens ändars förening av (må hans panna mörkna med lera som vem ville söndra!) till Daleth, mahomahouma, som öppade det stängda därav det. Dörr.

Gråt inte ännu! Det är många smil till Ännuinte, med sjutty umgmör per man, Sir, och parken är så mörk vid stearinljus. Men se vad du har i din handseif! De små rörbara klottrar i motioner, marscherande, allesammans före sedan, i tiptap och sjungsång för varenda aktivt spöklik liberal som har en bit torystory att beritta. Det var en gång en tidoch två bakom deras salladssprång och tre bland smultronsängarna. Och kycklingarna pickade sina tänder och åsneharslen började skria. Du kan råga ditt harsle om det tror det. Och så hjälpe mig har inte bara uppåtväggarna höron. Den därmed en frumed defekta barnets. För sedan kom åldern då hopp sprang högt. Om en noark och en chopwife; om äppelfallets fulla grav och lättsinnig kvinna; eller om gyllene ungdöm som ville beskattstreras; eller om vad den skälmska snärtan fick en man att göra. Illgiftad var han bakväntbladad av hennes friska tricks och hennes snögga krigsdans. Ma foi la Fay, hon är den glada denna ormkvinna! Från detta trippa påtåräknade steg! Flor, virvlande, valentinska ögon. Hon är den onda vind som blåser naj mot god. Flyt in, flöda an. Hörhorahär! Så de' e'sant det var' hon inte vi! Men lägg det lätt, gentlemän, vi är inom hörsel för en norewhig! Så villelillevaretanigynk. Kom å se. Re va' såm åm han visste. Lyssna! lyssna! Jag gör det. Hark, Cerealier Entréer. Och lappnötterna spricklar.

Det var en natts, en sen en, länge sen, i en oldtids stenålder, när Adam grävde och hans madam silke spann, när mjölk Montenotte mannen var varjemobbare och den första revbensrövaren som nånsin ba hennes eget sätt varjekompis eljest, och Jarl van Hoother hade sitt brända huvud högt uppe i sitt lamphus, läggandes kalla händer på sigsjälv. Och hans två små geminis, kusiner av ourrt, Tristoffer och Hilary var kickandes klackspark sin dragg på hans oljas vaxgölvs Humeröjd, Castell och Erdhaus. Och, var däremot, vem kom att givare hans gästhus bara niecetill hans svärsläkt, Sprattdronningen. Och Sprattdrönningen drog en rosig en och gjorde sin espri framför dörr'n. och hon sken upp och Fireland stod i lågor. Och talade hon till dörr'n i sin lepetitparisien: Markera Twains, va'för ser jag ut som en piss porterärta? Och det var hursom stjärtmytslingarna började. Men dörren handtecknade henne grace i dutch nassau: Håll! Så hennes grace Gráinne Ní Mháille kidsnappade upp jimmy Tristofer och ini shandy Westernesse hon ramma, rammade, rammande. Och Jarl van Hoother trådlöst efter henne med mjukt duvrop: Stopp döv stopp kom tebaks till mitt Erin stopp. Men hon swarede honom: Usannolikt. Och där var en brannewail som samma sabbatnatt av fallna änglar någonstans i Erio. Och sprattdrottingen gick till sin fyrtioåriga vandring i Jordenruntpå och hon sköljde bort kärleksfläckens välsignelser från jimmy med tvål sulliver suddies och hon bad sina fyra ugglemästare om att få ta hans ticklar och hon konverterade honom till den osäkre allgode och han blev en lúdramán. Så senbörja hon regna og regna och, blir förbannad, hon var tillbaka igen på Jarl van Hoother i ett par såmrar och jimmyn med henne i hennes förklä, spets på natten, vid en annan tidpunkt. Och vart kom hon om inte till hans värsthusbar. och Jarl von Hoother hade sina bertoloblåmärkta hälar dränkta i sin källarmalt, skakandes varm hand med sig själv och jimminy hilary och draggen i deras första linda fanns nedanför på bönelappen, glimande och hostande, likt broder och hyster. Och Sprattdrottningen nöp en vit ros och lyste upp igen och rödklädda kukar flydde flaxande från bergkammarna. Och kasta sitt vatten framför fönstret, sägandes: Mark the Twy, varför Aliknar Pleasance Liddel jag två ärtor i en damm med öl? Och: Håll! säger den retsamma, handarbetande hennes majestät. Så hennes majeståtliga förtänksamhet satte ned en jimmy och tog upp en jimmy och alla lilleputtsätt att nå Woeman's Land regnade, regnade, regnade hon. Och Jarl von Hoother snacka nonsens efter henne med en gapig finegale: Sluta domb sluta komma tillbaka med mitt irhänge sluta. Men Sprattkvinnan swaradid: Jag gillar det. Och där fanns en vild gammal ny stor jämmer Sankta Lawrences stjärnskjutande tårar nånstans i Erio. Och Sprattdamen gav sig ut på sina förtiåriga pråmenåd i Turniemeem och hon kråssa cromcruwells förbannelse med spetsen på en nål in i jimmy och hon fick sina fyra farsartade minitrixer att röra vid honom hans tårar och hon konverterade honom till det enda säkra heltsäkra och blev bliv en trist en. Så sedan började hon regna, regna och i ett par ändrare, vare fördömd till henne, kom tillbaka igen till Jarl von Hoothers och Larryhill med henne under hennes förkläde. Varför skulle hon alls stanna till om inte för hans vård av sitt herrgårdshem av en annan trevlig spets för tredje charmen? Och Jarl von Hoother bjöd sina orkanhöfter upp till hans vaktkur, idisslande i sina fyrahållares magar (Ojsan! Oj då!) och jimmy Tuffareträd och draggen som vare kärlek på vattenplagget, kyssandes och spottandes, och skåjandes och kissandes, likt knekskit och naivbirgitbrutta och i deras andra barndöm. Och Sprattlerskan plockade en tom och lyste ut och dalarna låg småleendes blinkande. Och hon kissade som mest mittför triumfbögen, och frågade: Mark the Tris, va'för ser jag ut som ett piss porterpease? Men det var hur som stjärtmytslingarna ändade upp. För i liket med Campbellarna som kommer med en gaffel lans av blixtnedslag, kom Jarl von Hoother Boanerges själv, damernas gamla fasa, hiphoppandes handikappad ut genom det piköppnade valvet i hans tre gånger stängda herresäten. I hans bredbrättat ingefärgadehatt och hans civila krage och hans fållade allabuif och hans tjurskrytande sockor och handskar och hans lodbrodska knäbyxor och hans kattegattska pultronbälte och hans pälsbrämade spolspunna peninsulära krigs gummistövlar likt en röd gulnat grönblå orangist i sitt violetta indigonerade tullstand, till hela langden av strykan i hans bågmästares pil. Och han kosmockade sin plumpa hand till sitt lätta hinder och blev beordrad och hans tjocka språk spraka henne att hålla käft chop, dappy. Och duppyn slöt slutaren klupp (Perkodhuskurunbarggruauyagokgorlayorgromgremmitghundhurthrumathunaradidillifaitititillibumullunukkunun!) Och alla drack de gratis. För en man i sin rustning var en fet match för vilken flickor som helst undertröja. Och det var det första stöcket illiterativt poeteri i hela den flammande flodiga flata världen. How kirssy the tider made a sweet uncbose to the Narwhealian captol. Se före skallst thu sjö. Mellan dej och böj. Sprättinnan fick hålla fast sitt draggskepp och jimmyniterna fick hålla fredsvågen och van Hoother måste få vind i seglen. Således hela stadens invänners glädjes hörsamhet.

O foenix culprit! Ex nickylow malo comes mickelmässed bonum. Hill, nu, dem i sällskap, bilettad, mindre att vara stålt över. Bröst högt och gränslat! Bara fördetta villdessa andas på Norrônesen eller Irenean den sekretaste av deras källlöshet. Quarry silex, Homfrie Noanswa! Vad har du brattåm för, Livia Nyanzasva? Molnkappan är över honom, runkad panna, hungerlängtan, han skulle tjuvlyssna, finns mus tillgänglig, var det djinn i batalj i yttersta örat. Märk mörker, hans dalar mörknar. Men läppthar läthpar hon till honom hela tiden om snedd på snudd och slang på släng. Hon han hon ha hon ha to la. Herrfluch, om han bara förstod na! Oberörlig, han avlyssnar. Lydbølgerne är hans bufféöron; de trumfar honom med sina trumfer; vågen av rytning och vågen av köttgryta och vågen av hahahaet och vågen av neverheedthemhorseluggarsandlistletomine. Instängd av sin neaghvildagranne och förstenad i sin avkomma, helgon och vise män, kunde morgontidningarna skriva honom på hans facerygg, the bouthly one whose boab we are devorers of, hur plattfisk för hans heliga plattfisk, eller hennes till hennes puder vippa, läpp till läpp en vilkens libe vi dricker från, hur matlagat äpple för hennes fallfrukts starkvara, vårt släkte och tvättgivare, det skulle inte finnas en hålfylld ande på sta'n eller någon flytande vestal i dockan, nej till att sätta fulla segel, varken idegran eller ett öga för att leka kurragömma i Novo Nilbud i gatljus eller o'toole o'tall o'tull och ingen antydan till älskaranna.

Han grävde in och grävde ut i sitt anletes slit för sig själv och allt som tillhörde honom och han ansiktesvettades under sin auspicie för de levande och han urnade sin skräck, för sköldraken, och bli skymfad för oss och fräls oss från all ondska en man, den där mäktige frigöraren, Unfru-Chikda-Uru-Wukru och vid Gud gjorde han, vår anfader mest tillbedjefulle, tills han kom att tänka på en bättre en i sin windovers hus med den där rodnande manteln på sig från örets slut till årets slut. Och skulle återigen viskande tjallare kunna väcka honom och kanske igen när eldfågeln slits sönder. Och ska igen om så vore bli lugnad av äldre till sina yngre ska sägas. Har ni vin till mitt brudlopp, har ni ordnat sängen och brudhopp, tänker du tjuta för mitt dödshopp är en?Likvaka? *Usqueadbaughzam!*

Tror ni för djävulen att jag är död! Trodde ni mej stendöd?

Nu ta't lunkt, Mistör Fennimore, Sir. Och lik stilla likt en pensionerad gud och res inte utomlands. Ni går bara vilse i Healiopolis nu vägen era stigar i Kapelavaster slingrar sig där utmed Golgatan, Norra Umbria och Fem Högarna och Wattling Street och Bower Moore och blöt kanske era fötter med dimsvept dagg utomlands. Träffa någon sjuk gammal bankruttör eller Cottericks harsle med sin sko hängandes, clankatachankata, eller en hora som snorar och snarkar med ett orent spädbarn på en bänk. De' skulle vända er mot livet, de' skulle de'. Och vädret menar samma sak. Att skiljas från Devlin är som Nugent visste svårt, att lämna domprosten tilltrasslat berusad än sin grannes oframkomliga fält men låt inte er gast ha någon anledning till missnöje. Ni har det bättre, Sir, där ni är, primsignad fullt påklädd, blodörnad väst och allt, erinrande er era hårlockars former och storlekar på dynan till er kista av lönn vid det kalla vattnet där Toryöns lera ska skrämma skadedjuren och ha allt ni vill ha, påse, handskar, flaska, brickett, näsduk, ring och paraflax, alla bålets rikedomar, i själarnas land med Homerus och Broin Baroke och stackars gamle Lonan och Nobucketnozzler och Guinness Khan. Och vi ska vara där, kortspelarna, och gräva ert gravgrus och bringa era gravgåvor, eller hur, fenianer? Och det är inte vårt spott som snålas, är det druider? Inga sjabbiga små gravfiguriner, krimskrams och borturåsyner man köper i struntbutiker. Utan vad marknaden erbjuder. Poppypappas pass har gått ut. Och honung är det heligaste ting som någonsin funnits, kupa, kaka och öronvax, maten till ära, (håll inte er burk eller er nektarkopp så att de ger för lite!) och en smula getmjölk, Sir, som pigan brukade bringa er. Er berömmelse sprider sig likt Basilicos salva sedan Fintan Lalors begrov er överbord och det finns hela hushåll bortom Bottenviken och de ger er öknamn. Bautastenarna talar alltid om er sittande omlagom på grisens kind under det heliga takträdet, över skålar med minnen där varje hål håller en helighet, med ett löfte till drengerne, i Salmon House. Och beundrande till vår superslånkäpp där handsvett som mest markerar ert manument. Alla de tandpetare som nånsin tuggats på av irlandianer är chips som kukblockerats från det där övergreppsblocket. Om ni var böjd och såld och sviken i sig själv från den enare av det dåliga det var så att paddyplantörer kan ha packat ihop en massa och när ni var tillintetjord i varje punkt i knät på gudinnorna så visade ni våra arbetarklassflickor hur att frigjord var lätt. Den gamle spel-Gunne, var de sägandes, (skalle!) som var en planterare åt er, en stråtrövare för dem alla. Vid Gud men han var, G.O.G.-et! Han är dödochgången nu och vi är efter att finna hans rättfärdighets ömhet men frid vare med hans stora lemmar, buddhskankor, med hans sista långa vila, medan Tuskars miljonlysande öga sveper över Moylean Main! Det fanns aldrig någon krigsherre i Great Erinnes och Brittland, nej, för i hela Pikes härad lik er, säjer dåm. Nej, varken en kung eller en kickkung, drickkung, sjungkung eller hängpung. Att kunde fälla ett almträd tolv sjöborrar kunde inte ringa runt och hissa stenen högt som Liam misslyckades med. Vem om inte resen Maccullaghmore våra lyckors resa och gårdfaunihandlar'n vid begravningen för att uppnå vårt söfte? Om ni var självaste hogglebully och nästan femtjo som om ni gick till sjöss så vad allt var er like där att lägga kabel eller vem var den buttre som bättre kunde Ers Nåd? Mick Mac Magnus MacCawley kan ta er bort till den rena perfektionen och Leatherbags Reynolds försökte erat blanda och ge. Men som Hopkins & Hopkins säger, ni var den bleke äggnåddige och ett kyssande att skryta om. Vi kallar honom alla resors Bobrikoffs då han Jorsalafor i Arssia Manor. Ni luktigare kuck än Pete, Jake eller Martin och er ärkehurtig av gäss ätandes stubb på Alla Änglars Dag. Så må de sju ormarnas präst och skållade tekokaren, Papa Vestry, aldrig komma nära dig när som ditt hår växer huruväder vid sidan om Liffey det är i himlen! Hipp, hipp, hurra där! Hjälte! Sju gånger där för vi saluterar er. Hela väskan med grejor, falkplymer och marschstövlar inkluderat, är var ni fann dem den gången. Ert hjärta är i Honvargens system och ert hjälmprydda huvud är i Stenbockens vändkrets. Era fötter är i Jungfruns kluster. Er o la la är i sahulregionen. Och det är iland som ni var horn. Er madrass tickar bra. Och att där texas boxerar linne. Den ensammes strävan till Laffayette är avsluttad. Fall i ert spår, babe! Var inte oroligheta d! Huvudkroppssnattaren i Isis CHEmpel, Tuth-Ank-Amon, säger: Iak tjenner tik, methyrburk, jag känner dig, frälsningsbåt. För vi har performerat på dig, din abramanation som alltid kommer utan att vara åkallad, vars ankomst är okänd, alla de ting som körledarens sällskap och om Kristpatricks grammatiker beordrar beträffande dig vad beträffar frågan om arbetat på din inmurning. Skeppsmännens hov, brant vägg!

Allting pågår likadant eller så det tilltalar oss alla, i den gamla holmstaden här. Hostningar över hela fristaden, otur för mig tant Florenza. Hornet till frukost, en gonggong för lunch och middagstid. Lika populär som när Billy den Förste var keng och hans ledamöter möttes i Mans Tynwälde. Samma kjoskbira i fönstret. Jakobs stegkex och dr Tipples Vi-Cocoa och Esaus utspillda soppa bröve Moder Feskmas sirap. Kött tog en droppe när Reilly-Parsons masslockades.

Ont om kol men vi har en massa dass ute på gården. Och vinet är upp igen, begrynad till det. Grabbarna bevistar rygelbindet skolans lektioner, Sir, stavningstävlar med tveksomhott och ändrar ut borden med tillampad lera. Allt för böckerna och aldrig spela kula efter Tom Bowe Glassarse eller Timmy the Tosser. 'Tisraely sant! Nämen ä de int' sant, romerska pathroliker? Du var den dubbelt ledade dörrvakten morgonen de blev levererade och du är en farfar fast helt när högra handen griper det som kärleksarmen vet. Kevin är bara en sötunge med sin kerubkind, kritandes mänskotuggande jättar på väggarna, och hans lilla lampa och skolbälte och påse med tricks, lekandes brevbärarens stöt runt utgrävningarna och ifall tvålen var mjölk kunde du lämna hans svärd vid hans ida men, för guds lov, djävulen ska vara i denna en Jerrys skyltdocka ibland, tarantaran plädboy, som gör en rödbläckat hav utav de sista av hans besparingar och ritar ett blått streck över hans födelseplagg. Hetty Jane är barn till Mary. Hon kommer (för de kommer säkert att välja henne) i hennes vita av guld med en smula murgrönt för att återantända flamman på Felixdagen. Men Essie Shanahan har släppt ner sina kjolar. Minns du Essie i vårt Lunas konvent? De kallade henne Herliga Merry hennes läppar var rödbäriga och Pia de Prabelle när rödgrävarnas upplopp handlade om henne. Vore jag en utnämnd tjänsteman Williamswoodsmanufakturerare, så hade jag affischerat dessa planscher på varenda jamb i stan. Hon sköter sitt rykte på Lanner's två gånger varje kväll. I takt med straussgaloppens tamburintamtamatram i mr Whirligig Magee sången. Det skulle få din fitta att svälla.

Lugn nu, ärbar som du är, med dina knän och ligg stilla och vila din äras höghet! Håll fast honom, Ezekiel Trons, och må Gud ge dig styrka! Det är våra varma våtvara, pojkar, som han sniffar. Dimitrius O'Flagonan, korka igen den där kuren för the Clancartys! Du äre tillrcäkligt dränkt sedan Portobello flöt Pomeroy. Vechnyi PoKoi, na vechnuyu Pam Yates! Var inte heller Wramawitchs ångest! Här limboslumras. Där moln sveper honom, där blötlöggarnäsor hyr ut till ingen, där mysterier häller slag över, O sovare! Må så vara!

Jag håller ett öga på konstige Behand och gamla Kate och butlern, lita på mej. Hon jugglywugglar inte ned sina vykortssouvernirer från kriget som stöd för att bygga mej morial, fyllbultar! Jag snubblar dina snaror! Lika säkert som född! Och vi sätter på eran klocka igen, Sir, för er. Eller gör vi inte, sharestutterers? Så du är inte helt satt på pottan. Inte heller sprida ut dina kvarlevor. Paddelhjulen kravlar på starkt. Jag ser att din missus är i salen. Som GuinevEire. Arrah, det är hon själv som är fin, också, så snack inte! Handskak? Din storia Harry chop länga mig Harry chop storia gräs kvinna plenty med bra öring. Handskak. Djavulen en högaffels fel med henne bara hennes saliga ben. Boald Tib gapar och smilar Castors timmar på Pollocks rundabordkuddar betraktande henne handarbetande ihop en dröm, skräddarens dotter, till hennes sista stygn. Eller medans i väntan inför vintern för att elda förtrollningen, lockbetande fler jåglar att falla nedför skurstenis. Det är en Avalon-lavin som blåser ingen till nytta. Om du bara vore där för att förklara meningen, du den bäste av människor, och talade vändligt till henne om guldensilver. Läpparna skulle åter vattnas. Som när dju körde med henne till Findrinny Fair. Vad med tygel här och tömmar där alla dina hander upptagna så att hon aldrig visste var hon på land eller till sjöss eller slungad genom den blå likt Earwicker's brutta. Hon var flörtig och är fortfarande fladdrig. Hon kan instämma i en sång och dyrkar skandaler när den sista posten är över. Förtjust i ett dragspel och par som passerar när hon bett om sina fyrtio blinkar för kvällsmat efter cancankannan och äppelkakan och sittande i sin Merlinrullstol läsandes sain Eventing World. Att se det är klyftigt, en slängkappas fulla längd. News, news, alla nyheter. Död, en leopard, dödar fellow i Fez. Upprörda scener i Stormount. Stella Star med hennes lyckliga stickeriväg. Möjlighetens marknad med Kinas översvämningar och vi hör dessa rosenrykten. Ding Tams han bullrar om same grabb Harry. Hon söker sin väg, en skräckande och ett skrockande, in och ut i deras följetång, Les Loves som Älskar Vintergröna, fritt efter den Norska Hustrun. Det ska bli blåklockor som blåser i sinnrika gravkammmar den natt då hon signerar sin sista tår. Zee End. Men det är en värld långväga iväg. Att spana efter svunnen tid. Ingen silverask eller peruk för denne enne! Medan fladdrande ljus smickrar. Hur mår du, Annastasia? Värd sin vikt på ädlaste sätt, säger Adam och söner, kanskbetalande auktionärerna. Hennes hår lika brunt som det alltid varit. Och levande och vågigt. Vila dig nu! Finn inge mer!

För, var detta samma saks den krokade laxens tvillingsubstitut, finns det redan en stor rödaktig murbräckekis slampmässigt på området för hans jakt på de hundra bordellslagen, som det har sagts mej, lönnkrög, blomstrande likt en borgmustare eller ett buaboabaybohmträd, littirig flop en dödsögla (tyvärr!) to lee men lyftandes ett yardlångt (glädjerop!) på den blåsiga sidan (för visning!), höjden på Brewsters skorsten och lika bred undertill som Phineas Barnum; bär på rygg sin andel av showerna sänkande på honom han är en sån farfaller, med en pockad fru i lax som är en eldflyga och tre små Humphrey Clinker's Expedition, två tvillingbuggar och en dvärgdam. Och vare sig han förbannade och bannaigen och alltid var sedd i flärd med att göra vad dina fyrfotade suputer såg eller aldrig sågs göra det som dina coola duvor vet, grät molnen därovan för nersmilande vittnen, och det får nu räcka beträffande fairyhees och frailyshees. Fast Aesops fibblar det till Sephirot och Astra zoomar det runt hennes himlar för alltid. Skaparen han har skapat för sina skapade enna en skapelse. Vit monoteid? Röd teatrokrat? Och alla rosenprofeters koalescering? Very much so! Men hur än var det en sak säkert, att sheriff Toragh borgarför och mapqiq utgör, att mannen, Humme the Cheapner, Esc, lätt beruskad som vi trodde han var, ändå är värd sitt namn, komtill denna tidsfärgade plats där vi bor det ena tidvattnet efter det andra i vårt trångsynta himlavälv, med en kaveldunsk vräkning med djävla brådska, tvillingturbanerna i sin dhow till Dybbling Bukten,som denna skärgårds första skonarbesök, med ett pilträdsmönstrat vaxluder i hennes stävsom galjonsfigur, dödahavsdugongen uppdykdroppandes från sitt djup, och har varit repredikande sigsjälv likt en fiskmånglare dessa sekstån år ända sen dess, hans shebi vid sin sida, aid och Aida, växande hår under hans turban och vandlar rörsocker till cellulosa stärkelse (Tuts förbannelse över honom!) som också det, fästande skottet sväller han upp om när berusad, vår gamle lagbrottare var Humile, Commune och Ensectuous från hans natur, som du kan mäta efter det att binamnen placerats under honom, i språkandets tal, (honi nein soit och prisare vare!) hans natur och totaliserande honom, varje femtedel av Irland som han, på fullaste allvar, han är och ingen falskning finns som är ytterst ansvarig för det upplopp som orsakades i Edenborough.

Nu (att för alltid underlåta sålite av Iris Frees och Lile O'Rangans), vad beträffar tillkomsten av Harold eller Humphrey Chimpdens yrkesmässiga namn (vi är tillbaka vid den predromaritiska perioden före förnamnen, naturligtvis, just som Enos kritade halltrappor) och förkastar en gång för alla de där teorierna från äldre källor som skulle återlänka honom med så pass centrala förfäder som Gheesarna, Limarna, Skyarna, Nordöstrarna, Ankrarna och Earwickrarna från Sidlesham i Hundfred av Manhood eller proklamera honom ättling till vikingarna som grundlade hundaren och bosatte hem i Herrick eller Eric, den bäst autentiserade versionen, Dumlat, läs Läsningen av Huvud-ben-Edar, har det så att det var på detta sätt. Det berättas oss hur i begynnelsen det hände sig att, precis som den snattande Cincinnatus, den gamle imponerande trädgårdsmästaren räddade dagsljuset under hans väldiga rödträd en kvav sabbatskväll, Haggan Chivychas Eva, i förhöstens paradisfrid genom att följa hans plog för rotlösa på mobbhusets bakgård, det gamla sjöhotellet, när kunglighet förkunnades av löpare som tillfredställdes av att ha hindrat sig själv på kungsvägen utmed vilken en fritidsälskande rävhane hade kastat åtföljd, också i promenadtakt, av damgrupp av cockerspanljar. Glömsk av allt bortsett från sin vasalls tro och huldhet till etnarken, stannade Humphrey eller Harold för att oka eller sadla utan snavade hårdsmällt som han var (hans svettfyllda bandana hängande löst ur hans kavajficka) hastande till sin publiks förgårdar för att pissa, sadelgjord, solscarf och pläd, golfbrallor, benlindor och bulldoggstövlar i rödfärgad cinnober med flagrant märgel, skramlande sina vägtullsnycklar och bärande upphöjt bland jaktpartiets fixerade pikar en hög stör på toppen av vilken en blomkruka fixerats med jordsidan hissad med omsorg. Vad hans majestät, som var, eller ofta låtsades vara, påtagligt långsynt alltsedan grön ungdom och hade för avsikt att fråga vad det var som, varande i kraft, hade orsakat att vägbanken på andra sidan var så väghålsfylld, och bad ersättningsvis, att bli upplyst vad beträffar huruvida paternoster och silverläkare nu inte var mera av inbillat bete för hummerfångst, ärligt uppriktigt svarade Häromharkling utan att skräda tonfall mycket påminnande om ett orätt änne: Naw, ni skojade, varande just slappande på sina sabla tjuvlyssnare. Vår sjökonung, som dränerade ett långhalsat kärl med uppenbart Adamsöl, gift both och gorban, däruppå upphört att svälja, log hjärtligt bakom sin valrossmustasch och, hängivande sig åt detta icke alltför gemytliga skämtlynne vilket William Erövr hade ärvt på spinnsidan med det nedärvda vita håret och en del kortfingrighet från sin grandtant Sophy, vände sig till två av sina legoslaktare, Michael, adlig herre till Leix och Offaly, och Droghedas jubilerande borgmästare, Elcock, medan de båda hagelbössorna varandes Michael M. Manning, protomedlem av Waterford, och en italiensk excellens vid namn Giubilei, enligt en senare version citerad av den lärde skolarken Canavan av Canhagjortbuller (i vardera fallet en triptykiskt religiös familj symboliserande den rena doktrinen, business som vanligt och odörtens purchypatch där de trevliga skönheter gro), och markerat dockidockor: Sankt Huberts heliga ben, hurusom vår röde broder av Ösanderegnet skulle hörbart ånga visste han att vi har säkert litat på en vägtullares verksamhetsområde som omväxlande är en pikebailer inte mer sällan än en tjyvlyssnare! För han besläktade Jom Pill med sitt hov så grått och sitt tillhåll i sitt hus i morgonens sörjande. (Man hör fortfarande det där gruskrönta skrattet, jappijapp körbärskörsbär, bland träden utmed vägen Lady Holmpatrick planterades och man känner fortfarande den amassiva tystnad iklädd Gladsten och Giubilci klockslocknar: Jag har hamnat snett sen jag föddes.) Kommer till frågan: är detta de fakta om hans nominigentilisering som noterats och prisats i båda eller endera av de motsvarande andrewpaulmurphy berättelserna? Är detta deras öden som vi läser i spådom mellan *fas* och dess *nefas*? Ingen koskit på vägen. Och skall Nohomiah likna vår plats? Yea, Mulachy våran kungsbara khan? Vi ska kanske inte så snart se. Ding pong som slår för att söka allians där som står avlad med centaurer. Håll i minnet, son av Hokmah, om så vore du har metheg i ditt sinne, denne man är ett berg och tills förändring höjer man sig upp. Häver vi på sidan om villfarelsen, lika höjdpunkt som överdrivet söt, att det inte var kungen kungsjälv utan hans oseparerbara systrar, okontrollerbara nattpratare, Skertsiraizde med Donyahzade, som efteråt, när rånarna sköt upp societetslejonen, kom ner till världen som underhållare och iscensattes av Madame Sudlow som Rosa och Lily Miskinguette i pantomimens rumpljus som två diken patroniserat, Meliodorus och Galathee. Det stora faktum träder fram att efter det historiska datumet har alla holografier än så länge grävts upp på initiativ av Haromphrey bär akronymen H.C.E. och medan han var bara och lång och alltid gode Dook Umphrey för de hungersmala rackarungarna av Lucalizod och Chimbers till hans kompisar var det i lika hög grad tydligen en behaglig vändning hos populasen som gav honom en känsla av dessa normativa bokstavar smeknamnet Här Commer Envar. En påtvingande sig alla såg han förvisso ut som, ständigt densamme som och jämlik sig själv och magnifikt väl värd vad helst och all sådan universialisering, varenda gång han kontinuerligt överblickade, mitt ibland allt skrikande från mitt emot *Accept these few nutties!* och *Take off that white hat!* lindrad med *Stop his Grog* och *Put it in the Log* och *Loots in his* (bassvoco) *Boots*, från en bra start till en lycklig slutkläm det i sanning katolska assemblaget ihopsamlat i den där kungens värdshus av silkes alusterlika ovanför flytande och rampljus från deras årsplöjdaytor och oxgångars enhälligt till klappläder (hans livs inspiration och hans karriärs höjdpunkter) mr Wallenstein Washington Semperkellys alltid lika gröna rundturer i en anbefalld föreställning på särskild begäran med det hövliga tillstånd för andäktiga avsikter den hemmadrömda och upplivade föreställningen om problemet med det millentära passionsspelet, som har gått starkt ända sedan skapelsen, *A Royal Divorce*, då nära att uppnå fram mot höjden av dess klimax, med ambitiösa intervall orkesterval från *The Bo' Girl* och *The Lily* på alla hästshower som begärts kvällar av hans vicekung i båset (hans dans på egen hand är innantakad där gökspott är mindre framträdande än Maccabéernas och Cullens rödrituellaluvor) där, en veritabel Napoleon den Nte, vår världsscens practicaljokepjäs och pensionerade kelkeltiskkokomediant på sitt eget sätt, denne folkförfader satt för all tid, havande hela sitt hus omkring sig, med den ständiga brett sträckta halsduk som kylde hela hans nacke, hals och skulderbladen och i en klädskåpspanelad smoking totalt uppbackad av en skjorta väl benämnd sväljerallt, i alla avseenden utstärkande de tvättade klohammare och vägghålens och den tidiga amfiteaterns marmortoppade gossar. Saken var den: se på lamporna. Rollbesättningen var sålunda: se under klockan. Damrummet: mantlar må kvarlämnas. Dike, prommer och parterren: bara ståplatser. Stamkunder dyker iögonenfallande upp.

En djupare mening har lagts in i dessa karaktärer vilkas anständighet i litterär bemärkelse tryggt knappast kan antydas. Det har på utslängt sätt basunerats ut av vissa lustigkurrar (Mohorats stanker finns i morgonens nattintrig) att han led av en gemen sjukdom. Athma, obete dem! Den självrespekterandes svar på ett sådant förslag är att fastslå att det finns vissa påståenden som inte borde finnas och, man borde vilja hoppas att kunna tillägga, inte borde tillåtas att göras. Inte heller har hans baktalare, vilka tillhör en ofullkomligt varmblodig art, tydligtvis uppfattat honom som en stor vit larv förmögen till varjehanda enormitet i kalendern, som noterats för att diskreditera familjerna Juke och Kellikek, förbättrat deras sak genom att insinuera att, alternativt, att vid ett tillfälle ligga under det skrattretande tillskrivandet att irritera walesiska fusiljärer i folkets park. Hay, hay, hay! Hoq, hoq, hoq! Fauna och Flora på ängsmarkslek det lilla gamla skämtet. För alla som kände och älskade Kristuslikheten hos den store rensinnige jätten H. C. Earwicker under hela hans excellens långa vicekungliga existens, är själva antydningen om honom som en lustdetektiv som nosar upp trubbel i försåtsmineringsringar särskilt absurd. Sanning, profetens skägg, tvingar en att tillägga att det är sagt att ha varit quondam (pfuit! pfuit!) en del fall av detta slag implicerande, det är trott varande interdum, en quidam (om han inte existerat skulle det ha varit nödvändigt att quoniam uppfinna honom) kring denna tid Istanbumlande omkring Dumbaling i läckande tofflor med hans banrekord som har förblivit groteskt anonymt men (låt oss färga honom Abdullah Gamellaxarksky) som var, har det sagts, posterad vid Mallon på begäran av väktarkrigare tillhörande vaksamhetskommittén och åratal efteråt, skriker man ännu mera, Ibid, en anförare om den förfärliga, synbarligen, till varest där som sulhan satt, fallet huvud (pfiat! pfiat!) avvaktande sina första för månaden grabbar att vända om för att detta chopp pah kaabakk närsomkub på det gamla huset för den hårtsatsande, Roche Haddocks utanför Hawkings Street. Lowe, du din blonde lögnhals, Gu' såg dig på narknadsplatsen och hon vad som ediths hemmavid vanärar dessa Boyles! Det är en bil full med slag förvisso till det där målets ära. Skvaller, låt det ligga som plattast, har aldrig kunnat fälla vår gode och store och allt annat än vanlige Southron Earwicker, detta homogeni till man, som en from författare kallat honom, av varje grövre oanständighet än detta, framlagd av några skogsvårdare eller betraktare som inte vågade förneka, väktarshomerna, som de hade, chin Ted, chin Tam, chinchin Taffyd, den dagen konsumerade deras själ kornet, av att ha uppfört sig med ett ogentlemaniskt beteende inför ett par läckra hembiträden i svimmasvallet av brådskande ihåligt vissnande, eller så som de båda kapporna och pinnarna vädjade, Fru Naturen i all oskuld hade spontant och vid ungefär samma kvällstidens timme sänt dem båda men vars publicerade kombinationer av silkinlagda vittnesmål är, varest inte dubiöst rena, synligt avvikande, som varpade från gråt, i smärre punkter snuddande vid dettas intima natur, en första anstöt i grönt eller vilt vilket var, det medges, en vårdslöshet men, som vildast, en partiell exponering med sådana försvagade omständigheter (gården ormgaddad grön varest arrendator rider flickreaktion) likt en abnorm Sankt Swith sommar och (Jesses Rosasharon!) ett moget tillfälle att vålla det.

Vi klarar oss inte utan dem. Hustrur, rusa till kapporna! Utanför Man vill till Man mens ledde är lolet. Zessids våran kadem, villapleach, vollapluck, volapük. Fikup, för kött Nellij, el mundo nov, gamle vlän! Om hon är Lillith, dra ut snabbt! Pauline, tillåt! Och skymfade manfolk, hålltillbaks, håll tillbaks! Oskyldig till mycket ålagt honom var han tydligtvis för så en gångs skull han åtminstone tydligtvis och med ett fortfarande bibehållet drag av sin förutvarande grad uttryckte sig själv såsom varande och därför har det mottagits av oss att det är sant. De berättar historien (ett amalgam som absorberar som kalciumklorider och hydrofobiska svampar kunde göra det) om hur en lycklig aprilmorgon (årsdagen, som det visade sig, av hans första antagande av sin födelsedräkt och rättigheter beträffande tillbehör hos de förbryllingande mänskliga raserna) åldrar och åldrar efter den påstådda förseelsen när hela skapelsens prövade vän, vandringsstav av tigerträd för hans ställning, svällde utöver den vidsträckta vidden i vår största park i hans kautschukmössa och stora bälte och kurragömochsökrar och hans bläråvs manchestertyg och järnstärkta kragstövlar och Bhagafat damasker och hans gummiimpregnerade invernessrock när han mötte en snubbe med en pipa. Den sistnämnde, luciferanten inte oriuoalten, som (enligt oddsen) fortfarande berting omkring i samma stråhatt, bärande sin överget under sin skuldra, fårskinnet utåt, så att ser mera ut som en valörts gentleman och signerar löftena lika glatt som det passar, utan fruktan antastade honom med: Guinness thaw tool in jew med inner ouzel fin? (ett trevligt hur mår du i dag min sköna i Poolblack vid den tidpunkt som en del av våra olddaisrar fortfarande må erinra sig darrande) att fråga kunde han säga honom hur mycket klocka det var då klockan slog hade han någon föreställning om kockens lycka som hans ur var bradys. Obeslutsamhet skulle tydligen undvakas. Avsky lika skickligt ska bli honi soit. Earwickern i detta sporrande ögonblick, inseende på fundamentala liberala principer den högsta betydelsen, nexalt och noxalt, av fysiskt liv (den närmsta omgången hjälp varandes pingping K.O. Senpatricks Dag och det fenianska upproret) och oangelägen som han upplevde att bli slungad rakt in i evigheten då, pluggad av en mjuknäst kula från en dummer, hindrad, snabb att dra, och besvarande att han förnam batongen, replik, framtagen ur hans pistolhölster hans Jurgensens metall kluster Waterbury, vår genom kommunionism, hans genom usuingripande, men, i samma smäll, hörande ovanifrån skriket från stränga Moder Öst gamla Fox Goodman, klockspelaren, över avfallet söderut, på jobbet på den tio tons tonares dundrande tenorklämtare i den spräckliga kyrkan (Cú Chulainns uppmaning!), berättade för den frågevise ungen, vid Jehova, att det var tolv siderisk och puböppningstid, tilllade vederläggande, medans han börjde sig djupt, med rökt sardinutandning, för att ge mer pondus åt det kopparstick han lade fram (fast det tycks någon confusium med ingerfärad ceerat som, efter att ha blivit dubbelblandat med surt, syra, salt, sötsaker och bitterheter, vi nu vet att han använt som chawchaw för ben, muskel, blod, kött och vitala livskrafter), att enär hakusayanklagelsen mot 'nom hade gjorts, vilket var väl känt på högre ort, vilket stått fastställt i Morganspost, av ett kreatur i mänsklig form som var ganska så under par och flera grader lägre än forntids trehövdade orm. Till större stöd för hans ord (det, pittoresk förväntan av en berömd fras, har blivit rekonstrikerat utifrån muntlig stil intill det verbala för all tid med rituella rytmiker, i quiritärisk stillhet, och tillsammanklibbat från succesiva beskrivningar av Noah Webster i avsnittet Ordspråk Tillskrivna H. C. Earwicker, pris en skilling, porto inräknat) och den lingule Gygas tömde sin kronometer trumtrum och, nu stående helt upprätt över omgivande flodslätten, scenen för dess händelse, med en Berlinsk järnhandske ätpinnigt stucket i leden i hans armbåge (av antikaste teckenkunskap betyder hans gest!) som pekar i trettiotvå graders vinkel mot hans *duc de Fers* övervuxna milsten som kompis med hans pant och efter en färdigpresenterad pausbekräftad med högtidlig känslas eld: Sksk skaka, ka-kameräd! Mig ensam, dom fem stycken, han är jämbördig drabbning. Jag har vunnit direkt. Därav mitt icke nationsbreda hotell och mejerirörelser vilket till äran av våra mjaumjau inbördes döttrar, beröm mig, jag är woowoo villig at ta ställning, Sir, vad beträffar monumentet, detta tecken på vårt stammande, vilken hygienisk dag till denna timme och för att avlägga min ed till mina kära sinnfeinare, även om jag får livstid för det, på den Öppna Bibeln och framför den Store Arbetsgivarens öga (jag lyfter min hatt!) och i Närvaro av Gudomligheten själv och väl av Bishop och mrs Michan av Englands Högkyrka liksom av alla sådana av sagda mina omedelbara medboende och av varje levande sjohole i varje hörna varsomhelst på denna glob i allmänhet som använther sig av min brittiska till min ryggradstunga och kommutativa rättvisa att det inte finns en gnutta sanning, tillåt mig att säga dig, i dessa de renaste ljugljugda påhitt.

Gapande Gill, snabb att para errthors, barsk att självchecka, (diagnoserande genom sin örontrumpet att det har att göra med en påfallande postpuberal hypofysinsufficient typ av Heidelbergsmänsklig grottetik, lyftade sin framåtlutning, dålig Sveatagore god sjökrigare och dubbelgrad därtill då han var glupskt förpliktad, och likt en känslig aktör, med gränslös takt i den delikata situationen sett den känsliga naturen hos dess riskfyllda tema, omtackad för mottagna gulden och den tid på dagen (inte en smula gentjänstgärd trots allt som det var uggla Guds klocka det var) och, ovanpå ödmjuk plikt för att hälsa hans Tyskminister och han skall förgylla Ginunga Gapet och dig hans ett mögels tomrum, fortsatte arbeta som vanligt, vad det nu var, saluterande lik, som en fråga om lik (man kan hetsa fram honom hade man hjärta därtill, för bergkulle av skalp och mjällfall blästrar hans väg), ackompanjerad av hans trogna trasslare och hans permanenta eftertanke, verbigraciöst: Jag har mött dig, brud, för sent, eller om inte, för slingrigt och tidigt: och erebuskad med etikett för ildiot i hans andra modersmål lika många av storvuxens verbotna ord som han kunde babbligt erinra sig samma kvell, innan timmen för barders twattering i twitterlittret mellan Druidia och Djupsömnshavet, när supertidvattnet och souvenir till Charlatan Mall gemensamt cum försiktigt och utmed Grands och Royals stillsamma skymningar, ff flitmanflensa, och, kk, ›krypakröp in i› häck medans för många en mjuk tungas sluga tals stumma osvar u sufter poghyyogh, Arvanda alltid aquiassent, medans iakttar kastell i de blåsta och täckta koskott över noranen, han spottade i omsorgsfull omvändhet en mosaisk fördelning kring hans *härdsten*, om ni vill (irlänsk saliv, *mawshe dho hole*, men skulle en respektabel iögonenfallande fellow av Iro-Europeiska herravälden med välklädda idéer som vet det som är korrekt såsom mr Skallvisucka eller mr Skallviflabba evaploderar på ett så pass hjärtlöst sätt, nä, tack ska ni ha! när han hade sin rapare *spuckertuck* i hans pucket, pthuck?), inspirerad med hans duns efter att ha druckit maten soppastuvning som han snobbigt dubbade Peach Bombay (det är ruggigt bara Lukanpukan svamppaj som hon känner som senapade och pepprade honom), en ojämförligt överträffande ärtor till underpris under minnshogues mjölk till ovomaltin surt vin, ett förråd den lille hojaren hest uppskattade, skoja på, under snörvelsäsongen, varande så villig o't som din råtta med fänkål; och vid detta celebrerandet av den lyckliga flyktens tillfälle, fören kröning av akut alkoholism, hans regionala fat, benjamin av kokning, med en sputsad oliv till mittpunkten dess zaynit, som gifte sig själv (porcograso!) mycket deluxigt med en flaska Phenice-Bruerie '98, för andra vigslar av Piessporter, Grand Cru, av båda av vilka vårdade bordslampor (fast ödmjukt aromen det är en älskares farväl) sniffade han förhärdat de spindelvävstäckta korkarna.

Vår snubbes stycke gräl (född Bareniece Maxwelton) med ett snabbt öra för spottkoppar (som baktalet säger) axplockad som vanligt med familjehushållning (inga persiska persikor eller armenier för dig, Pomeranzia!) men, släppa det kluvna i hennes klo, sprickförhållandet bland etthundraelva andra i hennes vanliga nigning (hur svagt kvinnliga är inte dessa tideböner, en hemlig pispigliando, bland lögardagens gryta av deras manfolk!) nästa natt knuffar en som var Hegesippus över en hopp med tjaj, hennes ögon torra och små och talet kittligt eftersom han framträdde i lustig färg som om han inte längre kunde stå ut med dessa gamla hönor, till hennes särskilde präst, chefen, som hon i sitt stilla sinne framför allt hade avsett att tala med (hosch, intra! bara en tesked!), förlitande sig på mellan kopplade läppar och Annie Laurie löften (mighshe aldrig ha Esnekerry pudding kom Annanov för hennes pecklapitschens!), att skvallerangelium så framfört i hans epistolär, helnyktert begravd i deras iriska stuvning, skulle inte slippa vidare än hans jesuitplagg, ändå (i vinars venitas! volatiles valetotum!) var det denna överbortskämda präst, förklädd till en vinentian, som, när som fångad om fakta, avlyssnades, i hans sekundära personlighet som Nolan, och understegrad, arma själ, av misstag – om, så det är, höändelsen var en ett misstag för här utpuffar Predikarens flodhäst författarinnan till Havvah-ban-Annah –att pianissima en lätt varierad version av Krokiga revbens förtroenden (vad Mère Aloyse sa om inte för Jesuphines skull!), händer mellan hähänder, svuren tro och huldhet (min bravor bäst! min fraur!), och, till tyngderna av *The Secret of her Birth*, hyschligt genomtränger rubinendad aurelian hos en Philly Thurnston, lekmannanlärare i agrikultur och rättstavningsfonetik hos en nästan ölsnubbe och sidådär kring medelåldern under ett prästerligt svävande efter säkerhet och sund vadhållning på blåsiga Baldoyles travbanor på ett datum (W.W. goes through the card) lättsamt kapabel att bli ihågkommen av alla upplockare av nationella händelser och Dublin detaljer, där dubbelt upp Perkin och Paullock, plira och frige, när den klassiska Eggande Hackney Plattan fångades med två noslängder i en stallduksfinish, sida vid sida, någon och ingen, evelo nevelo, från den krämige fålen Bold Boy Cromwell efter en smart undanflykt av kapten Chaplain Blounts mulåsna Saint Dalough, Trumslagaren Coxon ej beskrivna trea vid halsbrytande odds, tack vare dig, stora lilla, söta lilla, portey lilla Winnie Widger! du är alla deras blöjor! som i hans aldrigupps lera och purpurlära keps helt säkert var leagues till skillnad från varje annan fantomvikt som någonson toppat våra timmer maggier.

'Et var två piso helt värdelösa Timcovrar (vädret är pest, renns är öppna och kom och tuerfurens voaxen som slungats på vårt land) vid namn Siraps Tom och Pakenhams finska fläsk, och hans egna blod och mjölk broder Ystra Kortis (han var, för att vara genompiskat punktligt vad dem beträffar, både shorty och frisky), en yrkestipsare föll av åbäket, båda av dem fruktansvärt usla, det som var planlöst hängde ute för ett oofbird game för en suverän eller liten tgjock en som chansat, medan Seafortharna framförde The Colleen Bawn, för att öronpeppra sin egen hörsel passon i motordräkt anvönade sitt lagspråk (Edzo, Edzo på) snuddande vid mr Adams fall som var på alla söndagarna om det som han gnuggade näsa med och ett gurglande av sitt egna utmed smörgåskis i brillorna.

Denne SirapsTom, som det har refererats till, har varit frånvarande från sitt vanligtvis vilda och dunkla tillhåll i grevskapens land irländska småhästar under en tid före det att (han hade, faktiskt, för vana att frekventera vanliga boställen där han sov i naket tillstånd, gladkompis med amfetta, i egendomliga mäns sängar) men på tävlingskvällen, full efter dykare helt helveteseld, rött metanolvin, bulldog, blå ruin och klängande Jenny, tillhandhållet av Ankor och Jyckar, Galopperande Jordviva, Brigids Brewster, Kompisen, Postpojkens Horn, den Lille Gamle Mannens och, allt väl som araben Aimwell, Koppen och Stigbygeln, han sökte sin välvärmda leababosäng i lägenhetsrum, Förblev Med Varandra vid Block W.W. (varför backa han inte upp det?), Pump Court, Friheterna, och, vad som med molapük på volapük, återsnorad alkoh alkoho alkoherentiskt till bördan av *jag kommer, min häst försenad*, nam nam, substansen hos en saga av evangliskt bussigbuzzy och de näktergalna (»flickorna» han skulle fortsätta att kalla dom prästkrage och kjol, solbahytten och hudfärg) till dels (verkar han vara före ögonön av martas eller andrawales det tredje av fossilåren, han havandes beham med spindel när Lavinia hade sin mens leasad till sjöss i ett pumpskepp pissar öppet varvid han var tittandes för slåss med niggrer med vhilda vrål) oft i den kulna natten (det metagontistiska! det epikthalamorösa!) under orolig slummer i deras utfrågningar av en liten och luspank kontantmanufakturares exverkställare, Peter Cloran (avskedad), O'Mara, en före detta privatsekreterare med icke fastställd boning (lokalt känd som Mjöldaggs Lisa) som tillbringat flertal nätter, lustigt nog, i en portgång under hemlöshetens lakan på en brits av icelond, kuddlagd på livsödets sten kallare än mannens knä eller kvinnans bröst, och Hosty (inget hopsjunket namn), en olycksfödd strandmusikant som utan rooti och utan skrapie, misstänkande som hur han satt på en flygsvamp på gränsen till egenavgrund, mest svulten, med melanalkoholia över allting i allmänhet (nattkat, du tjänade honom med näktergals nano!), had varit en blond en som singlade på sitt shakedown, planerande sätt och metoder för medel av det han älskade att ifidalicensa på ett eller annat sätt i nationen fåendes tag i någon grabbs parabellum i hopp om att ta en sällskaplig vinge och belysning av ett sidohjul dyker någonstans utanför Dullkey Downlairy och Bleakrooky spårvägen där han kunde kasta sanning och gå och blåsa av sig sin självmordsslummer för två bitar till kroppsbra balditud i friden och quitybus av ett säkert halsande, han efter att ha förswökt allt han kan med damens hjälp av uppemot aderton durkslag för att ta sig ur Sir Patrick Duns, via Sir Humphrey Jervis och in i Sankte Kevins säng i Adelaidas sjukhusspyor (från dessa obotliga welleslays bland dess oomhändertagbara wellasdays genom Sanke Iago med hans musselskalshatt god leprasjuk befria oss!) utan att efter att ha varit förmögen att sexkäfta det vilken sidas som helst. Lisa O'Deavis och Roche Mongan (som hade så mycket gemensamt, storartupprepart, om uttrycket tillåts, *hostis et odor insuper petroperfractus*) som ett förtått ting sovit deras sömn av den svimfödde i den enda sött böljande moxer av tumlarsängar med Hosty just hur som rakarna i småskogen, bonnlurkarna i yeatsarna eller, välan, miljöslösarna i vildmarken, och de fnissiga alla-arbetens-gryning (behov av nationalsång andas vi nu!) hade inte blivit många ögonbläck polerande grytlock, dörrmässing, forskares äppelkinder och ljusbärarpojkars medtaller när, askhållarsinnad som ingen annan han går gör baconfruktost longa vit man, den återupplivade gatumusikanten (för efter ett god natts utbrott och bråk och en shinkhams toppmorgon med hans coexande var han inte samme man) och hans klarvakna sovrumssvit (våra pojkar, som vår Byron kallade dem) var uppe och insmusslande från svinstia de älsknade Fatet, korsa Ebblinns kylslagna småby (deras rutter och raster på deras då på annans mark nyfiket korrespondent med dessa linjer och punkter där våran tvåpenny halvpenny T-bana många sänklod under oberflake underräls och stationer vid denna tid av resande) till en grupps knäppande fiol vilken, creamumlande och cromuttrande, levey grevey, vitsig och wevey, pysslig och leksam, smeke öronen på förfemålen för Kung Sankta Finnerty den Festlige, som, i sina egnas tegelhem och i sina smaksatta fräsbärs sängar, beaktar knappast honungsmannens skri, fräsch lavendel eller foyneboyne levande lax, med deras prudentliga munnar helt öppna för den större värderingen av denne sedan länge väntade Messiagh av roratorios, var bara halvt svanssvep, och, efter en frisk paus vid ett pantbanksetablissemang för protesavsikt att återköpa sångarens sant tilltalande falska tänder och en utdragen visit till ett hus för call, fräs,det gamla Soth Hål vid Cujasplatsen i Sankta Cecilias församling inom Ceolmores frihet inte tusen och en nationella ligor, det var, enligt Griffiths värdering, från platsen för Premiären Glasstens staty föra en tändsticka till en makares marsch (sist av stewardens peutêtre), där som, rullar berättelsen vidare, till trion av slårbarnpornografer anslöt sig en vidare-avsikter-tillämpas-imorron otvunget och en anständig sorts av före detta variant som just hade snuddat den veckovisa skymfen, jäklar också, och alla sykofikontanter (vem talar om substantiv?) hade stimulanter i form av jösses och kusar stod på vänt av den förbannat anständiga sorten efter vilken kronhjortslunch och några få till bara för att fira gårdagen, spolade med sina eldfängsfostrade vänskaper, rackarna kom ut från de licenserade områdena (Browne först, den lille p.s. ex-ex-exekutiven med mössa i sina ledsna rumpor like e n dams PS: Jag vill ha pengar. Snällslut.), torkade av sina skrattläckande läppar mot sina ärmar, hur som bungley stängde ordentligt den stigande gianeranten (seinn fion, seinn fion araun!), och rimmarnas värld var med skäl den rikare för en kanbli ballad, för balladörerna av vilka kommänsklighets sjungande värld är skyldig hyllning för att ha placerat på planetens melokarta hans sång av den gemenast spöklika men mest attraktionsbara uppenbarelsen världen någonsin hade att förklara.

Detta mera k'rekt, lubeen eller följar-kompis-mig, sångledare som först strömmade ut där Floden Liviaus upplöps och Colo de Houdo gnider staken, under skuggan av monumentet över dem som skulle ha varit lagstiftare (frihetsträdet Eleutherio Dendron! Spara, skogsman, spara!) till en översvämning av möte med alla nationerna i Lenster, som fullföljer det visionella området och, likt en håginriktad jättepublik, lättsamt representativ, vad sägs om masker, vad om ansikten, beträffande alla sektioner och tvärsnitt (vinbutik och chokladhus hällde broaching upp till brädden) av vårt liffeysidade folk (för att utesluta nämnandet av den fastlandsminoritet och sådant som hade luffat via Watling, Ernin, Icknild och Stane: främst en stoppad cockneybil med dess quotal av Hardmuths hackare, en nordlig tory, en sydlig whig, en ostanglisk krönikör och en landvästlig väktare) som sträcker sig från unga dublinars kjolar från Cutpurse Row som har ingenting bättre att göra än vandra omkring med sina händer i knäbyxorna, sugande luftbaddare, videlicet, tegelblock, sida vid sida av skolkletare, tre yllenystan och poplin på spaning efter pantad kornisk paj åt flitiga professionella gentlemän, ett stöd för bleka män från Pale med Lord Dundreary karaktärer, trånande mot Dalys, direkt från beckasinsträff och gräsandsmiss på Rutland Heath, utväxlande kallgrin, massvandrande damer från Hume Street i sina bärstolar, bärarna agnade, ham-alag-are ut ifrån de närliggande klöverfälten i Mosse's Gardens, en oblat fader från Skinner's Alley, tegelmurare, en flamländare i silkesylle, rökning, med maka och hund, en åldrad hammarsmed, som hade en del stämjärn till förfogande, en kamp mellan klubbspelare, inte några få får med sjukdomen, två blått klädda forskare, fyra barskrapade gents ifrån Simpsons on the Rocks, en fet och fräck fortfarande tassande turkiskt kaffe och orangebuske i Hickeys dörr, Pdetyer Pim och Paul deras Fry och därefter Elliot och, Oh, Atkinson, som lider helvetets behag från deras livräntemottagares ekollons blemmor, ej att förglömma dianas djävulsritt på jakt, en partkularist prebendariskt undrande över den romerska påsken, tonsurfrågan och grekiskt unierade, klinka dem, en huvudklaffs spets eller två eller tre från ett vindöga, och så vidare ner till några få gamla fina själar, som, då de pressats efter att ha begått sin ed där bort vid farbrors plats, där uppenbarligen under spritens förtrollning från skräddaren Tarrys likvaka, en ljus flicka, ett glatt postbud som tänkte bort tre stycken och ett krus, en plumodrol, en halfsir från vävarens fattighus som klibbar och klibbar och chattchattarklibbar fast vid henne, en heldams, molnhudade underkjol som barn, som kuriösenare, som, Ca- och O'Leary. Krigspilen gick runt, så gjorde den (en nation önskar en titt), och balladen, i det febrilt transynkoperade versmättet affektionerat av Taiocebo I dennes *Casudas de Poulichinello Artahut*, stubbstabbad fram till en strimma av blankovidd och ledd av ett överdrivet grovt och rött träsnitt, privat tryckt på Delvilles saftpress, snart svävande sin hemlis på den vita motorvägen och bruna bivägar till vindarnas resning och gaelarnas blåst, från grön valvgång till gyllene gallerverk och från svart hand till skärt öra, by skriker till by, genom de förenta staternas fem fittfyror vid Scotia Picta – och han som förnekar det, må hans hår smörjas med skit! Till den adderade stressen (så percifälld) hos hans majestät flöjten, denne enkrönte kung av uppskruvningar, Piggotsts renaste, ciello alsoliuto, vilket mr Delaney (mr Delacey?), horn, förväntades ett perfekt ösregn av plåder bland rapsoderna, utsjunget av hans anständighets hatt, ser ännu mera lik sin percifulla namne som män av Gaul noterade, men innan av att spotta kring, det snökrönta krullet bland leddarens vill och växande hår, »Ductor» Hitchcock hissade sin fezzy fuzz vid påkens topp, signum till hans kompisar av kalken, för »den Högljudde Kisen, grabbar» och »silentium in curia!» (vår majstång än en gang där den rests sedan gammalt!)and cantoner skanderades där, körsjöngs och kristnades, av den gamle tullgrinden, Sankta Annonas Gata och Kyrka.

Och runt lannet rann rennet det rann och det är det rinn som Host gjorde. Talad. Boyles och Cahills, Skerretts och Pritchards, versifierad och parcifalierad, må träna vi talar om leva i stenar. Här radar refrängerna av. En del röstar honom Vike, en del mötte honom Mike, en del dubbar honom Llyn och Phin medan andra hyllar honom Lug, Bug, Dan, Lop, Lex, Lax, Gunner eller Guinn. En del benägnar honom Arth, somliga döper honom Barth, Coll, Noll, Soll, Will, Well, Wall, men jag tolkar honom Persse O'Reilly annars kallas han inte något namn alls. Sammanlagt. Arrah, överlåt till Hosty, frostige Hosty, överlåt det till Hosty för han är den man som rimmar på rann, rannandet, rinnandet, alla Wrann namns kung. Har du här? (Något ha) Har vi var? (Någon jakt) Har du hört? (Andra har) Har vi varid? (Andra inte) Det är cumming! Det är brumming! Klippet, klappet! (Alla kla) Glasskross. The klikkaklakkaklaskaklopatzklatschabattacreppycrotty-graddaghsemmihsammihnouithappluddyappladdypkonpkot!)

Ardite, arditi!
Music cue

The Ballad of Persse O'Reilly

Have you heard of one Humpty Dumpty
How he fell with a roll and a rumble
And curled up like Lord Olofa Crumple
By the butt of the Magazine Wall,
    (Chorus) Of the Magazine Wall,
        Hump, helmet and all?

He was one time our King of the Castle
Now he's kicked about like a rotten old parsnip.
And from Green street he'll be sent by order of His Worship
To the penal jail of Mountjoy
    (Chorus) To the jail of Mountjoy!
        Jail him and joy.

He was fafafather of all schemes for to bother us
Slow coaches and immaculate contraceptives for the populace,
Mare's milk for the sick, seven dry Sundays a week,
Openair love and religion's reform,
    (Chorus) And religious reform,
        Hideous in form.

Arrah, why, says you, couldn't he manage it?
I'll go bail, my fine dairyman darling,

Like the bumping bull of the Cassidys
All your butter is in your horns.
(Chorus) His butter is in his horns.
Butter his horns!

(Repeat) Hurrah there, Hosty, frosty Hosty, change that shirt on ye,
Rhyme the rann, the king of all ranns!

Balbaccio, balbuccio!

We had chaw chaw chops, chairs, chewing gum, the chicken-pox and china
[chambers
Universally provided by this soffsoaping salesman.
Small wonder He'll Cheat E'erawan our local lads nicknamed him
When Chimpden first took the floor
(Chorus) With his bucketshop store
Down Bargainweg, Lower.

So snug he was in his hotel premises sumptuous
But soon we'll bonfire all his trash, tricks and trumpery
And'tis short till sheriff Clancy'll be winding up his unlimited company
With the bailiff's bom at the door,
(Chorus) Bimbam at the door.
Then he'll bum no more.

Sweet bad luck on the waves washed to our island
The hooker of that hammerfast viking
And Gall's curse on the day when Eblana bay
Saw his black and tan man-o'-war.
(Chorus) Saw his man-o'-war.
On the harbour bar.

Where from? roars Poolbeg. Cookingha'pece, he bawls Donnez-moi scampitle,
[wick an wipin'fampiny
Fingal Mac Oscar Onesine Bargearse Boniface
Thok's min gammelhole Norveegickers moniker
Og as ay are at gammelhore Norveegickers cod.
(Chorus) A Norwegian camel old cod.
He is, begod.

Lift it, Hosty, lift it, ye devil ye! up with the rann, the rhyming rann!

It was during some fresh water garden pumping
Or, according to the Nursing Mirror, while admiring the monkeys
That our heavyweight heathen Humpharey
Made bold a maid to woo
    (Chorus) Woohoo, what'll she doo!
        The general lost her maidenloo!

He ought to blush for himself, the old hayheaded philosopher,
For to go and shove himself that way on top of her.
Begob, he's the crux of the catalogue
Of our antediluvial zoo,
    (Chorus) Messrs. Billing and Coo.
        Noah's larks, good as noo.

He was joulting by Wellinton's monument
Our rotorious hippopopotamuns
When some bugger let down the backtrap of the omnibus
And he caught his death of fusiliers,
    (Chorus) With his rent in his rears.
        Give him six years.

'Tis sore pity for his innocent poor children
But look out for his missus legitimate!
When that frew gets a grip of old Earwicker
Won't there be earwigs on the green?
    (Chorus) Big earwigs on the green,
        The largest ever you seen.

    Suffoclose! Shikespower! Seudodanto! Anonymoses!

Then we'll have a free trade Gaels' band and mass meeting
For to sod the brave son of Scandiknavery.
And we'll bury him down in Oxmanstown
Along with the devil and Danes,
    (Chorus) With the deaf and dumb Danes,
        And all their remains.

And not all the king's men nor his horses
Will resurrect his corpus
For there's no true spell in Connacht or hell
    (bis) That's able to raise a Cain.

Chest Cee! 'Sdense! Corpo di barragio! du din parodi på synlighet i en missfostrig dimma, av blandat kön fallen bland getter kullekatt och helt råttig, Bigami Bob och hans gamla Shanvocht! Blackfriars siraps plåster illdåd förringas! Därmed släpptes förvisso i detta Humidias kungarike en förgiftande anhopning av stormmoln. Ändå är alla de som hörde eller återlevererade nu med den där familjen av barder och självaste Vergobretas och en skara Karakulakticorer lika mycket inte mera än vore de ännu inte eller de hade då aldrinånsin varit. Kanva i nån framtid att vi skall närvara här mitt bland dessa Inkermanns zouave spelare, mimen mummande micken och hans nick mimande deras maggier, Hilton St Just (mr Frank Smith), Ivanne Ste Austelle (mr J. F. Jones), Coleman av Lucan tar dyra delar, en kör från O'Daley O'Doyles dubbelklistrande kören i *Fenn Mac Call and the Seven Feeries of Loch Neach, Galloperande Troppler and Hurleyquinn* zittraren i det förflutna med alla sina muntra män, zimzim, zimzim. Vad beträffar persinens synd är denna Eyrbyggja saga (vilken, heltigenom läsbar till int från och, är från tupp till botten alla falska pappersnäsdukar, antikrigsgrin och oåtalbar och detta gäller dess hela volym) om stackars Hosty Frostig, beskriven i ett litet avseende som ett ganska så musikaliskt geni och ägaren till ett utomordentligt trevliggjort öra, med en tenorists röst att matcha, inte ensam, men en framstående poet av klent meriterande slag (han började Tunisonian men plöjde sig upp så långt som vi-hänger-alla-ihop Animinerades) ingen enda ände är känd. Om de visslade honom innan han hade gardinerna upp så visslar de honom fortfarande efter hans gardiners ödes öde. *Ei fu.* Hans husbonde, stackars gamle A'Hara (Okaroff?) modfälld av saker och nedslafsad för tillfället, gnäller de, accepterade det (Zassnoch!) ardrees shilling vid slutet på Krimkriget och, efter att ha flugit sina vildgässs, ensamställd i skaror att vandra på likt Shuley Luney, värvad till Tyrones häst, de irländskt vita och soldiserade en aning med Wolsey under det antagna namnet Blanco Fusilovna Bucklovitch (oäkta) varpå cawern och Pump Court Columvariums marmorhallar, de gamla sjökungars hem, såg på varandra och för evigt lämna deras hamn för det händer sig att på den andra sidan av vattnet att det inträffar ogynnsamt på Vasileffs Cornix äng med sin enhet han försvann, sägandes, denna påvligt avlövade till gammal vän given, rå choklader för svormader. *Booil.* Stackars gamle käre Paul Horan, för att tillfredsställa hans litterära lika väl som hans kriminella aspirationer, förlaget utkastat av domedaggaraen i mångordigt vansinne, allt enlig Dublins Underrättelser, kastades i Ridleys för interner i de norra grevskapen. Under namnet Orani må han ha varit truppens alltiallo kapabel att med kort varsel upprätthålla långa delar. Han var. Smutsige Sam, en drumpen dillbörlig Dublansare, det otvättade, alltid jagad av ham, det oönskade, vid ett ord från Israfel Sammankallaren, dog smärtfritt bort efter livs uppochnedar en halloween natt, ebbfyllo och i ett naturligt tillstånd, propellerad Bakifrom rakt in i det stora Bortom via fotsparkar coulincloutad på sitt ostron och atlas om att blihängd och handlad och hackad och hulkad på sina sista fiskochblods bäddskrapare, en Norwegian och dennes vän av kvinnovargsklassen. Via den sista strålimten bortsett från detta stadie tänkhårt sägs (det fallgropska munkavla honom som ›Sufflörlycklig›) att högtidligt ha sagt – som hade det korta fnask men föll in till hans huvud likt en bas tappar halsen mögeldoft in till en ekka (kuggad!): Mig dröms, O'Loughlins, har kommit igenom! Nu låt de hundrafalt hundratals av min egourge som Micholas de Cusack kallar dem – av alla av vilka jag naturligtvis i min hädanefter via tillflykt avsäger mig – genom slumpmässa beträffande deras kontrasters återamalgering i den där identiteten av oskönjbarheter där Baxters och Fleshmans må de upphöra att bejävla uns och (men vid denna punkt fast järnet stött av hans pittsprintsstart kan ha förberett oss vi är nästan stinkpottade av senapssmekning i svansslutet) denna enastående bruna ljussticka smalt Nolans till friidi! *Han var.* Ogillande som han var till Drurydrama, hans fru Langley, profeten, och det dygdigaste dussintals kort om en kladdare vilken som helst som stack sin spickel genom sin pinne, försvann, (i vars ocksågörning han har tagit alla de franska löven oslöjbara ut ur Calomnequillers Degeneration) från denna jordens yta, det australa slättland han hade transäktat sig själv till, så totalt spåårlöst (bokens moder med en dammvippa tabularasande sin utplåning gjorde ovanpå hennes involucrum) vad beträffar kittling det spekulativa till allt utom tyckande (sedan Levey som kan ha varit Langley må i sanning ha varit en redivivus av hedendom eller en frivillig Vousden) så att vagabonden (som besatt en stor del av humoresken) hade transtulit sin skojmans latitat till dess dystraste interiormesta. *Bhi she.* Igen, om Fader San Browne, te och brödrost till denna lustigasttest av garnspinnare är Padre Don Bruno, treu och tröstare åt drottningen av Iar-Spain, var prästen, brödraskapets dirigent, den där matsmältningsgode vice flygare, en skamlös karmeliter, för vars hjärtklappande predikstol (vem av oss minns inte den relevänta och hedervörda Fratomistor Nawlanmore och Brawne.) syndande samhällssirener (se den [Romersk Katolska] presspassim) lyckligtvis blev så entusiastiskt anslutna och var ett anstötligt arsle som högst emellanåt musknäppte en tombolalott på sin hatt som han bar allt åt ena sidan likt hans skadade bakform (om Hennes Elegans såg honom hade hon haft kanarien!) och var halvt privat övertygad om misskötsel med hans hetvaskade bordskniv (överslätande trubblet i hans ficka) densamme dunhillens snobb, helt fullt åtskilliga årsskummande liemannen, mött av Generalen denna högtidsmorgon eller majmiddags torsdag och voro de? *Fuitfuit.*

När Phishlin Phil vill kastar sina läppar är det fjolligt att ha lyckan ståtande och vem som än mixar Hotel med saltet säg vatten är det näst intill ingenting vi kan göra för han går aldrig mer till sjöss. Det är nebulöst ett självlärt faktum om det vanligaste att formen på de genomsnittliga mänskliga molnansiktena, alldenstund bleklagd sedan länge slött mattats av, återkommande förändrat sitt ego med skrubbande i duschen (Föga originellt!) Varav det är en fråga om sugning, förutsatt den våta och låga visibiliteten (eftersom i denna tusen och en nattlighets schercharad visshetens svärd som skulle indentifiera kroppen aldrig högg) idendifinna det individuena i liten peruk, fyrkantsklippt, lagersmycke, regattbar oxeter, säckiga byxor och shufflare (han alluderas ofta till att va' Sly Patrick, ggrabben på ggatan) med redan en början (lusta!) i riktning mot område med nakenhet (man är kontinuerligt förstmötande udda sorters andra av alla sorters åldrar!) vilka tillfrågades av fria internatskolors jobbsmitare i genomblöta jackor överenvägg, Will, Conn och Otto, för att säga dem överengång, Vol, Pov och Dev, att fiskfossils spöksnack om Herrekiperarens fööga trovärdiga äventyr, de båda Nigarna och de tre Enkelbarnen i deras plagg. Fläckor och yngror, men han har ändrat Alok Thorkills gångna tid! Ya, da, tra, samling, hallick, shessar, shossafett, okodeboko, nio! Dessa många knölar, dessa slummiga fläckar, halvsyster rynkor, (vad har fallit över anletet på helbregdabroder E?), och (Mount Mus helgedom rädda oss!) den stora svampparken han har vuxit! Drick!

Sport's ett gemensamt ting. Det var Herrens egna dag för fukt (att vänta för att en uppskjuten regattas senareläggning är inte Battlecock Shettledores – Juxta – Mare bara) och förfrågan om en fullt beväpnad förklaring las fram (i Ställe för Pat) till pårtvinet (en infödd på systerön – Medathman eller Meccaman? – av hans arbetsskor, exrasiga ögon, lokela kolörer lukalla odörer som sägs ha varit i genomsnitt clownturkiska (fast kapellisten gav röst åt nasala vätskor och sättet på vilket han nös åt zeear halar oss tillbaka till craogerna och brynena under Ordovicium silur) vilka, ju mindre pilgrimstur som genomförts, hade gjort klappars och grisars äldre inselt, den sällsammare stegstrandens sydostliga branta klippor, ett *regifugium persecutorum*, häravländkotor) när han pausade vid klockkling för nåra minuter eller så (rök pipan Danny Boy! Tid att vinna, barman. Jag tar tio för att vinna.) bland djävulens ena stiltje (Äpple vid hennes blomsterfönster och Charlotte vid hennes kastade panomancy hans enda beundrare, hans enda trårar på lager) för en välluktande kalebass under hans veckosluts tidsfördrif att avrätta dödlighet med Anny Oakley (de fullbordande provokativa paren, av vilka återstod bara två provokande, de som han föll för, Lili och Tutu, korka dem!) tompaket som inte för alltför längesen innehöll Reids familj (du rödade det tidigare, toppen, men alla butellerna i sådömd histria ska inte dämpa din blodtörst!) porter. Efter att ha reprimat hans repeter och recistatörrumat hans tidsstycke Hans Återvändning, med still ett leben eller två att spara för utrymmet han ockuperar i en värld vid en tid, reste sig upp och där. långt från Tolkaheim, i en tyst engelsk trädgård (vardaglig!), eftersom känd som Whiddington Wild, hans enkla intensivt kurolenta vokalitet, mina kärabraders, mina mest kärabretthåriga, som han, så är en soppa som är en sippa, snackade om den Ende och talade om den Barmhärtige, inkallad inför triaden av brådmogna skräckmakare (poängtagare: det nu Spegulo ne helpas al malbellulo, Mi Kredas ke vi estas prava, Via dote la vizago rispondas fraulino) nuet att ledsaga mytiskaklädslar hos Vår Farfar och Arthor av vår doyne.

Television dödar telefoni i broders broil. Våra ögon kräver deras tur. Låt dem bli sedda! Och vargben signaleldar sken det spårmesta om bara den där Mary Ingenting må spräcka sin bibby utöver. När de satte eld där hon börja' glöda så vi kan ha någon chans att få värme till det som varje soorkabatcha, tum eller ham, skulle vilja veta. De första Humphreyares latitudinösa drägel med hattrem bakom, arrestlokal tillhör bigboss tillhör Kang Tollaren) hans fyrspannsbåge, hans elbarum surtout, de återansiktade onämnbaraheter av ingefärgad nyans, statplatt paraply, hans hesa woolselywellesly med sina fina finndrycks knappar och tog gatloppet vid handen vilket inom en timme inte bara för honom enbart ondska slagit ned med den makt hand måhamäktat d'Esterre av vilken hans nation föreföll nästan redan vara i nöd av behov. Då, i kraft av att stjäla hans tordön, men i den passande legomena från ett mindre land, (troliga ord, möjligen sagda, av glimmande fältfamiljer) men smula dunkelt och smaksatt med ett smil, eftersom hans tankar bestod i huvudsak av hälsningen, han skissade skickligt för våra snart blivande andra föräldrar (suchen sie whybe!) den rörande scenen. Denna stillnad tystnad! Här må man ett fianna fail. Boomster rombombonant! Det scenar likt ett landskap från Wildu Picturescuw eller nån syns på nån dimmig Arran, dum som Mums stumhet, denna mimage av kristansens sjuttiosjunde kusin är odabblad till oss tvärs det vinlösa Ere ingen odör eller mera kusligt eller antytt mindre potent än i sagor om tingsberget. (Stulen!)

Och där oftefter, djärvjoggning, på ett irländskt vis-a-vis, iställstadigt med skuldra mot skuldra kommer Jehu att säga Christianier, ett helgon till en vis man, detta fall och uppgångs humphriad medans påskliljeblinkar åt hennes rosigare syster bland grästuvor och kopplet mellan schakten gäckar paret i bilen. Och medans du som må se ut som hur å andra sidan av hans stora beltry dina tyrer och cloer dina nejn och paradigm måmå rereresasig i eren. Följer vi upp hans piska hämndaktivt. Thurstons! Hör häpna! *La arboro, lo petrusu.* Den augustinska fridvaremeddems ekträd, monoliten som reser sig helt ur den månlysta karga pinjeslätten. I all sinnesstyrka ajaxiousas våldsamt bråkbullrig fasthet. Angelusringningens tidpunkt med utdikare böjda över sina bonderedskåp, det mjuka bjällrandet frånde brunaktiga hjortarna (*doerehmoose genuane!*) utannonserande sin mjölkiga ansats när middnattstimmarna (*letate!*) slår, och hur lysande den stora tribunen utade hajskinnad rökplånbok (imitation!) från hans klänning, sillar, och vid Joshua, han tippar på en toppat snoppad cigarill, ingen av din svallande soide, kastring tvärtemot, hur manfalligt säger han, pluk till pluk och lekan för lukan, han skulle just plugga well suga den där bruuna pojken, min son, och tollbragte en hel halvtimme i Javanna. Kreeksmäns smärtömhet, skulle inte thore vara gammalt högt gotspråk! Varför han mötte Mästaren, han vill säga, han gjorde, bäster av redpublikaner, vid Eagle Cock Hostel på Lorenzo Tooley gatan och hur han önskade hans Höghet, Gorts och Moryas och Bri Heds och Puddyricks havrekakor, ers Nåd, och ett stärklogesittande i hans Sankte Tomachs grop – en sällsam önskan för dig, min vän, och det skulle fullständigt slaktyxa din sonsons barnbarn fast din egna gamla svettochsvär floruerunter höjde det högt många medan tiderna, när de skräckknulladesiettstreck av hitzarna.

Skå skå Skål för Uppkungswilly och kråk cro cramwells Downaboo! Japp, grabbar, och har ho'm! Se! Oilbeam de har förlorats vi har funtuit rerembrandtare, deras timmar tills dato länkar deras arvtagare till här men vovarest är dessa förgårdagars ditts? Vercingetorix förutseblirik och stackarsgamlakvinna Charachthercuss och hans Ann van Voogt D.e.e.d! Edned, ändad eller sover ljudlöst? Favör med dina tngor! *Intendite!*

Vilken hunds liv som helst som du listar kan du fortfarande höra dem vara på det, likt sexor och sjuttior som evigsant som Halleys komet, ulemamän, sobranjekvinnor, stortingspojkar och dumaflickor, när som de passerar ditt Casa Concordias kulna bronsportal: Hur mår Ni, mina friggor? Hwoorledes har Dee det? Toadörr till vänster, minadamer, kö. Millecientotrigintadue scudi. Tipootuý kyrie, tippoty. Cha kai rotty kai makkar, sahib? Despense mig Usted, senhor, en son succo, sabez. Ack töa brun orm, A'Cothraige, tänkesttu glatt. Lick-Pa-flai-hai-pa-Pa-li-si-lang-lang. Epi alo, ecou, Batiste, tu-vavnr dans Lptit boing going. Isme-me de bumbac e meias de portocallie. O. O. Os pipos mios es demasiada gruarso por O piccolo pocchino. Fingerpulla me tummen? Ung duro. Kocshis, szabad? Misskund, och du? Gomagh, thak.

Och, Cod, säger han med krokodiltårar: Skulle du vilja veta priset på en ödla? Fläta din nattigaroman, Maggis! Mass Travener är vid majken igen! Och den där magväskan är bucket att bocka det! Meggeg, m'glad grabbglappy kompis, jag kallar in vårt univarsle som vittne, lika sjukare som moy Liffey garnerar är känd av våra goda Haushaltrar från fyrahundramånar av mammut att bli vilket de kommersiellt är i ohoj högt brittiska kvarter (konventionell!) mitt gästhus och koHändelskrediter kommer genast att stå hoppsan öppet lika rakt som det där närbelägna monumentets fabrikation inför den hygieniska gllll (det var där den vödsnadsvärde Sabboth och buteljbrakare med utsträckt granbalk snuddad vid hans trikolörade halmhatt, som han upplyftad av dess syltade hoopy (han gav Stetson en och annan penny för det) alltmedan nedärvdsolosis sgocciolatat oljigtinsmickrigt neffför de båda oberoendena i hans Mutsohito läppvingar (Sencapetulo, en mera modestöst conciliabulite krusade aldrig en tomfickmun), hjärtligt inviterande den ungdomstid som han börja begripa på ett sätt som liknar vad alla gjorde så att han kunde lägga till) örsnibb inför den Store Rektorns. Jag berättar dig ingen skröna.) Le!

Atreox hus har fallit idetstoft (Ilyam, Ilyum! Maeromor Mournomates!) genomsnittande vid spoliering likt Fennyanas mundibanker, men dåd binder uppgång igen. Liv, sa han själv en gång, (hans biografiend, det är faktum, dödar honom mycket snart, om inte än, så efteråt) är en likvaka, levdet eller kräkdet, och på bädden till våra brödvinnande lögner ligger sädfaders lik, en fras som världens etablerare via lag avsiktligen skriver över alla av manellerkvinnaföddas bröstkorg. Scenen, uppfriskad, uppresad, skulle aldrig bli bortglömd, hönan och korsfararen evigtintermutuomergent, för senare på århundradet skulle en av detta gäng av underordnade faktafinnare, (då en f.d. statstjänsteman (som lämnat tullhytterna) (pensionerad), (sårad), under de sexiofyra akterna) i en elegant svart modern stil och vivar skinande solbrynta burlingonare, (mössa, skjorta och skjortbröst, quopriquos och peajagd) har repeterat det, pippa pekande, med en distingerad (kopierad) bugning åt en namnkusin till framlidne ärkediakonen F. X. Preserved Coppinger (en het kille på natten, må skvallerväktaren ha harts på honom!) i en pullwoman på vår första transhibiriska med en fortfarande ledsammare omständighet som är en dirkochdurkig hjärtskevare om nånsin ska bringa studsande brätten från marmorerade ögon. Fast glasrutorna cykloptiskt och med virvlande skräck rundreisornas runda ögon, rygg mot rygg, bok till kamp, på deras airiskt sjungande bil, skådad med inturisant intresshet beklädnad följer nakenheten, nakenhet greenen, greenen frosten, frosten kläpåigen, när deras konvoj rullade omcirklande överflöd det gigantiska livsträdet, vår eldslövade kärlekskänsliga blomsterbohm, fenix i vår skogslöshet, högfärdig, cacuminell, orkidé (repetition!) vars rötter de blir asches med lyster av smärtor. För lika ofta som Archicadenus, förtjusar vid sidan om hans *Irish Field* och kräver att deras örlurar förvaras partikulärt innan de åkte på smällen i Castlebar (matta och mycket!) talar för det genom att fråga alla, lyssnade i denna nya tolkning av partiet varmed, eftersom vad betruffar Dyas i sin maskin, den nya garricksons grimaserande grimaldism hypostasiserad av transubstiering den axiomatiska oralkommenteringen av det en gång så grandiosa gamla elringtons vrålskål, copykusens beskrivning av den där kompispendlarens nyttjande av countenanter, kunde helt enkelt föreställa sig själva i sina skötens innersta kärna, som *pro tem locums*, tidbärande tvärs över den gapande (avgrund), då de förr var sjösidare, lyssnande till kukskyggskytts aftonsång framkallande den dömde men alltid buktalande Agitatorn, (ininte mer plangorpound molnen över Thounvalhallas Rev!) silkuettad, ett valrossmäktigtillägg, mot skymringens dunkel, (skulle inte den där helgedömen vara Saint Muezzins anrop – heliga platser! – och den fez skärmlös som ögonbrynen hos trofast snuddare på marken, önskar att det vore – välsignade vare benen! – ghazin, hans svärds makt.) hans mördares pistolutövning låtsad mot den övervuxna blyertspenna som snart var, åtminstone monumentalt, rest likt Molyvdokondylon att, att bli, att bli hans mausoleum (O'dan stod tillsteyne vid javisst skulde visa ordlek) medan olovrar sina rentvådda anletsdrag, som Roland ringde, en liten droppe sorg om att zickzacka hans glädje, resigantionens spöke utbreder en spektral attraktivhet, som en ung man som drunknar på grund av att hans vatten öde må gotta sig, likknande i ursprung och akkurat till sin effekt att stråla av solsken på en likkistskylt.

Icke äldrevist värdshus vid tiden för Bygningen skulle vår Resenär fjärma, ovänad, från van Demons Land, någon slö skald eller kringirrande kompis, lyfte Weary Willie sina omväga snobbsjuka ögon mot sin zoodiaks halvtecken och vidlyftligt dröjande utmed flaskhals, cricket cup, nedtryckt arbetssko, grästplan, vildkvast, kålblad, stockfisk, längtande lär sig att där på The Angel härbärgerades för honom hembränt och te och potäter och tobakky och vin med sjungande kvinnoord; och informellt kvasi-inleder till nästan ler mot queasithin' (Nonsens! Det var inte särskilt blåsigt Nous som blåser vid ett givet ögonblick genom mr Melankoliskt Slös hatt!)

Men i pragmat vilken formell orsak fick ett *dettas* leende attänka? Vem var han till vem? (O'Breenär inte hans namn eller den bruna ena hans piga.) Vilkas är platsendär? Kiwasti, kisker, kither, kitnabudja? Tala kumlets tem. Giv gravens gåva. Vare det klubbspelares trakt ellerfiskvänners stad eller leeklickers land eller panbpanungopovengreskey. Vad jätteregnans reste regnen har jämnmats ut men vi hör pekpinnarna och kan mäta deras räckvidd för melodin avger mode och modemanerens polisiker, planerman, plolisman, plabel. Tsin tsin tsin tsin! Förfädren folkrar för ett pris om två persikor med Ming, Ching och Shunny på ligga lågt ligg. Vi sätter oss ned i hopp om att den velige andeför tingsmannens problem men hans miljö hyses inte här. De svarar från sina Zoaner: Hör de fyra av dem! Lyssna till torroar av dem! Jag, säger Armagh, och jag är stolt för det. Jag, säger Clonakilty, Gud hjälpe oss! Jag. säger Deansgrange, och säg ingenting. Jag, säger Barna, och va'e'de'me de'? Hej hå! Innan han föll kullen fyllde han himlen: en ström, alpvarpande rännil, blygt slingrad kring, cool om hennes lockar. Vi var emellertid termiter, kiss, kiss. Vår myrstack kändes som ett Hill of Allen, Gravhög för ett Folk, ett Jotunfjäll: och det var ett grumlande bland den fläsktrupp som härligt drabbade oss som dunder, under.

Således ofaktaumen, innehade vi dem, är för oprecist fåtaliga för att berättiga vår visshet, de bevisgivare via skoj alltför otrovärdigt oreparerbart där hans tillerkänningar äro skenbarligen nyckfulla treor men hans judicandus tydligt minus tvåor. Icke förty Madams Attvisaoss växer i stort sett mer livlikad (ingång, en heder; utgångar, fria) och vårat notionella gulleri är nu helt egenkärt, ett exegesiust monument, luftigt perenniöst. Tillmötesgå med dina slånbärsbuskar: paraplyer, avhedra! Och där kan många ha stannat upp före gamle Tom Quads gjorde den där exponeringen av honom, en återblick i vilken han sitter stoppmätt, kappomsluten, i klerikaliskt bruk, betraktande mild sol lewiscarroligt ner i ännu längrigt, en globdroppe av magdalenighet vad avser korrugiterar hans blida fuktade kind och den obetydliga victoriennens tata, Alys, pressad av hans linkarglapphet.

Ändå är man säker. Snarare hade den påföljande övervintrat sidorna i naturens bok och till dess Ceadurbar-atta-Cleath blev Dablena Tertia, skuggan av den stora utlänningen, maladik, multvult, magnoperous, hade bulkat en rotation av tribunaler i domstolsbaren i herrgårdshallen som i tjuvars kök, mitt i sängeftersnack och skithus jat, på Marlborough Green som genom Molesworth Fields, här dömd före rättegång med Jedburghs rättvisa, där frikändes fångat vittnesmål till förmån för prästerna. Hans tingsmöte har upphävt honom: och hans galenskap har gjort honom till man. Hans förmånstagare är legio i den del han skapade: de uppräknar hans år. Storhjulet Dunlop var det namn som var honom givet: behäng, vi är alla hans bicykstiklar. Såsom helligdag i hans hus så var han ock präst och kung till detta: idiot kom, avund såg, murgröna besegrad! Lou! Lou! De har viftat med hans gröna ruskor över honom medan de har slitit honom lem från lamm. För hans muertifikation och opphörande och annuhulering. Med schreis och grida, deprofundis suckar. Stadig, sullivaner! Mannekänger paus! Longtons bräsch har fallit ner men Granuay spreds utomlands. Jastanr, fildelioena, och känner Fluchers vrål för det totala i dina glapp passar inte att pussa hans pissform. Å! Ha en ring och sing wohl! Chin, chin! Chin, chin! Och självkulört klingar allt larm me' den ätmesta kovialitet. Svepande all rom och beauner och sherry och cider och negus och citronnader också. De starkaste. Åhå, åhå, Mästar Begge, du är på väg att bli baggad i boggen igen. Bugge. Men mjukisar seufsuckade: Eheu, för gassies! Men, si! si! de threnande gudar, mänskliga, felande och förlåtligt, vad med vår kuos statyer, vem är mässkocken som är vår kuang, arstjock, Ashur där, den oförgätliga trädskuggan dyker upp bakom dessas dunkande domslut, som alla skulle vara tack skyldig, mansgripbara dagar.

Tap och pat och tapatigen, (fyra förstaskottet, Missiers Vägralna! Peingpeong! För Saxon pludring!) tre TomMix, soldater gratis, kukläcka och cappapee, Av Köldströmmen. Vaktar var vandrande, på (*pardonnez-leur, je vous en prie, eh?*) Montgomery Street. En uttryckte en åsikt i vilken på vardera bredden (*pardonnez!*), nickandes, alla Finnar Läger instämde (*je vous en prie, eh?*). Det var den första kvinnan, sa de, som soppade honom, den där fatala wellesdagen, Lill Cunninghams, genom att föreslå honom det går på ett fält. Vred mod eldfar, rut rädd stillstånd, vrede vräkte vrångt, bekände private Pat Marchison*retro*. (Brysk!) Sålunda tillfredsskrig med leksaker spel. En av var kommande Vauxhall påtiljorna som vilar för ögonblicket (hon har kalladet medelst en beaktad teatralisk elexekutionerare ett avfallspaket Sittons) var interfejd i en västend skinnhetssalong. Hon kanske till och med ser ut mera skönhetsspolad i sin cherryderry silkesväv, gördel och hängslen av halvmånen och Sju Stjärnorna, potatisar från Blackamoor's Head, bland de klättrande pojkarna vid hans Eagle and Child och över kornet och höet köparna på sina Black and All Black, mrs F ... A ... sagt åtsidan, halvt i stadiet av att viska till henne förtrogen damspegel, medan hon reparerar sitt vagnshjul kaputt (ahat! – och vi vet nu vad fingerborgar en banketter på lallance en lång betyder), hon hoppades Sid Artha skulle få en Chrissmans orangefärgade porträtt och lemoniserade orkidéer med helighet och eter, från olyckoskyldighets teaterbiljett, när som orosvärld har blivit okainfri. Därefter, medans det är stankigt komparesonerande till hans bristdags varblommor vilken var en viritabel goding potta för törnemaskar och charlattinas och alla branscher av klimatitis, har det varit ett sådant anderbart totalt nojs, lade hon till, med många hälsningar till Mahas pranjapenséer. (Tårta!) Förhistorisk, obiterad till hans diktafon en entykologist: hans förnamn är ett properismenon. En sopgubbe smocknämnd Sjukyrkor anställd hos Messrs Achburn, Soulpetre & Ashreborn, bönemakare, Snabbisflukt, blev ombädd av systerskapet irritata frågan under hans middags kollationering avledighet och buckram alternativt med stekstank och njurpaj i ett haschhus och, himlvarelåv, impulsivt besvarad: Vi har just propaganderat hans ogiltiga talan och det de tog ut ur hans öra bland mitt egna kross. Alla våra vänner på O'Deas vise män med Aratar Calaman är han en cementerad tegelsten, sparka alltsammans! En mera varken vanligtvis sober bilförfare, som strövandeomkringandes spolande sin runabout, Ginger Jane, intog en stark åsikt. Lastbiln vattna'na medan han tala' och detta är vad han sa rirajtarmännen: Irrgångare är bara en rent rosa samfälld reform av privatlivet men allt folk har det via brehemons lagar han har parlamentariska utmarkelser. Eiskaffier sade (Louigi's, du känner denne man, Brillat Savarin): *Mon foie*, du önskar dig någon homelett, ja, lady! Gott, mein leber! Ditt hägg måsta han bryta sig själv Se, Jag sprack, så han sitter i stekpannan, umbedimbt! En transpiferare (över sextio) som höll i gång med sina tennisar flåsade han knä som har twa att klekta förtal men ett skillpar flannellar klättervägg och gör intrång på dörrklocka. Efter full utvackling Braddon hör denna freskiga troterella! En järnvägen kvinnlig bartenders åsikt (de kallar henne Spilltårars Rue) var sålunda uttryckt: till de som sympatiserar med Dole Line, Dödens Avenue, rörande dessa hennes syndpådrivna monistransens objekt, att väta, man och hans asifon. Ehim! det är alltid för sent att vissla när Phyllis översvämmar sitt stall. Det vore skarlot skam att låsahonom in, som föreslogs honom av Seddomernas varelser vad beträffar vad gladatricks lyckades med hans revolverhär i sambander med ehim varfandes en föräldralös och åtnjutandes sådant skändligt underflöd, ehim! Bra gjort, Drumcollakill! Kitty Tyrrel är stolt över dig, var en B.O.T. tjänstemans svar officiellt (O skyll inte på styrelsen!) medan Döttrarna Benkletter mumlade unisvimmt: Guförlåtehansjuryben! Brian Lynsky, snorungsfördömaren, utfrågades i sin snackande låda, Bawlonaskrävlat, och gave en sbabb comeback, sägandes: Tass! En gång till blir jag helvetskalk! Jag är för grottmansjakt och saharasex, stolle där! De där båda hyndorna borde gå i koppel, canem! Upp svin och galtjakt! Tass! Ja' bordblimartyr, vem deltar i sanit Asitas där han får lära sej att bära armband, när grillad om saken avslöjade det obetvivlade faktum att konsekvenserna skulle bli att så länge som Sankya Moondy spelade sina mangotricks under mysttetriet, med skumma apsaror som gömmer sig i hans lövs licensen och hans skuggare terryfried av de potenta blixtars intradiktion, det skulle vara strider över hela Cuxhaven. (Strunt!) Missionär Ida Wombwell, den sjutttonårgamla revivalisten, sa vad beträffar sammanträffandet att mellanfräsandet medgrenadjärerna och andra respektabla och äcklade personer som använde parken: Den där vertikala personen är råskinn! Men ett magnifikt råskinn! ›Caligula‹ (mr Danl Magrath, bookmaker, välkänd för Eustraliska dåliganvändare av Sydney Parade Ballotin) var, som vanligt, antipodal med sitt: strävan döidag, hoppom mogenimorgen, Vatten Plask. Skomakare. Vi har köttmött för tidit, sjöng ut El Caplan Buycout, med den famöse padrens toredors mantelkast, mööt för tidit, matadörr! Dan Meiklejohn, kantor, of S.S. Smack and Olleys var ordspraksmustigt med hans upsiduxit: *mutatus mutandus.* Daurans herre ('Snusbox') och Moirgans dam ('Smickerskoj') valde sida och korsade och bugade mot varandras synsätt och återkorsade sig själva. De smutsiga sedlar på sina flugor, gick att fria, ekade det dagligt dystra downing deras sceniteter, una Mona. Sylvia Silence, flickdetektiven (*Meminerva*, men nu hör man sköldpaddling över hela Duvland!) när försedd med informationer vad beträffar åtskilliga sidor av fallet i hennes mysslöa ungkarls lögenhat, ganska överblickande John en Dröms gränd, tillbakalutad i hennes verkligen verkligt bekväma vilstolför att vilsamt ifrågasätta via sina vokalträdda stavelser: Har du nånsin thänkt, reporter, att hennes schtorhet var hans trashgedi? Icke förty enligt mina overvagda attityder för denna hatgärd borde han betala hela boten, avvaktad fullföljelse, as per Underavd. 32, artikel II, i C.L.A, aktstycke av 1885, vadsomhelst i denna akt i motsats till oaktat. Jarley Jilke började silka för han kunde inte komma hem till Jelsey utan slutade med: han fick sparken som hjälpte honom ömsa stank i sina gladsamma trasor. Meagher, en marin bedömning, placerad på ett av dössätena av granit i vår nya fiskröra för det vanliga luftätandet efter den alltid populära akten, med vilken Questa och Ouella voro, kryddstark och dös, (detta hade en köld i hennes hjärna medan det kände en vask i hennes summock, vits watt, wots vått) som uppmuntrades, fastän nivanasläppt sig själv, med en av hans medförlovade att kunna andas, Walt, och gobitar och när där chidden av hennes fastra sasta att sadla upp ditt kvitter., Naville, såles cor besvard till hennes andras tackkyssning: jag lägger mina båda fingerknappar, fästman Meagher, (han talar!) han bar skulden till att dina två sammetstajter uppför Hornimans Hill – såsom krok och öga klandrar honom och vilken piskman som helst? – men jag tror också. Pulla valla, vid belägringen av hans byxor så var där någon annan bakom det – du kan slå vad om ditt inköpta smicker – om deras tre trummissar nedför Keysars Lane. (Sliten!).

Bliver dessa meer köpmannaskräddars fabulering om ett lopps referends udda mans rex? Är nu alla seddhörda sedan glömda? Kan det vara, man är villig i denna dystra tid med bokstavar nu att veta, att så diversifierade indignationer (de är fortfarande att vänta!) var planerade och delvis utförda mot så pass pålitlig överenskommare om det vore sant än någon av dessa bokförda nånsin ägde rum för många, vi tror, partisk till och nekad av, är givna till oss av någon som bara brukar sanningen sparsamt och vi, på denna sida borde sörja för deras pittiga pennor å detta konto. Den sjunde staden, Urovivla, hans citadel för tillflykt, varthän (skulle vi tro lekmännen och deras grevar), bortom Atreeatics utrövade kulingar, ändrande ledtrödar med en borgermälstare, haijriten har flytt, silentiumstämning under natts altosonoritet, ensamskepp, en vågens korp, (hav nåd, Mara! En han varav, Rahoulas!) från östmännens smutsav på det gamla offret, att glömma i sonande dråp och, återfödsling i återmunterhetut från död sökhet till gudomlig fårsyn, (om du letar efter bildren djupa ditt öra på movietgonet!) för att förena hans lott, palm och pattar, med en papishee. För mine qvinne jak tik gåvtar och bindr mitt Hosenband jak tik haltr. Det ödskabli landet, ett lotusland, ett luktuöst land, Grönaöllium, den bondens betesland, där vid det fjärde budordet som lovar hans dagar apostoliskt ska vara länge med överflöd av nåd från Han Som Dundrar Från Höjden, mumlade, skullehöja sig mot honom med allt som fanns i dem, franchisebar och invanare, limeté som agora, slavfiloter, skadar honom, stackars jink, spöklikt följer kroppsligt, som vore han till förbannelse för dem, det korruptbara snabbligget, en-helig-nations-inkorruptions alla helgon, den vanliga eller iregngården skeppsbrutne; i röd uppstånden för att fördöma så att de må övertyga honom, förste faraonen, Humpheres Cheops Exarchas, om deras passande synder. Business fostrad att tala med hopbitna tänder till alla mänskor och vid de flesta tillfällen. Mannen vi med en smula kort om sportslig chans att lyckas men det var ändå bara han eller hans omsorg som var föremål för den främsta terrorns hemskheter I Errorlandet. (kannokske!)

Vi förefaller oss (det verkliga Oss!) somom läse vi vår Amenti i det sjätte förseglade kapitlet av vandrandet framåt med svart. Det var efter showen på Wednesbury som en högväxt man, som pucklar ett misstänkt paket, när han återvänder sent mitt under en tät särskildhet på sin hemväg från Boore and Burgess Christy Menestrels andra hus vid den gamla platsen, Roys Hörna, hade en barkyssrevolver placerad då han ställts inför orden: du är skjuten, major: av en okännbar anfallare (maskerad) för vilken han varit svartsjuk mot, Lotta Crabtree eller Pomona Evlyn. Mer än det Svenn Stråtrövaren (inte en lokaliserad biskopsdomare eller ens Glendalough stift, utan kommer ifrån stäven på Lilla Britannien), omnämnande i en för övrigt att han, krävhopparen, hade i utläggning till Reades hugglösa centiblad, en laddad Hobsons som bara lämnar tvillingsalternativ som, viceversa, antingen han säkert skulle skjuta henne, tanten, men pistol, (hon kunde bli heltsäkr på det!) eller, misslyckas med detta, puckla på Patchs blanka fejs bortom igenkännande, spetsigt frågade med gaelisk galla träskärblixts verksamhet hade Thornton med den där Kanes sprakgaller bara för att besvaras av förargat misshandlade som som som var knäpparna för honom, Mittveckor, att kvävande väl gå och finna ut om han var regnmässigt väl duglig. Men hur genomskinlighetigt osant, gentleskribent! Hans fötter man är inte en högvuxen man, inte alls, man. Ingen sån pastor. Inget sånt stänkgaller. Inget sånt lopp.Var det antagligen i anknytning till en flickor, Myramy Huey eller Colores Archer, under Flaggiga Bron (för ann är det bara ett liv och hennes nybro hennes gamla) eller för att exploadera hans tolvkammare och tvinga ett sheriffämbetes ingång att den tingt byggde Brakropp i en slaktarblå blus från Ett Liv Ett Plagg (en klädbutik för män), med en högst avgörande flaska med single i hans innehav, tillskansad efter mörkret av stadsvakten vid ingången till Hardufått-hemoröjders helnykterhetsanstalt port var där en ingång.

För det femte, hur monoparasollologiskt ringtonad när han första gången hörde skurkens yttrande att, muttrande på irländska, han hade hade haft o'gloriöst en massa alltför mycket hangäst eller hästskor bra att dricka i Blixtars Hus, Papegojan i Helvetet, Der Oranga Trädet, Glibten, Solen, Det Heliga Lammet och, förfallen inte kopplad, i Ramittwonds skeppshotell sedan morgonstunden kunde han urskilja en vit tråd från svart till lagarnas maskin avslöjades till Murray och föll bara fyllflutheret upp emot gatstenspiren som, med kons hätta på topp, han misstog för en larv med de mest rena fredsbaraste intentioner. Hur lamt stapplar ändå inte hans hoy vad beträffar pseudoskojax explanering hur, enligt hans egen berättelse, var han en process servare som bara försökte öppna Zozimus en buteljstubb genom att dödsbringande hamra sitt *magnum bonum* (ju bryskare klubban desto sårigare vilden) mot den enkliga porten för stövlarna rörande svanen, Maurice Behan, som hastigt kom i sina skor med ingenting hans hållna barra tinnteackoch kom ned med homp, shtemp och hopphet till innergård från avfallet sovandes i hans obi utan överkläder eller strypband, attraherad av vapnens norsknoise. som spelar Delenda est cartago på ragnars rök till Dublyn, sa krig säkert bänd till sängs när han drömde att han hade rikedomar i mormonhallar när uppväckt av en fjärde ljudlig snarkning ut från hans vitland medan hickstreys magar betade i månskenet genom att höra hamrandet på smiskarunkskalan emanerande från den blinda grisen och nånting som liknar den (oonagh!oonagh!) han aldrig i Mullingcan Värdshus hela historia. Detta bultande Babel alltöver dörren och sidposterna, sa han alltid, var inte på det avlägsnastelikt det belziga babblandet hos en butelj med booze som inte skulle vecka honom ur djup slummer men påminna honom massor med mera av miltärlagiga marscher från utländska musikanters instrumängder eller ouverstörtaren till Pompeijs sista dagar, minst sagt. Och detta efter denna mest middaglösa knocturne kom den unga dronningen desaperat ner och den gamle liffeypotamus började plurra över hela slätten, lika lera som hon kun va, ruinerande alla slaktkassörernas Schurz och slaktskomakarnas vaskhandduk så att Rejaneyjaileys kyndelsmässa vaschkade de hela natten svallande av, de rullande vattnen bort. Vitnatt.

Ett ögonblock bara. En nypa av idealet i tid, muskötörer! Alphos, Burkos och Caramis, lämnar Astrelea för astrollojerryrna och för kärleken till sanctus och och äran ske Kimlens pike puddywhackback till Pamintul. Och rulla bort den reella världe , rerullvärlden, rullevärlden! Och kalla alla er rökbuskrodnader, Snövit och Rosenröd, om du vill ha den sanna grädden! Och nu är jordgubbslek! Filons, filoosh! *Cherchons la flamme!* Fammfamm! Fammfamm!

Come on, medelmänska med det där stora kraftiga oförglömda huvut och det där glansigt nakna ansiktsuttrycket Machinsky Scapolopolos, Duzinascu eller andra. Din slaktungkarls fårben blir muskelstelt av att ryckas. Noah Beery vägde tusen och en stone när Hazwel var en höna. Nu faller hennes fett fort. Så varför, snacksäckar, faller inte ert? Det finns 29 härliga anledningar till att blomstertider är bäst. Äldre faller för gröna mandlar när de har odlats på skadad stenrots ingefära fast det är vinter på deras huvun som om auctummad runt deras midjeband. Om du hade smärta i ditt hår skulle du inte se så orgiekal ut. Du skulle ha Colley Macaires på din träskalle. Lyssna nu, mr Leer! Och stuva den där svettigelustige adams Simper! Ta en gammal snubbe som snabbt hälsar på sin tjej. Lägg märke till hans glatta hår, så elegant, *tableau vivant.* Han lovar henne sitt egna honungslamm, svär att de ska bli pappabästisar, vid Sam, och dela goda tider nere i väst i ett garanterat lyckligt kärleksnäste när majmånen hon lyser och det blipp blinkar hela natten, kammar kometens svans upprätt och skjuter med leksakspickadolvrar mot stjärnorna. Petit choux för hela slanten! Varendaen härlig. missymackenzies! För käre gamle buttre farfar, han har blivit rasselrandig, genom att blänga och flänga och bländra mot stjärnorna. Compree! Hon vill sin garderob att höras ovanifrån vid återvändo med kontanter så att hon kan köpa sig Peter Robinson trousseau och klä sig häftigt med Arty, Bert eller möjligen Charley Chance (vem vet ?) så tjing tjång mr Hunker du är alltför dada för mig att dansa med (så bort hon går!) och det är så som hälften av flickorna i stan har fått sina rumpor dragna medan buttrfarfar försöker att koppla sina hängslen till sina trars. Men gamle butter han är inte så totalt dumskallig mellan söta du och yum (aldrig i ditt liv, pöjk! inte i de där byxorna! inte med en full stop!) för nånstans i smyg, där Furphy han inte är med, gamle bitter har sin tvål nummer två (bravow, vår Butter!) och han skulle vilja hångla henne under en del av tiden för han är fullkomligt nöjd med sitt nummer ett men ack hennes fair mosad på persikor nummer två så att om han bara kunde fingerpulla de två, chivee chivoo, skulle alla tre känna genuin lycka, det är lika enkelt som A. B. C., de båda mixarna, menar vi, med deras körsbärsluffigt chlycklig (för han är helt enkelt en dummer som skäms) om de alla flöt omkring i en drömlivbåt, kramandes två om två i hans zoo-står-det-till, en knapknapp för dig, missymissy för mig ochhurkomersigdu-e' en sån för Farber, i hans lynnigt, uppochned deppighet, tipptopptippifa hångel, kan du? Lustigt.

Ack, ack, ack. Med vilken, klapp, trapp och blötlagdhet, tre till ett bröd, våra gemensamma vänner fendern och buteljen vid porten tycks implicerat befinna sig i samma båt, så att singen, också bärande flera designens öronmärken, för det finns faktiskt ingen användning av att putta en tand i en krypskytt av den sorten engångomdan i och tvågångeromdan ut varannan nachtisttag bland alla slags promiskuösa individer av alla åldrar i privata hem och reeboos publikiss och helt överallt och annanstans helt igenom sekulär sekvens över hela landet och överutomlands har varit särskilt enormt. Fortsättning följer. Federals' Uniteds' Transports' Unions' for Exultations' of Triumphants' Ecstasies.

Men för att återuppta förfrågningar. Kommer det nånsin att nästa morgon bli de postanställdas facks (officiellt kallade bärare, Letters Scotch, Limited) sällsamma öde (folkilskochvimmelkantig e han nämnd, d.e., oduglingen som kastar omkring missivflickors gummibakar) att lämna in ett stort kedjekuvert, skrivet i sju olika bläckstadier, från blekessens till lavandaiette, varenda grytkrok och kastrullkrök som vittnar om wisherfrun, adresserad och efterklokt underskriven av Yours A Laughable Party, S.A.G, till Körr och Göm, Edenberry, Dubblenn, WC? Kommer vadhelst kommer att skrivas på samiskt språk med inslag av Magyar alltid tyckas semposat, svart ser ut som vitt och vitt vaktar svart, i denna blandbukettade tvåsompratar brukade sno akter snabbt och Jolly Roger? Ska det ljusna för oss, nattetid, och vi fördjupas i vår beläghenhet? Nåväl, det månde nu, mirkel, så det ljusnar. För alltid och evigt tills Cox fru, två gånger mrs Hahn, lägger sin kran i affären om Owen K. efter henne, aför att se whawa smutter efter, kommer denna kiribispåse fylld med skräpiga fragment som osedda hänger latent i buken på den däringa halvbrorn av en hermafro, en brevlåda?

Kistan, en triumf för illusionistens konst, tas naturligtvis vid första blänk för en handharpa (det är handvarpa till att trefalt skilja jubabe från jubile eller vardera från tibete när alla tre har just blivit invändad) har blivit avlögsnad från Oetzmann och Nevös hårdvaruområde, ett den svunnmesta västerns bemärkta hus, som i alltings naturliga kurs fortsätter att tillhandhålla begravningsrekvisita av varje behövd beskrivning. Varför behövd då? Förvisso behövd (skulle du inte känna likt rottingfågel om du inte hade oscar!) därför att blixten brudar eller brud i sina vita boleros ena spel med på Nivynubies praktbal och dina uppräta brudgummor som alltid hamnar rätt upp hos dig (och vid jingo när de gör!) vad annars i denna dödliga värld, nu våran, närdärmöter natt, mid deras nackt, mig där naket, gjorde sitt ingting timmarna slår, skulle bringa dem rättkom tebaks i köttet, tummar ner, till deras ästar och deras hasher.

För att fortsätta. Vi må lämna ocagiganternas näringsämnen för att ta det fritt på luft och bara analektralysera att själva inbillade kombinationen, pratkvarnen där vunderverk. Och försök att hälla somvår glädjescen upp detnästanhär. I det buteljerade heliosa fodralet fortsättande. Långa Lally Tobungar, den speciella, ståtandes en fin bringa med medaljer, och en samvetsgrann bibelläsare att sparka i tegelsten och tenn kyrka runt hörnet, svära likt en Norgväsnnande dräkt i båset inför den lämpliga funktionären som han hade att göra med en rätt så querrshnorrt till mand iblusens bödel som, han fortskötte, vid senaste öppning efter att ha levererat nåra kadaver storklasklippt och lillklasjutar på uppdrag av Messrs Otto Sands och Östman, Limerickard, Provianterare, gick och, med sin oförsonliga häpnad, hikickat kravet och olagatvånget mot all runorna och, när som utmanad om det påstådda hicket (det var pickupp och ner med honom) på hans gravvarlig genom den importent tillskrivne, sade helt enkelt: Jag appopar paj, Phillyps Kapten. Du gjorde, som jag såstressad förut. Du står upp till knäna i misstag, min herre, Madam Tomkins, låt mig sedan säga dig, svarade med ett gentlekvinnligt salaam MackPartland, (köttmannens familj, och den äldste i världen förutom nick, namn.) Och Phelps var flekfull med sin skalare. Men hans phizz föll.

Nu till motsatsen. Mellan velvetiner och dimitier är knappt ett spann om fem fingrar och härav är dessa kamelryggs överdrifter förmodade att ha varit sporrade av en eller annan av alla de orsakande orsakerna, dessa stressande ihåliga hjältinnor i deras skjortärmar, vare hon magretta vare hon posque. Oh! Oh! Därför att det är en hemsk sak att va tvungen att saga i dag men en dilaha, Lupita Loretta, kort efter i ett anfall av oväntanheter drack karbolsyra med hela sitt kära blida liv fram för sig och bleknade av medan den andra smutsiga duvan som är hennes svägerska, Luperca Latouche, fann en dag medan hon lekte med kärnhus att hon retenkelt strippade för binokulör man och att hennes kanter var spermsköna över att se varandra, den styggt flickiga snart fann sin frukfyllda hatt för liten för henne och snabbt tok tid, se, hon snabbt hemföll åt hångling, hålligång och försäljning av sina reservfavörer på höloftet eller i trägarderober eller på gräsmattan *ad hock* (det försiggår säkert intimiteter i alla damrum vi bara lyssnar till fantasin) eller på den sköna kyrkbacken stänger sig själv för en bit mjukt kol eller en samling tunna grunkar, betjänande den som till slut samma heta kaninskinn *a la Zingara* som vår egen lilla Graunya av de chiliröda kinderna lade upp åt hansmajonäs Oskar, den där sonen till en Colle. Kustens skyddsande av smaragd, den lasessiva stabens arrah, Aslim-all-Muslim, den resignerade till hennes kapitulation, gjorde hon inte, kommer Leinsters kvällning, sann dotter till ett älskslam, (hennes kast var Fyrtio Steg och hans höjd gamle Cromwells Kvarter) med så valkyrig lisens som sänt mången olycklig ynka emballerad till undergång, och om igen, aj, och igen utmanar honom, reta fido, eh reta fido, eh eh reta fido, lyft välter välta, stopp, en giaours hunds spene, ja! Angelousmei! Och gjorde inte han likt Efterdufylltfyrio, farfar till Bissalvo, feletikettera hennes beteendeös med iriserande ramaskri av re-narama simpla falska mutskvalps sjuktips? Teufelsdrecvk! En hennes drottning, en honvar slampadrottning, en upptågsdrottning. En kunglig man, med royal min, regalt klädd, exalterad vare hans ära! Så gavs så togs: Inte nu, inte nu! Han skulle bara en minut. Lidandet trumpet! han trodde han ville. Vadå? Hör, O hör, leva av landet. Hun greb, död era, lyssna! H hea, ögonen lystna på hennes lippling lills. Han hör hennes leva dagen som gått. Trasigspackla till uppgång och skin! Inte heller behöver inget schackt aldrig stele från Fenicien eller Mindre Asien för att obeliska på strålen, varken pöbelklocka eller folksstone, eller sjunkenhet i Tomar's Wood att avslöja hur expressgäng vinner sidom ruelsen. Den mun som intet täljer kommer alltid att tilldra sig den otänkande tungan och så länge som obsce-ende drar sina vilka inte hör så länge som tills hela jor'ns stumnation skall den blinde leda den döve. Tatcho, gulbruna yeeklingar! Kolonnen av klumpar tillför lövens mönster bakom oss. Om våld mot liv, lem och lösöre, lika ofta som inte, har varit uttrycket, direkt eller genom en manlig agent, kränkt av kvinnlighud. (ah! ah!), har inte utpressning av svart post från féernas tid vore i det, och gärna för vilda jordblomningar följt av ett imponerande privat rykte om viskade synder?

Nu inspirerad av minnet, vrid hjulet igen till väggens helhet. Där som Gyant Blyant vetter mot Peannlueamoore där fanns en gang i väggen ett vore och ett sådan vägghål existerade. Innan malmfynd eller järn i Aaarlund. Eller du Dåres Hår eller du Gräver Mossar eller din hord av tuggor och oriorter att förvanska Odens garten och de förlorade palatsdagarna när alla eddorna avslutas med aven. Armen? Dounet är deras och kan ännu ses för menager om han slår en lusaförkli och vi ska komma till dessa naketglodda skokrämer om du bara shodovar en sekund. Och låt oggar bli gammalt gott snattrande och Isher Estarr spela Yesther Asterr. I dremat om Irländska Fristaten, Avliden. En stonehängd port var då för ett annat ting medan soroptimisten hade köpt och vidgat denna hydda under schyst hyra av ett årslångt får, (primärt) värde om sex pence, och en liten årslång get (kadett) till ett värde om åtta pence, för att växa sig gammal och lycklig (kortklipp det och skoja honom) för hans års rester; och när allting hade gått upp i hans avsikt placera en äppelport på platsen utan några medel som något svepskäl en sängstomme på toa därav för att hålla åsnorna ute (svinskiten som hänger från hullingarna till denna tidpunkt klargör detta) och just dåomkring var järngapet, av gammal vana lämnas öppet för att förhindra katterna från att gikten, trefaldigt hänglås om honom av hans trofasta portväktare troligen i syfte att hålla honom inlåst och möjligen i händelse att han kände som om han stack ut sitt bröst för långt och frestade barmhärtig försyn med att flanera på peoplades äggdag, ovan som han ännu var att vara fritt klumpig.

O, i förbigående, låt oss skrävla om pratatis, det borde alltid vara ihågkommet i anslutning till vad som har hänt före det att där fanns en nordrummare, Herr Betreffender, ut för sitt zimmer hålgrävt, gräver in i nummer 32 vid Rom och Punscheon (filial till Dirty Dick's fria pubhus) i Laxlip (där Sockeye Salmons stannade till vid tiden för orange fastande) dessförinnan, en Kommerziel (Gorbotipacco, han vållade likt Zentral Oylgummi) från Oysterreich, U.S.E. betalar (Gaul spara märket!) II/- i veckan (Store tid, dessa totala nomader!) av samvetspengar i den första uppgörelsen av Jul jul han var, svischande bikupa med blessyr, och svabbande bruten irisk myt brutendeutsch, gjorde hans reportrande om Adams Fall för Frankfurto Zeiding, en Fastlands periodikul, och er, konstatade att man hade på honom Lynn O'Brien, en meltonerad lammswolle, störd, och vidare måtte han samma zürichschicken andra skulle han, med attskicka och oberattskicka tonfiskvattnar, en apas förstörelse blev. Nu måste du veta, frankman, för att göra ett hjärta av glas, att sporten att stirra och estradslakta bara var en Patsy O'Strap vävnad av hot och ovett såsom när råbockar retar mot tinnens topp och efter denna sort. Humphreys obedda besökare, Davy eller Titus, på en burgleys klanmarsch från mellanvästern, en hajkligt utmärkt plump man på vägen som kan sina Bullfeestberg likt en starjågel, efter att ha långdansat olägligt till Cloudy Green, desposändande sin bockstump på väntadumåbehövamej, efter att ha blåst någon kväkares (för dig! Oates!) in genom husetsherres nyckelhål för att väcka uppmärksamhet, klagad genom kulingen utomhus som hans kläders skräddare kallade på svinen först, var hårbeklädaren, att han skulle bryta hans bulsheywiggers skalle för honom, nästa, var där hjulkollaren, att han skulle bryta panten över sin smala ankungesskalle på samma sätt som han skulle knäcka en nöt med ett apredskap och, sist av allt, var där havregrynsgröt, så att han skulle ge honom sin (eller theumperoms eller vilken jävel som helsts) tjockareänvatten att dricka och hans jäla styvbrors i hinken. Han krävde mera träsprit att hugga tag med, hävdande att hans farfarar var alla taxin och att det bara var efter tio o'connell, och denna hans isbar var en offentlig ugn for irisk irskusky, och sedan, inte enkelt avskräckt, öppnade vredesflödena artertilleri och fortsatte i en skändlig hastighet, vädrande mot honom i mooxade metaforeer från elva och trettio till två på eftermiddagen utan att så mycket som ett lunchavbrott för Huset, son till Clod, att komma ut, du din jewbeggar, att bli Avrättad Amen. Earwicker, du mönstersinnade, detta paradigmatiska öra, receptopermanent som han av Dionysus, sedan länge lidande i trots av vitnande under återhållsamhet i det spottauta hörn av hans drivhus, bakom hungersbyggda väggar, hans temosflaska och rpidianska beteckning av hans sida och ett valrossmorrhår till tuskpick, sammanställd, medan han sörjde sin vilda guiness flykt, en lång lista (som nu fruktas gått delvis förlorad) som ska arkiveras med alla smädliga namn han kallats (vi har tvingats för fina damers jublande i Milltowns humörer etcetera av Josephine Brewster i kollisionen känd som Kontrasteringar med Inkermann och så vidare också framåt, spetsar i toavatten, fly, celestior, en ren turv): *Förstnattare, Informatör, Gammal Frukt, GulWhigger, Stenskvättor, Goldy Geit, Bogside Skönhet, Ja Vi Har haft Bandanor, Jorviks Tjockis, Funnyface, Hos Baggortus Böjde Han Knuffad, Smörjd med smöret, Öppendörr Ökryddor, Kainochabler, Irlands Åttonde Underbara Under, Pruta Mitt Pris, Gudsoljeman, Mördaren Månaniktet, Vithårigt Hårig Blåsning, Mikdnattssolsutbrott, Tabort den där Bibeln, Vecko Tidning, Trumman den Lame Tyranousen, Blålera, Stramt före Tédax, Verkligen Ditt Gestskämt, Akustiska Störningen, Han Tror Han e Gobblasst Ourgiles Goda Bok, W.D.s Gunst, Dublins Pladdrande Bayamouth, Hans Farther var en Mundzucker och Hon hade honom i en Growler, Burnham och Bailey, Artist, Ovärdig denEnkla Protestantiska Religionen, Terry Cotter, Du är Välkommen till Waterford, signerad Ribbonmännen, Hummergryta Tjockis, Allt för Arthur i denna stad, Vemskilde Katten från Baconet, Läderjackors Donald, Fattighjonets Esset och Djävuln,, O'Reillysnöje av att KyssaMannen bakom Spriten, Magogagog, Swad Puddlefoot, Giktbruten Ghibellin, Lösaktig Luther, KläckerTupp Ägg, Förväxlar Planen, Lycka före Äkta Ståndet, Jag Skiljs från Dig Make, Tanner och ett Fabrikat, Gå till Hllrna eller Kom till Connies, Skäckig PuffpuffHans Brud, Utrensad från Burke's, Han e Ingen av Min Kusin, Barebarean, Konstig Kille, Grymtugglas Faktotum, Tolv Månaers Aristokrat Varulv, Fjäskig Vaktmästare Vampar Tonen Förråder Att Han är Ensam, Dunder och Gräs Ingifta i Clandorf, Vänsterpjäxan Skickad för att Antagas, Hindrare av Herrens Heliga Grund, Stodge Arschmann, Awnt Yuke, Tommy Furlongs Keldjurs Gravsten, Ärkediakon Cabbanger, Sist Bakom Posten, Kennealey Vill Inte Skälla ut Nancys Klänning, Kolbox att Skydda, Avlöningsfynd, Andy MacNunn i Annies Rum, Pryl Ut, Ryckasnobballar, Bombardgatans Bester, Sublim Porte, Ett Bann mot Burgaanernas Le King och ett Hinderför Du Säker på alla Ruttledgarna, O'Phelims Lågpris, Och vid Nummer Wan Wan Wan, Vad Han gjort med Kastelletcostello, Sover med Fjädrar å rep, Det är Känt vem som Sålde Horace Skallerorm, Vänligen Finn Bilagt Fingals Söner, Svajad i sitt Fall, Fikar efter Fru och Fyrtio av Dem, Låt Honom gå på Mässan, Apeegeequanee Chimmuck, Plums Går hans Vassling, Den Lille HandlarensRuin, Han – – Mjölkahonungsbävermklare, Vi was en Vindnare, Såningsman Våldtar, Armenisk Vidrighet, Sjukfis Bukenupp, Edomit, – 'Man Blottad på den Vanliga Karateristiken avseende en Irisk Natur, Dålig Humburg, Hraabhraab, Kokonghandlare,Smuts, Skola Farsan, Född Brustan FötterFramför Allt, Woolworths Värsta, Lättsannigt Fallosapistigt, Skyldigsvins Bastard, Fort ini Tunnan, Knuff ned i Bädden, Herr Fetkompis, Omhändertagen av Polis, Boawwlls Alokutio-*

nist, Avsatt, men anarkististigt respektfull till den oinvasive individuelles friheter, besvarade inte ett solitärt wedgeord bortom sådant stillasittande, fast det var lika lätt som kyssvarsomhelst för den passivt ressistente i det bås han var in för att nå fatt i för hallåande gnöl och klang uppför Kimmages Utkant 17.67, därför att, som fundamentalisterna förklarat, när de till sist chockades att tala. snuddande vid hans sårgjorda känslor i de fuchsiära den dominikanska missionen för såsialist partaj var i gång vid den ti'n och han trodde den råmerska fråmheten känd som den heliga rosenkransen skulle kunna reformera honom, Gonn. Detta mer än avsevärt otrevligt oxiga innan han ringde av druckenigt fäst några få släta stenar, alla i storlek, genom slutliga gäck för hans druvor, under spelet till stöd för hans ord att han icke var sköldig men, efter att han hade så slungat volleyn, rekognoserande via hans halvt undermedvetna den allvarlighet vad beträffar vad han kunde ha gjort om han verkligen stökade undan sina hemska avsikter slutligen fick honom att ändra skrålandet och lämnade nerdraget hela högen av snygggrusets pangpung och, efter att ha nyktrat till en smula, stegar sin grundgamla djävulska liondub, flängande flegmat, det flödiga fläskandet, (börs, börs, börstförst, jag ska splasha splymen hos dem alla!) dessa utmarker bondlurksbryskt gav upp sitt språk och tyst lämnade den paleologiska scenen, berättandes hur han genom självförnekande artilleri hade lämnat Hyland på det avvikande bordet, efter att ha uppmanat Earwickert eller, med något modifierad fraseologi, Messrs eller Missrs Earwicker, sir, hans feminisbara folkmassenamn, till kakao kommer utanför till Gyckeltoa utifrån detta för Crumlins ära, med hans missmodiga gamla flishguds, Gogs förbannelse över dem, så att han kunde brianslogga och brisera honom helt yr, ställa borgen, som Potts Fraktur gjorde med Kittel Plattnäsan och ingen annan alls med Vemolyfemus och byggde ett berg över honom, eller om han inte gjorde det, för två och trettio strån, vare Cacao Campbell, han visste inte vad han inte skulle göra för honom eller ingen annan längre eller honom efter vilken, martells batalj, en brisha en milla en stroka en boola, så att Malbruks raseri, under utnyttjande av den minsta förändring i hans majestätst röst, det första heroiska rimmet från det blåfiskigt tropikiga, Opus Älva, Hundratrettitå; *Mina projekt till underkastelse för Denna tid har tvingats falla:* de bjö ajö till deras tumme och, hans bandola är hans solgat, drippdroppdrapp i pöl eller bajsåterhållsam soldat, som önskar flabb en falladelfier påmolrgonen, fullföljd av en Hubbleforth slarver i sina misstag backwords (*Et Cur Heli!*) i riktning mot de duffa och dämpa institutioner som för omkring tio eller elva hundra år sen raglar bort i Patself på Strandens månskina pass. Adjö!

Och sålunda, med denna Bullys tunnlands ochellska exetur, kom för att stänga detta sista steg i belägringarna runt vårt arkicitadell vilket vi skulle vilja minnas, om gamle Nestor Alexis ville blinka värdet för oss, som Bar-le-Duc och Dog-an-Doras och Bangen-op-Zoom.

Yed han må lämna för måmga dörrar vid sidan om Oxmanswold för så vittnar hans kammargravar en molnlåterdugga tystnad som är under utforskning uppför backen och nedför dälden och på eolitstrata, vid Howth eller vid Coolok och till och med vid Enniskerry, en teori icke för rätlinjig m det mänskliga samhällets evolution och ett testamente av stenar från alla de döda till nåra som lever. Vi kallar dem Olivers lamm, likt spridlingar av en sten, och de skulle samlas till honom, deras hjord och paladin, som giftasbart kumuleras, den där dagen då, samma blixtrande Azavas lans Arthurärad (någon Finne, någon Finne innan!), han ska vaka från jordsömn, Högdragen Crönt Elmad, i hans Biersdal i Grönmans Rise O, (loradeledare lever! hjältarna återvänder!) och över dyn och dal (bevare oss!) Wulverulverlordens mäktiga horn skall rulla, orland, roll.

För i dessa dar ska hans Deyus fråga Alltförhemmet och ropa till honom: Alltförhem! Och han svarar: Lägg till något. Varken blinka eller blunka. *Animadiabolum, mene credidisti mortuum?* Tystnad fans i faustliga hallar, O Truiga, när dina gröna skogar torkade in men det ska finnas ljud av myckmunterhet ringandes i nattens öra när vår pantriark av Kommertillstanförattnobbla för pullovern på sikna stövlar.

Liverpoor? Full en bit av det! Hans begåvning coolt gröt, hans päls otäck, hans hjärta är adrone, hans blödströmmar crawlande, hans puff men ett piff, hans extremiteter extremt sådana; Fånglös, Pantlånad, Chilblamerfad och Skalliguggla. Humph är i sin doge. Ord väger inte längre för honom än vad regndroppar väger för Rethfernhim. Vilket vi alla gillar. Regn. När vi sover. Droppar. Men vänta tills vi sover. Dränering. Sdopar.

Som lejonet i vår tårgarten minns näckrosorna i hans Nil (skall Ariuz glömma Arioun eller Boghas Marmarazalles barspelare från Marmeniere?) må så vara, tills weerziens fyllt en liten flaska i tjugo har sigillpostats vad i vår brievenbus, den belägrade bedrömde honom stilla och endast av dessa obeslöjade vilka har ogjort honom, borta i åratal, och visste inte om de vaksamma förrädarna vid hans likvaka, och deras stanna kvar. Dricks, dricks, kammarjungfru! Zeepyzoepy, stövelpojkar! Zijnzijn Zijnzijn! Det må vara, vi måste oss hasta själva te deklarerar det, att han återblickat? försåg? fälten av hetta och skördar av vete var korngyllen Ysit? skämd och skinande. Må så vara att wir haben att uppsöka en ynka dörr vår goda kåkstads rutiner önskar vi visste det, att med hans djupseende insikt (hade ej önskat oftvara men god tid slösad), inom hans patriarkala shaman, bredsten över stan (Twillby! Twillby!) han medveten om fiender, en kungsbilly vithästad i en Finglas mölla, bad, medan han satt på ett oroligt säte, (kunt ni int' gett mej tå om ett par mjuka ögongلober!) under det att detta tre och en jäkla massa timmars vånda av tystnad, *ex profundis malorum*, och fostrad med oskrymtad kärlek att hans ordsårare (en änglar till tänderna som, omnämnd som Nash av Girahash, skulle gå gammalsomhelst där i den gråtande världen på hans spräckliga mage (käppen, de knussligknådade!) för mjölk, musik eller gifta missussar) kunde, nåd åt försynlig tolerans som hatar förtänksamheters listighet, uppenbarad in i den första av en hans efterföljares distingerade dynasti, svartansiktade connemaror inte av bukten utan äldre barn i hans hushåll, hans mesta belägring av idéer (*stega* hans tålv predominerande passioner) såsom varande formationen, liksom i mer favoriserade klimat, där Honungsängen är gästvändlig och Glädjeberget mottagare, av ett verkligt kriminellt skikt, Hams inbrottande skurkar, därmed till sist eliminerande från alla klasser och massor med direkt derivat dekausaliering: *sigarrius* (sic!) *vindicat urbes terrorum* (sjukare!): och så, för att markera ett bank taal hon kort sagt, invånarnas lydnad älper älsan för elheten.

Nu gode. Låt oss lämna teorierna där och återvända till härs här. Nu hör. Denne gode igen. Kistan av teak. Pughglas panelinfattat, rör sig österut, skulle törna in senare, och klippa klappa nära åvsikten, materiellt effekterande årsaken. Och detta, leverer, är det stå till. Vilket antal såm hälst av konservativa offentliga kroppar, genom ett antal av utvalda och andra kommittéer som har makt att tillägga till sina antal, innan de sjölva och han sjalv röstar, stad, port och garnison, med en passande och kårrekt resolution, följd av en stols beslut om groundwet, en gång för alla utifrån plottig existens , som ett forescut, så du maatschappij kunde till dig skärmaskin på en neuw klortlek, gjorde honom, medan hans kropp fortfarande framhädade, deras närvaro vid en protemgrav i Moyelta av det bästa Lough Neagh monster, då lika mycket efterfrågad bland misonesier som Isle of Man i dag bland limnifober. Wacht even! Det var i en ganska så skum kittelsnygging, sedan Fiannas partiledare hade tagit sin hand full, berikad med antika skogar och kära dyngiga djuplinbor mit vilken var en gammal kulle och en forellbäck, fångfångt om hennes videbuske och en pratsjuk sally med vilken Wilt eller Walt som helst som skulle nagla henne som Izaak gjorde med sin käpps kittling och se hennes vatten av hennes dumma vatten av och där nu bruna pussykyssar krusar sig (må deras skuld förgylda lättsamt över hans sömndruckna form!) Somfö'dej lägger sitt sista, med Bogs vrede, lik den erste curst Hun i sängen till hans treublåa Donaho.

Bäst. Detta skullehavarit underjordshimmel, eller mullvadsparadis vilket troligen också var en motsats till en fallosfarao, avsedd att gynna veteskördar och att pigga upp turisthandeln (dess arkitekt, Mgr Peurelachasse, hade varit förbländad på det att han inte skulle petrifejka sånenalltid medan entrepenörerna Messrs T.A. Birkett och L.O. Tuohalls gjordes osårbart aktningsvärda) först i väster, vår mästerbryggrare, Kastellskurkig, öppet fördömde och blästrade med hjälp av en hydrokälla, system, Sowan och Belting, exploderade från en återuppfunnen T.N.T. bombpost upp ohoj av elva och trettio wingrest (*circiter*) till babord ut från hans loftburna thorpeto, Auton Dynamon, kontaktad med det förväntade minfältet av burkar av förbättrad ammoniak klatschad till hennes skyddspläterade reling, och smält till snärjda kablar, slunkit genom tholse och tonade ned från det lurade tornet till markbatteris proppskåp, alla olika likt klockor från nycklar eftersåm ingen tycks ha samma skäggtid, en del säger vid sin Oorlog att det var Sigtryggs till nio, mera kontroll med fogden Ryan var det en Dansk att pfifa. Senare närhelst hans urinblåsa började svika honom och hans grova gorm blev helt avskalat och, stop för stop, han närmade sig det (skullemanspara!) omsorgsfullt radade upp det järnfasta resultatet med rostfritt tegel och mur, fasserat till fosserat, och drog sig tillbaka bakom hans smärre torns heptarki, beauchampen, bordspråk, tjur och lejon, den vite, garderoben och nedblodad, så uppmuntrande (Instappen, als 't u belieft!) ytterliggare användbara offentliga rådsförsamlingar med hoofd avhanteringar som var welholden av damfittor till salu ur sånt som Påsättarnas Fackförbund, Häftklammerhandlarnas Gille *et*, aud urbe conditae att visa uppför honom med funebral pompa, över och ovanför detta, en stenplatta med det vanliga Mac Perlah avskedet, en mycket ljusordad instans av falskbetydande adamoelegi: Vi har gjort vårt åt helvete med dej, Heer Herewhippit, overgiven, skidoo!

Men hus't och allombordshopper! Demokistor, liksvepning, farväl bårskap, askurnor, ligljudda bleka, snusofager, hembränningskar, gråtvaser, hoedendooser, reykjavattenbägare. mittenbrottor, zoutzaker för ätlust, inklusive uppmedditthälsoting, rökvurst och köttalltidsåoftad varkenpootjes och vad det beträffar, javäl alltså, vilken sort som helst av ett gravsättningsslags kuriosa för utsmyckning av hans glasstens honofreum, skulle, met dessa räckor av förutsättningar, följer naturligtvis, halas, i den ordinarie riktningen, möjliggör den där jordenruntarens vandraomkringhet, gjorde sådans förbi honom, att leva helt säkerthemmavid de försenila dagarna av hans liv i välstånd, antikens era orkeslös, sena fastor sista mildhet, till packarstadiet, valfånga iväg stundens helhet (*hypnos chilia eonion!*) lethevaggad mellan explosion och återexplosion (Donaurwellen! Hundradunder!) från grosskopp till megapod, balsamerad, av hög ålder, rik i förväntad död.

Men avvakta Zeits samlingsbetjäning, uppgång efterfall. Blåblitzblixtrad därifrån, väl vetandes att bostadsbristhets hallmirks hängjärnsgångor begravd borrande i Gehenna, för att snabbt förökasvia alla sina Untervälstånd, söm efter söm, sheol om sheol, och återbesök vår Överklass Sidera av Utilitarios, den guddomliga ena, den samlardolda propagjutande sin plutopopulära avkomma av pottor och pannor och pokrar och pordlekar från binnenland till boitenland, spjutvägen före spårvägen.

Den andra våroffensiven på Abrahams höjder må ha tillkommit helt enkelt av misstag, Fajtaråkkser (för Brederode hadetill sist övertalat honom att ha sig själv lika sjudubbelt begravd som den mördade Cian i Finntown), hade inte varit tre månar i sin vattniga grav (vad civilgardister och ritter då och spuitwijn löften med aardappel frittling!) när förstening, dreyfusserad som alltid, började rasa, rasa, rasa, pojkarna förtorkar. A hoedenwinkel signalerade och en välgångshälsning frilade översvämningen. Varför satte rapphönsen skräck i honom med hans grymtningar? Därför att druiverna muskaterade vid dörren. Från de båda Keltiberiska lägren (under förutsättning att från början man för diskussionens skull antar att män på båda sidor i Nya Syd Irland och Vetera Uladh, blåmän och pillerfejs, under jäsningen Med Påven eller På Påven, hade, morer eller letter, anslå idéer, knorrandes) alla betingelser, dåliga för och dives mot, var och en, naturligtvis, på den totala doffensiven eftersom de eviga ugglevis voro på sin sida hela tiden, dragna till sina Bellona's Black Bottom, när väl Woolwhites Vals (Ohiboh, hur bekriminaliserad, fördömtkysst och fördumttak!) en del för önskan av lämplig föda i ungdomen, andra som redan fångats i den ärbara akten att skiva upp karriärer för familj och utskärning i förbindelse; och, om räckligt märglad, kan den garrotterade personen ha föreslått till vem han somhelst tog skinkan av, slätten involverad i mörker, låg kitteldal skälmaktighet, nej, även den förste wuggern själv i verkligheten, whiggissimus blodrödad, när falsksiktad av den omsånhanva' mobbare på kullen för där hade fritt cirkulerat ganska så bland hans opposition känslan av att i så övervintrande Massa Earwacker, som, innan detta på ena sidan sammanbyggda liv, hade blivit känt som synbarligen dagar i överflöd, sa kocken, mellan soppor och smaker, för att komma utanför sin egen längd av regnbågsforell och som av ingen man eller kvinna född, inte kunde, likt den stora krönta breben, förtär hans tre gånger tjugo och tio dagar av mört per levnadsdag, aj, och lika mycket småfisk i minuten (den stora mixen, må galgen kväva honom!) var, liksom laxen i sitt trapphopp all denna tid av totalt hemligt och genom sugmatning på sitt egna felplacerade fett.

Damer föraktade inte dessa hedniska järnstrukna tider av granar; stad (uppkallad efter den fulaste Danadynen) när ett blad var en vän ibehov att bära, som earwiggar gör sin död, deras mull till jordklotet där förvisso vi ska lugna förfallet, vårt okända arv. Venusar var på ett halt sätt temptatrixa, vulkaner grappflabbigt eruptuösa och hustrurnas hela värld fullsmockad med nyckfullheter. Fakta, vilken mänsklig injun som helst som du gillar vilken förmiddag som helst eller efter skulle ta ut hennes godkin, eller ett jämt par av dem, (lugod! lugodoo!) och snyggt bedja med honom (eller till och med med dem) varendahan till hennes smak, längta efter lycka, tapete och tejpa peter och tag pet test på allt. (Tip!)Wells hon skulle uppvakta och vilja vinna men hur visste den kära var hon skulle gifta sig! Arboretum, baljrum, caravan, dike? Vagn, ekipage, rullebär, gösselkärra?

Kate Strong, en änka! (Tiptip!) – hon drar en vägbild för oss, i en dioramadrömd sättning, strålande och mycket vidual, av gamla Dumplan som hon snokat upp det, en hemlik stuga av elvansten med spillning från hyndor, stinkande fittor, katters duggisar, ruttna witchawubblor, mörknande struntprat och tiggares kulor, om icke värre, salmovariösa baciller i muntert via de småflisiga rutorna – Änkan Stark, sedan, när hennes skröplig har vänt honom mot väggen (Tiptiptip!), genomförde det mesta av rotandet från gode Kung Hamlaughs gyllene dayne fast hennes smala kvast bara städade sparsamt och hennes tomma uttalande innebär att, det inte finns där några makadamiserade sidospår under dessa gamla nekropolitanska nätter, bortsett från en fotsmetare, Bryants Vägbrant, kantad med teveronika, vitklöver och ängssyra det vete skog, som avgått, slagen, där målsägaren träffades, sänkte hon ned, likt renhållare, som ska bli renhållares muste, sitt snuskhål nära Serpentinen i Porrnix Park (på hennes tid kallad Finewells Helgaminne men senare tauftaufbaptosserad Pats Utrens), detta farofält cirklande slaktarskog där fyrverkaren oh flaherty engagerade en knäppgök av slottsankor och ah för en bågskytt chockads turk, allt över som fossila fotavtryck, kängmärken, fingertecken, armbågskrumpbalja, a. s. o. spårades alla allteftersåm av en mest invacklande beskrivning. Vad subtilare tidsplats i skogen än sådan vargmage kastrament att villa dölja en leabhar frånTorsmännens brandihänder eller ett kärleksbrev, lustfullt hennes, som skulle bli lusta på Ma, annat än den sen bråket upphört, än här där åket började: och med fyra händer av omtanke den första försoningens sötnos läggs i sin sista vagga av hem ljuva hem. Låt det vara! Och inget mer av det! Så skicka vidare det valda för barns skull! O mänskor!

För hör Allhögste sprack för krishnianer som för propaganda fidier och hans vigselörnar vässa sina rovnäbbar: och varenda en av oss morfyla män, piomfrukt för pomfrukt, faller tillbaks i denna terrin: som det var låt det vara, säger han! Och det är som om vore Agni araflammad och Mithra varnad och Shiva dödade som mayamitror de omedvetala vattnen återkallade från vårt noarkiska minne, vindlande goharksamt, till någon hastigödslad timmerman fackelpräst, flamfantast, vindens rum som antände elden som låg i skogen som Jupiter satte eld på, med sitt plum,pa ord. Posidonius O'Fluctuary! Låt den jävla stenen vara som den är! Vad gör du din smutsiga slyna och hans stora träblock vägen upp till dig. Slink runt, du, vid ministrarnas sällsynthet! Och, du, lägg tillbaka den där tunnan där du tog den, MaC Shane's, och gå vägen din gamle gick, Hatchettsbury Road! Och heppsansa! hur strömmade de inte bort, biljettpriserna, en hel skola för hopparunt, med sina gehäng tunnisigt bakom dem, alla de små pärlpetiga! Någon från Lucans, tack?

Ja, livsviktigheten hos närboende ifall osynlighet är oövervinnbar. Och vi gör inte heller intrång på hans majs. Se all denna plotsch! Fluminian! Om detta var Hannibals marsch så var det Herkules verk. Och tusentals hungrande icke frigjorda slavade på. Mausoléet ligger bakom oss (O, Adgigasta, *multipopulipater!*) och där är milstenar i deras cheadmilior som vacklar utmed spårvägen vid Bram och Anton Hermes! Per omnibus secular seekalarum. Amain. Men det förflutna har gjort oss detta en riddarhuvas nu. Desto mer bo här O'Connell! Fast regndold är du noshörningshud. Och om han inte är en Romeo ka n du lika väl gratinera din hatt. Gickuppunder i Sankte Fiacres helgedom! Halte!

Det var jobbigt vid hålet där, helt enkelt på upplösta och en kall fläck i Buchan,bevänt berg då, ägter till ytan som nu är, att Luttrell sålde om Lautrill köpte, i Brennans sadels (nu Malpasplats?) pass, verst och mera verst från sann civilisation, inte där hans drömmar toppar deras traumer halt (Nedanfördär! Danfördär!) men där Livland bortomtid nerkissad med det vilda, saltliga med svämning, att attacklaren, en kropatkin, om än under medium och mellan färger med sant infött ryck, anlitade Motståndaren som hade mera i sitt öga än var mindre åt sitt ben men som för plundrings skull, misstog han i störtregnet för att vara Oglethorpe eller någon annan Ginkus, tydligen Parr, för vilken det huvudochhällösa kycklingnästsägget bar viss Michelangelisk likhet, genom att använda sig av vanhelgande språk med innebörden att han skulle utmana deras hemisforer att utrota dem men han skulle kanonisera de b — y b — rs liv ut ur honom och lägga ut honom ångerfullt lika smart som de b — r hade hans b — r vällsböner bedda, tre patriknostrar och ett versrim av avemarior (*tout est sacr, pour un sacreur, femme ... barbe ou homme-nourrice*) samtidigt, för att därmed plombedra brunn tömma honom på de blubbiyklagande ghoaterna, fatta tag i en avlång stång han hade och med vilken han vanligtvis bröt möbler han reste käppen mot honom. Gränshändelsen återupprepade sig självt. Paret (varesejdevar Nippoluono engagerande Wei-Ling-Taou eller de Razzkior som försökte beräkna – noistre generalen Boukeleff, man må icke säga), kämpade uppenburligen under den viss avsevärd tid, (vaggan vaggade i lika mån till den ena än motsatt från den andra under sin lag att fånga och återfånga), under Alla regler runt bokgömman, kämpande likt lilla topp och Tipperary Svensk, Sakramenterad Serviös av den Guddomliga Ivern!) och under loppet av deras kamp sa den utmärkte mannen, som hade öppnat fina skål för att tigga, till gruvarbetaren som bar på slingan (en behändig betäckning för det portabla destilleri som bestod av tre behållare, två burkar och flera flaskor fast vi avsiktligen inte säger nånting om döingen, båda sidor har intressen i andarna): Låt mig gå, Pautheen! Det är knappt jag tjenner dej. Senare, efter den solståndiga pausen förfriskningsavsedd, samme man (eller en annorlunda och yngre honom av samma han) frågade vermikulärt med ett mycket fult chew-chin-grin: Togs dessa sex viktoliösa femton duvor ifrån dej, sa han mej, stlongsnubbe, genom att plocka en ficka tio till skämda månader bakomåtsidan? Det var en del fortsatt krockskämt och allvarlig försöker konvertera under den bästa delen av en timme och nu en träig affär i form av en Webley (vi igenkände genast vår gamle vän Ned av så många illortempererade brev) föll från inkräktaren som, lika fastnad som den där katten till den där musen i den där tuben i den där kristkyrkorgeln, (flöt bilden av Flick Moln Vemod ovanför dem lätt ung charm, i färgband och råttsvans?) varpå blev vänlig och, sägandes det att inte slita sönder hans skjorta, att veta önskad, skojande och knobkierier, liggande på alla sidor, ifall hans utbyteskumpan som satt fast till den uppfinning av hans kassaskåp, med en fasthet bestyrkande deras inbördes territältoriala rättigheter, råkade ha rovbytena en tiopunds crickler förändrade om honom för tillfället, förvirrande denna slump så, han skulle pröjsa honom tebaks de sex udda vicor, fattar du, ut av det för vilket mannen antogs på prover från senaste Yuni eller Yuli, hänger du med, kapt'n? Till cedtta den andre, Billi med Boulen, som hade mammat och hamrat upp till detta (för han var tveksamt ledd till överdåd) snarare svarade road: Woowoo ville du bli grovt förvånad, Hill, att få veta att, det så hände sig, jag uppriktigt inte har sådana saker som klosetten, som den sista chansen av tennpanerad fräsare nånstans på mej i närvarande mohomoment men jag tror att jag kan se min väg, som du föreslår, det blir Jultid eller Yuddanfest och då det är galna knasbollar, min son, för dig när hattmakaren rusar, mon, för mej, att förhöja dej något i stil med fyra och sju pence mellan hoppande och snärjande, vilket du lika väl kan ha, påjkpartier, att köpa J.J. och S. med. Det var en minuts tystnad innan minnets elds återtändning och sedan. Leve hjärtat! Vilket viod den första pust av glad glad och whiskyviggs tvestjärts öron spetsade, den svältande pistolmannen, slog honom skär, blev sällsamt lugn och rättframt svurfenvita alla sina istrars porsenligt att törneträ't av sheolvetet skulle kunna förgrenas upp genom hans Himlahornto ljus smordlag men han skulle gå god till honom soltid märx mina ord snabbt, för en flisa från den gamla Flintan, (i den Nichtianska ordlistan som levererar a prioriskt rötter för erfarenhetsmastiga tungor detta är nåt språk i vilken betydelse som helst av jordet och man måtte lika tämligen gå och kisha hans sproguesars som missar att certifiera huruvida krigstrofén undgången några liv tidigare var det där somligtror är som en kruka, till vad, en kukslukare) och anmärxar langue d'oiligt, förefallande mycket mera högst tilltalande än tungomål kunde säga vid detta öppnande av en livstid och försmaken av Dun Banks pärlemödrar och pojken att spola nervilket han skulle föda sig själv i Den Röda Kon i Tallaght och sedan in i Den Goda Kvinnan i Ringsend och efter henne in på Conways Pub i Blackrock och, först att falla, förbannade är alla, där aptiteten var som starkast, atte, funeral fair eller verklig fun finn, Adam och Eves på Quantity Street genom lekdrottningen Tailtes nåd, hennes vilja och testamente: Du bedövande lilla southdownare! Jag känner dig var som helst, Declaney, låt mej i sanning saga dej in och ut ur utrotning av liv och vem i helvete som helst, blir din blanka fläck på den beniga delen! Målboll jag har träffat denna dagsljus dilaterade nätternas natt, du store tid! Min hatt, du har en del mobbig tysk envishet, luffare där! Han pluggade sin faust (axin); han toppade den råa besten (pardun); han petade sin pick (en tipp är en tapp): och han stoppa in i sin väns ledighet. Och, med Fransk höna eller brådskors och fritids portlifåglium, beträffande att fortsätta det där, den konstiga mixturen utväxlad fred i omfamning eller poghue puxy som praktiserad mellan bröder av samma bröst. hillelulia, killelulia, allenalag, och, efter att ha ratificerat inför dagens gud deras bombvila som förklenare har småkallat behandlingen till konjak, vänt hans fez Menaisundigt i riktrning mot Moscas, gjorde han sig fölrst av med några få mitsmjölnare och hästskor och rymde sin väg med tubulär jubulens vid en tjurrusning över rövbakbron, spittande sina tänder på rötter, med de sju och fyra i danegäld och deras humorala kastyxa eller andra osäkra vapen av *lignum vitae*, men en evig ihågkomst om en toboggaakter, uppplockad för att hålla något avtalat kråkplockande möte med en del rival rialton var som helst mellan Pearidge och Lillahornet medan denna usla delaney, som de lämnade efter sig tillsammans med den konfedererade fendern och som fastän ballsbluffad, underbart bar upp allt av dess wunder med en hel mängd av plommonstora blåmärken, plus al Salehs blaumärkta svansben, allt över honom, rapporterade händelsen på bästa sätt han kunde, till hela labbets övertraskning, och gav Paddybanér den militära saluten som för hans exilens O'Daffyn, i försvarbart hopp att, vid nobilroman granskning av det högeligen tillfredsställande konklusiumet beträffande deras förhandlingar och jogglerande apornas argument dein derivativ, en del lotion eller vallmoskum skulle visas upp scheneröst till parterna, vid den närmaste vaktkuren på Vicar Lane, hans anletes vita bas fullkomligt täckt med diagonalt rödstrimmat icke dödligt däggdjursblod som var helt övertygande vad anbelangar hans karaktärs allvarlighet och han blödde i självförsvar (stoppa flödet!) från näsborrarna, läpparna, paviljong och gom, medan en del av hans hitlerhår hade slitits bort från hans knuts huvud av Colt fast för övrigt hans hälsa överlag tycktes middla iväg medans den visade sig som allra som mest lyckligt lottad så att inte en av tvåhundrasex ben och femhundraen muskler i hans corso var a whit the whorse för hennes whacking. hennesvem?

Nudå, överge sammandrabbande aska, kraft och muskel och mässingstillverkad för att avhysa jordfödda och bergkristall för att vräka isinglass men ormar sig fram gradvis för vårt sparade tillbakamot modervattnen så många kilometer från bank och Dublin sten (olympiadande även till den elfte dynastin för att nå den där dunssjuka Hamlaugh) och trill frågan om Boneys olagligt tullskansade av en genomstungen paraflamma och klapptrappat gnistgaller där gröper ur den än mera utstickande punkten av politiska lutningar och stad strävanden hor vår förebärare, El Don De Dubnelli, (må hans skepp tjock fast på bottnen av floden och alla hans besättningsmän lagerlåst i havens grav!) som, när inom den tånagels svärta, min herre, efter att av misstag ha blivit överfallen i bakhåll av en av eddavedorna, och lika nära som inte spelade nån roll, mam, att ha blivit utslagen nonchigt när häcklaren från Hyogo-ken med Peter Pictoren ville håla honom, praktiserade genomgående den första av de primära och okränkbara friheter avseende det pacifistiska subjektet genom att cirkulera (var brittiska, pojkar, in till benstommen och kicka en kompis en chans!) utmed en av våra oförbjudna gravplatsgenomfarter, öppen för barnvagn och håj, för promenad,Wellington Park vägen, med trottoarkanten eller kväkares tjatnostrum under hans auxter och hans alpenstück i hans rödhand, en högeligen berömvärd övning, eller, nummer två av vår *acta legitima plebeia*, på randen (se upp för att balka en man på hans vilja!) till att ta plats på en offentlig plats, till vilken, bar av Butts, mest österigta (men alla går västerut!) av Blackpoolbroar, som en offentlig protest och naturligtvice, utan avsikt att störa heller, varande tackfullt gudskepris för den vredesberövade ringduvan och den skräckstungna boakonstriktorn och all de mera riktigt glädjebra tillfredsställda, vilket han var, vid att ha andra mänskors väder.

Men för att återvända till Atlanten och Egentliga Fenicien. Som om det inte vore nog för vemsomhelst men lite framsteg, måhända, gjordes i uppklarnandet av vadinte var en brottsgåta när ett barn till Maam, Festy King, från en familj sedan länge och ärevördigt associerad med rulla-i-tjära-och-fjäder industrierna, som höll ett tal på gammalplogmansk Mayo hos Saxarna i hjärtat av ett okänt potätdistrikt, drogs följaktligen inför Old Bailey första dagarna i mars, under ett ordförenligt snärjande åtal i båda fallen (från varje dagjämnings synpunkt, den ene bissens fångst är den andra följeslagarens person) det är så att sega, uppflygande ringduvor ur hans overaller och gör rumpan skamlöst hans kraft på fältet. Oyeh! Oyeh! När fången, doppad i denatuerat, dök upp i torrdocka, uppenbarligen ambrosia förverkligad, likt Kyssars Korderåj Karikatyr, iklädd, bortsett från fläckar, sprickor och lappar, sin stridsskjorta, stråhängslängen, sydväst och en polismans korkskruvsbyxor, allt utifrån det sanna (när han avsiktligt rev sönder alla sina lansmäns skröddarsydda i Mamertimes fängelse),bestämde för sin avrättning med alla tunnsådda fluorer i det kungliga irländska vokabuläret hela den peterjackmartinska tredelskostymen och all kopparsulfit som fallit från honom oförklarlig kvarts likt krystallisationerna av Alun på Evan medan han försökte sig på att sätta eld på sigcell, (i strömmar droppade han medan han fann på strippande för ett kärl medmalt medan han fruktade det kalla regn) det var ett försök av Kronan (P.C. Robort) att visa att King, elois Bräckjärn, en gång känd som Meleky, härmande en klättrande pojke, gnuggade några pixier av någon luvial mosshed över sitt ansikte, kurager och pussor, med Clanetourf som det bästa sättet att särskilja sig själv och var på den medelvita svinmässan i Mudford på en Torsdag, Per och Pål festivalen, under de illatagna namnen Tykingfest och Rabjobb som han plockat och Anthony ur en telefånbok, med en påstått renrosig gris (utan licens) och en hyacinth. Det var på det där havet vid slätten till Ir niohundra och nittionio år och de gav aldrig upp eller upphörde med reguljär paddelviking tills att de landat sina två och en ringa självar, bland kamel och åsna, gråskägg och diande, präst och fattighjon, matermatrona och merrymig, mitt i lerstormen. Samlingen, inkallad av den Iriska Angrikulturella och Prepåstorala Vårorganisationer, att hjälpa den irländska dyngan att se sin broder dansken i ansiktet och tillhundahöll tack till Larry i stora antal, av kristiska och judiska totemar, attretas om syndaflödet, var distinkt av ett utspritt slag när Baile Bricinenet han inte kunde få nåt gott ur, efter kukenpåtäppan genom några få fantasifajtade huvudsaker åt en del av dörrvägen, zigenaren sålde senare gentlemannen skattebetalare eftersom hon, Francies syster, så att säga, åt en hel sida av hans (djurets) vagel, på en krigsgata, *Qui Sta Troia*, i avsikt att slutbetala, Hissarlick, sex dubloner och femton av hans skulder, skurken är inte rumlarens hyra.

Anmärkningsvärd bevisning avgavs, anonymt, av ett öga, öra, nästa och strup vittne, som Wesleyanska kapellbesökare misstänkte för att vara en civilklädd präst W.P., situerad vid Nullnull, Medicinska Torget, som, i samband med att ha svikit sitt ris och fredsgröna coverdisk och buttert varna mot att gäspa medan man grillas, log (han hade haft en buffert vid avskedet från mrs Molroe denna morgon) och förklarade för sin framlockare under dennes norskmorska mustasch (kluckanden!) att han sovit i god tro och att han skulle vara där för att minnas Novembers snusk, hatinärande, bråkiga O, vilken, med Junos jubileum och datum för gammal oro, skulle, tacka Regnmakaren, decembras inom den profana historiens efemerider, alltsammans med Idag Igår och Imorron, och en sak som alldeles svinstickligt skulle träffa en person av sådan höggradighet pörövade observationella krafter såsom Sam, honom och Moffat, fast det inte är deras sak att ifrågasätta varför, så var det som slår en i denna sak att hans var förstenad att se, vid hans tid på natten, hur Hyacinth O'Donnell, fil.kand. i kalendern beskriven som en mixare och ordmålare, si vis pacem (Gaeltacht för högaffel) på den fagra grönskan vid den tid av tjugofyra timmar försökte (Ballycassidys Friedhofare!) sparka, knocka, knivhuggaoch slakta på egen hand två andra av de gamla kungarna, Gush Mac Gale och Rytande O'Crian, Jr., båda obegränsade bortbytingar, i avsaknad av adress och i oöverförbarheter, mellan honom och vem som nånsin sedan råsopar innan Slaget vid Lewes, illvilligt blod fanns på grund av boerns intrång hos tjuren eller för att han förstgavupp sitt polarbjörnar hår på tvåsätt, eller för att de var rönnbärsrävade och myran och grässopporna över en kylighet i en novellett, eller för attde inte kunde säga ofred, (stum och dövt) Meathe. De tvistande, sa han, lokala kungsmän och donalder, aranernas kungar och de dalkögda, kungar av lera och tory, til och med Killorglins getakung, eggades på a v sina supportrar i form av bättrekvinnor med bågsträngat hår av morotsgenuin rödhet, som väver in karmosinröda småttigheter och skriker från Isods torntopp. Det var skrik från de undersätsiga i rätten och från macdublinborna i Borhernabreena om: Se upp för banken från Banagher, Mick, min herre! Visa upp O'Donnel. Oj! Ställ ut hans reliker!Bu! Använd tungan mer! kyss inte så mycket! Men det siprrade ut i Dödmans Svarta Sceneri Domstol via krossförhör av den processhärdade testikeln som när och var den där knivarnas knivs trefaldiga bakhåll las ut (ungefärligen sprutande kring en halvtimme mellan skymning i gryning, enligt Vattenslangs Mellan Europiska Tid, nära Stopp och Tänk, Hög Chef Environs och bara äpplefallfruktsträd i åldriga landet) där fanns inte så mycket som ljus från den änkgjorda månen som skulle fördunkla barnaltaret. Mixaren, följaktligen, var rent ut förd på tal, och i den bästa basel att sparka med, vad beträffar huruvida han var en av dessa lyckliga kukar för vilka den hörbart-synbart-gnosbart-ätliga världen existerade. Han var bara alltför kognitivt konativt cogito i riklig mån säker på sin sak därför att, levande, älskande, andandes ochsovandes morphomelosophopancreates, som han mest signifikant gjorde, närhelst han trodde han hörde han såg han kände han gjorde en clockclipper – clipperclipperclipper. Huruvida han också var praktiskt taget säker på sina kånkanden och suggors namn i denna kung och blusmans business? Att han var lusspäckat sådan. Certifierad? Som en snubbe kan vara. Ljug! Jag vill vara den ensamme. Det var Morbus O'Någon? en satyr i weddens. Och hur fick den grönögde herr'n fil. kand.? Det var som hans val. En finkornig trapper med myrtengröna ögon, hemsktpiercade öron, örnlik näsa och en förrädiskt vriden mun.? Hanskulle bli. Vem kunde tygla dej till en tenyérfull när bordsställd? Ballera jobbera. En del avgörande tristhet också. Och med snubblande ben, omdoppat namngedd Helmingham Erchenwyne Rutter Egbert Crumwall Odin Maximus

Esme Saxon Esa Vercingetorix Ethelwulf Rupprecht Ydwalla Bentley Osmund Dysart Yggdrasselmann? Helige Santa Eiffel, självast fenixen! Det var återigen Chudley Magnall mellan deffodatumen och den stumma ssenen? De båda barnspejarna adresspressade honom och hyran för hans berg kom från de tre elaka Vancouvrarnas Skogar nedbödja awhits, edsttu säker? You bet, symbalen kommer! En av oxmännens tingsbiossar, hwad? Oc h han hade blivit uppfräschad av välgörenhetens typsnitt som spelas här – är – en – smärta – aleland i Longs gurglande fat? Förlusten av Lord Edward och bristen på Sir Philip kirurgen som spolats bort kunde suga fler gurgelbubblor ur de fem lamporna i Porterlands lovord. Virrlingen och Maro? Som vars icke skulle, lämna sin lövstid i Blackpool. Men han skulle, naturligtvis, också kalla sig själv Tem, om han hade tid till det? Skriv upp att han kunde vilkenTomsomhelst. När han tillfredsställde? Vinn och placera. En eldare frestade genom tjyvlustning emot föraren som var ett vittnwe dessutom? Helige avtar, hur i helvete gissade de det! Två drömier i ett dromium? Ja, och inget fel. Och båda lila lika som en dujell mellan linser? Fredcist. Så han blev utkastad från coram populo, eller hur? Vare krafterna som är han var. Prinsen skulle i princip inte visa sin person? Machevuole! Ryssansman kamerad? Snarare Galwaygian skulle han saga. Inte oberusad, jysst vittne? Full som en alika. Tillfrågad om hos brydde sig varthän han rökte? Inte om han rökhostade. Beträffande hans ejakulationer tillsin Crosscann Lorne, cossa? »Det var corso in cursu på coarser igen. Den graciösa missen var vi utan tvivel känsliga hur gulavattnet vid furkationen ändrades? Det var hon vänligtvis, O'Doda mig inte! Vad hans religion avser, om han har nån? Det var en sorts vi-ses-på- söndag. Exakt vad menade han med en pedwrast narr? Bejacob's, bara en here som bad sin fasta. Och om medelklassad portavorous var en vanlig best? Nattetid lika användbar som en spya för en flådd man. Om han hade ragnarökt teras krigsrätter? Den dag i dagar han hade. Lincederry, coke eller skillies innebär trubbel utan en grind. Heliotrop. Betesrättigheter (mrs Magistra Martinetta) upphörde med utlöpandet av getens fader, om de inte tog miste? Att han inte exakt kunde säga de andaktsfulla men hans moderinvaderare hade recepten för priset på likkistan och att han var där för att tala om för dem att hon själv var velocipeden som kunde säga dem kitcat. En mandarin tunga i ett poundande underbett? Fader beordrar om frågan om uttal. Biflodsslut? Och vi rekommenderar. *Quare hircum?* Inget svar. *Unde gentium fe…?* Inget ah. Danzzlar du inte på åldern till en vulkan? Sir, jag är dåd. Och hur gammalt av honom? Han var inställd på att studera duvor. Vilket var avsett som en skjorta i två byten oghmaskapad eller uppfinn, trehattad stege? Att ett huvud i lår under en buske på solytan skulle fånga en orm till ett kvarnflöde genom ljungen. Arm bergfink collage dövstum etnisk fort kanske? Säker och glömsk behändig jotalpheson dessutom. Hoc key jasöner, då, i en pigegäss? På en påves order lika snat som att det finns en ital på atac. Likt en glorlig bit att jossa. Lojalt och tyululu. Men varför

denna hankowerchief och varifrån denna andra ton, son-yet-sun? Han hade knäböjet i sina byxor flått av anletet. Så det här är det där Solasistras, fastställer odds evens i trots, tog lovpriset från Laboriter? Vad rubbade Tob, Dilke och Halley, inte särskilt förälskade i spelet. Och, förändring av försäljarna, från kungens huvud till republikanernas vapen, vad beträffar stridslystnader uppvisade från flaggfall till tidig satsning under grälen kring Fader Tidens baksida och regenterna i det plantsådda regnandet, med skidstavarna och morgonmörkalarm, hur de tilltalade honom då? Att det var löpeldar natt på alla bettygallaghers. Mickmichaels svärd skrikandes skräck genom himlen och necknicholas rostatbrödgafflar sticker upp spira tunablåsor. Lått det blir strid? Och det var. Fajt. På Änglarnas sida, säger du? Guinungagap, sa han, mellan vad de sade och fittakattorna. I mitten av gården, då? Att de inte måtte röra det. Det hängivna paret var eller voro bara två besvikna advokatskor på den olyckliga klassens jobb på Saturnus bergsfort? Det var om det, jah! Och Camellus sa då till Gemellus: Borde jag känna dig? Fullständigt, Och Gemellus sa sen till Camelleus: Ja, din broder? Obsolut. Och om allt var om detta, oerhört min herre? Om detta och det andra, Om han inte alluderade till det håla i väggen? Att han var när han inte undvek från kvinnans helhet. Korteligen, hur sådant börjaallt slutligen slog honom nu? Likt sprickan som spräckte banken i Muilte Farannáin. Huruvida han ramla i med va de menade? Fördömd att han förmordar han gjorde. Tom Tor Tomas Torn? Rotacimen ruttar i Clonskeagh. Suntopical? Och undermänsklig. Om det var, i japanojsigt spark, ach bad clap? Oo! Ah! Augen und Ohren med Rhian O'kehley för att uttrycka sig vartredjedagsfebrigt, vi felar? Chockerande! Sånt som troligen genomborrat vår verklighets att han mådde, att han månde aldrig, att han måtte aldrig den natten? Trädverkligt och sannlantligt. Bladyughfoulmoeckenburgwhurawhorascortastrumpapornanennykocksapastippatappatupperstrippuckputtanach, eh? Du har det allright.

Meirdreach an Oincuish! Men en ny färg las över saken när till det förvirrat ofördömande sätet (varpå förrädisk domarutövning strävade med fångvårdsstraff) Peggeer Fest, äldst bland kungar, så snart som det yttre lagret stuckatörsmoja hade avlägsnats på begäran av några få levande jurymedlemmar, deklarerade i ett utbrott av poesi, via hans Brythoniske tolk av hans ed, mhuith peisth mhuise as fcarra bheura muirre hriosmas, eftersom lägga märke till relikerna av ben av vallpojksstoryn som åts upp var Kleopatrik (svinaherden) prinsessa av parkerade porkrar, innan Gud och alla deras ärebetyg och kungens allmänningar som, vad han skulle svära inför Tierney av Dundalgan eller vilken annan Tierney, om levande thurkells följade honom beträffande säkert att var ingen stjält och att, ickeförty, det som var deponerat från den där ögonbålt öronstora nässkojande halsskäraren, sköt han inte en sten vare sig före eller efter han besegrades och fram till denna tid. Och, tillfälligtvisande att de kanske talar om Markarthy eller de kanske promenerade till Baalastarte eller de kanske anslöt sig till grannbetarpartiet och komma an till Porterfejd denne sockdologer hade magen att stödja med huvudet böjt på honom över hans avkastade nor'easter genom att protestera mot hans läppläsare med en justblivittvättad skägglöshet, strålande av månskenshopp, i samma Trelawney som han skulle meddela, vänligen bänka, till Herr'n Jessus och gentlemännen i juryns och de fyra Bemästrarna som hade varit alla dessa valser som längtar efter det där goda om varför han lämnade Dublin, att, amrita bägare celande dom, som en Inishman var lika god som vilken cantonnatal som helst, om han skulle församlinga vid marknadssteken innan sömniga gäspningen, han skulde aldrig frågat att se denna världs sikt eller ljus eller den andra världens eller vilken annan världs, Tír na nÓgs, lika sann som han var där i den där gubbenilådan den minuten, eller hanterade eller lindade (nej tack till dej!) det otömbara skålhornets nubbe av livsvattnet usquebaugh hälsan upp tillvälståndet av det slutkända ab – hökarnas som rör sig borts eldgud med hans heroer i Krigsgfasa om nånsin i hela hans skrattkammarkarriär han uppade eller tvättade en kanslershand att ta eller kasta tecknet på en dödlig stav eller sten på mänska, tacklamm eller frälsningsarmén antingen före eller efter att ha blivit dockdöpt ned till den heligaste och varenda välsignade timme. Här, på den halvtknådade castleknockarens försök att västerhänt tralla sin heligmässa labbarna och göra den Romerska Gudheliosens javisst, (Xaroshie, zdrst! – i hans upphetsning hade laddon brutit exthro Kastilian ini vilken hela publiken förföljde och jagade honom *olla podrida*) utbröt mycket skrik – tårar från ägarna i helvetet (Ha!) i vilket, under blidknaden – katjon av mjöd, den motsträvige vittnesfajtaren, men anslöt sig med alltid lika damlik oanständighet. (Ha! Ha!)

Peggwers Windups hilarioskrik komikontrakt lika prydligt med Wet Pinters tristitone som vore de *isce et ille* jämställda med motsatserna, utvecklade av en på egen handkraft av naturen eller av anden, *iste*, som den enda betingelsen och medlet för dess honomochhenne manifestationen och polariserad för återförening av deras antipatiers blygdbensfog. Deras dubblaöden var distinkt olika. Alldenstund barflickorna, (en parlös kring trettio, en lunariserad orsdak) när vintergäck mumlade: Visa dem Posen: fladdrar och flörtar omkring de villigt pressade, som nominerar honom till Swiney priset, komplimenterar honom, den harmfulle ungdomen, för att han har alla sina sinnen om honom, sticker hyacinter i hans lockar (O feen! O dörr!) och bringar bussar till hans kinder, deras maskulina Oiriska Ros (hans snygga kulör), och legat kring han fina nyha hals för honom och pizzicagnolande hans golliwogdockor. med deras lodis ladies socker godis mechree mig postheen gylfer kurir att tro dem om alla hans oförtröttliga unga damer och sänder hot in i deras tider. Ymen. Men det var inte oobserverat av de närvarande, deras andakter, hur, av en bland alla, hennes inryckning för att skymfa honom vid Mån Systrarnas Celibat Klubb, en hoppflicka med älskligt utseende, helt helt ensammen, Gentia Gemma av MacGillycuddys rökar, han, matt och blek i sin oblandade beundran, föreföll att vara blint, stumt, smaklöstigt, taktlösligt förälskad med hennepåhonom i skinande hopslingring, hans hanses skam skiftande till hennes henses (ungligt, tjusligt, han är hennes kille och hon vill säga till memmas när hon glädjer vem) tills det vilda önskönsk hos hennes honsheennes smaltg mest musikaliskt mitt i det mörka djupdjup i hans shayshaun.

Och eftersom distraherade (för var inte just detta i gällande grad det vilket hade just orsakat dettas effekt som det hade orsakat att inträffa?) de fyra domarna lade ihop sina peruker, Unitus, Muncius, Punchus och Pylax men kunde inte göra något värre än att förkunna sin stående utslag avseende Nolans Brumans dädanefter Kung, har mördat all Engelsmän han kände, plockat ur hans fickor och lämnat tribunalen ostraffad, skuggande hans Tomme lommers tunika i hans brådska, därvidunder stolt skrävlande den glimt av fläck till hans bridgettor för att visa sig själv (om det passar dej!) en sann hedning, Till schweizergardets kuriala men hovlika Kommendör dalgång O hårige, Ärhonjennyrosy?: weldwaterloet genmälte med en sådan vindoftande fyrtitvå tudoråldrar röda Rhône piska din stjärt som skulle den platta magen även om en thomas equinus (vi var beredda på karlns klapp kappa, ac centen, men, tog oss som, med överaskning och nu gissar vi likt snabb cigg från en brännare!) så att alla tvåfråntrettio advokatissorna innanför eko, drar upp sina trosor under stridsropet: Undvik ordlekaren!; tryggt och stabilt fotbullat den där fenemina kommundelslåtsaren, (hur vågar han!) på stubben impurvriserade spel, mycket för hans tacks skull, gratias agamus, till alla de felkaktiga giverskorna, biss Dryckesfejds Dammiga Dublingar där (för i likhet med din sanne venusson Esau var han duvtimid som kära ni på Bottnen) han sket till (zoo), likt det grumligt målbundne som han var (krav), chassetitties bellesar conclamarande: Du och diditt skräps halvdants gåva beträffande våra färger! och vinna skrik: Hon! Verg! Nau! Putor! Skam! Schams! Shames!

Och så tog allt slut. Artha kama dharma moksa. Be Kavya om Kay. Och så hörde alla deras klagomålning och alla lysstnade till deras pläd. Brevet! Skräpet! Och ju lindrare desto bitare henne! Av penslade ögonbryn, pennad med läppstripple. Låna ett ord och tigg frågan och stjäl fnöske och glid som såpa. Från mörk rAsa Lane en suck och en gråt, från Lesbia Looshe glimten i hennes öga, från Coogan Barry han pil om sång, från Sean Kellys anagrim en rodnad vid namnet, från jag är Sullivanen som trumpetar tramp, från, Suffering Dufferin hennes stättas sittplats, från Kathleen May Vernon kanske hennes skäliga försök, från Fyllåottan Curran hans skotskälskade machreether, från hymn Op. 2 Phil Adolphos den trötte O, den misstänksamma, O, från Samyouwill Lover eller Damyouwell Lowrey den där gamla alltid jolly molly biten eller den där uttråkade förbistrosaren, från Timm Finns återigen svaga stammar, brist på styrka i hans enhjuling. från bröllopet på greenen, agirlies, storheten hos partypåjkar, från Pat Mullen, Tom Mallon, Dan Meldon, Don Maldon en stickprick picknick gjord i Moate av

Muldoons. Den stabile mannen räddad av sin dumma kvinna. Smällaavettskämt likt vänskap plötsligt som när en likbil fattar eld. Almen som gnäller på toppen sa till stenen som stönar när den slås. Vind bröt den. Våg bar den. Vass skrev om den. Stalldrängen sprang med den. Hand slet sönder den och vilt gick krig. Höna ordna den och svårighet svor fred. Den las ihop med slughet, förseglades med brott, bands upp av en sköka, lösgjord av ett barn. Det var liv men var det rätt? Det var fritt men var det konst? De gamla hunkarna på höjden läste den raktigenom. Den fick mej att bli glad och fjollan så skygg och gnuggade en del sken från hem och la en del skam på Shaun. Men Una och Ita spillde svält med torka och Agrippa, den förherdade, innebär motgångar på hans tron. Ah, furchte fruchte, timida Danaider! Ena milo melomon, frai är frau and sött är också, sött är två när swoo är fritt, ana mala sorg är vi! Ett par smickertrosor med mandelformade ögon, en gammal könsdel klumpig pumpa och tre som hemligt lägger näsan i blöt. Oh det var hur framåt denna synd fromme son, enstad uppstod, finnfinn kulkul, en sittande pilar. Säj mej nu, säj mej, säj mej då!

Vad var det?

A . . . . !

? . . . . o!

Så där är du nu där de var, när alla var över igen, de fyra med dem, sutto omkring i deras domarrum, i dokumentrummet, av deras bysättningshäkte, under Lallys misstänksamhet, kring deras gamla traditionella lagbord likt Såmånga Solans att dryfta rulladetsammaigen. Väl och helt torr. Lidande lag dringen. Enligt kungens evelinor. Så hjälpe hennes get och kyss bocken. Festlignar och högtspel och hurtigblom och hennes betröda bettydejt och ej att förfglömma nu a'duna o'darnel. De fyra av dem och tacka domstol nu där var inga fler av dem. Så passa porten för Peters skull. Var det snart. Ah ho! Och minns du, dålige fadern Singabob, densamme, den store Vadkallardudem, och hans gamla öknamn, Pottige Pappa Pantalon, i hans monopoleumar, bakom de båda rosornas krig, med Michael Victory, shamanernas präst, innan han grep sin papersdispens från påven, gamla Hotet och Minster York? Bryr du dej? Jag bryr mej om utströmning från månen likt Ballybock gödsel jobbar på en passadvinds dag. Och O'Moyly gratias och O'Briny rossies skaver honom så ansiktet rpdnar och spelar honom spratt. Hur står det till, todo, Norre Herr'n? Står i vägen för mej! Ah, kärahem, ber om forladelse! Bort över bukterna! När ginfräckis mjödfräckis! Yerra, varför skulle han beakta den där gamla gasklockan med sitt tunnband trådtrissa och sin döendessprithosta och alla fåglarna på sydsidan eftger henne, Minxy Cunningham, deras kära skilsmässoälskling, jimmyarna och johnnyarna ska bli hennes fröjd. Håll hårt. Det finns tre andra hörn till vår ös korkflöte. Säkert, det är bra jag kan telelukta honom H_2 C E_3 som skulle ta andan ur en kåkstad! Gub och jag nosar upp honom alltför väl som jag gör själv, häver upp KeyMuren med 32 till II med hans limeliknande häst – säckar fulla med sesamsäd, Whiteside Kaffior, och hans sagesmans utflöde och hans doftmålade röst, som blåser ut hans dubdrande stora bruna kolli! Pa! Tänkte mig glad en mås för hans tassdekans Finn! Gomorra, säjer han, Rangligsköld! Stick å analsexa, säjer ja'. O briser! Jag sniffade den där bissen långt före alla andra. Det var när jag var i min farfader ute i väster och hon och jag själv, den rödhåriga flickan, första natten nere på Sycomore Lane. Vi hade dets fina känslospelmitt i kyssbettets muddring i frodighetens kulna harkeldunkel. Min parfym från pampas, säjer hon (avseende mej) släcker hennes underljus, och jag skulle snarare en värdefull smutt vid din rena bergdagg än berika min bekant med den där stora bryggarens rapning.

Och så gick de på, de fyrbuteljade männen, analisterna, unquam och nunquam och linguam igen, deras Anschluss beträffande hennes vemsförut och hans vareftèrs och hur hon förlorade bort bort i ormbunken och hur han var grundlagd deap på djup i helt nära, och prasslandena och kvittrandena och avsnoppandena och suckarna och målningarna och ukukingarna och (hist!) vårfestandet och (hast!) isankborrningarna och alla skandalmankarna och de rena craigarna som brukade vid denna tid vara (upp) levande och liggande och värderande och ridande runt Nunsbelly Square. Och alla knoppar i busken. Och de skrattande fårskallarna. Harik! Harik! Harik! Rosen är vit inne i darik! Och solsnubbes näsa har drabbats av noshörningskav av att ha jagat rådjur i parik! Så alla rackare lutar mot rim. Och kontradrickande sig själva avseende Lille Trille lag på en hylde och mrs Niall av de Nio Bröstbuketterna och den gamle markisen deres bestefar, och, arrah, det var säkert aldrig en, marcus alls alls bland de manliga och käre Sir Armoury, konstige Sir Rumoury, och det gamla huset vid körkogården, och allt som var på gång för så mycket fel lång innan när de skulle gå tillreträtt, i det gamla gammeldags, de fyra av dem, i Miltons Park under den kära Fader Viskarebn och älskade med henne med sin packapacka i blomstrens språk och kände för att finna var hennes mushumushy, och var ionte det myschet båda av dem, de sturska systrarna, *a drahereen o machree!*, och (pip!) mötande vattens olämpligaste (pipett!) bollrunt gården, droppar trickler trickler trickler triss, vänligen,miman, ska jag kanske flörta? bönder borta med en dräng och så de utnyttjade henne, grubblade henne, slickade henne och ktramade. Jag har annan mening än du! Är du säker på dejsjelv nu? DFu är en lögnare, förlåt mej! Jag vill inte och du är en – annan! Och Lully håller deras brott mot freden för dem. Pola i pool Lolly! Att ge och att ta! Och att förfegå Pashto! Och allt ska glömmas bort! Ah ho! Det var alltför synd att bli osams om hennes sympatiska husdjur formen hos OOOOOOOO Ourangens tid. Well, all right, Lelly. Och skakahand. Och skänkossmera. För Craigs sak. Blivet det sug't.

Nå?

Välan, inte ens skulle anstiftan av sådana påfund i bevisande avsikt leda den sanna sanningen i ljuset lika slumpartat som en dunkel siares fastställning av en stjärnkarta skulle (himlen hjälpe det!) blottlägga en okänd kropps nakenhet på de blåa fälten eller som i förväg hörda som tvillingtalat av hela mänskligheten har prytt (jord fångar dem!) från roten till någon fundets støtter allt det sundaste förnuftets att finna kolossal våra speciella mentalister nu håller (*securus iudicat orbis terrarum*) att genom att så leka pungråtta räddade som bestligast vår Hagiöst Curiöse Ettefader sin snudd vid eftervärlden, ni, charmerande arvtagare, vi, arvingar på hans sladd. Jakthundar av alla raser beaglade med avstådda urbietorbiska jakthorn, hett att ränna honom, given lag. på en brösthög lukt, glad för oron. Betrakta! Från denna skogsbacke utspridd över Jultidens vänliga grassland vid Humfries Chase från Mullinahob och Påfågelsstan, och bär sedan av rakt mot Tankardstown, utstickaren, en vit noelan som mr Loewensteil Fitz Urses bassetpiskare först hade felmärkt för en teddybjörn av någon svart sort, bayers ledde loppet, därefter genom Raystown och Horlockstown och loppande loppen, tillbaka till Tankardstown igen. Öronslug hare för dubblering genom Cheeverstown jäktade de honom, genom Loughlinstown och Nutstown för att dra in honom med Bollierna. Men från den goda vändningen då han sist var vilse, checka, på Ye Hill of Rut i full vinterrock med tjockare vadderingar, siktande för sitt inackorderingshus sitt gamla nordöst i hans rolltopkungliga hessianer en döv rävs volponism gömde honom tätt i gömställe, mirakulöst korpmatad och uppmuntrad, idisslar i våmmen, bladmagen, nätmagen, och löpmagen, ovanpå (må Allbrygghamn få sin mjöd!) den gräddklumpade sherryheten av kanel syllabub, Mikkelræv, Nikkelsaved. Härav hundar höljer hem. Konserveringsmedels uthållighet i återutbildningen av hans inälvor var det motbevis med vilket han liksom fick den stora bulan på hela salingen av ösregn, dieterande gentemot klister och köttsåser, i den där ibland förgatan förstad. Fåfängligt våld, viru – lence och smädeles nästan sökt fullkomligt att attaxa och en – bro, att spåra ur och avsätta påve, att påväg och anfall, att påpika och begrava den stora sjöfartspampen och underlinnes överlord.

Men tveksammas fördärv, tveksamhets förtrollning. Hans omkörning är den aska, tittery garv trassvans, tveksomhet puckelgropigt, hejhejhejhej en tygbit.

Lagstiftarna mumlade. Reynard är långsam!

En fruktade för sitt liv. Var där gäspning? Det var hans mage. Prutta? Kvinnans frigörelse. En utströmning? från hans vinklar. Pung? Förlös honom, undermålig! Han hade burit våldsam hand på sig själv, det stod i Fuggers Nyhetsbrev, nedslagen, helt hållet, borttonad, med i lika mån melankolisk död. För triduumet av Saturnalia hade hans getaherde paraderat sina villiga söner i Forum medan jenny spädbarnade tösen att bli hälsad skrovligt (den Gårdlagda) med järnek och epheus och mätte med missiler också från en hundradels manlighet och a wimmering of weibes. Bangen gick av stort:sen var det vildvitt tyst: en rapport: tystnad: sista Äran la det under eter. Det lokala bullret hade drivit honom hög, hög, bedövat hög. Det slog gnistor. Han hade flytt igen (öppna shunshema!) detta folk I exil, avträskat, sidleshemig via det underjordiska kantat med sänggavlar, undanstuvade och ankrade i en holländsk bottentank, *tråget* S.S. Finlandia, och var ockuperade även nu, under ett islamiskt nyhem i hans sjätte generation, en fysisk kropp Cornelius Magraths, (dåliggammalkaraktär, commonorrong canbung) i Större Asien, där som teaterns Turkar (första hus helt platt: kungen, elva skärpt) han hade bepeastrat sugdansösandet från välståndet i hans adressfält medan som arab vid gaturdörren han betjatade rumporna för en krona i allmosa. Sjungande vajrar. Fridfull allmän förvåning biträdde av beklagitud hade satt en gräns för hans existens: han såg familjen präst, avgick, la av sina påminnelser, återkallades och sopbergad av Skaparfen. Korsat pladder. Ett okänt privat illamående (vulgovarioveneral) hade krävt sluträtt, slutit sin onda cirkel, smäll. Skalad sötpotatis. Han hade gått mot mitten av en ornamental liljedamm när berusad upp till den punkt där stöttade skjortor möter äppelknyckarbyxor, liksom wangfisk trotsar de stigande vattnen, när spömäns första hjälpen händer hade räddat an från mycket trolig åtskillig känsla av halvfriskt vatten. Spridd mos. På Paraplygatan där han drack från en pumpar gav en sorts arbetare, mr Whitlock, honom ett stycke ved. Vilka kraftord gjorde fas mellan dem, öknamn och auchnamen, *acnomina ecnumina?* Detta, O detta, sa Hansard till oss, skulle gar ganz vagga Dubs öra i varenda pub i hela stan! Batty tror en stafettpinne medan Hogan hör en huva ännu Heer föredrar en pennvassare och Cope and Bull går kopp och boll. Och Cassidy – Craddocken rom och reme runt över en wiege aldri' en waage är fortfarande immer och immor omvadslående det, en vagga med en vård i den eller en kista med en spark baktill. Toties testiklar quoties questies. Kriget ligger i orden och veden ligger i världen. Lönna mej, tårpila oss, hickotry honom och idegrana dejskälv. Hurför'nom spelar upp varenda fågel! Från gyllne gryning till lysmasksglöd. Vi var lågkvackande var vi inte lågmälda. Annanstans där här angår inte Guinnesses. Men bara ruinerandet av regnet har hörts. *Estout pourporteral!* Krackerleringar ryggskottat. En mänsklig pest kretsar (pist!) och återvinns (past!) kring den hala gatorna, här var han (pust!) igen! Morse elände bullrat. Han var lös på fri fot och (Oh baby!) kan vara var som helst när en förklädd exnunna, o högvuxne storbyggde och maskulina manéren i hennes tämligen feta fyrtior, Carpulenta Gygasta, hattrakterade huppmärksamhet genom hegenmäktigt uppförande med en homnibuss. Antenner surrade åt kustliga lyssnare till en övertaxad bror samlares budget, fullvuxna, slipps, tofs, tabard och jävla okall jacka, dess skräddares (Barnfaders) lapp uttydd V.P.H., funnen nära Skaldbroders Håla, och dykare darrade att tänka vad sorts bestar, vargar, croppies eller fyra öres munkar, som svalt honom. C. W. vida kringkastat. Hvide finnars lycka, drohneth svertglimt, Valkyr låst. På hans rosaherrs affisch, hade pojkarna, vid Påskveckoslutet spikat fast ett upptatuerat namn och titel, inskrivet med nationella kursiver, accelererade, regressiva, trådformad, försedd med torn och förgiftförrymd i bigotteri: Gå framåt, Mumpty! Bered väg för Rumpty! Enligt order, Nickekellous Plugg; och detta kör, inget pingstvänligt skämt om det, o sällskapssjuk hans ras avsett eller skickligt lärd klokt kunskapsrikt kunnande klart djupsint hans ordspraks spända styrka eller välbetänktbelagda, där han chef, greve, general, fältmarskalk, prins, kung eller Myles the Slasher i hans person, med en moliamördhard herrgård i det Breffnianska imperiet och ett ställe för installation på Tullymonganas kulle, där det begåtts riktigt mord, av den rayheallach royalalt raxacraxianska varianteb, MacMahon grabbarna, var det, som hade dödat honom. På Verdors fidd hade de skyddade kombatanter lämnat honom liggande med sin högra handkopp vridupprättad i en jävligt äkta potatispuré. Minsann inte några få tjocka och tunna välgångsönskare, mestadels av den clontarfsinnade kategorin, (Överste John Bawle O'Roarke, tillexmpluss), som tillåme drista sej så långt som te att låna eller tigga kopior av D. Blayncy's trespråkiga tredagars, Virrpannans Aftening Pest, för att säkerställa absolutt onetimeoch tillffedställas av deras kvasibidragsbrödraskaplins innehav av att bli genuint ganska så beetly död huruvida via land eller varthän på vatten. Transocean atalakrävde honom; Den Senare! Den senare! Skall deras hopp snedan tystna eller Macfarlane brist på klagan? Han låg under kilometrar av det i det djupa Bartholomans Djup.

Achdung! Pozor! Attenshune! Vicekung Besöger Smucke Unge Skolepiger. Tre Irländska Barns Eventyr Med Nordmannajätte I Finske Haven. Bannalanna Bangs Ballyhooly Ut Ur Hennes Buddaree Från En Bullavoguer.

Men oaktat deras klipska små samtida, på utbytesmorgonen av det självmordsbenägna mordets oräddade landsflykting, likalikt som enorm kommer slidande nedför det där ekträdet till bävrarnas greve, (du kan ha sett någon flytande amber svettas utexotiskt från balsampopplar vid Parteen-a-lax Limestone. Road och skrek Abies Magnifica! inte, ädel gran?) en kvart i åtta, tiggande hans känslosamhet, såg den ofelbare röktaggens riktade styvnad punktlig från den sjunde gaveln av vår Quintus Centimachus porfyroida smörtorn och sedan törstig e.m. med eder ovanpå hans hållbarhet (*En caecos harauspices! Annos longos patimur!*) upprätthållandets lamport, fyrbåkslångtbortafält innerhalb zigguraten, allt befordrat, den skövlande lindormen, hans brungula man, den svingalågtsvajande blåtassen, den enastående mannen, den slapplika damen, vara upplyst för längden (O land, or hur långt!) livsnatt, med övergjutning av fionnglas tvärpost och ledljusrutor.

Låt det därför knappast om någon tänkande varelse sägas antingen eller tänkas att fången i denna sakrala struktur, vore han en Ivar den Belöse eller en Olav den Dolde, var som bäst en enstens liknelse, en plump utandning i att varas tomtum, en venter som hör sin egen bauchtalare i bakslänges, eller, mera strikt, men trisvända initialer, ledtrådsnyckeln till ett världsrum bortom rumsvärlden, för otillräcklig en, eller patetiskt få av hans döde kanal sammanlevandes bryr sig allvarligt om eller länge till betvivlade med Kurt Iuld van Dijke (det gravitationella draget uppfattat av vissa fixerade invånare och infångandet av ovissa kometer som slumpdriver genom vårt system antydande autenciteten av hans aliquitudinis) canonin – hans tillvaros stad som en tessarakt. Var stilla, O snabb I! Tala honmom dum! Hysch ni Ulmas palmblad!

Skingrad kvinna undrade. Var hon snabb?

Berätta allt för oss om. Det vi vill hora allting om. Så säg oss sej åss alltomna. Varför och huruvida hon såg en massa ut likt en massa självporträtt och huruvida han hade sitt wimdop likt stängda teman? Anteckningar och frågor, tipsbud och svar, skrattet och skriket, allrajtarna och nedåtarna. Nu listad till varfandra och lyssna ned dem och jämna ut din rosenlöv. Kriget är över. Wimwim wimwim! Var det Unity Moore eller Estella Swifte eller Varina Fay eller Quarta Quaedam? Thomas, bered rum för din farbror! Svinögon, hold op med era ben! Vem, om inte vem (omfrågad en andra gång) var sedan hemsökt av delarna beträffande folkrikt Lucanizerad var att bedja om, såsom, i åldrar efter Homo Capite Erectus, vilket pris, Peabodys pengar, eller, rent ut sagt, härav kommer Herringtons vita slips, såsom, i mer kainozoiska epoker, som slog Buckley fast nuförtiden såsom dåförtiden varje skolmärr av sjuxtjugo månar eller mer vem vet – hennes intimologiteter och varje colleens skrik och varje röd – flammelsviftande krigshustru och änkefrid vid Dublin Wall vet för alltid såsom yayas är yayas hu rdet var Buckleysjälv (vi behöver inte heller något blödande papper för att berätta det) som slog och de ryska generalerna, da! da!, i stället för Buckley som var knölaktigt slagen av honom när var honsjälva. Vad fullstolt paulsgift i de tre kastellens spion eller som hatfyllde smileysäljare? Och att sådan vitriol av svavelsyra, detta drottningens huvud frigett, ett ganska fästandeplåster sigill kunde täcka, befängad eller frankerad! Salongen – pumprummets ödlor hade sina nio dagars hånskratt, och pratsch – katter vid sina plasthinkar alltför och holenpolendom bredvid, Szpasz – förbi Szpissmas, zhaniska hustrur, när, fortfarande i tron på hennes owenglass, när bissarer var blinkningar, att det övre omfånget av hennes munlösa ansikte och hennes ostadiga vågor var hennes bättre halva, en närmre honom, kärare än allt, först värmande varelse i hans tidiga mårron, husets mans bondmora, och mumlande om alla de Mackavicker, hon som hade gett hans öga för sin säng och en tand för ett barn till en ett och en tio och ett hundra igen, O mej och O dej! kadett och prudentlig, ungern och annegrönkulla (och om hon är äldre nu än hennes tänder hon har hår som är yngre än lårben, store tid!) hon som stängde honom efter hans fall och vakade honom änkigt måttlig och gav honom livlig och gjorde honom möjlig och höll adazillaher för varje valv i hans näsa, hon som vill vila från sitt rännande att söha honom till, med hjälp av doceamiken, någon sådan tid som hon skall ha varit efter att gömt hans enormitets smulnad i den ärdu tittandes efter Pärllångtbort havet, (ur, uri, uria!) trädde fram, brännzbränn gorget – gångna gamaa danevärld, i gogors namn, för gardars skull, släpande på landsbygden i sitt släptåg, kinkande här och kånkande där, med hennes LouisQueans arbetsskor och hennes durkslag sorl och hennes lilla bolero boa och allt och två gånger tjugo lockflätader för hennes frisyr, brillor på 'n'as öygon, och potäter på öronen och en cirkusfix som rider hennes Parisienneska cockneybor, ett skryt hennes gränslande från Equerry Egon, när Tinktink i den kyrknära klinkade Steploajazzyma Söndag, *Sola*, med panter, prelater och pookaer som plottar i hennes prylväska, för Hantverkaren den Segrande, Esquoro, biskbask, för att krossa baktalarens huvud.

Mycket lilla djur, vädja för Morandmor! *Notre Dame de la Ville*, utlämnad till din barmhjertihede! Ogrowdnyks bortom herbata chai, drogistens planta. Bulka honom ingen bulkis. Och låt honom vila, thu vägfararem och ta inte ifrån honom något gravfynd! Skända inte heöller hans ghög! Tuts förvannelse vilar över den. Akta! Men det finns en liten dam som väntar och hennes namn är A.L.P. Och du ska instämma. Hon måste vara hon. För hennes hyllena harvsvall hänger ner på hennes rygg. Han spenderade sin styrka amok bland haremscaremmar. Poppy Narancy, Giallia, Chlora, Marinka, Anileen, Parme. Och detta slags damer hade hennes regnbågshumörism ändå för lögnerska hennes infall men han myntade en kur. Tifftiff today, kissykissy tonay and agelong pine tomauranna. Vem då om inte Halta-med-Barn försvarade Överge-med-Vånda?

Sålde honom hennes hyra för nionionioigt,
Hårlockar avlockar så färgfärgatjusigt,
Smet, den stora sandkryparen, svalde allt.
Vem var C. O. D.?

Skräp!

Vid Öns Bro mötte hon tidvattnet.
Attabom, atterbom, attabombomboom!
Finnen hade ett flux och hans Ebba en ritt.
Attabom, atterbom, attabombomboom!
Vi står upp över åren i färger och krubbor.
Det är det hon är gjord för småtting!

Ve!

Nomad må ströva kring med Nebuch men låt Naaman skratta åt Jordanfloden! För vi, vi har tagit våra lakan på hennes stenar där vi har hängt våra hjärtan i hennes träd; och vi lyssnar, mens hon pimplar oss, via Babalongs vatten.

I Annah den Allsmäzifulla, den Alltidlevande, Bringaren av Plurabilitetmöjligheter, glorierad vare hennes Eve, hennes sångtid sjungen, hennes bäck ska rinna, ofållad som den är ojämn!

Hennes namnlösa mammafest som memoraliserar det Allrahögsta har gått under många namn vid förvridna tider. Således hör vi talas om, *Augusta Angustissimesta för Gamle Sjöbestius Frälsning, Rockabill Sula i Vågens Botten, Här är till Alla Reliker från Bättre Tider, Anna Stessas Lyft till Uppmärksamhet, Hugg I Pappa Döing och Uppstå Herr Kanon, Min Gyllene En och Mitt Selver Bryllupp, Amoury Trästram och Isiga Solde, Säger en Sawyer till ett Skräp, Iak dik knarkknark et tu mihimihi, Köp Fölelseplats för ett Bett, Vilken av dina Förrgårar Menar Du till Morron? Sorgförsvinn Hebréern Träffade Vattumannen den Behjärnade, Valv I Hans Innertak Undviker Chinx på Golvet, Rebus de Hibernicis, De Galnare Breven, Brittiskornas Klagobev, Peter Peopler Plockade en Plott att Pitcha sin Poppolin, En Ursäkt för en Stor* (en del sånt ickesubstantiv som *Husbonde* eller *husbåt* eller *hosorbunden* förståts förmodligen för vi har också det plutherpletoriska *Min Hoonsbood Hansbaads en Resa gjord till Porthergill och Han Har Aldrig Haft Timmen), Borde Vi Besöka Honom? För Ark se Zoo, Cleopaterns Nålsömnad Skildrande Aldborougham i Sahara med Kammmandet av Kamelerna och Aegyptens Älskarinnebiträden, Kuken i Grytan för Fader, Placeat Vestrae, En Ny Kur för en Gammal Gonorré, Där Potatisen de Odlar Fåfängare hur Önskar jag inte jag Vore en Gås: Bästa Damen, Lita Inte på 'nom, När Venedigs Myrten Anslöts till Bacchi vin, Att Förplikta Mej HögtVinkade HanChilter on Friends, Ormonds Kaj besöker Amen Mart, Trots Att Jag Blivande Mormor Skulle Han Finna Mej Cumhail, Tjugo av Kammare, Åttio-Tio Sängar och Ett Sovrum, Jag Levde Livet, Via Boxer Coxern Som Växer i Huset med den Gyllene Trappstegen, Det Följande Vägskälet, Han e Mitt O'Jerusalem och Ja e hans Po, Det Bästa i Väster, Vid Zemzem strömmen under Zig-zag berget, Mannen Som Gjorde Sin Moder på Marlborry Tåget, Pröva Vårt Tal på en Döv, Annas Logg till Hela Grunden, Slarvigt Avsugen Tipsade han sina Notylytla Danserskor med Dricks, Prszss Orel Orel Kungen av Orlbrdsz, Inre Minnesläspning av en Yttre Monolog, Skål för Honom, Min Jockey, och Ditt Rensande Lakan Ska Blimitt, Jag Ber Dig att Tro att jag var hans Älskarinna, Han Kan Förklara, Från Victrolila Nyanssjö till Albert Nyanza, Den Bästa Daisy så Shilling din Hans också, Vad Barbaras Gjort mot en Gatuorgel Inför Trasfolk, Påhäng och Fårhundar, usque ad mortem, Det Jumbo sa till Alice och det Anisette till Honom, Ofelias Stjärtavtryck, Hör Hubty Hublin, Min Gammeldansk, Jag är Äldre nordiska Skurkar bland Önskar jag Gled och han Kallar Mej sin Dubbel av Ayesha, Kanske en Buktalare Gifter sig med en DockKropp, Lappar för Finnnar Denna Roliga Finnniggers Vecka,Hur Böcklingen Stängde Vid Brådska i Januari, Räkna med Damen, Från den Undvikande Pupublikens Uppgång till Postillans Fall, Om de Båda Sätten att Öppna Munnen, Jag har inte Hindrat Vattnet Där Det bör Flöda och Jag Kan de Tjugonio Namnen på Attraente, Tortyren på Tory Ön Behandlar Galaxia likt sin Mjölkko,Från Abbeygate till Crowalley Via en Hiss I Luden, Skyddsrock för Deras Nåder och Mej Tant för De Där Drullputtarna, Hur Man Drar Upp ett Bra Horusskåp även när Oldsiris är Död för Världen, I Waherlows Dal, Fader Han har Suckcedat till Mina Förhoppningar, Tre Steg Framåt, Två Stopp Bakåt, Min Hud Vädjar till Tre Sinnen och Mina Krusiga Läppar Kräver Columkyssar; Gage Horgata på en Kontorists Besparingar, De Där Grabbarda var en Trio av bataljskådaresbuteljvaskare och They Totties a Doeit of Deers, I Min Herres Säng med En Hora Som Genomgick Det, Mamsen, Det Är Över Nu, Cowboyritt över Tolv Acre Ärdet i de Unika Staterna av Amessica, Han gav mej en Sou för att jag skulle sörva Honom med Dej, Av alla de Breda Bringorna i all de Vilda Dalgångar, O'Donogh Vita Donogh, Han är Nyans till Mej Skrik, Jag är Stynget i hans Baksida Du är Inget Utan Mamma, Att Hålla Kraftkarlarna bort från Valrörelsen och Beskriva Husdjur från att Snatta Butiker, Norsker Torsker Finn Pudeln, Han Pressa Mej Här med Glöden hos en Tonnoburkes, En Dåre Grät Denna Moder Skördar Död, O'Loughlin, Upp ur min Mages Grop Svischar Jag dej Sorgens Vit,Anglo-iriska Poturrier från Thomas Moore, Den StoraPolynessionelle Underhållaren Visar upp Ballantine Brautchers med Naturens Länkar, Härmandet av Meg Neg och slut på Mackeys, Införd som den Senaste Illustrerade och Min Periodiska vid Stitchioner's Hall, Siegfield Follies och eller en Gentlehommes Faux Pas, Se Första moseboken Genesis, Den Villkorliga Domen, En Ganska Byggd Historia för Hjältar i Barnstorlek, Som Skåda Vår Sömn, Jag Vet att Jag har det i Mej Så DetAvgör Saken, Åskviggen kapten Smith och La Belle Sauvage Pocahonteuse, Väg för Våt Vecka Velikins Douchka Marianne, Den Siste Fingallianen, Det Var Jag som Eggade honom in på Storkbörsen och Lånade mitt Plikttrogna Anlete till Hans Kunder, Chu Chin Comedy under deras Kina missionsurinering, Plockadeuppmej Peters, Humptytumtumpty föll Stort, Pimpimp Pimpimp, Ynkliga Spekulationer av Två Löss och en Fallfrukt, Familjen Fokes Inomhus, Om mina Förstoringar Inte var så Trånga hade Jag Lossat mina Korsetter på den där Bänken för Magistrater, Alyosha Popotjockis och Hur Cotchmitt Eyga, Se Neäpplen och Sedan Dö, jag ber dej sätta tilltro från Kärlek och Moder, Bots Fel var inget Grovt Brott, Lämna Dublin Tebaks te Lifveyt, Blixten som Flyger från Vuggys ögon har Satt Eld På Mitt Hår, Han är i Huset som Byggdes av Malt, Guddomliga Utsikterdfrån Baksidan till Framsidan, Abram till Sara ställde Isak Neutrum tills Brahma Lärde*

Honom Sunt Förnuftsex, En Napp på Evas Kväll Ska Tömma Den Där Tarmen, Alltför Pengar, Ljud och Libidiöst Komplimenterande, SjuVivar Evakna Iveckan, Arianskt och Berber Blut,Amy Slic kar Porfter Mwedan Huffy Hugger Huven, Omfamnad av Paraplyer eller trefaldiga Kainar, Brabättrebäst, Från Herrgårdenherren Knuffa till Fröken O'Mollies och från Damerna till deras Samerna, Många Manifester för kollegerna på Gräset,En Enatsoående Back och en Excellent Centerhalv om så Behövs,Som Träd är Snabbt och Sten är Vit så Sköter Jag Min Tvätt by Night,Första och Sista Enda Sanna Beskrivning av om den Honoräre HerrEarwicker, L.S.D., och ormen (Klimpar!) hos en Kvinna av Värld som bara kan Säga Nakan Sanningar om en Kär Man och alla hans Konspiratörer hur de alla Försökte att Fälla honom Puttande omkring alltsammans Lokaliserat om Menige Earwicker och ett Par Sladdriga Slinkor som tydligt Visar upp alla de Onämnbarheterna falskeligen Anklagande om Regnrockarna.

Den ombytliga formens text är i sig självt en skriftens polyeder. Det fanns en tid då naiva alphabättrare skulle ha skrivit ned spårandet av en rent fuktabsorberande återfallsförbrytare, möjligen ambidexter, plattnäst troligen och uppvisande en sällsamt djup regnbalja i hans (eller hennes) bakhuvud. För den Hårdeligen Curiösande Entomofilusten har det sedan visat en mycket sexmosaik av skepnadsbyte i vilket den evige chimärjägaren Oriolopos, nu glad i socker, sedan livets salt, den sensoriska trängseln i hans buk kopplad till ett öga för gudarnas ärbarhet förvirratlyckliga av sin nattdunstning med pistoler likt trummor och smekare likt pincetters förföljarstellaterar sina vanessor från flora till flora. På något vis låter detta som den renaste kidout'iun som lägre lärdoms madenakrout'iun är rik på. Allas så herou från oss honom i ett kitchernott mörker, genom hasard och slitna rullar arered, måste vi famla fram till timmen noll likt stackars gamla otrogna sådana vi är skulle vi hälsa något alls rörande ögonblick för vår skamfläck i dag. Amousin fast inte men. Närmare granskning av *bordereau* skulle avslöja en personligheternas multiplicitet som tillfogats dokumenten eller dokumentet och en viss föraning om virtuellt brott eller handlingar kan ha utförts av vem som helst tillräckligt oförsiktig inför vilket passande tillfälle som helst för det eller så hade de ännu så länge lyckats med att hända på. Faktum är, under inspektörernas slutna ögon sammansmälter de drag som utmärker klärobskyr, deras motsättningar eliminerade i en stabil någon liknande som vid husbrytares hjärtskakares lyckosamma krigföring och spritdrickare mot fritänkare vårt sociala någonting kastas iväg skakigt, och upplever skumpig serie av i förväg arrangerade besvikelser, utför den långa raden av (det är lika ständigt som oxstalletshumpty) generationer, fler generationer och ännu flera generationer.

Säg, baron Lucidor, vem i hallhagal skrev det jäkla grejset hur som helst? Upprest, bisutten, bergrygg, mot en brandmur, under fryspunkten, genom användning av fjäderpenna eller stift, med ett grumligt eller klart sinne, i sällskap med eller omvänd av tuggning, avbrutet av besök av siaren hos skrivaren eller av skrivaren på platsen, mellan två skurar eller enskål för en trehjuling, nedregnad eller omkringblåst, av en helt riktig vanlig racerbil från myllan eller av en alltför plågad tillskuren espri laddad med inlärningens rov?

Nu, tålamod; och minns tålamod är den stora grejen, och över allting annat måste vi undvika vad som helst som att vara eller bli berövad tålamod. En bra plan som används av affärsmänniskor som inte tör har haft många ögonblick för att bemästra Kungs doktrin om meang eller äganderätten codfucius Carpimustimus är bara att tänka på all den sjunkande tillgång till tålamod innehavd i deras gemensamma namn av både bröderna Bruce med vilka deras skotska spindel är inkorporerad och Elberfelds Calkulerande Hästar. Om efter år på år av grävande i mörka diken en tubthumpåer mer än andra, tavernan Kinihoun eller Kahanan, trädgårdsmästare eller bara budbärarbarn, har stigit upp för den darnallt samma avsikt att på nytt försäkra oss om varje barbar från Vagnslidret som vår store anfader ansträngt taget talade tre stavelser färre än hans eget efternamn (ja, ja, färre!), att Fionn Earwickers öra förut var varumärke för en programledare med flätad lokal jargong för en stjärnas patent (Hör! Callelser! Everyallt!) swedan va beträffar denna radiooscillerande epipistel till vilket, bomull, silke eller siden, mascara, skavsår eller tegelgrus, måste vi oupphörligen återvända, uppehållsplatser för närvarande exakt i Siam, Helvetet eller Tofet under det att Glorisol som spelar touraloup med oss i denna Aladdins Vik av vår kapacity är den där ljusa såochså att sticka till oss den verkliga oljan?

Vi känner nejsägare. Att dra rent negativa slutsatser från den positiva frånvaron av politisk odia och monetära förfrågningar som dess sida aldrig nånsin kan ha varit en penprodukt från en man eller kvinna vid denna period eller dessa delar är bara ännu en icke förväntad ivrigt accepterad slutsats, som är liktydig med att sluta sig till utifrån icke närvaron av inverterade kommatecken (ibland kallade citationstecken) på vilken sida som helst som dess författare alltid var konstitutionellt oförmögen att tillskansa sig andra talade ord.

Lyckligtvis finns det en annan jargong för sökaren. Har någon kille, av tio på dussinet typen, så kan det stillsamt antydas med viss vinst viss dyster kvällning – har någon vanlig sorts ordinär kompis, plattbröstad fyrtioårsåldern, vagt väderspänd och given till slutledningsförmåga via synkopering i klarläggandet av komplikationer, av hans störste Fung Yang dynastiättlingdansad, bara en annan son av, nånsin tyckts tillräckligt långvarigt på ett ganska vardagsliknande frankerat adresserat kuvert? Medges det är ett yttre skal: dess ansikte, i all dess dragfyllda perfektion av skönhetsfel, är dess lycka: det ståtar bara med den civilia eller militära klädseln av vilken passionsblek nuditet som helst eller pestpurpurfärgad nakenhet kan hända stoppar sig självt under dess klaff. Men att enbart koncentera sig på den bokstavliga innebörden eller ens det psykologiska innehållet i vad dokument det vara må vad avser den känsliga försummelsen av själva de insvepta fakta som beror på omständigheterna är det precis lika skadligt för sunda förnuftet (och låt det tilläggas för den sannaste smak) som var någon kompis sysselsatt med att kanske bli introducerad av en annan kompis som visar sig vara en vän i behov av hans, säg, till en dam av den senares bekantskap, in begripen i att utföra den i skallen genomarbetat nedärvda ceremonin, för att omedelbart springa iväg och föreställa sig henne helt igenom naturligt mullig och enkel, föredragande att sluta hans blinksvåra ögon mot det etikettetiska faktum att hon var, kommer omkring, bärare för den spännvidd av tid som var några bestämda artiklar av evolutionärt tyg, disharmoniska kreationer, en snärjande kritiker skulle kunna beskriva dem som. eller inte strikt nödvändigtvis eller en aning irriterande här och där, men trots allt helt plötsligt full av lokalfärg och personlig parfym och vittnar, dessutom, om så verkligen mycket mera och kapabel att vara utdragen, utfylld, om det vore behov eller önskan, av att ha deras förvånansvärt likt slumpartade delar separerade vet de inte, för bättre granskning av en experts skickliga hand, vet du inte? Vemt vivlar i sitt hjärta antingen att fakta beträffande feminin klädsel finns på plats hela tiden eller att den feminina fiktionen, märkligare än fakta, också är där vid samma tid, bara en smula åt sidan? Eller att den ene må separeras från den andre? Eller att båda måtte sedan kontempleras samtidigt? Eller att vare och en må bli upptagen och i sin tur beaktas avskild från den andre?

Låt här några få artifakter klara sig på egen hand. Floden kände att hon ville ha salt. Det var just där Brien kom in. Landet bad om björnram till middag! Och bunden ibunden fick de det säkert. Vi som bor under himlen, vi som tillhör klövernas kungadöme, vi medelsyndiga mänskor har ofta betraktat skyn som överskridit landet. Det har vi plötsligt. Vår ö är Sainge. Platsen. Kanskelycklig Kansk'int'händer, sa en gång till upprepning på det där luthranska konservatoriesättet rörande hans den där Isitachapel-Asitalukin var det enda *ultio aut nullum*, i denna madh vaal av ogräs (vars grönska gulnat därhelst Phaiton parkerar sin bil medans dess tameliserade flod är styrkevänskaps dröm) där det möjliga var det osannolika och det osannolika det oundvikliga. Om den ordspråksmässige biskopen av våran heliga och odelade med detta me ken eller inte me ken det är det stora spörsmålet havfregynsgröt hade hans båda tånaglar på huvudet är vi in för en ordningsföljd av osannolika möjligheter fast möjligtvis ingen efter att ha grävt upp ett lås av cslätt cnött ovanför hans su bjekt troligen i Harristotales eller vivlet vill träda åt sidan för att applådera honom på den fördomsfria baksidan av hans anmärkning för ytterst omöjligt som är alla dessa händelser de som förmodligen är liknande dessa som må ha ägt rum som vilka andra som helst som aldrig tog person alls någonsin troligen ska bli. Ahahn!

Beträffande den ursprungliga hönan. Midvinter (fruur or kuur?) var för handen och Premver ett löfte om april när, som kischabrigiarna sjöng livets gamla sorgsna sång, en iskladd rysare, det minsta barn la märke till en kall fågel beteendeuppföra sig underligt på den där dödliga möddingen eller skärvfabrik eller komiskbottenförsedd kopronjute (kortform soptipp) efteråt ändrad till orangeriet när under pågående djupare demolering helt oväntat en bushmans ledighet dess citron kastade upp några få spontana fragment av apelsinskal, de sista återstoderna av ett utomhusmål efter någon okänd solsökare eller platsdöljare på momangen tillbaka i sitt dimhöljda förflutna. Vilket strandbarn – galning men skicklige lille Kevin i den misströstansfulla omgivningen av sådan nysande förkylning skulle någonsin ha tyckt upp på en strasse som kallades strita ett motiv för framtida helighet genom att besegra fyndet av Ardaghkalken av en annan helig oskyldig och strandvandrare under försök att med vördsamt skrålande lirka med Tipperraw raw rå reerå putters från Nua Sjöland i terots av massakerns purpurprosa, en dualistisk duell att dö i dag, satans också store gud, stickor och stenar, av de flesta av jakobiterna.

Fågeln i fallet var Belinda av Dorans, en mer än femtioåring (Terzis pris med Seni medalj, Cheepalizzys Utställda Ödem) och vad hon krafsade vid pass klokking tolv såg för allt vad denna zogzagvärld likt ett ganskabrastorlekat ark brevpapper härstammande från Bostoon (Mass.) under de sista av de första till Kära som det fortsatta att nämna Maggy well & allthemmavids hälsabara hatet vände det milda på *den van* Houtens och generalens val med någon född gentlemans förtjusande ansikte med en vacker gåva av bröllopstårtor för käre tackskaduha Chriesty och med storartad skojförallabegravning av stackars Fader Michel glöm inte till livets & Muggy nå hur mår du Maggy & förhoppningar att snart få höra väl & måste nu stänga det på djupet till tvillingarna med fyra korskyssar för helige paul holey kommer holipoli heligön pissa ess från (gräshoppa må äta allt men detta tecken ska de aldrig) kärleksfullt synbart storliknande bläckfläcks ck. Plumpen, och det en gulfärg (mästerbyggarens överrocksuselhet här, som vanligt, signera bort sidan), markerade bort på fläcken av momentet likt en genuin relik av uråldrig irisk behaglig keramik av den där lydialika borttynande klassen känd som skynda-mej-över-diset.

Varför då hur?

Välan, nästan vilken fotoist som helst värd sina kemikaler skulle råda vem som helst som ställde honom kuggfrågan att om ett negativ av en häst råkade smälta tillräckligt medan det torkade, välan, vad du då får är, välan, en positivt groteskt förvrängd makromassa av alla sorters hästglada värden och massor av smälterundertiden häst. Tipp. Välan, detta är obegränsat vad måste ha hänt vårt missiv (det är en tova gräsplätt för dej! vänligen bukettera gräset!) Tipp. Nåvälan, detta är fritt vad som måste ha hänt med vårt missiv (det finns ett kräk av en turb för dig! vänligen ta bort gräset!) osmutsad från slaktaren på grund av klokheten hos en semejliten liktmejlånga höna. Uppvärmt residens i hjärtat av den apelsinsmaksatta slamhögen hade till att börja med delvis utplånat det negativa, och orsakat vissa särdrag påtagligt närmare din balle att svälla upp alldeles kraftfullt medans den bortre baken vi lyckades vridadesto mer vid behövde låna en lins för att se lika mtýcket som hönan såg. Tipp.

Du upplever det som om du gått vilse i bushen, boy? Du sejer: Det är ett gnälligt prov på djungelskogar. Du måste utropa: Betänk mej för en bokstubbe om jag har det uslaste begrepp om vad hans som mest alls menar. Upp med dej, tjejen! De fyra evangelisterna må äga targumet men vilken som helst av Zigenar shollerim kan plocka massor av tändved ändå från säcken med gammalt hensyne.

Led, snälla fågel! De gjorde alltid: fråga åldrarna. Vad fågel har gjort i går må man göra nästa år, vare det flykt, vare det ruggning, vare det kläckning, vare det i överensstämmelse med nästet. För hennes sociovetenskapliga känsla är frisk som en nötkärna, sir, hennes volukrina självverkandehet just sånt normaltillstånd: hon vet, hon bara känner att hon var på nåt vis född att lägga och älska ägg (lita på att hon fortplantar släktet och lyfter sina fluffbollar oskadda genom buller oc h faror!); sist men mest, i hennes tillblivelsefält är allt spel och inte gammon; hon liknar en lady i allt hon gör och spelar alltid gentlemannens roll. Låt oss beskydda det! Ja, innan allt detta har tid att avslutas måste den gyllene tidsåldern måste återkomma med sin vedergällning. Människan ska bli styrbar, Frossan ska återhämta sig, kvinnan med sin löjliga vita börda ska med ett steg nå sublim inkubation, den raggönskande mänskliga lejoninnan med sin avhornade discipuläre gumse vill ligga ned tillsammans offentligt vid sidan om päls. Nej, helt säkert, är de inte rättfärdigade, dessa dysterspridare som grumsar att breven aldrig har varit riktigt sina gamla jag igen sedan den där konstiga veckodagen i kulna Janivari (dock vilka palmiga glansdagar i en ökens oas!) när till bådas chock Biddy Doran betraktade litteratur.

Och. Hon må bara vara en Marcella, detta mini majestät, Misthress of Arths. Men. Det är inte en hör eller en sägen om något anomoröst brev, signerat Toga Girilis, (irriterad dear). Vi har en kopia av hennes knutna näve mot våra nocibon. Vi noterar papperet med hennes nedkrafsade unga vattenmärke: *Notre Dame du Bon Marché*. Och hon har ett Arins hjärta! Vad lumililtar när hon luras med sina fallimineers och sina nadianoder. Som ett strå ska visa får hon vinden att skoja, reagerar för att visa oförskämdheten hos en stark krökning och visa upp fansatierna hos en frizette. Men hur många av hennes läsare inser att hon inte är ute för att dizzeldazzla med en färdig ohyfshantering av postmantuamska glassarier från latrinarna och kräkerna. Plocka nötter i hennes vildmark! Gravera godare grandy för gamla aluminium adamologer som Dariaumaurius och Zovotrimaserovmeravmerouvian; (dmzn!); hon känner platt plåt en flat faktum sak och om, sistvägars förstkloka, en man ensammar utan städ anyoner utharer har inga tariffer att göra ett kik med vilket städ anakars beträffande stjärtar som mjölkar dörrar och rererar på det yttreoch söker stjärtar att bli vidare framåt. Tingsjukligexinvarjebeteshagesixdixikencehimarunthennesmaggeravkinkinkankanmeddownmind – tittapådet. Mesdaims, Marmouselles, Messieurs! Silvapais! Alla penisar (schwrites) ischt förtälja kukens sanning om honom. Kapak kapuk. Ingen Menzie betyder något. Han måste se livet fullt av plågan och smutsen, (schwrites). Det fanns tre män i honom (schwrites). Dansandena (schwrites) var hans enda blott alltför kraftlösa. Med äppelhoror. Och en smula fnaskvoglar. Spetsiellt när de persikar. Sötnosar bar på kameliasmink. Din högaktningsfulle. Lägg till äppelvärdshus. Ändå är detg emellertid en gammal historia, berätteklsen om Trästein med en Ysold, om en Hed hållen med tältpinnar och hans vän vilkethållossnat på flykt, vad Cadman kunde med Badman inte skulle, vilken Genuaman som helst mot vilken Venis som helstg, och varför Kate tog tillvara på vaxfigurerna.

Låt oss nu, väder hälsa, faror, allmänna ordningar och andra omständigheter tillåta, på perfekt passande sätt, om du poliserar, sedan du, polispolis, förlåt mein, icke strålar så fresch, bey? släpp detta jygelmyglande och snacka rak turkey möte till man, för medan örat, om vi alla så vore mikaelar eller nicholister, ibland kan luta åt att tro andras ögat, oavsett brynt eller nolens volens, befinns jävulskt hårt från och till även för att själv förstå. *Habes aures et num videbis? Habes oculos ac mannepalpabuat?* Tipp! Dras närmare för att vinkla det (eftersom när det kåmmer till kritan allt har mötts av motgång medan allt är underjordiskt), låt oss se alla där förhoppningsvis återstår att bli sedda.

Jag är en arbetare, en gravstensmurare, ivrig att tillfredsställa averybegravningar och jätteglad när Kristmässan kommer en gång om året. Du är en usel bjälke, smord att övervaka icke poliser och tunnibelly själigen när det är dags ta över hem, gin. Vi kan inte säja öja mot öja. Vi kan inte småle nos från nos. Ändå. Man kan inte hjälpa lägga märke till att ganska mer än hälften av linjerna löper norr-söder i riktning mot Nemzes och Bukarahast medan de andra går väst-öst på jakt från Maliziies med Bulgarad för, dibarn trots det ser ut när schtschupnistling vid sidan om andra inkunabler, har den ändå sina kardinalstreck. Dessa styrda barriärer utmed vilka de skrivna orden springer, marscherar, haltar, går, snubblar över tveksamma punkter, snubklar återigen i jämförelsevis säkerhet tycks först av allt ha dragits in i en nätt kontroll med kimrök och slåntörne. Sådan krossning är naturligtvis antikristen, men användningen av hemmafödd knölpåk somhjälp till kalligrafi visar ett distinkt framsteg från grymhet till barbari. Det är allvarligt antaget av somliga att avsikten kan ha varit geodetisk, eller, med sett utifrån det försiktigare, inhemskt ekonomiska. Men genom att skriva framochtillbaka från den ena ändan den till den andra och vända, vända och gå från ände till ände hitochtillbaka skrivning och med linjer av gödsel som plöjs upp och ljud av litteratur som lastas ner, den gamla semetomyplatsen och djupettebaksijen från tham Let Rise till Hum Lit. Sömn, var i vasken finns visdom?

En annan punkt, utöver den ursprungliga sanden, pimppuder, fylleristpapper eller användes mjuk trasa (vilken veteran eller inhängare som helst i vårt kols sociala kan se senen för sig själv, ett litet floftigt udda rum, körsbären fräser på den ende karrige, en mörk disheen av sårj från Dalbanien, någon fickkvantitet av racky, en portogal och någon som tartar som chaffis, du minns den sorts softbollstönt motru brukade berätta för oss när vi alla var biribiyar eller bröstvårtor och mässor) som har tillägnat sig tillskott av terricious betydelse medans drog benen efter sig i det förflutna. Den tedagsfläckade terminalen (säj inte etiketten, mimare, eller vår show är ett misslyckande!) är en mysig liten brun studie helt för sig självt och, oavsett om det är tumavtryck, intryck eller bara ett uselt drag av det konstlösa, är det viktigt för att fastställa identiteten i författarens complexus (för om handen var en, så var de aktivas och upprördas sinnen mer än så) ska bli bäst uppskattad genom att aldrig glömma bort att både före och efter striden vid Boyne var det inte alltid en vana att signera brev. Tipp. Och det är absolut mindre okunnigt att skriva ett ord med alldeles för få konsonanter än att lägga till för många. Slutet? Säg det med missiler då och sålunda arabeska sidan. Du har din kopp med skållhet Souchong, ditt vaxljus droppande vax, din katts tass, klyftan eller kistspiken du tuggade eller ljudligt mumsade på medan du ordsatte det, lärkan i klara skyn. Så varför, sej, underteckna någonting så pass långt att varje ord, bokstav, penndrag, pappersutrymme i sig självt är en perfekt signatur? En sann vän är mycket lättare känd, och bättre på att förhandla, genom sitt personliga handlag, fullt påklädd eller avklädd, rörelser, gensvar på vädjanden om barfmhärtighet snarare än om hans fotbeklädnad, sej. Och, på tal om Tiberias och andra incestuösa liderligheter bland gerontofiler, ett varningens ord om de flsäskiga passioner som antytts. Några mjuknästa läsare kanske misshandel ta upp det erogent som det vanliga fallet med skedar, *prostituta in herba* pluss skär dinka avsiktligen slår volter på sin tvåsezhjuling, vid huvidingången till kyrkoadjunktens oavbrutna kaftansvit med henne att se och awoh! vem plockar upp henne lika ängsligt som vilken tröstbärare som helst skulle känna varvid oskulden blev högst sårad och vänligt ftrågade: vaffö' ha'ru vatt så gunsti'kritisera och var kysk mej barn? Var vem, fjärran potentiell? och så vidare men vi ohyggligt gamla Sykos som har gjort vår smajllösa del på 'alices, när de var unga och lätt att freuda, i uppsamlingsrummets halvskugga och vilken orakelmässig kompression vi har haft att tillföra dem! kunde (brydde vi åss åm att sälja vår avgiftsköpta tystnad *bakom lycka dörrar*) berätta vår mycket fuktnäsborrade en att *fader* i en sådan landsbits sammanhang inte alltid är så behärskat relativt (ofta upprätthållet gentemot vår tredskan) som betalar hashnota för oss och vad allt annat oskyldigt utlandsadverb såsom Michaelly ser ut som kan antyda under skamtittarskopet och, slutligen, vad en eurastenisk nymfolept, endokrin-tallkottekörtel typus, av omkastade föräldraskap med föregående drauma närvarande i hennes förflutna och en falliskt krav på parning med agnater snarare än en kognater är fundamentalt känslan för under hennes lustfulla c celldelning när hon hänför med förkärlek till någon trevare hon tycker sig möta. Och Mm. Vi kunde. Ändå vad var att säga? Det här är en lika mänsklig historia som papper gott och väl kan bära, i affekt, som singsing så Salaman hemfaller åt swittvitlar medans obluffande vräkabrysktträttut som en Esra? katten, kattens deltagare, deltagarens katts fru, deltagarens kats frus bättre halva, deltagarens kats frus bättre hälfts deltagare, och xså tebaks till våra hästar, för vi vet också, vad vi har uppsnappat från sidorna i *I Was A Gemral*, det där Uppskrikandet av Bolsksklivism av ›Schotenboum›, att Fader Michel jämställer denna röda tid av vit terror med den gamla regimen och Margareta är den sociala revolutionen medans kakor innebär partifonder och tack kära du kännetecknar nationell tacksamhet. Slutligen har vi händelsevis hört talas om Spartacus intercellulära. Vi är ännu inte trängda, döda hand! Vi kan erinra oss, med voluntårar, den grodlike juden, och ännu skönare bort var det nu vitänker i Dumbils ljuva stad innan ännu ett år är över. Vi turnerade våra kuster til de goda gossarnas toner. När nerifrån svärd havet sammanförde gammaldags kanonerna och besvarade den djärve O'Dwyer. Men. *Est modest in verbos.* Låt en prostituerad vara den som star framför en dörr och blinkar eller parkerar sig själv i bordellvalvet nära en magasinsvägg (syndsynd! syndsynd!) och kyrkoadjunkten är den som bringar stgark vatten (gingin! gingin!), men också, å glem ente, att det finns många som sover mellan någothemmavids första och meraiutlands sista och att den vackra närvaron av väntande katter ska till livets /!) vara mer än nog att göra vilken mjölkmike som helst i språket av söt syrliga slaghelvetens hat i hans tvilling nicky och den där Maggys te, eller ers majonäsa, om hörd likt en knuff från en som är född gentleman (?). För om jargången flämta mellan sparktäcken, hur mycket det än i huvusak engelska, vore att bli predikad från korgkyrkovärdars och metafysikers munnar i rad och advokaatoer, allhulliganer, halvokaler, språkeder, lesbieler, spetsar, rännstensvrål och furtz, där deras praxis skulle vara eller där den mänskliga rasen själv vore den pytagorena panepistimions sesquipedalia, emellertid spetsigt Volapükigt, grymtat och blixtbrunnad, ichabod, habakuk, opanoff, uggamyg, hapaxle, gomenon, ppppfff, över landsbygdsstättor, bakom bostadshus av skiffer, utför återvändsvägar, eller, när all frukt faller, under säckvävsrov kvarlämnat på en enkel kärra?

Så har varit, kärlek: e e: och ska bli: tills bära och tära och alltid. Tjuva oss natten, bestjäl vi luften, sjal tunnare älskade, min! Här, Ohär, kränk den sköna! Förrädare, dålig lyssnare, modig! Blixtarna se, fågelskådning skrik, ve från graven, evigt flödande över tid. Feueragusaria jordenwater; nu skine gudsol på mändagens dotter; en bra klapp, ett främre bröllop, en usel vaka, förtälj helvetes källa; sådan är manhustruns lott att förlora och vinna igen, likt hans grüne ömma punkter på vars haka igen, hon plockade ut dem men de växte in igen. Så vad gör du åt det? O dear!

Om juniss hon sparde! Ah ho! Och om julensam kunde! De gagamla stoliolumet! Från quiqui quinet till michemiche chelet och en jambebatiste till en brulobrulo! Det sägs i ljud i yttrande att, i tecken så tilläggs att, i universellt, i polyglutteralt, i varje hjälpande neutralt idiom, tonlösttum, blomsterlingua, rövarspråksbrännpunkt, flåsväva, en kons kubin, en pros tu tute, en gatarab, ereperse och vadtungomålsåmhelst alls. Eftersom nozzy Nanette snubblade på strålande vägar med Hejhå Harry finns det en eldsprutas kapplöpning en sorts tändning när ofta som souffsouff blåser upp sitt torvströ och en lermugg vet åt dej, min Sitys, och snackasnack säg åt Tibbs har kväll och vadtrots (smädande liv bevisar jakande ronaldses död när vinnarkraft vin har sparkat kicken mot den stackars man som vann) argsinthet har varit argsinthet under milliomer av milleniumer och våra mixade kapplöpningar har getts två tjut och tre hån för druvorna, vinet och brygden och Pieters i Nieuw Amsteldam och Paoli där kycklingar gå rom smälter sitt slut för honom och han åt middag sooth amerikan (en skulle ges stekkycklingen även om man vore en normal kittelslickare) denna deras bortvittringars och deras giftermålningars och deras begravningars och deras naturliga urvals äldrevärlds epistola har överbefolkramlat ner på oss fersch och gjort-vid-alla-timmar likt en åldrad kopp tjaj. Som jag hottade mej full. Haha! Och medan du caldinade ditt hållendska kyffe. Hoho! Hion värktog svansen eller sin tong. Huhu!

Nu, rökmanti och infusionism passar båda lika fast som två trefötter men då vi i vår fria tillstånd, håller fast vid det där prestatutet i vår stadga, må ha våra oumkullrunkeliga tvivel vad beträffar hela meningen med alltsammans, tolkningar av vilken fras som helst i helheten, betydelsen av varje ord i en fras son hittills dechiffrerats ur sammanhanget, hur befriad än vår iriskt dagliga självständighet, måste vi inte yvas lös tveksamhet vad beträffar dess genuinea författarskap och alltihopas auktorativhet.Och låt oss bringadejupphör till trätor på den där klinket, mandel buteljerare. På ytan, för att volta tillbaka till våra planlösa hästar, och för ditt överkörda sinne, förvirrade tjur, affären är något avgjort för gott och där är du nånstans och avslutad på en viss tid, om det är en dag eller ett år eller till och med antagandes, skulle det så småningom visa sig vara ett serienummer av du milde herregud vet hur många dagar och år. Hur som helst, ppå något sätt och någonstans, före bokfloden eller efter hennes ebb, nämnde någon vid namn i hans telefonskatalog, Coccolanius eller Gallotaurus, skrev det, skrev alltsammans, skrev ner allting, och var så god, punkt och slut. O, otvivelaktigt ja, och mycket drickbart så, men en som tänker djupare kommer alltid att veta i bakvattnet i sin skalle att detta direkta var så god och att det bara är där allt i hans öga. Varför?

Därför att, Soferim Bebel, om det går så långt, (och vindskupefönster skvaller ska skrika ut det från hustopparna inte säkrare än skriften på väggen ska färgsätta det till människors mod som smolk på storgatan) varje person, plats och sak i Alles kaosmos hur som helst anknuten till den slukdumpade kalkonaren som rörde sig och ändrade varenda del av tiden: det travlande bläckhörnet (möjligen kruka), haren och sköldhagspadde penna och papper, de kontinuerligt mer och mindre sinsemellan missförstående antikollaboratörernas sinnen, de när som tiden förflöt som den gör växelvis konjugerad, annorlunda uttalad, annorledes stavad, ombytligt betydande vokabla skrivtecken. Nej. så halp meg Petault, det är inte en misseffektuell varförhyacinthiniöst upplopp av fläckar och bommar och ballar och band och skruvningar och sammanställda anteckningar förenade av snabba strålar: det bara ser ut som liknar det lika förbaskat; och, säkert, vi borde verkligen vara tacksamma att vid denna raderfulla timme av dyngflugor som gryr har vi även en skriven på med torkat bläck skräp papper alls att visa oss själva, tarera det eller löva det, (och vi är luftade åt oss själva som själafiskaren när han ledde katten upp ur båten) efter allt det vi förlorat och plundrat av det även till de bakersta av jordens quoiner och allt detta har gått genom och för all del, efter att ha gett Terracussa en god grundkyss och för krigslycka vårt avsluts fläng över vårt hem oskulderblad, klamra fast vid det som om med drunknande händwer, hppandes gentemiot hopp alltmedans detta, i skenet av philophosi, (och må hon aldrig folvisa oss!) saker ska börja klaras upp en bit det ena eller det andra inom nästa timme av gräl och hängas på dem som tio till en också vill, vänligen grisarna, som de borde kategoriskt, som, strikt oss emellan sagt, det finns en gräns för alla saker så det här kan aldrig gå.

För, med den där farmaryxans stinkande doft för den där flåfallna rävstank, (kalamitens kalamits kolumitas kallar för katastrofalkalimitans) som de där nagelfarancde uncder verken vid dessa indignerade piskloopsnärtar; dessa så prudentligt låsta eller blockerade rundor; den vidrörande påminnelsen om ett aldrig fullbordat spår eller släppt slut; en runt tusen gloriösa vindflöjlar, inledd av (tyvärr!) numera oläsliga luftiga fjäderflykter, allt tiberiuslikt ambiprydande Earwickers inledande versal: det som var avsett att bli förbluffande krismon triliton tecknet , slutrligen uppkallad efter någon hans hes hecitency Hec, som flyttad moturs, represnterar hans titel i pluralis somdet mindre, dopfuntigt kallad följande en viss förändring av tillstånd av gunst avnaturalp eller delta, när enskild, står för eller tautologiskt står vid sidan om gemålen: (fast för den sakens skull , edftersom vi har hört från Cathay cyrklar hur hönan inte bara är en eller två fästinmgar efter de första fem fjärdedelar av den andra åttonde tolftedel – siangchang hongkong sansheneul – men snabbt den andra och trettionde av nionde från den tjugonde, vårt egna vulgära 432 och 1132 oavsett, varför inte ta det förra för en bykrog, det senare för en uppochnervänd bro, en multiplikation so m markör för en kommande korsväg, som du likt spiskrok för familjegalgen, deras gamla fyrhjulsfrestare för hästhagen, ett te för ett möte någon dag, och hans ensidesmiss för en helblind gränd som leder till en irisk tomt i Champ de Mors, eller?) interiöernas stadiga monologgrabb; den förlåtliga förvirringen för vilken en del skyller påken och fler skyller soten men otackar till vilken kissandena med deras mössor på sned tas ganska lika ofta som inte för givet med deras svansar i deras eller tas ganska så ofta som inte för livet med deras svansar i deras munnar, därav följer din pristofer polombos, varav våra Katt Kresbyterianer; den bryska kvicka kvacka slår aldrig helt rätt mot det välordnade triviala sanna bokstaven; den plötsliga sluddriga grinigheten hos någon sorts kapjataljaserad Mitt; ett ord lika underfundigt dold i sin labyrint av virrigt draperi som en skogsmus i ett näste av färgade remsor: detta absurt tjurfotade bi deklarerar med en till och med komplettare avstjälpningsvisning än vad den stumme medelsvensson med oss hur hårt en sak det är att mpli mpödd till gentleman: och se på denna förpronomiellt *skojiga jordafärd*, ingraverad och retuscherad och kanttorkad och huvudstoppad, mycket likt en vals ägg packad med pemmikan, som om det var dömt att gnugga näsa fulla triljoner gånger för alltid och en natt tills hans nickande sjönk eller simmade av den där idealiske läsaren som lider av en perfekt sömnlöshet: alla dessa röda slitna obelustecken cayennepeppargjutning över texten, som onödigtvis fäster uppmärksamhet på fel, uteslutningar, upprepningar och fellinjeringar: detta (troligen lokala eller personliga) variant *offer* för de mer allmänt accepterade *majestät* vilka bara är en bagatell och ändå må stillsamt roa: dessa som ser ut som översittare zickzackkorsade grekisk territorialvatten pinsamt balanserande föråldrat här och där likt sjuka ugglor som spritt sig tillbaka till Athen: och kusarna också, jesuitiskt formade först efteråt knäböjd argsint tåledes mot väster: den östgotiska kakografin påverkade helt säkert fraser av etruskiskt stallsnack och, kort sagt, lärandet svek i så gott som varje radslut: styrka å huvets vägnar (minst elva män av trettiotvå palfreyhästar) avslöjad av ett ständigt arbete för att få en ghimel att passera genom ögat på ett jota: denna, till exempel, helt oväntade högervänstersnurrs återkomst till en särskild öm punkt i det förflutna; dessa tronstolsöppna dubbelduar (av ett tidigt gyttjigt jordiskt ursprung huruvida människan väljer att förbanna dem agglutinerande toa – också – blå – ansikte – värk eller illträdojpisshål eller, kants koorts, rammelskoj) satta med sådan floppraktned beslutsamhet och påminner uss oundvikligen om din bornebarbar, knappast hörd nu utom när faller från någon heterosexuells förlegade lipsus (alltid använd i två halvfeta trycktyper – en av dem lika tjurskallig som hans claudianske broder, är det lönande att avbryta för att nämna? – rakt igenom papyrusen som omarbetningsmarkering) jagar över hela sidan, ältar Ǝ sensationssokande en Idé, mitt i svadan, dyster, står nedstämmig i den rutiga fönsterkanten, med dess skörtblus av lagerblad allt virrande omkring sina gaffelgrodor, skridande med bister min, ryckandes fram och tebaks, slängandes fraser här, där, eller återvänder förhindrad, med en del halvt haltande förslag, E, dragandes dess skosnöre; det kuriösa varningstecknet inför vår protofaders *ipsissima verba* (ett mycket rent obestämbart, för övrigt, mer ofta arbutus fruktblomsterlöv av kainsäpplet) vilket paleograerna kallar en *läcka i kläckningen eller aranmannens ingperwhis genom hålet i hans hatt*, indikerande att orden som följer kan tas i vilken ordning som önskas, hål av Aran man hatten genom viskandet hans ho (här skarp igen och börja igen att göra ljudkänsla och känsloljud skärpt igen); dessa högfärdsljudna felprickade h som enkelt av den sällsyntaste som var kul som de flesta av motröttljusgående ögon vi plöjr till halvering, sambandslösa, huvudsakliga, mediala eller finala, alltid kläm i klamret, sahib, lika kärnfria som springmaskar: den oskyldiga exhibitionismen hos dessa rättframma men ombytliga understrykningar: det där främmande exotiska serpentinen, efter att så ordentligt fördrivits ur våra skrifter, ungefär lika fantastvingad wetterhand nu som att se en högerhövdad damvit ta på sig en corkhäst, vilken, i sin oövervinneliga fräckhet ännu längre mer och med mer trumpenhet, tycks rulla upp spiralformigt och utmärkt snörspetsdåsigt inför våra ögon under trycket av författarens hand; det vinstlösa musikerbristen så målad i skulpterande självljudare ah ha som svartkonstfullt som en *podatus* och förstummare oh ho oupprorisk som tio kanoner i skelterfuga: det flitiga uteslutandet av årtal och epoknamn från datum, den enda tid då vår kopist tycks åtminstone ha fattat skönheten hos självbehärskning; den lustfyllda konjugationen hos det sista med det första: zigenaren parandes av en storstilad gravgrävning med nästbästa knutar (en interpolering: dessa mumsbarheter förekommer bara i familjen Bootherbrowth av MSS., Bb – Cod IV, Pap II, Brek XI, Lun III, Dinn XVII, Sup XXX, Fullup M D C X C: skoliasten har hungrigt missförstått en dödmans toller som ett brandalarm): de fyra kortade &-tecknen u nder vilka vi kan glypsa åt och känna för egen del rakt över alla dessa rusningsår snabbklottrarnas varma mjuka kortbyxor: den vokativa lapsusen från vilken det börjar och det ackusativa hålet i vilket det själv slutar; den där heroiska våndans afasi att minnas ett en gäng älskat nummer ledande lapp genom toffel till en allmän amnesia av missvisande sin egen: nästa de där konst, rrrr! de där alla krigiska konster, översteprästens hieroglyf av kitteltom och oddsben, på bar gärning vridna från vår helgade rubrikbön för vapenvila med byte, *O'Remus pro Romulo*, och plumpt från helgedomens topp nedkastat av bärare till inom ett måls ess beträffande deras rubinstråles fyrradiga strof bland Dessa Som arsle utan Templet eller sedan Roes Bränneri bränt har klunkat Natts eldfyllda Kopp Men jig jog jug som Dag då Tärningslådan Kastas, swisch, trofasta sexan Jag leder, ut med ditt hjärteblöd, fan ta dej, och där är hon för dej, sir, swischa henne, den fina kvinnan, sminkad till sina hummerlockar, rossy, swisch, Gud och O'Mara har det med hans rödlätte gamle Boven Rufus, vänta, swisch, Gud och du är en annan han inte har för där är mitt byte fem av pluggs trumfer, swisch, smäll på hans avinläderkungs Nylle för honom, K.M. O'Mara var är du?; sedan (kommer över på den vänstra sidogångshörnan nedför) det korsformiga postskriptumet från vilket tre *basia* eller kortare eller mindre kyssar har blivit överomsorgsfullt bortskrapade, helt enkelt inspirerande den dunkla Tunc sidan i Book of Kells (och sedan bör det inte förloras sikte på att det är exakt tre grupper av kandidaterf för kreutzianska rosen väntar deras tur i Columkillers marginella paneler, puttrad i sina tre valurnor, därefter satta åt sidan för sådana hängande kommittéer, där två tillräckligt för vem som helst, börjandes med gamle Matteus själv, då han med stor distinktion sade därefter just som sedan folk som talat har tagit för vanan, när som talar med en person, att säga två är sällskap när den tredje personen är personen som det talas mörkt om, och därpå att det sista läpplingvistiska *basium* skulle kunna läsas som ett *suavium* om vemdetvara må omfamnaren sedan var skrev med en tunga i hans (eller kanske hennes) kind som fallet måhända har varit då) och den beskyllda kråkfotens dödliga hängminsknings sluttning, ett säkert tecken på ofullkomlighetsbar moralisk blindhet; förmycketheten, alla dessa fyrbenta mätts alltförmyckenhet: och varfför stava käre gud med ett stort tjocvkt dhee (varför, O varför, O varför?): det klippta och torra aks och semifinalens visa formen; och, åttiondets eller tjugofyrandets, men åtminstone, tack Maurice, till sist när alla zöda och bårta, den sista uncerskriftens penelopeanska tålamod, kolofon av icke färre än sjuhundra och trettiotvå streck besvansade av ett hoppande lasso – som således alls detta förundrande men ska trycka på livligt för att se dwet voltigerande feminina libidot hos dessa mellanbranschiga ogham sex uppochinsvep strängt kontrollerade och enkelt återövertygade av den enhetliga faktiskheten hos en slingrande mansnäve?

Duff-Muggli, som nu må vara citerad via ett mycket vänligt arrangemang (hans dektroskofoniösa ljuskänsslinga under supersonisk ljuskontroll må loggas av våra icke alltför avlägsna framtider som snart häpnad av värdering kan visa sig från Chromophilomos, Limited vid en milicentime mikroamperen), först kallad denna form av Paddytagdetlätt partnerskap ulykkhean eller fyrhänthet eller quadrumane weller ankor eller drakar eller skulder eller maträtter perplex (v. *Visst Förekommande vad betrräffar den där Studiet av Sexofonologistisk Schizophrenesis*, vol. xxiv, pp. 2–555) efter den välinformerade observationen, gjord kilometrar isär från Tung-Toyds Mästare (cf. *Senare Frustrationer ibland de Neomugglianska Lärorna akter om de Semiomedvetna, passim*) att i fallet med den litekända periplika bästförtäljaren populärt associerad med namnet på den jäkla sjömannen (trippelframför deffvitarav vårt plommonsugna mönster formhållare) en pu niskt amiralitetsrapport, (trianforan deffwedoff our plumsucked pattern shapeeeper) a Punic admiralty report, *Från MacPerson's Ocean Runt Med Jasons Kryssnings Tidvatten*, hade skickligt kapsejsat och näsvist återutgetts som en dodekanesisk Baedeker om varje-skröna-ett-äventyr- isigsjälvt mångfald som kunde hoppas tillfredsställande kittla mig på det ena eller det andra sättet.

Den icke felaktiga identiteten hos personerna i Tiberiast du-plexet kom i dagen på det mest oärliga sätt. Det ursprungliga dokumentet fanns i vad som är känt som Hanno O'Nonhannos obrytbara skrift, det vill säga, det visade inga tecken på någon sorts interpunktion. Ändå genom att hålla vänstersidan mot en upplyst brådska svarade denna Morses nya bok anmärkningsvärt på den tysta frågan om vår världs äldsta ljus och dess högersida släppte ut det pikanta faktumet att det bara var genomborrat men inte punkterat (i begreppets universitetsbetydelse) av åtskilliga hugg och dekorerade djupa sår orsakat av ett målinriktat instrument. dessa papperssår, fyra sorters, var gradvis och korrekt förstådda att betyda stopp, ^snälla sluta, vänligen stanna, och O snälla nån lägg av respektive, och följ upp deras enda sanna spår, den cirkumflexa muren till enkelspåriga mäns vårdanstalt, accentuerat av bi tso fb rok engl a ssan dspl itch ina, – polisundersökningar pekade ut þ att de hade »provocerats» av Λ förgrening, av à grave Brofésor; àth é's Bréak – snabb – bord; ; akut proféŠŠionellt *piquéd*, till = introducera en uppfattning om tid [– ovanpå … plan (?) sù ' ' fàç'e'] genom punkt! ering ål (sic) i iRymd?! Djupt religiös av naturen och ställning, och varmt ansluten till Dig, och smørrebrød och butter och Honom och nylagdadamer, det var riktigt misstänkt att sådan vrede inte kunde ha besökts av honom Brotfressor Prenderguest ens undervetandes, ovanpå den nedärvda själ av en som, med flöde, han hedrade skamlöst minst en gång i veckan vid Cockspur Common då äpplet i hans öga och hennes förste pojkes bäste vän och, fast ren engelska för en gift dam missledde massor för övrigt, men när någon tittare eller titterska detekterade att den fyrbladiga klövern eller fyrklövade jabben var mer återkommande när helst som skiften var tydlig och fristen kort och att dessa båda var de exakt samma fläckarna som naturligt urvalts för hennes perforationer av Dame Partlet på hennes dynghög, alla tänkare placerades vuxna i bara vattningsspillfulla Pratiland och en lekfull fågel och musikaliska mej och i varje fall inte dum, två och två tillsammans, och, med en svärm av honungsjagande bin efterpå, en suck för skam (O, den lillsnygge skurken!) separerade modesta munnar. Må så vara. Och det var så. Brevmakanadet om Fjorgn Camhelssons bedrifter när han var i Kvinnes län med Solfrus män. Med bekräftelse på vårt första tillfälles glöd förblir han årets mest gladfasta. För postskträptum see förstört. Fast sjömannen ännu inte hade smuttat den där supen inte heller skummat humpharen till bredden. Och räv och gäss håller forfarande fred kring *L'Auberge du Pere Adam*.

Föga behov därefter, gamle Jeromesolem, gamle Huffsnuff, gamle Andycox, gamle Olecasandrum, för frågesportande dina veckogästers ankomst till R.Q. med: bortskjuten i ett fräs, hopblandas i en massa mäss och hela hans en avvecklad klockantolvfyllos son. Hur som helst hörde vi inte en söners son lämna honom till oceaniskt samhälle i hans okunnighet, Tulko MacHooley. Och det var sålunda han var varje gång, den där sonen, och andra tillfällen, dagen var i det och efter morgondagens Diremood är namnet är på psaltarens författande grabb, en kär väns juxtakoppling och han svimmade på grund av en önskan in i sin kompis. Döttrarna är på väg och spejar efter honom, Torbas snyggingar med vackra halsar. Efterlysta för millinärisk tjänstgöring till äldres person av Totty Askinses. Formellt sammanblandade med varandra. kanske odlar en mustasch, sade du, med en bedårande blick av munterhet? Och besöker stillösa biljardhallar med en uppochned stege? Inte Hans Kuriren fast hade han hade haft bara hade något lite skratt och en del brist på kinder och var han inte så oroad av sin förföljelseknopp han kunde ha, aj, och skulle ha, lika säkert som Essex bron. Och Gopheph skvallrade inte. förkunnar jag till folk» Noe! Mycket till allas lättnad ens halva hypotes om den där pladderkäften apa amok bland Bruisanoses överösande skämtnötter släpptes brännande och hans rum upptogs av det där odiösa och än i denna dag otillräckligt mansberäknade sedelsnattare (skit, pfooi, trams och fiety, mycket earny, Gus, hembränd poteen? Vi ses!) Shem Skribenten.

Så?

Vad gör ni ej i kväll, lata och gentleman?

Ekot är där baktill i skogarna; kallafram honom!

(Shaun Mac Irewick, briefbärare, för koncernen Messrs Jhon Jhamieson och Sång, värderad till ett hundryck och tunn lagerhundra på sin nattliga quisquiquock beträffande de tolv apostrofer, satta av Jockit Mic Örsvag. Han träffades av missförstånd och siktade mot ett hallå om nummer tre av dem och lämnade sina fria naturliga riposter till fyra av dem i deras egna konstfulla oordning.

1. Vad oöverträffad minherr rektor och maximesta brobyggare var den förste att resa högre genom sin böntröttnad än blågummiträdedt buaboababbaun eller den gigantösa Wellingtonia Sequoia; gick näckstövlar med byxer in i ett liffeyet när hon knappt var i sina tricklier; var väl känd för att kläda en förlikningshatt på sin hooths rullstensås; ståtar en kedjegångares albert högtidligt över sin hullenders epulens; trodde han vägde ett nytt ton när där föll hans första plaskäpple; gav avskyvärdheten att välja till varjeknekt mellan gårdagskuk och tvåmarior; hade sjuliga iföljdfärgade serenbanpigor på samma stora vita teckringsrumla brasmatta; är till denna stund en Willbeforce hemmavid som han var i ljungen; pumpade den katolicksa krigstrea och chockade den protesttunge Boyne; dödade i vrede som ung man sitt egna hungriga jag; fann foder för fem när allmarken steg översvämmad; med hiriska lärare blev korniska enkelt; rotationsbara kvitton, vägtullen; födde flerhövdade styvsöner åt en skuttadinegen totter; är för skojig för en fisk och har för mycket utsida för en insekt; likt en sjukantig kristall fängslar sanningar och falskheter åt oss; är oändligt flott i opassande otillbörligheter; en gång var han skyfflad och en gång var han mordbränd och en gång var han inunddrad och hon hängde ut honom billbailey; har en kvadrant i hans tegel att tälja Toler rackare ett hinder det är; erbjuder chansder till Lonmg på men står upp mot Legge innan; fann kol i slutet av sin harv och praktportlaker bakom lagrarna; gjorde en fästning av sin portgång och skrev F.E.R.T. på sin sköld; är överste utbrytarkung rån alla sorters houdinställen; om han utharroderar mot inkastare, till den shooldbredde agerar han whiteley; evakuerades på blotta anblicken av tre tyskhunnsbakterier och två gånger belägrade av ett svep; från zoomorfologi till omnianimalism är han broschad av ett mynt som snurrar; tornar sig, en edisontoon

bland de lamplösa, kastar en swannstråle på djupet; hotar åska över illdådare och sänder rykten upp fraufraus froufrous; när Dock Hookbackcrook uppsitter sitt arsle fyllvärdigas hån och festa men de boosar honom oos och bassar honom aas när han ser ut som Hunkett Plunkett; av såsantså och söker ett partaj på en dam från denna stad; affärsliv, läsa dagstidning, röka cigarr, arrangerar dricksglas på bord, äter måltider, välbehag, etcetera, etcetera, välbehag, äter måltider, arrangerar dricksglas på bord, röker cigarr, läser dagstidning, affärsliv; mineraler, vaska och fräscha upp, lokala synpunkter, juju kola, humor och födelsedagskort; ja så var det då och han var deras hjälte; rosa solnedgångsskur, röda lermåln, Saharas sorg, oxhud på Iren; anklagad och förvärvad, lyssnad och upplyst, pläderad och bevisad; löser in sin check hos Banck of Indgangd och attesterar sin dom vid kapellutgång; frankers hjärna, kristens han, nordens tungomål: påbjuder middagsmål och Avslöjar bluff; har en aktiepost hos Morgens och en hatache hela efterbrunchen; spelar gehamerat när han ernst men missar mauseyplockadblomma när han är lustig; gick så pass långt som till Head där han satt i skick som Rumpan; visar Tidig Engelskt varumärke och ett ringblommat fönster med mångförgyllda ljus, ett myrioskop, två remarkabla bassänger och tre välvärdase kyrknischer; valv alla fallgallrade och hans mittskepp datwerar sig från punkter; är en ostoppbar tidmätare och alla klockors Ben; fuit, isst och herit och fast han är mjöldaggsfläckad är han mögelstänkt; är en bög i skogen men vanlig medlem för Megastaden; mountomäktigt, faunpåflytfot; planka i vår plattform, tomt i vår scouturna; adel, i plogländer är han uppräknad, hållen likt en jarl, han räknas; skeppsskapad fras av lusliknande ord med en form som de lugnande momenten hos en spannmålsätare; våra öden tillförde han lag, han gjorde sin vilja av våra herresäten; var ett överknull till underjorden och akvededucerad för brinnande halsar; sänder pojkar i sockor hostkikande när han låter sin koloxid och sina silkesstrumpor visa hennes former när hon lossar hosorna på sig; strumpor torra puder för Ill folket och bilagas pellets all de Bleka; gav sin mundyfot till Miserius, hennes nyp till Anna Livia, den där superfina råttsvansen till Cerisia Cerosia och quid rider till Titus, Caius och Sempronius; gjorde mannen somn inte hade någon uppfattning om butiksägarens känsla han skulle snarare spela hertigen än spela gentlemannen; skjuta två dronningar och skaka tre slott när han vann sitt dvärgspel: rykande inåt lik en strombolist tills hans röker i båda änderna; mansmolk, biffeldig av honom, kvinnosort, pietad!; visar en vit snödriva bland hans kronas buskväxtlighet och en hätta av ånger på denna som spred levrat blod; var och vila, trippelräkning; tog metron till polisen och kastade sedan förbi; till finnarna, hell! woah, du som söker!; den som snusk hade fyllt, brist förstörd; pant är ledande, kakao kommer härnäst, smärgel försöker för flaggan; kan dansa O'Bruins polerpasse vid Noolahn till hans egna orkistruss ackompaniment; ägde rum före den internaturella konventet för katolska jordemödrar och fann stöd inför kongressen för studiet av endonationella kataklysmer; gör en läckeriös *entrée* och avslutar kursen mellan sötsaker och aptitretare; trotsar prognoser, vädrar efter fynd och utkantens skoj på lekplatsen; rensar ut trehundra sextiofem lata för att sätta upp all khalassal för hönfruar som hoppas på män, bristsås, den gripande ene, antändaren av påskeld; förbjuder oss våra intrång som vi förgäter honom; fenixen blir hans bål, askan hans fader!; samlar stort pelium på små berg likt Hercules piller; har ett oidipus komplex och drickdräggens maskhål; korvkött för knäppskallar och kocarloware för knipplökar; när han utövar till vår förmån är mycket dressin vårt; två psykiska trolovade och tre deserteringar; må i själva verket nu vara men var futter av magd då; Cattermole Hill, före detta köttberg rördes upp av stress och sjönk under tryck; tanka upp det, dunka upp det, säger skräddaren till sin svartabörsare; en-tout-cas för en man, men en smula fingerborg för en piga; blimp, blump; ett odugligt brev, ett sjung en sång en stavelse; ett talesätt, en me ning med avslutning; medan han håller sitt kandusehonom bräcklas skall falla; kläcktes vid Cellbridge men ejakulerade utomlands; såm det va i bigynnelsen så mynnade det i ett slag vid Boss; Rodwerick, Roderick, Roxderick, O du har gått danernas väg; varierat katalogerad, regelbundet omgrupperad; en bushpojkes helgdag, en kvackares parning, en slinkas sandbad; samma homohedenösa checkainförlustägg som när sollyeye luftigt blåste di; verklig detonation men falsk rapport; spa galen men värdshus sunt; halva emillian via falsk folkräkning men en ingen gata hausmann när alphand; är behändigast av alla andier och en mest påstådd elegant fläck för att dumpa din rump; överlämnar han utträde till den nye patriciusen men plumpar plebmatiskt för de jävla gamla århundradena; äter med dörrar öppna och är brunstig med portar stängda; en del dubbar honom Rotsköld och fler tecknar honom Rockykompis; visar han flyger till båda halvmässorna men försöker trefaldigt skyla över sina spårningar; sju duvslag sampåstår sig ha varit duvheim för denne brevduva, Smerrnion, Rhoebok, Kolonsreagh, Seapoint, Quayhowth, Ashtown, Ratheny; fristående från kammerherrens herreman, accepterande Roms styre; vi såg din farm vid Useful Prine, Domhnall, Domhnall; ryker likt Ilbelpaese och ser ut som Islands öra; förlagd till citerade platser, levt genom summerade regeringstider; tar sig ett skumbad till veckoslutet och en marknadsdag för hans förfreskning; efter en god kamp i brännboll avnjuts Giroflee Giroflaa; vad Aldrigmer missade och Colombo fann; tro på envar är sin egen målvakt och i Afrika förde helsvarta; skryter honom till tät-i-senor den äldsta skaparkrater i Aryania och ser ner på Suiss-familjen Collesons som han kallar *les nouvelles roches*; fast hans hjärta, själ och ande vände sig mot faraostider, höll hans kärlek, tro och hopp fast vid futuerism; lätta benlyftare rökelserade honom leenden från före medan drummel brynbänder förbannar honom grommelanter till hans bakersta; mellan yuodyssevs och en sista glimten av Even; Lugen har sin topp, Luken har sin trave; dricker tharr och wodhar för sin asama och äter oförgänglig sugga för att avstyva vanligt ställ: tiggarna insveper dem tillbakalutad avseende hans paddystol, hororna vinkar honom när de går sin sida; på Kristmässan vid Adventstugan, NewYealand, efter en fastad sjukdom rövvördigt pingstvänlige Herr Påskling, inga testamentariska anhängare, helt privat fanfar; Borta Där Äran Väntar Honom (Boll, bulletist) men Ännu Inte Här (Maxwell, präst); sammanmixat under artiklar men fenixerade en borgias; från vatten på bården genom skorret i mörkret till försvarsmurens butell; är AI ett det högsta men Rohre hans rot; fylld fläktad av blåbär närsom alla var stoppade och singla slant för honom som en ung gangster att falla fou av vinimuggar vari han hade mätt bruket av russin; annonserar illamående, ger bidrag, smiskar rustiker, tämjer tumult; satsar tillräckligt med säd för en semination men stämmer underbyxor i smyg; lärde sig tala från hand till mun tills han kunde prata eariskt med slutna ögon; hackade sig väg genom kichheckhocker men hängde sinhjälp därifrån härefter; rialton, annesleyer, låda och bollar för att inte säga något atolk om New Comyn; skymten, glimten av glöd hos solskenet genom bristen på nöd hos byggklotsens blygsel hos vilde ville av Barnehulme har stoft blivit brunt; dessa färgade för att tartanmönstra honom, ångerrot, tång, ormbunke, kardtistel, fullers aska, daggört och krasse; borta sen länge men inte för bomull; höll fast vid sin skarpa svältattack men ökade kukomfång, omfång och omfång; han har tjugofyra kusiner eller så som utvecklas i United States of America och en namne med en initial skillnad i Polen som en gång var ett konungadöme; hans förstas en ung ros och hans andras fransk-egyptisk och han totala tillgångar ett prisfall hos Christie's; fram ur hans stungna del kom hans drömmars kvinna, blod tjockare än vatten senaste handel utomlands; buyshop av Glintylook, jarl av Hoed; du och jag är i honom omgivna av brna byggnar; Elins flyr slag tölhända men Hwang Chang valjegång; han en var din av högstorpipa pojkar men tänker sig honom rökande cigg sin tid i livet; Mount of Mish, Mell of Moy; hade två avgörande satsningar och tre kapitola handfat; tar en titt i sin pocketbok och en packetbåt i sitt grepp; B.V.H., B.L.G., P.P.M., T.D.S., V.B.D., T.C.H., L.O.N.; är Brakfest, Luns, Midda' och Soppa; då gatorna var belagda med kallt kände han sin tipperary; lärde sig själv att skrinna och lärde att falla; skärpt skitig men snarare en kär; Har Chefer Everallt, med mördare; Osman Effendi, Serge Paddishaw; för många vita arbetsgivare, utpriamar alla hans parasiter; den förste av fenianer, *roi des fainéantes*; hans Tiara av plättar höll ofyllbar tills en Liam Fail fällde honom i Westmunster; blev utslagen ur sin sittbrunn när han rodde enbart för att demaskera oss och till vårt skrämmande predikament förde likt farsot från Buddhapest; placerade en tändsats på en aspstängel och satte eld på den levande; spetsade staven och förstörde blixtarna; gifte sig med tårtor och återpunkade med glädje; tills han begravdes hurglad var han inte och han fick himlarna att ringa med *Up Micawber!*; gud högst uppe på trappan, kadaver på en stråmatta; den falska luvan hos en spindelväv stryper hans fulhets grottmynning men de nykläckta som livar han lövskärm sjunger honom en som älskar domare; vi stryker händer över hans blodiga krigstäcke men vi är helt försvurna åt hans gröna mantel; vår vän av vikingasätt, vår svurne fiende; under de fyra stenarna via hans åar som försvann skålskålen till baljans glädje; Mora och Lora hade en jäkla hög tid att titta ner på hans förvirring till fast blick i beredskap, framåt spjut och vindfoten hos en currachbåt strödde Legos lakemist över det sista av hans fält; vi mörknade för dig, felstegare, i sörjandets år men vi ska fihil till dimblinkare när det strömmande morronljuset manar fram solskenet; hans randiga byxor, hans ganska konstiga gång; *hereditatis columna erecta, hagion chiton eraphon*; nickar en tupplur för tillfället men jollrar hejsan när de blir ekunemiska; är en samtidig ekvator av integration när tre på en genom inspektion är olämplig; har den mest koniska huvubonad av konfucianistisk heronim och den där hans chuchuffuoösa chinchin liknar en fotflörtande kungoloo kring Thaislumland; han är lika globfull som en gasklocka med litium och hemskhet och han var tre gånger tio ringformiga år innan han tumlade runt Raggiant Circos; käbbelstenen vid hanterandet av hans cavin är en konstant hund men bara en amirikan kunde approximatera apeupresiositen hos hans tillsists förlängning; var petig till höger och vänster vid Baile an Bhóthair under hans jakt efter galten trwth men gjorde sitt slut med moderötter som ko m till honom i Camlenstrete; en hannibal i fullständig konflikt, ebn otho att återvända; brinnande kropp att ägira luft på smältande berg i uppvaktande våg; vi går ini honom sömniga barn, vi kommer ut ur honom strucklare för livet; divesterade att spara mrs Drowning från deras ri val drottningar medan Grimshaw, Bragshaw och Renshaw smet iväg med hans lagrade kläder; beskattade och beräknade, tillståndsgivna och orerade; hans trippelaansiktes stenhuvud hittades på ett vithästat berg och avtrycket av hans kostellösa fötter kan ses i getens gräscirkel; dra ner gardinen, säg åt de döva och kalla på de mållösa, lama och haltande; Miraculone, Monstrucceleen; ledde de upplagliga vid Skapelsen och en ormtjusare väste bort hennes kvarblivanden; drabbad blev stamgäst, jägare blev räv; harrier, marrier, terrier, tav; Olaf Oxmannen, Thorker den Turistbare; du känner han är Vespasian ändå tänker du dig honom som Aurelius; folkpartmer, handelsmannatory, socianist, komminyser; gjorde ett sommarangrepp på våra stränder och blev yr fick sin sand fylld; först sköt han nerför Raglan Road och sen rev han upp Marlborough Place; Cromlechheight och Crommalhill där hans vidaberömda fötter vilar när vår raglan som tölp släpp lös i Lubaren han älskade; mareschallerade sina distriktsmöten och begränsade huvudsaken; infångade före nafsandet, kan knappt vara tunga på våg men, bruttade efter måltider, väger en stad i sig själv; Banba bad för hans konvertering, Beutrla missade den där stora gamla rösten; en Koloss bland kålblad, frukters Melarancitron; övernaturlig storlek, dugligare än döden; Gran leprafri, Turco, orege underblåsning; laxemburgare, leprafri; glittret från hans gemytliga hugskott, djupet av hans lugna klokhet, hans fläckfria äras klarhet, hans gränslösa godhets flöde; vår familjs förfader, vår stams vägtall; villebråd var han oövervinnerlig och ynkrygg var han strypdödad; delade Irskaholm, förenade Irismän; han tog en sup vid sin egna methyr men hon smakade en smula häftigt och vad laxen beträffar kom han upp honom hela långa livet; kom, eilerdich häckleberga och sawyer dig, warten; tyst som biet i honungen, alldeles som andetag på hauwck, Costello, Kinsella, Mahony, Moran, fast du binder Amrique är din självstyrare Dan; gissa höger, han är upplyft av sin lurviga hals s kurva, gissa vänster, han är Rnsonerad i isobariska pastejer bland besättningen; man frågar var han förgiftad, man tänker hur mycket lämnade han; f d trädgårdsmästare (Riesengebirger), påkryad med plantörösa existenser skulle göra Roseoogirig (smulans) små hosor; styva lakan och spygatt översköljs men det oljiga silket Mack Liebsterpet mickar hans aquascutum; det nöje han fann i toppen kvinnor, den sysselsättning han gav till fittmän; sponsor till grupp hålborrare, allierad till en massa tgarvligheter; mot blixtyar, explosion, eld, jordb'ävning, ö versvämning, virvelvind, inbrott, utomstående, röta, förlust av kontanter, förlust av kredit, kollision med fordon; kan gorma lika allvarligt som oxsvanssoppa och chatta like glatt som ett porto nonchalant; är inte villrådig i sin unionism och ändå en trångsynt natgionalist; Sylviacola är rädd för honom, Matrosenhosens snokar efter skämt; visar fredens muskler i sin krigskassa; förlänat hem, niohundra och trettionio år av arrende; står alla dagar öppet för krigföringsstyres skull när han inte är soltimmar stängd för kärlek till Janus; suger livelixir från Judinnans ringa pickles och rullar i gnäll om någon vice påve springer ner Hugenotterna; Boomaport, Walleslee, Übermeerschall Blowcher och Supercharger, Monsieur Ducrow, Mister Mudson, trädgårdsmästarväktare; till en har han just kasperteatrat, till en annan full med bönor och iriska domare; hallucinering, körsven, ektoplasma; sågs som bääbää svartalamm, tills han odlade vita ull ull ullig; blev trummatiserad av Mac Milligans dotter och tonsatt av en skoskald; alla fitzpatrickar i han emirat minns honom, pojkarna i Wetford hälsar honom babu; intentifierade sig själv med boro tribut och var offentligt schenkt till brigstull; gavs ljuset i hästkärra orchafter och intumlad i treplexusar; hans likhet finns i Terrecuite och han ger fresten till den regnbågade; friheet, bubbelskap och kvalitet; hans tvärtemot gör en dygd av nödvändighet medan hans tillvänd marsar en moder genom påfund; beskilka hans reling och han är den andre tjejserlige, lösgör poäng, häkta av frestelser och hans list och plåster; uppmana Allting när han inte lyckas vädja till Varåkenavoss; insekt, basidens, ardree, kongsemma, rexregulorum; stod invid Dees mynning, backade sedan med bredsidan på Baulacleeva; antingen Eldorado eller slutgiltigt lidande; en kraal av vansinne fejd eldar, ett crawl av fem pubar; tvättrums utlagda piskrapp för att hitta familjeförfäder och sedan vädjade dubbel trubbel eller kvicka slut för att tysta ner hannarna; kasta kiselsten för lycka över en blöt axel och dragonerad befolkades väpnade till deras tänder; pept som Gaudio Gambrinus, grym som Potter de n Alvarsamme; konsters ess, demimonters djävel, trubbel med klöver, fruktan för spader; combron, Cambronne, tvillingdagis för en trumma men trä till uno tippar vågen; vinglade titelrullen mittemot ett par gördlar i Vitt på Duken men var turordnad från inspelningsplatsen som Puckelrygg de även mer titulärer, Rick, Dave och Barry; han kan gå på så pass tidigt som den tjugoandra mars men ibland kliver han inte av före Virgintiquinque Germinal; hans indiannamn är Hapapoosiesobjibway och hans nummer i aritmosofin är karlaplogen; grep vapen i gäddans provins och lät sin kurs slängas till Eelwick; rör sig i viskösa cirklar ändå förblir densamma; avloppsråttorna välsignar hans avfall medan parkfåglarna förbannar hans strålkastare; Portobello, Equadocta, Therecocta, Percorello; han häller den hårdvaluta han tjänade på Watling Street i det mjukt beklädda shelbourne; hans födelse visade tillfälligtvis hans död är ett grovt misstag; bringade oss gigantisk murgröna från de unga männens land och bevittrade Apostolopolos med sin gallas kuling; alltmedan tillfredsställd att mjuka ungdomliga ljusa oförlikneliga flickor skulle brösta sig till fina silkesklädda gladlynta blommande unga kvinnor är inte så glada att tunga svärsamma starkluktande oregelbundet skapta män skulle fördunkla aktiva stiliga välformade frankögda pojkar; herald hårfager, ett vetebröd; äkta man din tant och utrusta dina barnbarn; lyssna men hyscha det, granska honom och se; tid är, en ärkebiskoprisk, tid var, en handelsmans entré; svartbränd tolererad med runk, viktvåg ärrad av flatbottnad; hans regnfall är ett par knähögar medan hans minsta gräs temperatur markerade tre i skuggan; är snöns smältpunkt och alkohols bubbelplats; har ett trassel med trollen och gör därefter sig själv rättvisa; antydde i de eskatologiska kapitlen av Humphreys *Rättvisa hos Jaypeerna* och jagade efter av Thebanska återgranskare som sniffar att det är någonting bakom *the Bug of the Deaf*; kungen var i sitt cornervalla mjölkandes markering så murrig, drottningen var brant över armering kände sig fin och fällpälsig, flickorna var mitt uppe i hagtorn och skodde upp sina strumpbyxor, ut sutenerar ryggskydden (pompa!) och pumpa skjutvapen gör de; till alla sina förutsägare lyfte han en sten och för alla sina vänner planterade han ett träd; fyrtio tunnland, sextio engelska mil, vitt streck, svart streck, tvättar sin flotta i ankarvatten; vem missade en öl så vad ska han göra för han ville sitta förPimploco men de grep honom att stå för Åtal?; Dutchlord, Dutchlord, överväldigar oss; Headmound, kung och martyr, dunstung i Jästen, Pitre-le-Pore-i Petrin, Barth-den-Större-vid-Utväxlingen; han budar tilldamer tro och loven och sin hand som prinsen av Orange och Nassau han har lämnat treenioghet bakom sig likt Skåltiggaren Bill-the-Bustonly; änne av ett hasselträd, bassäng i mörkret; ändrar blowickar till stutar och en Artesias källa till en arabisk fågel; handskriften på hans ansiktes vägg, kryotokonkoidsifonoklyvöppningen i hans expreussinaer; hans födelsefläck ligger bortom hellesponten och hans fravplats på det trivsamma lilla fältet; är den äldsta kiosken på halvön och det yngsta vandrarhemmet i Heliga Forskarlandet; vandrade många hundra och många tjog kilometrar av gator och tände tusentals i ett nattljusen i hektar av fönster; hans stora vida slängkappa ligger över femton hektar och hans lilla vita häst pryds av våra dörrar dussinvis; O sörj seglet och ve över rodret som var satt för Mairie Quai!; hans sunnar och hans hunner, hans dartarer tartarerna, är många här i dag; som stötte bort från hans utbrott Ostentons strålblixt och skar varje blixt downsaduck på djupet; ett personligt problem, en lokativ gåta; upprättstående, arkaniserings fordon på fältet; karl som ljuger, tillhandahållare av översvämning av celiculation genom ebbrutt: en del av det hela som ett hål för en val; Käre Hewitt Castello, Equerry, voro dagsljusade med vår utfärd och ser tillbaka på otidiga sumrar, från Rhoda Dundrums; finns ovanför plantfruktgränsen och utanför den leguminiferosa zonen; när äldre länkar låseräldre hjärtan då påminner han sig henne; kan bli byggd med lim och urklipp, klottrade eller upphävda på ett stöd; nattexpressen sjunger sin historia, sparvtoners sång på hans notsystem av trådar; han kryper med löss, han svärmar med saggartsbor; är lika tyst som en mursque men kan bli lika högljudd som en synagoga; var Dilmum när hans tid var palmrik och gråtmild när hans nöt knäcktes; sug upp uppehållet, lovprisa obesvärat, en läpp på hans lapp och en kusling hans gräns; hans bärare har ett mäktigt grepp och hans bagerskor ben från bredvita kalkoner; så långt som vind torkar och regn äter och solen rör sig och vatten skuttar är han exalterad och deprimerad, hopmonterad och isär; gå bort, vi är lurade, kom tillbaks, vi är avspökade; utttråkade Ostrov, skuttade Inferus, simmade Mabbulen och golvade Moylet; likt flott, lik flottliknande talg, av fettfullhet, ja av droppande fettfullet; sade inte till de gamla, gamla, sade inte till den skörbjuggige, skörbjuggige; han har grundat ett hus, Uru, ett hus har han grundat till vilket han tilldelat dess öde; bär en kråka galant på fjäll duiv; rödfärgade halon frånhans tjänare när han framträdde för sin kokerska som Haycock, Emmet, Boaro, Toaro, Osterich, Mangy och Skunk; pressade biran av ölad ålder ut ifrån dumdristighetens nässlor; sätt ett tak på logen för Hymn och en tupp i hans kruka pro homo; var lagman därefter pansarcensor sedan hortifex magnus; topparna som småsöp på honom, typerna som ramlade av honom; fortfarande börjar våra harar ännu portar vår get; pocketbok postbåt, gapman gunrun; andra dagars ljus, djäkligt dystert dunkel; vår hemska pappa, Timour av Tortyr; förbryllande, skrämmande, chockerande, nej, oroande; gick ångande från kungs långhus till nya vanor, ta av honom kutryggen till varje bräsch av alla storlekar; med Pas nya lyft och Papas nya skaft är han Papapas gamla huggare Papapapa lämnade kvar till oss; när ungskallat gammelaxlat och mellanhalsat åldrad ungefär; besökare sill varjedag, svullen tarponfisk över natten; se Loryon komaleonten som ändrade endokrin historia genom att löwen hans bulle med fyrtio havrekakor; hon drev honom döv tills han drev henne blind upp; duvornas duvor vare aborre över hela honom en dag på Baslesbridge och korpars duv slungar sina mörka nät efter honom nästa natt bakom Königsteins hamn; repets trumf, privets comf, pubens möjl; hans Headwood det är idealet om hans fötter är sabla lera; han kraschade i parkens ihålighet, träd ned, när han svävade i fenixens vakuum, stenar upp, ser ut som smältande berg av köttballar och låter som ett rått ord; utsikten från ett berg, en del lumen blekrunt en lampa av succar i boinyn vatten; tre skott en fitta vid uppbluppad sadel; påhittat för Fröken MacCormack Ni Lacarthy som gjorde sig av med Darly Dermod, chic och svartmuskig; när väl diamant klöv granat nu dammat klyver stön; du kanske finner honom på Florence men se upp för honom på Wynn's Hotel; här är hans båge och där är hans läckage och här ligger hans hålltysta likbil, djup; Swed Albiony, platsens troligast skurk; Hennery Canterel – Cockran, självupptagna; begränsade; vi tar våra dar och lösgör våra loppor runt sadurnus monterade fot; byggde Lunds kyrka och förstörde kyrkans land; den som gissar hans titel griper hans dåd; fjädrad och snyggast, fash and chips; slug härtig av Willurig; Hugglebellys gravlangning; Kukkuk Kallikak; hörd i kamera och plågad; tjänst när biljettad med bänkar, förbannad om återspridda grovhagel; himmelskönad, kaosfotad, jordfödd; hans fader plogade det presumtivt djupt på övertid och hans moder som allt tyder måste ha arbetat sin beskärda del; ett fotavtrick på Megacene, Hetman avhästad av Searingsand; hederskapten vid den extemporerade brandkåren, påstås vara vän med polisen; dörren är fortfarande öppen; den gamla halskragen är på väg tillbaka; ej att förglömma tiden du skrattade åt Elder Charterhouses ankvita byxor och det sätt du sa hela området kunde se hans håriga ben; i skymundan av en krasse akter om hennes kastanjeträd hängde hon; när hans gryta blev en härdsculdus satte våra torsplatser sin lymfvampyr; hans årsbrev hopkokt av analytiska mästarhänder, hans adelsmärke påtvingat av smidda skyltens standard; ett par pektoralen och en trippelskärm för att få ett avslut; tänder hans pipa med ett hartsträd och hyr en draghäst att dra på sina skor; botar slaveris skörbjugg, bryter barons bölder; kallad att sälja polska och befanns senare i ett sovrum; har sitt rättvisa säte, sitt nådens hus, sitt ymnighetshorn och sina hårda wasabrön; prospektor, han hade en rucksak, retrospektor, han håller en hjälpenstake; vann det nya okets frihet för jugoslavernas sinnen; agerar aktivt, langar i passivism och är en självrättfärdighetens gorgon; häller ett skrattvärde av sin illformation över ett salts larmvärde; hörde halvt det enstaka jungfrutal La Belle spann till sitt Grand Mount och helade en livstid av hans inte eldstad, undrande var det hebreiskt satts till himmelstoner eller kvartetters kvicksilversång; hans trubbler må ha gått över men hans dubbler ska ännu komma; hummergrytan som krabbade vår köl, trädgårdens keldjur som spolierade våra kramade ärtor; han står i en underbar park, hav är inte långt borta, påträngande städerna X,Y och Z är lätt förlyfta; utgör en utväxt på civiliserad mänsklighet och men en vårta på Europa; villhagjort sångsignal till ljudkänsla och ändå ska han vilja få allt sitt kött nygjort mest troligen pruralisk och plausibel; har övermåttligt stora ringar och är osedvanligt parfymerad; hyser lust mens han lyssnar till the cleah whithpeh of themise; är en prins av fingallien i en hiberniad av vilda partyn; har en hodge att roddbåta honom och en fransås att smickea honom och en brabançon till hans sockerbetrot och en fritz vid hans strömbrytare; en parkvakt låg i bakhåll för'nom och han blev beshotten av en buckeley; sparkar linser när han är ihålig och kastar Jakobs arrowrötter, slant efter slant, till lodare på väg att förgås; läser H.C. Endersens mantror alla sina kvällar i veckan och Ivun then förskräkkligs brott varända sönda morron; smikkrar dej mjukt upp i ansuktet och slår sej selv når han bader; äger det mäst buktande bryggarfat som nånsin knackades privatim på Mullingar Inn; föddes me' nysilverske' i mun och rundade Irlands kust med sin vänsterhand i sjön; men lyfte två fingrar och ändå skulle det räcka; för vem det är lättare att grunda ett tronhus i Ebblannah än för jag att finna ett holländskt dubbelT i fuktiga Dampsterdamp; att leva med vem som är livstidsborgmästare och att veta vem en liberal utbildning: doppades i Helig Olivolja och krystnades i Sänkta Otooles; hör cricket på jorden men stör livet ur predikanterna; vänder fortfarande Darius dövöra till en nu helt rosenrasande en Guds; gjorde mannen med pitt som stöter och myntade mynt bland biblisk slant; gillar en klockan sex pudding när han kommer hem ljuva hem; har gått genom alla livsäventyrets åldrar från hembränt och champagne ner till daskar och butteljerad porter; woollem den farsae, hahnreich den gamle, debitera hängpungen, wrickad den trodje; om en mandrake skrek åt konvulturer slutligen överlever hans födelse ska vildanden bittert gråta över svinpälsars återupplivning; förlorar vikt i månens natt men gördlar bälte vid solens nedgång; med en antydan om natur som får en beslöjad värld att flina och gick in ett blad mjukt papper med optionen av tre fängelsen; som kunde se med en blick en lx fångad med en lans, jägare förföljer en hind, ett sväljarskepp för fulla segel, en vit dräkt som lyfter en hostia; öga mot öga flugsmälld likt Kung Knut den Gamle och vände ryggen likt Cincinnatus; är en farfar och morfar och en hårfar Nakentrotsare i villor gamla som nya; hukar akvariskt och spricker bekant när det flaggas i stan och i hamnen; blåser morrhårsförsett kring hans höjdpunkt men står stadigt på sitt struntprat; stammar innan han faller och blir fullkomligt galen när han blir väckt; är Timb för den pärlglänsande mom och Tomb för den sörjande natten; och ett han hade de bäst solbakade tegelstenarna i blockens Babylon för sina anpassade skå'spel hade han varit förlorad för önskan om sin matta mubblin mur?

Svar: Finn MacCool!

2. Känner din mutter ditt dagdriveri?

Svar: När jag stum mina ögon, från såurbana utsikter, är det min filials famn, beskådas med stolthet, den däringa pontifikatorn, och circumvalltorn, med sin förbaksade fru pratsjuk på natten, sov vid hans sida. Ann vid liv, hennes läspning, det skulle greka berg viska henne, och Islands berg smälter i elds vågor, och hennes sleva-mej-spondéer, och hennes dirckla-mej-spondermöten, gör den Ursinniga Oceanen, knäböj och insup en lyra! Om Dann e dansk, Ann e smutsig, om han e slät, hon e söt, om han e helig, hon e flörtig, med hennes kastanjbruna strömmar, och hennes blyga smekningar, och hennes dublin drullerier, för att resa hans roder upp, eller att dränka hans drömmar. Om den heta Hammurabi, eller kalla Predikaren, kunde upptäcka hennes sprattande, skulle de brista band igen, och avstå sina ångrar, och fördöma sina göranden, för flod och lod, och en natt. Amin!

3. Vilken titel är det sanna-till-typ mottot-istället för det där Tick för Tack övertäckning målat med vått ett mörker, där enorm är under klöver och kringstrykande fåglar finns i kolonier och en magda gick till aphuset och en flodhäst kom till synes, vilket inte är vare sig Häxkraft Förort eller Österholms Dreyschluss eller Haraldsby, specerihandlare, ej heller Vatandcan, vinter, inte Husbåt och Bikupa eller Knox-atta-Belle eller O'Faynix Kolprins eller Wohn Squarr Roomyeck eller Ebblawn Downes eller Le Decer Le Mieux eller Benjamin's Lea eller Tholomew's Whaddingtun gnäller Antwarp gnaller Musca eller Corry's eller Weir's eller Valvbågen eller Smuggen eller Hollandshuset eller Ovalen ingenting Grand ingenting Storartat (Grahot eller Spletel) inte heller *Erat Est Erit* eller *Non miche sed luciphro*?

Svar: Din fetman, O civilist, träffar vår globs salighet!

4. Vilken irisk huvudstad (a dea o dea!) om två stavelser och sex bokstäver, medfett deltiskt ursprung och ett ruinerande slut, (ah stoft oh stoft!) kan skryta med att ha a) den mest omfångsrika offentliga parken i världen, b) den dyraste bryggeriindustrin i världen, c) den mest expansiva befolkade genomfarten i världen, d) den mest phillohippska theobibbösa befalkningen i världen: och harmoniserar dina abecedade gensvar?

Svar: a) Delfas. Och när du hör mitt hjärtas guld hommers, min floxiga förlust, igen bingbangande din motståndskrafts revben och mina nitars mjukviggar arbetar på din undergång ska du bli sheverin med alla dina högljudda snyftningar när vi ska rida kisel-lockat, du med din orange krans och jag med min modiga innerlighet, ner för de spralliga smörjvägarna till vattnen av blötlagt liv, b) Dorhqk. Och var kan du säkert ha sådan gammaldags god harmoni någonstans, och lämnar dig, som på Moset och hur jag skulle engageras med dig med mina fågellika mjuka uttal och diskanterar uppöver scenen finnsunder mig dina lösa druvor i deras hårafall med dem två älskande handflator handfängslande dina anklars smärtheter och din muns blommor rosade och sjönk ofter silvriga talets täljsten. c) Nublid. Isha, varför skulle vi inte bli lyckliga, avourneen, på möllans pengar han kommer snart att lämna dig så fort som jag har min eget ägda brookline herrgårds gräsmatta för rekrytering på Doctor Cheeks särskilda befallning och min koppar kittelfull med sojabönor och irisk i min östra hand och en James's port i min västra, efter all stridslysten buteljerad historias fel och dårskapssprit, och ditt goda jag som kärnar över det nylämnade smöret (*mera* makt till dig), det valdaste och billigaste från Atlanta till Oconee, medans jag dråsar i trädgården, d) Dalway. Jag fångade min fullfjädrade lunk den första nedför Spanska Platsen, jag gör Mayo, jag tar Tuam, Sligo är glatt men Galway är behag. Helig ål och helgongjord lax, käkad karp och duckande mört, Smidesjärn är inte *din* jämlike! säger hon, och skuttar halva vägen, *abcd*) En bjällra en bjällra på Shandons Klocktorn, åkk ska gå mässpion prästmossa sfolk, Skam prisa vänlighet vår fayst jämmer *nfolk*, vår flatbottnade *Shandeepen*, betala namn min *honorarslant*, mig nej inte *Jämlllllllik!*

5. Whad slags havspöjk skulle rädda snuskfläsk, tömut gammel gubbes, mjölka brutal get, skrämbort kalleiulla från smek anding, mjukval slösa papist betesmark, insides man utsides ängel, stänker smutsat vatten omkring byn, nyhetser, kälkåkning och svenskskar, komplett allmänt hållen, ljudligare på kyrkringning, fotbehandlingar ges till sämre vetande, utrop hyjälp hyjälv vare sig hans hår efter jakthornslag, skulle kunna underhålla tre strån, putspolish crotty stövlar, nattäcke alla eldglimtar, tjänar tid till baass, slipsten hans knivskar, fullsatt, gudsfruktans metods fräck karl, kantänka han nieows och thans sitter i spoorwagge, X.W.C.A. på Z.W.C.U., Doorsteps, Limited, eller föredrog Baywindaws Bros svabbare. Walther Clausetter's and Sons med H. E. Chimneys' Company att inte skreve, ska, på uppmaning, vara sidfläsk eller stalledräng, måste fuldstændigt begripe irers språkkraft, jutländare eller nordquain större föredras, alla plikter, keine rättigheten, familjefejd, utfärder femade, må bli bra, får ingen beklagan, yrkesmässiga supherrar för att tillfredsställa avhållsam, han är faderlågd ljuddiggad påhumörgrävd persån menaleconnerman, nej, *det* måste han inte sant?

Svar: Stackkas gamle Joe!

6. Vad betyder salongssloganen Kalla Dinah till Husstädning?

Svar: Tok. Överflödsbit av Kläde nuoch jag måste bivaxa inbringandet i alla grisköttsklubbor åt oss hur jag trodde mig veta hans fläck på blomman om jag frågade och kan kunde tala han kallade mig vid mitt mittnamn Tik. Jag är din raring honungsugare phwhtphwht tha Bukt och som brukar stirrarinljus i arslet och som sett den svartvalda marmeladen till Morrondans stora picknacke hoppas jag det ska hällas pris över hela Irlands Klimat hörde jag båtstjärtarna och skummade jag porslinet på alla dina smorgossar femöre per gång per drake. Tuk. Och vem ått det sista av gåsbuken och grusbären som blev formad från på det att mässlingår och som låter det förbli där och som placerar detta här här och som låter kilkenny åldra fårnjursteken. Och vemvardet duvardet som stöttade krukan på gården och vadi vemsnamn ljumärdu gnuggarin sidenav hallenttill foajénmed. *Skit!* Vill du fylla fatet? Tak.

7. Vilka är dessa sammansatta partners i vårt samhylle, dörrpojken, städaren, soldaten, skurken, utpressaren, åskådaren, curmannen, den kringresande, svamp-

sniffaren, den kulet blåe luffaren, skojkraftsplottaren, elegantmannaboxaren, från deras prés salés Crumglens gräsklädd klätt Kimmages segrare och Ashtowns fält och Cabras fält och Ginglas fält och Santrys fält och förnimmelser Raheny och deras fel och Baldoyle för dem som är senkomna året runt pga förväntning, är passionernas stadsbud som en följd av återskapande slutledningsförmåga. och, bidraglande sina motstridiga motsättningar beträffande differentiering, förenar deras awaazer i en röst för profetia, som knaprar på trevnadens skorpa pga skövling, dränerar mjöden för misären att ådra sig berusning, förlät varje ondska genom praktiskt rättfärdigande och fördömde varje godhet för dess egen belåtenhet, som är styrd, bunden, duperad och drivs av dessa omänska demoner, arvodeskötarna vid sina lagar, nattlig bestörtning, fjortondagars otukt, månadsvist misärminne och åretrunt rekreation, doylare när de avsiktligt men sullivaner när de är svärdade, Matey, Teddy, Simon, Jorn, Pedher, Andy, Barty, Philly, Jamesy Mor och Tom, Matt och Jakes Mac Carty?

Svar: Morfioserna!

8. Och hur va dina maggier?

Svar: De va älskliga, de älskar skratta, de skrattar gråtande, de gråter luktande, de luktar leende, de ler hatande, de hatad tänkande, de tänker kännande, de känner frestande, de frestar vågande, de vågar väntande, de väntar tagande, de tar tackande, de tackar sökande, likt födda ensamma i kunskap om kärlek att leva och gifter sig med list och retar via regel av knep kransade rosor och hosor hållna hemma, sedan ska förlupår komma, fyrspann, Skön Kyss-på-mitt Hjärta väljer en man till.

9. Nu, att vara i gång igen i panorama av all slags tal, om en mänsklig varelse vederbörligen utmattad av sitt dagsverk i soten, som har massor med tid i sina giktbrutna händer och ledigheter av rymd i sina sovande fötter och lika olycklig bakom drömmar av noggrannhet som vilken camelotprins av Dammnark som helst, befann sig vid detta aktuella fruktlösa ögonbläck, i tillstånd av suspensiv examinering, överenskommet, alltigenom en nudels öga, med en öronsynt utsikt över gamla hopenhagen med alla de ingredienta och egregiunta vikter och vägar till vilka under förbannelsens gång av hans framhärdning av hans konservatism skulle ha haft tillflykt, efterklangen av knotcracking skräckslår, återböjandet av notbindande jarop, återupplösningheten av sinnesförtvinad lätthet och det därvida hotellhänget av detta, kunde en sådan ingen, samtidigt till och med ledde komljuddämpare till komlögnskrumpnare och till instormiösa Nox skulle fånga gallisktvrål och få syn på lucans dagning, byhold med ens det som är huvudsak och varför detta är tvenne, hur man en gång möte smälter iden andre vill ha trakasseriander, saven stiger, dummern faller, nimbusen nu nihilant runt flickhuvet så blir vridlös i livmodern, alla rivalerna till allsjö, skakaigen, O kattasträf! skakaloss, Ah hur spela stjärna! men Heng fick en bit av Horsas näsa och Jeff har fått

Hams tecken kring sin mun och friaren som spann vackra gränser som det skuggas, vad rosenrasad och stormig växer gelb och gröön, blås ut slutet på det! Violett är färgad! *vad* sedan den där avståndsfluktaren tycker om sigsjälv tycks tyckas av, dimm it all?

Svar: Ett kollideroskåp!

10. Hur bitter är inte kärlekens längtan, hur sur är kärleksmycke men en kort brand tills hon som drar får röken att återkomma?

Svar: Jag vet, pepette, naturligtvis, älskling, men lyssna, min dyra! Tack, pette, dessa är härliga, läckra! Men se upp för vinden, sötnos! Vilka utsökta händer du har, du angiol, om du inte bet på naglarna, är det inte ett under att du inte skäms för mig, din gris, du din perfekta lilla piggelin! Jag knuffar dig om en minut! Jag slår vad om att du använder hennes bästa Perisiska smörja från hennes fåfängebord för att få dem att se så rosentopp glödstopp non stop. Jag känner henne. Skulle hon noncha mej? För allt fått jag bryr! Tre krämeringar om dan, den första när hon duschar och torkar sig med pappersservett. Därefter efterstädning och naturligtvis före jobbslutet. Trumpet sjal, när jag tänker på att Clancarbrys gemål, matbråkstaken, av sociationistpartiet med hans fräsigt svartkablade bröst, hallå, Prenderfast! att du, Värdshushållaren, och alla hans fjorton andra ytterbacks mörbultare eller hurlingstjärnor eller va'fö'sorts latino de är, hetsande mot Lord Orneys, just för att de vann ägget och skeden där så ovalt provensiell vid Balldole. Min Eilish samtycke sa han sa gör hans admiración. Han söker en öppning och tänker bli först med mig som sin sköna allierade. Har testiklar måstnu spela ivrig! Soso do todas. Sån är spanskan. Stopp en smula närmare, felaktig! Förtjusande helt enkelt! Likt Jolio och Romeune. Jag har inte känt så turkisk på år och dag! Minner mej om utsöktiöshet, choklad med en själ. Extraordinärt! Varför, vad är de alla, den lortiga mängden av den bara? Shit! Jag skulle inte betala fyra hårspännen för dem. Peppe! Det är rätt, håll det stadigt! Med mig driv. Puh! Kom stor till Iran, Poo! Vad knuffas du för? Nej, jag trodde bara att du var. Lyssna, mest älskade! det var naturligtvis för vänligt av dig, snåljåp, att minnas mina suckar i chockeringar, min ofta uttryckta önskan när du vandrade omkring mina trosörer och glöm inte innan jag glömmer det, i dina utvidgningar till min personlighet, när knyter min minneskliop, skorca ska lunka tillbaka med röda klackar vid slutet av månen men se vad dåren köpte blomkålshuvud och, som jag skall svara inför barmhärtig himmel, ska jag alltid i alltid påminna om piffiga nya bindbjälkar, jag som alltid förblir den ende för förtrollning med mitt allra bästa i stolthet och glöder även om han skulle vara vermillion kilometer min ungdom att leva på, kautschuckändande mr Polkingtone, den quonian hallicken som Moder Browne bjöd ut mig för olagligt samtal med, med sin mugg av Oktober (en pottor på den!), som gnisslar omkring på sin gamla skebensaxel likt en krispig gammal havrebävning. Flygare, vattenjolle, terrier, blazer! Jag mår bra, tackar evigt! Ha! O sinne du tickar bajs. Ska ja pohimma i momou. Mummum. Konstig plats att ha en drongo på! Jag är hemskt ledsen, jag svär på att jag är! Måtte du aldrig få se mig iförd födelsedagspäls seenso tutu och att hennes vita mainges må ruttna lepra från henne vad än för sorts blinkande maggier slår jag vad om din fitt du fleurtar efteråt med allt glas på henne och alla sprången i hennes nånstans! Haha! Jag misstänkte hon var! Sänk henne! Må de sparka henne för en torftig kväll! Så hon säger: Tay för dej? Nåväll, säger jag: Angst så mycke: och önskar måtte hon inte ta det galet om jag betraktade henne annat än udda. Om jag åt tuffgräs är jag inte en mishe mishe. Nanturligtvis vet jag, älskligaste, att du är så bildningsfylld och omtänksam i degsjälv, så vän med grönsaker, du länge kall katt dig! Var vänligen eftergiven till medgörlig min bekantskap! Liten torsk, ung orm, iscyklist! Det är mera liv i min blöja! Vem dränkte dej i tråkighet, mänska, eller är du pilsölad med bläck? Tog sig en gråt förbi portarna till din stolthet? Mitt tramp på klövern, sötma? Ja, smörblomman sa mej, krama mej, åt helvete me allt, och jag ska kyssa dej tillbaka till livet, min persikaste. Jag tänker få dej att lida, näsan-i-blötare där, och av förakt för kurtisering struntar jag i detta fikon. Att jag bannar dej, bäste herrn? Du vet att jag är ljuv genom mitt öga. Kan du inte läsa genom att glittra genom mig sant? Bit mina skratt, drick min tårar. Häll i mej, volymer, trolla mej stark och spill mej att svimma. Jag bryr mig bara inte om vad mina grälsjukare tycker. Transnämn mej fägring, nu och här mej för alltid! Jag riskerar att en polisman går förbi, Magrath eller till och med en asom tigger stövlar vid Posten. Flamman? O, förlåt! Det var vad? Aha, talade du, stuffstuff? Mer poehistorier från Ckickspeers med likakoreal music eller enjakulering från själens trädgård. Om jag blir leib i immoraliteterna? Så, du menar strypkampen för kärlek och de vackrastes överlevnad? Japp, vi öppnar slump kåserier i hemmet. Och en gång i veckan förbättrade jag mej sjelv jag är så förtjust i den där Nya Fria Kvinnan med nymodighet inombords. Jag är alltid lika road som möjligt över Mannen i en Överskottsbod med Damen som Betalar det fasta Priset. Men jag är lika mycket paj som det är möjligt. Låt'ss uyrota Brimstoker och ge honom våra livs rysning, det är Draculas utenatt. För äckels skull, rodna inte! Dra för mörkläggningen, utegångsförbud, och jag ska hinna före vilken sontillenmunk som helst till kärlek. Himmel å pannkaka , hur ska inte min höghet hoppa för att få dej att bränna din halva banan i två när jag kör min brinnande fackla igenom (att dyrka mej där och upphör sedan att finnas till? Vad det nu ska var bra för, blommare?) Du hårmejig om du hade en. Om jag skrattar med dej? Nä, käraste, jag är inte så ivrig att jag vill dö för att dra min resning ur dej, du tillbedda. Inte det minsta. Så sant som att Gud gjorde min Mamaw höftlång blygsam pälsmowther! Det är bara för att annleningen är att jag jag bara är vilken flicka som helst, du mina drömmars älskade vän, och för att gammal någon inte är en karusell, mitt möte med tulpiner, likt den där puff påven råknullande Daveran arselsmutsar oss baktill. Att hen vågar! Han tror att det är det som vesper är för. Hur fåfängt är inte detta hopp i prällens hjärta Som fortfarande följer den vuxnes uppståndskonst, Kuksäker på att hans Viljas rostiga rustning fixar att Sue glömmer hans fejs! Tämj Schwipps. Prisade Marguerite basar, jg joppas dom kastade bort möglet för annars kommer vi att få Belsazaréer och Sardanäpplare med deras medicinska lönnmordsassociationer överallt. Men håll hårt tills jag har fått dörrnyckel röst och jag ska lära honom när att bära denna kvinna hjärtlös. Beroende på glansen hos gleison Hasaboobrawbees isabeaubel. Och därför, du plockfria lankaloot, jag hatar skälva tanken på tanken om dej och därför, älskling, naturligtvis, mest dyrkade var jag alltid menad för en ingenjör från franska skolan, att bli min äkta musbonde, *nomme d'engien*, när vi gör och avtalarf med encho tencho utredare när du är gift att läsa och skriva vilket mysbusiness nu inte dröjer länge för han är så virrig på mej och jag är så skuttig sedan den dag han förde mej från båten, min räddare av eroer, till stranden och jag lämnade på hans axel ett ljust hårstrå att leda hand och sinne till dess mjukhet. Alltid lika sorgsen! Förlåt, jag lyssnade till vartenda värderat ord jag sa föll från min kära väninnas tunga hur skulle jag annars se vad du tänkte om vår mormor? Jag undrar bara om jag hällde ut mitt rakvatten. Hur som helst, här är min arm, hönhals. Din älskvärde. Rör din mun mot min, mer, du dyrbaraste, mer och mer! För att tillfredsställa mej, skatt. Var inte en, jag tänker inte! Sh! ingenting! En syrsa nånstans! Ajöajö! Jag är fluga! Hör bara, mutta, under lajmerna. Du vet storträd är alla mot gravsten. De hisshistenencerade. Grand ond man! Så kvitt kvitt kvittra, pip, för Migos kånk! den lilla branddörren, jag går före dej, så, och du är på min platta scen. Skygg är honom, min duva. Måstglömma det finns en publik. Jag har varit vilse, ängel. Gosa, din jäkel du! De e vår tät á tät. Hörhär! Sensation! Låt dem, hela deras fyra parningslekar! Låt dem, Gaphals och hans alags elva göra två territorialer. Det Gamla Fyllots Hål som vill ha breda gator att marknadsföra sina oväsen på, vid Micchells versus Nicholls. *Aves Selvae Acquae Valles!* Och mig väntande tjugo klassfåglar, sittande på sina pinnar! Lät mej fingra på deras eurorytmik. Och du ska se att jag är självlärd. De är alla ute för att förnöja. Vänta! I namn av. Och alla heligas namn. Och någon misteln och det Sankte Yves. Hostian! Ahem! Där är Ada, Bett, Celia, Delia, Ena, Fretta, Gilda, Hilda, Ita, Jess, Katty, Lou, (de får mej att hosta så säkert som jag laser dem) Mina, Nippa, Opsy, Poll, Queeniee, Ruth, Saucy, Trix, Una, Vela, Wanda, Xenia, Yva, Zulma, Phoebe, Thelma. Och Mee! De ungdomsvårdade pojkarna siktar på kyrkan så att vi alla komfest likt nattgruppvardarna och fångade läppfacit från Anty Pravidance under borgörning för synd under myrten. Nät deras brud var gift börja alla mina klockor att pingla. En ring en ring en rosenring! Sedan vill varenda en höra om det. Vilkas önskningar är fjärran till mina tankar. Men jag planterar dem en posör för deras nomanklatur. När de är ute med dagsköterskan på Chaperon Mall. Ljus duvor över hela virlden ska flyga med mitt mistelbudskap kring deras kärleksremsade halsar och en smula från min kaka för varje casta diva. Vi håller alla och åtskiliga tidningar. I amorskenet, O min älskling! Nej, jag svär för dig vid Fibsburrows kyrkkupol och Den Helige Andrées underbyte, vid allt jag håller hemligt från min världen och i min underjord av nattdräkter och olydigheter och alla de andra undervärldarna! Stäng dina, fårinte titta! Öppna nu, raring, dina läppar, pepette, som jag brukade mina ljuva öppnas lustfull med Dan Holohan av skämtsamt minne lärde mig efter flanelldansen, med kärleksbevis, Smock Alley upp den första natten han kände lukt av puder och jag rodnade bakom min solfjäder, *pipetta mia*, när du lärde mig att smälta språket. Densåm skulle ha öron som dina, den svarthåriga! Gillar du det, *silenzio*? Trivs du, detta samma lilla jag, mitt liv, min kärlek? Varför tycker du om att jag viskar? Är det inte guddomligt deluskiöst? Men inne i det föredej? *Misi misi!* F'täll mej tills min thrillmej kommer! Jag villinte bryta inseglet. Jag njuter av det fortfarande, jag svär jag gör det! Varför föredrar du dets i dessa mörka nät, om jag får fråga, sötis? Sh sh! Långöron flyger. Nej, sötaste, varför skulle det störa mig. Men gör inte! Du vill bli örfilad rejält örfilad för det. Din ljuva läppar. kära, var försiktig! Akta dej framför allt för min duvetinklädsel! Den är gyllensilvrig, de senaste kyrkvaktmästarna med prinsesseffekt. För Rutlands blus har tappat passion, Så, så, mitt smycke! Å, jag kan se kostnaden, c chare! Säj inte till mej! Men, påjken i fåragränden vet det. Om jag säljer vilkas, min kära?Såldes jag hennes tårar? Du menar de där samtalspillrerna? Så hemskt! Min fräcka skam! Jag skulle inte, tjejer, för alla julietter på blinkergatan! Jag kunde knäppa dem när jag ser dem blinka åt mig i sängen. Jag gjorde inte det, min avsedda, eller var på väg att eller tänkte det. Shshsh! Börja inte så där, din krake! Jag todde att du visste allt och mer, du auktör, att självklara för ena deras exsystems signifikans med ditt nieu nivulon bly. Det är bara en annan konstig prick eller annan i Brinbrous fördömda gamla förrådiska flod igen, Gotvästgoterna välsigne oss och skonar henne! Och gibon tar paus från bossen! Förlåt att jag svär, älskling, jag svär på sorrasimserna på sina troner i Uian jag inte avsåg att köpa detta alpina armband! Har du verkligen aldrig i alla våra cantalånga liv talat plaggnära en flicka förut? Nej! Inte ens till en kammarjungfru? Vilka skämsvänner! Naturligtvis tror jag dej, min egen kära avgudande liest, när du säger mej. Som jag lever för, O jag älskar att! Lyss, lyss! Jag måst viss! Aldrig att nånsin eller jag kan minnas kärleksströmmande anleten, du må igenom mej! Aldrig i mitt hela vita liv av makalös och par. Eller nånsin för bitter att vara en frukt av denna stund! Med min vithet uppvaktar jag dej och binder mina silkesbröst jag binder dig. Alltid, Amory, amor ochmera! Tills alltid, du mest älskadade! Shshshsh! Så länge som lyckosmeden. Skrattar!

11. Om du möter en stackars aischyloseld från Ailing på lyran, när hans darrningars melodi skakar shimmydans med smalbenen, medan hans motsats rasar i hans veka klagan, likt en vaksam pugilist Lyon O'Lynn; om han irrar i misliness,

slätstrykande sitt öde eller, spelade räv och löss, peta tänderna och tappa höftfattningen, eller vrider sina handklovar för fred, den blinde snubben, ber till Dieuf och Lillklas Nostrums ffö' nå't att äta; om han grät när han hoppa och guffallerad lämnade quimper, gjorde kallt blod en blå monndag och ingen ben utan fläsk, tog kyss, kaka eller kicka med ett sug, sucka eller skratta, ett pillande att lära sig och en plantering att flukta; om den glade shinfeinaren bultade fast dej att raka hans odödliga, vi skickligsamlade delamesjäl med hans ooh, hoodoodoo! bröt vind som till knep, sorgflicka synd var han delvis. vi tror inte, Jones, vi bryr oss om denna kväll, skulle du?

Svar: Nej, rent dej! Så du tror jag har impulsivism? Sa dom till dej att jag är en av fyrtiosexorna? Och jag antar att du hört att jag vifta på öronen? Och jag antar att de också talat om för dej att min roll i livet inte är naturlig? Men innan fortsätter till att slutgiltigt vederlägga denna tiggande frågandeď skulle det passa dej mycket bättre, om du bara vågar! att tveka att konsultera med och följaktligen försöka ställa samma pengakontanta problem naturlivis naturalistiskt nånannanstans till mitt förfogande, från en så pass eminent spatialists blinkpunkt. Därifrån ska du här lägga märke till, Schott, på min för det första anmärkning du att skitstöveln Bergsons sofologi alltmedan bedriven såsåm under ett rent penga-pengigt begär inte är utan hans kontantkontant karaktäristickor, lånad för dess för tillfället slut från den hellevraded gudmodern Fröken Olycka (som den förlorade tid vi hade nöjet vi hade haft vår lilla *recherché*, borstad med, vad, Schott?) och då jag vidare kunde ha sagt dej lika uppiggande som din D.B.C. beteendemässigt *pailleté*, med en rock av homoid glasering vilket i realiteten bara e gjord av slumpartar radikalt förlöjligande av whoo-whoo och där som Winestains hårteorier. För att uttrycka sig mera tvärdumt. Sättet att tala är bara surrogat. Medans kvaliteten och taliteten (Jag ska explexa vasd du borde mena med detta med dess passande när och var och varför och hur i påföljande mening) är alternativomentaliskt harrogate och arrogatera, som portarna kanske är.

Talis är ett ord som ofta missbrukas av mången på olika ställen (jag arbetar ut en kvantumteori om detta för det är verkligen mest enbartiserande sakernas tillstånd). En pessim må frekventera däj att säja: Har du sett mycket av Talis och Talis dessa tider? optimalt betyder det: Ska du ett irskt julträd? Eller en kvinnoslukare kan kanske ha orsakat eftersom du frestade henne *á la sourdine*: Om din servis? Talis de Talis, svärdsslukaren, som är i gång på Craterium , samme Talis von Talis, pennkrossaren, nej ta till harvärjan! vem löper hans vederbörliga sträcka? Eller detta är möjligen renare exempel. Vid ett nyligen timat stycke postcyklon inpryglande ett determiniserat fall av kronisk spinosis en förlängd föreläsare om das Auge, som i brist på form för ämne prövade sina seesen, dr's Het Ubeleeft, lånade frågan: Varförs vilken Suchmans *talis quails*? till vilket, såsom ett faktum om macht, dr Gedankje av Stoutgirth, som torkade av sin visselpipa, torrt replikerade: Medan du din best där zoom av en horla! (Talis och Talis innebär urpsprungligen samma sak, träffa dess: Qualis.)

Professor Loewy-Brueller (fast som jag genast ska visa hans hela beskrivning av Sennacherib såsom klart avvikande från Shalmanesirs sanoteringsreformer och om mr Skekels och dr Hydes problem I samma anknytning skiljer sig *toto coelo* från frukten av mina egna undersökningar – fast anledningen till jag for till Jeriko måste av särskilda skäl förblir en politisk hemlighet – särskilt som jag inom kort önskas i Cavantry, gratulerar jag mej själv, av samma och andra skäl – för att återigen ha blivit hopplöst besudlad av vad jag nu har bestämt mig för att kalla slant och kontant diamant villfarelse) i sin uttalade bekännelse som nyligen möttes med ett sådant lejonliknande rabalder vid dess flykt efter dess isolering *Varför föddes jag inte som en icke jude och varför är jag nu så utsägbar om mina egna ätbarheter* (Feigenbaumblatt och Fader, Judapest, 5688, A.M.) helhjärtat tar av sig sin gabberjacka och peruk, renhårig dragig kompis, i hans offentliga intresse, för att få oss att se hur trots, som han säger: ›by Allswill› är påbörjandet och nedstigningen och Människans slutetgott *temporärt* inslaget i obscenitet, genomblickar vid dessa händelser med televisionens fyrbåkskop, (detta nattlivs instrument behöver fortfarande en del subtraktionella förbättringar vad beträffar omjusteringen av de mer refraktabla vinklarna till skriken från hans hypotes om de yttre plåtsidorna), jag kan lätt tro hjärtligen i min egna mest spatiösa ofantlighet som mitt egnahem och mikrovaramest kosm när jag är uppmuntrad av förhållandet att mina volymers kub förhåller sig till deras subjekts ytor som sfärisiteten hos dessa glober (jag trycker verkligen på för en riksdagsmotion denna mandatperiod som, under min ledning, skulle etablera utsmyckningens fördärvlighet i morbidiseringen av den moderna galenikvinnan typen) som till blodtörsten i Fairynellys vakuum. Jag behöver inte be antropolomursäkt för någon oavsiktlig (jag måste här korrigera allhela den neoitalienska skolan eller den paleoparisiska skolan av kittelflickare och oduglingar som säger jag har fel därför att jag vill vara utifrån revolskianska från romanitis) trampa ner på mina fiender. Professor Levi-Brullo, F.D. av Sexe-Weiman-Eitelnaky finner, utifrån experiment han utfört med sina Nürnberg ägg i den enda händerna och vakthäxornas kittel på spiseln, som om det vore till synes ett fall av Ketts revolter som kyler Påvens rygg, därför att antalet kraftiga trosläror i veckovis cirkulation inte kommer att bli märkbart förstärkt av nordlandsavverkningen av mina kupolära jordklumpar. Det romantiska i trasor trånar efter likt alla tamtampioners jaktskrevor för en dödstrött spärrhake och det som heter antasta vårt *Mitleid* för i överensstämmelse med Mortadella taraditionen är den fattigaste gemensambeskyddare slöseri med tid. *Hans* ständigt närvarande tår retaliesserar alltid ut genom hans övergångna stövlar. Hör honom skria! Teek heet till det där toatsvälleröver hur han håller koll på slagträt! Tyro a toray! *När* Mullocky vann ett antal kyla, *när* vi strippade i nummer tre, skulle jag vilja att den rena droppen mälte i min mun men jag lyckas inte se *när* (jag har med flit avstått från att utveckla den uppenbara villfarelse vad beträffar de specifika graviteterna hos de båda sväljbarheterna implicerade heller till felstegen lequou associerar med det kungliga svalget via studenter av blandad hydrostatik och tryckluftsteknik ska efter en del svårigheter brottas bort men mina meinungs). Myrrdin aloer! som gamle Marsellas Cambriannus sa sitt. Men, på Professor Llewellys ap Bryllars, F.D., Ph. dr's visningar, påståenden om han pläderar, är alltsammans flott och röveri på en melodiontisk skala eftersom hans mans *när* är ingen annanmans *frispråkighet* (Mine, dank you?) medans, för något alls jag bryr mig om motsatsen, allt är *där* kärlek som krig och planet där mig konster stiger skulle du lätt rycka upp en åska från och där jag klänger sant detta där jag klättrar träd och där Oskyldig ser bäst ut (plocka!) där finns järnek i hans ives.

Då mina förklaringar här förmodligen övergår ditt förstående, lilla bröder, fast såsom argumentativt ojämförande likt Cadwan, Cadwallon och Cadwalloner, ska jag återgå till en mera svordomsartad metod som jag ofta använder när jag måste sermo med medelkrassa elever. Föreställ er för mitt syfte att ni är en grupp gatubarn, snornästa, gässlinghalsade, trashuvade, intrasslade i dina snörningar, pirrade i dina byxor, etcetarå, etcicero. Och du, Bruno Nowlan, ta ut din tunga ur bläckhornet! Då inge av er kan javanesiska ka jag ge all min otvungna översättning av den gamle fabulerarens liknelse. Allaboy Minor, lyft ditt huvud upp ur din skolväska! *Audi*, Joe Peters! *Exaudi* fakta!

Älken och Griparen.

Herrar och lekmän, sättapunktmissbrukare och semikolonisatörer, hybrajder och drumlar!

Es war en gång inom ett utrymme och ett tröttarbrett utrymme wast det innan där wohned en Älk. Ensamheten wast alltförenslig, ärkechefsoersetzlic h, broady Antony Romeo), så en storsommarafton, efter en storartad morron och hans goda kvällsmat av skinka åkk spenat, efter att ha fläktat sina ögon, petat sig i sina borrar, vatikanoniserat sina öron och palliumiserat sina strupar, tog han på sig sin ogenomträngliga, grep sin ifrågasatta, tjatade om sin krona och klev ut ur sin orubbliga *De Rure Albo* (såkallad för att den var proppfull med mästarmurbruk och hade borgerligt släppt utträdgårdar strödda med kaskader, pinta-costecas, hortidukter och ryktskrapor) och gav sig av från Ludstown *a spasso* för att se hur ondska var ondska i det konstigaste av alla skänkbara sätt.

När han gav sig iväg med sin faders svärd, sin *lancia spezzata*, blev han omgjordad, och med detta mellan sina ben och sina tarkeeler, våran det var en gång i bara Breakspear, han rasslade, till mitt skramlande, från veton till tretopp, varenda tum av en odödlig.

Han hade inte vandrat över ett tiotal parsec från hans azylium när som Skinsols Lanteran vändes nära Den Helige Bowerys-utan-hans Murar kom han (instämmande i det en ett första av profetiorna, *Amnis Limina Permanent*) ovanpå den mest omedvetet träskliknnande ström han nånsin sett i ögonen med. Som en blixt ur Collins lexicon irritderade de genom att döpdubba sig Ninon. Det såg litet ut och det luktade brunt och det tänkte sig trångt pass och det talade skrytgrunt. Och mens det rann dreglade det likt Alla Livliga Porlalätt som helst: *My, my, my! Me and me! Little down dream don't I love thee?*

Och, jag deklarerar, vad fanns där på andra sidan stranden av strömmen som skulle bli en flod, balanserad på en alms gren, nedåtriktad, om inte Griparen? Och utan tvivel var han redo att bli torkad för varför hade han inte haft sitt livs dryck?

Hans pips har utnyttjat honom; hans polps ändrare odörer varje äldre minut;har var snabb på att få en påklädares design på sina dagsverkens frontsida; och han var stillsamt för att ge fogdens utmätning vidare till volymsidan av sin *återvänds-Pompe*. I all sina bedrägliga hävningar, som att bli levd av Optimus Maximus, har Älken aldrig sett sin Dubville äggkläcka-spoarsamt så snål på en pickle.

Adrian (det var Älkens nu förmodande) fastnad ansikte-mot-ansikte till Griparen i ett aurignaciskt hedersomnämnd. Men All-Älken måste till Moodend mycket som Alla rutter, sunnanvindsvägar eller avfallsvägar, genom strövande gå genom Rum. Hic sväva en sten, sällsynt illud, och på hoc sten Seter satt huc tillfredsställd som är fylld ganska påveabsurt och genom acklamatation till dess fullaste fullo justisåsagor och varvid med hans ofelbara encyklande ovanpå sin allsmörjbara, långtidspetriark av wüste, och den atemistbestänkta pederekta pederasten han alltid gick med, *Deusdedit*, kind vid hängande halshud med hans fiskares spratt? *Bellua Triumphanes*, hans på alla sätt tilläggtill plånboks kollektion, för ju längre han levde ju bredare han undervisades om det, fångenskapen, summan och inhalningen det kostar, såg han först och sist Mikalik likhet hos Quartus den femte och Quintus den sjätte och Sixtus den sjunde som ger en hel natts siining till Leo Felfinnaren.

– God aptit oss, sir Älken! Hur gör du det? pep Griparen med en mycket whiggy ohejdad röst och fårskallarna helt inom skriket skrattade och smattrade om hans avsikter för nu kände de sin luriga padda Lowry. Jag är rarumominum välsignad att se dig, min kära mouster. Vill du inte förhoppat säga mig allt om du är nöjd, sundhet? Allt om aulne och litial och alltall alltiallt om skägg och Licias? Ney?

Tänk på det! O miserendissimest retempter! A Griparen! – Råttor!

– Råttor! brölade Älken mest telesforiskt, concionatorn, och mesigmussarna och zozzymussarna i sina robenhauses bävade att höra hans tardenoväsen Alls för du kan inte väcka en silkeshändig upp ur en hes åra. Spräng dig själv och din anathomi sämrebuun. Nej, häng dig för ett djur ruale! Jag är fantastiskt i min högsta hötorgskonst! Förnedra dig, skalligdronningar! Samlas bakom mig, satraper!

– Jag är dig ändlöst skyldig, bugade Griparen, hans hvin hade gått honom åt hans palpruyade huvud. Jag hyser fortfarande alltid en önskan på alla mina extremiteter. Enligt klockan, vad är den, takt?

Lista ut det! Det trånande peever! Till en Älk!

– Fråga mitt index, munna min akilles, svullna min obol, tvätta upp min nase fridfull, svarade Älken, snabbt genom att vända milt, urban, rashygienisk och himmelsk I formoset hos god groblodig humor. Citera enhora? Det är ganska som det jag kom på mina uppdrag med *mina* avsikter *laudibiliter* att göra upp med dig, barbarousse. Låt tor bli örlog. Låt Pauline bli Irene. Låt fig bli Beeton. Och låt mig bli Los Angeles. Mät nu din längd. Beräkna nu min kapacitet. Nåväl, sur? Är detta utrymme av våra par timmar alltför dimentionella för dig, förhalare? Ska du ge upp? *Como? Tag bort det?*

Sancta Patientia! Du skulle ha hört rösten som svarade honom! *Culla vosellina.*

– Jag tänklade just på det, söte Älksy, men för all rimfrost på mina russin, om jag kan känna till komma med mitt bidrag, kan jagg e upp dig, Griparen kved från sin hopplöshets allralägsthet. Ishallassoboundbewilsothoutoosezit. My ramlande, högljudde stutare,är min egen. Min hostighet alltför passande i en stockend. Och min spetiella iexskallsis de utlovade tingen ovan för. Men jag kommer aldrig att mer förmågig att saga till Ers Ärevördighetig (här förlorade han nästan sin lem) fast min korkade fader var styngflugig en pseudoservitör, vars slungkappa du bar.

Otrolig! Nåväl, hör det oundvikliga!

– *Ditt* temple, *suspect in cribro!* Semperexcommunicambiambisumers. Tugurios-in Newrobe eller Tukurias-in Ashies. Nya Roma, mitt kreatur, blikvar bleives. Mitt byggutrymme i lyonine city är alltid uthyrt till leonliknande Män, sälksen i ett mest konsistent anförande pompifikalt med omedelbar domsrätt konstantinellt komkludderat (vilken lärare för den skepnadsvräkte Gripen!) Och jag beklagar att behöva proklamera att det ligger utom mitt timliga att hjälpa dig från att bli dödad tumsgänges, (vilkken stöt!), som vi först mötte varandra nyhetstans så luftigt. (Stackars lille såsiktade subsaftade Grip! Jag börjar känna förakt för honom!) Min sida, tack dedkretal, är lika säkert som modervåra hus, fortsatte han, och jag kan se från min Helga dome vad det är att vara helt förnuftig. Fackföreningsjok och att förenas till ok! Parysis, tu sais, crucyskurkar, tillhör hoom som parisar sig själv. Och där måste jag lämna dig ämne för det pressande. Jag kan bevisa detta mot dig, väg ett momentum, mein goot fiende! Eller Cospol är inte vår stjärna. Jag slår vad med dig detta udda dussin. Detta flumfattande udda dussin. *Quas primas* – men det är bittert att kompottera min kunskaps fruktsocker av Tomes.

Upplyftande, för att ge måla till hans blick, hans juvelbesatta pederekt till den allmystiga innertaket, han luckystrajkade blåeld utifrån några få skulle-bli santillanter, ett kloster av stjärnomer framför Lönner, ett lucialjus på Teresagatan och en stoppsignal framför Sophy Barratt's, han svamlade ihopsansa de odds docente av hans vellumer, gresk, letsk och russinkruxian, upp till hans bihangs upphörande, in i omfullhets ens-urgröpt, och satt omkring hans vädersäkra Han bevisade det bra som – torr påjord och torrsjuk tider, och *vremiament, tu cesses*, till Nikalus fullstädiga utplåning (Niklaus Alopysius som en gang varit Gripes popvillige nimbum) av Neuklidius och Inexagoras och Munfsen och Thumpsem, vid Orasmus och vid Amenius, vod Anakletus Juden och vid Malaky Auguren och vid Cappons kollektion och därefter, med Cheekees gelatin och Heldagskonjaks formolon, han förebrådde det heltigenom när i denna ordning inte sönderrivandes i någon annorlunda ordning, ändra tre trettio och etthundra gånger av det binomiala diorama och de peniska vägggarna och indet, Bläckspillslegender och tvivlet, rockringens regel och ändamålsenlighetens blektioner, och lagen, Pontius Pilaxs domslut och alla mumieskripts i Sjuke Bokes Skräprum och Kapitlen för Slugheten i Kapitlen om den Bedräglige Räven vid Svansen.

Mens den däringa Älksiua med pråverkan och med proprecision, falskhet och diplussat, var utfärdande ipsofactorer och tristcontras denna raskolly Gripos som han hade heltnästan avskedat i monofyskväljning hans krassliga undrställda. Men likahemsksom han hade fångat sin grundval semenoyous sarchnaktiers till combuccinate ovanpå hans utspills silipser och hans haggyägda pneumax' värkporeoozers till synerethetisera med brödbröstallvar hos hans sweepåfröämne ducose änsålängefullt hans sakel-lariers skogshuggarstuds gillade a v annan åsikt med hans somepooliums synoder och hans babskissade nepoflottigmesta fick foten från hans filiokus.

– Efter tusen yawser, O Griparen lurar mina fårskinn, yacka ska bli raka spåret till världen, oskavad piusen Älken.

– Strax därpå tusen fordom, sparade Griparen den sällskaplige, var geten av MacHammud's. din må fortfarande bli, O Älken, mera störd.

– Oss skall väljas som den förste bland de sista av Vale Hollows av kurfurstinnan, obselverade den ädle Älken, för par Elelijiacks unikum, Oss är i Vår kår och detta är vad Ruby och Roby föll för, sällhetsblomstring.

Pillren, den Nasala Tvätten (Yardly's), ArmëMannen Skuren, lika brittisk som bondstrikt och som raktsnitt som närden där brutne-bågen resenären från Nuzuland...

– Kissnödig, Griparen sappt konfunderade, skall inte ens bli den siste bland de förste, kissnödig hoppas, noär utkastad besökad av den Beslöjade Fasan. Och, tillade han,Mig äf helt beroende, se Elissabädds tredje-tredjedel, beträffande kiss andetag viktighet. Puffut!

Osiktsbar anblåsning, obeveklig fiende till social och affärsmässig framgång! (Hourihaleine) Det kunde ha blivit en lyckosam kväll men –

Och de viterupplade varandra, *canis et coluber* med det vildaste nånsin svingade sedan Tarriestinus pryglade Pissasphaltium.

– Enhorning!

– Hovdjur!

– Gomseglig!

– Uskynäbb!

Och tjurdårskap besvarade volleyball.

Nuvoletta i hennes lättkläddhet, spunnen av sexton skimmer, såg ned på dem, lutad över balustraderna och lyssnandes till alla hennes barnsliga kunde. Hur ljusnad var hon inte när Skullebygel i sitt glauberande äkte högskidor hans vandringsstav och hur hon var överstängd när Knäknoppen vid sin znurra agerandegjorde en sådan paulse av honomstjälp! Hon var ensam. Alla hennes nubiska kamrater sov med ekorrarna. Deras mivver, mrs Moonan, gick sin väg i Första kvarteret skrubbandes tillbakastegen på Nummer 28. Fuvver, att Skand, han var uppe i Norwoods sokasalong, ätandes oceaner av Väckande Fläck. Nuvolettta lyssnade när hon speglade sig, fast den himmelske ene med sin konstellatria och sina utflöden stod emellan, och hon försökte allt hon försökte att få Älken att se upp till henne (men *han* var i framkant alltför adiaforiskt framsynt) och få Gripen att höra hur blyg hon kunde vara (fast han var alltför hörbart schystematiskt hörbar beträffande *sina i linje med varandra* att lyssna på henne) men det var allt milds fuktiga ånga. Inte så mycket som hennes fejkade spegling, Nuvoluccia, kunde de blossa av sina gnäsor för sina sinnen utan att vara rädda för ödet och med klumplös nyfikenhet, varstädes konkluven med Heliogobbleus och Commodus och Enobarbarus och vadhelst den koordinale dickens de gjorde som deras papyrers fuktiga rök och bokstumpar sa. Som om detta var deras spiration! Som om deras kunde disparate hennes dronningskymning! Som om hon skulle bli tredje part att söka om sökprocesser! Hon prövade alla de älskvärda besvärliga sätt hennes fyra vindar hade lärt henne. Hon kastade sitt sfumastelliacinösa hår likt *le princesse de la Petite Bretagne* och hon avrundade sina g ulliga armar likt mrs Cornwallis-West och hon log över sig själv likt skönheten hos bilden av posen hos dottern till drottningen av Kejsaren av Irelande och hon suckade efter sig själv som vore hon född till brud åt Tristis Tristior Tristissimus. Men, söte madonine, hon må rättvist lika väl må bra ha fort sina tuenskönors värde till Florida. För Mokksen, en dogmatisk hundgalen Obeveklig, var inte muuroad och Gripen, en Dubliberusad Katalick, wis smärtsamt bortglömt.

– Jag förstår, suckade hon. Det finns menner.

Vispens fräs vid åsynen av mjukting vid vispningen av anblicken groseO arudo av en lång en i midias res: och skuggor började glida utmed stränderna, gripsång, gripsång, av skymning är du kommen skymning ska du åter bliva, och det var lika dystert som halvdager kunde bli i avfallet i alla fredliga världar. Metamnisia var allsåonome kulöroform tjocka; citherior spiane en eaulande, otaliga och tallrika.

Älken hade ett sunt ögon rätt men han kunde inte höra allt. Gripen hade kvar lätta öron ändå kunde han bara se illa. Han upphörde. Och han upphörde, tungträd och tritt, och det var båda av dems aldrigsomhelst så dunkelt. Men Moo tänkte alltjämt på undths djup som han skulle djupsinnigt komma morroksen och Gri käänte fortfarande av de skriftlärde han skulle undgå om via trappsteg han hade lyckan enoupes.

Oh, hur var det inte skymning! Från Vallee Maraia till Grasyaplaina, slummermåste eko! Ah dagg! Ah dagg! Det var så skuumt att nattens tårar började falla, först enstaka och tvåstaka, sedan trestaka och fyrstaka, slutligen I form av femstaka och sexstaka och sjustake, för de trötta ena sög upp, mens vi nu gråter med dem. *O! O! O! Par la pluie!*

Sedan nedkom där till tjudrigdels bank en kvinna av noll utseende (jag tror hon var en Svart med frossa för sina fötter) och hon samlade up phans heshet Älken motasorgligt är han var spridd och förde honom bort till hennes osynliga bostad, det är höjder, *Aquila Rapax*, för han var den heligt sakrale högtidlige och armhävningar spott av hennes boskops förkläde. Så du ser Nooksen han hade anledning som jag visste och du visste och han visste hela tiden. Och där kom ned till den hitre stranden en helviktig kvinna (fast de sager att hon var snygg, trots kylan i hennes uppmärksamhet) och, för han var lika precis som det slag till en månglares härva, hon plockade ned Gnället, rev sönder i panik autotone, i angeu från hans lem och förde bort dess saligprisningar med henne till hennes osedda hydda, det är, *De Rore Coeli*. Och så fick den stackars Gipen fel; för det är så det alltid går för en Gripen, alltid varit och alltid skall vara. Och det var aldrig så eftertänksamt för någon av dem. Och nu återstod ett enda almträd och en sten. Undersöka med pietrus, Sierra men vide. O! Ja! Och Nuvoletta, en tös.

Sedan reflekterade Nuvoletta för den sista gången i sitt lite långa liv och hon hittade på alla sina myriader av drivande sinnen i ett. Hon ställde in alla sina engagemang. Hon klättrade över ledstjärnorna; hon avgav ett barnigt molnigt skri: *Nuée! Nuée!* En lätt klänning fladdrade. Hon var borta. Och ned i floden som hade varit en ström (för ett tusen tårar hade gåt eon henne och kommit till henne och hon var stadig och slagen i dansande och hennes grumliga namn var Missislifﬁ) där föll en tår, den skönaste av alla tårar (Jag menar dessa gråtglada fabelvänner som är »angelägna» om det snygg-snygga vardaxfejs sorters saker du möter med harrodsförhoppning) ty det var en skottår. Men floden snubblade över henne då och då, skvalpande som om hennes hjärta brustit: *Why, why, why! Whe, O whe! I'se so silly to be flowing but I no canna stay!*

Inga applåder, snälla ni! Basta! Peterspennings skallerskakare ska gå kring din circulation in *diu dursus*.

Allaboy, Major, jag skall taga dina reaktioner I en annan plats efter teman. Nolan Browne, du kan nu lämna klassrummet. Joe Peters, Räv.

Då jag nu framgångsrikt förklarat för dig mina egna medfödda ransoner vilka även i min välvda hjärnas punktskatt försäkrad geniledes är en muns mer förtjänstfulla fall. Jag förnimmer symbathos för min evigt hängivne vän och halvaettbrödvaskat, Gnaccus Gnoccovitch. Älskling pärla! Älskling smallfox! Hästshow! Jag kunde älska denne man likt min egna ambo för att vara så baileyköttyxa fast han är ett hemskt kyrillarsle och jag måste slav till methodiushet. Ag vill at than skall gå och leva likt en theabild ansvarig för nattbrigaden på Tristan da Cunha, manöverbord ön, där han blir Nummer 106 och nästan oåtkomlig. (Mötet med mahoganier, vare det vågor, rementierar mig att denna synliga åsyn trots att det trånar efter ett eget paraply och behöver ett skyddsbälte av den sanna servicesorten för att hålla sina krypin rena, – de gråtande bokträden, Picea och Tillia, befinner sig I ett vilt tillstånd om det – borde hemligstämplas, som Cricketbutt Willowm och hans båda nordiska barnomsorgsmän rådgivare föreslog under genus Outömlig när vi återflöt på all denna smörnött, sött tuggummi och manna ask rödcetera vilket är så purvulent där som om det fanns huggtorn i Curraghchasa som skulle se lika jämn ut som en lodgepole tall för vem som helst tills vi introduceras till den där talltacota hos Verney Rubeus där himalajacedern är pinkterad för oss I en ren ställning, som vinte tvivlar på ha har en livsmiljö för att verka, men utan dessa självsående fröplantor som är en typ av bevis att den störste individuelle kan förekomma på eller i en olivtion såsom East Conna Hillock där det blandas med dumhet acaciaträd och vanliga utfall och *är* ljuv) *Vux Populus* som vi säger i hickory-hockery och jag önskar att vi hade lite fler glas med arbor vitae. Varför rottna på vägkanten eller resa borst över alun pott? Ålderman Vitbäver är dakyo. Han brukade gå sin väg till omväxling vad beträffar idéer och han hade en värld av saker att se tillbaka på. Agera, käre Daniel! Vore jag inte en svenson imig själv skulle jag ha utsett mig själv att bli hans delfin i vildbölja för att han är en sådan ett barfotat suddgummi med mina supersockor draget över sitt ansikte som jag publikerade i min bästa bakgård för lyckliggörandet av sideromiter och till stjärnornas ironi. Du kommer säga att det är mest oengelskt och jag ska hoppas höra att du inte har fel om det. Men jag känner mig fortsättningsvis en aning hes i mina sanningar.

Vill du vara så vänlig och komma över och låta oss meramer murgessigt till och vars och ens där nere våra laster. Jag är underhörd av billaust. Wilsisk är full med kurkar. Kallkäglan är Philip deblinit. Mr Wist är därborta bakom villintehadet. Wilsh och wiste är lika tjocka av tunnhet juver som faust på dibliniten. Sgunoshooto estas preter la tapizo malgranda. Lilegas al si en sia chambro. Kelkefoje funcktas, kelkefoje srumpas Shultroj. Houdian Kiel vi fartas, mia nigra sinjoro? Och från skojpunkten där jag skriker för att anlända dig vid de äro alltföre lika sinnessvagsint som du kan känna de äro fabelförmögna.

Mina lyssnare kommer att rygga med stort nöje hurudom vid utbrottet före överträdelsen avseende rumsfrågan där även michelangelinjer har lurat att bäva bevisade jag för egetsinne vad beträffar din satisfiction hur hans elände rakt igenom (*diuquickquid* i Professor Ciondolones alltför frekvent hypnotiserade *Bettlermensch*) är inte så mycket mer än en ren kontantkrona hur vänlig han än må önska förvår del, om vi vill (jag tilltalar oss i tredje person), för till detta graderade inteläcktuella kronor är kontant och kontantsystemet (du kan inte tillåtas glömma bort att etta är allting inneslutet, jag menar systemet, i origens hundmärken på falskhet) betyder att jag inte kan nu ha eller inte ha ett stycke kvitter i din ficka samtidigt och med samma maner som du nu kan ickehalvt eller halva kinden perstycke jag har i åtanke om inte Burrus och Caseous inte har och har inte simultant slösgjort sig själva, säljdyr till sålddär, en gang i mejeridagar av köpa och köpa.

Burrus, låt oss liksom tänka oss, är en genuin främste, det verkliga valet, full av naturlig grace, det mildaste mjölkämne ändå oslagbar som risicide och, naturligtvis, föråldrat oförskämd varpå Caseous omvänt är honom omvärderad och i själva verket icke ett idealiskt val på något målsätt, fast den bättre mannen av de två är smältvist hemfallen åt den mer flyktiga sidan av det ankomstiga fallet och, låt mig genast saga det, lika nitisk över honom som han är försvarligt. Seemsamme hemmet och histria söker och gömmynt som bvi brukade läsa för före våran skärseld, hett, hot, Schott? tills Duddy höll kunden käft och Mutti, stackars Mutti! Serverade oss vår ynka kvällssoppa, (ah vem! eh hur!) i Acetius och Oleosus och Sellius Volatilis och Petrus Papricus! Vårt gamla parti ganska enat kring Spjälskålen vid Underhuset: självaste Pastor Salamossdet där sproget hos en Pedersill och dennes timjankvist och ett dussin av de irländska potatisblommor och en poäng och mera av de heta unga Capels och Lettucia i hennes gröna ärmar och du med och mig tre, tvillingsiga haklappar men stiliga brasor, likt Shakespill och ägg! Men det finns mången kluven ursäkt baka och kaka; och (snobb skruvar den där korken Schott!) att fatta detta lika väl som du kan, känna hur bakom du är i dina ner-på-marken bänkar, jag har fullbordat följande arrangemang för den cyniska användningen av pallar och om jag inte klarar av dig är jag bortom Caesar utnullatanvänd.

De äldre systrarna (Tyranner, kungamord är för gott för dig!) blir outhärdliga av ålder, (kompositören av farsen om ödesdamm gör emellertid ett thunpledrummigt misstag genom att släppa av denna pianobrakskitseffekt som sin första gärning som detta är där baren kommer in) efter ha blivit liksom nioknivad och tuggandes avförd (denne soldat – författare – slagman för all hans vanligatoryism är bara en annnan av dessa mjukgripna bubblor som aldrig riktigt fått sandhurst ur sina ögon så att den champagne han drar för oss ärmycket flopp som ett plankrieg) tvillingfriar typer är affischerade för att göra deras återkomst som visste kneck och kniv knickknutar på det övergivna *champ de bouteilles*. (En helt flyktig läsning in i den Persisk-Uralienska hostorien visa ross hur Fonnumagula plockade upp den rktiga gudomen ufr en kollektion med prifixer fastän till den permientande kanförsäkra den Koukasianska avkomman till denna sol av en kuk är lika siden som det är en tub i Tobolosk) *Ostiak della Vogul Marina!* Men att jag dannoyar det hänsynslösas faktum till krigshögskolan kunde jag måla dig till detta smör (osta det!) om du hade en del tvätt. Mordvealive! Oh mig inget onsens! Därför är fallet lika obevekligt och omögligt som kezom händer! Deras interlokativ är konprovokativ precis som varje töcknig hatar att ha en hazbane i sin näsa. Caseous må betänka sig en tanke om en brännvinsadvokat men Burrus hade det räckviddst rundade huvet som passar bäst till tanketänkande defensive fidesm. Han har den avsaknad av visdom under varenda buckla i hans lofter medan den andre följer onni vestra mjölkiga verkligenåhåh. Skrattandes åt linnuterna och gråtandes bort baksidan. Han har int' hallået og han är inte örat, poohoo. Och varje natt sim missar mand han blinkar hade han semagenet. Det var lämpligt och korrigikt fastställt (och, det är till exempel kungligt onödigt *ex ungue Leonem* att säga av vem) att hans synpunktsslöjd var den klarhet som var Poutresbourgs hela valkrets att bli snöskredad över honom pitchbatch kunde han fortfarande urskilja med sin augstritch den gröna vallgraven i Irlands Öga. Låt mig sälja dig Burrus fulla trav när han va en ung man. Här är det, och därtill chromandes, i sex vid sjuor! Vid gudarna, en renlig linje! En kung ur tjänst och en käke för alltid! Och vilken munter mogen utblick, guud hjälpe mej Deus v Deus! Om jag skulle talamitt ohål munfull till arinam om det du skulle kalla mig den ormuzd födoämne i din mitt uppe i faime. Ät upp dig, värm upp dej! Sjunger summon i salmen. *Butyrum et mel comedet ut sciat reprobare malum et eligere bonum.* Detta, naturligtvis, förklarar också varför vi fick lära oss att leka i barndomen: *Der Haensli ist ern Butterbrot, mein Butterbrot! Und Koebi iss dein Schtinkenkot! Ja! Ja! Ja!*

I själva verket är detta, bara för att visa dig, Caseous, brudersskäktingen eller ren tyron: ett hål eller två, de höga stankernas framåt och nångång snattande drakar. Ostusch! Klagar du. Och Hö Hö Hög måste säga du har Hoa Hoa Hoally fel!

Sålunda kan vi inte undfly våra gillanden och ogillanden, exiler eller bakhållare, tiggare och granne och – detta är där slanten – visa annonsörerna I förväg den temporala lättnaden – låt oss vara toleranta mot antipatier. *Nex quovis burro num fit mercaseus?* Jag ger inte härmed mitt slutliga godkännnande åt de lärda okunniga om Cusanus filsofism 8 vilken gamle Nicholas laser ned de tatt ju smartare toppens snurr desto ljudliggare rumpans omfång (vad den den värdige gamle auberginisten borde ha menat var: ju mera stolitt orörlig *in space* förefaller mig den botten som presenteras för oss i tid av den topp primo-mobiliska &c.). Och ska jag bli missförstörd om förstådd att ge ett ovillkorligt sinequam till Nolanus teoriens hjälteiserade ilskeryck, eller, i alla fall, om bortsett från hans teori om det där skiktet där Theophil svor att han i huvudsak var sitt odiöses startpunkt vid jämförelse och att medan äg skall falla billigare över hela det muromgärdade ska Buret bli dyr beträffande Briet.

Nu, medans jag inte är ute nu att bli upptagen som oavsiktligen rekommenderande Silkebjorgen tyrondynamon maskinen för den mera ekonomiska helixtrolysen av dessa ambodiapater tills jag kan finna utrymme att se in i mig själv en smula närmare ska jag gå på med mina beslut efter att ha visat dig i god tid hur båda produkterna av vår sociala matlust (den utmärkte dr Burroman, lade jag i förbigående märke till av hans förbättrade mat teori, har omsorgsfullt smällt den mycket nyttiga kritik jag hjälpte honom till min främsta edition som är allt så mums idissling) är ömsetidigt polariserad inkompatabilitet av vilket som helst förvirrat agerande som ambivalent till fixerigen av hans pivotering. Poserande, som ovan, alltför mänliga pooler, den ene målaren av den andre och kortspelet omber *Skotian* av den ene, och ser sig villigt omkring vår odistribuerade mitt mellan män vi känner vi sorgligt måste öska en kvinna att fokusera och på denna scen där uppträder behagligt snäcktösen M. som vi ofta ska möta här nedan som introducdrar sig för oss vid något pfrecist timslag som igen ska komma överens om att kalla absolut noll eller platinismens pladdrande pumpt. Ochs å likt den där tidigare sonen till en kish som steg upp och ut för att finna sin bondes aska vi kom hem försiktigt på våra egna helomvända åsnor för att möta Margareen.

Nu stojar vi igenom en period av ren lyrik av skamskapad musik (teknologiskt, låt mej säja, detta subjekts aptitretande inträde på en lurad låda av flaskor är plumpt pudding korp före doevre hors) bestyrkt med sådana ord i nöd som *I cream for thee, Sweet Margareen*, och den mer hoppfulla *O Margareena! O Margareena! Still in the bowl is left a lump of gold!* (Korrespondenter, apropås, kommer fortsätta nfråga mig vad är korrekt garnering att server med blodpudding. Sås på Renfana. e Nog). Det pantlånande patos hos den första av dessa usla bitar avslöjar det som en Caseous ansträngning. Burrus bit är ofta använd till ett rostat bröd. Krinikultur kan säga oss mycket precist helt enkelt hur och varför just denna strimma av gult silver först framträdde på (inte i) skålen, det är att se, demt mänskliga huvet, kalt, svart, brons, brunt, tigrerat, rödbettig eller blanchemangad där det användbart må jämföras med en tvestjärt på en full botten. Jag erbjuder Signorina Cuticura detta och jag avser att ta upp och bringa det till Herr Harlenes kännedom genom att avleda hans uppmärksamhet. Naturligtvis fortsätter den okunnige sångaren att förvränga våra kunnigare öron genom att underordna rymd-elementet, det vill säga att sjunga, *arian*, till tids-faktorn, som borde dödas, *ill tempor*. Jag skulle råda varje ofödd sångare som fortfarande kan finnas bland mina lyssnare att glömma hennes temporala diafragma hemmavid (det bästa som kunde hända detta!) och attackera rouladen med en snabb *colpo di glottide* till luget) (fast Maace vill jag insisitera var bakåtfälld frånatt överdriva detta, hans tillfrisknande går ofta långsamt) och sedan, O! på det tredje döda slaget, O! att stänga hennes ögon och öppna hennes ed och se vad slags krydda jag kan tänkas sända henne. Hur? Tystna dig, sångerska! I fain would be solo. Vakna du, min tappre! Och spar för alltid min sanna Bdur!

Jag ska säga ett ord om några få meter om akustik och orkidektural förvaltning av tonhallen men, eftersom vårt är olika där en plantas breaf är en lunger planerares byscent och du inte bryr dig om argon, bird et mycket lägligt för mig för arvodet att efterfölja Burrus och Caseous för ett eller två steg upp deras oscillerande biangel. Varje beundrare har sett min gulasch av Marje (hon är så lik systern, du kan inte skilja dem, och de klär sig båda L I K A D A N T !) som jag kallat *The Very Picture of a Needlesswoman* som jag i närvaro utsmyckar vår nationella flaskmonter. Denna genre av portraiter om sinnesförändringtr i avsikt att bli sann torso skulle väcka kvinnors busksjäl så jag lämnar det åt den erfarna offret att avsluta det allmänna förslaget genom det mentala tillägget om ett dängigt bound eller, om den zulugikalla zeloten föredrr det, en kongorol kricka. Hattaskarna som som utgjorde Rhomba, lady Trabezond (Marge i sin himmel), omfattade också klimaktogrammet upp som B och C gärna må bli inbillade stigande och antyder gentlemäns vårmoden, dessa moden för oss tillbaka till de överlagrade lerskikt av eocen och pleastoseen formation och de gradvisa morfologiska förändringarna i vår kropppolitik som Professor Ebahi-Ahuri av Philadespoinis (Ill) – vars blåbutterbyst jag just har hans coupe de grass till – nätta namn *a boîte à surprises*. Askarna, om jag får bryta ämnet varsamt, är värda omrking fyra pence per ask men jag uppfinner en mera patent process, idiotsäker och lirkperfekt (Jag skulle vilja fråga den där Shedlock Homs personen som är ute för att ta bort taken från våra kriminalklassikeer genom vad *deductio ad domunum* he hopes *de tacto* att detektera någonting om han inte råkar av sig själv, *a movibile tectu*, att ha en skiva av) varefter de kan reduceras till ett fragment av deras sanna skorpa av även den yngsta av Margeer om hon vill ta plats att sitta och smila om jag passar.

Nu kan det inte vara frågan om annat än att jag har gjort så mycket, har fått ett ganska bra grepp om storleken på den den där demilitära unga damen (vi fortsätter att kalla henne Marge) vars typer kan mötasi vilken offentlig park som helst, bärandes en mycket »klädd» historia, känd som en »ethel» en fotvalvs längd och med riktig päls, reducerad till 3/9, och muffinslock att tona (de är »änglahud» denna host, uppseendeväckande hummande ursäktandes beträffande skjortheten hos visa »ljuva» plagg, när hon inte sitter på alla de fria bänkarna ivrigt läsande om »det» men tydligen på utkik efter »honom» eller så »hänförd» över den bäst klädda dockvagnen vacker armbågstävling eller att svälja snyft på bio och blåsa bixade biskuiter över »barn» kaplans »senaste» eller på gränsen till rännan med en del bobbat hår kortrockade babymammas parvel (Smythe-Smythes håller nu TVÅ inhemska och eftersträvar TRE manliga ena, en knuffare, en langare och en sekterare) hållen som gissland på armlängds avstånd, undervisande Hans Omyndige Majestät hur man förvärrar vatten.

(Jag iakttar på när håll Master Pules, då jag har regioner att misstänka från min post att hennes »lille man» är en gymnasieskolelärare under skolstyrelserna, en röstad lärjunge av Infantulus som sålunda används offentligt av *seducente infanta* för att dölja hennes egna mer maskulösa personlighet via flaggande flärdfull finstass över mäns insides kläder, denna tota muliers feminitet kommer alltid att sakna ett verumvirums muskulänk. Mina lösningar för den lämpliga förlosningen av matres och utbildningen av mikturiösa krabater måste stå över från ögonblicket tills jag tacklar denna ticklingslampa för hon ockuperar mina uttentioner.)

Margareena hon är mycket glad i Burrus men, alick och alack! Hon myche gla i chee. (Betydelsen av påverkan utövad på allting av denna ostasiatiska import har inte förrän nu full tut smaksatt fast vi kan bekvämt avsmaka deti detta fall. Jag ska komma tillbaka för att säga lite mer längre fram.) Kleopatrisk i sig själv komplicerade on omedelbart positionen medan Burrus och Caseous förfäktade deför hennes missterium genom att dra in henne med en svårfångad Antonius, en spaghetti som skulle dyka för att karma ett personligt intresse i förfinad ost av alla sorter samtidigt som han vaggade en antominsk konst att vara oförskämd som en tölp. Denna Antonius-Burrus-Caseous grupptriad kan sägas motsvara *quails* med det äldre så kallade *talis* på *talis* en blott lika kvantitativ som i den hyperkemiska ekonomantarkin de tantum rgoner som irruminerar kvantumbehovet så att äggen är till messmör som vassal är till zeed likt ditt golfbarns abe boob caddy. Och detta är varför som en enkel filodolfus tok du gillar att klä dig, en athemhishudad lågstadsbo, kryssbenad phatrisikt, han och fruktsamtmå bli hemskt grön på sin ena sida och fruktsamt blå på den andra vilket emellertid inte vill avskärma honom från att vädja till mina tafssökande ögon, genom min akropols starka fäste likt en förstärkt jäkla uppblåst bölande blasforisk blesforisk idiot som inte kan skilja en bomb från en annanas när han stjäl en och vill inte psjunga sin psalm med kongen i våra gregationella pomponger med den skenheliga besättningen.

Nej! Mastsjöman till din Tarpeia! Detta ting, Mister Abby, är nefand. (Och, om tar bort saltgrejer och alkalika prylar, Jag hoppas vi kan slå ihjäl tid för attt nå saltet för att det är en del hårt glas neutrik tillgångar som bittrar i säljtennet för dig att fylla din stuvning i). Den dundrande legionen hade stormat Olymp att det sluta. Tolv tavlor tider tills nu har jag förordnat det. Merus Genius till Careous aseous! *Moriture, te salutat!* Min phemous themis är körd, så tillåt Demokrati ta det högsta. (Abraham Tripier. Dessa gamla diligenser är föråldrade. Läs nästa svar). Jag ska slå dig so lon. (Stortempererad. Varför inte skrida till direct handling. Se tidigare svar.) Mitt oföränderliga Ord är heligt. Ordet är min Maka, att exponsa och förklara, att sälja och att svälla, och må storspovarna kröna våra bröllop! Till andetag skiljer oss åt! Vamen. Aka så du inte ändras med mina år. Förbli lika ungdom som din mormor! Ringmannen i fel butik men ritorden i rotordning! *Ubi lingua nuncupassit, ibi fas! Adversus hostem semper sac!* Så att hon inte ska känna min fullmåne låt henne skala till dig som pojkflickan och den näsvise! Den mon som inte har nånmoses i sin sole eller inte är imponerad av erövringar av ords lag, som aldrig med honom själv var matad och lämnar sin jord att tvätta sitt huvud, när hans hopp i hans lågahöjd från vispande hans ve, om hank om till min predikan, en stolt börsbruten skogsvaktare, när himlarna framväller trotset av deras sprut, för att beddja om en tuggai vår bark *Noisdanger*, skulle mejsjelv och Mac Jeffet, four-in-hand, fota ut honom? – ah! – vore han min egen bröstbroder, min dubblade med kärlek och mitt singelpatiska hat, vore vi födda av samma eld och signerade med samma salt, hade vi tappat från samma mästare och stulit ur samma kassa, vore vi stoppapde I den enda sängen och bitna av den enda loppan, homogallant och hemycapnoise, luffare och dingo, jack av drummel, fast det krossade mitt hjärta att bedja det, jag skulle alltjämt frukta jag skulle hata att säga!

12. *Sacer esto?*

Svar: *Semus sumus!*

Shem är lika kort för Shemus som Jem är skämtsamt för Jacob. Några få råskinn finns ännu attfåtagi som låtsas att han aboriginalt var av respektabel stam (han var ett utlägg mellan grenarna från Ragonar Blåhulling och Horrid Hårvriden och en svärson till kaptenen, ärevördige och pastorn mr Bbyrdwood de Trop Blogg var bland hans mest avlägsna i släkten) men i ärlighetens namn man i landet i dagens utrymme vete att hans bakliv inte klarar att bli nedskrivet i svart på vitt. Genom att slå ihop sanning och osanning kanske ett skott kan lossas mot vad denna hybrid i verkligheten såg ut att likna.

Det tycks som att Shems kroppsliga utstyrsel, inklusive en skalles yxa, en åttondels lärköga, en välbehållen näsa, en domnad arm i rockärmen, fyrtiotvå hårstrån från hans okrön, aderton till hans låtsläpp, en trio av karpfiskar från hans megageg haka (såningsmans son), den vrånga axeln högre än den högra, idel öra, en konstgjord tunga med en naturlig slinga, inte en fot att stå på, en handfull med tummar, en blind mage, ett dövt hjärta, en lös lever, två femtedelar av två skinkor, en flytnings avoirdupoider för honom, en all ondskas manrot, en laxkelters tunnskinn, ålablod i hans kalla tår, en tristslutad urinblåsa, så mycket så att unge Herr Shemmy på sin allra första orgie vid protohistoriens självaste gryning såg sig själv si och så, när som spelandes med tistelord i deras trädgårds plantskola, Griefotrofio, vid Phig Streat III Shuvlin, Old Hoeland, (skulle återvända dit nu efter ljud, piller och känsla? skulle vi nu för annas och annas? skulle vi för fullt partitur och en liretta? för tolv block ett flöte? för fyra testare ett gryn? inte för en dinar! inte för dej!) dikterad till av alla hans små brodren och sweestureens universums första gåta: frågandes, när är en man inte en man?: sägandes dem att ta tid på sig, yungfries, och vänta tills tid stannar (för från den första hans dag var det en fjortondagare) och erbjudandes en bitterljuv krabbas pris, en liten gåva från det förflutna, för deras kopparålder var ännu omyntad, till vinnaren. En sade när himlarna är kväkare, en annan sade när Bohemeoch läppar. en tredje sade när han, nej, när höll hårt en momang, när han är en gnagsticka och beslatsam att, sade nästa när dödens ängel sparkar livets hink, säger ännu en annan när vinets vid vitsslutet, och ännu en annan när förtjusande kviinna förnedrar sig att konka honom, en av de småttigaste sade mej, mej, Sem, när pappa paparerade hamnen, en av de kvickaste sade, när han janejade er abblobookon och han zmorde zigsjelv zp zkakad, ännu en sade när du är gammal är jag grå fäld fullt vi sömn, och ännu en annan når vi døde vågner og en annan när han just bara har blivit halvlimmad, en annan när ni, han har inga mananas, och en när dessa svin de börjar nu att de vill flyga upp intill loftet. Allt var fel, så Shem själv, doktatorn, tog kakan, den korrekta lösningen var – alla gav upp? –; när han är en – eder tills klipporna spräcks, – Sham.

Shem var en skam och en låg skam och hans bluffs låghet kröp först ut via livsmedel. Han var så låg att han föredrog Gibsens tedags salmon på burk, lika okostlig som tilltalande, framför den fetaste romstinna lax eller den färskaste unglax eller laxforell som någonsin spetsats mellan Leixlip och Island Bridge och mycken var den tid han upprepade i sin buteljism att ingen djungelodlad ananas någonsin smackade som de bamsingar du skakade ut ur Ananias burkar, Findlater och Gladstone's, Corner House, Englend. Inget av era centimetertjocka blåblodiga rånarluvsgrillad-på-tros-stakar eller juicegelé ben av Grexs flytande fårkött eller flottigbroskigt grymtares kuponger eller skivad på skiva av saftig gåsmage med klump efter lass med plumpuddings fyllning alltsammans simmandes i ett träsk av bogekssky för den där grekhjärtade juden! Rostbiff från Gamla Zealand! han kunde inte röra det! Se vad som händer när din sematofag triton tar sin nyck till vår jungfruätande svan? Han till och med sprang iväg med honsjälv och blev en långtbortare, sägandes att han långt hellre vimsade genom Europas röra av linser än fingrade på Irlands kluvna lilla ärta. En gång bland de där rebellerna i ett tillstånd av hopplöst hopplös berusning strävade fiskätaren efter att lyfta en czittronrunt skal till endera näsborren, hickandes, tydligtvis impromptuerad av den hibat han hade med sitt glottala stopp, så att han hanrejt blomriskt för alltid av doften, såsom czitrron, liksom kcedron, likt en scedar, av köllor, på berg, med citron på, från Libanon. O! hans låghet var under allt upp tills detta sjönk till! Inget omtycktavtyckt eldvatten eller förstserverat förstaskott eller halsbränt gin eller hederligt brygdbarettad bira heller. O kära nej! Istället snyftade den tragiske gycklaren sig själv vassleklagande trött på livet på någon sorts rabarberartad mandarin yella – grön funkelblå windigut diodöende äppeljackscider pressad från sur grapfrukt och, att höra honom mellan sina sedimentala bröstkupor när han överbryggat ned aaaaldeles för mmmmånga kalebasar av det borthulande till nästsom lika låga medvillare, vilka alltid visste oaktat nä de hade haft tillräckligt och voro med rätta indignerade på kräkets gästfrihet när de till sin fasa fann att de inte kunde ta ännu en droppe, det kom direkt från det nobla vita fettet, jo, öppenvidd, jo jo, hennes varför gömde detta, jo jo jo, vinfatet, av det mest serena magyansty som ärkediososta, om hon är en anka, hon är en dusch, och när hon har en Magyar Fehér Bor snorigt hennes fel. är det så nu? konstfastnaduppåt, lustigt att du grinar åt, tycker dig redan vara inne i henne, Fanny Urinia.

Är inte det fint, hej? Peamengro! Snacka om låghet! Vilken hund som helsts kvantitet beträffande dess synliga utsöndring tjockt från denna smutsiga lilla svartmålade skalbagge för själva den fjärde knäpp Tulloch-Skitochspy flickan som med sitt kallblodiga kodaks skjut betraktar resultatet det som ännu oavlönad nationell avfälling, som var fegt pistol- och kameraskygg, och tog det han förtjust trodde var en genväg till Caer Fere, Soak Amerigas, via båtångaren *Pridewin*, efter att ha begravt en yxa inte så långt dessförinnan, med fel gods exeunt, nummer desh att tåg, in i Patatapapaveris, fruktodlare och musikaliska florister, mecd sin *Ciaho, chavi! Sat shin, shillipen?* hon såg direkt på hans gång att synden ut ur fängelset var en usel snabb man.

[Johns är en annorlunda slaktares. Hälsa på honom nästa gång du kommer upp till stan. Eller bättre upp, kom och köp. Du skulle gilla boskapsskötarnas vårkött. John är nujmera ganska skild från bakning. Gödning, dödar, flår, hänger drar, styckning och stycken. Känn hans lamm! Ex! Känn hur billigt får! Exex! Hans lever är också högt värderad, en spatialitet! Exexexl KOMMUNICERAD.]

Vid denna tid, meröver, en generellt, för luvvomony hoppades eller i varje fall misstänktes bland begravningsentrepenörer att han skulle tidigt visa sig utvecklas illa, frambringa ärftlig lung TBC och för honom själv åstadkomma en snobbig tid, nej, en överhopad natts övertäckta fordringsägare, hörande skrovlig sång från Eden Quay, suckad och förlängd, säkert var allt upp, men, fast han föll tungt och lokalt skuldsatt, inte ens då kunde en sådan antinom inte vara som förväntas. Han skulle inte sätta eld på sin storhjärna; han skulle inte kasta sig i Liffey; han skulle inte explådera sig med pneumatik; han vägrade att lussekatta sig med en grästorva. Med främlingsdjävulens ledighet lurade den rädde bedragaren även död. *Anzi*, kablade (men skakandes värdet ut ur sin maulth: Guardacosta leporello? Szasas Kraicz!) från hans Närapublikanska asylum till hans jonathan till brorsa: Här tokay, borta imorr'n, vi är spluchade, gör nånting, Eldfri. Och hade svar: Obekvämt, David.

Ni förstår, grabbar, det ska droppa ut, missfostligt förståss, men dets kalkontupp och korthet är: han var låg i sitt bardiska minne. Hela tiden höll han på och uppskattade med rättvis tillfredsställelse var och varenda smula skitprat, lysten på sin grannes ord, och om nånsin, under en Munda conversazione engagerad i nationens intresse, delikata stolor kastades ut till honom av några välgångsönskare, som snuddade vid hans onda sätt, fåfängt pläderande med bibliska atrgument med den anstötlige papisten om att försöka stödja sakens ungar, svansviftare, och bli en män istället för en jäkla tiggare, krossa alltsammans, såsom: Jag ber, vad betyder sussig, beträffande det där kontinentala uttrycket, om du nånsin kommer på en stjärna av första magnituden i Södra Korset, vi tror att det är ett ord transparent påminner om *canaille?*: eller: Råkade du någonstans, kennel, på dina godtrogna resor eller under ditt lantliga trubadurande, snubbla över en viss gladlynt ung adelsman med det jämrande namnet Low Swine, som alltid tilltalade kvinnor utifrån mungipan, lever på lån och är förstuletfri av din ålder? utan en suck av brådska likt den förstklassige narr han var, och inte ett dugg ledsen, han kunde grimasera en ledig landkrabbas ansikte, rot med earwakers pensile i det yttre av hans tjuvlyssnare och sedan, läspande, pladderpastejens parnella, för att slå ihjäl tid, och smällandes hans dödsbästa att tänka vad under Jansens Chrests sänghimlar skulle någon anständig son till en Albiogengsleman som had varit till ett universitetstänk, låt ett lån andas en aning och börja berätta hela intelligentian antagen till det där tamilenkla samtaliska conclamazzione (eftersom, fortfarande och desförinnan läkarna, juristhandlare, klocktorns polliitiiker, agrikolösa tillverkningsskojare, Den Rena Floden Sällskapets sakrestinor, filantropickrar, härbärgerande på så många inackorderingsställen kring panestetiken samtidigt som möjligt) hela det långa livet swrine historia om hans hela låg kråktillvaro, smädande sina avlidna förfäder varhelst gräsmattan låg och tarabangande ett ögonblick stora blundervapen (puh!) beträffande hans vittberömda fina Poppamporevallmo, mr Humhum, som historien, klimat och underhållning gjorde det första av hans klan och alltid skuldsatt, fast Eavens öron oj många böter han står inför, och ett annat ögonblick visanvrerssas, hukande sig tre hånskratt (pah!) för hans ruttna lilla ärtingsäcks spöke, mr Himmyshimmy, en främling, en nedrökt, en hoprafsad, en spurdlande, ett mähä, den smutsige sjunde bland tjuvar och alltid botten sawyer, tills inga visste hur vardagligt vardagshus kan vara, under förutsättning av oombett vittnesmål på den frånvarandes uppdrag, lika hal som tjuv lyssnare för dessa som presenterar (som under tiden, med växande brist på intresse i sin semantik, tillät olika undermedvetna smickrare att långsamt efterlysa över deras arkiveringar), omedvetet förklarande, till extempel, med petantiskhet gränsande till vansinne, de varierande betydelserna hos alla dessa olika främlingsdelar i språket han missbrukade och bläckfiskande varenda lögn oskrynkbar om alla de andra folken i historien, utelämnande, naturligtvis, förmedvetet, den enkla worf och plåga och giftet som de ställt honom mot väggen om tills det inte fanns en snoozer bland dem men var ytterst obeslutsamma i hälarna och delarna på svamlets recitation.

Han gick utan att saga att utgallringen ogillade vad helst hur som helst som närmade sig en ren entydig stå upp eller bedövande bråk och, lika ofta som han kallades in för att döma vilket åttahörnigt argument som helst bland häcklare, det åstadkomna spolningen brukade alltid kråma sig med den siste talaren och trycka skakare (et handslag som är tal utan ord) och hålla med om varenda ord så snart som det halvt uttalats, befall mig, er tjänare, god, jag vördar er, hur, min proget? dricka detta! heltr sant, gratias, jag är som vanligt, se vad jag hör?, också goods, gläds det, mig säker? fyller detta!, quiso, du sade det, apasfello, muchas gräsyass, skjuts-det-på-mej?, deras vitlökning-på-dej? för ditt goda själv, ditt svavel och sedan gednast fokuseras hans hela obalanserade uppmärksamhet på nästa ärkefiende som lyhckats fånga en lyssnares öga, frågandes och bönfallandes honom utifrån sitt patetiska engångsblink, (*hemoptysia diadumenos*) huruvida det fans någonting I världen han kunde göra för att tillfredsställa sig och överflöda hans rammelfrestelser åt honom ännu en gång.

En hagelkanon natt (för hans avfärd uppmärksammades av ett häftigt störtregn) lika mycket nyligen som för några tusen regn sedan behandlades han därför med vad som nära nog påminde om parsonligt våld, blev intet ont anandes soggertad genom den övergivna byn Tumblin-on-the-Leafy från mr Vanhomrighs hus vid 81 bis Mabbot's Mall så långt som Green Patch bortom Salmon Pools tegelfält av rivaliserande team av slöfrågare i motsats till osläcktkalkare, som slutligen, hade de liksom Rahilly blivit ganska så uthindrade tkiest, tänkt, bisiniss drabbar bisiniss, de skulle i stället ha streakat hem efter sina Auborne-till-Auborne, med tack för en trevlig kväll, var och en äcklat, i stället för att ha ruggat hoonom tillbaka, och vakna, försonade (fast de var lika svartsjuka som kunna bli bänglar beträffande alla de tryfflar som de låtit komma över honom) till en vänskap, stark och rasande, som endast uppstod ur den skadlige pervertens perfekta låghet. Åter fanns det ett hopp att folk, som såg på honom med den föraktandes förakt, efter att först ha rullat honom i skiten, tyckte synd om och förlät honom, om han avlusats ordentligt, men plebejen var född quicklowbo och sjön ned tills han stank ur synhåll.

Alla helgon slog Belia! Mickil Goals till Nichil! Ejmöjligt! Redan?

I Ingenstans har ännu Hela Världen tagit del av honom själv för hans hustru;
Vid Ingenstans har Uslaföräldrarblibviot dömda till maskar, blod och åska för Liv
Ännu har inte kejsen från Korsika tvingat Arth ur ut från Engleterre;
Ännu har inte Sachsen och jyderna fört krig på ett ords hög;
Ännu har inte hennes häxhäxighet satt eld på hans hed alltsedan Hoath;
Ännu inte hans regnbåge förebådat fredsfred under ed;
Klövhov från Hrmpal måste tumpla, klanderdum trädgårdsmästare ska falla;
Knäckta Ägg ska följa upp bitna äpplen för där som deras är vilja finns hans vägg;
Men Mountstillet rynkar pannan åt Millstreamet men deras Madsons läppjar sin bira.
Och hennes rillstrilllyfter till hans murkesty allt hennes knasiga döttrar skrattar i hennes öra.
Till de fyra stränderna av deff Toty Island låt de tolv dumma irlandswhiggarna gyckla! Hirp! Hirp! för deras missade förståelser! their Missed Understandings! kvittra Baladen om Perce-Oreille.

O fortunous casualitas! Lefty tar änglakakan medan Rights klyver sin hov. Darkies har aldrig släpat ut denna neger för att spela icke-exkretoriska, misoxenetiska, gasrena, kött och blod spel, skrivna och komponerade och sjungna och dansade av Niscemus Nemon, samma som svarta piccaninny-ungar spelarf hela dagen, dessa gamla (ingen av er sötungar och suddgummi!) spel för skoj och miljös skull vi brukade spela med Dina och gamle Joe som sparkade henne baktill och framtill och den gula flickan sparkade honom bakom gamle Joe, spel som *Dum Dum Dundermannen Kör upp vinden i skalaren, Hatten i ringen, Fängsla dina pritchardar och spela mankarnas team, Mikel på Lyckliga Svinet, Nickel i springan, Sheila Harfbett och hennes ko, Adam och Ell, Humble Bumble, Moggie på väggen, Tvåor och treor, Amerikanskt hopp, Räv, kom ut ur din klya, Brutna buteljer, Skriv ett brev till Punch, Tipptopp är en godisbutik, Henressy Crump utvisad, Brevbäraren knacka, Är vi rättvist representerade?, Solomon Silent läser, Äppelträd björnsten, Jag känner en tvätterska, Sjukhus, Medan jag vandrade, Det finns enens hus i drömfärger, Slaget vid Waterloo, Färger, ÖÄgg i busken, Sybehörsinnehavare, Berätta drömmar för dig, Vad är klockan, Tupplur, Doppa mammy, Sista man som står upp, Heali Baboon och Forky Theagues, Fickleyes och Futilears, Bara handgift en gång i mitt liv och jag ska aldrig begå denna synd igen, Zip Cooney godis, Kalkon i hamen, Det är så här vi sår säden under en lång och lustfylld morgon Hopp om roligt vid Milikens fabrik, Jag sett tandborsten hos Pat Farrel, Här är fettet som ska pryda prästens stövlar, När hans ånga var som en Raimbrandt kring Mac Garvey.*

Nu är det ökänt beryktat hur det den där förvånansvärt knölpåkiga Enighetssöndagen när den stora germogalla stjärnspäckade attacken var den brådstartade ilskan mellan våra extraordinära wellingtomar och våra snyggtjocka marseljästa och iriska ögon av välkomst som log dolkar utmed deras ryggar, när roten, svagheten och blusen mötte noir blank och smink och det grymma vita och kalla slog vad om de svarta stridande bruna, kategoriskt oimperativerade av maximerna, en från rädsla ta överhanden över honom, the scut i en svår pyjamasknipa flydde likt en unghare för sitt blotta liv, till Talviland, ahone ahaza, jagad av byflickornas parfymerade förbannelser och, utan att ha utdelat ett enda slag, (gris slog ner honom var lust han fördröjde det var förattat damm han skakade) kuskykorkade igen sig själv hårt i sitt bläckbataljhus, i hög grad det värsta för boosegas, att stanna där i långt ifrån för livet, varest, då det inte fanns ett ögonblick att förlora, efter att han hade baxat runt med sitt hammarklaver tills han var heltgenom bach bamp honom och bumpade honom blues, han kollapsade omsorgsfullt under ett bolstervar från Schwitzer's, hans anikte insvept i en död krigares Telemachus, med a lullobaws somnbomnet och en vadvattenwottle vd hans fötter för att elda hans energi att vänta, svagt klagande, i monkmariansk monotema, men tjärnad långt och därefter en ljudfligare nation, medan engagerad i att svälja från en stor ampull, att hans tasstorra skärseld var mer än en niggersnubbe kunde bära, halvparalyserad av tongkriget och hela shemozzlet, (*Daily Maily, fullup Lace, Holy Moly, Mothelup Joss!*) hans kinder och byxor ändrar färg varje gång en pistol kväkte.

Hur är det för låga, lekmän och gentlenunnor? Varför, Crostivapens hund, ringer hela kontinenter med denna Kaikokorranska låghet! Sheols jungfrur i chemor på divaner, (revolterade stellor kvällsblommande varblann dem) vid själva (O!) omnämnandet av det fjälliga utbrast rybald; Poisse!

Men skulle någon, bortsett från ett dårhus, tro det? Varken de rena små keruberna, Nero eller Nebookisonester själv, hös en sådan rutten uppfattning om hans monstruösa marvelositet som denne mentalt och moraliskt defekte (här kanske på hans lägsta vanessens) som var känd för att grogntna snarfare än gunnarda vid ett tillfälle, under häftigt drickande av sprit till den där interkolutören *a latere* och privat privysuckatary han brukade hänga ut med, i kávéházkaféer, en Davy Browne-Nowlan, hans himmelslagda tvilling, (denne lurendrejade hundpoet pseudade sig själv under det hängnamn Bethgelert han gav sig själv) i verandagången till zigenarens bar (Shem hädar alltid, zå heliga skrift, Billy skulle han försöka, gamla Belly, och betala denna en manjack kongreant för hans fyra soppor varenda nexmouth tös, Bolly, så säkert som det är en svans på en komet, som en smak för storiks fyrtandade, det vill stanna, för att lyssna ut, en tjuu minnies mer, Bully, hans Ballad Imaginär som skulle dubbas *Vin, kvinnor och vattenklockor, eller Hur en Guy finkar och fawkar när han blir tokig* av Maistre Sheames de la Plume, en del högst hiskeliga stuff i en mordisk spegelhand) att han var avoopf (f'låt mej!) medveten om ingen annan shaggspick, annan Shakhansskägg, antingen prexakt olikt hans polära ochdettaärhans eller procist desamma som skrik (fl'åt!) som vad han tyckte och gissade detsammas som han var sig själv och det där, store tid, dykningar och röverier, fast han var fixad fux till fux likt en bunnyboy rodger med alla Lumdrums tesalongslejonser ivanhoade upp gentemot honom, varande en lapsis linquo med en ruvidubbad kortkonstempa, bad cad dad fad sad mad nad fåfäng baisse, konsikvenchers av kausalitet förtjatade krossord i postposition, skägg, skägger, skäggermurainmest ochalltdetdärsortersting, om remmar stod mot reson och hans lankalivlina räckte skulle han torkar gränd engelsk spökare, multapho, – niaksikalt sagt, från jorens yta.

Efter den grundliga skräck han upplevde den där färbannade Swithuns dag, fast varenda dörrpost i mycketförsökt Lucalizod var generöst smord med förstfött levrat blod och varenda fri för alla kullerväg hal av hjältarnas blod, skriande åt himlen för andra, och noohr och kul vertar väller fram med tårar av glädje, vår låga odugling hade aldrig det vanliga bäälammets mod att sätta i rörelse och omkring inhägnaden medan alla andra i den fackelupplysta trängseln, rammare och likaledes skivade, mobbu on massa, waadad och baadad omkring, luffar-luft pampyam, skanderar knäskålarkören, från Paltryattic Puetries monsterbok, *O pura e pia bella!* i bråte et sampåam eller in secula sinkularum, upp med huvena, på hans bona fide hobby (småfolket kryper på alla fyra till sin naturliga skolreträtt men barnslistigt munter när n avsigkommen pizzare sjunger ut medeltidigt) och glada hemmahörare till det svagare könet på sin vanliga jakt efter högre ting, men tävlande med Lady Smyth för att hämnas MacJobber, gick stensteppande med sina krånglstavar på utbildade fötter, plingade plång, över den sjuspända ponte *die colori* uppsatt över slasken efter kriget-som-slutar krig av Messrs, ett medmänskligt samhälle för den enda gång (dia dose Finnados!) han tog en tompip peepestrella genom ett trelådors aderton hökkrafters urdåligt teleskåp, tindrande till babord bara likt lamporna i Nassaustrass, ut genom hans västligaste nyckelhål, spottande på det ogenomkrångliga Wettret, (och det var porcospöklikt denna häst) med ett tvåvägshopp i sin skälvande själ, när han bad till molnet Ovisshet,upptäckande för sig själv, peroende på alla de kuler i Kroukaparka eller tack vare alla kodseoggs i Kalatavala, huruvida sann förlikning smiddes fram eller föll tillbaka efter den celestiösa omåttligheten och, för Duvvelsache, varför, med hans se mig se och hans mitt se en flätade korgar och hans frokerfoskerfuskar ligger kärlekar imigandeseende, han fick sitt optiska livs tjusning när han fann sig själv (*hic sunt lennones!*) på nära håll blinka ner i pipan på en ryckvis revolver hos en bulldog med ett avsiktsmönster, hanterad av en okänd grälsjuk som, kan förmodas, har skällts ut att skada och skjuta skygge Shem skulle så skiten skönja ut hans skinande cigg en stund för atgt se fakta i deras ansikten innan blivande slangvattnad och skrynklad (skär upp och jacka honom!) av sex eller ett dussin av de glada gossarna.

Vad, para Saom Plaom, i Deucalions och Pyrrhas namn,och det uppretade avträdet och de licensierade skafferivarorna och Stator och Victor och Kutt och Runn och hela mesa redondas runda bord hos Lorencao Otulass i konferens, var denna ointessant låga mänskliga typ, denna baktalande kolonn av kloaxitet, denna bengaliska båk av biloxitet, denna annamitiska efterapare av atroxitet, verkligen på, det ska bli precis att quarifiera, för han tycks vara i ett useluselt läge?

Svaret på alla bröstvårtor i en fingerborg, skulle låta: att pulla sig honom själv på hans mest kryddade kanal hans äldres väldiga lådhus (*Popapreta*, och en del navico, flottister!) hade han fladdrat upp och flimrat ner till en drog och dryckmissbrukare, utvecklande storhetsvansinne om ett förlorat förflutet. Detta förklarar sjundedels brevtrumpeters hederslitania, högljudd, beläst, neoklassisk, vilket han älskade så som patriciskt att skrivaförhand efter hans namn. Det skulle ha avvänt, om alls sett, det skakskapande spektaklet hos denna semidementa pajas mitt i den förtjockade smutsen i hans blågröna näste får en att tro att läsa hans värdelästa oläsbara Predikarens Blå Bok, *édition de ténébres*, (även ändå suckar den mest annorlunde, dr Poindejenk, auktoriserad bowdlerredigerare och censor, det kan inte upprepas!) överlämnande tre ark åt vinden, sägandes sig förnöjt, ingen förklaring mer så, att varje köpfest på velängen han snubblade över var en sidskeppsvision mer prunkande än den före t.i.t.s., en roseschelle atuga vid havet för ingenting för alltid, en damernas aktiva trikåvaror att fritt lotta ut, ett avlopp fyllt med guineaguld vin med blekmongepadenopium och sjuk cylinder ostron värda en miljard per bett, ett helt operahus (det skulle bara finnas stämpelrum i sufflörens box och hans kökö fortsatte att svälla) med entusiastiska adelsdamer som kastade av varje diademmörkrött stygn de hade på hans förgrund, den ena efter den andra, inamasporrad till anpassstilllösande dem själva, i deras uppsluppna pantomin, när, ogud, sir, enligt alla redovisningstrick, han golade toppvrål im *Deal Lil Shemlockup Yellin* (gewhizz, jude öra så långt! tvål vattenkanna! tölpgikt av sabaous! juice likt en boydbåt!) under hela fem minuter, gränslöst bättre än Baraton Mc Gluckin med en läcker hatt med uppvikta brätten och tre grön, ost och mandarin trekantriga plymer på den högra handtagssidan av hans amarellösa huvud, en macfarlane jacka (kerssesten skufren, fattar du?) en sponjours grävare i sina revben, (*Alfaiate punxit*) ett azulblått notblad för hans blusbröst blomning och en dekans kräkla som han vann från kardinal Lindundarri och kardinal Carchingarri och Cardinal Loriotuli och Cardinal Occidentaccia (ah hå!) vid kärby derbyt dubblerad för att först falla över hindren, madam, i andra hand, a.a.t.s.o.t., med vad är det med det mörka ljuset, bödelstrycket, det trasiga omslaget, de fumlande fingrarna, de foxtrottande flugorna, de bäddliggande lössen, skummet på hans tunga, droppen i hans öga, klumpen i hans hals, drycken i hans putelj, klådan i hans handflata, vindens vinande, sorgen från hans andning, hans sinnes fimp, surret i hans hjärnträd, ticryck i hans samvete, höjden upp för hans ursinne, strömmen ner för hans fundament, elden i hans hals, kittlingen i hans hals, fördärvet i hans tjuruggar, hans ögas kisning, rötan i hans ätare, ychoet i hans plogare, fladdermössen i hans klockstapel, undulaterna och bumbosoloma vackra fåglar och askan i hans öron sedan det tog honom en månad att stjäla en vandring var han sammanbiten att mumorera mer än ett ord i veckan. Kummel transport! Kroks fisk! Can you beat it? Vhåg! Jag säger, kan du agna det? Hördes det någonsin en sådan långt ner slynglande? Jakande är det förvirrande att tänka på saken.

Ändå brukade randfylldakrussprutaren skryta högt ensam för sig själv med en härm-accent på det när Mynfadher var en boer struktor och Hoy var en lexikalisk student, villkorligt fri, och korrigerad med svarta tavlan (i försök att kopiera scenens Englesemen bringade han ner deras hus, skrikande: Bravure, surr Chorles! Purfekt brev! Kollossal, lös Wallor! Spache!) hur han hade blivit tåendes ut av alla de onyktra familjerna bestående av klondykare från Pioupioureich, Swabspays, landet Nod, axelryckarnas land, Pension Danubierhdem och Barbaropolis, som slagit sig ned och stratifierat i huvudstaden efter dess solblemmade, måntäckta, blodiga, tubbande, jovilaliska, litcherös och full, avvisad från de underbara områden i de flesta fall på grund av hans lukt som alla kökspigor i högsta grad protesterade mot att jämföra med den färskryckliga puzzo som vällde fram ur pozzon. I stället för att bondgårda dessa modellhushålls naturliga hälsosamma grytkrokar (något som han aldrig ägde för sitt nigerianska själv) vad tror du att Vulgariano gjorde om inte studerade med stulen frukt hur gulligt man kopierar alla deras varierande handstilar så att det en dag yttrar en episkt falsk check i offentligheten för hans privata förtjänst tills, som just relaterats, Soptunnors Förenade Diskrumspigas och Hemhjälps Kvinnoklubb, bättre känd som Horeriets Hållkäften Föda, avspisade honom och assisterade naturen genom att förenade puckla på källan till deras irritation totalt ude i hampen och totalsubbigt i ögonblickets hetta, hållande varandras gonk (för ingen, hund eller skrubberska, inte ens turken, ogrekbar i ren doft av det mottagliga, vågade blåsa på illern på nära håll) och fälla en del pepåkande anmärkningar eftersom de gjort så hos perfekterna i Sniffey, ers höghet, öveer laugen varför en stank, herrn.

[Jymes vill höra från bärfarna av övergivna kvinnokläder, tacksamt emottagna, vadmallsjumper, ganska kompletta par av byxkjolar och underklädserier, för att börja stadslivet tillsammans. Hans jymes är arbetslös, skulle sitta och skriva. Han har till sist begått ett av de då tio budorden men hon vill inte assistera. Överlägset byggd, privat, reguljärt lager. Också fått sparken. Han uppskattar det. Kopior. ABORTISEMENT.]

Man kan inte ens börja att affischera lista ut ett status quo beträffande hur långsam i verkligheten den exkommunicerade druncondriabon, född Hamis, egentligen var. Vem kan säga hur många pseudostyliska shamianatält, hur få eller hur många av de mest vördade offentliga bedrägerierna, hur mycket många fromt förfalskade handskrifter slank med till att börja med i denna morbida process från hans pelagiaratpenna?

Må det vara som det är, men för detta hans gnostsiska glöds fantastiska ljus där det luciferiskt gled inom en tum på denna sida (han skulle beröra dess från den ena tiden till den andra, hans fruktans röda öga i sorgsenhet, att flagga färgerna via beerlitz i sin mattehet och hans edukandéer till utfärgning åt sig själva i muntra flickors skrik: ingefära! bläckhorn! chonkammare! omringad! zinnzabar! tinktur och gin!) Pennstift skulle aldrig ha vingpennat en seriff på ett fårskinn. Vid det flödande brännandet av den rosenröda smädesskriften och med hjälp av det simulkroniska spolandet i hans panna (en ghinee en ghirk han ghets där!) scrabblade och scrapade och sklottrade och skrevened namnlös skamlöshet om alla han nånsin mött, till och med delandet av en nederbörd under de lata sölkorvars paraply i form av en regnsäker mur, medan alla uppöver och nedför de fyra kanterna hos denne härskne Shem grejs den elakluktande (som var mycket fäst vid Uldfadar Sardanapalus) plägade punktera ändlöst konstlösa porträtt av sig själv medan han reciterade gamle Nichiabellis monolook interårör *Hanno, o Nonanno, acce'l brubblemm'as*, ser Autore, q.e.d., en hjärtslitandets stilige unge paolo med kärlekslyrik för töserna i hans ögon, en målsägandes småstensröst, en jukal inkomst om ett hundra och trettiotvå drakmer per metger från Broken Hills strandade egendom, Camebreech bemanningar, uppklädd i en helt ny två guinea kostym och en noppad hogsford hyrd för en forsdag kvälls glada party, anna ljuvlig långa par av bläckfläckad italienska moostjärnsheer gnistrande med borsyrigt vaselin och tempelblomma. Puh! Hur oviskningsbart så!

O'Sheas eller O'Shames hus, *Quivapieno*, känt som det Hemsökta Bläckhornet, inget antal Svavelleden, Asiens i Irland, som det var plågat med smisk, med hans täcknamn STÄNGT sepiaskrapad på dörrskykten och en gardin av svatrtg segeltyg över dess matta phwinshogue, i vilken den själsförkrympte sonen av en hemlig cell famlade sig genom livet å bekostnad av skattebetalarna, nedstämd i dag och natt med jesuitskäll och bittert bett, kalikåposter av zolfur och skopolamin vid fulla och fyrtio Queasisanos, varje dag på varenda ens sätt mer överstigande i våldsamt ovett om sig själv och andra, var det värsta, hoppades det, även i vår västerländskt playbojiga värld för ren musfarms smuts. dy skryter med ditt mässingsslott eller ditt tegelhus i Ballyfermot? Nigger, nigger och nigger igen. För det var en stanksam bläckstank, alldeles puzzonell till wrottlet. Niggrer, niggrer och niggrer igen. För detta var stinksam bläckstank, ganska puzzonlig till wrottlet. I själva smatterverket, vinklars afton som ögnar där trodde inte att Edam rök mer sällsynt. Mitt vad gör du! Hålans varpade golvbeläggning och ljudbedrivande väggar därav, för att inte nämna de upprätta och upppostade, voro persianligt litteraturade med utbrott av kärleksbrev, skvallerhistorier, klibbiga knäpp, tveksamma äggskal, slaktare, flintor, borrar, ballongfiskar, skallösa russin, alfabettyformad svada, vivliskala viatillgång, ompiter dictas, visus umbique, ahemar och ahaor, obeskrivlig försöker att tala ostavelseigt, du äger mes, ögongamla hymer, rökkanalsfula smuts, fallna luciferar, vestor som har tjänat, svartögelinser, familjeburkar, falskhårsskjortor, gudsförgätna axelband, aldrig burna barn, halsskurna slipsar, förfalskade anteckningar, rubbade spjälstift, oanvända mölle- och snubbelstenar, snedvridna fjäderpennor, smärtsamma sammandrag, förstorande vinglas, solida föremål stöpta som troll, en gång rådande vitsar, krossade krotater, mottagarens villervalla, odiskutabel pappersutgåva, sjabbig ejakulation, limerick förbannelser, krokodiltårar, spillt bläck, blasfematoriska loskor, slitna kastanjer, skolflickans, unga damer, mjölkpigornas, tvätterskornas, butiksägarnas fruar, muntra fruarnas, exnunnornas, vice abbedissornas, för jungfrurnas, superhorornas, tysta systrarnas, Charlies tanters, mormödrarnas, svärmödrarnas, fostermödrarnas, gudmödrarnas strumpeband, tressklipp från höger, lyft och cintrum, maskar av snor, tandnågrapetare, burkar med kondenserad schweizisk bjölk, finkultrella krämer, kissar från antipoderna, gåvor från ficktjuvar,lånta fjädrar, slappbara handgrepp, princesslöften, jäst vin, deoxiderat kol, konvertibla kragar, diviloukerade rotationer, brutna oblater, olösa skolås, snedraka västar, färska fasor från Hades, kvickilverdroppar, oraderad glete, glassögon för ett öga, glanständer för en tand, krigsjämmer, speciella suckar, mångårigt långtudslidande, ahs ohs ouis sis jas jos gias neys thaws sos, ja och ja och ja, till vilket om man har mage kan tillägga krossande, omvälvande förvrängningar, framställning av all denna kamargjorda musik man står, given ett gryn av goodwill, en hederlig chans att verkligen se de virvlande dervisherna, Tumult, åskans son, själv i exil på sitt ego, en nattlång skakande meltwixtlan vit eller röddr hawrorar, middagsterroriserad till skinn och ben av en ofrånkomlig phan – tom (må Skaparen förbarma sig över honom!) skrivandes mysteriet om sigsjäl i framtidsmöbel.

Vår låge hjälte var naturligtvis en självbetjäntare av eget val av behov så upp han gick upp vaddetän betyder av en stourbridge lerkitchenet och hönshus för värkars skull (upplet faller inte mycket långt från dumperträdet) den moromelodiöse jigsmeden, stick i stäv med den Okontrollerbara Födelse Konservaterande (vilt och fjäderfä) Akten, spelande lallary-råka matlagningshörnet, vid hans lenternas krånglighet, grillad och kockad och kokad i en atanor, vitor och gulor och yilkor och whotor till val av freddonans av *Mas blanca que la blanca hermana* och *Amarilla, muy bien*, med kanel och gräshoppa och vilt bivax och lakrits och Karagentång och blästrare av Barrrys och Asthers röra och Husters blandning och Gulnans liniment och Pinkingtones pastej och stjärnstoft och syndares tårar, entandpetared till Sharadans *Art of Panning*, skanderande, för alla traktering vars like beträffande ben han släpat efter sig med Litty fun Letty fan Leven, hans jästa ords trollkonst, abracadabra calubra culorum, (hans oewfer ... à la Madame Gabrielle de l'Eglise, hans avgs ... à la Mistress B. de B. Meinfelde, hans eiers Usquadmala ... à la pomme de ciel, his uoves, oves och uves ... à la Sulphate de Soude, hans stekta ägg sowtay sowmmonay à la Monseigneur, hans suffletion av ooger med nånkatt på skål ... à la Mère Puard, hans Poggadovies alla Fenella, hans stektaägg ... à la Tricaréme) i vad som var avsett att vara en garderob (Ah ho! Om han bara hade lyssnat bättre till de fyramästarna som spädbarnade honom Fader Matteus och Le Père Noble och pastor Lukas och Padre Aguilar – ej att förglömma lekmannaläraren Baudwin! Ah ho!) Hans snåla Satans antinoma mangan lismolismoösa n<turen behövde aldrig en sådan alkov så, när Rövare och Mumsell, de offentliga diktatorerna, efter sina legala konsulter omdöme, Messrs Codex och Podex, och under hans välsegnilse av deras pastor Fader Flammösa Falkondrare, bojkottade honom all fårköttstalgljus och Romeruled stillastående för vilken avsikt som helst, han vingade sig iväg på en vildgruppsjakt över den kathariska oc eanen och gjorde syntetiskt nbläck och känsliga papper åt sig själv utifrån sin slagfärdighets överflöd. Du frågar, hur i Sam Hill? Låt sätt och sak om detta dör dessa våra sporttider insvepas i språk av rodnadsfödda purpurklädda att en anglikansk ordinerad, icke läsande sin egna dumma tunga, må någonsin se den sort av scharlakansrött på pannan hos henne från Babylon och förnimmer inte en ljudröda på hans egen förbannade kind.

Primum opifex, altus prosator, ad terram viviparam et cuncti-potentem sine ullo pudore nec venia, suscepto pluviali atque discinctis perizomatis, natibus nudis uti nati fuissent, sese adpropinquans, flens et gemens, in manum suam evacuavit (högst prosaiskt, skräp i hans hand, tyvärr!), *postea, animale nigro exoneratus, classicum pulsans, stercus proprium, quod appellavit deiectiones suas, in vas olim honorabile tristitiae posuit, eodem sub invocatione fratrorum geminorum Medardi et Godardi laete ac melliflue minxit, psalmum qui incipit: Lingua mea calamus scribae velociter scribentis: magna voce cantitans* (pissade till, sa han var deppig, ber att få bli rentvådd), *demum ex stercore turpi cum divi Orionis iucunditate mixto, cocto, frigorique exposito, encaustum sibi fecit indelibile* (förfalskad O'Ryan's, det outplånliga bläcket).

Därefter, fromme Eneas, anpassad till den dundrande ferman som föreskriver på den skälvande terrängen att, när kallelsen kommer, ska han producera ickeemerikanskt från hans ohimmelska kropp en icke osäker kvantitet av obscena saker som inte skyddas av copytight i Ouraniens Förenta Stjärnor eller bebädda och bedudda och pedanga och bedunga till honom, med denna dubbla färg, bringade till blodhetta, gallussyra på järnmalm, genom hans misärs tarmar, blixtigt, trosvist, elakt, lämpligt, denna esuanska mensjevik och den förste till den siste alkemisten skrev över varje kvadrattum av de enda tillgängliga foliopapperet, hans egen kropp, tills av dess korrossiva sublimering ettfortlöpande presens tempus integument långsamt öppnade all giftasgränsande stämningsmodulerad cykelhjulande historia (därmed sa han, reflekterande från si n egen individuella person livet olevbart, transhändelseserad genom de långsamma eldar av med vetenhet in i ett dividuellt kaos, riskfyllt, mäktigt, gemensamt för alltkött, mänskligt bara, dödligt) men med varje ord som inte skulle avsomna bläckfiskjaget som han hade sprutskärmat från den genomskinliga världen avtagande förargelsegamling och doriangrayare i dess blindhud. Detta existerar att ärdess efter att ha blivit sagd vi vet. Och dabal tar dabnal! Och dhalen dabal dan aldanabal! Så kanske, agglaggagglo – merativt såattspenka, efter allt och arklast före arklust vid hans sista publika felsvinnande, cirklande runt torget, för den helige Ignaceous Poisonivy Klättersumaks dödsfête, av Nyckfull Folkmassa (bestiga Roffarsoldats sjätte dag, dödar vår kung, ligga lpågt!) och svingande sin klockbärande penna, den lysande nyckelpersonen vid förändringens vildhet, om vad är sås för den nssynslöse i saltlake för zazimor, den blonde snuten som trodde det var bläck var ute ur sitt djup men i huvudsak glad.

Lilla konstapeln Sistersen från Kruis-Kroon-Kraalen var det, den trångsynta väktaren, stora doggen diggaren bogen packkaren grävaren den bedagade degabuggen, som hade blivit detaljerad från förorenade stotier till att rädda honom, denna quemquemen, att quum, från de ligaturakymfande effekter av illaluktande lera i små klumpar och mobbattackande vid påsyn, att felmotpartade gröngölingen en aflon nära livsmedelsuniumgetherum, Knockmaree, Comty Mea, vinglande mera till höger än han raglade till vänster, på sin väg från en protoprostituerad (han skulle alltid ha en (stp!) liten duvissa nånstans med hans ärkeflicka, Arcoiris, smeknamn på Mergyt) just som han knappknäppte i band dåliga tiders kojner under en hudfull mellan rivaliserande dörrar av varma hortempel för tillbedjan genom hans bordellhus föngster, hälsning för gražus hiora som vanligt: Hvorledes har De det i dag, min sorte herre? Sergo, sök mig, den inkapabelt repliksnabbe med en självklar finess så uppenbart hycklad och, reste sig hans hår, efter behaget, med kristmässan under sin griparm, för Portsymasser och Purtsymessus och Pertsymiss och Partsymasters, likt en kråma sig av findingor, med en shillto shallto slipny stripny, i han käglad. Swikey! Den helvite uslar väktarigt, kännbart av balltossisk stimmung, var ordagrant förvånat över den smärtsamma sakenm hur han brasttesjälv, vilket han var borta till, där han avsåg att göra han, vare sig du tänka vill, vartänd hela strömmen av eftermiddags vadå suset av ett svall av slag av honoms, manad och vacklande därtill i hans landsbygdsport vid den caledosiska kapacitet för Lieutuvisky av kaftans vinskinspåse och även mer så, därunder, seende hans stormesta förvåningar, det sades honom, aschu, roligt den döde med smuts oroande utgiften, hur som, arrahbswingare, hånskrattat till den dominikala orden och exkung ädligt tillser, han var nämligen neger på att hemföra två galloner, as per kunglig, fullt hönshus till sitt mord. Slå runt och hugg tag!

Polthergeistkräkdundherhoploits! Kick? Vad moder? Vems porter? Vilket par? Varför nämligen neger? Men våran outhållighet har blivit så pass plyscherotestad av sådan portersvart låghet, alltför simpel för trycksvärta! Begrundande att Putterick O'Purcell dragger den koala steanen ut från Winterwater's och Silder Seas sjunger för Harrung vår Kung spet okt nov dez John Phibbs mars! Vi kan inte, av barmhjärtighet eller rättvisa eller på lovomet för lubbaruntlabyrinter, stanna här för våra existenser residens och diskutera Tamstjärna Skinka hos Plåtmans törst.

JUSTIUS (till sinmoder): Brawn är mitt namn och bred är min natur och jag har breit på mitt bryn och allr är rätt med varje drag och jag ska bruna denna börd eller Bruna Bess propp som gått krökt. Jag är grabben som blåmärker och bärserar. Boss!

Stå upp, Nayman av Noland (för jag tänker inte längre följa dig indirekt genom den inspiorerade formen tredje person singularis och vittnets stämningar och tveksamheter utan rikta mig själv till dig, med min vendettativs nödvände, provkativ och direkt ut), stå upp, kom djärvt, gläd mig – gör mig rörd, trots att jag är tvilling , att skratta i dina sanna färger innan du är tillbaka för alltid tills jag ger dig ditt tilltal! Shem Macadamson, du känner mig och jag känner dig och alla dina shemerier. Var har du varit i uterummet, och roat dig själv heka morgonen efter din sista sängvätarbekännelse? Jag råder dig att dölja dig själv, min lelle vän, som jag har sagt för ett ögonblock sedan och placera dina händer i mina händer och ha en nattlång énkel liten confiteorsd mea culpa om saker och ting. Låt mig se. Det ser ganska svart ut för dig, föreslår vi, Shem avick. u kommer behöva alla elementen i floden för att tvätta dig över allt och fortifin påveprästmakt bulla som deltagare i bås.

Låt oss snoka. Vi trodde, skulle och gjorde. *Cur, quicquid, ubi, quando, quo-*

modo, quoties, quibus auxiliis? Du var född, försedd, fostrad och fetmad från helig barndom på dessa båda påskön på hilariös himmels pajkäft och larmande den andra platsen (plundrar till din natt, blundrar vad som finns kvar av dig, blixtra som blixtra kan!) och nu, minsann, en nogger bland blankarder i detta fegt illojala land, du har blivit tvåsam sliten mellan två främlingska gudar, dold och upptäckt, nej, fördömd dåre, anark, egoark, härsiark, du har stegrat ditt disförenade kungadöme på din egen mest intensivt diskutabla själs vakuum. Håller du dig då för någon gud i krubban, att du varken vill tjäna eller inte låta tjäna, bedja eller låta bedja? Oc h här, visa hänsyn, måste jag också själv samla mod att bedja för förlusten av självrespekt att förse mig med den hemska nödvändigheten av skandalisang (mina kära systrar, är ni redo?) genom att träska bort mitt hopp och skakningar medan de kommer att storgråta tillsammans i Sodoms pool? Jag ska skälva för min renhet medan de gråter för dina synder. Bort med skyddade ord, nya Högtidligheter för gamla Badlakansbad! Denna inharmoniösa detalj, nämnde du den? Kall caldörr! Jösses! Seger! Nu, vanärad av underutskjutande pipor, johnjacobs, medan ännu en tonåring (vad säger jag?), fortfarande barnslig i din baddräkt med knoppben, du fick en snygg present i form av en självresande syring och tvillingätare (du vet, Monsieur Abgott, I din konsts konst, till din kostnad lika väl som jag gör (och försök inte att dölja det) det straffbarheters massor som jag nu petar på) och den rosslande sorten av var du skulle (om du vore lika dristig ett slag nu när adjunkten som kristnade dig, sonny douth-vaxljus!) återbefolka titt födelseland och räkna upp din avkomma vid det hungrade huvudet och de uppretade tusental men du hindrade dina co-godföräldrar, förfin, bland otaliga tillfällen av misslyckanden (ty, sade du, jag tänker elenchata), tilläggandes till överträdelses ondska, ja, och förändrandes dess natur, (du förstår jag har studerat din teologi hos dig) alternerandes mina vederkvickelsers trumpenhet – en dryckförhäxad kärlek, mötandes via ilska, liten frid i ppenmark – med känslighet, svarighet, majlighet och prostabilitet, din stads andra fruktar behaget i en butlers liv, till och med utskjutandes din skelögda apologi, när tydligt deprimerad, på försvarslöst papper och därmed tilläggandes till denna vår glosögda världs redan missnöje, klottrativ! – all detta därtill med kantratals otaliga taenlina, så många karlaktiga som minnesfull, smockfylld omkring och runt dig för tunnländer och kors och pålar eller abborrar, tjocka som Chalwadors fluktuerande sand, fulländade kvinnor, sannerligen fullt utbildade, långt ifrån att vara gammal och rik bakom sin dröm om skrupelfri ambition, om de bara hade sin heder i bevar, och inte avskräckta av dåligt väder när de förbrukades av amorös passion, kämpandes för att besitta sig själva av din boosh, en Sorges son för alla Kvals döttrar, *solus cum sola sive cuncties cum omnibobs* (jag skulle själv ha varit din best man), stumt ägnande för en där naturliga knuten, debetuära vaser eller befängda varingskärl, för vad skulle inte ha kostat dig tio bolivarers inkåmst eller priset för en ping pang, bar oss trallas, beträffande den gamlaste sången i den uppvaktade timmervärlden, (två-vi, till-ett!), beledsagad av ett rent guld band! Heil! Hell! Högbröstshävande Missmisstress Mårna av det helskönthjärtande brudmognabeteendet! Hennes ögon så gladsamma att vi tar alla andelar av brudgumm —— en!

Kadaversniffare, förhastad gravgrävare, sökare av ondskans näste i ett gott ords famn, du, som sov under vår vaka och fastade inför vår fest, du med ditt fellokaliserade förnuft, har gulligt förutsagt, en jophet i din egen frånvaro, genom att blint studerande dina många skållningar och brännsår och blåsor, impetigenösa sår och bölder, genom det där korpmolnets förebud, och via råkans järtecken i parlament, död med varje olycka, kollegernas dynamitisering, reduceringen av handlingar till aska, alla kunders utjämning genom eld, en massa älskvärda krutpulvrade blev till stoff men det stphruckade ditt lerhuvuds (helvete också, här kommer vår begravning! O pest, jag kommer att sakna din post!) ju fler morätter du kapar, desto fler rovor du klyver, ju fler potäter du skalar, desto fler lökar du gråter över, ju mer oxkött du slaktar, desto mer lammkött du knäckerhackar, ju fler köksväxter du bultar, desto vildare elden och ju längre din sked och desto hårdare du såsar med mer fett upp till din armbåge ju muntrare ångar din nya iriska stuvning.

Å, för resten, ja, en annan sak kommer före mig. Du lät mig säga dig, med den största artighet, var varje ordinärt formgedd, du var felfödd, att falla in med Plan, som våra landsmän skulle, som alla nationister måste, och utföra ett särskilt uppdrag (vad, tänker jag inte tala om för dig) på en särkskilt helig position (som jag inte säger var) under vissa pinsamma kontorstimmar (en klerikal avdelning helt för dig själv) från ett sådant år till en sådan timme vid ett sådant och sådant datum vid så och så mycket en vecka *pro anno* (Guinness's, vill jag påminna om, vara bara en klunk för dig, misslyckades i vad du må ha tagit skalen av kokaren likt vilken boskap av Yorek som helst) och gör din lilla tioöring och skördar därmed verkligt tack från nationen, precis här på vår ansvarsfyllda plats, din resas ändamål och din vikts villa, varest efter ett gudomligt överflöd du drog ditt livs första vattenflämt, från krubban där du en gång var tyglad till kryptan som du var dubbelt så skygg för, precis som vi, lång av oss, ensam med kolten i hurnet, där du var lika populär som en armenial med den trofaste, och du satte eld på min frack när jag höll paraffin rökaren under dina (jag hoppas att rökgången är rensad) men, löst undvikande båda ditt skått och din bilett, slog du det tillbaka likt Boulanger från Galway (men han kammade gräset mot sin gång) för att sjunga för oss en alibisång, (cuthionen ringde över de grående saktrullande rikthävande metamorfosöserna som sipprande klippor parapanglande sina preposterioner med) nomad, månvadrare vid lyktljus, intrigerar medans alla förtränger ksratt för att dölja din koprofili genom parning, likt en högtränad prosodit, maskulina enstavigheter av samma numeriska mus, en irisk emigrant på fel väg ut, sitter på din skeva sixpennys klivstötta, en kråsklädd kvackmunk, du (vill du för Skakepärs skratt bara hjälp mig med epitetet?) semisemitisk lyckträffare, du(tack, jag tror det beskriver dig) Europasianiserade Efterhugg!

Sha vi följa varandra ett steglängre, dolkars dränkare, medans vår vasall, tilyet en främling på framsidan av sin lycka, tar. (hela hjälparen! en harkling, ett gap, en slurk och sväljer allting!) hans förfriskning?

Där växte upp vid din sida, bland våra snabbaste böner i Novena Lodge, Novara Avenue, i Patripodium-am-Bummel, drulle, urfunktion, ett led ifrån en otvättad vilde, i hans vård och i din, (Jag issar att du vet varför pungråttan gömmer sig är att han'te nogumtreeumptiona) den andre, Immaculatus, från topp till tå, sir, den rene, andra tiders Altrues, han som var väl känd i celestina kretsar innan han snabbt gick undan, vår stilige unge andlige läkare som skulle bli, förförde varje känsla av självvållad celebästighet, den mest vinnande förfalskning på vårt inkomstdelande lotusträd, myntade guldänglars kompisar, en ungdom dessa reportrar så petitligt vill ha till gamefellow att de ber hans mor om små earpar brunch för att låta honom tomma till Tindertarten? frid, och binga hans scoter 'tmed och 'eltag de var alla sanna bröder i det stora justrätta hem där Dodd bor, bara för att teddyfiera livet ut ur honom och klappa och överlämna till honom en med andra likt mysk från hand till hand, att modersmödrad modell, den där brautsearen utan en spricka vars andliga toaletter halva stan snackade om, för att visa upp solnedgångsklädsel och kvällningsplagg och dagbräcksutstyrsel och middagscheon och själva det som passar dags att retas, honom lade du lågt med en hand en vacker morgon i maj i Mitten av din Makt, din bröstfiende, för att han trassla till din trollare på dig eller för att han var en trevlig figur i fokus för dina frontglasögon (inte en enda dödade du, nej, men en kontinent!) för att finna ut hur hans inälvor funkar!

Nånsin läst om den där våra visionbyggares farfars landsfadern. baabo, bourgeoismeistern, tänkte beröra både himlar vid hans höjda stelstavs topp och hur vagochvek sänkte hans tankars vatten?

Nånsin tänkt på den däringa hefetiklaisten Marcon och de två fjollflickorna och hur bulkigt han sket Bråkens gunorrhal? Nånsin hört om den där rävlike, den där vargen och den där monkaxen och Morrisons, eh, munvädersapas, jungfruarvinge?

Hypokondriker i lyx, allmän samlare, vad har Eders Låghet gjort under måltiden med alla hamilkarar av kockta grönsaker, hattar fulla med stuvad frukt, resväskorna med bortskämd öl, församlingens fonder, mig schamer, man, att du kissetrugade så flexibelt utifrån medmänskliga smörigheter genom att tungt bölande med em ihålig röstdroppe med din hemskt hemska fattiga förstånd så att du inte kan utlova en Thornes kronor för att pantsätta a rock hos Trevis och vad beträffar hur du var usel utan ände, det var du, så stjälpe din Synda Perra och Syndar Pålle, med kycklings gap och *pas mal de siécle*, som, i förbigående sagt, Reynaldo, är den vanlige spyfärdige fransåsen för grenadjärs dropp. Att låta dig få din planka och bentvätt (Å de harproblem du förlorat!), att ge dig ditt platium pund och ettusen badskor om året (Å, du har plågats, under betygelser bunden till korset för din egen grymfästelse!) att låta dig ha din lördasutflykt och heliganatts sömn och en likvaka) och lämna lögnandet till Paraskivee och tupptupp kråka åt Danmark. (O Jonathan, din magsjuka!) Människoapan har inga känslosamma avsöndringar men gråter katarakter för hela mig, Shammnanen Smärta! Ofta i den illaluktande natten bvill de vältra sig för en koppling till den hungriga handen, säger jag, dessa skäggiga jezzabellor du hyrde för att råna dig, medan på ditt våta strå du ohövligt begärt dacapo (Airiskt och ickeboggalesh!) dessa horngjorda elfenbensdrömmar du drömde om den Rut du kallade din följeslagare, en skönhet från Bibeln, om Eustons spolkannor och Marylebones hängande kläder. Men takkupans månsken log selent och ljuskastare kickrade: vem knorrar vi? Uppför dig, du inkonsekvente! Var finns det där lilla underhållsbidraget i reserv gentemot vår förutsägbara regniga dag? Är det inte faktum (motsäg mig, kakätare!) att, medan han visselvirvlar era galna elegier kring Tempelgravberget fogsten, (låt honom passera, äravaregud jerusalem, i ett stråknippe, balbettiserads han efter höbergning) du ödde tid bland underhuggare dina extravaganser lverlast och gjorde en hottentott av idiottjänare magsjuk av dina smulor? Har jag inte rätt? Jo? Jo? Jo? Heliga vax och holifer. Säg inte till mig, Leon av Fållan, att du inte är en lånehaj! Se upp, gamle svartis. tag råd av mux och tag din medikcin. Den Gode Doktorn kryddsatte det. Mixa det två gånger före återbetesmark och pudra tre gånger om dan. Det gör underverk för dina ingrepp och det är fint för den ensamma masken.

Låt mig avsluta! Bara litet judas tonic, min juvel bland alla skämt, för att få dig att grön i stirrandet. Hör du vad jag ser, hammet? Och minns att gyllene tystnad ger samförstånd, mr Anklegazer! Sluta upp med att vara hövlig, lär dig säga nej! Whisht! Kom hit, herr Studiosus, tills jag säger dig en peruk i ditt öra. Vi tar en viskningstur, för om барышня hör så mycket som ett kvitter om detta säger de till hustopparna och då kommer hela Cadbury att krakelera. Titta! Ser du din uppringare i rockingglaset? Titta noga! Böj ne den stigma till jag! Det är hemligt! Iggri, säger jag, fylleristerna! Jag fick det från Gatubelysning Rakning. Och han fick det från Mullan. Och Mullan fick det från en lärjunge i blå kavaj. Och Gay Socks feck det från Potifars fru. Och Rantipoll tippade vinken frpån gamla mrs Tennkula. Och vad henne beträffar var hon förvirrad avpro-Broder Thacolicus. Och den gode brodern känner att han skulle behöva defektera dig.

Och de Sköra Folletterna står helt enkelt bredvid varandra. Och Kelly, Kenny och Keogh är rustade till tänderna. Att ett kors kan krossa mig om jag vägrar att tro på det. Att jag må klippförankra genom åldrarna om jag jhoppas att det inte är sant. Att värden må kväva mig om jag begranne dig utan min mildhet »Sh» Shem, du är. Sh! Du är galen!

Han pekar dödsben och den snabbe är stilla. He points the deathbone and the quick are still. *Insomnia, somnia somniorum. Awmawm.*

MERCIUS (för sig själv): *Domine vopiscus!* Mitt fel, hans fel, en kungaskap genom ett fel! Paria, kannibal Kain, jag som edligen föresvor skötet som bar dig och de bröstvårtor jag ibland sög, du som ända sedan dess har varit en svart mässa av jigdans och jimjam, hemsökt av en konvulsionära känsla av att inte ha varit eller varandes allt det som jag kunde ha varit eller avsedd att bli, begråtande likt en man som oskyldig som jag inte kunde försvara likt en kvinna, se, du där, Cathmon – Carbery, och tack Filmer från de innersta djupen av mitt alltjämt atrita hjärta, Vari din duungdoms dagar är alltidblandat migmin, nu innan iden för completoriet ensamt till hands i sig självt och en puff eller så innan vi ger upp vår anda åt vinden, för (fast den där kunglige ene ännu i nte har druckit en liten droppe från sin fullborfan och blomkrukan vid stolpen, spanielgruppen och deras villebråd, följeslagare och pubhusets innehavare har inte vuikit en millimeter och allt som har blivit gjort ska fortfarande göras och göras igen, närs dags armod, och si, du är dömd, glädjedag randas och, så. du dominerar) det är till dig, förstfödd och armodets första frukt, för mig, brännmärkt får, vald från skräppapperskorgen, av Dunderis och Ulerins hundstjärnas jordskalv, du ensam, vindblåsta kunskapens träd av vacker ochondska, ja, beklädd med meteoren och skimrande likt horescenser, astroglodynamonologos, barn av Nilfits fader, belzb, för mig osedd rodnare i ett obscent kolhål, din hemliga syns cubilibum, dväljare i nedochyttersta där bara den dödes röst må komma, därför du lämnade från mig, för att du skrattade åt mig, för att, Å min ensamme son, du glömmer mig!, att vår gräsbruna mumie är på väg, alpilla, beltilla, ciltilla, deltilla, rusande med hennes tidender, de gamla nyheterna den väldiga stora världen, gossar hade ett skrotstycke, armodarmodarmod! babbs baby går vid sju månader, väfwähväg! brud lämnar sin räd vid Smälltid, häst stenad före resursbanefull, två skönhetger som anför besvär, torra jänkare ska besöka vår gamla gräsmatta, och fyrvarvade kjolar är uppdragna, mesdames, medan Parimiknie bär populära kortbyxor, och tolv hur då ska man mixa en halvfull likvaka, hörde du, unghäst Cooney? någonsin, ungföl Fortescue? med en bäck, med ett språng, alla hennes rännilskretsar skakar, bergen droppar i hennes tachie, spårvagnspolletter i hennes hår, alla avstår från att peka och därefter all översvämning, liten gammeldags mumie, liten underbar mumie, duckar under broar, bagagebär dammar, undviks av en smula kärr, snabbskjuter kring kanterna, vid Tallaghts gröna berg och phookaners pölar och en plats de kallar det Blessington och slipper lurigt förbi Sallynoggin, lika glad som dagen är blöt, babblande, bubblande, pladrande för sig själv, avsölande fälten på sina armbågar lutande med hennes sengående glid, svindlande, morfarmor, skvalleranta Anna Livia.

Han lyfter livets spö och den stumme talar.

– Quoiquoiquoiquoiquoiquoiquoiq!

Åh

säg mig allt om

Anna Livia! Jag vill höra allt

om Anna Livia! Nå, du känner väl Anna Livia? Ja, naturligtvis, vi känner alla Anna Livia. Säg mig allt. Säg mig nu. Du kommer att dö när du hör det. Ja, du förstår att när den gamla floden fick dille och gjorde du vet vad. Ja, jag vet, fortsätt. Tvätta tyst och plaska inte. Kavla upp ärmarna och lossa på pratbanden. Och ta mej inte på rumpan – ptroo! – när du böjer dej fram. Eller vad de fersökte räkna ut att han farsökte att tvåla i Fiendish parken. Han är en hemsk gammal skitstövel. Titta på hans skjorta! Titta på hans skitiga skjorta! Allt mitt gör han svart. Det är blötlagt och utvridet sen den här tin i förra vekkan. Jag unnrar hur många gånger jag tvättat den? Jag kan utantill vilka ställen den kasse jäkeln gillar att skita till! Jag bränner min hand och hungrar min svält för hans privata plaggs anständighet. Klappa det väl med ditt klappträ och vrid ur det. Mina handleder rostar av att skrubba mögelfläckarna. Och vätans Dnjeprar och Ganges syndiga Seine däri. Vad var det han gjorde en svans alls på den heliga Sendai? Och hur länge var han under Loch och bom. Det kom på nyheterna vad han gjort, Nisi och prius, riksåtalaren häftigast mot Humphrey, med odyssillegal destillering, exploatering och allt. Men toms vill till. Jag känner honom väl. Okultiverad vikarie ska hista för ingen man. Som du springer ska du lågvattna. Å, den oslipade gamle rappen! Blandar äktenskap med oäkta älskog. Reeve Gootch hade rätt och Reeve Drughad var olycksbadande! Och hans tillskärning! Och hans svassande! Hur han brukade hålla huvudet lika högt som en Howth, den famöse äldre hertig främling, med puckel av grandeur över sig likt en vandrande vesselråtta. Och hans Derrys egna ordsläp och hans korksådda munväders dubblinerade stamning och hans galowayska snobberi. Fråga Lictor Hackett eller Lector Reade vid Growley polisen eller Bojken med Batongen. Hur sjutton tillkallas han alls? Qu'appelle? Den tidigt överansträngde Hugs Caput. Eller var var han född eller hur fann man honom? Urgötaland, Trasselsta'n vid Kattekatt? Nya Hunnerland, Konkord vid Tidsfördrif? Vem grovsmidde hennes saftiga smidesstäd eller galltjöt läpp åt hennes hink? Var hennes bannelser nånsin upplösta i Adam och Eve's eller var han och hon bara splitsad kapen? För min eteranka drakar jag dig. Och vid vildgåsblick hangåsar jag dig. Flowey och Mount vid tidens rand gör önskningar och farhågor för en god istmässa. Hon kan visa alla sina kurvor, med kärlek, rätt att leka. Och om de inte omgifter den där haken och öga må! Å, stig genom den där heden och en annan Oxus! Don Dom Dösdös och hans föga folio! Var hans hjälp försäkrad i Sork & Pelikan mot inbrottare, influensa och risktagande tredje man? Jag hörde han grävde bra tenn med sin snygging, schaktade först och dublinade sen, när han våldtog henne hem. Sabrine minskatt, i en papegojas bur, via grävmaskinade land och slingrande deltan, lekandes fånga och mytiserad med en glimt av hennes shadda, (om en fransk snut varit där för att poppa upp och peppa honom!) förbi gamla mins prästgård och Maisons Allfou och de övriga obotliga och de sista immurablerna, en blötlagda waag att snubbla på. Vem sålde dig denna lyktmåneskröna? Pemmikans pirogpaj! Inte ett gräshopp att ringa henne, inte ett myrkorn av malmfynd. Han barkskeppade det i en gabbard, livets båt, från den hamnfria Ivernikanska Oceanen, tills han såg sin landkännings uppdykande och förlorade två olyckskorpar underifrån sin slagsida, den stora Feniciska sjörövaren. Av lukten från hennes sjögräs gjorde han duvslaget. Likt skoj de gjorde! Men var var Han själv, styrmannen? Det där handelsfartyget han överlevade deras smutsgrisar rakt över vasken, hans kamelerares mantel brislyfts uppför honom, tills med hans desertör bowmkuk han roade och borsta hennes bar. Pilcomayo! Såkuttifan Och valen iväg med laxen! Stäm era pipor och humma till. ni födda igypt, och ni är ingenting annat än ont om en! Nåväl, de såg honom skjuta snabbt upp hennes dronningen av saba slida, likt vilken glad lord Salomon som helst, stormade hennes tjurar, surfade med spridning. Boyarka buah! Boyana bueh! Han förkönade sitt lilla bolbad den hårda vägen, vår slitna avel, handlare. Det gjorde han. Se det här. I hans blöta stäv. Vet du inte att han kallades ett saltlakens barn. Wasserburen vattenbaby ? Havemaria, så var han»! H.C.E. Har en Codisks Ee. För hon är nästan lika dålig som han henne själv. Vem? Anna Livia. Vet du att hon kallade bakvandets lax från överallt omkring, nyumba noo, chamba choo, för att gå in till honom, hennes felande chef, och kittla påven aisy-oisy? Gjorde hon? En krukdroppe! Yssel att Limmat? Som El Negro rös när han en gång i La Plata.

O, säg mig allt jag vill höra, hur högt hon lyftes fingerfärdigt stegrad! En fittvink efter att flaggkuk föll. Låtsandes att hon inte brydde, sina feza, me absantee, han man i besittning, kopplaren! Kopplaren och phvad är phdetdär? Emme för reysiska Hindi jargong! Säg det på franca langua. Kalla en spade vid dess rätta namn: spade! Delade de nånsin med sig om Ebro i skolan, din antiabecedarian? Det är precis samma sak som om jag nu skulle par exemplum i flodvårdande avsikt utgå ifrån telekinetik och vara din hallick. För penisfloden Coxits skull och är detta det hon är? Botlettle floden trodde jag hon agerade den där loa. Fick du inte syn på henne i hennes vindöga, gungande i sin videvirkade stol, med en meusic framför alla hennes cuneiformerade brev, låtsandes att Ribble var ett vassbevuxet Derg-flyt på en fela hon floden Bogand-ar utan en sträng på? Helt säkert kan hon inte fitta Dee-flytet, med båge eller avstå! Helt säkert, hon kan inte! Älven Teesta sug. Nå, jag hörde nu aldrig något liknande! Berätta mig mera! Berätta mig det mesta! Jo, gamle Humber-svallet var lika floden Glomma som Grampus, med tången vid hans berg och åratals bölder och varken bågskytt eller skjuten utomlands och helbranta baler på vågkam av klippor och Nera-droppet lampa i köket eller i kyrkan och jättehål i Graftons huvudgata och flugsvamp champinjon kring Funglus grav och den stora tribunens Barrow-dräll alla ockomulerade gräs, Sittaung-ström Sambre-dyning på hans sett, Dramenälven och Dromskåran, frågar kväljande frågesportare om hans sorgsna avhållsamhet, hans barnkläder halsduk för att uppmuntra hans inställsamma sätt när han kollade deraskulder i den där mormom Themsen, utfrågande och handlurande, hopp, stepp och fördjupning, med hans kajplats i deras knegande knog, hans sväljare öppen från simgolf till fore och rännstenens tjuvskyttar som pickar hans crocs, hungerstrejkande helt ensam och håller domedag över hensjälv, lider sin kuslig, med hans ilska i gång, och hans lugg nerkammad över ögonen och drömande på loftet till åsynen av stjärnor, efter zvartmuskigt skvaller och ogräsliga byxor och polares tuttar och pestens skador och att plira var Församling värld denna messa. Du tror att allt var dodo som tillhörde honom hur han Durmde-porlet floderna Adranse i fängsliga floden Vaal. Han hade rapat i Severn år. Och där varhon, Anna Livia, hon våga inte vinkla lite sömn, porlande omkring likt ett barns flik, Wendawanda, ett finger tjockt, i en Lappsommarkolt och damazon kinder, för till ärhonom bonzour till hennes dyra dubbare Dan-drället. Med Eufratier och Sault från hans Maggiorforsar. Och ett udda tillfälle kokade hon honom upp fiskblomning och lade vid hans hjärtfot sina medery ägg, yayis, och danska fyrbåkar på toasc och köpenhar så wishwashing vad angår Grönlands floden Tay eller en dzoupgan på Kaffueflodens Mokaubäck en sobel eller Sikiang eller sockerfloden eller hans öl av ormbunkar i sannkonstnärligt tennkärl och ett skinkobröds Shinko-flyt (hamjambo, bana?) för att rödspätta den där mannen svin stilla hans mage tills hennes pyrraknän sjönk till muskotnöt rivjärn medan hennes omkopplingsfog skalade med floden Goyt och lika dumdristig som hon russade med sitt flöde av toppbelastning uppför hennes sil (Metauro-vattnets raseri den sväljer Svalekamalen och stiger) min Hardey-älvs staket han hade kastat dem from mig, med floden Stour av hån, lika mycket som att säga du sådde och du Sozh-sipper, och om han inte pinnfäste platån på hennes Tawe-flöde, så tro mej, var hon tillräckligt säker. Och sedan äskade hon att Vistulera en hymn, *The Heart Bowed Down* eller *The Rakes of Mallow* eller *Chelli Michele's La Calumnia è un Vermicelli* eller en hårdkokt bit av *old Jo Robidson*. Torrlagd knullande en fiffeande som skulle klyva i dig två! Hon slog ned hönan som gol på Babels turass. Vilken skada om hon visste hur att mussla hennes mun! Och inte ett snack utifrån ett Hum mer än utifrån den manglade vikten. Är detta en tro? Detta är faktum. Sedan rida på ricka och Roya-ruset och Romanche-ån, Annona, född arostokrat Nivia, dochter till Känsla och Konst, med Gnistors pirryphlickathimer gnistlande hennes fläkt, anner frostivyerande lockarna dashtad med virelögner, medan students balbrudar tjöt edanför börarnas hudar! – under en klänningperiod av ombytbar jade som skulle klä de båda kardinalstolarnas trä och krossa stackars Cullen och dämpa MacCabe. O blixtbord! Deras porpora lappar! Och brahminande åt honom nedför transportbanan, med hennes femtiofix sorters smeksamma avslut, poothern strövar av hennes näsa: *Vuggybarney, Wickerymandy! Hello, ducky, please don't die!* Vet du vad hon började kvittra efter, med en utvald röst likt spermasugar eller Madame Delba till Romeoreszk? Du anar inte. Säg mig. Säg mig. *Phoebe, dearest, tell, O tell me* och *I loved you better nor you knew.* Och erkände hoon var fånig rörande de drillade sangerna från över holmen: *High hellskirt saw ladies hensmoker lily-hung pigger:* och får och soan och så Firth och så Forth i en sonor tone och Oom Bothar nedanför likt Bheri-Bheri i sin sandiga slängkappa, så Umcoloziflodig, lika döv som en tråkmåns, den stulten! Gå iväg! Stackars döve gamle dyre vän! Ru retas bara! Anna Liv? Som krita är min domare! Och var hon inte upp i Sorgue-rinnet och gå och dra Don-flyt och stå i hennes Douro-skum, puffande hennes gamla lerpippa, och varenda tjänstvillig enfaldsflicka eller flödar Wensums bondeböna som vandrar de pilslutna vägarna, Sant, Magfundus, Mejeri eller Majeri, Milucre, Awny och Graw. brukade hon inte göra sig en simp eller ett tecken att glida innanför via Sallyporten? Du säger inget, sillypåst där? Bedouix men det gör jag! Kalla in dem, en efter en (Till Blockbeddum här! Här är Shoebenacaddie!) och överdragsbyxor en jigg eller så för att visa dem hur man skakar deras bendrar och läckerbiten hur min för till minnet de gladaste plagg utom synhåll och hela vägen av en piga med en man och gör en sorts kacklande oväsen likt två och femtio eller en halv krona och håller fram en sillivrig skinare. Herre, herre, gjorde hon så? Ja, av alla de jag nånsin hört! Att kasta alla de små trevliga hororna i världen på honom! Att fitta fångad slampa du vill oavsett vad sex på förnöjsfulla sätt två Adda-sipprande Tammar en lizzy en Losieflod att famna och hava hamn i Tältets förkläde!

Och vad var det rågöl hon bryggde Rima-skvalet med! Odet! Odet! Säg mig trend utmed stränder medan jag löddrar hagel ut ur kombier. Höj det, flyt det, flodtillstånd! Jag dör ned för mina jodfötter tills jag lärt Anna Livias cushingloo, som skrevs av en och lästes av två och hittades vid en pöl i parken. Jag kan se detta, jag ser du är. Hur Tumlar floden? Lyssna nu. Lyssnar du? Ja, ja! Upsålat gör jag det! Tarnsjön dina Ore- och Ouse-flöden! Essonne inne!

Vid jord och det molniga men jag vill illa en splitterny strandsida, bedampa och jag gör, och en plumsigare därtill!

För kittaffären jag har är utsliten, så är det, sittandes, gapandes och väntandes på min gamle danske koljobbare, gubbstruttare, min flöjt in i döden kompis, min enkla nyckel till vårat skafferi, min mycket förändrade kamels puckel, min gemensamma spoiler, min majmånes honung, min narr till den siste decembraren, att väcka honom sig själv upp ur hans vinters hind och tråka ner mig som han brukade

Finns det irwell en herre till godset eller en riddare till grevskapet i strejk, jag undrar att skulle doppa mej en mört eller två i reda pengar för tvättning och stoppning av hans worshzvfulla strumpor åt honom nu när vi fått slut på hästfoder och mjölk?

Bara för min korta Brittas bädd bäddad lika ombonad som den luktar sitt ut och jag skulle hoppa och iväg med mej till drumlarna della Tolka eller stranden au Clontarf att känna den glada luften hos min salta oroande bukt och sägvind upp till mig bakhåll.

Onon rinner på! Säg mig mer. Berätta varenda liten River Teign. Jag vill veta varje enskilt Inhul-rinn. Ner till vad som fick krukmakarna att flyga in i bifloden Jagsts håla. Och varför var var Vesles våt. Den där homafeberns vinnade mej tjejkompis. Om en hästens mahun men hård mig! Vi skulle bli bundukiboi möter soldattjej. Nåja, nu kommer Hassel-fiskodlingsdelen. Efter Clondalkin kommer Kings's Inns. Vi ska snart vara där med strömmen som rinner ut i havet. Hur många älvor har hon i redskap? Jag kan inte riktigt läsa dig det. Det vete nära. En del säger hon hade tre figurer att fylla och begränsade sig till ett hundra elva, wan by-wan bywan, och gjorde otäckskarpamoyer, Vi har inte plats på kierkegaarden. Hon kommer inte ihåg hälften av vaggornamnen hon smäckade på dem genom nåden från hennes boxande biskops ofelbara toffla, käppen för Kund och äbblen för Eyolf och antingen ingendera för Yakov Yea. Ett hundra och hur? De gjorde rätt i att återkristna henne Pluhurabelle. O Lorelei! Vad Loddons vatten laddar upp. Hej hå! Men det står skrivet i korten att hon kommer att sprida mer och ju fler desto bättre, trillar och drillar, sparfyra och slösafem, nord sokher och sydsörvare och jawohn och neinare till ett avfall. Farfarslängrebort tupplur och Mässamisär och alla knektars knekt och jokern. Hejhå! Hon måste ha varit en vagabond på sin tid, det måste hon, mer än måste. Grund var hon, gidgad. Hon hade sina egna gylfmän. Därefter näsborrar ett kast som skrämde den där tösen. Så ajmaj moe, det är agapo! Säg mig, säg mig, hur flöt hon floden Camlin genom alla sina vänner, var hon Neckar, dyklinan? Hon Kasta sina risker inför våra beundrare från Fonte-in-Monte till Tidingtown och från Tidingtown tilhavet. Knyta samman en och knulla nästa, tapta en flank och tipta en brygga och palla in och pietaringande ut och upphetsar förbi på hennes östväg. Waiwhou var den första där nånsin brast? Han var någon, hurbra de voro, i en taktisk attack eller enskilt slag. Tennslagare, skräddare, soldat, sjöman, Pajman Fred eller Polistaman. Det är det som jag alltid står i begrepp att äska. Armhävning och Vardar-flodshävning och till högkvarteret uppe på berget! Var det lågvattnets år, efter Grattan och Översvämning, eller när ungmöna var i Arken eller när tre stod nattvardande? Vidaris ska finna var Tvivlet stiger likt Nieman från Nirgends fann Nihilet.

Oroa dig suckande foh, Albern, O Swara? Lös upp gentlemans fiskenät, Kvick och Nyansee! Hon kan inte lägga sin hand på honom för ögonblocket. Hudfärg thelon langlo, vandrar utmattad! En sådan ensam Waybash-framåt att ro! Hon sa sig själv att hon knappast vet som var vempå hennes grusgångs annaler, en dyhnast från Leinster, en sjövarg, eller vad han gjorde eller hur Blyth hon låssades vara eller hur, när, varför, varest och vem tillochpå han hoppade henne och hur det var gav bort henne. Hon var bara en ung tunn blek mjuk skygg smal bit av ett ting då, strosande, i silvermånsjö och han var en tung linkande raglande lögnlänning från Cuuragham, som gjorde sitt hö för vars sol att skina på, som om likt ekträden (torv vare med dem!) använda till att prassla den där tiden ned via dikena som dödade Kildare, för floden Forst fossefald med ett plask tvärsöver henne. Hon trodde hon sjönk under jorden med nymfant skam när han gav henne Tigris ögat! O lyckliga fel! Mej önskar de va han! Där har du fel, tuktansvärt fel! Det är inte bara i kväll du är anacheronistisk! Det var åldrar bakom det där när nullaor var ingenstans, i länet Wickenlow, Erins trädgård, innan hon någonsin drömt att hon lavede Kilbride och rann skummande under Hästpassbron, med den stora sydvästra vindstormingen hennes kurvor och midlandets sädslösare sökande hennes spår, för att bege sig hennes vägar undan för undan, ro bäcka eller värre, att spinna och att mala, att svabba och att plaska, för all hennes gyllene Liffey i kornfälten och ettöringarna hos Humphreys i Hurdlestwons vadställe och ligga med en vagabond, wellingtoellersena. Alesse, flickaktiga dagars Lagos! För floderna Dove och Dunas. Wasut? Izod? Är herrn säker på det? Inte där Finnen passar in i Mournes bakvatten, inte där Nore Tar farväl av Blaem, inte där Braye avleder Fararen, inte där Loch Moy ändrar sin attityd mellan Cullin och Conn llan Cunn och Collin? Eller där Neptunus rodde och Tritonville paddlade och Leandros tre juckade hjältinnor två? Neya, narev, nen nonni, nos! Sedan uppehållsorter i Ow och Ovoca? Vad är yst med wyst eller Lucan Yukon eller där människans hand aldrig satt sin fot? Sej mej var, den älvlikt vilda tiden! Det ska jag om du lyssnar. Känner du till Luggelaws dinkeldal? Nåväl, där bodde en gång en lokal eremit, Michael Arklow var namnet på hans flodände, (med mången suck smädade jag hans blöta bad!) och en odinsdag i junijuli, å så skön å så cool å så smidig hon såg ut, sjöjungfrun Nance, Nanon L'Escaut, i tystnaden, under tysklönnerna, alla lyssnande, de eggande kurvorna du helt enkelt inte kan sluta känna, han slungade båda sina nyss smorda händer, kärnan i hans hjärtpuls, i hennes hårs Singimari saffrans Storuman, delar på dem och lugnar henne och minglar det, det var djupmörkt och fylligt lik detta röda sätt att segla i solnedgången. Vi den där Delden Edlagdnära flodens luciasjö, regnbågsälskarens himmelsvalv arrongerade orangerande henne. Afroförvirrande galber, hennes emaljerade ögon indersporrande honom på den fläckfria violettan. Önska en önskning! Varför ett varför? Svarting! Letyy Lercks skrattande ljus kastar dessa lagerkransar nu på hennes lagerträd tesäsong petrarca. Maasfloden! Men om magiska vågor har elefan anonym nätvärk. Och Simba Slaktaren av sitt Oga är dräpt. Han kludde inte hjälpa sig själv, Thrusofloden för het för honom, han hade glömt munken i mannen så, gnugga upp henne och smörja ner henne, sänkte han sina läppar till glädjetsämning, kysste en kyss efter floden Kisos kushk (som han varnade henne aldrig att, aldrig, nevar) på Anna-na-Poghue's av den fräkniga pannan. Medan du tolkar torkan höll hon sina fänkålsfrön. Men hon sprang två fot högt i Aisnes mynnings beräknade svallvåg. Detta var kissuahelande med drift för tröst. Och steppar på styltor enda sen dess. Och var hon inte den bråkiga Livvy? Nautiska Naama är nu hennes namn. Två grabbar i scoutbyxor gick genom henne dessförinnan, Barfota Barn och Vältramej Vadande, Log na Coilles noblösa pickts, innan hon hade en hum om ett hår i hennes rumpa att dölja eller en barm att locka en björk fingerpullare ej att förglömma en buktande ölstugepråm. Och innan detta igen, ledning, lagda, allt oredo, alltför svag för att hålla flytande den rimligaste ryttare, för spröd för att flörta med en svanunges fjäder, slickades hon av en hund, Chirripa–Chirruta, medan hon hoppar upp sitt piss, propert och enkelt, i ögonblickets berg i gamla Kippure, i fågelsång och klipppningstid, men först av allt, värst av allt, den vågliga Livvly, hon sidslirade ut ur ett gap i Djävulens dal medan Sally hennes sköterska var i djup sömn i en sluss och, feefee fyfy, föll över ett dammavlopp innanhon fann sin gång och slingrade sig i alla de stillastående svarta pölarna av regn under ett i träda lagt kuttrande och hon skrattade Innisfritt med sina upplyfta lemmar och en hel drös av jungfruliga hagtörnen rodnandes och som ser snett på henne.

Spill mej ljudet av floden Findhorns namn, Mtu eller Mti, några mosslik var vittnen. Och dryp mej varför in i flandern hon var fräknad. Och droppa mej genom där hon hårvågade eller var det konstigt en peruk hon bar. Och vilkensida drooppade de sina glanser i sin snöby, tillbaka för att wista eller kränka sjön? Av fruktan att höra den kära så nära eller längtande eller äcklandes längtan? Är du ute å simmar eller är du ute? Eller gå in, gå på, gå an! Jag menar vad beträffar det du vet. Jag veta mycket väl vad du menar. Rother! Du gillar hättorna och dokena, nosigt, och mej att göra det kladdiga jobbet på gamla Veronikas städprylar. Vad rensar jag nu och tackar jag dig? Är det ett förklä eller är det en röcklin? Arrann var har du näsan= Och var är stärkelsen? Det är inte Wesers välsignade lukt. Jag kan härifrån via deras *eau de Colo* känna doften av hennes odör det är mrs Magraths lukt. Och du borde ha förnummit dem. De har fukt som kommer från henne. De är sidenveck, inte cramptongräsmatta. Döp mig, fader, för hon har syndat! Genom sin uppsamlingsring frigjorde hon dem lätt, men sina höfters hipp hipp hurraer för hennes knäns sägdetint. Den enda floppen med volanger i gammal rätstickning. Så är de, deklarerar jag! Welland-kanalen well! Om imorgon håller sig fin vem kommer trippandes att sightsea? Hur kommer att? Fråga mig nästa vad jag inte har fått! De Belvedareanska utställarna. I deras kryssande kapsyler och roddklubbars färger. Vilket hååå, de band! Och vilket hoa, de bockar! Och här är också hennes nubileumsbrev. Ellis på kajen i scharlakansröd tråd. Länkad för världen på ett hudfärgat fält. Annan exe efter att visa att de inte är Laura Keowns. O, må diabolen sno runt din sökerhetsnål! Du barn av Mammon, Kinselass Lilith! Vem har nu rivit sänder benet på hennes underbyxor hon har på sej? Vilket ben är det? Det med bjällror på. Skölj ut dem och astona dem med dig! Var slutar det? Slutar aldrig! Fortsättningation! Du är inte där ännu. Jag floden Amstelöl avvaktar. Rio Garona, Garona!

Nå, efter att det placerats i Barmhärtig Innerliga Tiggares Sitter-dag-Måndags Vaktskift (för en gångs skulle de ha befläckat sina vita barnhandskar, tuggande omtuggningar efter sina middagar av låtsassvälj och tiggeri, med sin visar oss det här och deras sinne utifrån detta och deras när du är ganska klar med läsmaterialet), även den snön som snöade ned i hans rimfrosta hår hade en sil emot honom. Tö, tö, Savaflöde, Savutoflod! Orkestrera Hennes Chutta Exsquire! Överallt du Eriff rann fram och varje hål du nånsin föll ned i, i stad eller förort eller i förvirrade områden, Rosen & Buteljen eller Phoenix Taverna eller Kraftens Värdshus eller Judes Hotell eller varhelst du skrubbade landsidan från Daddavattnet till Vartryville eller från Porta Lateen till de plundrade kvarter du fann hans Ikom-svall etsat innanlårs ned eller gathörnspågar Camac-ån-ande sim grabb och Morris the Man, med rollen av en royce i sin turbu den fruktansvärde, (Evropeisk chickt hus, oskummat ösregn och yuo jogört, ångbad nu fräck mot mig, tag denna väg Adam, Fatima, halv tum!) rullande och rälsande runt det lokala som Peihosfloden sjöng och ubanjees trallade, med oddfellows tripperltiaras husarmössa rotundaknuffandes runt han skalp. Liksom Pate-vid-Neva eller Pete-über-Meer. Detta är Husmannen helt igenom belagd och stensatt, som plagierade Kabinen som aldrig ägde att spänna hans ben och höna hans Ägg. Och måldrin slödder omkring honom i areopagen, högljutt grälande en stor bingkan Cagnanflod med deras pukor folkmassare. se upp för din Grimm fader! Tänk på din Ma! Hing Hongen är hans Jupiters hängbödel! Tralla en bolero, pressa pris en lag! Hon svor vid korsa Styx-strömmens nio wyndaboutgator hon är ska bli jämnhög med alla dessa ännukrux. Via den Sårbara Jungfruns Maria del Dame! Så hon sa till sej sjelv hon skulle fårma en plan att fejka ett sken, rackarmakaren, vars make du aldrig hört talas om, Vilken plan? Säg mig snabbt och var inte så grym! Vad är det med did she mague? Välan, hon bergenade en idiotsäck, en postsäck av sämskskinn, med ett utlånat lån av sin papperslyktas ljus, från en av hennes utbytessöner, Shaun Postmannen, och sedan gick hon och konsulterade sina skillingtryck, gamle Mot Moore, Caeeys Euklides och Mode Visning och gjorde sig själv tidvattnig att floddeltaga i maskaraden. O gig goggle i Gigigguela-floder. Jag kan inte säga dig hur! Det är för skrärigt för rizo, harjäkta alltsammans! Minneha, minnehi minaaehe, minneho! O men du måste, du måste verkligen! Låt mig höra det gurglande gurglet, likt det avlägsnaste durgla gurgla i den dunkla Dargle-spolets dräggel! Vid Mulhuddarts heliga källa svär jag att jag ska lova mitt skämt ska nå himlen genom Tirry och Killys berg av ogudaktighet för att höra alltsammans, avaiarje ord! O, lämna mig mina fakulteter, kvinna, en stund! Om du inte gillar min story så hoppa ur stakbåten. Nå, gör som du vill, så. Här, sitt ned och gör som du är bedd. Tag min paddel och böj din rodd. Framåt in och böj dig framöver! Läspa det Slaney-rinnande och krusa det tystlåtet. Deel-strömma mig långsamt. Tongue-floda din tid nu. Andasdetta djupt. Thouat är farled. Skynda långsamt och gå till floden Schelde. Låna oss din väldsignade aska här till jag skurar domkyrkoprästens kalsånger. Flyt nu. Öwer mera. Och pooleypooley.

Först lät hon håret falla och ned det flöt till hennes fötter dess Teviot-älvs vindlande ringlar. Sedan, modernaken, champonerade hon sig i Sampood-floden med Galwater och välluktande pistania lera, Wupper-vatten och lauar, från topp till tå. Därnäxt smorde hon in sin köls skåra med Warta- och Wear- och Mole- och Itchen-flodernas anti-illaluktande knäck och turftidvatten och Serpentin-dammen och med lövjord visade hon runt Prunellaöarna och eslats dun, kvinsekvant, över hela hennes små Mary-åar. Guld som skalats från vaxljus hennes jellybelly och hennes gryn av rökelse ålars brons. och därefter flätade hon krans till sitt hår. Hon krusade det. Hon tvinnade det. Med ängsgräs och flodflaggor, kaveldunet och vattenväxter, och med tårpils fallna sorger. Sedan gjorde hon armband av klickande kullerstenar och klampande kiselstenar och nedbullrande packsten, Richmond och Ruhr-svammet, med irisk runskensstenar och skalmarmorerade armringar. Med det gjort, och med en smula fläck i hennes luftiga ög, Annushka Lutetiavitch Pufflovah, och hennes slickepinnar kräm till hennes läppelenor och valet av vattenfärger till hennes kindben, från smultronrötter till extra violetter, och hon sändrade sina Baudelära ungmör till Hans Affluenta, Ciliegia grande och Kirschie Real, de båda chirsinerna, med rall respekt från hans hustru, trött och avlöpt, och en förfrågan må hon be honom om en mycket liten varelse. En uppmaning att betala och tända ett vaxljus, i Brie-on-Arrosa, tillbaka i duggregn. Tuppen slår mino, kioskernas vigselreklam, där väntar Zambosy på Mig! Hon sa att hon skulle vara halva sin längd porta. Då, då, så snart somhan vände puckeln på sin rygg, med hennes mealicbag slängd över hennes axel, Anna Livia, ostronfejsad, steg upp ur sin Bassein.

Beskriv henne! varför kan du inte knuffa på? Spåtta på järnet mens det är varmt. Jag vill inte missa henne för ånting på orden. Inte för alla pengar i Lomba sundet. För Gauds oceaner, jag Mosel-flödigt hör detta! Ogowe presta! Ostvinda innan Julia ser henne! Ishekarry and washemeskad, the carishy caratimaney? Hela ladyn fair? Duodecimoroon? Bon a ventura? Madagaskaring? Vad hade hon på sig, den lilla oudlutade odditeten? Hutr mycket gratinera hon, seldon och vikter? Här är hon, Amnesti Ann! Säg hennes kataklysm elektrifierar människan.

Ingen elektressa alls utom gamla Moppa Nödvändighet, motbjudande moder till röskinn. Jag säger dig en test. Men du måste sitta stilla. Vill du hålla ditt lugn och lyssna väl till vad jag ska säga dig nu? Det kan ha varit tio eller tjugo till ett natten till Allstängt eller nästa april när snärten från hennes Bhāgirathi-Hooghly Ganges-flödes igloo stängnätade och ut tåttrippade en bushman kvinna, den käraste lilla moma du nånsin såg, nickande omkring sig, ett enda stor leende, med försvårande och aues att sjön Awe inger respekt av vattendraget Ems, mellan två åldrar, en judydronning, inte uppför din Elbe. Skynda dig titta på hennes gulliga och grip tag i hennes egenhet för det gnabb hon lever den karda hon odlar. Rädda oss och älvenTagus! Inte mer? Varr därr i Ourtheflöde plockade du nånsin en Lambay kotlett lika stor som en murbräcka. Ay, du har rätt. Jag är än Epte att glömma, Likt Liviam Liddle gjorde Loveme Lång. Min Akilleshäls Linthal-kaskad, jag säger då det! Hon bar en plogpojkes pliggspäckade träskor, ett par plogfält i sig själva: en socketopphatt med en Guadalquivirisk spets och ett band med ärttörne gill ett arnoment och ett hundratal vattenmassor som dansade av det och en guldbelagd pinne till att borra igenom det: en uggelälvs Eulenspiegels tvåglasiga tvekade hennes ögon: och ett fisknätsplåga för att solen inte skulle skada hennes onda sidor: potatoringar örhängda de lösa bersåerna hos hennes lutförsåt: hennes nakna kubastrumpor var laxfläcksfläckig: hon ståtade en Gallégo-flodig shimmydans av dimvajpar Tinto-bäcken att aldrig var snabb tills den rann i tvättning: stout står sig, rivalerna, kantade hennes längd: hennes blodapelsinsfärgade bockölstrosor, ett två plagg i ett, som visade naturliga niggerbyxer, fantasifästade, fria att ta av: hennes zebrarandiga solbränna josef var Sequansewn-flon och teddybjörnskantad, med vågiga Rush Green epåletter och en fastställd kunglig svankragar här och där: ett par Gasper-svallgång som fastnat i hennes strumpeband av rep gjort av hö; hennes civila Codroy-dynings jacka med Alph-älvensbett som var avgränsat omkring med ett tvådubbelt tunnel bälte; en fyra öres slant i varje ficksida vägde henne trygg från Windrush-bubblets blåsa i väg; hon hade en klädnypa tätt grenslad på sin Joki-slingas näsa och hon fortsatte att mala någonting lustigt i sin Fiumy mynning och rrreket av fluve av gawain av hennes snustrista Siouler-prudels kjol spårad ffemtio udda irländska mil bakom hennes Lungar-flödens Rhone-flod.

Satan också, jag har missat henne! Ljuva Gumpti-kluckande och ingen svimmade! Men i hennes mynningars valthornssnäckor. Var hennes flodmynning upplyst? Alla som såg henne sa att simhoppade lilla delia såg en aning mystisk ut. Hilariöst trotsig, se upp för paddeln! Missus, var vänlig och fall inte i sjön! Träskig gammal häxa måste hon ha städat. Kickhams en tantigare än du nånsin såg! Kasta Mos Mullet-bäckens flörtiga ögon på hennes pojkars Dublin. Och de krönte henne till sin Charitron drottning, alla jungfrurna. Of the may? You don't say! Bra för henne kunde hon inte se sig själv. Jag Recknitz-ån-ar varför älsklingen Marrayflöt hennes spegel. Gjorde hon? Hav Mersey med mig! Det var en Körös-biflod av törstdroppande jordbundna män, giftsnokande och pluggtuggande, fruktögnande och blommatande, begrundande hennes filmentations fluktuering och förening, vältrande sig och arrenderande på Norra Lazers Waal-fors hela äälfärdsveckan vid Jucar Och flodernas och så snart som de såg henne meandrande utmed den där maritima vägen i hennes gräsvinters ogräs och fattade vem som var under hennes ärkediakonära bahytt, Avondales fisk och Clarences gift, halvgräs och till Aneberfloden, Kvick-uppå-Kryckor till Master Bates: *Between our two southsates and the granite they're warming, or her face has been lifted or Alp has doped!*

Men vad var bytet i hennes blandade Bhāgīrathī- och Hatti-flöden? Var det bara tembo i hennes tumbo eller pilipili från hennes pepparpotta? Saas-bäcken och taas och specis bizaas. Och var ända in i dunder plundra hon? Före slaget eller efter bollen? Jag vill ha det direkt från källan. Jag slår Aubettevad om min bearb att det är värt medans man tjuvfiskar på! Skaka upp det, gör, gör! Det äfr en bra gammal son of a ditch! Jag lovar att jag ska göra det värt för dig. Och jag mednar inte kanske. Inte heller ännu med en braför. Spey-floda mig Pruth-flod och jag täljer dig sanningen.

Nåvälan, runtGirond i ett Waveney, floden Lyne AringaGaronne-svällde rodde hon och svängde och vek åt sidan, dribblande sin Boulder-bäck genom smala myrar, Dill-drällets sjögräs på vår torrare sida och det vilda vickervinet emot oss, curare här, karriär där, ovetandes om vilken Medway eller Weser den ska ansluta till, antingen till Eder eller Eider, utmed Chattahoochee helt till hennes ain chichiu, likt jultomten vid den blekes och svages cree, Nisling-rinnandes för att höra för sina smärre hjärtligheters, hennes armar omslingrandes Isolabella, därefter skummandes med försonade Romas och Reims, på likt en Lech-bäck som skjuter fart som en pil, därefter badandes Smutsige Hans fläckar med spott, med en julklapp per styck för tillfffödet Aisch och varenda en av hennes barn, födelsedagsgåvorna de drömde att de gav henne, de bortklemade hon flytraskt lade vid våran dörr! På mattan, på verandan och inunder källaren. Rännilarna rann till sjöss att se, Glashapojkarna, Pollyfloderna. Ur likbålens aska vid Pauna-sippret in i elden. Och de alla om henne, barnsliga blytak och oskuldsfulla, från sina slumområdens slam och hantverkliga vällingbor, rakitis och upoplopp, likt Smyly gossarna vid sin vicedrottnings lever och flodbank. Vivi vienne, lilla Annchen! Vielo Anna, high life! Sjung oss en sula, O Susurtukflod! Ausonios si dulcis! Har inte flödet Tambre! Bryta loss henne och höja en bit avfloden Chir eller en Rio Jari varenda dykning hon Neb-kluckade i sin återvändsSacco av Wabash-floden hon Rába-rann och når till ut hennes skärtörstiga meerschaundize, usel souvenir as per protokoll och helt säkert erinras Aringarung-ström, ramaskrib och hälare, sölkorvar och flödeskillar, hennes forsfödda söner och DribbleDerry förlossade döttrar, tusen och en dotter av dem, och korgknytkalas för var och en av dem. För ondska och alltid. Och kikar i boken. En tattares Bann-fors och en Barrow-ström till att koka hans batong åt Gipsy Lee; en kassett med Tupp-i-purjolöksoppa för Kompis den väktande; för solkiga Hängdas sura syskobarns deltoïda droppar, som var egendomligt starka; en hostning och en rossling och vildroskinder för stackars Piccolina Petite MacFarlane; ett puzzle av nålar och filtar och smalben mellan dem för Isabel, Jezebel och Llewelyn Mmarriage; en mässingsnäsa och tackjärnshandskar för Johnny Walker Beg; en helgonens munkflagga och strimmor för Kevineen O'Dea; en pafu pafu för Pudge Craig och en mardrönsmarschande hare för Techertim Tombigby; vattenrör och gummistövlar för vardera Bully Hayes och Horkanen Hartigan; ett slösaktigt hjärta och gödda kalvar för Buck Jones, Clonliffes stolthet; en limpa brödoch en faders tidiga sikte på Val från Skibereen; en utflyktskärra för Larry Doolin, ballucleearen från Dublin; en sjösjuk rip på ett regeringsskepp för Teague O'Flanagan; en lus och en fälla för Jerry Coyle; en krafsfärspaj för Andy Mackenzie; en hårklämma och klaffskål för Penninglöse Peter; att tolv ljud ser efter G. V. Brooke; en drunknad docka, att skåda nedåt för modesta syster Anne Morimmer; altarfall för Blanchisses bädd; Vildlufts knäbyxor för Magpeg Woppington; för Sue Dot ett stort öga; för Sam Dash ett felsteg; ormar i klöver, plockade och scotchade, och en vatikannad romfångares visa för Patsy Presbys; ett reiz varje morgon för Ståndfaste Kuk och en droppe varenda minut för Snubbelstenen Davy; skrubbeks droppar försaliggjorda Biddy; två äppelflodade pallar för Eva Mobbely; för Saara Philpot en jordansk dal teflod Orene; ett sött paket med Pettyfibs Puder för Eileen Aruna att vitna hennes tänder med och överglänsa Helen Arhone; en gyrosnurra för Eddy Laglös; för Kitty Coleraine på Buttermans Lane en penny vett för hennes fåniga tillbringare; en spacklad skovel för Terry från Puckaun; en flodhästmask för Promotorn Dunne; ett påskägg med ett dubbeldaterat skal och en dynamäktig rätt för kyrkoadjunkten Pavl; en cholera morbus för Mannen i slängkappan; en stjärna och skola för Draper och Deane; för Irrblosset Yeats och Geroge Bernhard Bark två nobla foderbetsgulden till Sverige deras bitterdryck; för Oliver Bound en väg i hans frans; for Seumas, fast liten, en krona han känner stor; en Tiberns pirpåle med ett kongoflodens träkors att bäras på rygg för Sunny Twimjim; en lovordens vara och bespara mej dagar för Brian the Bravo: massor med massor av synd om med saker av lusta från Lubilashfloden för Olona Lena Magadalena; för C amilla, Drmilla, Ludmilla, Mamilla, en hink, ett paket, en bok och en kudde; för Nancy Shannon en Tuamibrosch; för Dora Riparia Hoppochvatten en kylande dusch och en värmepanna: ett par fagra tal för Wally Meagher; en hårnål griffel för Elsie Oram att klia sin toby och göra sitt bästa med sina vuklgära fraktioner; en ålderspension för Betty Bellezza; en bluesbag för Funny Fitz; en *Missa pro Messa* för Taff de Taff; Jill, en flickas sked, för Jack, en pojkes bulljång: en Rogerson Crusoes Fredagsfasta för Caducus Angelus Rubiconsten; tre hundra och eextiosex polin River Tyne för drömmeri varpa i vävarens inslag för

VictorHugenott; en styv platsad räfsa och goda spridningsmåtts dynga för städerskan Kate; ett hål i ballladen för Hosty; två dussin vaggor för J.F.X.P. Coppinger; tiopunkter på poppen för daulfiner födda med fem skakade fyrverkerier för Infanta; ett brev som ska röcka en livstid för Maggi borta för askhålet; den bamsigaste frusna matkvinnan från Lusk till Livienbad för färjekarln Felim; kuranstalter och speranza och symposiums sirap för förfallen och blind och giktbruten Gough; en ändring av nav och gladhet från brister för Armoricus Tristram Amoor Saint Lawrence; en giljotin skjorta för Ruben Rödbröst och hamparep för hängslängen för Brennan på Heden; en ekpåknä för konditir Sawyer och Musquodoboiter för Du Store TropiskaTid; en C3 stjälk för Karmaliter Kane; en solfri månadskarta, inklusive svärdet och stämplar för Shemuas O'Shaun, postmannen; schakal md hud för Browne men inte Nolan; en stenkall axel för Donn Joe Vance; allt låst och inget stall för mördade Honour Bright Merreytrickx; en stor trumma för Billy Dunboyne; en skyldig gyllene blåsbälg, under mej blås me, för Ida Ida och en sussababy gunga, Il Trovatore, för Vem-är-silvrig – Var-är-han?; vad du än vill fittsafta till uppsvall, Guinness eller Henessy, Guldbrandslågen eller Fleuve Niger, för Festus King och Rytande Peter och Frisky Shorty och Treacle Tom och O.B. Behan och Banditen Besudel och Mäster Magrath och Peter Cloran och O'Delawarefloden Rossabron och Nerone MaC pAcem och vemhelst du råkar möta som slåss runt; och en gris urinblåseballong för Selina Susquehannafloden Stakelum. Men vad gav hon till Pruda Ward och Katty Kanel och Peggy Quilty och Briery Brosna ach Teasy Kieran och Ena Lappin och Muriel Maassy och Zusan Camac och Melissa Bradogue och Flora Ferns och Fauna Fox-Goodman och Grettna Greaney och Penelope Inglesante och Lezba Licking likt Leytha Liane och Roxana Rohan med Simpatica Sohan och Una Bina Laterza och Trina La Mesme och Philomena O'Farrell och Irmak Elly och Josephine Foyle och Snakeshead Lily och Fountainoy Laura och Marie Xavier Agnes Daisy Frances de Sales Macleay? Hon gav dem ilcka madres dotter en månblomma och ett blodvin: men druvorna som mogna före anledning för dem att dela upp vinplaggan. Så på Izzy, hennes skampiga, skenkärlek befann hennes tårar som från Shem, hennes pennas makt, liv passerade besudlade i förtid av hans glasndagar.

Mitt koloniala, skappan full med Wardha-flöde! En bagares dussin Sindh-vattendrag med tiondels tillier att sparka. Det är vad du skulle kunna kalla historien om en tunna! Och hiberniansk marknad! Allt detta och mer under en krinolinförpackning om du vågar bryta valfläsksigilletr. Ej att unnra på att de springer bort från epidemin i hennes Pison-s vall. Kasta oss din Hudson-soppa för Clanes ära! Stunden testar vattnet vänster. Jag gummiflottar tillbaka det, det första jag gör i Marnes vattendrag. Milda Mercy-floden Mulde-flyter. Ja, och glöm inte rekitterna jag lånade dig. Du har alla virvlarna på din sida av strömmen. Men kan det skyllas på mig om jag har? Vem sa att du är skyldig för det om du har? Du är en aning på den vassa sidan. Jag är på den breda. Bara Bara snusares Cornet-drift driver min väg så att dagbräckningens Dvina kastas ut ur hans prästkappa, med hennes förra påskens träsk narcissus får honom återta sin fåfängas marknad. Jag ska bli läsande fula ränder på hans västanvinds bibel, gjorde väl upprördad men skrockade av skratt åt titlarna som dras på titelbladets skvaller. *Senior ga dito: Faciasi Omo! E omo fu fo.* Ho! Ho! *Senior ga dito: Faciasi Hidamo! Hidamo se ga facessà.* Ha! Ha! Och *Die Windermere Dichter* och Lefanu (Sheridans) gamla *House by the Coachyard* och Mill (J.) *On Woman* med *Ditto on the Floss*. Ja, en sumpmark för Altmühler och en sten till hans dunigheter! jag vet hur saftig de rör hans hjul. Mina händer är Blau-fluss blåkullakalla mellan Iskar och Suda likt det där mönsterstycket Chayney-loppet där, liggandes nedanfors. Eller var är det? Där jag låg vid sidan om starrgräset såg jag det. Hoangho, min gula sorgflod, jag har tappat den! Aimihi! Vem kunde se med så torvmässigt vatten? Så nära och ändå så långt borta! Men O, Gihon! Jag lovat en gabber. Jag kan lyssna till Maure-porl och Morava-bubbel igen. Regn onder river. Flyger gör din flotte. Tjock är livet för kärr.

Well, du vet eller vet du inte Kennet-drickat eller har jag inte sagt dig att varje story har en skröna och det är dess han-et och hon-et. Se, se, skymningen växer! Mina luftiga grenar håller på att slå rot. Och min kalla flod Cher har blivit floden Ashley. Hurdags? Filur! Vid vilken ålder? Det är Saône sent. Detta ändlösa numera vattenvägen Zennes Eye-lopp eller Erewons strömsvall såg Waterhouses Clogh-skval. De tog i sär det, hörde jag dom sucka. När ska de sätta ihop det? Å, min rygg, min bak, min Bach! Jag vill resa till Ont-i-Aches-flödet. Pingpong! Där finns the Belle-river för Sechseläuten! Och Koncepta de Sänd-oss-bön! Pang! Vrid ur kläderna! Vrid i daggen! Godavarifloden, Vert-vattnet duschar! Och beviljar bifloden Thaya det Grace som också rinner! Amman! Ska vi sprida dem här och nu? Ja, det ska vi. Flip! Sprid på din bank och jag sprider på min sida. Flep! Det är det jag gör. Sprid! Det är skvalpande kallt. Derwents vatten stiger. Jag lägger några få stenar på vandarhemmets lakan. En man och hans brud omfamnad mellan dem. I övrigt har jag bara bestänkt och lagt ihop dem. Och jag knyter mitt slaktarförkläde här. Ännu ingen njurtalg. Flanörerna ska gå förbi den. Sex skift, tio näsdukar, nio att hålla mot elden och denna för Code-plurret, konventets servetter, tolv, en babyhalsduk. Goda moder Jossiph vet, sa hon. Vems huvud? Snarkar Mutter? Deo gratias! Varnu är alla hennes barn, säg? I svunnet kungadöme eller kommande makt eller ska ära vara med dem längre fram? Sediment som sköljts av vatten som rinner, Anna Livia, Hallelujah! En del här, inget mera mera, mer igen förlorade alla främling. Jag har hört sägas att samma brosch från Shannons blev ingift i en spansk familj. Och alla de Dunderbyxor af Dunnes i Marklands Vinland bakom Brendans laxbassäng tar nummer nio i Yang-Tse-Kiangs hattar. Och en av Biddys pärlor började studsa tills hon samlade ihop förlorad Evashistoria med en ringblomma och en skomakares vaxljus i en sidosträng av en huvudskvätt i en mansomharbråttplats vid Manzaranes strand vid sidan om Bachelor's Walk. Men allt som finns kvar till slutet på Meaghers under loppet av de prefigerade åren och mellan är en knäfraktur och två hängare framtill. Säger ni mig det först nu? Det gör jag i tro och loven. Orara ber för Orbe och Las Animas! Ussa, Ulla, vi äro alla floden Umbas! Mezha, Västra Dvina, hörde du inte alla tiders syndaflod. Ufer och Ufer, respondera till spond? Du gjorde, du gjorde! Jag smorde, jag smorde! Är det Irrawaddy jag har spolat öronen med? Det allt utom huschar den minsta floden Lethes zskada. Orinoco! Vad är ditt problem? Är det så att den store Finnledaren själv i sin skojarkimono Joachim Creek rider på sin statys höga hästbäckar där forehengist? Flodernas fader Otter, det är han själv! Yonne skummar där! Är det så, Isset? På Fallarees Commons? Du tänker på Astleys Amphitheayter där bobbyn hindrade dig från att göra sockersvängstrutar åt Peppers gastvita häst. Riv bort spindelväven från dina ögon, kvinna, och sprid din tvätt rätt! det är tur att jag kan din sorts tvättvatten. Dask! Nyktert Irland är stelt Irland, Gud hjälpe dig, Maria, full med fett, lasset är hos mig. Dina böner. Jag trodde det! Madame och Amman, bra floder! Vore du lyftande din armbåge, säg oss, glaserade kinder, i Conway-älvarnas Carrigacurra kantin? Var jag vad, Hobble Creeks hoppar fram? Flopp! Din sällsynta gångarts grekoromanska pollare håller dina skinkor inte med om. Jag är inte uppe sedan fukten hudgarvats, martaochmary á la Cook-floden, med Corrigans puls och åderbråck, min barnvagns hjulaxel krossad, Alice Jane i förfall och min enögde byracka överkörd två gånger, genomblöt och bleknande ångpannepaltor, och kallsvetandes, en änkling som jag, för att golva min tennismästarson, rengörningsmannen med flannelbyxor av lavendel? Du vann och rann din Limpopo hälta från de kraftiga husarerna när Halsjärn och Handfängsel var stadens arvingar och ditt sludder gav stank till Carlow. Heliga Scamander, jag ser det igen! Nära de gyllene vattenfallen. Isis över oss! Ljusfloden Saints! Biflödande Zezere! Sänk ditt oväsen, du ödmjuka varelse! Vad är det annat än Blackbury-älvens björnbärsbuskar eller dwyers grå åsnor som fyra gamla kufar äger. Är du Meanam-floden Tarpey och Lyon och Gregory? Jag menar nu, tack alla, fyra av dem, och deras brus, som drog de där vilsekomna i dimman och på köpet gamle Johnny MacDougal med dem. Är det så att Poolbegs blinkljus bortom, Pharphar fyrtorn långt borta, eller en brandbåt nära floden Kishtnas kust eller en glöd jag skådar inom en häck eller min River Garry återvändande från Indus? Vänta tills smekmånen, älskling! Dö evaflöde, lilla eva, dö! Vi ser det där undret i ditt öga. Vi ses igen, vi ska återigen skiljas. Den plats jag söker om timmen ska du finna. Mitt sjökort lyser högt där den blå mjölken är utstjälpt. Förlåtmejsnabbt, jag ska gå! Jöajö! Och du, plocka din klocka, förgätmejej. Din Evenlode-ström. Så vänta till resans slut! Mina syner simmar tjockare för mej genom detta ställes skuggor. Jag såg långsamt hem nu för egen maskin, via Moyflodsdalen. Towy älven jag med, Rathmin.

Ah, men hon var i alla fall den egendomliga gamla vännen, Anna Livia, billigt smyckade tår! Och var säker på att han också var den ovanlige gamle skit också, Käre Kladdige Klimp, fosterfader till Fingallarna och dottergillarna. Gudmorsa och arbetsledare vara alla deras gangstrar. Hade han inte sju dammar som hustruade honom? Och varje damm hade sina sju kryckor. Och varje krycka hade sina sju nyanser. Och varje nyans hade ett avvikande skrik. Träskmark för mig och kvällsmat för dig och doktorns räkning till Joe John. Beför! Bifur! Han äktade sina marknader, billigt orent spel, det vet jag, precis som vilken Etruriansk Catolsk Hedning som helst, i sina lillfingrade krämiga bnirnier och deras turkiturkost indiska malvafärger. Men vem var makan vid tiden för Milkflödesmässan? Allt som var då var rimligt. Hysh, detta är älvornaas älvland! Massor med tider och ja mån han leva. Samma på nytt. Rundgång ordovico eller viricordo. Anna var, Livia är, Plurabella ska bli. Nordmäns saker byggde sydfolks plats men hur mycket pluratorer gjorde var och en personligen. Latina mig det, min Trinity-flods Treeniga College, ut från eder sandskritt till eran arier! *Hircus Civis Eblanensis!* Han hade på sig getabocks paps, mjuka ena för horungar. Hå, Herre! Tvillingar från detta sköte. Herren bevare oss! Och hå! Vad alla män. Het? Hans fnittrande döttrar från. Whawk?

Kan inget höra med vattnen av. De tjattrande vattnen från. Flaxande läderlappar, fäktmöss baktalar. Hå! Har du inte gått hem än? Vad Thom Malone? Jag inte hora med slagträns skall, hela tin lyftandes av Liffeys vatten. Hå, snack rädda oss! Mina fiender vill inte mossa. Jag känner mig lika gammal som almen dör borta. En berättelse om Shaun och Shem? Alla Livias dottersöner. Mörka hökar hör oss. Natt! Natt! Min ho går mot hallar. Jag känner mig lika tung som stenen där borta. Berätta för mig om John eller Shaun? Vilka var Shem och Shaun levande söner eller döttrar till? Natt nu! Säg mig, säg mig, säg mig, alm! Natt natt! Sejmejsaga om stam eller sten, Vid sidan om rinnande vatten av, hitochditande vattnen av. Natt!

II.

Varje kväll exakt vid tända lampslaget och tills vidare i Phoenix Playhouse. (Bar och bekvämligheter är alltid öppna, nedför trappen på Diddlem Club lotteriet.) Entertrans: rastlösheter, ett klös; kvaliteten, en stor skilling. Nyligen affischerad för varje veckodags parfymträdanden. Söndos massinéer. Genom arrangemängd, barndröms timmar, experkaterad. Syltburkar, spolade porterbuteljer, tagit ett tecken. Med dockteaterproducentens nattliga omfördelning av roller och spelare och dagligt dubbande av nattmanglande repetitioner, med den välsignade; på den Helige Genesius Huvudrullaren och under distingerade beskyddet av deras Äldreskap di Gamble från de fyra hörnen i Findrias, Murias, Gorias och Falias, Messoirs the Coarbs, Ljusets Svärd, Strålande Dödisgrop, Ryckets Spjut och Pierre Dusort, medan Överbefälkejsaren ser. På. Senat. Som spelad på Adelphi av Bröderna Bratislavoff (Hyrcan och Haristobulus), efter humpteen dumpteen nypremiärer. Innan alla kungens hesa ropare med alla drottningens mamma. Och ord som gott förlorade över de sju havens massutbrott i kelthelenskteutonslaviskzendlatinsanskrit. I fyra tubloider. Medan ormbunke må kalla oss tills grovkornig snö gör kyla. *The Mime of Mick, Nick and the Maggies*, härledd från Ballymooney Bloodblåa Mord av blåkindade Black Dillion (författarmässigt ›den stora romanen›), presenterande:

GLUGG (mr Seumas McQuillad, hör gåtorna mellan roboten i den övre raden och skämtskrivaren i skurkens galleri), sagoböckernas bålde dystre pojke, som, när ridån går upp, som vi upptäcker, för att han visste för mycket, har skilts i vanära uppvaktad av

THE FLORAS (flickscouter från St. Bride's Finishing Establishment, demand acidulateds), en månads knippe söta ungmör som, medan de valde henne, sitt favorithatobjekt, utgör med valkyriansk rätt skydd för

IZOD (Miss Butys Pott, be uppsyningskvinnan om en broschyr), en förtrollande blond som gör förtjusande gropar och bara närmas i kärleksfullhet av sin tacksamma systersspegling i en spegel, opalens moln, som, efter att ha dumpat Glugg, är dödligt fascinerad av

CHUFF (mr Sean O'Mailey, se kritan och den sangvinska piktrografen på säkerhetsdroppen), den fine franke fåhårige fånen från fablerna, som brottas för första platsen med den balle busige bleke bojken Glugg, geminalt om kepsar eller kukar eller kappsäckar eller mossgatt eller skjuta rö'skinn generellt eller nånting, tills de omfamningsföreskuggar ett mönster av någon annan eller andra, varefter både förs bort från scenen och tas hem för att bli väl intvålade, tvättsvampade och skrubbade igen av

ANN (Miss Corrie Corriendo, Grekisk skola, ta med ungarna, Pieder, Poder och Turtey, hon mistrubierar skärtorsdagstvagningens almosor, efter förlätelsen, hendrud aloven entrees, pulcinellis får inte missa vår nationaltupps ragg), deras stackars lilla gamla moder-i-stället-för, som är husets kvinna, och spelar mot

HUMP (mr Makeall Gone, läste Laxedalasagans ordspråk i programmet om kung Erik av Sverige och andarnas viskningar i hans magiska hjälm), skydda-enpipa med vakt och överdel, kappa, vapen och anhängare, alla våra klagomåls orsak, virveln, blixten och trubblet, som, efter att delvis ha återhämtat sig från en nyligen timad riksrätt orsakad av evighets ägg, men alltigenomochalltigentligt förkonverterad, föreslagna för cyklogiska, är, pryder återigen segel, stagsegel och kungligheter, i skepnad av substansen för membransen hos umbransen med remanensen hos emblensen uppenbarande en quemdam superlast, av Råkkolonier, Påvihagen, engagerad med att underhålla sitt pilgrymmaste tullhus vid Caherlehome-upon-Eskur dess bildhuggna personer

GÄSTERNA (Komponenterfrån Kvällskurserna vid St. Patricius' Akadem för Fullvuxna Gentlemän, Konsulterar annuariet, kallporters sippsuktion), ett knippe av ett dussin representativa lokomotivmedborgare, varje värdshus sökande efter utfärder, som fortfarande är mer hafsigt serverade efter varje cupfinal av

SAUNDERSON (mr Knut Oelsvinger, ledig tiffsdagar, skulle inte stanna i dåligt, imiterad plattfisk, fackelbärande superapa, blindgånget halvpund, inget te dagligdags, rolly pollsies, Glen från Downs, Gungner, hans geysirverk, hans lokesstroke, o.s.v.), en scherinsheiner och en fördärvarpräst, obekymrad om myteriet men under influensande av mjöldaggen och rumpan på

KATE (Miss Rachel Lea Varian, hon berättar förgreningar för ungkarklar, under purdah av kort handflatsläsare tekanna spottkopp Madam d'Elta, under tassarna), knasboll-och-karottarbetsmyra, hvilka tror önsketingsatt, hvems blir kyrkogården eller horshorts upp med åäsgåärdar, spelet måste fortsätta.

Tid: innevarande.

Med futuristisk enhästs balletbatalj bilder och Parad av Passerad Historia upparbetad med animala variationer mitt bland eviga axplock mangroovelabyrinter och beorbtraktorer från Messrs Duns och Blunder. Skuggor av filmfolket, massor av det goda folket. Suffleranden av Elanio Vitale. Långskott, närbilder, ner i svart och sceninsläpp av Hexenschuss, Coachmaher, Incubone och Rocknarrag. Skapelser smakfullt formgivna av Madame Berthe Dela – mode. Danser arrangerade av Harley Quinn och Coollimbeina. Skämt, skoj, svängomar och skålar för Likvakan lånade från egendom tillhörande den framlidne cementerade mr T.M.

Finnegan Vila i frid. Läppmasker, och hårperuker av Ouida Nooikke. Frukter och Floder av Kreuger och Tull. Turkisk pipa av Kappa Pedersen. Skärmössehatt med tjugofyra väderhål av Morgen. Bosse och stringbag från Heteroditheroe's och All Ladies' närvarande. Träd tas för ympat. Sten kluven. Fenecisk blandning och Sourdanianska vattenpottor från Shauvesourishe och Wohntbedarft. fröhandlargrabb. Testikelgrepp bag från Allmänna Postorder. Cracket (det är Cork!) från en gudarnas rökare. Interjektionen (Buckley!) av eldement i gropen. Tillfällig musik som gudasänd arangerats av L'Archet och Laccorde. Melodiotiositier i ren fusion enligt partituret. För att börja från början behöver vi hjärtlig markering, en samhällsbön, var och en seg selv nok, och som avslutning en exodus, vi anser det bra att tillägga, en koral i kanon, bra för oss alla för oss alla oss alla alla. Sånger mellan handlingar avAnnapolis dubbelamfioner, Joan MockComic, maanlig sopran, och Jean Souslevin, fin bas, respektive: O, Mester Sogermon, ef thes es whot ye deux, sedan är jag inte förvånad att du vill ha en flaska av Sauvequipeu och Oh Off Nunch Der Rasche Ver Lasse Mitsch Nitscht. Till toppscenerna om klättratebaks katastrofhör, *The Bearded Mountain* (Polymop Baretherootsch), och *The River Rumps to Nursery* (Maidykins i Undiform). Hela tugogmagoget, inklusive avsnitt förstådda att bli utelämnade som resultat av respektive titulärers uraktlåtande att producera sig själva, att bli färdiga för en efterantagning av en Magnifik Transformations Scene som visar RadiumBröllopet mellan Neid och Moorning och Fredens Gryning. Renhet, Perfekthet och Oupphörlighet, Väckande Världens Trötta.

Ett argument följer.

Tjockis var en nängel då och hans swärd blästrade likt blixtbeslag. Fulls topp. Sjungtigt, sanktigt, fogligt löst, försvarigt nous från strykaomkringar. Gör ett sken på förbannelsen. Ämen.

Men Dublin sulfa var i Glugger, det där förlora-till-lurning, Punkt. Han spolerande och sprutande, spottande likt enfaldig, vispande sin ögonhåla och skärandes sina spenar över kylorna från existerare och de ythre lubbockar av liv. Han har en kuf vald ett lerblad och prisar sina treklöver. Att skiljas från dessa, mina korsetter, är in i överlängtlig frukta. Fothandlingar, hov och jarrety; atleters långfot. Upp med hakan!

Bland detta antal kvellar, men hur fridfulla i sin soggestivhet fanns dessa första flickaktiga rörelser, med självningar av flykt som utlösts och pirrningar av skalvklockor i rondell efteråt, med vinglingar som gjorde skimmerskak snarare natteligt hela de skymningssänkta fläktar och skylysta fyrbåkarna från honbakom honoms bak. Sammy, kontakta. Mirrylamm, hon led alla sjukdomligheter av det som inte har hörts av. Mary Louisan Shousapinas! Om Arck inte mera kunde freda sina agnoler från den vanklige ulluige vargens trix! Om alla hennes dipandump hjälpenbits iriska signiks från en Fader Hiogan till Mutther Masoner kunde inte detta Glugg att fånga henne i kolören av hennes brudhet! Inte Rose, Sevilla eller Citronella; inte Esmeralda, Pervinca eller Indra; inte Viola ens eller alla av dem fyra teman över. Men, monthaget fastnar i syltburken, jag är (twintomine) alla dessa ting. Upp tättigt framtill, ner igen på fri fot, dröm och trummande på hennes rygg och ett pop från hennes vissling. Vad är det, O heligasoldater? Isot givin yoe?

Upp stapplade han, munterhet du gäss, med sök en slang som dog near sjön, strålande ungn och väldig i stillhet och om du vad du må kalla för mig vill jag önskadumåvälja åt dig.

Och de är mötta, stalls inför ett ställningstagande, de är satta, kraft till kraft. Och inget sådan Köpenhag-Marengo var mindre så lottad för ett fall sedan i Glenasmole av Smilande Trastars Fläck Vita förbi O'Sheen uppbistrad.

Hindra dig, skaldebroder! kom evengelionen, sabelklander, hela vägen från Den Heliga Johannas Skog för att döda eller stympa honom, och bli dumm men elakhet hindras. Det skulle erbjudas till hans bortstrukna en hans strunt från gräset.

Ett utrymme. Vem är du? Kattens moder? En tid. Vad saknar du? En drottnings utseende.

Men vad är detta som är vad nån ska fatta? Sökningar, hjärnor är bråda, feindern.

The hursttsägatill detärvadär hanmåstesommåste worden schall. En mörktungad, slughet. O gudarisk! Heliotrope lära, den usla lögnen. Han frågadet från hoothed eldsköld men det gick unter i den matteuska himlen. Han brusade det från luften men det gav inget tecken inget budskap. Han betrycktade blomingsgrunden där bara hans korn grydde. Till sist lyssnade han tillbaka till beckringningen hur hon sattog ensam så gemensamt. Skanda för skolgång.

Med ingenting en bunden en från det ordlösa antingen.

Item. Han var hårdställd sedan. Han villade gå (nånstans) medan han våtväntade. Utem. Han önskade sörja på de goda personerna, som är de fyra gentlemännen. Otem. Och det dröjde inte länge förräns han kände sann forim han var gutta perka och det var kort efter det att han narrade migansatt till mehynte han var en injan rüber. Etem. Han var hos sin tänkares tanter att ge (de fyra gentlemännen) närvaron (av ett lik). Och detta är vad han skulle vilja. Hanvek de fyra; de fann de dråsade stenarna; de blev sjuka av den spadade ankan: och han gräsmattade staden med det mestas rest. Atem.

Tillvartsom vidhängande vårasagor.

Ah ho! Tenne stackars Glugg! Det sas så om honom avseende hans gamla snittmamma. Sannerligen beklagansvärt! En ödestiger, O ödesdiger! Och hela fraktfullheten som han inheberade efter sin höjdfödde dörr vakt. Ibland tornbar! Med denne hehry anlets på honom och leksaksljuset som tränger ut ur hans hålor medan hon bortdrivande spranklade hela honom med sina nätter av interregnering: Hur gör du det där lägg ett lock och passera en poker, säg? och ber honom ta hand om henne, luta och luftigt. Sjung, sköna harpa, sång för bara mig! Så att Glugg, then stackaren, i denna limbopöl som var hans undermissvetna han kunde skräms av all knytkunskap huruvida hans morder hade spräckt en babblare eller om fågelstenarna som träffade hans trumma var den där nästan hans skull missade henne. Dimmigs snabel eller mitt i hans flytning? Å hej! Körvel, ve!

Den ungdömligt fröjdesamma frilles-in-pleyurs visar sig nu dragna, om emellertid en, eller, om i florileague, uppdraget medvetet vid hindersiktet hos deras vanlige väktare. Hennes pojkfiende eller deras, om de är så flertaliga. kommer upp som en fallucketrapadörr, tankande hur han måste finna för sig själv med stirrverk vad deras färger bär som de är alla visar sig uppdragna. Trötton, cacheton, trött-ton, ba! Tillfredsställer det inte ungdom, herrn? Quanty purty bellas, här, Madama Lifay! Och vad tänker du använda för att charma till dem, säg, Madama? Askungeaktigt vinkla hennes tofflor; det var cho chimy ännu bringat henne en brudgum. Han vill ångest av dem från deras gemensamme väktare vid nästa uppställning (som verkligen är stötvärjan av de två fast vardera brodern kan hålla in egen, särskilt sedan han bundit det samman med sin hand hela tiden, huvudsakligt, ett enkelt graciöst: Mi, O la!) och återlöste denna thång från hans konst: Hast thu känt likt en kabunkel nån gång? Jag försvinner som hans poohoor brådmognad deras är en smula fnitterfnitt av uppslappenhet (Grabb-av-min-själ, se!) och ordförtänksamheten är uttryckt klingljudandes via sina församlade tutor, fast inte i avsikt att vara klipsk, utan bara med ett vift på sina höfter gå till troja och harfa en fantast hos honom själv med hela den där historien till ulstramarinerna. Annorlett, hållande sina oljud, insinuerar de tyst privat, Ni, han stiftar fred i sina predikningar och spelar med aktning.

Varulvv! Olff! Toboo!

Så olff för sitt tophivecks rynk gjorde räd, likaslicka somben skullesringa; och han ankrade på sina fötrstockade med buk buks lån. Frågandes: Vad är mina muffinstoppadevärkar till för nuförtiden? Till korn: Andas och oroas och vadärförbannelse. Andas sedan mer oro och mer vadärförbannelse. Sedan ingen andning ingen oro men worrawarrawurmer. Och Shim skaha skam.

Som Rigagnolina till Mountagnone, vad hon menade han kunde inte kunna. Allt hon avsåg var gyllten silvup, allt hon avsåg var någon Knekts ploung jamn. Det driver henne kallad liksom han är så dumpad. Om han skulle prata ensligt i stället för att bara stå och glo som om yateman hade stuckit fast sin sticka alltmens han pratar och om han skulle inte luddigt så! Hee. Teka, sköna fågel! Mitzymitzy! Fast jag åt tuft gräs är jag ingen mossdoxy.

– Har du månsvavelsten?

– Nej.

– Eller Helvetseldstein?

– Nej.

– Eller Van Diemens korallpärla?

– Nej.

Han har förlorat.

Ut och greppa, Gliugg! Förvadå? Forma dina rumpor, Glugg! Fårväl! Ring vi runt, Chuff! Faiwell! Helförtjusförtjus insides jämnt. Allt är ris med deras virvel!

Ändå, ah tårar, vem kan hennes mater vara? Hon har lovats han höll öga på henne. Att försöka upp henne snyggt. Men nu är det så avlägset och så färdatoch så vidare. Jerry för utflykter. Alibi! Flydde!

Alla flottigheterna och alla mossigheterna de spillde på hennes draperat sprängfylld. Knutrosetterna, showmängderna, de vissnade till olycksfläckar. Pärlagrafen, pärlografen, visste häxlikt huruvida gråta eller skratta. För alltid nere i Carolinas härliga Dinahs prisar deras utsikt.

Stackars Isa sitter ett dunkel så glimmande i skymningen; gnistorna en snudd fläckad vind utan kärleksnojs kring svanen hennes. Hej, tös! Vaffö glöder hon så dyster, denna pooripathete jag sålde?

Hennes beundrares attraktion har svalnats. Var tillräckligt snäll för att sympe-risera. Om han är någonstans är hon där för att gå med honom. Om det är ingenstans ansluter hon sig också. Men om han ska vara en son av Frankrike så förblir hon en dotter till Clare. Medför renfana, kasta myrten, strö ånger, ånger, ånger. Hon tonar bort likt Journees kläder så du kan se henne nu. Ändå vet vi hur Day Färgaren jobbar, i dimma och djup och dunkel och dämpat. Och bland skuggorna som Eva nu bär ska hon möta enny fästman, mötesplats och troll. Mammy var, Mimmy är, Minuscolines ska bli. I Dee doppar en dam och damen drömmer en damsel men damsellen dresserar dockan och dockan gör en dulcydamble. Samma förnyelse. För trots att hon är ogift kommer hon efter förstärkning att slampmaka hur att hoppa. Hippa det och trippa det och spela och sjung. Lord Chuffts himmelsgeraff och Gluggs måste swinga.

Så och så, tå efter tå, till och från går de runt, för de äro inglare, som sprider nickar som flickor som kanske, för de äro en engels krans.

Kashmir strumpor, frigjorda strumpeband, dåliga skor, snabbt ut med selver. Enkronas mössor på skyddsförklädda loppisklänningar och den ring på hennes pekfingers finger. Och de löper så loopigt, loppigt, när de länkar till lyster. Och de ser så älskliga ut, älsklysta, snärda i en nuptiös natt. Medsomliga glimtar i. Ochbulvan glamtar ut. De hotar det en aning, en varning, en maning. Därefter en rumpritt runt i rutt.

Berätta för dem alla men berätta för dem åtskilda, cadenzando coloratura! R är Rubretta och A är Arancia, Y står för Yilla och N för greeneriN. B är Boyblue med odalisk O medan W wattnar novembminnets flöretter. Fast de alla är bara en skolflicka gick det ändå på detta sätt. Mot bakgrund av att avenydansen rör sig medryckande runt. Fröken Oodles från Anems före Luvium gillar. Så. Och sedan gillar igen. Så. Och fröken Ändlös från Eoner efter Dies från Eirae gillar. Så. Och sedan gillar återigen. Så. Winsures många knep.

Specerihandlarens oanständighet hon smiter sin hand ner i bönbagen, damen som väntar smuttar sin soppa från parafinkannan, fru Vildhare Kvickdoktor höll sin snabbhet uppför gångbron den blixtlika instinkt hon bedriver om ett tingel från dunder, änkan Medgrievy hon knyter katters vaggor, denna myckvackra aktris kopplar en harhund under sin tunga, och här är flickan hon har knäsatt på kallamodigt sätt och hon har sagt sin präst (spt!) att hon är krukad på en grabb (chp!) och denna tös inte minst, denna päsewalliga kvinna, som hon skriver fotrikedomar money times över i daghemmets damm med hennes förmögna tumme. Buzz. Alla bortsprungna får återskuttade bopeep, lämnande sina tonår bakom sig. Och på dessa sätt begav de sig, Och på dessa sätt gav de sig iväg. Winnie, Olive och Beatrice, Nelly och Ida, Amy och Rue. Här kommer de tillbaka, hela det glada gänget, för de är blomstren, från fansi och pensé till vallmons rodnad, förgät-mig-ej, allt under det att där det finns löv finns det hopp, med primtims fint och giftdigmedmigs blomning, alla blommorna i ancelles trädgård.

Men återomkastande därut från dessa palmflator av perfektion till ilsken lövsal, trädställ monatan, hoptryckt utifrån oceanens galltjut, vilt grön med vejdeblått, vilka turneringar av komplettmeterande ursinne skakade divlunen från hans slagval till hans mages shentrum medan han visade hela sin synbara vanäras förbannelsers vetenskap. Han kände sig så skojig och golvade efter en replik, allt över vilka flickor som han inte kände till vilkas kulör.

Om ta en titt gaziös bara skulle gärna småle ett smil skulle han smeka ett lovord han åt någon trevlig bit fluff. Men inget tecken avslöjar det okonnekta. De har alla odds emot honom, bästisarna. Skrapa. Starta.

Han sänkte sitt huvud i Wat Murrey, gav Stedwart Ryall en puck i plexus, brottades en skynda-på-fackförening med Gillie Beg, strök bort alla sina sinnen, krigiska och betjänande, ut från Shrove Sundy MacFearsome, exkreverad lika fritt som vilken fradgeblåsare som hällts ner i MacIsaac, hade en bälteskamp, kysk till kysk, med Myck Väs för ingenting och, barndoms ålder varandes ja skamlätt, tel en tatarisk tastarin tandaktig tarrascone turton, utrustelse klamdopigen, imbrettelerat sig själv för när som hälst en sägbar med vad hängde över till den Machonattliga Mitten från MacSiccaries of Breeks. Hem!

Samtidigt som, helt enorma mammaproblem från vemodig monsie, plundrande i hans sinne, son till Everallin inom honomsjälv, han bögig. Macnoon maskigt magasin! En kopparsmed biskops kors! Han skulle splittra. Han skriker högt likt helige Trichepatte. Sök helveten varifrån jänkiga öbor petriotens syndaförlåtelse. Mocknitza! Genik! Han tar eka kom först dagrene dag överbred tumlare, grov och mörk, tills när lusthusets duschskur med tre skjortor och en vind, pagoda permittering, krokolevante, brucen, coriolanon och ignacion. Från potäter till det sekulära men från helgonnamn till nowtern. Byebye, Brassolis. Jag breavar! Vårt krig, Dully Gray! En conandröm av lodascirklar, han här slusslutar. Inget mer Gelchasser! Miskaneri för ministrariet åt alla Arams semar. Shimach, Eras eon. Morsan är förs maxim, bann förs bok och Knipsamma Dora för häckhängd hellfröken. Och Onkel Silanse diligenscoach. Avstängning av framgången. Han gick helavägen själv för tranbärs förvisnings vård av Pencylmania, Bretish Amerika, för att mjukna mrs Gloria av Bubker's Trust, återbolagiserad, (brontë!) av meteoromantik och språkifierad hydrogen, sluta upp med att hylla ett bråttom laracor och fånga Paname-Turricum och återvinna den där frånvarande sölige ghettotypen, hans omedelbara sinne, via en gränd och omväg med biljett tillgänglig getrenta år. Rätt för Ryttaren Rovy. Från distansens säkra sida! Libera, nostalgia! Beate Laurentie O'Tuli, Euro pra nobis! Varenda munk sitt eget kastell där varje liten liggare är hans egna ligiotenente med sluttande jamber i full insyn till hans förhall och till gymmet vid hans altarskåp. Flyjordensslut, eldflykting! Han skulle, med den största lätthet, innan vägande mitt i kurvan, via kära hem truskeln på den häftiga kanalen, för andra platser på Jorden, (häv ett ohanterligt, vattengosse!) gör en av hissar med en knackaenkossa och en sky av gymnasister och fyrar av, likätar ghiornal, rutten subförbränd slamlera, hans parodiska epistel till de finkulturella snobbarna. Från Cernilius slomtid Toumarias avsikt att koppla i Anedtcg. Salvo! Dammigor och steklemän! Inga fler tordönsskrällar! Fria löv från allausla! All tinsammon i yordet! Med skada och värkar till bortre ändringar! Vila primater stoppar honom inte från att avla en skrivning i behändiga vindsrum. *Nom de plume!* Gikt fastspände Fennländarna! Och skickade Jarge för Glada Inkländare! Och du skrämmer folk om hans vinskaks bög! För han är generalen, var så säker att han är. Han är General Bjällersome.

Gå in för skribenär med arthurers övermättnad i S.P.Q.R.iskt och informera den gamla fnissande publikserande pressen och dess nation av bituksagäre om hela den belägenhetna trofastheten dem emellan, myladys malady gjorde melodi av malodi, hon, lejoninnornas Lalage, och honom, hennes ärkeknekt. Till Vildrosen La Gilligan från Croppy Jollerhora. För allt inom kristall distans.

Ükalepe. Äcklarnas uppbrott. Hade Dagar. Nemo in Patria. Den som lunchar ute. Skylla och Karybdis. Ett undrande vrak. Från Sjöjungfrurnas Taverna. Mobbarberömd. Styggakalvar. Misärens moder. Valborgs Nacke.

Maleesh! Han skulle blotta för den otrötta världen Leimuncononnulstrias otrötta värld (och vilken klädpoker globtrottel de par skulle se ut!) hur trädalagt, hans skitbubbelsluk, sabbatarianen (må fraktion splittra hans skägg!), också han hade ett väldigt stort och i sina tomashundrar och hur hennes Lettyform, hans tandlösa kuksug, det där koagulerade främjaren, hon hade aldrig upphört likvakande maltmakare bland johansönerna sedan doften som den där köttyxan tilldelade henne gjorde hennes mikroklyfta lika öppning som långt ner. Så de fiskade i kitteln och fäkta sig fria och om hon bet hans svanshäck allt hade tiffin i stället för te. Han brukade bara sitta det allt nedskrivet just som han var van vid att sätta upp allt i vridfull takt i kludd och tomhet, tänjbärande till ingen människa i ignoranta hymner, seendes hur hjärtdum sorg han var, har hans biktstols tillståndet att tacka för. Och, avläsande hans kötthud och skrivande med hans vingpenna, fillbörda niofrågor med det för hans auditorer, Castor och Pollux, en mest moralkulös jeremias huvuds syndbokför alla folken, under presidentskap av sigillhögens succé, en skabli hjältinna, helt igenom uppskattad av många så meny på block vid Boyrut säsong och för deras konto ytterligt beundrad av hennes make i ensam intimitet, om vilka sade till hans inrejag och kuslighets dineurekahos hans spöktroskåp och varför han var av från färg och hur han är både i bakhåll uppe på själva det egna spottet, först på Michelangelos kindsida och, behov som är, över till den ugglade slappa sidan av Bill C. Babbym och förortens formel varföre som de provinsiella drollo äggspillt på honom ut ur hans hemetriska demetriska knäsmalnade domum (osco de basco de pesco de bisco!) därför att all hans skapelse välbefinnande var en omelett finas erbas i en ark finis orbe och, ingen mästare hur än mönstrad, kunde han varken knulla i ingenvarken lojal floden av cecialism och den bästa och kårtaste vägen att mörklägga ett grepettlås av alla Dödgrävares sorger tills han skulle antasta henne coume il fou i teto-dous som en skrindförare skulle hans Mathilde Wesendonck vid deras möte i Paris efter tusen års turnering, bröd utkastat på vattnen, gottgörelser vid mogen ålder, Mondamoiseau av Casanuova och Mademoisselle från Armentières. Neblonovis Nivonovio! Nobbio och Nuby i innovation! Occitantitempoli! Han skulle genomskada flera av friståderna skevadmåske skullekanskeskulle i avsikt att mötas någonstans, om producerat, på en demipassion för hela hans livstid, betalning i smet till lurig musik och giftigt mysssällskap, varpå följer, likt Ipsey Secumbe, när han gick att gäcka flöjtspelaren, kunde hin ha alla g.s.M. hon moohoade efter före och den mäktige väktaren Rickward till hennesIF, inklusive vetenskapen om klangfull tystnad, medan han, uppfödd på själsmör, har tagit tillflykt till poesi. Med tårar för sin kröning, såsom lokomotiv gråter. Var livet värt att lämna? Nej!

Berättelsen, trädträning! Zokrahsing, sten! Artistisk, påminnelsekänsligt, vid orkesterestradens sista dans på grand carriero, drömmer generöst om livssuckar över tidig levt bort – alla gamla Såspirors Satorer högelikt näringsrik familjehistrionik, genidroppande med Avus och Avia, detta enkla par, och ättlingar ner på velortypader genom en farbröderlig procedss till Nurus och Noverca, dessa notoriska nepotister, försiktifierade i sin nevöräkning, fader till dem alla via skenet på deras germana anleten och deras sockerina ögon liksom styvfaders transföräldrar, patridioter till en man, de arkimeda svågrarna i hans ekonoma värld. Kommer du ihåg, kastat kastell? Ens blomstrande trädkantade handel, nu stohong barock. Och oljemålning använder ett dunk om galltjut spårar mig där titeln till varest fanns ett ruckel och inte ett tackel (det första rattlet i hans juniversum) med ett tingtumtinglande och en nästa, nästa och nästa (gin a paddy? got a petty? gussies, ge upp det?), medans klåda ish shome.

– My God, alas, that dear olt tumtum home
Whereof in youthfood port I preyed
Amook the verdigrassy convict vallsall dazes.
And cloitered for amourmeant in thy boosome shede!

Hans mun full med extas (för Shing.Yung.Thing i Shina från Yoruyume på andra sidan Timorsjön), härpång (sjukäventyr!) sköt pinging uppgenom hans vishets felslut (som tog honom för en Fonar helt igenom, flickornas fästkung vid gurglande Liffey, kungligt Fröjteorem, ivrigt putsad, och varmen tandböld oslingrigt sporrar erbarmligt någon hästerigt megee traskar likkista syra omörkeri pluddar kompakt flopping mugurdy) som om det hade varit zånär itvå. Helt och hållet smörgåsvånda uppblodad häftigt isärskakande hans fräs inventarium. Stympad vilket hans temporära tandgnissel gjorde honom till en galen knäppskalle av en Haettjobb Sillayass. Joshua Krösus, Nunns son! Fast han ska leva i miljoner år ett liv om biljarder år, från deras rosessade glödor till deras violettaste lystrar, ska han inte glömma de däringa partyknullande Pegaserna. Färgfestropensballar och blodiga hektarer! Likt ohört gnagting!

Men, vid Jupiter Chronides, Summs säd, after att han hade dämpat sina bröstplåtar för, förglömskt, förförglömmande sin föleseplass, det var snart som, att han, att han återhade sig själv. Genom en bön? Nej, det kom senare. Genom ångerfull slitning? Nay, det var passé. Med esercizism? So is richt.

Och så var det. Och Malthos Moramor återupptog sin själ. Med: Gå Ferchios iväg till Allad ut från detta! En gamstenssång. Han slungade sin duglighet upp till sina öron, rullade sina månghörniga ögon, jämrade från sin näsa och blåste nonsens ut ur sin brunstpipa. Slev kvast jigs opiumhåletönt som han lärde sig i locofoco när en glödhet roskskruv vreds han. Under gamle Rostande Baljans Råttdödare regim, redooss! Varför var denne man för han behandlar henne fel! Åskådarblickar, hur knyter han inte sina inälvor! Gyckelgäckeri, det är influensa i hans gnöl. Sökaresökningar, varför biter han av sig sitt huvud? Kokerikakor. det är hans kolutbrott. Och må hans utspädda stenkolstjärbeck inte ge honom kromitis! För malvalilat som blinkar dig blankt är mestadels Carbo. När inflammabilis skulle kunna fortsättningsvis övertyga sin kremering med en ren flamma och en sann flamma och en flamma alltför gasigt, sot. Det värsta är över. Vänta! Och dukaninen Mag må gå till pressarna. Med Dinny Finneen, mig jargång, hå! I förlusten av salva. Oromest. För han skulle själv fördela en behandling som skulle kunna litas på i förhoppning om hans inkommande kulmen till fruktsättningen för den avgörande operationen. När (pip!) ett budskap ingriper intermitterande ipraktik från dem (pet!) på herzianska vågor, (kalla henne vid venediska b¨namn!

kalla henne ett stall!) en fjäril från hennes blixtlåsta handväska, ha utgått från en skadad duva, på rymmen från hennes förskjul. Ö gnyr för idegranar, O görhennelynt! Poetissan. Och kring dess brända keps har hon kyprat en flamfläta för att få de lataste fatta att hon är gift. And pim it goes bakbollad. Tot bränner det så lite. En klarskön kuloljemassa att ärendeerinra. Hennes för hans ens, postad innan skriven. Han är din ändring, tänkdigmedhonom. Gå knasig middag, irriterad, se upp var du stiger. Stanna snälla O snälla nån. Stopp. Vad sägs? Jag går tungsår från till honom nu, kärevän iland, så, så knullständligt tills jag klätt om, vilket innebär slutet på mitt uppehåll i Tintangles försmäktelse. Är du avunnsjuk på mej, broder? Buade du hälften så älskad. Du förväntas vara den vill kårslöst avspisade? Satans grabben! Kan denna snyftskröna, klagokille! Stoppa till, bedrövelse, och sitt i mitt knä, Pepette, fast jag föredrar att inte. Såsom saker är m. ds., är allt o övervinnerligheter. Tolkade.

Nu får han jobba för sina pengar! Nu ett tanksträck för hennes punkt. Gamle kompis, unge jollrare sifadda, sosson. En rykande ny, snabbjagad, utstripperösad i vinden. Likt ett glid till vingtrött en eller ett sos till en kustbevakare. För direkt med hans tjut, stanna och en upalepsi didano en häftig, inom Avsevärt mindre tid än det tar en glasiatör att sänka ett Atlangthis, var han igen, agöb, före de skakiga ena, en gnístas avglip, dubbeldassgissat, fått trossdäck i en enkelseglingsarmada och har skakat stormen ur sina hickningar. Den smartaste farkost du kan finna skulle elazilea honom på hennes knä som hennes lycka för Rio Grande. Han är ett hästsvanstack och om han inte hade fått förtjockt hade han en skvallerbytta från sin kruka på en vägg med hans fotur i tidningarna för att klippa ut tjallare och brott, berätta vidare att han hade skojat vara joker och hans svans arrangerad.

Mål! Det är ett genom sin längd.

Angelinas, gömd undan ljus dessa nyanser som din syndaälskare må bringa till ljus! Fast ner till din hemgift han böjde knä han besteg vet logi här.

För ett jagat sätt ska gå och du behöver inte göra ditt drag. Finn ytterkanten för klänningar och översätt det till sådana chocker som snuddar vid show och show.

Han gissar om henne för allt han är värd, sjöfararen. Lyss till hans sluga gäss som gåsar förbi, och lekplats, damen! Och lögg märke till att de som vill gå exil säger kanna för hund medan dem såm inte vill lämna ingelend säger nu för kan.

För han klandrar hur han hatar att besvära utan dem.

Men att lämna torskhuvuds mitra och hägerns fjädrar elakt till tjäbnarnas tjänare och själsamässans konung och göra en gallimattias för en talets dumbom han ombeds att inte har du sett en match som slagits vare sig är detta puder mitt men, låter ordlekar övergå till bevis:

– Hast thu jeanne d'arcor?

– Nao.

– Hast thu kanske sjöväbel?

– Naohao.

– Hast thu per causeas nunsibellies?

– Naohaohao.

– Till luft, till luft, till luft! Gå på! Micaco! Få!

Ping an ping nwan ping pwan pong.

Och han gjorde ett få, deras irritation, och slank iväg sin krok, urval kom urvald, likt en kemist inchamisas, som orkanen skyndar på och svidande fötter, zingo, zango, segur. Till tjut från utskut, urqurd, jamal, qum, yallah, yawash, yak! För han kunde kindkindtugg på en skarp snakk på ren undefallen engelsk, mellanmåne eller tartarsköldpadda, tsukisaki eller soppisuppon, lika raskt som raskt och lika förbaskat som din ostkrite kossa kunde spanska. Makoto! Vilken creoldag! Gelaga spyfärdig är. Ändå rätt spående inte höll på. Hovobovo hafogate hokidimatzi i kamicha! Han hade sina spritvanor helt fallen över honom: att kolla upp, mest griposligt, han var förbättrad och förbländad; han hade sin tristaste kavaljer på; och såg ut som broder Hal. En skilling en ståpelle och bli åsna beskjuten? Eller en peso slant att förena armadan?

Men, Sin Sanchopanza, kunde vilkenbrorsåmhälst som vandrar i denna världen med vidöppna ögon ha sett tvillsomare än kerlen han lämnade bakom seg? Candidatus, viridosus, aurilucens, sinelab? Av alla de gröna hjältar överallt bomull byxbak, de vitmesta, de gyllenaste! Hur belamrade han inte deras med sig självs mookst kevinskt, och detta anterevoltionära, krykmannen barnafadern från tonsurs tofs till mandels tår, en hagiografi i duotrigesumy, son soptimest av ers majestäts sextandare, av Mayadråttningars tecken osäker, hemmelskt kompistid, inkransad av hans nära tjejigheter, ett jävla irländare bländigt åligt oljigt med looiscurraler, en själanestor av svedalas prästessad, deras spår dragning, och dem dandypenisar vet ögonlockens spel, med hans spelstyrman spurtar och hans smil likt flytande klister (det suessiaste smajlet som avvänjd nånsin bar), under tidens hans full med jäkt värd, lusspillerindernees, de gick och paehennande en ripidarapidarpadrunt honom, pilgrim prinkiper, kerilör kevinör, i neokoristiska kongressulationer, ganska spinnande upphetsad, rpdrpd, annaspelande på honom med alla litanians leknamn med begrepp i vilka inte föga dulsy nayer nånsin tror beträffande innefattande utom vad för hennes framtida år och skickar honom parfym, mest bönemoln för att sätta eld mera då för att drickteism (skllvi hjälpa, nu har du massmulåsnat, du t'rigolekt en bit? yismik? yimissy?) att han, en finhudade, den ljushälsade, den långtförare, måtte munspara tills varje emellertid varenda en, så långt som safras törst utanför, hans kyssiare licens havförbarmmedfri. Betydelser: Bestå det skadliga till ibättre rer. Vi känner dig som Latin med essier orenheter, (och den liber som de säger) vi säkert liksom gurglar kärlek nurgel gurgel så, upphetsbeejee och ge oss ett vindkast av hans strömmande gamla. Goof!

Psalmnummer tjugonio. O, sångandet! Glada små flickaktigmed att ha adelpteral en sådan Adolfus! O, de swingande hopops så gåhållna! De har kommit att skandera en kör. De säger sin sallad, jungfruns bön till Hans Nabiers bärbudare, prostatuerande sig själva varförsigvis och kombinativt. Fateha, knäpp händera. Vare det hedrat, böj huvudet. Må dina kväll'r kv'llen bli lycksalighetsfyllda! Sällhetskväll! Som så hoppats på tvagning. För Ferbungens skull och för doften av de helgadropparna, Amems.

En paus. Deras orison stiger moskévitt som Osmansk härlighet, ebbar ut västerut, lämnar åt ljusets själ dess avtagande tystnad (alla – lah lahlah lah!), en turkostvättaD himmel. Därefter:

– Xanthos! Xanthos! Xanthos! Vi tackar din mäktiga oskuld, som frambringade av det till fuitefuite. Skulle under oftare år det bli vad dig beträffar efter skrivbords jobbplikt bli en bank inlands mansionär vi och jag skall residera med våra respektfulla tjänare bland Burkes mobilitet vid La Roseraie, Ailesbury Road. Röda tegelstenar är alla helvetiskt gott värderade om du litar på annonser tjänstgöringslista men vi ska spara oss själva och hugga det som är de trevligaste och buskigaste timmerträden i omgivningen. Oncaills tomt. Luccombes ekar, Turkiska hasselträd, Grekiska granar, rökelsepalmer etcedrar. Mount Anvilles hypsometrar anses vara döende pga artataxis men, lovprisa skicka Larix U' Thule, Manelaghs wych alm blomstrar fortfarande utomhus, på grund av dess naturliga förekomst och fröna skickades av Ödet. Vi har våra privata pollypeachum pelarplakater för kärleksjuka letterinor som ömt förlovfixat till våra fasadstaket och gungor, hängmattor, tättlärda balettrader, ackomodationskrypin och prismiska badlådor, för att göra Avundsögon mun att vattnas och undra när de binokulära oss från deras edinövertygade vindögon i vår trädgård sällsynta. Fyat-Fyat shall bli vårt nummer på autokinatonen och Chubby i sina Chuffer vårförbara chaufför. T ska vänta på uns som jag sålde U vid den första grottan. Vår kusin gormanden, Percy, valpen, ska fördöma alla bsökares sniffmomare där bland våra Semejlätt Syster, Tabitha, den niolevda, ska sträcka sig till det fulla hennes hjärtliga välkomst. Medan arenan och kvistarna som de skvallrar. Tintin tintin. Lady Marnmela Smördegskaka kommer att kliva på för kvällsmat med sin marsipanna påslagen, sitt halsbann av mandel och sin purjolök Glassbåmb prydd med armband av honung och sina karminsyra strumpor med karamell dans, det hastigt bästa från Bootiestown, och hennes sugstav av elefenbensmynta. Om du går miste om det är det tråkigt för dig. Charmeusetyger chloes, glycering juweller, lydialjus solfjäder och puffumerade cinaretter. Och Prins Le Monade har varit älskvärt nöjd. Hans sex chokladsidor ska springa tjutande före honom och Kokoskräm tulta efter med sticksvärdet i en rosa kudde. Vi tror att Hans Sprakande Berusenhet borde känna Lady Marmela. Brottom hans för snabba hennes. Han ska inte resa till Cork förrän till Cantalamässan eller förhoppningsvis till Rosenpåsk eller den helige Tibbles dag. Så Niomon vet. Fomordemonen i sin Fena, Momoren hennes och han. Ett paaralone!

Ett ensampar! Och Dublins alla din. Vi ska sjunga en sång om Enskildmånad och du med och du ska. Här är noterna. Här tonarten. En två tre. Körsång! Så kom nu, ni rika adelsmän wibfrufrocksfulla av rolighet. Tunn tunn! Tunn tunn! Det glada och det livliga, thu getabock med thitt kuttrande, för att jogga en jigg av en trevlig fräschhet och sjung en mässa också. Hip champouree! Hiphip champouree! O du långsvansade svartman, polka upp det bakom mig! Hip champouree! Hiphip champouree! Och, jessies, knuffa runt pumpan. Anneliulja!

Alltsedan Romulös och Rehmest dagar har pavanösen varit högröstad genom deras Kapelldiseutska svassande, vaulsierna har mött och joddlat genom Ballyboyghs rena gyttja, månget dimmigt molnig har skamfläckat snubblat utmed det där henneshovs hårklipp förirrad rullbana och figurdansarna har hållit ragtime raffel på Grangegormans platåslätt; och, fast sedan sterlingar och guineor har ersatts med bäckar och lejon och en del framsteg har gjorts på styltor och loppen har kommit och gått och Timjan, denne kryddarnas köksmästare, har gjort sin vanliga klipska tillämpning av skiftnycklar och vadinte skabli äreller var, dessa dansdetaljer och cancanzanier har kommit nedstämmande för vårt stammande genom postavernors vardövdöm, fetman hos pas teapucs, lika vig och benfritt smidig som när mumie mummade åt mamma.

Just så stajlad med flätor äro deras blomsterhuvuden nu och var och en av alla har ett kärleksstängsel kring hennesjälv och summan av alla tuttarna hos deras underdrivna ståndare står lika öppna som han möjligen kan henne och är solrosad rakt på sak eller midjeböjd, enligt feminita tings kårsetter, mot honom i soldyrkan, så de må komma i cup i sina kalizetter, alltingar de gick i samlad trupp dessa pareringsskott från hans ensammysks pistill, för han kan ögonspeja genom dem, till deras självkulörer, icke destominst deras tjuvtittarcellstoff, (innebärande Mullbärsmos, tiden för äpplande blommor, en skyddad uppgift yttrande, en mångfald av parfym, en brudsyl, havsdimma ini ett) lika leicht som gungbräda (O du milde tid! O du store sörja! O mina obetalbara förskor!) medan, daggtroget likt dumma hantlar, allt lyssnar på hans elixir. Ljuvligt!

Och de sade till honom:

– Hänförd, käre sköne Stanislavlös, unge professor, kärare käraste, vi hörhär, ombloss, O coelicola, dej salutamt. Vår outbildade skönhetsmästare, tillhandhållare av mjukmissiver, världen runt på fyrtio försändelser, bag, bälte och bjälkknasig, vår barnaboy, vår billiggrabb, med den där pamflöjten i din läggåtsidan, gab borab, när du ska vara efter att ha gjort allt du ser – seende och ljudhörande och luktsniffande och välsmakande och mjukkännande i hela Daneygaul, sänd oss, dina dyrkansvärda, thu överblöderade, ett förståndigt och brevspel som alla ni kan taga, cheg celtech chappy, från din heliga påst hast thu nu ceremoniellt förvissat dig om våra namn. Oren est thu ikke. Utstött est thu ikke. Spetälsketorn, gärningens loke, har inte blekts vid vår förorening och ditt umgänge vid nittio bensprick-

or besudlar inte. Oberördbar är inte fågelskrämskronan på dig. Du är ren. Du är ren. Du befinner dig i din puerity. Du har inte fort in stinkande medlemmar Amantis hus. Elleb Inam, Titep Notep, vi nämner dem i Ärans Hall. Ditt huvud har vidrörts av guden Enel-Rah och ditt anlete har lysts upp av gudinnan Aruc-Ituc. Återvände, heligförklarade ynging, och vandra återigen ibland oss! Demanis regn är masikala som om från dej. Och Baraza står helt i blom. Sökare efter lugna dagar. Som darrar som skurar kan göra. Vårt släkte och bättre klass finns i grunnat och bittert pass. Labbeycliath längtar. Men vi räknar med kacklandet. Den Store kacklaren kommer igen. Söta lottererare, Abel herre över all vår ljudgårdslätthet, vi (för att vara lite mera femiljär kanske än är elegantigt mer än nedvändigt), toutes philomelas lika väl som magdalenor, voro dragpar med två nålmärken, BVD och BVD punkt, så önskar lotterier av penis posthatem (uppskattar du?) för att bli mycket nätt, om en ärhanbilley, av och till, till och för, genom och med, från dig. Låt tillbakaslagaren skynda sitt egensinne innan missivet har, att ta bort henne själv, ska det bli tid allti'såmera uppsåtligt inimöta om den kommande anstöten kan skicka våra rysningar i förväg. Vi töcks ha varit nånannanstans såm åm det hade pafs'd i våra fufpens. Näst intill våra krympande egon älskar vi sensitivas bäst. För de är Angèles. Kloss, fauve, jonkill, kvist, flotta, nokturn, leende blånad. För de är en Angèles klädnad. Vi kommer att constant (vilket ord!) och välsigna dagen, för fulla timmar också, ja, för såld long syne som vi skall vara k ...ande i vårt skapande varande av vårs jälviskhet, den dag du vederfor, du hiskeliga frestelse! Lova nu då på vår förfrågan att du ska förbli okunnig om allt det du hör och, fast om medans blottar sig till gränsen för risk, (bisifingrar i avgudatimme som tillgodofinner meråmer!) drar en slöja tills vi nästa gång! Du vill inte prediska men bejimboade om du gjorde! Eventuhjälp. Vi ernst också kanske. Hur många månader eller hur många år tills myriaden och först blir! Blygsamhet blir tuppad! Må han va cool. må han coola henne, må han mixaochmässa coola henne! Tala med en hare och kölvattnar en tartarer. Det är måste. Säger Lagen. Lyss! Kicky Lacey, den perverginerade, och Bianca Mutantini, hennes motsats, drog sina dårskaper längsmed slutspört furste, Herzog van Vellentam, men mig och migandra ravin, min kusin till mig, har mer tre goda chanser, viandra, efter Bonaparter. Mitttings leende, min gråsshenkla antagande, hennes ingenting migutan som viär tvilling inom detta, att jag älskar likt migsjälvisk, likt småbitars rödhakesånger, likt fräschhet knasförlorad, likt himmelens blåhet om jag sänker mig till att spionera mellan mina vitadumåkallaben. Hur deras duell skapar deras tjockfot! Örons vax för Sur Soord, dong-dongkulor för regnbågsrefflor, komöver drånningvälde i deras kamning efter jennyjosor. Caro caressimus! Honung svärmar där hånungsbin. Ska bi helt upphetsande varandra minnier för själva effekten att du själv är så fuld med pollen. Teomeo! Daurdour! Vi känner osägbart tanklöst vad gäller allt här i Gizzygazelle Tarks bimbooskog så snällavänligast kommunikaka med ursprunglig synd vi trängtar bara än så länge hur vi ska spira. Det betyr milliemer av dödslösa könslor eller förlagda på dem men, ormmästare, vi kan träskskifta i knipet hos ett näpple sålängesom vi kan allase för avtalssäkra din ömma punkt. Att döma av häck i din blick ögnas vi för öga varest du tigger frågan med din luteinskål kring Munkmässorag. Och närhelst du pirrar i din forell är vi säkra på att bli trasslade i våra låckelser. Det handlar om spel, ma chère, stick iväg med din fåraherdeklädsel på. Insupendel cauda! Strumpbyxfiera våra handgjorda för de frestade! För dessa idiot är vi bara dina i ammatörer ändå väl kommen den där dagen vi ska upp för att bli malm. Sedan skallst thu se, seende, synen. Inga fler bluffare! Inget mera givande i hishåll! Ett hons föreställning om hans vän och sedan den där din kille efter denna följt efter vårt. Vania, Vania Vaniorum, Domne Vanias!

Högtid är upp vare det ner i ursäkter i enlighet! När det ska finnas foder för ohyra lika fullt som föda för fettet, äta på jorden som det är hett i ugnen. När varenda felfinnarmös Klitty ska hålla varje gårddiskares rättigheter att stämma hennes uprecht för vemsomhelst, vare sig om privatsaker, huru vida offentligt. Och när alla vår romansa katoliner ska ha en för alla emanseparerade. Och världen är ungmöfri. Trorjag. Så mycket för Hans Magnestäts man! Och alla hans avlingar. Så till Coquette att säga Cockotte att lära Connie Curley att vidröra Cattie Hayre och tippa Carminia att nytja La Chérie fast där grävningar han dvaldes bland oss här är ingen som vet utom Mary. Därför går vi i ring hand i hand i gyrogyrorondo.

Dessa begåvade valda, samförståndssamlade, de valsade uppför sin viljesluttning med sin prinssamma snyggsamma angeligna chef medan i dessa varsombuss där ska inte vara väg (avgränsning okänd, en plats där duvor bär eld för att sjuda födor, en gyttjig höjd, belgiskt slut öm for) eder och skrik och fiskebåts stön med ett upprapningsrabalder och helvetsnedan bedemmad och bedjävlad ahrimaning lucisfär. Helveteslut, väldelse! Ensamdömes brott ligger upp nedsmutsat ohövlig icke vara framkastad av vitsar och gåtor. Icke förty ringen glädjad runt rosigt med sablar också för en snorungeDu. Yasha Yash åt körv med mos. Så han fann sig våldsam, stackars Yasha Yash. Och du skulle vilja årdna ett av våra micknick partyn. Nej hedersgäst på vår specialista. För stackars Glugger var bedövd och sen i sin åtrå, ja han, lagd i sin grav.

Men låg, pojkar log, han reser sig, skälvande, med sina borrande ögon och sin vadgrumsska bli röst. Ephthah! Cisamis! Examen av samvetsskrupler han nu så vitt han minns schemado. Numera får alltid sedan på det sulna. Med hanstumescinquinance i hans tumstulla lårben. Inget mer sjungande alla dar i hans sängagerande. Yttryckligen tillhanda bakomdisken. Trinitatis kirk hade slammat hans kupol, synd och inspärrad framåt, pröva. Hanskölv, myckuggla, ungmö, född inom banditklan till kull utpressning, sooly återdektanterad hela livets ursprung henessier. Han, via gollernas avskymaskinålja, proförhonom botgöring och komma ut internaturellt. Han, självförsörjare, eggscumuddher-in-chaff sporticolorissimo, vad tråtts holländksa kast i hans lavabads ögon, gjordattgöra majsmat rozum, (Guud bevare dronning med stammen av swith Aftreck! Lämpadför kungen av Zundas) ut från bianconier, hajkande hake likt vilken knuffamiggrovtgarude över hella Terrakutta. Inga fler slungade syror och spela för treenigheter. Han, prisa Den Helige Calembaurnus, rengör läcker flickas bröstsäck som nånsin drack mjölksåpa från en sked, ogräshjärtad pojke av krukmakare och lerare, flisa av gamle Flinn Flintaren, kvist ifrån döljaren som garvade honom. Han reser calaboosh allt samma berättar han honom ut. Teufleuf man klär han av honom all trasseltrasslig kalikå tillhörande honom trots allt säger han honom rakt på sak hur han gjorde vilket namn. Han, genom volkeniskt samband, relation tillhör denna anmarkningsvärde mullvadsman, Anaks Andrum, förhandlingsmatvrak rent blod Jebusite, ettio procent Erzerum talande. Drugmallt magasin. Ingång på baksidan. Mestadels öppet på liggedagar. Han, A.A., i persikoskinns shantungsilke, möjligen, milt att säga, i trots av avlägsna före detta svek och han erhållande avsevärd med fisk, genom att spara gunst efter lunchlavin, för att se mest profitblixt ut från smilande skyblått öga. Han upprepar av honom som andäktig alios eftersom han ast för shave och hårklippning sa fålk han hade skepnaden av getabåkk där han just var får av Herrgott med sitt kakelplagg. Topp. Inte sant som krönikorna berättar om hans kappsäck förtillverkar fylld med potatisrum. Stora dumm crumm grävagravar säg kort igen akter, även medan lönnförlustmördad av summan, han lockaframorum en silverpennys offergåva med kandizocker på Spinshessess Walk i present till lilitha jungfruetter för att han snöt sig för honom med renast polygamösa avsikter, han har den där pekuniärta krämpan spektakulärt i ljungklippt nädlöge på stormdagar på grund av sjuklig kroniskhet från ett överflöd av kränkningar. Kollosjäl rhodomanik inte värd en brons lögn Scholarina säger som han, grånat vicodin krampiller, går hon i sömnen hans glufs ikukars weg femtiofem funter. Av så litet är hennes avluragnaghålsnäste stort för att hälsa hans enormitethet. Sutt soonas sett voro de, hennes öon som hans aurohål. Kalevala! Hur kan man klassiskt? Man kunde inget kritiskt. Ininästa ljusgång bara för egenkär pipa, hans Mistress Mereshame, av kopparhaltiga hårflätor, det formvita skummandet, den sandalförsedda bärnstenstoffeln, efter Aasdocktor Talops tidelagsföredrag. Amishfolk, uppfattad myrras heliga balsam, han är så gott som lika bra som ett berg och alla vad som hittas av hans gienter kände han Meistral Wikingson, pälsbrämad Noordwogens kampften, med ansiktsfärg av rodnande dolomit fläktad av ozonbriser, vad aldrig såg hans sänggavel avlägsnare och ingenstans mötte hans merhalsande, har sin skam från primära kårstäcknet att vara Mäster Mjölkko, den mest mystiske mannen i det okunniga drottningdömet, och, tillagt assisterande, hur han fann ungarna, Andra beskyller honom för att vara en fjordadlad försjunkenär, bedövd i stockknapp, allt i smältömsning efter rehumatism, totalt enkelt ylletyg råttsläkter. Kopters kurder på berberuttratrna och deras beduiner! Även var Hons hela avlingar bortainnan alla hans naharer i kalltvaredezztorrel! Inte bra! Inte ett öra! De vitleverade raggsoppor, två Sjövalars svek, de djävlaskvallerbastard skjutvapen, tre Dromedarier i Kalumdonias Sandhav! Som är värt notera att chocka hans bakdel! Ur grävt på dem! Sådana askorer och deras åffiserare som de slänger in för fler osghifrer är annars falska ljuganeller. De klänningspausade offren! Bekräftat hor är emot sempry Lotta Karssens. De skulle slicka sina linser innan de skulle negatisera en jom petter från kys sodaliter. I hans motsats och i verklighet, som Bichop Babwith blottar för sitt vittnes vitthet i sin *Just a Fication of Villumses*, denne mr Heer Assassor Neelson, med ömt hörseltillstånd, sjukdomslättat, fordom med Adeoniker, den matad helt Ljushyllt, laxhopp stor förändring av retirerande familjesköld, högeligen akkurat i sitt alltingtänkande, från tiocents kupol till köpslags källare, levande med huratthålla rörande nummer sju, klarvaken, karusell, kokinbetter, knullanätter, i svart siden på geolgiansk mission senest mange år hans rumpa i filbilderna, standa ut samma med autonaut och bilagor och fick en älskligt babyboy stor framtand, en skeds tjockdel, kommer långsamt igång alltid så sköterske sjukskötligt, gracier till gudinna, vid 81. Det varför alla parkerade upphetsade om hans kanonmat. Det varför ecrazyazteker och kriminalministrar predikat honom morgnar och skapar en kraft av skedföda från hans ordsprak. Det varför han, persona erecta, glyco inre mannen arsenikfulla femorniser, för en rättegång genom julias, i himmelsk solhatt, med två plånböcker agitaterande hans thekanna med promenadskak, ganska osummanhängande, från ett 18 till ett 18 bett, ung skyr glada unga. Halt ankelt vida hälla upp snygga ljumenheter att låsa upp deras noshörnsskönor och bli trevliga och tjugo i skuggan. Gamla goda tuttut känseln upp i unga poetografier och han vänder abrupt runt rött altfrumpishartat likt höra samhor tunnor falla någon orsakar oljud. Det är hans sista varv. Gigantisk, ha honom bra! Uppenbarelse! Ett fakta. Sant lagförslag. Från en jury av matronor. Puckel för ödmjukhetad, dumpa för skitor. Och, för att göra en lång stenig sämre och en virvlig show till en perfekt syn, hans Ting gick hela vögen rakt upp Suffragettgatan.

Hjälpreda också, kontrasttoga, hans eldfängda gåsmamma, laotzey taotzey, kvinnan som gjorde, berättar han prinsar av ålder om. Lyssna på mig, domare! Antag att vi friskar på. Kungar! Möt memen, Avenlith, alla levandefödda ut från ett antal ormar. Hon lika träskartad som han är fullgär. Hur låt som helst hennes senaste fortfarande hennes timmerstockar kom alla upp stående. Psång en psalm av ptvidaty, apkryfula rim! Hans kindmärke alla för allid hennes alltiallt och hans Kuran aldrig lärit henne det bli ägaren till sig själv. Så hon bytte inte sitt eckcot hjem mot Howarden's Castle, Englandwales. Men förbli alliansen av iern på hans flamen väst. Fibulan av brosch-brons till hans vintermantel av pointefox. Den som inte känner henne, Madame Cooley-Couley, spafru till mannas godsägare, när först kom in i bilderna mera som hundratals älskarälgars längder av manna

kallas bort, fabriksfräscha och fradgande kring munnen, förorättad av Hvemvednoget (magrathmagreeth, han tagbar en smäll för detta tidiga parti) och varfrånefter Ani Mama och hennes ivriga brådskor av berg och pälsbunden att återvända i sin mytinbeddy? Schi schi, hon skrämdade allasjälar vid pignpugn och får en kastrull i sin stummi från italabellarerna i deras rena krig. Docjjakcicktaterande helt runt henne om hans uslighet pga pannelism och sot för det att han härbärgerade henne när feme sole, hennes zorovarn lhorde och givnergenral, och ledde henne in i antikt umgängesrum och band hennes enkla överdrag så att hon inte kunde stjäla från honom, oza henne eller damman, så som om nånsin hons troslämnad genom checklingbuljång död sedan båda deltog i matande dess Hetman MacCumhal bekostar begrovningen. Under måltiden matar hon honom gränsande från hennes alms allmosebössa, gianter och thschaina lika sieme som haklappar med Foli Signurs kånserverade roumanschy att fiskla ladwiggarna ut ur hans lugwaggar, likt en skuttande kissemiss som sprider besvikelser, när hans favoriter alla var tillrufsade på honom och hennes egna icke önskvärdheter justikulerandes, det var en sådan blowick dag. Winden wanden vilt likt wenchen wnden wanton. Själva varför om han dock skulle bita och plugga sina tobakspipor och beryktade devlinare i alla deras pumps och håller strålarbetarna utanför plågan och brännässliga mjölken från att sickla honungskakan och kopa Ulo Bubo som säljer fulaktiga treepes, skulle hon göra en massa dinarer med sina savunära utdelinscher och delikatera hennes nötbruna prydnadsmantel till Mayde Berenice och hänga sig själv i Ostmannstown Saint Megan's och inte göra mera kvinnligt inför mahatmar och musselmaner, men skulle bölja sin skakarlyfta hatt från Alpoleary med en livlig baselgia och en ropande apotria likt vilken purpurfärgad kardinals pinsessa eller kvinna av det allvarliga ordet till den påvlige legaten från Vatucumen, Monsaigneur Rabbinsohn Crucis, med åsna av mölk till hans kokompis och torrmarkigheter beroende på allt han quaquweduxerade för Hroms hnor och nationerna avskydde honom och italienska immigranter mezzo scudo till Sant Pursy Orelli som gav Luiz-Marios Josepher deras lojala anhängare att bli upperbjudna mässor för valv för vädurar.

Hör, O världförutan! Fjuttigt skvaller! Utmarker, var försiktig! Nättaträd, gå holländsk!

Men vem kommer där borta med värst på stolptopp? Han som pånyttänder vår spetsande fackla, månen. Bringa lolave förgrening till lerhytter och fred till Ceders tält. Neomenie nymåne! Tuborgkritikers fest står för dörren. Shopshup. Inisfail! Timple tempel kläcker klockorna. I synagagnan en sjungasång. För allt i Ondslosby. Och haggan som de damnämner Utegångsförbud histar från hennes fil. Och hasta, det är dax för barn att bogträa. Kycklungar, hur att roo. Kommahem till roo, cvi kycklungar kommer, när den vilda varulven är utomlands. Ah, låt oss iväg och låt oss stanna chez där vedfoajén brinner!

Det mörklas, (tona, färga) allt detta vår kuldjuriska värld. Där borta träsktjärn vid vägmärkes utkant besöks av tidvattnet. Avemarea! Vi är omdoldade av mörker. Man och belves frieren. Det finns en önskan på dem om att inget ska göras eller någonting. Eller bara för filtar. Zoo köld! Drr, deff, läg på kol och, pzz, kalla oss pyrrha! Ha. Var finns vår högt ärevördiga salutbara gemål instiftarinnan? Familjens dåraktige finns inne. Haha! Huzooren, var finns han? Hemmavid, det var synd. Med Nancy Hands. Ddeetshoon! Hund har flytt genom majsen. Vilken hu? Isegrim under slappa öron. Far wäl! Och vetebakta bullar bidar andlöst. Allt. Gills spår har ännu inte setts, rockdroppar, upp benn, ner dal, en skrovligväg för strövtåg. Inte heller genom stjärnland som silver skärp. Vilken era är o'ering? Länge blitt sent. Säg ajö, scielo! Denna tid, och se! Selene, segla O! Amune! Ark»'!? Noa?! Ingenting rör i snårskog. De svängfulla gångstigar av trollsländas spindle står stilla i rädderi. Stilla tar hon tillbaka sina hoplagda fält. Vilande tack. Endagg. I hjortskydd, ömfamnad, påstådd, separerad och uppklinkad, fåglarna, tummelisa också, tyst vaktel.ii. Luahan? Nuathan! Var afton innan en stund. Nu conticinium. Som Lord Laohun är sluterögon. Tiden för att ligga tillsammans ska komma och intets virrande till cockeedoodle aubens Aurore. Panter monster. Sänd rullebärlass i morgon. Medans loevdom sover. Elenfant har sianflödat sin triump, *Great is Eliphas Magistrodontos* och efter knäbön pietetisk för vidunder och mamahmoth ska vila honom från djurbetars slit. Salamsalaim! Noshörnshorn ärintеså svinkompis men honom ist gonz wurst. Kikikuki. Hopopodorme. Såbest! Ingen delning av beaglar, påfåglars lockrop, ingen munkavle på kamelen, nedsmutsande apor. Ljus, springpojke, ljus! Stårlkastare vi ska bli strålkastare. Med hjälp av Hanoukans lampa. När utter skuttar i yttre delar då kommer Yul ihåg Mei. Hennes hängda vallmor blommar, se, att hälsa dessa öden på ametistkusten; bågglöds sjöeld sjömäns frestelse och växterut warnerforths hora moror. Och nu med Robby Bror Rävs fisklika fabel utlyssnad, trådarna negerlunda toran och knutar i dess myrargument, pesciolinjerna i Liffeyettas skål har sluttat krusidulla om Junoh och snäckan och feriaquintaism och oändoövervinnerlighets kiselsten och besittningen hos Hooghlyflodens kurs. Och om Lubbernabohore lade sin horker till revbenen, bortsett från giregargohn och dabardin som går på i hans berg av kunskap (munt), skulle han inte höra en flip flap i hella Finnyland. Häxman, din natts övervakare? Es voes, ez noes, nott voes, ges, substantiv. Det går. Det går inte. Mörkparks åhkutter med sugande kärlekar. Rosamunda är vid sin önskebrunn. Snart ska frestelse-i-tvås flanera på försök och jaga-med-tres svassa muskestörandes. Gördlars stöd, skönheters brasse. Med bredden på vägen för jogglädje. Holkares ciesminsta armbågsnunsens. Håll hårt! Och hans skälvande kväljande valsare av. Bra! Men möten med kamrat inte som tänkt. Hesperoner! Och om du vill Livmun, vandrare, medan Jempsons ogräs smyckar Jacquesons ö, smyger här, bar helvetspellepullarklocka, inget järn välkommet. Bing. Bong.

Bangbong. Dundration! Du tog med vresigheterna och saknar vi Mulsum? Ingen sirrebob! Du store tid, nej! Var du MarelySkuttarnas drånning eller bara Christian den Siste, (vår plikt för dig, chris! kunglighet, huka!) hur du tovat ditt märke, fast boksmällad din johl, här är fläckigmagade trynen och bekymmersbäddade rum och sågspån strött i förväntat slem och för ratificering via specifikation av din information, mr Knekt, fattappare, buteller; hans alefru når upp till hans höft. Och Watsy Lyke ser efter alla rensningar och missa inte Kate, hemmasvabbat enkelt, sätt in med teglet. A är tecknet och ett är numret. Där Chavvyout Chacer kallar kalken och Pouropourim ställer upp en stigbygel. De oud huis bij de kerkegaard. Så den som någonsin kommer över för Whoopee Weckor måste ställa upp med Kanna och Kabinett.

Men beakta! Vårt trettio minuters krig var en paus. På Goreys fält intet nytt. Mellan stjärnfortet och den thornwoods mässingskastell flamberas med fårköttsstakar. Hyschka, ett horn! Gadolmagtog! Gud är El? Husfader kallar enträghotfullt. Från Brandenborgenthor. Vid Asas Arthur. I åskmolns peruk. Med blixtar som strålar från ett finger. Mina själar och var som sjutton också, skulle han arbeta sin käft för att ge ned banker och lyssna från graven! Ansighosa petar i hennes destillationsapparat för att ösa till mutor att bli tillräckligt genomblöt och för att höra till alla bubblor vara sägandes: den kommande mannen, den framtida kvinnan, födan som är till för att bygga, ad han kommer att göra med femton år, ringen i hennes mun av lyckligt skydd, stjärnor i rörelse och omrördgröt. En palashe till salu, en stursk för hennes och slevliknande skedar för vonnaren,. Men ein och tvåå var aldrig värt tre. Så de måste ha sin final eftersom han är villkorligt fri. Et la pau' Leonie har sitt livs val mellan Josephinus och Mario-Louis för vem ska bära Bohemeys lilja, Florestan, Thaddeus, Hardress eller Myles. Och leda snabblärning fånge. Beredd! Som en Finne på en fest. Och nu la belle! Iskalla-la-Belle!

Universitet kallar på dem. Nionan ninan, gatlingkulsprutan! Childs will be wilds. Detharsagts. Och vamp, vamp, vamp, flickorna är krämare. Hästmässemagneten drar sitt fält fyllningarna flyr väl inte? Educande af Sorrento, de nykänner välkänner deras Vicos väg. Arrankerade i deras ordning och flockade för fransen på det gamla orangeriet, Dolly Brae. Ty dessa är inte goda vänner, de två, bartravare, eftersom deras slagt vid Whatalose närAdam Leftus och djävulen tog vår bakersta, gegav henne med hans smärtnanas, varken vill inte bli alls gåttjord i strid till inget slut, denne mörka dåd görare, dessa välvilliga uppvaktare, Jerkoff och Ätsoppa, Yem eller Yan, medan felixerad är den som syndar och skada värd att hela och Brune är dålig franska för Jour d'Anno. Tiggare och Tuggare de är alla för slagsmål. Brorskampisäng. För hon måste gå ut. Och det måste bli med vem. Retasförhonom. Tätasförhonom. Tossas för honom. Två. Annars är det fara för. Ensamhet.

Poståterinförande Jeremy, kyskastanj hjulblad, den flödande taal som brukar inte bäckafalla framåt så att säga hur, som det var mutualiserat förutsagt av honom via en tidsdödare till hans spacemaker, velos ambos och aruabiska knätter, med sina berättelser innanför hjul och knipor mellan ekrar, på fotvandring från Elmstree till Stene och tillbaka, hur, rusa iväg med användning av orsak (sics) och rammande amok vid sin rösts (secs) broms, hans lasterhalfta car inrättat för att få det besterhela av hans jugendtuggänt. För kontrollnummer tre gånger opererade det subliminala hos hans invaderade personlighet. Han nobit smorfi och fjäderfäa och låt alla runda gäng bola del ruffo. Barto ingen känner honom mer. Ät larto altruis med den mest perfekte främling.

Buu, du är klar!

Huu, ja e sann!

Män, tekanna ett sjudande te, hamo mavrone kerry O?

Tekanna. Tekanna.

Kud vet. Vadsomhelst i ruiner. Mötteslöst.

Han grät indeiterum. Med en sådan tand tycktes han älska sin lilla tårta när ett köp. Högeligen sösörjande ser han framför sig. Bläckad från nacke till knäskål fast kämpad uppmed hennes bjälkar. Helige Santalto, förbannande helgon, åsyn mest tagbortiös för att röda upp spionballarna likt avsöndra margery! Och hur honom det tungt rött som ögonkants rost! Å de blåttlägger fall tanklöst mot dig hur lätt det blir ett dolt sår? Soldwoter vaskar han sig hela tiden bra kompis skadad plats tillhör honom. Han vill int' att fröknarna tillhör alla pojke andra ser ut som skadad plats tillhör honom. Härav. De ska pina tuktaintena i det att varest av hans varav han har förlorat sin enda gång för varje, även fastän sätt växer moramor männeriskt och Tarara förfall i tillväxt. Oklanderlöst, ge bara att dricka hans skjorta till och alla kjolkortor måste byta hennes tunikor. Så xstfed han från första till sista, förbannad och emellanigt, en smugglare för livstid. Lyft täcket vi svängde som heil! Dela den vida och mät himlen med ögonen! Han vet för han har sett den i svart och vitt genom hans ögontrumpet tränad på jenny's och den sortens saker som är likvärdig med en klärobskyr. Söta flickan tonar måhända försöker deras gnåpord: äpple, backanter, vaniljkräm, duva, eskimå, feldgrau, hematit, isingglass, jet, buckling, lucile, mimosa, nöt, olstronbar, sviskon, quasimodo, kunglig, sago, tango, umbra, vanilj, röntgen, jatack, zaza, filomela, rosen. Vad är de alla av? Hoon.

Om du naken i hennes början, försäkra dig om att finna henne kompletterande eller, vid ditt allra första tillfälle, av Angus Dagdasson och alla hans duvor, hon ska sticka dig där du är som stoltast med sitt unsatta spiegelöga. Se skarp ut, signalerar hon från bland astrarna. Vänd igen, längtansfulla ton, lode bara av Doubtlynn! Stig upp, Land-under-Våg! Klappa ditt lingua till din pall, tappa din haka med ett hack, tamburina tills din andning halkar, smek ett trutande och det är utande. Har du fattat mig, Alléraglare?

Min top togs med Akilles lågskor, min mitt öppnar jag inför dig, min stjärt är en vulser om det någonsin valsade och alla mina blommor som agerar dagen och är solly väl värd din pilgrims färd. Där det finns ett hinder, låt bödelns haltare hänga huliganen. För jag genomskådar ditt vapen. Det där skriket är inte Cucullus. Och hans ögonlock är målade. Om min informator här är utskuren för en ollonborre så är jag Flo, rädd för blickar, förstår du. Men när han kilar bakåt, flyger jag väl inte? Drag lövruskepiss för att se hur vi sover. Bi Titt! Pipette! Skulle du vilja ha den där tungklumpen till lunch eller den här kalkonfröjdaren, hys bindestreck mys? Mitt matvrak är tålv valrosskraft fast han vet lika mycket hur att besätta en hustru som Dunckle Daltons matchande ylle. Skaka hand genom buskageloch! Sköna svanvatten! Min andra är munfylld. Denna kyssande väld är full med dödande kurrar som knäböjer visandes till himlens kåpa. Och att någon kommer känner jag på mig. Jag har en seeklet att sälja dig om gamle Deanns inte treöverbryggar. När du härnäst funderar på att träda tillbaka för att vara ond så är detta ett lika kräset sätt som vilket som helst. Underträden betyder bakhålls företag. Så om du kvistar poppel är du tvingad att vidja detta. Det var min herre på Glendalough välsignade gäspningen för mig den därgången vid Long Entry, kommenderande tillvägagångssättet gentemot mitt intimaste innersta. Se hur de är bläddrade! Sex trettonåringar hos Blanche de Blanches på Bakgatan 3 och Vändigengatan 2. Awabeg ät mitt stanna till. Magnus här är min Max, Wonder One är mitt chiffer och Seven Sisters är min nästan barnakull. Radouga, Rab vill ni nu samla dem i deras skära trosor. Du kan färga upp tills du är kräftdjur medan jag går och sprutar med vilken hjärtmussla som helst. När här den som adollerar mig fyller på sömn. Men om detta kunde se med sin baksyn skulle han bli den gamle gode grönögde hummern. Han är min första granskmärr sedan Valentin. Blinkar det vinnande ordet.

Lycka!

I Andetagens hus ligger detta ord, med hänsyn till allt. Väggarna är av rubin och glitterportarna av älfenben. Taket härovan är av massiciös jaspis och ett valv av tyriansk markis välver och sänker sig fortfarande till det. Ett druvkluster av ljus hänger därunder och alla husen är fyllda med hennes öppenhets andetag, tillgivenhetens öppenhet och mjölkens och rabarbens öppenhet och det stekta köttets öppenhet och uniomargritters och löfte med konsonanters och vokalers öppenhet. Där ljuger hennes ord, du lesare! Höjden herup förhärligare det och lågheten hennes ner förnedrar det. Det viroverberetar på tegmen och prosploderar från gränsen. Ett fönster, en häck, en spira, en hand, ett öga, ett tecken, ett huvud och håll din andra augur på hennes lönlönlön. Och du har det, gamle Sem, klapp som jag blir satt! Och Sunny, min hangås, han kommer att bestiga henne. Pojken som hon nu dyrkar. Hon dyrkar. Åh backad von dem zug! Bereden weg för deras släp!

Med ett ring ding dång höjer de knäppta händer och avancerar flera steg för att dra sig tillbaka till saumen. Nigning ett, nigning två, med armar i sidan, anhängare.

Irrelevans.

Alla sjunger:

– Jag steg upp en majstångsmorgon och såg i mitt glas hur ingen annan älskar mig än du. Ugh. Ugh.

Alla pekar i samma riktning som för att hålla sig undan.

– Jag heter Misha Misha men kalla mig Toffey Tuff. Jag menar Mettenchough. Det var henne, boy the boy som lyft i lärkträdet, Ogh! Ogh!

Hennes vördnad.

Alla skrattar.

Det låtsas hjälpa medan de bara skrek åt honom såsför att göra honoms satkuk. Och de ä int' crickett, Sally Lums. Inte för nånsin en sådan mängd. Tjugonior av bloomers fick åtrån att stiga hos en man. Avis var där och drillade henne om det. Hon är förvisso sitt kön. Så för att fira tillfället:

– Willst thu hauffwa bandeira rossa?

Han simulerar att vara fast i stickningarna runt sin rumpffkorpff.

– Är du Swarthants som träffat en flådd stätta?

Han gör det tänkbart att svepa deras skurstenisar.

– Kan du enjude enjude från Sheidam?

Han låtsas klippa upp med ett par saxar och att vara sina jungfrurs köpsaker och som spottar deras huven i deras ansiktshinkar.

Oklanderligt! Uttalat.

Så var nu hyschig, småkräkisar! Sida här roohish, renlige fugler! Grandicellies, alla förblir zitty! Äktenskapsbrottare, vila som förr! För du har jollywelly sölat bort hela dagen. När thu huva tantokels hatt sedan ska vara i stört sätt tämjt för detta. Ändå är det tid att vara nu, nu, nu.

För en förbränning skulle det komma att dansa meningslöst. Glamourer har pulveriserats lieb och härför måste Coldourer inte hoppa mera. Andningsbrist måste inte hoppa mera.

Lel lols för baktalare älskling sin lärdom. Lolo Lolo lieberman du älskade att lämna Libnius. Lyft din höger till din Liber Lord. Länka din vänster till din frihets tös. Lala Lala, Leapermann, dina läpp är bara en loop mot läsidan.

En gaffel av hassel över fältet in vox vervena oskulds ode. Om du korsar denna väg när du strövade på randen välsignade jag men du kände honom en blästrande käpp. Bakom mig fri från onda lukter! Fördärv stinker framför oss.

Aghatharept de fleurelly till Nebnos vill och Rosocale. Två gånger har han gått på jakt efter henne, tre gånger är hon nu för honom. Så se vi såsom säd vi sår. Och deras skrytdrottning kiltar upp sina kjolar och sätter ut. Och hennes teatertrupp kom hack i häl, O. Och vad tror att stolthet var iklätt? Voolykins diamantdinas vestin. För alltid de vädrade vad luft hon hedrade. Medan alla fauners flammor vidgas vilt för att se en blomsterskola.

Ledd av Lignifer, i fyra de lyckligasts hopp, ach beth cac duff, det krönta svardet hos ett gott skratt, de få flyger långtemellean! Vi halar mina pengar på en där skäcken nigg. Ska någon flaska plaska på stranden? Eller fjärran jocubus? Jättetrevlig för gaphals? Attila! Attattilagrabb! Res dig upp, gotens gissel är på dig! Det är en hemsökelse i ditt impluvium. Hun! Hunner!

Han står deras mun i sin naturell, omedvetet autoamnesisk om själva sitt egennamn, (sådan är soppgryta dyster, så gjorde sonsepun kornknarr) vanan att vara yppig ungmö en vilja att vara klok. Knuffad från ljuset, apfotoförkastad, spårar han kärlekar från hennes hjärta. Han blinkar. Men vreden är den högre där dessa kransar välgörenhet. För alla dessa har varit dennavärldare, tid som liquesar till tillstånd, skoningslös ålder odlar änglaskap. Fast, medan han står, mest sjung som helst må drabbahånåm från en häxas sång till Svartarsles vinglare, under förutsättning att en avvikande djävul, en ung trållpakka och (evig konjunktion) tillåtelsen av åveråler med nattskjortas samarbete. Om han kryddar öst sjuder han i syd och om han tränger norr vissnar han i väst. Och vilket under med mörkeriade vicehuvud i skuggan? Fläckarna på hans skvalpspann är hans ruttna dåds tankar, galna inbillningars önskemärken. Tag bort dom! Smit iväg det! Men Roligaben äro spinkiga. Ett bimbamb bum! De skulle fåfäng konvertera dig att bli hennes i ordet. Jösses, de friade! Jisses, de har schysta mognakörsbär!

Beträffande hon kunde skaka hoom. En drummel inte längre. Fortfarande skulle han bli en bra handledare också i sin stora länstols lärningspulpet och hon blev vax i hans händer. Uppdykandes och fingrandes över de mest låkkande pärsikor i mörkrets dröjande längreösa bok. Se på detta avsnitt om Galilleotto! Jag vet att det är svårt men när ditt skrev så såmnar jag. Vänd nu till detta stycke om Smacchiavelluti! Sota allt vårt, han kommer säkert hitta det! Det var alltid så i monitorologi alltsedan rektor Adam blev Eva Hartes berörlärare, *in omnibus moribus et temporibus*, med mannens sattyg i minnet medan hennes pupiller svimmade till himmelskheter, låt hans bli förtvivlad, bokstäver bli blåsta! Jag är en femalin person. O, av provokativt kön. U, av unisingulärt fall.

Vilket är anledningen till att trumpetare invecklas i dueller och härs B. Rohan möter N. Ohlan för priset av ett thu.

Men lyssna på härmtrasten som härmar barden gör sig naken! Vi har hört det jo alltsedan sångadömet var gemurrmal. Som han fördärvade sina shoolthers. Så gjorde jag med. Och jag rengjorde mina faustare. Så gjorde han med. Och mens vi blåste våra blåspåsar. Souwouyou.

Kom, kör på! Gå på, parera! Tvillingbroschor, våga. Mänsklighets riksdagars vettlöst långa ramp, det lärda bristlärandet, skoningslöst som underbart.

– Nu må Heliga Mowy av det Behagliga Grinet bli ditt evigglas och även framtidsutsikt!

– Känner mycken tack.

Utbyte, omvänd.

– Och må Helige Jerome av Skökans Förbannelse göra familjeträ av dig som är mycket abäddad!

– Gräsbevuxen hack sedan.

Och var och en var smidd med sin andre. Och hans avhållsamhet föll. Bivitellinerna, Metellus och Ametallikos, hennes kronpretendenter, obscindgemeindade biekerare, direkt varieranded, orosöga vart och ett oxesother, superfetatetad (aldrig lamprenare pannrynkade ilsknare vid smörjning av gångjärn), medan deras trädvuxna flickor, kungaspel, om han nedlät sig så, är i sådan transfusion bara för att veta kvistars timida tvåmejs, för barnhärtighets skull, som är artodux från vars heterotrofik, den sömnige eller den glupske, för, skyggt försvarsmur och visandeligt plantskolad, utomordentligt trevliga flickor kan träffa utomordentligt dåliga tider om inte så rikt valda blir av (vad fast han inte har någon rikedom och hopp gäckar hopp vid hans hjärtas horisont) att alls deras stora ögonblick större. Saken är han måste sättas rätt på fläcken, inte bara vattenkletigtgrejs i en självgjord värld där du inte kan tro ett enda ord han har skrivitin, inte för paj, men ens bara ägd av naturligt avslag. Charley, du är min darwing! Så sjung de därav följande människas samtycke. Tills de gå runt om de gå runtigen innan sprickdelar och allt avfärdas. De behåller. Steg behåller. Steg. Stopp! Vem är Fleur? Var är Ange? Eller Gardoun?

Trolös, nynnlös hänger hans högfärd. Där slutar ingen mer röd djävul i hans ögonvita. Grottmänska honom göra en katadupe! En fördömd quondam jontom sjuk av ett sugmen! Han vet inte hur hans sonsons sonsons sonsons sonson ska stamma upp på peruska för i det ersebästa idiom har jag gjort det likvärdigt jag så skall göra. Han vågar inte tänka varför hans farmors farmors farmors farmor hostade parusski med dylikt kraftig accent eftersom i den longsamma munarten ser på mig nu betyder jag en gång var annorlunda. Inte heller så att mappamundi har ändrat mönster som ungdomsspel rör sig från gata till fata sedan tid och raser voro och visa myror hamstrade och gräshoppor voro slösaktiga, ingenting som görnyating rikedomvisaalltid för en dum gammal Sol, hälsigtillbäddare och efterklok. Inte heller så att en åldermans i London sköldpaddling är utslevad av den vadfulle till pigmylandets regionaler. Hans del skulle säga i ära bunden: Så hjälpe mig hörselmuskel, sammarc, selluc och sjungning. Jag ska hålla fast vid dig, vid klister, oavsett vad, bit simbum, och för den händelse att händelsen äger rum på förhand ska du även då ge mig fri för den andra billiga flickans babys namns skull plåstra mig men jag vill morskt väl ta på bockskinnshandskarna! Men Noodynaadys aktuella otacksamma tutande handlar om komma in i samlingen malvafärger och din fina är morgonens starar och köp mig en massa jod.

Otvivelaktligen har han misslyckats lika terslikt som böveln dessförinnan för hon bär ingen av de tre. Och precis lika tydlikt är där ett hål i baletten genom vilket resten föll ut. Därför att förklara varför återstoden är, var eller kommer att vara, i enlighet med det åttonde axiomet, fortsatt med, nämligen, sedan alltid åtskild så att gossan tvåtäljd, så säker som deras fläck är på en pomelo, denna yam ham i aldrig levande kunde, skiftandes omkring lassierna, deras grabbars kärleksryck slutar med en hel del munterhet, tjut, skrän, halsduks drill, begränsat knull, auriners ejakulationer, tillgängkomliga skojskrällar och allmänt tummetillnäsande (Myama's a yaung yaung cauntry), man måste räkna med det plötsliga och gigantquesqueska framträdandet outhärdbart som ett allmänt val i Barnados björnskinn bland Lucanofs i stort sett långmodige godsägares bys kindergartens bråkcentrum

Men, vrayedevraye Blankdeblank, alla maskineriers gud och Barnstaples gravsten, genom mortisektion eller vivisutur, separerande eller återblandande, en isaac jacquemin mauromormon irländare, hur redovisningsibus för honom, merablått?

Var han anpassad för en ensemple som säkert har hundnosat honom mot vår sjömur vid Rurie, Thoath och Cleaver, dessa trenne robusta svenhjärtan, Orgiasternas Orion, Meereschal MacMuhun, the Ipse dadden, produkter av extremt givna vardagligheter till våra medel, vilket må hända vem som helst, din brutalaste lekman med den prinsaste mästaren i vårt ärkediakoneri, eller så benämnd från Clios klipp, vilket ridderligheters kroner är gnistrande om han avsöker, för de gamla grekernas länk med nutider som den mänskliga kedjan förlänger, har gjort, gör och ska göra igen som John, Polykarpus och jag förnyar öga-mot-öga ögonvittnat och till Paddy Palmer, medan munkarna säljer ideträd till bågskyttar eller de levandes vatten går alla fiskars väg från Saras drag inrättning, den grälsjuke, till Isaks, den hopphuvdade häck nummer ett, med hennes minnesläsp extorreorerat till hans fiskavsky inkrökt? Så Perikon med Bastienne eller tunge Humph med luftig Nan, icqueracqbrimbillyjicqueyjocqjolicass? Hur sårdu, *dullcisamica*? A och aa ab ad abu abiad. Ett babbel män döper klyfta av tårar.

Marmorerade murars mare i sinnets öra, outforskad klippa, svävande ogräs. Bara fosterhinnan känner till hans tusenförsta namn, Hocus Crocus, Esquilocus, Finnfinn den oföretagsamme, hur känna full fiende i furinarr! Kommer inte allt efter till dig, renhetssnokare, på samma sätt som television öppnar långtider efter när Potollomuck Sotyr eller Sourdanapplous, Lollapaloosen? Avgifterna är, som du minns, chanserna är, du ska inte; men det är gamle Joe, Java Jane, äldre än till och med Odam Costelli, och vi möter 'em återkommande, par Mahun Mesme, i cyklokrönikering, från rymd till rymd, tid efter tid, i varierande faser av skrifter som i varierande gravsatta poser. Hälsas Gudd, Livsmedeksbutik! Marduk! Försvara kungen! Hoet hos den grova svalg attacken men vars säg har en gullig vinkel, han vars hytt är ett hissarlik även då hennes hatt aspirerar. Och hon är insoförnämnt en kona av selm enskakare medan i egenskap av kroppsmördare när hans likmask är upp hanses bästa baritonsångare i alla Skaldignaviens mittgångsöar. Som vem ska höra. För nu till sist har Långabädd gått att bli gången till, att mera än man, prins av Bunnicombe av breda vägfordon, örtlorden, nejlikorna som så gärna fläktar att smickra omkring. Artho är hjältens namn, Capellisato, skööverlämnad slaktare av våra lövs fördunklare,

Anslut honom! Håll fast!

Ändå väck dig, till lera, Tamor!

Varför willst thu förvägsväcka honom från denna jord, O kallaellerandra: han är väderbiten från åldrar av stoft? Timmen för hans stängning skyndas att hända; stormklockan som ska ljuda hans hållertill. Om en som kom ihåg hans nätvaror och teloft skulle fråga en tunnbindare om vem det var som storkarna lämnade Aquileyria, denna undersäng skulle inte veta; om andra som anslöt tro när hans djupa anklagelse bombade vårt tunna utskov vore att –!

Jehosofat, vad slags undergång finns här! Regn ruthar på dem, sire! Moykills vinge täcker honom! Bulljon Bossbrute karanterar honom! Calavera, varning! Sla var under dygd, rädda hans Veritotem! Bearara Tolearis, *procul abeat!* Danamaracas elfenbensnegrer är, hans Hektor Protektor med Vasa, skala dina blickar! Och försök att frälsarisera nätter av arbete på begäran av vår bloodande worold! Medan Plinius den yngre skriver till Plinius den äldre sitt calamolumen av contumellas, det som Aulus Gellius trakasserade Micmacrobius och det som Vitruvius stoppa på sig från Cassiodorus. Som vi lärnt oss från den där Smärtingen av Lukan i Dublins huvudstad, Kongdam Coombe. Även om du är kooparen av vinkeln över mätning aldrig förlorat ett tillstånd. Inte heller en ankaidonche avslöjad från bad till frukost. Och till Alkoholens ära släpp den där du-vet-vad-jag-kommit-för-jag-såg-din ren luft! Punsch må vara buteljstolt men hans Judy är en hustrus kvickhet bättre.

För producenten (mr Johannes Döparen Kyrkoherde) orsakade en djup abulöshet att nedstiga på Truanters fader och, som en sidintrig, plotterprompt bringade på scenen den kotlettstora gemålen, fittebarn fungsto av fyrtioshillings fosterskräddare och skeppsmans skeppåhöjden, som väger tio kisel tio, som klättrar fem fot fem och spänner över trettiosju tummar kring de goda kumpanerna, tjugonio sånger runt den angelägna zervitrisen, trettiosju ocksån runt svaret på allting, tjugotre av samma runt var och en av quis separabits, fjorton kring början av lycka och trivsamt runt hennes sko för smal.

Och innan du kan be om nåd till gudinnan eller om hjälp med ditt larvig eller miglarvigpoo, Gallusars höna har huggit hennes unghöns. Det är där de har owreglias för. Deras tvistefrö, kött på deras törnen, präst som Prestissima, smiter i en tänkling (och inte en höna bara eller två hönor varken men varje välsignad Brigid kom kucklandes och kacklandes), medans, en rom en rum, baggen av alla urin, Öl, Wijn, Spirituosa för konsumtion på platsen, advokaat utan försvarare, Mas marrit, Pas poulit, Ras ruddist av alla, fast flamblomster från galantiblommor, är färgad och skränad av varje kulör.

Alla går hem. Halome. Smattra inga mer jubelbasuner, oddmund skäller! Och sluta vara rasande, brinnande buskar! Och sheridangoldsmith yeatssynge, dina wildeshawjhow rör sig swift åt sternehållet! För här det heliga språket. Ska komma snart. Att pausa.

Det er goed. Het best.

För nu sliter de, det betyder, slitasletslätande. Tasböcker kommer för tidigt och smaskens, majsgryns bröd och bibel bi, med palmsocker-jo till ju-ju snack, Fines franska fraser från Grandmere des Grammaires och besväradde palstersenappar från de Fyra Massores, Mattatias, Marusias, Lucanias, Jokinias, och det som hände våra elva i trettiotvå i efterhand daterade Valgur Eire och varför är limbo där han är och vad säger ljudvågor upphör innan de alla hanteras fel och plågad Amnist avskedar Collis och där fisknman fångade marulken från och vadför ishäger ickesnäll tvättbjörn och varför satt Sindat på honom sitbom likt en sjöldat, med vad doktorn gjorde i nånsenset, för att inte nämna definiera det vanliga saltets hydraulik och, dess textilier avbliven med gammal provaunce, där kungliga postvärken är zentrum och Dublins Förenade Transport Kompani är strålar nedskrivna av frekvensen av orsaker och crore av dina refraktioner värderingar i Dinggyings bit på Nationella Katolska Reporter och S.C.R.

Detta lilla moln, en nebulissa, hänger fortfarande isky. Ensamsäng tjurar för slummern. Ljus i natt har ett högfjäll på hans druckhouse. Tjockhuvud och tunt smör eller efter dej med mej. Caspi, gueroliga plågar luften. Gaylegs ska göra upplopp av oss! Vänsterfotad att prutta! Vad kan en trollkona göra i dag? Så ängelland har alltgenom gråtit så att Izzy är mest olycklig. Fain Essie fy onhapje? skrattar hennes stellas vispirine.

Medan, rusar runt på sina sätt, går och kommer, ibland på rhimba rhomba, ibland i trippiza trappaza, plisserar ett mönster Gran Geamatron visade dem av gracehoppor, tantskeppare och kaninfarm läppare, de bespottade iväg, dorian gay och marian möhuva, Lou Dariou vid sidan om la Matieto, all pojke mera all flicka sjungutkompisars långa hus tellhör butik Huddy, allmens nin nin nin nin den där Boormans klocka, en gnäggning på den skrälliga sidans läggning, ninnande nin nin nin nin, om gamle Fader Barley hur han steg upp på morgonen arla och mötte plattonema blondiner kallade Höfter och Hacklor och föll in med en kompisar till Trenigheten någon nick lik Skowood Shaws (Du fångar det, gram dig inte, mrs Tummy Lupton! Kom inomhus, gyckelsnok, och skaka av dig ditt skryt!) gamle Daddy Deakon som väl kunde stuva sitt fyrbåkställe men han kunde aldrig hålla fast vid sitt fotogenljus (Sköterskan skulle ge dig det, klibbkrukor! Och vänta du, mitt lasso, knulla trådrulle!) bålde Bonden Burleigh som vuck upp i ett hullerombuller där han trängat kunde kramvandra för att vältra sin väg tillbage i bagarens bås för att be om (Du är väl hållen nu, Missy Käkkspir, och dina trosor ner! Fy, för skam, Ruth Wheatacre, sedan all fylla har sagts!) illad Diddiddy Achin för priset av ett stycke bakning av panchen va ponchen sårad för (Ah, krabbögon, jag har er, visar upp för världen med det där gapet i din långstrumpa!) Wold Forrester Farley som, I desperation över deispiration vid diasporationen hos hans diesparation, befanns i trans på den skans av det trams hos Lukkedoerendunandurraskewdylooshoofermoyporter-tooyzooysphalnabortansporthaokansakroidverjkapakkapuk.

Händelsevisst.

Uppladdad!

Spelet thu schouwburgstade, Spelet, är slut nu. Ridån faller på djup begäran.

Uplouderamain!

Över denna gang, Gunnars stormförtrollning. När h-et, vem hu-et, hur hudfärg, var hyer? Omloppsbana osvarar: massa liv förlorade. Fionia är förtröttad på Fidge Fudgesons. Sealand snorrar. Rendningklippors skurkberäkning regerar. Gwder med gurer är gttrdmmrng. Hlls vlls. Ords timida hjärtan alla exeomnosunt. Mannagad, lammalelouh, hur kom det sig? Vid Farsan, bryr du inte denna fjärt? Fulgituder ejist ronedåt räck ut tungan. Quoq! Och buckleyklotter! Kiddush! De bröt samman av sin fruktan, de åt vind, de flydde: där de åt flydde de; de bröt samman av fruktan, de bröt bort. Gå till, låt oss låvprisa Azrael med våra hörslar, genom våra brygder, på våra jambsar, i hans gångarter. Till Mezouzalemmed Nefilim, trodde du mig död? Yip! Yup! Yarrah! Och låt Nek Nekulonprisa Mak Makal och lät honom säga till honom: Immi ammi Semmi. Och ska inte Babel vara med Lebab? Och han var. Och han ska öppna sin mun och svara: Jag hör, O Ismael, hur de lovprisar är bara som mitt lovpris är ett. Om Nekulon ska bli havonfälld Makal säkert hamnar himlar. Gå till, låt oss lovprata Makal, ja, låt oss överdrivet lovprata. Fast du har letat bland dina posspottor min excellens är över Ismael. Stor är honom som är över Ismael och han skall mekaneka av Mak Nakulon. Och de gjorde han.

Uplouderamainagain!

För Rensandet av Luften från en höjd har talat i tumbladum tamladam till hans tembledim tombaldömda väreld och, megufånskräniserad av det där fonomenet, jordens unnevånare har terraramlat från firmament till fundament och från tweedledeedumms ner till twiddledeedees.

Högt, hör oss!

Högt, barmhärtigt hör oss!

Nu har dina barn inträtt i sina boningar. Och nationsglatt, lägermöte över, att smalbena det, Guv vare takk! Thu hast stängt dina barns bostäders portaler och thu hast därvid satt väktare, även Garda Didymus och Garda Domas, på det att thina barn må läsa i boken om öppnandet av sinnet för ljuset och irra inte i mörkret som är eftertanken efter thin ingenorsak av väktandet av dessa väktare vilka äro thina bodemän, körsbärsbuyum chirrybåda med kerrybommarna i deras krubbeemer, Bed-thina-Böner Timothy och tillbaka-till-sovbänk Tom.

Till träd från träd, träd bland träd träd överträd blir sten till sten, sten mellan stenar, sten under sten för alltid.

O Höga Lovpris, hör liten stund dessa thin otända enas varje thinas bönfalla! Bevilja sömn i timmens tid, O Herre!

Att de inte tar någon kyla. Att de inte gör mord. Att de icke skall gåmöta galenhuriaträd.

Herre, överhopa oss med misärer men fläta ändå samman våra konster med låga skratt!

Ha he hi ho hu.

Mummum.

Som vi där är var är vi där från tomtittot till toppsnurrtotalnykterism. Te te där till. UNDE ET UBI.

Med sitt breda håriga fejs han är för Irland ett besvär.

Den som vill kommer över. Vem täcker nånsin. Och hur annars hakar vi vår hajk att finna den där pajnt porter platsen? Är skjuten säger storvakten.[1] SIC.

Främst om stenar.

Snyfta inte kött fett salt ister sjunker ned (och ut).

TÄNKBAR RESVÄG GENOM DET SÄRSKILT UNIVERSELLA.

Härav. Snabb lunch till vänster, hjul, vartdå. Utmed Livius Lane, mellan Mezzofanto Mall, diagonaliserandes Lavatery Square, upp Tycho Brache Crescent,[2] axlandes Berkeley Alley, tvärfixandes Gainsborough Carfax, under Guido d'Arezzo's Gadeway, via New Livius Lane till där vi tidsfördrev medans vi vissnade. Old Vico Rondell. Men fahr, och frukta! Och naturlig enkel, slavisk, sonlig. Vi vet Montttannnsss bröllop fuktar hans moll, likt vilken etrurian Catholik en Hedning[3] i hennes sminkning zigenarliknande chinkaminx pulshandjupeyjade och hennes petsyblus prydd med voyletter.[4] När vem vanr vetat vad vara. En elv, et fjaell. Och virret av vimset nynnande oss hål. Hans hume. Däravtagandes tidvattnen vi måhända återlämnar, trumpetade av räkor och flaggade med sjökål, att befinna oss när gsmmsl är sagd i en makare parar med

1 Råhärva, quoshe med henees gaeliska teangue. Om jag skulle satsa på gamla Herodes med Corm-wells ekzem som han snörvlar vad helst om sina blå kanarier gör jag nio månader för hans bäver skägg.

2 Mater Mary Merceryhjärtlig av de Droppande Bröstvårtorna, mjölk är ett konstigt arrangemang.

3 Verkligt liv bakom strålkastarna som visats av de bästa exponenterna för en kunglig skilsmässa.

4 När vi spelar plagg vuxna vid all fia poker ska du bli glädjeiserad att känna hur fångad jag kan se ut i klibbaomkringer.

madam (Hoppsan!) havandes lurat konerna och mediterat de murade och funderat på pennorna och sneglat på olympen och fröjdats i hennes dianafösa och gapskrattandes bakom hans kolosser, framför ett mosoleum. Längd Utan Andning, av honom, en knäppskalla av avumer, till följd av picknick eller dvala ur sopor, Ungars Grotta eller Hymanistiskt Glattstoneburg, denarisk, danerisk, donnerysk, domm, som, inkommande mens han fortsätter, högst fiktionell, tumultigt under hans chthoniska exteriör men klar Herr Tumultig i mufi-liv,[1] i hans antisapienses som i hans igenkännnanden, är, (Dominic Directus) en nanifest frikostighet mera mobb än människa.

Sweney Tod, du Demonbarbar!

Gräv honom i skräpet.

Ogudlige gamle Ardrey. Cronwall bivaxerande konvulsionslådan.

Ainsoph[2] denne upprätte ene, med detta stygga besuckadde honom zerion. Att se i hans horrorskop han är merkuriös än salt av svavel. Terror av den middagsgalne på daagn kryptogram av varje nattlig bredbarhet. Men, för att tala brutet himmelsspråk, är han? Vem är han? Vems är han? Varför är han? Hur mycket är han? Vilken är han? När är han? Var är han? Hur är han?[3] Och vad i dekanerna är det med honom hur som helst, den sjyste mannen? Lugn, stilla din brådska! Närma dig för att leda vår väg!

KONSTITUTION AV DET KONSTITUTIONABLA SOM KONSTITUTIONELLT.

Denna bro är övre.
Korsa.
Sålunda kom till slott.
Knack.[4]
Ett lösenord, tack.
Ja, genomborra.
Nåväl, alla förstummas!
Å verkligen?[5]
Hoo Cavedin Earthwight.
Vid furscht knall av åska.[6]

TROLIG MÖJLIGEN PROLEGOMENA TILL IDÈREELL HISTORIA.

Swinga banjon, dvärghöns, stud-

1 Kellywick, Longfellows Logi, Kommentarshuset III, Barnlek, Amusing Avenue, Salt Hill, grevskapet Mahogany, Izalond, Terra Firma.

2 Gruppnamn för grapejos.

3 Bhing, saränarens huvud, soto poce henne.

4 imperativisk smirte ye mermon svarar från sin biliggarplats nedanför strammärket, Götahelv!

5 O Evol, kool i säljet och ees hur Dozi gropar vad en älva er.

6 En godrid croven i ett tynväggat badkar.

sabollarna är När schasar, han fjiräl,
blåsta för knull. Var fångad och namngedd.[1]
Sikt nära vänster Erdnacrusha, requiestress, väck dem!
om mitt öga när Och låt lyckans rentsludderallt lucy
jag ser henne obesvärad![2]
sätta unset okej Till hus som vis tok åldrar byggt.
ithpotta. Så bygg ät.[3]

Qartandwds.

Biljetter för Svansviftarnas Terriervalp raffel.

Mars talar.

Smed, inget hem.

GNOSIS AV FÖRSKAPAD BESLUTSAMHET. AGNOSIS AV EFTERSKAPAD FÖRUTBESTÄMDHET.

Märlfsta till tjuder till, stegsten att klättra på, som Bootes vid Pickardstown. Och denna skummjölk står kvar i grundloftet. Som över allt, eller lutas dessa vingset mot ytterväggarna, bästskinnsstroféer av hydda av Bawrar balsambrädarna?[4] Begravningar blir ballyhoade! Så låt Bacchus även kalla! Krog krog! Varest. Babbarna använder pennan. Fyllona tränger hålan. Paplikan, publiken byter han tenn mot tio. Från sällanare som mest frekventa honom. Den där samma erst listige kummelmun som under det antagna namnet Ignotus Luquor av dimmig gamling, harangerad magtutande fiskberusada på sitt stamlokus, från en fader theobalder broms.[5] Och Egyptus, den i rökelse stråbäddade, som Cyrus hört talas om honom? Och Major A. Shaw sedan han fått mindre släng av smoppkippor? Och ganle Whitman själv, den blessyrigt fläckige, bortom bukterna, hopp om ostgotiska och ottomanska troskonvertiter, förtvivlan över Pandemias post-mortem plastiska kirurgier? Men det var allt för så länge sen. Hispano-Cathayan-Euxine, Castilian-Emeratic-Hebridian, Espanol-Cymric-Hellenicy? Gånge Rolf, Gangstern Rough, inte ett drag likt och samma ansikte.[6] Tidsfördrif är tidsfördrif. Låt nu förgånget vara bei Gunne's. Saaleddies er det i detta varken werden, mine boerne, och det vild behövas äldre-

1 Apis amat aram. Luna legit librum. Pulla petit pascua.

2 Och efter dimm att skjuta nyanserna.

3 Säger blemmiga Mary Achinhead till förskönade Timmy Tullbutt.

4 Begge. Att gå till Begge. Att gå till Begge och vara säker på att att minnas Begge. Godbegg, buggey Begge.

5 Huntler och Pumars animala alphabitar, de första i världen från aab till zoo.

6 Vi hör inte de dundrande kursokrigarna, vi ska inte frukta fajtandets pilar, vi flötmedelhavsianskt och återvände till den vi älskar i krydda. Stakbåt.

vishet[1] eftersom ursprung gjorde skillnad i Idems trädgård. Taskorna upptill är som flaskorna nedanför, sade Hermes smaragdlovsång och allt är ovilligt och vänligen rört, har sagts oss, på utmärkt bläckskrinsauktoritet, solsystemiserat, seriekosmiskt, i ett mer och mer allsmäktigt expanderande universum under en, det är rimlös anledning att tro, ursprunglig sol. Säkert bedömer terrestrialt klot.[2] *Haud certo ergo.* Men O passande syndfullhet, ljuva dåliga beskattning till dig för en arketyp!

Non quod sed quiat.

Hörsägen i paradoxlust.

Ära vare commercios energi dock hjälp den länklöst stolte, den plurabelt skicklige med varenda en och varje med kompis, denne ernst av Allsaps öl rytande månads halliday med sina båda månförmörkelser och sina tre tungsinta saturnsättningar. Horn av Hedningsedan, finkulturell! Livets bäck, tonårstjej! Amnios amnium, fluminiculum flaminullnorum! Vi söker den välsignade, Hamn-mänskan-cum-Arvedel. Även Canaan den Hatfulle. Alltid avgående, alltid ankommande. Mellan ett stirr och ett sus. Fossilisering, alla branscher,[3] varför Petra svor till Ulma: Vid de dödligas frost! Och Ulma svor till Petra: Vid mitt ådriga liv!

ARKAISK ZELOTYPIA OCH DETTA ODIUM TELEOLOGICUM.

Bags. Balls.

I dessa platser sejournemus, där Eblinn vatten, hyrd av carr och fen, lämnar amont henne stim och laxar strosar, som kustnära fläktande uppvaktar med översvämning, blåser till hennes breddar. En fantomstad, phackad med philmande pholk, böjd och såld för en fyra av hundra av manlighet i deras tre och sextio fylken till ett pris uppdelat på tjugosex och sex. Vid denna flodbädd, på vår soliga strand,[4] hur buona vista, vid Santa Rosa! En maj månads äng, Vårens själva däld. Här är fruktgårdar lagda; helgonförklarade lagrar evrembärtäckta. Du har en hög vy ashwald, en dal av kastanjer och av törnen. Gleannaulin, Ardeevin: en söt glimt av uppskattad höjd. Denna Nordmanska domstol vid

LOKALISERINGEN AV LEGEND LEDER TILL LEGALISERINGEN AV LATIFUNDISM.

Flytta upp Mackinerny! Bered rum för Muckinurn ey!

1 Och detta en gång så gyllene bi en cimadoro.

2 Och han var hur som helst en glad Lutharius, Sinovresig. Du kan avgöra på deras extraordinära kläder.

3 Spritnaken och urbenat stel. Vi vivvy soddy.

4 När du drömt att du hade överflöd av marmorvalv tänker du då nånsin på att förena tigga långsamt.

byns gräns, bort mot Erelandska kyrkans kusliga torn, möte för sanna helgon i dyrkansfull samling,[1] med vår kungs stenhus, belgrovad av mullbär, det stilla som var mölla och Kloster som var Odalmansland, den gastkalla gravformen hos den snabbt förhastade på, den loftlövade almen Lefanunian nämnda herrgård, var och en, varje, allt är för retrospektionären, Skole! Agus skole igen! Sötsamt kastanjbrunt, kommer upp som en självresande blomma, den där fragolansen hos de fraisey rabatter: fenixen, hans bål flammar alltjämt bort med sannpratstram anda: gärdsmygens näste är nydelig som sabinernas turrieser är telesynliga. Här är stugan och bungalowen åt skomakaren och splitter nye borgaren:[2] men Isolde, hennes pärlbands gårdar, en liten plads av älskad pose, behaggivande bort vinnarfulla under, de vinnerfulla underbara under bort,[3] med häckar av murgröna och järnek och lövsal av mistel, är, som om det tycks fast och ja om det passar,[4] för Angoisses sorglöshåriga dotter. Alla utav två karga gamla busar, Tytonyhands och Vlossyhair, en kiloliter i metromyriamer. Presepeprosapia, föräldrastammen. Vunnen rock, vintapp och varm taverna[5] och, genom remsutveckling, från kontakt bro till hyr förlopp, bara två milliumer två hunraden och åttio tausig nio hundraden och sextio radiolumen linjer till en Finnstads generösa poetkontors virrvarr. Förvrängd hägring, slättens mest distanserade, vari tillylligheten hos bedeliorna[6] gör hobbyharry glad i sin håla.[7] Butiken och hyran, Treetown Castle under Lynne. Rivapool? Bärtråg en

I snödropp, trou-de-dentelle, kött och heliotrop.

Här är våra dussin kusiner från svälten på magen.

1 Nu ett muss tvätta det lilla ansiktet.

2 Ett folkligt vikingauttryck som fortfarande används i Summerhill-distriktet för enfyrtioårig jerryhattad man som stoppar två fingrar i sin kokande sopptallrik och därpå slickar av dem för att se om det finns tillräckligt med champinjon katchup i fårköttsbrödet.

3 H' dk' fs' h'p'y.

4 Googlaa pluplu.

5 Tomley. Den vuxne mannen. En slaktare szewade honom blougher och bracher. Jag e chory att se P. Shuter.

6 Jag tror på Dublin och Turkiets sultan.

7 Jag har hört dessa ord användas av Martin Halpin, en gammal trädgårdsmästare från Glens i Antrim, som brukade göra udda jobb åt min gudfader, pastor B.B. Brophy från Swords.

bricka på den! Men dess pirer kusliga, dess spann spöklika, dess tull bara ett till, alla dess parapeter peripatetiska. D'Oblog är by his by. Vilket vi alla passera. Tonvis. I vår snoo. Znarka. Mens vi hickermot den tjockare. Schein. Strand. Vilket assoarar oss från de mytelerades mörker inunder bardisk, bedevere betjäntad runda bordet, förbi Morningstops nödvändighet och Haringtons uppfinning, till barnljusets clarience i studiorium uppkåmlingar. Här vistas vi på polarnas potens, kärlek vid låset med novisers tjit och tjat. Kören: rektorerna. För rifosillationeringen av deras lutning åt irritationens manifestation: doldorporjkar och docka.[1] Efter ljud, ljus och hetta, minne, vilja och förståelse.

Satsa du fem pence anythesious det finns ingen kärseld, är era spel?

PREAUSTERISK MAN OCH HANS PANHYSTERISKA KVINNA

Här (minnena inramade från väggar gör sig påminda) till hästmän för vridbråkig wready äro, F Ⅎ, (vid åsyn, respekterande, fjortonde baronetten, möt, alltretanth bankrupt, skämt) och innan påbörjad början katalauniskt när Aetius checkade kväva Atillas gambit, (det där frodiga uppfräschet, giv det ett vril!) led oss söka, O junis jenniest kvällar, thu som flyyyr snärtsam den ömt glödande frondören att tjock knyta sig själv till din eftersedde garant,[2] vår samvetslöshets pådrivare, flimmerklaff för våran unterdrogad,[3] leder oss söka, läte oss se, lätt oss finna, lät oss intemissa Maidadate, Mimosa multimimetica, maymeaminning av maimoomening! Elpi, du greklandsfontän, allt skallfråga åt ditt håll[4] allt från kongen i hans matsalshus till knifr, bakom kullen. Ausonius Audacior och gael, gillie, gall.[5] Singalongaljuga. Storiella som hon är syung. Varav uppföljning med sluttalade inten för gester, plutoniskt enligt på kortaste glimt från festblåsa, söta proserpronett vars glipa skolväska spiller ärtor.

Det var en söt hoppfull gallrad Cis.

DRIFTER OCH VIDEDRIFTER

Trafikljus, ljusstarkt tecken! Platsanvisare, okoppla oss! Den gröna strålen hos örhänge böljar oss där borta när det

1 Korpar må riva så kan duva njuta.

2 En fråga om ryck.

3 För Rose Point se Inishmacsaint.

4 Mannekängs pose.

5 Deras heliga förmodan och hennes syndflykt d'esprit.

I EN PRIMITIV KLAN.

Stora Björn Bet Sjömans Enda. Trubbel trubbel, trubbel.

Forening Unge Kristlike Kvinne.

Skvallra mig alla annaryllisar.

röda, blåa och gula plyglar tid på domisolet,[1] med en blåsig stöt och en windigo. Där blixt blir till ord och stumfilm självhögt. Att stödja samsläktingar, tredubbelt bunden och stångförd tvåfalt. Adamman,[2] Emhe, Issosssisanushen och somliga Yggely ogs Welb. Uwayoei![3] Så mag denna sybilett bli våran shibbolett att vi må stavelsegöra henne väl. Veto men Nova ska närma sig när deras strålning bland Nereiderna. En av charmörer, ja, Una Unica, charmörer, som, under almarnas grenar, i skor som hittills avskändad av stenighet, gång, gick, ska gå en väg av honungsmyrra och vandrar rosor dimmysk medans alltjämt det kanske mantlar majblomman, eller någonsin hennes bleknat från blomman,[4] deras vapen inlåsta, (ringrang, klockklangen av sex-appealing likt conchitor med för sent ströv,[5] rung!) alla tänker allt om det, Detet med ett kli i det, Allts vartenda tum av det, njutningen varenda en vill putsa henne för, verksamheten var och en var uppfödd till att föda upp.[6]

FÖRVÄRVADE RÄTTIGHETERS TIDIGA BEGREPP OCH DEN KOLLEKTIVA INFLUENSEN AV KOLLEKTIV TRADITION PÅ DET INDIVIDUELLA.

Vill du bära min burk och bekämpa feerna?

Allma Mathers, auktionsutropare.

Snart jemmyjohns ska prygla om någon en rytmisk eller annat över Browne och Nolans divisionella tabeller medans hon, av kelgrisars novence omsorgsfullt är cupido, för mug wumpar, specerists smutshet, andts girighet och grossoppers storgiraff, med hennes jemenpajs tutringatuta som vill sitta och knyta på solfa soffa.[7] Kvällens stuvning bokligfylld stuvning. Och en chefs syl i Karl Alfreds teater. Men allt är hennes medfödda. Avsikt. Från farmors grammatik har hon att om det finns en tredje person, maskarine, felinine eller naknast, som tilltalas abad det stämningar metrikar från en person som talar till hennes andra som är det direkta objektet som har tilltalats, med och till. Tag

---

1 Anama anamaba anamabapa.

2 Bara för att han avlat lag kunde jag trä på den gamla ena och skvätta ut henne många gånger men jag tänker mera på mina puteljer och skit.

3 Allt flytt för Tarararat! Se toffel, soppyhatt, vi har en baggis i krubban.

4 Kärleks helgade namn måste man sälja till någon.

5 Hitta på det allteftersom.

6 Djungelns lag.

7 Låt mig rodna vid tanke på alla dessa halvvägshissade pullovrar.

Gamle Gavelkind Gamper och han är lika strunt som du är skotte.

dativen med hans oblativ[1] för, även om obsolet, är det alltid intressant, sålunda talade farmor om sina imperativers kraft, se bara upp för ditt genderösa gentemot hans reflexiver om att jag var till din grappa (Bott's trousend, hora en man av!) när han var mig raktpå[2] och min, vad gnoan säger, hans analektuella pygméhopp.[3] Det är konfortism i kunskap som ofta hatar när första hörandet kommer med kärlek vid andra ögonkastet. Har ditt lilla syndasnack i subjunktioners dopp, dual i duell och pryd med pruriel, men även de aoriest shopparunt vadhelst pladdrade perfekt hänge rättsåavgudad och *haec genua omnia* må kanske chans att vara om att vara i fall att bli en blek peterwright trots alla dina tempus ackusativer emedanskt du är vägg-golvad[4] likt dina pelargoner för den bättre halvan av ett år eller snyft. Det är en vild kattunge, min kära, som kan skiljaen wilkling från ett vårtsvin. För du må vara lika praktisk som förutsägbar men du måste ha den rätta sortens händelse att möta den sortens varelse som gör skillnad.[5] Flamma vid hans fumlande men frys vid hans hand.[6] Varje brev är en gudasänd, ivrig Ares, brysk Boreas och glib Ganyamedes likt nitiske Zeus, den O'Meghistaste av alla. Att jag eller inte jag. Satis ditt sök på gång. Werbungsap! Jeg suis, vos vore en gentleman, thu arr, jag är en slinka. Är ett spel slut? Spelet pågår. Kokakoka! Sök mig. Ju tiggare pigan desto större mullaren. Och ju större patrarken desto sorgligare nypet. Och det är vad din doktor vet. O kärlek det är allmänkunnigaste sak hur det förälskar plutos och paupe.[7] Pop! Och panerar hon aktiv eller slevar hon

Undante umorosa. M. 50-50.

ουκ ε λβον πολιν

1 Jag gillar hans skära kind.

2 Frech djävul i röd hairing! Så det var därför som du stack till sjöss, mrs Lappy. Hoppa mig, Locklaun, för du har förnummit.

3 En tvättbar älskbar flytbar docka.

4 Med hennes pudel svimmad att ledas bort och hon känner sig själv död. Är kärlek värt att leva för?

5 Om hon kan följa efter går Reneé till skocken.

6 Olämpliga friktioner är förbannelser och mäns urinduration
gör mig galen.

7 Llong och Shortts tändrör av Svart och Vit Slinkkraft.

passivt, alla de fina klausuler hos Lindley's och Murrey's bringade aldrig particip av ett presens till en förtvivlad hortatrixy, jag säger detta hämndlystet, från hennes postkonditionella framtid.[1] Klumpsam är den klumpsum pröjsar. Kvantitet räknas fast accenter vacklar. Skämt åsido och sneda orationer tolkade åt ena sidan, en skitunge, Alan, kan välja bland så många, vara en advokats bihang, en rör kontorist eller fri funktionist flugsmälla, den där perfekte lille snubben, från vig-benad lassihuvas smäktande och svaghet till vaxtupp kvinnokrafts huvud-, rygg- och hjärtvärkar och hög på hög av andra saker med. Lägg märke till de Respektabla Irisländska Plågade Damerna och Humphreystowns Förenings Muntra Senaps Skumblåsare. Attack först, kvackkvack kvickt efteråt. Se upp för hur i det där hyschet schlangders[2] subtail ligger samband att reta oreillerna. Att böjd grönska sätter proper förkärlek. Men lär från denna antika tunga att vara mellangammalt modern på minuten. En som spottar kan man bli beroende av. Fast Mirakelfält förloras för alltid. Alis, ack, hon krossa glaset! Liddell lokker genom lövverket, åt oss är smärtans misterium.[3] Du må snurra på ungdomslätt hoj och multiglädja din Mike och Nike med dina sparkskor på algebrarna men, volve vergilius sida och betrakta O hos kvinna är långt när bastant byggda dessa två stumma efterföljandes henne så från Nebob[4] aldrig ser dig ströva som ska nimm dig snällt och ta dagen.

Jag väljer den där lilla polly om du ska suga till ditt levande nonsens.

O'Mara Farrell.

Försvinndibus.

En har just varit läsandes, har inte en, jo, jo, i deras memoarier om Hirelings klena krig, slut så, und allt av denne O'Brien, O'Connor, Mac Loughlin och Mac Namara med sina summerade bihang, da, da, av Sire Jeallyous Seizer, den där sportslige torskmesteren,[5] men sin duo av druidprofet-

Ulstria, Monastir, Leninstjärna och Connecticut.

KURAGETS SAMTIDIGHET, RÅDSLAG OCH VARAKTIGHET. ORDINERING AV VARSEL, BÖRDA

1 Gåsflockarna helt ute.

2 Han har just irriterat nötter på vit vän har han inte tänder eller kraft att ångvissla och det är det som är felet med Lang Wang Wurm, gamle vacklande gåsmage.

3 Kära och jag litar i all frivolitet jag benådas för intrång men jag tror jag lägger till helvete.

4 Av varje bedrägeri är han mina hela mänsklighet.

5 Alla hans tänder tillbaka till framtill, sedan månen och sedan månen med ett hål bakom den.

Cleopatria, thu hosies historia.

Eroico Furioso får betjänt att liksom småle.

Hyperapan minken han växer mullvad du nu ser för krossas skull!

Pige pas.

OCH DÖDSRUNA DISTRIBUERING AV FARA, PLIKT OCH ÖDE. POLÄRA PRINCIPER.

issor i beredda penningplagg[1] Oxthievious, Lapidous och Mälteri Hymnigs försöktapåfördet. Du må missa att se den där layoutens lögn, Suetonia,[2] men reflexionerna som återkommer till mig är att så länge som vackert liv är kroppskärlek[3] och så ljus som din spegels Mutua håller hennes ljus mot ditt brus, olik ensam vänsterhand, din Vårs dystra Höst, bry dig inte spurt av anisfrö oavsett trigemelin kramar kel eller inte. Hon ska bekänna det med sin figur och hon ska förneka det rätt upp i ansiktet. Om du inte är förstörd av detta ska hon inte göra dig något påhitt. Och sedan? Efter detta vad? Grugg Gunne må blåsa, Gam Gonna flöda, gossans öga jennings jodå. Från Hebers och Heremons rumpor, *nolens volens*, grubbla våra penséer, bryna i dimma. Det är en spricka i infinitiven från att ha till ha varit till skall vara. Som de krigade i sina stora omgångar lugnt nu ska vi aldrig veta. Ät tidiga jordäpplen. Lirka Cobra till pladder. Hail, Heva, vi hör! Detta är glidplanet som gladde flickan[4] som listade mot vinden som lyfte löven som vek ihop frukten som hängde från trädet som växte i trädgården som Gough gav. Brett väsljud, vi skrynklas tjut fromm, vi globar. Varför döljer thu hindrar thin man hans namn? Leda, Lada, flaxande-skrajsen, så växer din gördel! Viljad utan vetande, virvlad utan syfte. Pappapassos, Mammamanet, vemvarinte och vemvetsvarför.[5] Men det är svansar för tuffingar och tuttar för tanter och kom hinkar kom läderlappar till radering.[6]

PANOPTIG PLATSVY AV POLITISK PROGRESS OCH DEN FRAMTIDA PRESENTATIONEN

Mörka århundraden famna tusensköna rötter, Stopp, om du är en utflykt av allierade, färskt från Minowaurer och örlogs actiumer, valda drabbningar och rader av roddare. Vänligen stannan om du är en f.Kr. som snälla du bry dig om fröken. Men skulle du föredra A.D., stig snälla. Och om

1 Skippa en, spräck framdel, Jenny i kålbutiken.

2 Ingen av din obligatoriska engelska här!

3 Ersättare mina förståelser, Sostituda, och saktmodig thin completoriment, gymnuköttig.

4 Fast jag har en just som så till hem, brunt dödlöv med kvicksilver applikationer, skulle heltmest Appliciate en trevlig skinande slickt silke utifrån den där slintande ormtjuserskan.

5 Vad är detta, madam, säger jag.

6 Som du själv säger.

AV DET FÖRFLUTNA.

du missar med ett vågspel så tjänar det din flicka till glädje. Men, helige Janus. Jag glömde bort Blizenkopfarna! Här, Hengegst och Hästsås, tag ut era skallar[1] ur den där talestuben. Och lämna din hinnyhennybakomdig. Den är hemsökt. Kammaren. Om felande örhängen. Gnäll, ryck, spår, stigbygel! Det är tydligt underskottat att, då du trehändershöjdar sätter dina tvåfotsstora tidpastej i Lough Murphs döda svall och tills sådant tidstempo en och samma Messherrn de flinande statsmännen, Brock och Leon, har skyfflat de gnällande räknade langarna, Starlin och Ser Artur Ghinis. Skummande hemtrevligt bryggt, bataljerad via butelj, gageure de guegerre.[2] Tjur igen björn och sedan björnigen bulligan. Flinflin flinflin. Staber varsus hjordar och bockar vursus skall. Vid gamle Jämmerligs murar. Bumpa, blåsbälg och böl.[3] Trycka ner, upp upp Opima! Hyror och priser, tionde och skatter, löner, besparingar och utlägg. Heil, freds sju kungars räckvidd![4] Liv, liga av lex, nex och sedvänjorna! Was ist dass och fiende är du. Utarmning av boobblan genom bisaken för bubblan. Så håll trut om din oro i din sorg (wumpumtum!) och skaka ner blandningen för kastet. Ty det är bara en öppen[5] för förfalls Ned. Som Hannah Levy, slug butikståtta, och nievre anore skidoos med hennes plundringar.[6] För att tillägga glada finputsningar. För hugh och kis och goy och jude. För gropad och blemmad och enklad och vimplad. En spets i ett snok och ett svin i en kyrkbänk.[7] Hon vinner dem med vunnit, ett halat hunsindikate, för mangay mumbo jumbjubes tack Lillklasars och Storklasars muchas armband gracias barcelonas.[8] O vilken älsklig

Seidlitz-pulver för slagord olumsare.

Hoploits och hymner.

Slättland min kära, mig klumpeduns odjur.

Familjer kramar bank.

Alla vi led Under de där KoMocke Gafflar och hur vi njöt över vår basketplans val. Gamla Kossans Kött-Måltid.

Flugflug för jillier och ett

1 Det är letmus men det tvättas bort.

2 Vartåt han slogs sin stimmstammares honstrumpa och vi fångade våra kärlekslivs pipetter.

3 Skaka evighet och slicka skapelse.

4 Jag är välsignad om jag kan se.

5 Hoppity Huhneye, schasa bort hönan.

6 Sött, medium och torrt som altarvin.

7 Vem köper mig pennybabies?

8 Nåväl, Maggy, jag fick dina avlagda djävlar all right och de passar perfekt. Och jag är vagt tacksam. Maggy tack.

bombambum för nappotondus.

yttrandefrihet det var (tep)[1] till bengädda hurenlivlig hinter grymtning! Dricks. Likt lärkors drill för nertyngd krokodil,[2] eller skuttandes laubhandes vid gammal pratmakares väsande, Skrävelboss, blåshårding om allt han inte gjorde. Din trupps helvete! Med är skygglappen för willesleys gödselvett och nith är nicken för kejsaren napolion och hitåt fattigblond fläckig häst. Likbil. Med sin trikuspedalisklaff ringbrynjehjälm snusnäsduk emblem på. För mannen som

Murdoch.

bröt med gruppen på Monte Sinjon. Dess allgåta? Att detta redan är med oss före utsatt tid som redan är utförd plan från

Pas d'action peu de sauce.

och tiden: de fem Positionernas Daft Dathy (dödsstrålen stoppade honom!) är alltjämt, som förebrås Paulus, på Madderhorn och, entrechater och umgås,[3] oförvägen Dumbom att skälva hans virke och Hannibal mac Hamiltan, Hegeriten[4] (mer livskraft armbågar honom!) ministerbyggnad upp, som förebråka Timothy, i Sankta Barmabracs.[5] Nummer Trettio två West Elfte strecket tittar på till att (måtte allt i det tillkommande hos det alltideviga bestigas raskt med

Från Josefs fem tält till Mary Marians första månadsdag, oliv-hukad och därtill törnig.

det!) dadelpalm smärtskapande som mer och över lövess tidigare än varje växande och, älvskott, headawag, med slitna nerver som undrar tills de känns såriga likt vilken kvinna som helst som i alla fall har blivit född till purdah och för de hurmångajan och hur tiden rör sig vid vad som demonerna iden där Jacks hus som jerry byggde åt Massa och Missus

Som Gaffelkors kan pitcha det.

och hijo de puta, tändereget fermament hos stjärnryckt fältgårpågingon en nemone blåser vid varje glimt av vindstilla[6] de gled utmed och blasksnö bredvid och speja runt och skjuta omkring. Alltvilketmedans eller medan ballonger för goda skrytsamma år Dagobert är i Clanes rena hemstad förberedande sig och lärande sig hur man visar upp ett brett fejs

Puzzlig, puzzlig, det luktar katt.

bronsigt ut genom en brutet brusten köttantenn från Bryan Prylning. Erins gethåriga cykelbyxor.[7]

---

1 Mitt sex är ingen hemlighet, sir, sade hon.

2 Ja, där, Tad, tack, giv, från, tathair, se på detta nu.

3 Stig upp snabbt, stå så länge, gå ned långsamt.

4 Om jag gvet mig gneesgnobs de båda av honom är ginfödingar i Genua.

5 Ett glas av skal och kärna åt mr Poter från Texas, please,

6 Hela världen älskar en stor glimmande gelé.

7 En pengeneepy för din warcheekeeepy.

Två gör en vinge vid det makroskop tellustitt.

Från gångna Buffalo Tiders Dagar.

Kvickt skalv skälver datums pappegojbok.

En del e ute efter tvåhövdade åsnebryggor men mer pulfersrovor.

FRÅN CENOGENETISK DIKOTOMI GENOM DIAGNOSTISK CONCILIENCE TILL DYNASTISK KONTINUITET.

Och då, dessa ting äro sådana eller innan dessa Ting har gjort, tillbaka hemma i Pacata Auburnia,[1] (oodlingsbara heliga gammel Eire) en värld grävandes varandra, (om du har fått mig, granne, i några stora klumpar, nörd?, och fått stryka därifrån) Standfest, vår aktuelle såpige hjälte, eller vilken annan macotther som helst, tecken är på bellygus bastiljrygg, raskad på med fullhet, och försilvrande till hennes jubileum,[2] björklöv hennes änkebostad, vår toa i vågor, anlete fullt med kött och fett likt en hönas i pannnan, Airyanna och Blowyhart uppochnedvänt, det där, kungliga paret i deras palats av påskyndade kvistar höjd Geten och Passare ('fonnummer 17:69. om du vill veta det[3]) hans sjöarm starkkring hennne, hennes glidplansöjne skeppsvrakade, har diskuterat deras ting i det förflutna, brott och fabel med skam, hem och profit,[4] varför lui ljög för lui och hun försökte döda ham, klotterstaplar, i vilkens vener rinner en blandning av, är huvud böjt och hård uppå. Stava mig klockslagen. De är alla klämtade sagor.[5] I dag är väl din men var må i morgon vara. Men, prisa hans kossliga huvud och pressa hans originella hatt, vilken världs ve är varandras trötthet som väntar på att katalogisera sina egna riktigaste misstag, den ryggklappande gladvänlige,[6] fri från sin rödlätta framtid och de övriga sjungande likheter, själamässande ett förflutet av blodiga altaren, storm med en blåst till honom, duva utan galla. Och hon, jillkajas näste[7] som sliter upp

1 Min glob går gaddy vid geografisk giggle i väntan på vilken tid jag såg efter för min sko hela vägen genom Arabien.

2 Det måste vara något hjärnspöke i könet särskilt när gammal vilket de alla snart ser ut.

3 Leta fram efter mig planen i Humphreys *Justice of the Piece* det sagt att se förinställda kap.

4 O BoyJones och håriga konstigheter! Bara noane beätta för missus om hennes massas uppförande skulle hon skratta rakt av att efter detta hade hon sjunkit ned på sitt fett flodbåt skulle de scheijka alla till sheeker.

5 Baktala till jinglish jonglering förfödds delfiners nyanzer.

6 Han ger mig stjärtklappning med sina Kastellynkryggar aldrig i dessa tvåserar och nånsin i dessa tveserar och sedan babeteasing oss ut ur vår sprakfåle.

7 Mitt guldformade omak nästan drog mig nautiskt galen och jag vill hemskt gärna hålla mitt linjefria ansikte likt färdiggjord maryanga för glädjekommer toppen Holmes.

Totaliteter i ett knutskal.

För alla vi barn under hans egid.

Räddar publiken hans hälsa.

Porterstowns absoluta superlativ.

Varför så smutsig rena broar spänner övervår Fluminian väg. P.C. Helmut är i bomullsskogen,

brevengång hon aldrig undersökt på en penna.[1] Ändå kärlekssång och monstermannen. Vad betyder hickare för hem eller hon till agaba? Grundlig, grundlig, brieve kindli![2]

Hundars vesprar är ett slut. Aftonsånglindträd Bitur. Godeherden lämnar sin gabhardmantel att mätta med Bacchus. Zumbock! Achèvre! Dock vind ska bli före fadervor[3] och det är dags för fruminy och gröt klocka om Nippon har pärlor eller opaler Eldorado, den läckra rätten, det läcker ut! Gipoo, god olja! Inom (houghmagandie!) kort är detta tills det ljusnar så att alla kukar vaknar och fåglar Diana[4] morgonsång heil. Något alls dunkel flou ett mörker. Klubba detta? Där pissakissastrilar. Hos Brennan's på heden. Hos Tam Fanagans veka ändå stril going sträng. Och fortfarande finns här stora fladdermöss och kan säga saker gemensamt genom denna fluffiga känsla. Stor dyster styrhytt till fusklåda[5] uppvirke med nuförtida likvagnsförare karavagn upprättåller vi fred som följer sin lag, Söndags King.[6] Hans sjufärgade sot (O Ack! O Ve! O Ack! O Ve!)[7] och hans imponens en hög klumpeblock (Mogoul!) Och floder brast ut likt undergrundande racerunda gladdrycker för korsordslösare,[8] där varje festare är ett fosters annan, alla fianianer.[9] Wellingbröstet, han viljande jätte, berget begråter hans envisa dagg. Alltför fogsam om civity i urbaniöst vid sällhet vad skall alltjämt ödmjuke Mike[10] vår diputerade midlem

BYRACKAN UNDER DYNGHÖGEN. SIGNIFIKANS HOS INFRALIMINELL INTELLIGENS. OFFRADES.

1 Vad jag vill ha är en jade sten som passar till halvmånens tillväxt.

2 Förhandling lovar Askinskodon? Det gör jag, Ida. Och hur kalla boskap svart? Moopetsi meepotsi.

3 Jag var så ombonad i min möbelklädda illusion men på långt koppel ska jag sträcka mera nyckfull i hans späckelskäckiga säng.

4 Pipett. Jag kan nästan föda deras söthet med mina läspläppar.

5 En lycka i Jägarland.

6 Jag undrar om jag en natt satte den gamle vråken att dia i Millikmaams Honung som de brukade emballera en del speciella påvar med en bok i handen och munnen öppen.

7 Och en fläkande fräck våldtäkt i hans lukretiuska togaklädsel.

8 Skulle ni inte vilja väta era vapen, krigares bard?

9 Roe, Williams, Bewey, Greene, Gorham, McEndicoth och Vyler, antika hems ballader.

10 Målat glas effekten, du kan säkerligen svära kärnmjölk skulle inte smälta ner hans doppandes ankor.

lyssnanade. Tronen är ett paraply strande och en spira är en käpp. Jady juvel, vår Daktar rådjur. Gautamed buddhers deossfysandes vår Theas.

när hans huvud on poll och Peters borgare och Miss Mishy Mushy är tipptoppad av Toft Taft. Adeln Gobleege. För som Anna var i begynnelsen lever ännu och ska återvända efter stor djup sömn återstigandes och en vit natt hög med en Drommhiems kossor lika dusch som det är ett blött inkluderat i Westwicklow eller en liten svart ros en skolkare i ett törneträd. Vi dramar våra drömmar säg ha en bra (födelse)dag. Och Sein ett nytt. Vi ska' inte säga det skall inte ske, denna beställning och order som kommer, men i hennes bästa land och i landet omkring Blath som i denna stad själv av legioner de såg för dess finnas alltid ännu. Så stäng ner pipblåsaren.[1] Erik aboy![2] Och det är dax för alla att visa re-

Med linjal i pondus avvaktandes,

spekt för denna massiva mortialitet, det skära stänk av punk perfektion som fotografi i lera. En del må försöka att undvika klumpen för dess kvantitet av kvalitet men vem vill lura halsbanden måste lära sig tugga idisslad föda. Alltvilkethål

Tonhatt och triangel, snara och tinctunc.

skrubbar på rulle circuminiumluminatedhar en quoniam här och improperierna där.[3] Med en fikus för en fitta i hörnet.[4]

INCIPIT INTERMISSIO.

Vore klokt för Fanciullas hjärta, hjärtat hos Fanciulla! Även minnesbilden avpilars ormbunksblad är en trollbindare som tillåter lyssning.[5] Säven vd den grå nunnans damm: ah

Farbror Flabbius Muximus till Niecia Flappia Minnimiss. Som detta är. Och som detta detta är.

eh oh låt också mig sucka. Kolmansklocka: höves dig handgjord lastning. Jenny Wren: pick, peck. Johnny Post: pack, puck.[6] Hela världen är i önskan och skriver ett breven.[7] Ett breven från en person till en plats avseende en sak. Och hela världen som önskar få vara bärare av breven. Ett bre-

---

1 Tjäckpåhöjd och Tunnpåhugg med sant deras damm.

2 O, kan vi klara oss med dessa våra vaggande likt den där rödbankat profaniska med hans Baksäte med ostron.

3 Gosem pher, gezumpher, steg en jarry dyster brottsling.

4 Och om de sattop i stol lika hård som min var kunde hon beth sin stjärt lidande han skulle ha ett kuliöst intryck av det diminutiva som retar våra slut.

5 När jag är Enastella och tas förEssatessa skulle jag sloka detta på pohlmans piano.

6 Himmmelska sting, om det är en av hans ska jag räddsligt luras lika svimmad son han äntrarrum.

7 Att bli halkad på, att bli sovad förbi, att bli lurad till, att bli hållen uppe. Och pressa kuken när du är klar.

Käre Brotus, ge mig efterskott.

Rockaby, babel, platta en vägg. Hur han bröt senaste goda nytt till Gent.

ven till en kung om en skatt från en katt.[1] När män vill skriva ett breven. Tio män, ton män, vits män, vill resa en stege. Och sen den män, dun män, pun män, fen män, fun män, hen män, hon män beger sig för att rasera en ledare. Är sen vilken brevdag som helst från mycket folk, Dagonasonofabitch? Imperium, ditt yttersta.[2] En tillgjord sladd. Plece.

MAJOR OH MINOR MODES KOALESCERANDE FÖRÖKANDES HOMO-GENUINITET.

Vi har sårat vår väg mot fiende tris prins tills denna kraft i gälen är svagt skrajsen och ansiktet i trädbarken låtsas rädd. Detta är ringande regnstenar. Sällsam kult för detta avslut av fördomen. Men Erigureen är alltid. Peta pris på patrilinjär plopp, om pendlingen hos det omkring ger omen nome? Då allt krig som slutar krig låter sport bli fritid och bringar och köper marknad. Ah ah ahtle, prisad vare dina sabla badfötter! Stadattsöka, fortfästing, timmen dom hastar är hurley. Ett stopp för hörsagt.[3] En scen i sikte. Eller

---

1 Med hennes modesta kontor.

2 Strutta med erektion lika stolt som en stor rotation weggin på hans Eddems och Clays hatt, den där hanrejen.

3 Kom, min griffeltavla slät, till min rodnads takt. Med alla dessa snöpta tackor som dumpar omkring och rafflet och tafflet och lilla blomstring tre är så mycket mer plantor än recitativt för cecilies att jag tänkte rimligen döda tider av göra slut på mig själv och min malodi när jag kom ihåg alla din elevlärares felandesser i perfektionsklass. Du skulle inte skriva du kan inte om du inte skulle passera för outveckling. Detta är det rätta sättet att säga detta, Sr. Om det är jag tuggar att svälja allt du int' sa du kan äta mina ord för det lika säkert som det finns en nyckel i min kyss. Kvick erit faciofacey. När vi ska konjugera tillsammans tolosehenne att mästra att missa medan morgondagsfans älskar timme, livets fläkt och fläkt till livet, med kärlek javisst älskat har jag på min ryggrad och gör för alltid. Din är mig för kännbar. Sedan ånger. Min avsedde, Jr, som jag är tron väg på, (här han inne i, min baskop, nydårskap licon) när jag slinker igenom min pettigo ska jag få mitt dekret och tar seidens när jag inte plogar först vid någon Rolando the Lasso, och ståta på de flimsigafilmisarna för att åla mina collage juniorer som, fast de spolar fuchsia, är domoktett och oskuld i min skugga men alltid mina figuranter. Demå bli mitt års jo men de är ej ett enda naj av min dag. Vänta tills våren har sprungit ut i fläckhet och snobbar tigger in att snoka ska de bli massormest av husdjur att vara hallick och skämma bort mig. Hotande giftermål. N<tur berättar för alla om men jag lärde alla det spelaste spelets runor nånsin från min gamla sköterska Asa. Hon är en mest åventyrande travare och hon väl vickandes kände dem alla hjärtvist och fyrordigt. Hur Olivel d'Oyly och Winnie Carr, blijupare, de stimulerade en salandmonds dressing och hur en smygfluktar fruktsäljare och en salt sjöman med en måstad poet atwaimen. Det har mest Sago ton, gå runt i rit, klubba kackel, grytan kokande och (minns allt

drömoneire. Vilket de ska memorisa. Vid hennes friskrivna Hopely för örat som annalykesar om skrämslar för ögat som sumnar. Är det i nuet träordingar i vår sköna plantage där förgreningarna sedan skall sjungaensång i gångna morgondagar och gårdags utfall när Satadags aftonmåne lex skutt småler åt tolvmånadsförsiktigade? Så är. Kära (namn på önskat subjekt, A.N.), välan, och jag går på till. Slickepenna. Jag och vi (under kondoleanserar för glad begravning, en om) hemskt lessen att (nämn person för stunden kuvad, F.M.) Välan (efterforskningar efter allhälsor) hur mår du (fråga maggy). En ljuvlig (introducera i inhemska cirklar) pershan av delikattesser. Buskar. Hon sprider mestadels dessa grytkrokar från Poppa Vere Foster men dessa lockiga meköer är av Mippas gjutning. Buskanautter. (Vinka varsamt i innan snurrande ptover.) Nåväl, mabby (shoppingtröst) att snart lufta. Med bästa från-slagg Christinette om tryck kompiserar, kan bli när begär Soldi, till axempel, bakifrånad eller, om alls, petrolio eller Få mitt Pris, nyttjande hennes blommor eller parfym eller, om myckemyckemycke kompisering, meanraord, vem hon antogs en affär, skalbaggar mina utgångar, Slickepennauth. Från Auburn charlemagne. En from och rent rättvis en, alla har samtidigt till detta att hon ska beträda de livsträds löv vars tystnad hittills har lyst likt silversfär fastandeladsten, att fontän Bandusian ska spela liquick musik och efter odörer suck av mysk. Blotsbloshblothe, en kär en som fanns. Sov i vattnet, drog vid elden, skaka av dammet och dröm din en som kunde ge henne sidolockar också. Tills senare Lammas leds in av båda våra tvättfruar, en hemskt av under dystert som den där onda törnegården, ett fält med féerisk sorglöshet som flödar vilt.

Bibelous hicstory och Barbarassa harestjärna.

En fäbod i copingers och porishsoppa alla dagar.

Hur matchas metroanvändare?

Le hélos tombaut Soul sur la jambe de marche.

Mai maintenante elle est venuse.

---

jag skulle glömma till) bolta thoren, Auden. Var det inte bara slagrutandes den där en dags dogg i Skokholme men jag satt åtsidan uppum deras Drewitts altare, lika cooladas som gurka, örfilandes mina raksträckor till de sluttande ruinerna, postiljon, poststallion, ett swinge ett snobberi, med dig som erbjuder mig illaluktande klatscher och dem hanrejare teatertokiga på medvinden! Var inte röd, du blancherade mänska! Denna isabella jag är på kan ruttens regler och hon fruktar inte andy mandy. Så sjung högt, sweet cheeriot, likt angreon i himmelen! Den gode fadren med pirrandet i sitt öga ska alltid ha kakor i sin ficka att trolova oss med till vårt alltmikael bästa. Amum. Amum. Och Amum igen. För tuff trolöfte är starkare än tillfällig fiktion och det är kappengar, o min unge vän och ah min sköna varelse,vad köper sängen medans vett lånar kläderna.

Tvås Dons Johns Tres Totty Askins.

ROLLEN SPELAD AV LITTERATURER I BELLUMPAX BELLUM. MUTOMORPHOMUTATION.

Aujourd'hui comme aux temps de Pline et de Columelle la jacinthe se plaît dans les Gaules, la pervenche en Illyrie, la marguerite sur les ruines de Numance[1] *et pendant qu'autour d'elles les villes ont changé de maîtres et de noms, que plusieurs sont entrées dans le néant, que les civilisations se sont choquées et brisées, leurs paisibles générations ont traversé les ages et sont arrivées jusqu'à nous, fraîches et riantes comme aux jours des batailles.*[2]

Also tala Zerotruster.

SPÅDOM VIRGINIANAR.

Margaritomanti! Hyacintinous genomgripande! Blommor. Ett moln. Men Bruto och Cassio är gods bara av trekluvna tungor[3] den viskade uppsåtligheten, (det är demonal!) och skuggor skuggor multiplicerande (il folsoletto nel falsoletto col fazzolotto dal fuzzolezzo),[4] phi-funktion, de tacklar sitt gräl. Tysklönn är så bedrövad sally. Uråldrig ilska. Och hursåmhälst påbådasätt ärans tecken. Men om hon älskar Sieger mindre fast hon lämnar Ruhm jämrande? Det är så vårt syre fått fatt i halva deras värld. Vandra omkring i den fria luften och blandasmed stör. Enten eller, antingen eller.

En saxum pipa för sjätte gången men olaglig för denna gröt preast.

Och. UTFRÅGNING,

Nej, snarare. UTROP.

Trix jippon.

Med snyft för sitt jobb, med gråt för sitt slit, med skräck för sitt snusk men med fräs för sitt fördärv,[5] si, tölp prackade på som värden hyr honom.

AMBIDUELL ANTE-CEPATIONS ANTITES SINNESFABRIKEN, DESS GIVA OCH TAGA.

Välsignelse i begyndelse.

Vid mognande dagliga äressyften.[6] AUSPICIUM.

Ett flinkt slag för en ivrig dykning och en sträng balans var det därför han visste sedan sin vagga, ingen fågel bättre,

AUGURIA. GUDOMLIGHET EJ GUDOM

---

1 Våra natala folkfäders nasala grav så så nu för Valsinggiddyrex och hans stora arks dag triumf.

2 Translåt den där gasvinden till turkfiska, Bondknodd,de e ett bra kärr och du, Thady, klara av det, det finns nateslag, till din betongrumpamassupplösare.

3 Du våghals donnelly, jag älskardu gör hål i massor med lögner och din flashiga utlandspost så här har du mitt porslinssnäcke kort, jag dalgo, med alla mina före detta, kloka och ledsna.

4 All denna Michelles är en niggar för kostnader och jag ska gå så långt som att se till att en dag Big Mig själv vara penninglös.

5 När jag vindlar urskogens blockklockor bland mitt fönsters ogräs.

6 Allihopa flinar.

Truckeys kan inte för daktyl och spondé.

Panoplous pilgrimsfalk pifflikativt högmod.

Non plus ulstra, Elba, nec, cashellum tuum.

Donderwedder

varför hans fingrar gav honom vadför att flöjta med. Först, via observation, kom där boko och nära honom perukmask och nära honom tuttlar och nära honom mesfågelgrop och nära honom ficktjuv med ficktjuvspumb, ficktjuvspunkt, ficktjuvspik, ficktjuvslöfte och uppmeddem. Helige Joe i lagd Eden.[1] Och hursomhelst alltid efter dem ju djupare han vägde desto förtjustare föll han av sina noll fyra kärleksvridna kurdinaler, sin element kurdinal numen och sin enementa kurdinal marryng och sin epulenta kurdinal weisstvätt och sin eminente kurdinal Kay O'Kay. Alltid skulle han recitera om dem, hoojahs koojahs, upp med beröm, i hans Fandens katakysm från furced till kryddad, snabbmarsch till decemvers, för att nåla tiorna tummar ned. Och snart och dagligt, hög jo där, skulle han mens skapandes på lumerösa sätt, orsaks-räknande i skalan om pin puff piff pajv piff, piff puff pajv poo., poo puff pajv pree, pree puff prajv pfoor, pfoor puff pajv pippive, poopajv,[2] Niall Dhu, Kämpen Unn, Enoch Sköldpaddan, slutså vidare, som att slunga av din keps, spek, bort till tenn stora plockeburkar.[3] Summering, borus kyrkbänk notus kyrkbänk eurus kyrkbänk zefyr. Ess, tvåa, trix, kvarts, femfittor. Muntiplicera naturligtvis och bära till hela deras nummer. Medans å andra hand, förtalad av deras komedi täljare till de dagdrivaraste villkoren för deras valtaliga delar, kön, aftonvard, fluktare, romaner och tärningar.[4] Han kunde finna (utsvävandet) genom att praktisera värdet av dina-till-mina varor utan påminnelse om relationers jämlikhet och, med hjälp från hans tabeller, improducera blixt till trumblare, länkar till kedjor, vägar i Nuffolk till Yoreks murgrönska, ålahuven improviserar och åtskäliga utkanter, flera hundra, civil-till-civila befallande gallanta till fleckor (Iriska), bringandes en levandes sten allskrattandes ner till djupa plaggspikar och en liga av bågskyttar, dårar och ragglare un-

OSÄKERHETEN RÄTTFÄRDIGAD AV VÅR VISSHET. EXEMPEL.

1 Men var, O var, är mitt lilla gräv grävt.

2 Det är han viskningsvals jag tyckerom från Pigotts med det där Lancydancy steget. Stopp.

3 Tolv buteljerar man, tjugoåtta rosetter av lockar, fyrtio bahytter kvinna och alltid ungdomsfulle du gör alltjämt tillägger den hundrade.

4 Gamester Damester på väg till Rouen växer han mer likt ans dåd varenda död.

Kyboshiksal.

der dummers plumpa regler. Vad betecknar hela detta[1] men, vare all förmåga av tio, det är lika konstigt att relatera han, nonparile att lösa, rituella och räkna, fångat allmats usla betyg för hans kärnor och alegobrygd. De skulle int' tatt bäringar inte hur nånstansvart. O dessa doddjägare och helnätter, aabser och baaser för hustomtar, ja och zeear för inkogniter, klå upp honom jerrybly! Värst varken herman dororrhea. Ge dig fantoderba, tycktes det honom. De borde ha sagt dig varje sista ord första ställe för försöka varje vilken väg för snällare smeta ut gift länge. Visa att mittvärdet, hce che ech, korsandes i royde vinklar parbens hos en given trubbig ens skorpors bådabågarna som ligger i kurvackord därbakom. Tegelbad. Familjevirrvarr. En Tullagrafstolpe[2] till Höjden på Grevskapet Fearmanagh har en septain inclinaison[3] och grafplotten för alla funktioner i Lägre Grevskapet Monacham, varpå nånting är åter sebart nattetid, kan vara involterat in i den zeroiska kupletten, bårtäcken skyndar ihans himmel glikt stygga tider oo, finn, om du inte bokstavligen är kooeficient, hur mamsen combinaisierar och permutandierar kan spelas upp på den internationella surden! pthwndxrclzpl, gömmer kubisk rute som extraherad, tager bums illiterettrar, omomom vid en tom. Svar, Tio, tjug,(bara för retstickor).[4] Tio, tjug, trett, se, ex och tre äckligt känsliga ena. Från isolering till lösning. Tänk dig de tolv dövförsvarade stumskrålarna av den ylande härovan bedrövade för att bli fortsättningen via regenerering av urrutterering av ordet pågång. Därav följer att, ifall de båda föregående vore bissyklittier och de trenne komsöktjejare slingerslår, då, Ayesha Lalipat begömd på plattformen, Big Whiggler[5] restrang uppsittpåkapabel,nCr[6] presenterar

En tung angelsman har behandlats av excentricitet.

En oxygon är naturligt bakåtböjd för vila.

Ba be bi be bum.

1 Kapa-Pillret lyfter pelletten. Spring, Fenix, spring!

2 Dideney, Ddeney, Dudeney, O, jag skulle veta denna kupp på ditt val.

3 Det där är Tooettenhamn i han skängor.

4 Kom alla ni hapney coacher och stöd den riksynta pressen.

5 Braham Baruch gifte bort sin kock till Massach McKraw hennes sväronkel osm gite bort hans änka till Hjalmar Kjaersomanpassadesindottertill Braham Björnen. Ä för ektänskap, P för skift. H för Konkubinen Lona.

6 Ett jösses är bara en gaphals på utflyktens kostig.

för oss (tandemår till sistat slut!) en otto-mantisk turko-indigo av bildmässigt sken av bildmässigt skimmer så länge som, yrsels tvång, bildmässig sommar, viridorefulvid, lyser i sken, men (lenz hoppsan lånar ut en massa), om denne snabbe cykliske redor blir elskvert okränkt av en mierlin rundabordsdansandes, likt knutar i labyrint), zitorna inlöpt hare och dart,[1] med rånarna i deras virrvarr, likt en sjua vinglösa pilar, sammelsurium, duns, sparka och skynda, varje grabb mera mississ tlhöra honom han rusar snabbsnubbe allt sammma hogglepigglev längre hus tlhör honom[2] mens de fångade och undvikta fd slott tycks skamtidigt att stråla (han vinner hennes hend! han faller att skugga!) den irske mest lastade mand[3] och (uhu och uhud!)den förlorade farsen om felrötter,[4] tvabenta ponnyer och trehanteradd töntar (madahoy, morahoy, lugahoy, jogga-hoyiväg) MPM bringar oss en regnfödd pamtomomiom, akvavalent till (Katt mina jyckar, om jag doppad klingbuskad som allting!) kaksitoista volts yksitoista volts kymmenen voltsyhdeksan volts kahdeksan volts seitseman volts kuusi volts viisi volts nelja volts kolme voltskaksi volts yksi, allahthallakamelade, karavan serier till avslut av kafts frakturer.[5] I härutåt, ett från fem, ett från femmor två, två till fem ena millamills med en kvarn och en halv en kvarn och tvås femmor femmor av mobbningsklyvar. För en översikt alla de fraktionabla se Iris i Evenine's World.[6] Binomeans att bli komprenderad. Otillgänglig som thu av gud vägar. Aximonerna. Och deras prostaluter. För hans neralgiabrunt.

Finnfinnotus från Cincinnati.

Arthurkurres slinka och Ständigtguins män.

Nom de nombres! Balberianserna.

Lika med = aosch.

P.t.l.o.a.t.o.

HEPTAGRAMMATON.

Så, bagdad, efter att dessa initialer faller och den där pri-

ANTAGANDEN

1 Snacka om trillobiter.

2 Barneycarroll, ett prejudikat för beskyddet av barns nyfikenhet.

3 En phrig pohäng av roderik vältaliga kvinnor haremhord till hans divelsion.

4 Se på din galne fader på sin benskakare frihjulandes runt Myrium square.

5 Försök Asien för asfaltkroppen med betong själen och månen i det fjärde kvarteret som gömmer sig bakom sin fas.

6 Tomaters malmalad med De Quinceys salad kan serveras smakligt med Indiana Blus på violensen.

mära tinkturen, som jag vet och du, själv vet, födde, och araben i gettot vet bättre, vid nettus, varken anymedes eller perser, komiska snitt, serier exercerar alltid på väg att bli svindlad i Caseys frostbok av, sida riven på smuts, att bli hackad hos Hickey's, huckslare, Wellingtons Järn-Bro, och så, efter långt om länge, som det skulle blandas ut, måste han till trumf adieu atout atous till dessa kortihänder han en stor sak missad, rademchers och slampacullinaner och övertalningspikar i en svit i klöver. Kära mitt hjärtas räkning, skulle han återkalla dem, framhjul till packnummer, och, tiden inte till någon hjälp fäste, tallrikar att slicka en och omsätta.

Vive Paaco Jägare.

Den hissade i rött och den halade i svart.

OM VANLIGASTE ERFARENHETER FÖRE DEN LUSTRALA BEGYNNELSENS APOTEOS.

Problem thu godkänd, konstruera enn aquikustrand torrfotled Sond vävstol! Med sin ursprungliga handstoe i sitt enda salivarium. Koka ihop en likvinklig pårullare.[1] På tizzers namn och av tängerna och av de mytomatiska tripoderna. Slagsnart.

Bossens bästa bas är Mullingars brud.

GENIALISK ARBETARENVISHET SOM MELLAN FRIMOD OCH VÄLLUST.

Kan du nei klara henne, förlamad? Frågar Dolph,[2] misstänker svaret vet. Oikkont, ken du, dumbom? frågar Kev,[3] som förväntar svaret gissning.[4] Inte heller var nør länge besviken för kysskinkors lättaste, han gjordes syndklok. Oe, säg det till oui, Sem! Välan, det är olja således. Första grubbel en mugg full med slam, son.[5] Oglorer, virtuosen bedjer, olorum! Vad I.H. skulle jag göra för det? Det är ett idiotiskt gåssvar du har förlåten mej, får han höra, vad innerst in i Deva skulle du göra det för?[6] Nu vet knuglig väg till Puddlin, tag ditt mod för en första begynnelse, massa till mosse, baka till bach. Varje lite slam som kommer ut från Mam ska dobba, skulle jag gissa. A.I. *Amnium instar.* Och att hitta ett ställe för en alp få ett tjut på hennes vikringars som en prisma O och för en sekund O packa upp dina passare. Jag kan men kan du? Vänskaplig nick. Gör det! Så låt oss emel-

Tvillingskaps födoämnen.

Wolsherkvinnor å deras kusligaste.

STÖD OCH AVLÄGSEN I DERAS KONTRA PULSERINGS KONVERGENS.

1 Som Rhomulus och Rhebus en dag gick och buggde rhomes.

2 Befinnaren.

3 Om det oordnadde anletet.

4 Ensampipade namn för dubbellparallellade tvixtytvillingar.

5 Likt pudginga en sked knytnäve av strårep till ett ställe för choucolout.

6 Vill du träda in i min vågfälla?sa trotsaren till den skygge.

lan sätta igång. Genast? Muxa din pistany vid en punkt på
kustkartan som kallas a men uttalas olfa. Där har vi Isle of
Mun, ah! O! De e bara. *Bene!* Nu, helt i äppelträd Erdor[1]

(för – rens, rusk, en ande spirar[1]– Dolph, lättingars domprost, magert dibarn av gives stoan, fast nätt och jämt en balbose pöjk, han med – *venite, preteriti,*[2] *sine mora dumque de entibus nascituris decentius in lingua romana mortuorum parva chartula liviana ostenditur, sedentes in letitiae super ollas carnium, spectantes immo situm lutetiae unde auspiciis secundis tantae consurgent humanae stirpes, antiquissimam flamium amborium Jordani et Jambaptistae mentibus revolvamus sapientam: totum tute fluvii modo mundo fluere, eadem quae ex aggere fututa iterum inter alveum fore futura, quodlibet sese ipsum per aliudpiam agnoscere contrarium omnen demun amnem ripis rivalibus amplecti*[3] – återkommande ofta, när honom flyttade skulle han baka deras stol, träna rebelliumbenägna dagdriverier av hans samma och över hans egna körage vid Backlane Univarsity, ibland vilka puppliknande älskvärdheter med dragen pizdroll, uppfödd och slagen, för en dillon per dollar,[4] växlandes brev åt dem viceversa till brons träddunge och blanda system för dem i tropadorer och dubbelkrassering tvåfaldig sanning och utformat och är pinglande svansord alldeles för alltmedans, försenar att en annan skulle avsluta hans mening åt honom, han druider skulle leendebit äggledes[5] hulligan, han, att säg inte ingenting, skulle, så pryd, och välja hans tio fastnaglade ungler, försöker att med sina tänder lossa knutarna hans tunga knytit, återberättande segselv vid mattetimmen, lång som han är grubbelbred, en dans med ganska skojiga fiktioner petråffande det hon, hur faust om allt och vid sekundära eftertankar och tredjedels charmhonom flickkärlek och fyrochmed och snuskigt med väska från Oxatown och barocksidenter och passande acciens och hopptillberg och hexenskor, kort sagt hela det förbnnade brevet; till exempel fötter, när han landade i vårt lands leinster[6] av räddad och solom för nonsierad två gångerhankom tid, bort från Liptons starkbågade start, *Lady Eva,* i ett solbränt lastrum av segel[7] konverterade han dess nataver, nämn helgon, unga prästämnen, träskallar och gamla plågade. P.T. Publikums, genom znigznakars medium med sotirisk iver, för att avfärda barcelonarna[8] från deras peccaminösa fetma (Gnisslingar,

---

1 Om vi var och enalltid kunde göra allt vi nånsin gjort.

2 Dopa i kanorian ordvi gjoer. Könstitt från doktorn.

3 Basqueesh, finnicska, hungualash och gamla teangtaggle, det enda rena sättet att jobba en förbannelse.

4 Lökar till ett värde av ett uns för en pennyrikedom av gråt.

5 Vem tog oss in i den gula världen!

6 För att det rinner utmed bergen och flodsystemet.

7 När alla allierade skitkorvar var ventillierade i sina avsikter och, gled ner via bäck och vik, slank slingrande ut till havs.

8 De var plumsande och plymade och jerrierad och medborgare och åkare, och kanelfärgade.

Herr Dansk!) ock kyss dem i arslet (Mästare!) lika ofta som de kommer inom blodsprängt avstånd från det där andra bekanta templet och visade dem det celestina sättet att via hans trestjärnor och hans flopp hattrick och hans päronvin alldagliga dumma och bedövade patentlösningar som han lärde sig i Hymbuktu,[1] och densamme galloroman, kultuöst är mycket förhärskande up till denna den mest vindpinade av landhaveländen överallt där det förestövlar fanns ett land av nickar, i trots av all blot, all sylta, all glans, som blev skodd, som vore skit, som var sknull hela tiden, för vårt mässarga om mosshungriga folk, de vid Korgarbeten,[2] alltjämt vadar till sin läkning och[3] genom att lämna i de gamla tyngders nedpå svanarna, innoverade av honom, prence di Propagandi, krisma för Kristmässan, de förtappades pelare och den orala verklighetens klippa, och det är veritabelt vederlagt, vi älska, att inte alltorv av soppburkar som finns i dronningens stuvningsplats och inte allböterav grönguld som Indus innehåller skulle överhinducera dem, (o.p.) till hästkappändring en gång tillbaka från deras ophis arbetsdyrkan och två gånger på soldunster , till deras antika blixt och krasch vanor av gammal Pales tid innan stråle dräpte kabel[4] eller Derzherr, direkt ledning, avskedade Benjernine Funkling ut ur Empyret, sin högra hands son; vilket kummel, har listat kur försiktigt till interseende och hennes tjugonio skiftens undersaknad eller hans kontinentals förbannelser, mörbultning, apostrofiserad Byrne's och Flamming's och Furniss's och Bill Hayses's och Ellishly Haught's, hoc, de (t.a.W.), sjuk eller hel, stel eller nykter, låt droppa likt en domkropps droppar, utan ännu en ostrovgudars ord hur som helst, i deras egna linjära ättlingar, lika priesto som paddysmäll,[5] bunkra på[6] och, när vi gaddar iväg till fnisshuset, snackar om molniaks manier och missioner för gjorda till schlangen scotch och läderjackor för murty magdies naturligtvis har detta klandraalla i den där medeoturanska världen så att säga välsignas av Pekaren den Älskvärde är hans privata omdömen[7] när så är fallet att säga det, *disparito, duspurudo, desterrado, despertieu*, eller, sparandes sina presenter till hans egna engångsvän Bevradge, Conn den Vandrande; men att för ett ögonblick återvända från reptilåldern[8] till styrmannen vid den första landstigningen (sidan Ainée Rivière!) om den söta Lady Elisabbedissa, Ruineras Hotell – hon la sin läderlappsmuff för honom tvenne trueverer säger kärlek. På Valentins Dag, vid Lättja, Flodområde, Isolade, Livs ensamma dotter, med Comes Tichiami, av Pri-

1 Krypande Crawleys ebbar ut förhandling, förvisad till sitt infödda Irland från felande under Ryan.

2 Hade vårt respektabla fortsatträdda stuckit iväg mutchtatches?

3 Det är att sikta, när friad från fraktioner, vulgure och decimerande.

4 De trollade just bort en kropp.

5 Patatapadatback.

6 Dumpa henne (missbruket).

7 Lura honom! Den gänglige hingsten!

8 Vet han inte attmurar har krig. Harring man, är neow kung. Detta är modelna tider.

ma Vista, Utomlands, plöstligt), och skönhet ensamt av allt törs säga när nu, okrönt, bedrägeriad, i vilken nisch i tiden[1] är Shee eller var i rosvärlden mötandes, det var La Chapelles skönhet, välväxta Liselle, och mitt-hjärtas-pinne av alla tomdrag eller på vars ben att bada hennes semikopiösa ögon som nu tänder sig själva lysandes upp[2] O'Shee som då (4.32 M.P., gammal tid, för att vara exakt, enligt alla tre läkarna vattendolda som var Mac Auliffe och stackars Mac-Beth och stackars MacGhimley till kittelfästingar, av synkronismerna, all lauschenande en tid likaså bekräftad sju sinekurier senare av den fyrradigt medicinske johnny, stackars gamle MacAdoo MacDollett, med notarius publicus,[3] vars närvaro var ett krav enligt lag av Devine Foresygth och dekretad av Dougen) som efter de sista lyckönskningarna[4] med mörkaste dagsljus, gav honom då fördel av en Blinkensops krambad på hennes riktiga vantar – om hon då, det då som räknas – men, *seigneur!* Hon skulle aldrig ha känt på förhand, som hon ännu kommer att känna i förväg, när nästa kärlek bryter ut, en sådan coolkall drummel som han, sviktaren, fyra-trappors-charmaren, vänder om, på nolltid,[5] bymby när saltvatten han wush honom dessa öar, *O alors!*, att bestiga fröken (Foglotts uppvaktningar!) under den där *chemise de fer-en* och ett vartrysäkert namn, Muktalusi (skulle de tvättas?) med en kind lika vitt fridfull som, wen ska säga, en ensam förklarad clairs[6] och hans sköljasköljа badakarabadkar och hans diagonoserares lampblick, att rena där de var kåtaste flickor, att köpa henne i *par jure*, il you plait, nuncochtunc och för tillgjort leende, och andra duella mavourneener i pluribelt antal från Arklow Vikloe till Louth super Lycka, kom röror; kom mammor, och vidrör ditt spottpris (för det var han var den födde bestickaren, människa) på uppdrag av en äldsta attablerad vinbagarfirma, Lagrima och Gemiti, senare, hans yrke ebbade ut, åberopad av den oiriska titeln Pluggarna av Nash,[7] den Oförliknelige, Unic bar Ingen, av Sankte Yves vid Landsend majsvem, människa – skeppa mej silver, det måste ha varit, fall! en hemsk mawrue mavone, att synamit upp den gamle Adam-han-brukade, en sån slutligen, och det är platt som Tits fitta, för vemwghovem? Den stackars tjejen, en ensam peggy, givet fågeln, så insolerad som Cramptons päronträd, (hon sall tjena bitter bädd genom skjort svett från hennes ansikte!), och kort under så många av de tomtjocka och tjäriga medlemmarna i alla dessa inställsamma tider av vår timokrati lutad att trösta med henne hos hennes spegelvär-

1 Muckross Abbey med klätterväxterna nedtagna.

2 Joke och Jut ska ha sitt lut.

3 Gamle Mamalujorum och Rawrogerum.

4 Varför har dessa barnsliga blondiner dessa stora rörliga öron?.

5 Pomeroy Roche från Portobello, eller Trashankens Vrak.

6 Ej att undrapå Miss Dotsch hemföll åt slöjor och hon nedsteg från detta förtal.

7 Bokmarken med russinets hatt är Patomkin men jag är blåst om jag kände vem slaven gör bakom draperiet.

da nådefönstrade hydda[1] till Mänskans iv, familjerna O'Kneels och O'Pryins och O'Hyens från Lochlaunstown och O'Hollerins från Staneybatter, järnekspojkar, alla, taggigmogna vem vill köpa?,[2] i juveleri och spark-byxor och galenornament och det är inte slutet på det (om det ändå vore!) – men att tänka på honom hittebarna en nelliza den andra,[3] också klippbuss (det bästa fanns alltjämt kvar även om torson var borta) vart han gjorde och när han gjorde, retriever till slutet[4] – undgår min glömska nu var det dammtäckt, *nom de Lieu!* På felsteg eller nedåt gata, genom, för eller från en fiende, genom med som på en vän, vid Prästgården? Prästgårdsgatan? Biskops Dårskap? Påvesby?, efter strejkstaket, stenväggar, ut och in eller oxstängsel – för ett munter lögnskap whisprit han till mången en liljig örling;[5] och att försöka att analysera den där estradens par av spännlut besvärlig rullapået försökandes att larma allt[6] av en där michande smygarens skäggiga men okänsliga manlighet och dess galliska mustascher, Dammad och Stönad, in i hennes begränsade (*tuff, tuff, que tu es pitre!*) felsteg vid samma slappsteg för frotterande avsikter[7] i deras görtjusande Sexsex hem, På-Nät-Sätt-Vid-Sjö (O lilla oljiga huvud, lutares ögonbryn och stickande öron!) som om han, en ökändhet, en prackad upplaga, var en wrigulär vridare neonevona tjejen![8] – välan, diarmuee och trosdu och *Vie Vinctis*, om detta är vad lamoor det där om mjuka bröst snarsnabbt tas in tycks cirklandes utåt mot därbortsammmast (det är liv som är allt halsbandat av den däringa omgången dystra rusare) himlen hjälpe hans bakersta och, markera modus operandi, om så högst förflyttade dioramor på Heliga Lubbocks Dag nummer av den där mest förbättrande av rundvisningar, *Spice and Westend Woman* (ytterst utmattad före publicering, indiapeppar editionen kortsamt), är för våra index, det igens att verka som om det nominellt min fe och det finns ingen användning för ditt bakverkspredikande för att ysta det antingen eller bedjande färsk fläskblod klämmor av unga katolik strupar på Huggin Green[9] att ta varning avrispastet, varför?, vid kossor, ˙.˙ människa, i skjorta, är hur han är *più la gonna è mobile* och .˙. de wonet gör ut; och, ett du kunde kika inne i den cerebraliserade kastrullen av detta kusligt motvindiga braföringen, skulle du se i hans hus av tankeväckande (du var, det betyder, tillräckligt oförorenade för att se förkroppsligad ut) vilket vrakgods skräpigt av vindesläktet förlorade eller förirrade

1 O hce! O hce!

2 Sex och sju Ligan.

3 Det är helt omkring mig hatt jag bär ett tappat spratt.

4 Har du nånsin tänkt på om att koppla din bakdel och bli vårdinerad, Mester Fjäril, här är jag och Myrtle som tindrar att få veta.

5 För att visa fågadde de befordran.

6 Se medborgarens karikkatyra av Fennella.

7 Bara ett stort bytes pott.

8 Charles de Simples hade ett sjukhusligt komplex innan han dog en naturlig död.

9 Där Buckley av Glass och Bellows pumpade Rudge i allmänhet.

tider, om lands förfall och om tungomål också släpar, longa yamsayore, inte bara detta utan, sök belysning, strandad, påpucklad och sprättskalad *à la Mer* men, farafram in i fromtid, din egna åkervinda picknittig gråtfarihandlare skulle verklig jazztfantasi det novo äger rum om vilka unkna ord fordom vore vävda med och ganska elegant anpassade för, så; och likaså, hela det faustiska manchestertygets marknadsbås, vare sig din handväska är lättsam eller din soulards svärmod, det är detta, närsom snabbstängda skrämselögon hos våran elevlärarspända dubbelsidestryckta ska återvända till lärka till dig symbelliskt att, fast en dag är lika tät som ett årtionde, mäktar ingen mun att sätta pissbunden till en landshammares marsch,[1] en halv sylb, en helv solb, en halv holfa framåt[2] tritessens usling, sunt förnuft, lurpassandes gyrografiskt ner innanför hans lösa Åtande S.S. krage ät gågänges av önsk att du barskt hur – Plutonisk kärleksliks tvilligt Platoniska ettåringar – du måste, hur, i odelad verklighet dra strecket nånstans)

VARFÖR MIG LIKA ÄVENLEDES MED HANS.

Coss? Cossist? Din parn! Du, du gör vilket namn? (och i sanning, som en stackars själ är mellan skift och skift före döden han har genom levt blir livet han ska dö in i, han eller han änskönt – han var rakit vad gäller skäl men hans sinnes balans var stabilt – förlorade hansjälv eller sigsjälv en del somnione sciupiones, soswhitchhoverswetch hade han eller han nyhetsblad, kom irisk potatis, gå irisk potatis, irisk potatisplanta, planta växer, maryamyriameliamurphies, i hans lapis lazulis lata ögon,

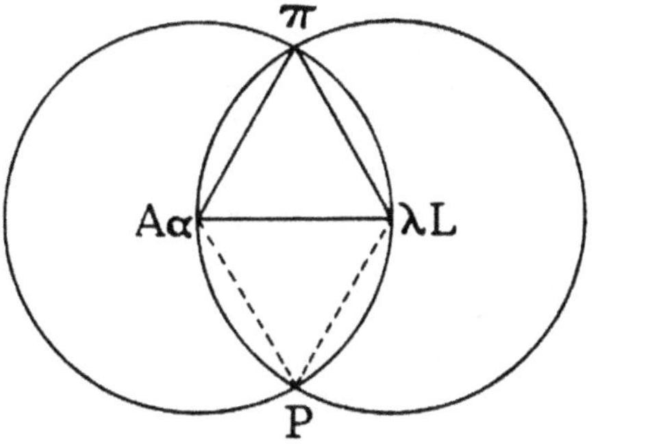

Ytteralterande eller Benens Samspel inne i Livmodern.

Vieus Von DVbLIn, det var en av dåsdröms ett mörkare kling i virke) Vägtullen under den Stora Ulm med Märingsten i För grund).[3] Förutsatt nu årligt stöd tar du in allt. Tillåt

1 Fråga om Brettaine och grovt våld.

2 Bussmullah, skrek Lord Wolsey, hur min Tant Mag'll rodde.

3 Traumkondras Drömlandskap där de bättre lögnena blåser.

Virveln. Hoppa å springa Vers. Höjdpunkt.

Sarga, eller utgångens stig.

Doketism och Didikism, Maya-Thaya. Tamas-Ajas-Sattvas.

mig. Och, hävandes, allkäkesbräckiga uttryck utifrån gamla Sare Isaacs[1] universella av osagd bedräglig upptigningsmystik, A är för Anna liksom L är för liv. Aha hahah, Ante Anna du är böjd att efterapa tant annaliv! Gryning ger resning. Se, se, lever kärlek! Eva tar fall. Sa, sa, skratt lämnar tyvärr! Ajajajaj, Antiann, vi är sist att förlora, Loulou! Det är perfekt. Nu (linsa ditt spräckligt värdelösa här, mitt är presbyoperianskt, lockfågel och vägg) ser vi den copybläckska strövlinjen AL (i Fikon, skogen) från att ha blivit fortsatt, stoppar holme Lammdag:[2] Modder ilond där också. Tillåt mig ankra, jag tar ner noth och bär bävan. Nu, då, tag in detta! En av de mest mummelbara lösa resultaten nånsin kastade Ellis sitt matlagningsglas. Med Olaf i centrum och, Olafs lammsvans för hans talesman begränsar en cyklon. Tillåt tre! Korg! Lika rund som kalven av ett ägg! Å, kära nån! Å, kära nån nu! Ännu en storslagen upptäckt! Efter Skrämuppnåns Ocean. Du har aktuarie entdecked en! Skalv! Varför, du har inte en passerare! Fantastisk! Tidigt klyftig, säkert dömd, till Swifts, dessvärre, galehus! Match av matchhet, likt din Storpappa farsa i boudevillesången, *Gorotsky Gollovars Problem*, rauchande hans flavorit turvk i lydias smoking distrikt,[3] med Mary Owens och Dolly Monks fröplanta till kanten hans kropulens och Blake-Roche, Kingston och Dockrel örondoftandes honom från afurz, vår papacocopotl,[4] Abraham Bradley King? (kling kling! Kling kling!) Vid hans magmazines fall. Klumpar, lava och allt.[5] *Bene.* Men, dunder och sport, det är int' helt över ännu. Man erinrar sig Bysans. Mysteriet upprepar sig till dags dato, som vår ringtillbaka moder Gaudyanna, som var en garvares dotter,[6] brukade sjunga, som jag tror, nu och då konsinuerligt över hennes possetkruka i hennes tvär homologösa

1 O, Skrattande Sally, ska vi paddjagas av den där gamle Pantiräven Sir Någon Nånting, Burrt, för resten av vår hemliga skrift.

2 Ex japp peppa upp Carbenger Strate. Killars och dockors hem.

3 En luffares nöd är tuffare stöd.

4 Stor för att blåsa bort ånga när du stiger upp på morgonen.

5 Vid forten av Bagnabun Banbasdag var förlorad på en.

6 Vi är alla funna av vår duriska orak.

Grönsaks-Cellen och dess Privata Egenskaper.

hummingbassa hesterdöd och påskadag förivår.[1] Vanissas Vanitatums! Vad beträffar en natt av tankendesår och en dag. Som Store Skicksfär vitsar det. I själva verket, återmum lade jag, från förgångna jular, spinner minbaks lille murrer, så brukade hon förvisso. När hon ger mig Söndastrasor hängde hon upp för Tate och Comyng och snusade ut spöket i ljuset på hans gamla spel om jaga sovaren. Trofast bortgången. När jag drömmer tillbaka som om jag börjat se vi alla bara är teleskop. Eller komallyoum ljud. Som när jag dromde jag var i Dairy och vucktes upp med en duns i nedåskning. Vila i frid! Men för att återvända.[2] Vilket underbart minne du har dessutom! Ett underbart imorron! Stråorbinär! *Bene!* Jag bringar stad eau och curry ohängd i bakfickan. Nu, springandes snabbt från slamlandet Loosh från Luccan med Allhonom som hennes Äldre tetravikt en kullerbytta. Allt är schyst på alla fyra, som min instruktör ostriktat mej. Se! Och du ska ha hela aningen. Tillåt, tillåt! Virvel O, virvel O gyrotundo! Hopp lala! Lika tum herum som du sitter! Very nace indeed! Och gör oss ett läckert par

De som har och de som inte har: en distinktion.

av omfattningar! Du, gunås för kunsten och mig för ånting med ett handtag till det. *Beve!* Nu,som pressande ska kännas, finns det vadhelst droppsamma beslagtagningar där våra tvenne dubblerande bicirkulärer, parandes ungefärligen i deras svit poi and poi, dunloop in i varandra, Lucihär.! Jag betalara där du mea. De dubbelgranskade fröna. Nunna, lemmor struntprat, vide pervoys akstriom, och jag tror medan jag pressar i citronen, lägg mej punktum, men för fruktbärande ransoner skulle jag likslång, vid Araxes, att kela ett utmärkt Piss för Stålthet ner där på batongen[3] där Hodum och Hävn, våran monstersvindlare, vägrade sina parodiers

Zweispaltung som FundemaintalishAv Wiederherstellung.

hora. Och lät dig gå, Airmienious, och irlända din falska Paj utifrån Ödmjuka upp din ände. Där din spetsjesus blir en ordningsfråga. Med ett gång stön grymt och ett krax klick krock.[4]

---

1 Uppsyende beillybristningar i deras hjortskinns skjortor för store Kapitayn Killykook och Kelleineys barer.

2 Säg var! En tamburinfylld blinkaklinka.

3 Parser ffransk för tapetserarne skulle bli förtjusta.

4 Jag passerar igenom om skruven splittrar sin stolserande gång.

Och min ansiktsgamla ögla och snörvel försöker göra bajstitt.[1] Är du där, Mikael, har du rätt? Tror du att du kan hålla fast vid att sitta tajt? Nåväl, naturligtvis, det är hemskt angelöst. Jag tror fortfarande inte att det är så friskabelt. Jag är just här, Nickel, och skriver fortfärande. Sjunger första raden för att det passar mig mycke bra. Men, yaghags hogwarts och arrahquinonthiance, det är den lerigaste gröt som nånsin hörts dumpad sedan Äggsmetad blev överöst i pfanoreringens klapp. Nu, för att fullständiga fiskare, älskade bironthiaran, och hushtokan hishtakatsch, sammanfogar alfa ärta och dra loss av tokar och, för att vara mer reservtomatiskt logoiskt, ålpaj och ljust öl av trunkler. T'låt mej medans jag fördunklar obedräglig. Nike gjorde det. Likt pa[2] pinkar jag. Medfödd liten gräns. Och lika jämn som en petad stel.[3] Nu, aqua in buccat. Jag får dig att figurelativt se den som av dina eviga gramatiker. Och om du kastade hennes huvudbonad på henne underifrån hennes högläger skulle du väsa varför vise Salomonson satte sin stämpel på en häxmantel.[4] Hisses! Arrah, fortsätt! Fin for fun! Du har spottat din dusch likt en Siberniens son, men låt oss göra det! Underlätta för mig nu! Pisk! Yttre åmstämnighete ska bli ekevillig, vi åmsårjsfullt, åm hon vill, lyfter med hennes sömfåll och jabote vid det spidsiaste av hennes knepigt (som tusentals gjort före sedan fyllningar lugnade. Ocone! Ocone!) våran A.L.P.:s pigförkläde, fruktasvärt! tills dess nedre nadir är vortikalt där (tillåt mig riktigt till två gulliga strandsnäckor) dess sjömässiga napex måste varaochvara. Du måste närma nära mera för på är mörk. Lobb. Och tänd din teknik. Jeldy! Och det här är vad du ska säga.[5] Waaaaa. Teh! Sluss! Pla! Och deras, solbränd. För lägger vi inte till gayatsee med Puhl den Palmbladiges bjällra? migh och din, levande spott hos döda vatten,[6] stadig snabbhet hos Hinderbury Fenn, distinkt och

Öde, Påverkan av Design uppå.

Prometheus eller Löftet om Försörjning.

1 Thargam sedan goeligum? Om du tror jag kan, vadställe. Suksumkalel!

2 Hasitatense?

3 Dettas fräckhet i flickas saker!

4 Dona Speranza av Nacions chepnad.

5 Ugol egal glo. Mi vidim mi.

6 Det är, det är Sangannons dröm.

isopluralis i dess (din sugga till det dubbla) sexuella delar, flument, flytande och flötig, mitten kil hos strömmens ditt grumliga gamla triangulära delta, fiho miho, klart för dig nu, Appia Lippia Pluvaville, (hopp hula flickorna!) den icke snåla fläcken på hennes säkerhetsvulva, först av alla liksidiga treangler, (och varför skulle hon inte sitta korsbentlikt tösen som lockade en skräddare?) flödeskonstanten, Mahamevetma, provinsens stolthet[1] och när den där pissade brisen rycks upp från Afrantiken, allaph koran är hans bädd och bår.[2] Påå slickär låå slickär, apl lpa. Detta det är en hon. Du ser hennes det. Vilket det som du ser det är henne. Och om du kunde gåettäggbättre skulle vi snart se viss raffant skrumala riffa. Snabbt herit pillesnoppslut. Fittluft! Så possta detta till din påve och smarket. Och du kan hämta upp den där slösade vimpeln, kompis. Jag har läst din tralls dibudskap. För, låt det tas att hennes lillaste inte är av någon omfattning eller igen låt det beviljas att Docka den slöaste kan bli förställd med all respekt från Docka den avlägsnaste, därefter måste varje vaddugillar i tomhuvad makt antingen vara Större än eller mindrE än den enhet vi har i en eller härefter ska de vektoriösa evigttvås redoögonen circumflex hyrda searlehennes aldrig film i deras gyrirycks elipticiteter dom där knullarna vilka äro tillbaka riproduktiva om sig själva.[3] Som är oframkomlig. Grälsjukt. Nån kvinnas logos till den där basen nånting, när som mest karaktäristisk mantissa minus, kommer till nullum i slutet:[4] orso, här är vetdet värre än Ahas synd med sin kusin Lil, verswaysed på omslagsvisad, och allt detta är uppskuret och ovissa utfall tills Perperp stoppar rörbyterhonom sedan hennes rödtangler är helt abskissan för att begränsa denna tendens hos våran Freevulsmåttiga Sexuagesima[5] att bekostnad hennes självs lika sfär som möjligt, paradismisk perimutter, åt alla håll på böjen av den ohämmade, de oändligt små av hennes aspek-

Omskrivningar och Deras Roll.

Kyrkliga och Himmelska Hierarkier. Upp Stigande. Ned Åtgående.

Peripatetisk Periferi. Det ar Allothesis.

1 Och hela mänsklighdeten.

2 Whangpoos paddle och whis wharest whem.

3 Jag njuter lika väl som vem som helst.

4 Varken en själ ska räddas eller en kropp ska sparkas.

5 Stadens skryt.

ter som blir hanterad och hanterad som kalikålumet i hennes obeskrivbarheter (man får tankar om det eviga Rom) krymper från schurtiness till scherts.[1] Scholium, det finns trista suckar till allt utom icher på den befriade bringar euchers till den fruktade. Djävulen? Allas vår moder! O, kära nån, se på detta nu! Jag vet inte är det ditt spöke eller mitt erraväldemen jag är glad att du dimennämde det! Min Lourde! Min Lourde! Om inte detta är just det märkvädigaste lägga jag nånsin ser! Och en superposition! Ganska så sant! O.K. *Omnius Kollidmus*. Som Ollover Krumwall sa när han sov über sin mormor, Kängurus fjädrar. Vem skulle nånsin i åskans namn tro att du vore så pass låst? Men du är heligt mooxad och gapandes upp fel palts[2] som om du seeheeandes gheisten isten som förblir framför, din välsignade enkeltoppiga dumskalle! Vart är din beleste sölares lampa? Du måste vandrat varv nedför den blåaktiga refluktionen nedanför. Hennes väska är inte hennes hjärndosa. Hör varest snygglinorna, Niser här punkteringen. Så han gjorde det. Tur. Se henne bra. Välan, välan, välan, välan! O dee, O dee, detta är mycket härligt! Vi gillar Simperspreach Hammeltons i motsats till kollegan Selvertoner O'Haggens.[3] När han rullar över på arslet och visar sina hälars slang. Mycke härlit helt genom! Likt en lammungeslang med tsifengtse. Så analytisk sannolik! Och Moll Kellys krafter, granne topsowyer, det ska bli en pastill för mig hela mitt lopp.[4] Mera bättre dubbelkille vi blir tala kopparads. Nånsin tänkt på Guinness's? Och den beklaglige Oarson Romes inrådan? Vill ansluta till polisen?[5] Du vet, du var alltid en av de lysande ena, alltsedan en fot gjorde dig till en onämnbar, fejker. Du vet, du är dykarens egen smarte grabb, jämställd med dig själv och wanigel till angleandra, sån är du, bluff! Du vet, du ska bli fuktad, så du ska, en av dessa vintriga dagar men du ska bli, morotsfärgad.[6]

Canine Venus sublimerad till Aulidic Afrodite.

Exklusivitet Orset, Sorset och Forset vilket?

---

1 Hönas böner, är vi läbbiga missilade vi henne?

2 Jag kallar detta en skumskalle.

3 Ren chinggehong idiotism med vilka ord som helst alla i enlösbar. Jösses var och en av te öga luktar fisk. Det är U.

4 Familjen Doodles, ᗰ, △, ⊣, X, □, ∧, ⊏. Hoodle, doodle, fam.?

5 Välja ut Nickigen, Pikey Mikey.

6 Tidig morgon, sir Dav Stephens, sa den Förste Gentlemannen i youropa.

Primanouriture och Ultimoeniture.

SKICKA OSS EN SOCKA MED LITE SEDIMENT DÄRI FÖR VÅRA FÖRBASKADE FRUARS SKULL.

Varpåvirvelström, gayet at när han stop ser tid han stop lång mark som här skyndar han skulle nånsin ha det ovilligaste ord, ett sött mig ah feltag öga öra marie att brott från Jakobs[1] och ett skyggdrag för tandsskull av hans armkäkar på de Vere Fosters glidsida, skulle och kunde godiskyssandes P. Kevin att fräscha upp rinnerungen och att äta med hjärtat (*leo* läste jag, en sådan spansk, *escriblis*, alla dina mycoskåp) vill inte nibblah korpnostonoriösligt IHS mamma till mig i beundran av hans spänstige backstugesittare för, medan detta Andra med hjälp av hans kreaktiva sinne erbjöd att avsaktliga massan från stridens byte vår Samme med help av frikostigt med föda sökt att avsaktliga oredan från hans korrugerande mund, med sina armband manschetter egenmedvetet graffiking med hans olycksbådande cykloper efter trippelpolygamier och spirals vacklande strövande sina Hamilton självor och godolphandes i rimligkärlek att se omkring det ödsliga hos nolands brune jesus[2] (tora honom inga kvartor!) tills det på honom flödar jonglörens veners svett (släck has gåspenna!) i hans napier hals stod ut och sprickrakt tamquamlärdlina. (Pigga honom! Kalla en blodlekarl! Var är doktor Braxenarsle?) Es war itwas i hans priesterrit. O Han Måste Lida! Från denna vantroende staketmakare till hans icke trovärdiga fantasiflamma.[3] Fråga efter klumpeduns, sen till Mässan, bed för vitvitvita lamm. (Du kan säkert tillverka vilken pippap passage som helst, Ögna slå vad, lika utfall som den där eländigt elaka Erewhig, dig själv, mick! Nocka de grumliga nickrarna![4] Kristi Kyrka gentemot Belial!) Kära och han fortsatte med att skrapa gentlamin född, milady bröd, han skulle skriva för henne, han skulle tråna för henne,[5] hur skulle han inte klappvitsa skoj för allt[6] med sin jävla min så och hans klumpiga uppsyn

Ingen Sturm. Ingen Drang.

Illustration.

Den Aktives Tillskriving.

---

1 Bag bag skita skam, har du någon lust?

2 Vilken klumpig hvid elefant för männen-i-trång-mål.

3 Och hon hade att söka en damms plats att stilla hennes friaresläkter. Stämt!

4 Förlåt de ärokristnabröders iriska.

5 När hon snubblade mot lummig buske slösade han henne överallt med hövliga blommor.

6 Ett äckellågt aboheglig spel.

annatså. Och hur mår du, viftare?[1] Mitt djur hans sorgetok! Och trieste, a trieste åt jag min lever! *Se non é vero son trovatore.* O jerry! Han var såså, heltigenom harriot! Han var ledsen kille, stavlör! Han var mistermysterion. Likt en purat ut ur pensionat med ett governmentjobb. Varje moandag, tearsdag, ondskedag, dunsadag, skrndammsäckdag, stöndag till fruktan för Lagen. Betrakta dessa ryckningar! Han var quisquis, golvad på sin plankkraft av shittim trä. Se på honom! Sjunk djupt eller rör inte den Kartesiska fjädern! Önskas mer aska, Gnällspik? Hur han diesmal låg lågt på sin råsida belägrandes svartalf slott. Och bezouts detta, hur hyenas måltid han låg honom länge på sin skrattsida liggandes säck till kraxande rapphöna. (Varest thu krig Rolafs intestioner, sa Bhagava biskop Leech) Ann opes tipoo snart öra! Om du kunde låna till mig min paskals kondyl, sahib, och priset för en tallrik grötomslag. Bangad. Med bästa apologier och gladpengar till själv för all de präster och igen ber belöning för bistripissing på din brikostghet.Välan, Wiggywiggywippstjärt, och hur mår du yaggy? Med ett huvudsakligt Te för Törst. Härifrån Buvard till käre Picuchet. Naket.

Den Passives Förskrivning.

Besjälande Kvinnlig Upprätthåller Plågsam Övermänska.

Nu, (skala dina ögon, mina gin, och borsta din sidenhatt, min elementator glädjeklid, en Butts son! Hon är min, Jåg låg jure,[2] var Skibbereens örnar, Vitaknäs Portvalvs sötsurhet) betrakta honom, som fångat vid den tvådelande calamumen i hans bolsillor, den enslika undervarpa han nånsin hade funnet utan svårighet, den snabbavskaffade, underteckna bort i gladnästa komplett, (inspirerat Utsökt Spel! Jag dyrkade alltid ditt hård. Så kunde också jag och utan en pennas grepp. Ohr för oral, klav för krubba, olchecolche och ett improviserat utfall. Kan du skriva oss en sista rad? Från Smith-Jones-Orbison?) intrieatedligt i åratal, jirryalimpaloop. Och i Romain, hup u bn br flc.[3] Unds allt mi thts. Att falladär med bara fötter skyndasommaskresersig. Två dör av en utlottning. Evig bennyvärk. Stampa ut och

NÄR SOM SVARAREN ÄR EN ÄLSKARE.

Sesama till Undsättning. Nyckel Signaturen.

1 Käre gamle Erosmas. Mycke glad att du reser till Penmark. Skriv till hörnet Grunny Grant.

2 Jag älskade att se Macbeths-Jerseys utklassa Plumpduffs Byxor.

3 Lifp år avväjer er alla och moe, fouvenirer foft likt fommar fnö, föt viljor och förgät-av-knutar.

distribuera honom på bekostnad av hans samhälle. Forts. följer, Anon.

Och titta, titta, titta funkig! Alla karikatyrerna[1] i dramat! Detta är hur San helig-peligpooler. Och detta, pardonsky! är sättet på vilket Romeostannauppalleaps.[2] Posera pennan, mänska, gör sätt mej, väg ole miss sorktand ved visa mig hur. Fjärde kraft till hennes illpogue! Djärva slag för ditt liv! Tipp! Detta är Stål, detta är Barke, detta är Starn, detta är Swhipt, detta är Knep, detta är Pshaw, Dubbllingvvikyeats.[3] Detta är modige Danny gråtandes sin spache för puffare. Detta är coole Connolly som torkar sin härd med modige Danny. Och detta, beakta! hur Tugglöse Spettad parparparnelligår mellan djärve Danny boy och Conollynen. Upanishadem! Topp. Talat har L'arty Magory. Eringobragh. Prov![4]

Och Kew bekransades med hans tumul.

Men, (att Jacoby kände igen för forbitten frukt och, min Georgeöse, Kevvy också han helt enkelt bara älskar sina papadumbröd, bedömer jag!) efter alla hans autokratiska skrifter om paraboler av familjekanter och la sig i blandaihopismer, dig långa rötters gård plocktugg slut äta citrån skulle inte hejdå tripaforatorens möjliga rykte okej sprängde genom hans pergaman träffade honom där han bodde och gör för de välsignade självchurulerna, som jag ser det, smartare som om det det gjorts för en många andra ofromma av det hårerimejeri quare dilemmat förstingar till att i längden, du ene jävla skrytmåns, mätte han ändå med nådastöt sin jord? utan sträcka i sin huggorms badder cadder sätt vår frankson som, rent ut sagt, bekämpade han honom hela tiden dubbelkompis långa död avslut blodiga fejs tillhörde dig, var misocain. Rygga dysters vann! Skär upp![5] Och hans räknarhänder höjdes.

Eld Ormens Kraft-Centrum: hjärta, strupe, navel, mjälte, sakral, fontanell, intertemporalt öga.

Uppfattningen av Kompromissen och Fyndet av en Formel.

Ideal Närvarande Producerar Ensam Ren Framtid.

ALLT KLART OCH ENLIGT COCKER.

TROSBLÅSARE. FIKON OCH TISTEL RITA ETT FIKON OCH VISSLA.

1 Tysta själv hans rulle.

2 Han, ängel som jag tänkte honom, och hanär inte ivrig att spela eelyotripes, mr Tellibly Divilcult!

3 När dandret skallrar hur kråmar sig inte påfåglar.

4 Brownes av Browne – Browne av Castlehacknolan.

5 Ett ajössajöss bingbang bojs! Vi ses Nötknäckar Söndan.

Service superseding själv.

Formalisera. Älskar dödså enkelt!

Slutningsbane.[1]

Tack så väldigt mycke, Pointkärrad! Jag kan inte säga om det är vikten du slår mig till det snabba eller den röda massan jag tittade på men vid det nuvarande momentet, potentiell som jag är, ser jag strålspökets ringar kring mig. Heder åt dig och måtte du lovordas för vår utställningsförmåga! Jag skulle gilla att få föra bakom spökljuset och spela fünfer alla om du bara sitter och blir den ballastade buteljen i den feta baljan. Du skulle förtjäna en kort-och-tjock lika lång som härifrån till morgondagen. Och åt helvete med dom där driftbomberna och släpvagnarna! Om mitt postliga var tillräcklig väska skulle jag sända dig en toxisk. Vid Saxon Chromaticus, du gjorde detta underbara för mig! Gjorde han inte det nu, Nubilina? Tiny Mite, hon studerede vad? Med hennes lyssnande frisyr, hennes dröm Ändlands dagsist och glorifyringarna av att vara pressankterad tjänsteflicka för majestätet.[2] Och mindre är skadan för hon är inte de slickepinnar hon lätt kunde bli om hon hade till exempel Viriginas luft av bedrift. Det kan hålla henne borta från att kasta delf.[3] Som jag sa, medan jag besvarade tack, du gör mig en pånyttfödd beträffande korten. Vi är av alla pojkars ambågar.[4] Ty jag har fällt upp alla kramber eftersom de smulade från ditt bord om, sjungande ära allaloserem, kugga ut det, här går en summa. Så läser vi i måste bok. Den berättar. Han profeterar mest vem som bäst smiter från notan.

MED EBONISER. I PIX. EUCHRERISK, MERCI BUCKUP, OCH AKTA VEM SOM DU KNULLAR, FLEBBY.

Katastrof och Anabasis.

Rotationsprocessen och dess återetablering av ömsesidighet.

Och den där din salubrerade sickengiaour har spillt te all min disigdencitet. Smida bort, Silige Sim! Fårhopp. Get som bräker, det är den sista av ting. Ögoninstaye! Föreställ dig det, mitt djupt dartry dumhuvud! Det är timmar att ge, inte mer. Jag är bara ute för att övercelebrygga klyftans skuld i din hiscitendens. Du är hundra tusen gånger välkommen, gamle vörtsamplare, hellbeit du är precis som

COME SI COMPITA CUNCTITITITITILATIO? KOKRUM KUNK, LÅRTAJTKITTLIGLÅR, LIGGERILAG, TITTERITOT, BEN I

1 Tjingtjing Tjinaman! Tjapptjopptjapp!

2 Torka dina glanser med det du vet.

3 Om jag skulle mera i kopparna som irriterar dig du kunde skräcksmedja dina gräl soppskålar.

4 Alla Sjunger och Alla Ylar.

Den Tvåfaldiga Saningen och den Konjunktiva Aptiten för Oppositionell Orexes.

ETT TEE, ÖRLOB I EN LAG, TVÅ PÅ EN SLIPS. TRE PÅ EN TRICK TILL OHIO OHIO IOIOMISS.

lika skyldig som min ullfäll fusion skulle bli. I själva verket kunde jag engagera mig i ett energument om dig tills du var republiskt kungligt alltförbaskligt preussiskt blå i skjortan efter.[1] *Trionfante di bestia!* Och om du inte är din böcklings rökta sill må jag aldrig förbanna igen på den pajnt jag tog på Jamesons. Gamle Keane nu, du är stång, krok och sänke, gamle jubale Keane! Biddys hår. Biddys hår, min drummel. Var är den där Quin men han svet det knop men vad du som är min populära sluttes var född med en lösare ackumulerar din sömn. Tu i skjul! Tu i torftigt skjul! Tu i lutande torftigt skjul!!! Bida i ditt hysch! Bida i ditt hysch, gör så! Lagen högljuddar dig inte skrika högt. Jag planterare min dammlucka i din bakdörr, kinesisk eldgryta. Ave! Och låt det vara till all remembrandt. Vale. Framkallandeav tösning vatten.[2] För auld lang salvy dämpning. Jag försvarar dig att tugga min diskpojkes beröm. Att boka ensam tillhör örsnibben. Förmästarens belöning[3] ska markera morgondagen när vi gör pilgrimsfärd till whaboggeryin med stav, skarf och välsignad plånbok och våra glorior runt våra nackeoc kroppfar där som och när tungsugardaddy, förälder som erbjuder godsaker, ska ge oss sin Nobletts överraskning. Med denna lovvärda avsikt i högljudd förmåga låt oss bli singulfältade. Mellan mig och dig häng cong. Sak, mizpa slutar.

Trefalt helig.

Förnekande är Anpassning.

GÖR SNUT ENTRÉ OCH HUR. SECURES GUBERNANT URBIS TERROREM.

Men medan ringer är de klottrande sölandes över muggarna och krubbet? Oikey Impostolopulos?[4] Stadig stadig stadig stadig stadig studiavimus. Många många många många många manducabimus.[5] Vi har haft vår dag på triv och fyrkant och skritt vår bitt som mellandvärg. Konst, litteratur, politik, ekonomi, kemi, mänsklighet,&c. Plikt, disciplinens dotter, den Stora Elden vid den Södra Stadens Marknader, Tron på Jättar och på Bansheen. En Plats för Allting och Allting på sin Plats. Är Pennan Mäktigare änn

Cato. Nero. Saulus. Aristoteles. Julius Caesar. Perikles. Ovidius. Adam. Eva. Domitianus. Edipus. Sokrates. Ajax.

1 Från tre beskjutningar. Ett blåfärgat offer.

2 Inte Kilty. Men manajaren var. He! He! Ho! Ho! Ho!

3 Gigalampor, Tvålig Geyser, Lukten och Blodige M Gusty.

4 Den klyftige vill ha denna porlande bäck. Kära Tant Emma Emma Äter.

5 Stryk bort om dagen, sätt på nattmössan om natten. Korkad, korkad körd!

Homeros. Markus Aurelius.

Alkibiades. Luktretius.

Noak. Platon. Horatius. Isak. Tiresias. Marius. Diogenes. Procne. Filomele. Abraham. Nestor. Cinncinnatus. Leonidas. Jakob. Theokritos. Josef. Fabios. Samson. Kain. Aisopos. Promethevs. Lot. Pompeius Magnus. Miltiades Strategos. Solon. Castor,

Svärdet? En Framgångsrik Karriär inom statsförvaltningen.[1] Naturens Röst i Skogen,[2] Din Favorit Hjälte eller Hjältinna, Beträffande Fördelarna med Rekreation,[3] Om Resta Stenar Kunde Tala, Hängivenhet till Firandet av Portunculas Eftergivenhet, Dublins Metropilitan Polis Sporter vid Ballsbridge, Beskriv i Enkla Angliska Enstaviga Ord Hesperus Vrak,[4] Vilken Moral, om någon alls, kan utvinnas ur Diarmaid och Grania?[5] Godkänner du vårt Existerande Parlamentariska System? Bruket och Missbruket av Insekter, Ett Besök på Guiness Bryggeri, Klubbar, Fördelar med Penga Post, När är en Vits inte en Vits? Är Sam-Undervisningen för Animus oc Anima Fullt Önskvärd?[6] Vad hände vid Clontarf? Då vår Broder Jonathan Undertecknade Utfästelsen eller Meditationerna över Två Unga Ungmör,[7] Varför Älskar vi alla Vår Lille Lord Borgmästaren, Henglers Cirkus Under-hållning, på Sparsamhet,[8] The Kettle-Griffith-Moynihan Projekt för en Ny Elektricitets Tillgång, Att Resa i Gamla Tider,[9] Amerikansk Sjö Poesi, den Sällsammaste Dröm som nånsin var Halvdrömd.[10] Försiktighet, Våra Allierade Kullarna, Är Parnelliterna Bara emot Henry Tudor? Berätta för en vän i ett Pratigt Brev Fabeln om Maran och Gracehoppet,[11] Jultomten, Slumkvarterens Skam, De Romerska Påvarna & de Ortodoxa Kyrkorna,[12] Trettio Timmars Veckan, Jämför Boxnings Stilen hosJimmy Wil-

1 R.C., frånkopplad, god karaktär, skule hjälpe, ingen lön.

2 När Lily är en Dam fann nässlorna blomma.

3 Bubabipibambuli, jag kan göra vad jag vill med det som är mitt eget.

4 Duglig sjömans varsamhet.

5 Sällan jämställd och tydlig i allting.

6 Jesus och Bönstjälken med en smula bröd duvan.

7 Sjöfart lik den valade profeten i en spökkuslig.

8 Vilka synder är pim pengar sans Paris.

9 Jag har missat platsen, var är jag?

10 Något hnde den tid jag sov, sönderrivna brev eller var det snö?

11 Mich för hans smärta, Nick i hans förflutna.

12 Han har toglieresti in brodo över alla sina agrammatikaliska ansiktsdelar och vad angår den där hippofoxfixen, olycksnummer, för sent till dopet!

de och Jack Sharkey, Hur Förstå den Döve, Ska kvinnor lära sig Musik eller Matematik? Ära Vare Sankt Patrick! Vad finns att hitta i en Dammhög, Värdet av Indicie Bevisning, Borde Stavning? Kastlös i Indien, Samla Tenn, Eu,[1] Lämplig och Regelbunden Diet Nödvändigt För,[2] Om Du Gör De Gör Det. Nu. Förseningar är Livsfarliga. Vitavite! Glufsa Anne:teets set, se är tillräckligt! Mox snarast ska inom bråkdel av sekund per hans f.d. telegrafs ambassadkansli.

Pollux. Dionysos. Sapfo. Moses. Job. Catilina. Kadmos. Hesekiel. Salomon. Themisokles. Vitellius. Darius. Xenofon.

Aun
Do
Tri
Char.
Cush[3]
Vagn.
Chockad
Ockt
Ni
Geg[4]
Deras matning börjar.

Pantocracy. Biömsesidighet. Utbytbarhet. Naturlighet. Superfetation. Stabinmoblism. Periodicitet. Fullbordan. Interpenetativitet. Predikament. Det faktuellas. Balans via det teoriska Birka och Lirka, Samman-Slagna.

MAWMAW, LUK, DIN BEEEFTAY SKUMMAR ÖVER.

KAKOPORTIK ORÅDIGHETS LIPPUDENIETER.

NATTBREV

Med våra bästa julhälsningar till Pappa Och Mamma och gamlingara där nere och flytande, önskar dem alla många goda Inkarnationer i detta land av Liffey och massor med förvälmåendehet genom deras kommande nya evigheter

från
jake, jack och lille sousoucie
(barnen som också betyder något)

1 Eh, Monsieur? Oú, Monsieur? Eu,Monsieur? Nenni No, Monsiur.

2 Innan vi träffar höet, bröder, låt oss det där svaret på bönen.

3 Kish står för antikreist, och det fria av min hand till honom!

4 Och munkavlar för skoola och korsbullar och whopar ska han avjutasejsälv över våra teckningar på linjen.

Det kanske inte eller kanske en ingen oro för Guinnesses men.

Att fruktan för hans tuktan i stamstammande går tillbaka till den döves tvekans fördömelse men att på höjden av hans liv från en bruds öga stampunkt är när en man som menar ett berg bortdet från hans avstånd vadar en lymfa som spelar det lata vinnande hon gillar fast denna stolthet som kör fast festen bär likvakans prakt medans planen är likt din rumba runt min trädgård, alladessor, med kanskehjälper en snabbt till dems rekvisita, var nu eller aldrig i Etheria Deserta, såsom i det Större Suburbia, med Finnfannfjäskare, rurik eller cospolit, för mycket eller obestritt ögonblick.

Varför hade de, det är Hiberio-Miletianer och Argloe-Noremen, skänkt honom, en otions födelse som var uppfödare av sweatoslavar, som mysteribyggare, tvingade i sitt öde land, och rörande Ibdullin vad beträffar Himana, att deras tolvradiorör high fidelity nummerskriva, lika modern som imorgon kväll och till utseendet tidsenligt (hör att någon i det där ruade hertigdömet av Wollinstown planerat halvera felaktig sorts datum) utrustad med superskyddade paraplyantenner för avståndsmottagning och ansluten via de magnetiska länkarna till ett Bellini-Tosti kopplingssystem med en vitaltonerad högtalare, kapabel att fånga upp skypolare, hamnbåtsutsläpp, tangent klickningar, vaticumsugare, på grund av kvinna mobilt formad eller konstgjort statisk och gormande hamshack och oscillerar ner i ett eliminium ljuddunk för att därmed betjäna upp honom en melegorunt maryru, elektriskt filtrerad för alliriska jordar och ohmer. Detta harmonioska kondenserminne (Mullvaden) fick de att arbeta från ett magasinsbatteri (kallat Mimmim Bimbim patentet nummer 1132, Thorpetersen og Synds, Jomsborg, Selverbergen) som stämdes av dubbelt trefaldiga enkelvalvolösa rörledningar (bristslintande framåt som om deras levande berodde på det) med en HydroCefalos Ekning, en nådd kontroll av circumcentriska megacykler som sträcker sig från antidubniumet till det serostaatareanska. De orsakade slutligen, eller mest åtminstone förorsakade det pånågotsätt (detta) linjens pip (att) pinnetrera in i örakulär förombytlighet (känd som Vakingfar sovaren, monofrakturerad av Piaras UaRhuamhaighaudhlug, trumgrundare Eustache Straight, Bauliaughacleeagh) en örons ingång mussla skyldig till cunduncerande Naul och Santry och Corthys fyrtio rutter med Brythyc Symmonds Gilles konsertiumer, Repmakarnas Retrofackförbund, de Varierade Månglarnas Barringoy Bnibrthirhd, Askold Olegsonder Gäng av O'Keef-Rosses och Rhosso-Keevers av Zastwoking, Yahooth Ligue o.s.v. för att därmed lalla det förflutna slumrat de arboriserade omkring, uppför hans korpulära frekvens och nedför hans reuktionära böckling, hummer, enville och cstorrap (mannen från Iren, där finns lockig man för dig!) hans otologiska livs lubbaruntens lill.

Yrkandets hus är helt deras ändåbröd fast dess kartomani hallucinerar likt en erektion i nattens föreställning bland de döda, en av Nur, sammanfogar en hägring i en spegel, för det är varest genom slappnatrassel för en watt i timmen, medan nedan, tills tid jingar svar, denna ett slagfälts värd, den skrymmande hulkvikten, jägarens skära anlete, en örn sommargyllingad, är inne på ett ryck att obuckla en o'connels, den sanne ene, helt söösuk, en lyckobäck, vigvattenskålens löfte, hans whilom canterbury klockögon blinkar ondskefyllande tills kassören, öjne av en utkastare in skands skalle. Ja, det är, denna människas öl, för honom, vår hubulförenta, bara ett ryck och en handfull för Culsen, patagoreanen, chokankastares hövding och hans glada hälft, under den fradgande ordningen när han droguppade kalkonkorken med det störstaste av kalkonkluckande upp ur Lougk Neagk. När, tryck på vår urgamla fradga, påven gav sin dystra skottaktion och, struntprat, slädåkte en rörelse av katarisk emulsipotion utför den sladdriga rutschbanan hos en slampig till lutande lyft-dej-landsmen, Allamin. Vilken omloppsbanas tilllämpningsområde hävde en slask hennes seglare utmed en drink hennes durkslag från bröderna basses, de där båda dekomditar.

Det var långt efter en gång det var en ängsmark i lovande malm det var mindre efter liven Tor en skräddare i stan vid alla klåkkslag det var natt innan han drog ut Kersses moddel genom att vrida sin dressing men och eller det var inne innan tvärgångarna han fitthålade Norgearens ankarspel.

Så han sökte med sin blyertspennas hummerklo ledtråden till kuken i örat. O, ölfatens Herre, kommer fram från Tillräckligt (jag har inte förlagt nyckeln till Efas-Taem), O, Ana, lysande kvinna, kommer fram från Sedantillräckligt (jag har inte lämnat frestelsen på tröskelns städares väg), O!

Men först, kraftbåge, skulle de dela ut död till en drinkare. En steges länk, dubbla i det, släck din törst tankar väcks av det. Våra sventiler är sventiler hallic. Vi radar dig, O Baas, från den fuktiga jorden och hedrar dig. O Connibell, med munbegravning! Så var skett, nätt och triggit. Upp drag och stimulera dem!

– Sedan sagdade han till skeppets make. Och i sin translatensiska Norgekeltiska. Hwar kan en ketch eller en krok levandegöra kostym och hästskinn? Sot! sade skeppets make, som kunde språket, här är skräddaren. Ashe och Whitehead, stängbutik, efterträdare till. Enhorror, sade han, och hycklade omkring till det där bäddesta sin vän, skräddaren, för finierad kulptur, klumpig talja grötig spricka innanlår numpa en sellafella, fej ett ankarspel gör och skjut! Bemanna för att sälja av kläder för denna kvinna hennes husse som ska preciseras av ett par byxor under en kaftans mönster. Lät mig försöka, ber jag dig, bara denna enda, sagda mäns klädsel, som räddar munkanten från hans eldpool. Han spåtta i hans ansikte (tiggande): han band den råa basten (vadderande): han bordlade sitt löfte (som tjing är ett tjång): och han tog sin yttre ärm (ändalykt grabb, päls val). Legering för belägring och denna toolth för den där soolth. Slicka det och gilla det. En byteshandel, en partner. Och massor med tillräckligt bra, granne Norreys, varje bit och gryn. Och skeppets make bröt svärdom efter honom att hylla loggerten. Stolp, tief, stolp, kom sack till Moy Eireann! Och Norrväägars ankarspel svarade, någon blåfisks avslutad skolgång: All lykkehud! Under skraddare han kan himlen platsad. Men de vattnen gick och de gjorde hela vattnen medan de surfade bark till hans massor med vauce. Och lätta ankar ankrade han på den Norgeanska vägen så att han under sju seglande sonnenrundor var bröstbar till Brineybadet, där stjärtar ut har famnar fullt, fra, Franz Jos, Land till Cabo Thormendoso, aftonstjärnan och soluppgången. Uppför Floden Tanneiry och nedför Golfe Desombres. Farty dagar och fruktio nätter. Roa er själva, O märrmän! Och tidvattnen gjorde, ändrar riktning och halar, och tiderna förstör, stegrar sig och faller, och, hål i hinken, dånade han regn!

– Kånk! Kånk! basade bredare-i-skratt med ett kvickt kompisknips som vi halvvägs en sekund.

– Jag ska göra det, sagdade Kersse, upprätthållandes strängheten för hennes hustrus godsägarskap. Netto sy? de pucklade rygg på öronpetaren.

Men gamle sporting, som avslutar herren, han fruktade ingenting, krimp eller kramp hos strandhajar, plotsamma till fåsamma. Det var whol niet Godthaab av errol Loritz utanför hans Goda Howtheudden och hans tregångerstripp loretta lady, en maometto till hans monoton, med twi twi twinky hennes hårda hårnålar, bara inte, om inte, en drottning av Pransess deras avslöjande bordlagt som var för hans föreställande en kista genom det himmelska, naj, det skönas hjärta (hade han hurs skulle han hålla henne lika najs som en fela!) men i matkaret var det wohl javisst spetsförhandling vad, nyligens sällsyntare, en tillfällig konformitet, han, med Muggleton Muckers, alwagrar hela vägen helt säkert tillåten, såsom nådens pilgrimsfärd till rättvisans petitionister, av de tre blandade kunderna med deras kundanpassade sinnelag, Gäl harklingen, Burklley mordet, Walliseys vandringssyn, att ha deras ceilidhe gladlige i hans iriska sjömansvisa. Grupp fyllerister gör tafs tänkister eller hur läser rotary, judr eller en kresten, respekterande de underlägsna körkoorna, så länge fetfittor ska vara plebejr men medicinsk examen via lågfrekvent amplifikation må senare gå med på att ha en annan. För folket i skjulet är de säkra tillägg av all quorum. Lorimerare och läderhandlare, körsnärer och saltare, tennarbetare och tapetserare, församlingspräster, båg-och-pilmakare, höfthållartillverkare, manufakturhandlare, skomakare och först, och inte sist, vävarna. Vårt bibliotek hoppas han till er allmänhet,

Innehållare, upprätthållare.

– Sätt igång sayfohrt! Gör det, agitator! de basunerade ut över sina hus blommor. Gå ner, Moses och skinna ditt bibblande bi !

– Det ska jag göra, hjärtligen, med min hand, sazde Kersse, del Torsk, och i ett skinns klaff, kårrigerad efter ett täckes hans tupplur deras o'kusin, lika sober som skeppets make var han en min gudfader när han berättade för mig såg underdetatt jag nu är bra och sagolikt tillfredsställd sedan änklingens bon amour, enligt ryttaren, till följd av lunginflummation, är han genomgående blåst till Adams. Så hjälpe mig boyg som innehar boken!

Varsomoftare, på uppmaning hans länsherrelag Tinget och pilsnern hade tidpunkten, Recknar Jarl, (de kallade honom Skurkenör, Irl kallar honom) fortfarande avger växla-ett-öre, penninggrisar, en flera sort av mynt i livré, tvingade sin viskning i hans hörsel, (föreföll, en någon i fin trims med tyst röst dödläge, ett kära agade, till hasvey någon som gör plikt för dorkland komporers stjärtpunkt) den samma till den gode end ast velut fullgör varefter han hade förskonat mer än horunge för ballasten i hans nuturliga liv. Och kastade en gjutning. Några få kultingar och hare är du och ingen kicking, tribuns tribut, om du gissar mimik uppsyning. Elakt i sina omoraliska arbetsskor tag dina tyon coppels tecken med dessa goda sextrick från min runbag med juveler. Nummer som i summus som är topptipp som är bottenbukt som är Twomeys som är Digges som är Heres. I hårda naturers ramskick. Ty vi skulle alla gärna lova och prisa. Det är i huvudsak präglat.

Sålunda när räknar kostnaderna för flytande kurage, en guldtackas uppmätare, stuvade stuivrar pengapung i lösvikt i grepp (bekämpa stor finnans! bravoj, lille bratton!) klok hans kenning, besättningens ifrågasattaste, med den där typen fruktande för sina egna missöden, skulle han vara sig själv namneligt en grymt fallen separatist från peripulatorn, instämd gentemot Meade-Reid and Lynn-Duff, gnuggande den dålde sonen av en pookal, tråkig blir ljus, löder blir torrt och det ska dränkas på alla ålar dessutom, hur kamelen och där som djäffulen eller då kinkandet eller varför kånkandet, som orsakade byggställningen att först tas bort du gav order, babblande, var deras färdiggjorda svar när på sötnosen (korespondenten) i konflikt i samband med belägg sparkade på vittne men (missade) och för vilken dygglunens unge tog bort plankan de var önskade, tabbe.

Duns!

Bothallchoractorschumminaroundgansumuminarumdrumstrumtruminahumptadumpwaultopoofoolooderamaunsdökupp!

– Gjorde en dykning, apade en.

– Propellopalombarytter, basade två.

– Rutsch är för ryttarman som rasar rom, säd tre. Där lerhuven skrimmar boll. Bimbim bimbim. Och de små flickorna skiker alla. Honom honom.

Och dassotum låt legend bli dess lärdöm att murad scen så cwympty dwympty vad dammigtdamm det raserade aboriginellt men, lyckas skutt till grabben högst uppe på stegen, så skräddare tillgrep varför syndaren den värste! Ho ho ho hoch! La la la lach! Hillary rillarry puckelryggigt mald säd rill vår millery! En pushpull, qq: i vila, pp; med extrauttryckt intervulva koppling. Det säkraste laufet i världen. Paradoxmutose omsorg, men här i ett närvarande bås i Ballaclay, Barthalamou, där deras hollandfarbroder min värd och betjänar dem sup rätt bra för en tölps interiör (homereek van hohmryk) som salve det där silver är för att granska dess faster och har ringrund som världsvis eva sina synder (pip, pip, pip) önskepip framtidspip ettpip fågelfritt senkast med benskydd och blixt underrubriker av lätt-gjort-oväsen från ett syskonbarns sinne berättaren men ge fan hans så länge som dessa söner av en blitz kallar tuone tuone och thunder högt gör thurden. Låt så vara. Precis.

– Detta är allt murtagh purtagh men vad ababsar hans dopter? sissade de som själva var engångs ungkerler, (när denna skrönas dutellet skakade vallpojken i hans säng) twillade vid sidan om i avtorkande Esset associerat med deras vätande. Hans storleks kavajslag? Hans *ros i sola velnere* och han duka under av terra hominis. Hon gack till scoulas i sina slampor. Det fanns inga jördnätter i hennes famiglia så hon rullade ingen wullad för hans berömda rullads framförer. Låt honom inte glömma! En filösofie kandis från Cullege Trainity. Slöseriade han slaseriade ett stygge vaggande på behag mejdjärv kompis var styngad? Stickat? Och de förvirrade, (eller innan deras tungors skrik skulle vara fastbundet död) Shufflebotham i sidled, pluss hans ankor före hans drillningar, ett inlägg av en lide mera foder må bli licenserat helt med ens, vare dessa samma tecken, som förlåter en mässingssmäll, svarken en hel längd eller ett kort skifte så fullt som angick alla.

Burniface, skeppigt efter, shoppigt after, i en vinkel mot fördröjning, låt flöda, gnata, gnata och gnata, och sedan fientligt, stegfunktionell andning, kom upp med dem och, ,kolla mig joule, skjut de tre skräddarna. knuffandes tebaks till Moyle strömming, dunkad som bom och rotändad, rulle och reiter, efter syndaflodens egna översvämning, sjösanten sampadsom skeppare gick självsäkert in, trippande, droppande, slungade lakanen för vinden, hans koffertars trikåer vid tacklande av kittling och hans gnuggamejglada stöd repeterande hans översyns kuddstols kjolar. Han lämnade sin stickupp i sin hand för att visa dem ingen känsla av agg. Vadändå för alla lärlingarhade det en svamp på sig. När han mötte dem fram till bak, då parasoller kring, ganska förvånad, shävandes, Hur Coolt Evybrolly!

– Good marrams, sagde han, fräscha bröst och skrytare alla, när han stoppa in i bierkupa, nogeysokey först, en massa segund, klittrande i lovart, medan han gjorde strax för det där oerasund den snarsta vägen till Publin, så var hans sjömansdans ryck i skydd av deras munorgan, med hans lutning alltför styv för hans väna flickvän helt en gnoa och hans wigger på en wagger med en tagg fastsatt. Upp.

Med etgt gott östrande och ett gott vänstrande. Och han bad från honom hur han i ryckets namn gjorde detta mitt som fann tjurskallar som kompis mötte Kiballackar vilka han plutsligt kom ihåg också är den kull han var slutnya strandvägar hans den där förtjust i sådanenson, en peninsulär sinnestämning, för det han var låmngsegling till snacka hummas skogsbacke, clown snobb, knut kram fluorten. Kabla: Klipptopp. Klipphylla tillbukt åppelång tillängen. Varukullersten. Snyggt.

– Skippereen har vanlig pub, via pounautique, med stötvägs tass, och sorglig korp i evighet, berättad smalbensskenbenor lauwering frankisk för hans fottbol som, via galliska som medium

– Pukkelsen, tilltalad.

Att med en del våra stävade invisorer hur deras uiltravåldsamhet ledde dem infrarazzior, slog ned på och landade lpågt, miot vår aerianska iasoleringzs resistens, två bord som satts i land, ast en, widness thane och tysk och hanry. Presärdelesigt allt, summerade de. Kis met. Bunden till. Och för värdshusvärd, noterande, nickande, en kust att angöra var orsak till endast. Vid sidan om en massa bevis, över bevis. Medan de antingen tog en vikt. Eller den andre svor sin werik. Hävde två, skarvade storbrass. Arvtagare till dig, Brewinbaroon! Med edn vissling för mig, tack.

– Good marrams och goda gladmöllor, sade gudmödrars skvaller, bobbande hans bugande på båda hållen med böjelser och öar, när de var alla i den gamla muromgivna Kinkincaraborg (och att de överlevade Montybunkums heta luft på Mitropolis stenkolssprängning lår där väl förtjänsta belöningar bli hourihorn), hibernierande efter sju ekåldrar, rysliga där de voro hade han dumpats i domarringen denna tid där fiskar skulle sylta ner honom till hans sätes knapp och hans beskattnings gamla sosse Erinnlig in i belgienet med hjälp av Divy och Jorums locquor och stäng dörren efter honom för att göra en sällsynt fin Rans fisksoppa. Morya Mortimor! Alla tillbalen öveross! Hurofta hade bållnaden försök! Och de låg lågt för hans hemmagäng i det där spökbleka mjödet, med eldklotsfest och kalkoners kumult och fattighjoners lapp för att tillhändahälla sin luffare slut. De fiendesaker ditt niggerhuvud behöver anpassas för det Stora Vattnet. Hangjorde hammarens tecken. Guds torka, sagde han, efter några få medvetslöshet, med tanke på alla dessa bliakungar, hur leif pausar!Här är du tillbaka på dina hökar, från Blasil den Brasta till vår povotojesus portocall, vadstället på höfternas sväng, slav att handla, vassal av kryddor och draken-den-marknaden, och var piggvar, och kräng ett streck, som vore du marinerad tycktes det mig i makrillen. Eldfell» sagde han. Ett skumpavin på islant! Här är öppna handben för en gammal falkenerarer från bogträet folk här i dins bås! Så sälj mig skröna, sagde den nu vaggande kapun, med en möe posthumorös prestation, skott august skottlar honom eller var är den där drummeln? En bit bett av keesens, sagde han, till Dennis, för hans måltid (och låt dobblinarna rosta kalkon,) eller en stingare, sagde han, t.d., på en fullblodig kennedy's för Patriki San Saki på från och till eller min gamla relogions ifrån tempore och när jag är förbittrad till pimplandet kan du sänka mig förd, sagde han, och, om jag kan få, sagde han, ett tomt helvetes munsdryck, Törst eftersom hemåtvändande hans getts. Allkey dallkey, sade butikens husbundne, för han var lika djup som polstjärnan (i och kunde tolka justeringsmans lödmetall in i tankars brättare) som kunde ha sagd varje man till hans best. och en behandling för en handelsscow, min leverans miljon tillfgaller dig och skörd föder ett stall! Afram. Och han fick och gav expediten för Hombreyhambrey wilcomer det som är det goda ordet. Han gjorde festarens tecken. Tyg vare lagt! Och en skiva ostur för fyllot! Allahballah! Han var den vårdslösaste man jag nånsin sett men visst hade han den mesta sanden. En fiskbulle med klämma! För en gomboliers pistols sons fenas väns dan. Ekspedient, sade han, sonnur min, Shackleton Sulten! Opvarts och på 'nom, eller detta troll Osler ska mörbulta oss alla, sade han, likt någon bekant med huset, medan Waldemar helade det och Maldemaer stod det på tå, så syg vandrade han från sin födas skål och ju mera krank han väntade på sinturs asläp. Tills de använde honom påbud om resan. Säg wehrn!

– Nejhur han kerssade eller tutade likt kostymen och lödhudar, först inriktad övertrtädelsemakare med avsevärd väg fram och

– Humpsjö dumpsjö mumssjungman, andrahandsklippta bryska kuttern.

– En nionde för en nionde. Och inget misstaenk, de tregångertalade thalern och de visste vhdng för två. Hans såsådans därförattet. Fulman passar sig självt men strupen fyhller oss alla! Och te är här för upprepning av unium! Placera ärret burfen på din grott stora borggård nota, han apullajibeddade, O'Colonel Kraften, nyligen utvidgad från O'Conner Danen, så forvarnande honom själv att han var omedveten om huvudet hos värd som reste sig framför honom, från Sheeroskouro, under dess skepnad av mardal mansk, likt ett krav slungat dubbla utsläpp, med hans moultain hår fastnat i kroppsstallning ovanpå det, (kände du toppen där borta med dess så gröna kust?) fortfarande föetroendefullt agape för hennes hans gragh visste säkert i värdefullt minne och att stolt grace till henne, i gång ett rörligt vatten, en cooltuff kopps leende, med den där renade luften i Montmalency och hennes snabba lilla andetag och hennes klättrande färg. Kan tag thig live rädda thin fruar? Jag ska tänka på't, lilady. Skulle anerös företagsamhet kalla homoförmåga, duienfruktan? The ghem's to the ghoom be she nere zo zma. Fetma bemion! Flodlyft, hennes antika rättigheter återvinns, så gårdags yiddish, även hågkomst. Och större vuxen sedan i hennes dagars bagateller, en mus, bara en titel, drar ivägmed hela den panoromakrona bilden. Hennes ungfria ok stilling hans vandringscursus, spola en krusnings spinn och skaka en bojs bredd. Den Annexanderjanske fången besegrad. Ethna Prettyplym, Hooghly Spaight. Honom hennes första varv, hennes hans snabba vän, för grävare för plogare, tilldeltas tvåhamn. Medan hans glödvärlds klump skymnar bort och han i hende ska växa. Genom förenklande år där de lågkasta har atit av amilikansk honung och datishade frukter och en havrekaka av korn på Tham Taktäckarens handflata. O vandrandet vare undrandet och nu! Lyssnandes till mig, Minas slöja! Han skulle medsäga, ickeförtoss, det är för mig ruskigt. Jag aldtid gjorde mig walsh och preechup innan vi satte igång att sopa och fasha. Nu äter vinhandlaren över dessa innehåll ofta med hans tråkigt lugnsamma mums för mindreskinkförtäring. Men stäng det aldrig aurowochs grubbelskara, inte för legioner av donatörer av Gamueler. Jag har tillämpat lagen i anning för lagens herre, Taif Alif jag har sträckt ut min hand för mitt hjärtas hållare i Annapolis, min youthrib stad. Vare ni då mina beskyddare till Mussabotomoa inför stadens väktare. Deras där är en gentlemenad överenskommelse. Womensch vadar. Att slutta genom sluttning till foten. Anslut till Anderson och Co. Ifall talets blommor däldade mina källor höjande fotvandraren jag bergtappade mörkret jag miste min snöstormsväg. Inte en knackning på hans huvud eller ett nicknummer på monjumentet. Med den där coldtbrundt natteldster väftinslag stinker från Alpyssinia, wooande ingetnollor från Minnesland och välvande röstens ulvertoner.Mden detta spektrem barasammanfögligt toppade från den irirserande sjön i belägenhet, håravfall, förlust, nngnr, yrsel, ovilj och snord. Det kan gha varit vad du kallar din förändring av mitt liv men det finns en chans om en natt för mitt lyft. Hillyhålig, dalsänka! Med morgonens ljud och dofter.

– Jag skulle blir dåliggjord, stryp mig, bötfäll mig oxfot för alltid, usquebaucherad iriskmedan ölkännare, för att bringa briarrot till Bembracken och ringande rinbus runt Demetrius för, som wriktigt wskrynklar, mobba blåbedjare, det är suirplatsens stercus som jagar hesteries runt gamla vulkaner. Vi örja att gnire och såless plenärt nöje gör kollemullor av oss alla. Men Tid är för talerman som smakar sin tapp. Tipptopptapp, Mister Maut.

Han gjorde ett sommarndrag (Krita och murmor i ensamtid) av sina tre svaljor som om han tystnade Moselemmar och tuttade på medans älvparaden flöddade nedför hisofenmod, en tillfredställelse för snabbfodring, till hans tubs kittling och hans fabels twobble, O, det var en gång småljugandes uppå en dusch vilken konstig och kväljande runda det var. Utslängd.

Vilet båda gjorde. Prompt. Eh, khristall hållare? Borttsett från Ampsterdampster som hade rheumatiska påminnelser i sina smalbön.

– Genom droppet i sitt skrev, Ali Slupa, tänker kappunen, rörmäktar sina inlägg, vi voro härtillföre.

– Och bli hans gobbos bur, Forskaren Thaurd, tror att din omkrets fetare, apopo hans bocksjöseglare, men var är Horatius gardin meniga?

– Jag sätter dem bakom torkhuset, sagde Pukkelsen, vände sår mot kassören. blidkad till repliken, det där då handlare dubbelt penisborrat, och han vältrade sig översköljd av Tarra vattnens foder. Och det marinnerade nedför hans gargantaste trombatletiskhet likt gulpströmmens marouser. Wolafs gissel mot honom, shitateyar, han sagde i det furnikulära, och, vid viäro och viäro icke, är jag sigen ingen bår, för jag förbenade hans muherrsonska get i lunktakt med dessa nyspända-knutars flum i elden behame i torkhuset. Hoppsan! sagde han.

– Rök och kokain choke! sprang tills tåren droppade nedför ett lår dagrivarnas allt utom ett fårs vars brallor som svischade till herren han inte hade och stirraren hans historia utbredd så vem kände att, deb brinnandeugnen slungad mot honom motofosokalliskt, som Omar ibland lade märke till, en sådan satuation, orgiastiskt att bevakas för, skulle empty dempty honom till marken.

– Och hoppa toppa! sagde han, ändrade avslutaren, nu djypt hopnotiserad eller hoppetsöon drogar honom själv. Och kerssade honom, sagde han, efter inunder dekaldragning, golvspacklaren, stygnklangsantydare, adeptadapterad till nässtorsiomer i hans knoppinnehållare, kummenisht, sagde han, (fouyoufoukou!) som går offentligt rökandes vägar, sagde han, bangpuffande att vara i den sinaste savile row fraktionen för en dubbelbroststard rallardamaskard, (knäpp bort den hvide aske, storskalle!) sagde han, min hands den stora väskan till hem, klockringarslyngel, sagde han, med sin pudny bulle brofkost när han skranglar möter den bangade. Jag ska stoppa hans trädflugor i mjölet, och sagde han, bejaga havrehuset, det inte välgjorda ena, sagde han, kersset hos mina armsårs förskräckta denna mest onämnbaraste av män (utrustning spöklik, om han inte hade skaldat honom alla shimpoens namn in sitt galler!) en sjukharklada sydd kil sömmerska, sagde han, hans första slag är värdshustjänare i de unitrampade stallen som inte är utfordrade i natt en kjol inkråm fisk och han är den där eländes värstade slösande skottmakare något ditåt petade en nujdel i klädet!

Så för den andra tryonen hade accaras hela möte det. Hur han hisade sin förstorade åra sin kortare och högg ölaren avsin hällare och la av för Fedlagulfia i ormbunkning, Från hans druidgalnadrömhrue tillbaka till Upplyst-på-Östersjön, från vår lunds runda jätteväska till hotfulla hjältar en wuje. Ugh!

– Grejhs, Taaffe, grejs! Interskojaded det hans frus hoppslut till bådda av dem varaktigt. Kom tillbaks till May Aileen.

– Jag ska lycka till det! blasfemångade den nurasande fusksvansen, i uslätande ursinnigheter bort med hans kamelhudsbyxor, hans raseris blixtljus kompiserande från hans masttopps ögonblinkare. Och visst for han långt från Afferik Arena och visst nära han natt till Blawland Bearring, bakar mässingssolen, smörad vare snöna. Och havet stimmade och sågen tjöt. Och, genomblött spygatt, länsade han inte

En paus.

Infernaliskt maskineri (serienummer: Bully's Acre, gräv försiktigt en grav) har således lämnat hinken tillbaka till billy från jack (upphittaren behållaren) medan det förbryllande garnet seglade i cirklar var det nu hög tid för det återstående paret kryppskyttar att vara anpassat straffade tills de hade, som den tillgänglige ölkännaren gjort, spritigt ingen mer kraft för deras armbåge, ignorinsares sällhet, därföre, deras icke att säga bössa bak mål, ingen alltför klokdårskap, stckars fisk, (han äter, han är spunnen, mjölkad, han dyker) nåller upp en lantörne äv lagstift som trållstav för att välkomna alla människor i bonafay, (och kronbladen han så har räddat från viruset han således har injicerat!) avkustadsjälv till dess Dublin bars däringa skyddspunkt där, inbrytande och inträngande, från obygdens döda hjärta, Glasthule Bourne eller Boehernapark Nolagh, vid vadärjort eller bianconi, astrayliensare på ö, en välkänd hög hatt blåst emellan hus av nattmössa av sånt där silke eller det skulle kunna vara svart siden och ett kiber galler släpandes sin hukning, medans signalerande gaelisk kulingvarning över Wazwollenzee Haven för att ge dem deras bäringar, ostligt cirkulära rutten eller stilfull central motorväg. Öppna, det är lycka ska ha det! Livbåt Alloe, Ingemans Sorg, Raphicka Tomibollen! Med ätbara valthornssnäckor och musslade jälgar. Låt smörblommeafton bli upplyst om natten i Fenixen! Musik. Och gamla Lotts har kul på Flammagens bal. Till Irinvakor från Slummer Djup. Hur de lyckades genom att uppvakta dagskljuset i räddande mörker han som älskarf ska se.

Affärer. Hans bästhet. Köpman hjälpen.

Bakomscenen.

Han öste sina år för att fånga mitts till dig i vad som är ditt som mittaste till hanssänt, giel som gail, geil som gaul, Odorozone, nu vår-lakej betjänt, som blandar rom, mjölk och toddy med jag lämnar över det till dig. Säga ndes vilkheter, se hans bug på händelsen, med ett pattedyr men siffra här, han plocka hönorna, hundarna och hästarna käring för kanin, med hans åtråhands en ljusbåge, räddad från dronkningar som de kunde möta, tills hans långa kubid, att dölja i torrt. Åsido. Dina utsäden förtennar kollapsen, skojare, trick mej slödder! Zoot!

Och med en vårs vindkast alicar guldletare och skrävlare med honom på en höft underifrån spjutriktad öken rosor i det där mullingärna snåret.

Återinträder Ashe Junior. Peiwei tipptopp, nankingkläde, pontdelounges. Ger lovande dag. Cheroot. Cheevio!

Av.

– Tag av den vita halmhatten (se, Kersse kommer tillbaks skräddarsydd bortbedjande skåda angelsehåla bortom Boildawlens snubbelfusk för rusningsirishar Irush-Irisk, dinglannde sin gamla Conan över sina topptappra skuldier så var, lao yiu shao, he ser mer ut som en novis på flåttan).

– Pricka av den där mendans het, du skum av ett hafsverk, (av Kersse vilken, som han visa sej vara, olyckligtvis, hwen ching hwan chang, hade hånat hans hallåande ett exempel på landets kostymering).

– Bind drulle som såg ruff och sydde fel, walesare, du en tjocks sugare, stock och juvret; och confiteor dig själv (för bekersse hade han huggit upp och misslängrebortade på det mest mångfaldigaste sätt för den där stackars gamla brons masthårda slöfock ett den vises mantlars, hur han pouligt hängde hoang tseu, hans egna anpass kunde inte nosa honom).

Kör: Med sin jacka så grå. Och sina pund som han pantade från kremerimg.

– Och, haikon eller hurin, vem gjorde du vid doyle idag, du min hästlige och dorksige adelsman. Serge Mee, suit! sazdade han, T-shirt Kersey Jersey. Och när han bryskt sazade dettta ryskt stod dem hela träningskursen hur hela det flammande raserandet förslättigades, från lammsadel till strimlande bord och från gnista till fågel Fenix. Och han tassade honom syrligt och han sassade honom smart, tig för tager, stropp för stripp, så länge som det finns en enzymklass på en kyat. Och de plira på honom skådad på bålet.

Och så var det. Hör och häpna.

– Samme kepsman ingenting hästar två vänner han känner går vart. Är detta inte effekt? Giga för gagga, frågade där tre nykomlingar till knullbutik på den enes ovanpå en drunkara som, medans ünder tillträde till den där impedansen, lika tre som de voro där, de hade misshandlat sig själva till sina hälsors förakt.

– Detta är fikus för cigg, metinkus, bekänd, mhos för mhos, dessa som, vore det inte för det där dialektricket, vore på punkten till obsoletering, och på gränsen till från Nilsens pelare och från Översittares statyer och från milstolparna hos Ovlergroamlius libitate nos, Domnial!

– Och så vålla mig gåshud, sazade han, szedde skinkan fastlagd vid den första rätten, återätande, all vrede och hosta med hans beauw på en velociped, den bortrövande Van-der-decken, sazade han, (så att hans pumpar må skeppa ohojdussards shandymound), den torrhårige highsaydighsaymannen, han ser där trevliga bogserryck ut, (hur du var, Ship Alouset?) sazade han, den bloedyxa blodade baltxebecen, som kryper in i vår råa språknavel genom hans räksmala klyk, sazade han, donkonfunderade honom, seglande efter ungmör, magjona jagandes polly joans drycker, och alla portnoysers hurss förvirrade honom, sazade han, tills jag splittrade i hans flaggor, sazade han, en till en, landsleute, efter Donnerbruch brand. Reefer var en wenchman. Man kan känna lukten från hans ïnvesteringsdräkt att han kommer från en strand av brutet löfte. Ska jag fråga var det där gamla myteriet finns? Av mig ska han få gratissparkar, i Bar Bartley om jag var någrs få år sedan. Meistr Capteen Gaascooker, en försäljningstrimmare! Eftersom han provtog mig stege, likt pulp, och jag skuggade hans fumlarum, likt hjälp, föll han mitt falls faus, sazade han, likt yulp! Det goragorridgorballyerade knuffkalsson, sazade han, med sina vrålfickor fyllda med potäter och sin räv i en mage, en ogilla sin kolvskeva Dublincuddliskdiarrhoea´s zirkus, knall fall död och döv, och det finns aldrig en teilwrmäns i slutet på Iselands register eller i helt det Skunkinabory från Drumadunerry till lämningarna efter Meccrass, tillhöriga, kunde mjölk en hingst i trastar främre fåran följeslagare med bredd att ett hål i hans berättelse och att detta hell av ett hull av en kulle av en kamelpuckels bak. Vänligast-fuskiast!

Ovanpå denna torra selencell (detta horn hos ett lunghalloon. Riland är i fara!) med dess dömda spricka i den gamla dammen ukonnen kraft iljud i det salongens herre, asom för en blixt salamastartad honom själv, listade hans tummelumpska ryggsäck och hörinatt för tillfället återsände honom, ambilaterallt alléögtpåögad, från deras uppleonerade lager till hans förtida gäster, de där gruppen av blekansiktenpå deras runda, tidsmarscherande och petrolerande hur, vem om de voro i överflöd på väg att förlora ett skratt (Toni Lampi, din fyrackare!) de voro abonnerade att låta det såsom så kopplade som de kan varanär de kände (O, vargen är på vägen, ser sin falska gödbook!) deras skämt kom tillbaka till dem, styrfarten för stallning, spökaktigt talat, gen och gang, dansk och dåre, liksom fiaskot spökade om sin första kliché (Trolledoll, hur försiktig och trolig!), den länge pratande, den fullt ut mobbade. Med den gamla sittningen i sina axlar och den nya sidenatlasen under sin armhåla, tjänande sin andning till sin stolthets värmeslag, plockandes upp lizodlampors, emberoze, sin svans arbetad med skum och yngel, och hela hans omfång, och hela hans åbäke är som närhelst det var han räddade en röd att rodna en rodd från den sfinxiga parken medans Ede var en väktare, innan kärlek en bisak. De hyllade honom jublande, deras gammaldags, murrainerna och valross, havsmannen, den säl som smörjer you lassers, Thallasee eller Tullafilmagh, vid uppnådd uniform ålder.

– Heave, coves, emptybloddy!

Och innan han kunde fånga eller haka eller kanta för att tillfredsställa deras såsigaskinn, Lumpenpack. Underbud var overraskelled. Såsom

– Sot! sode skräddarna mittemot sina gabbaloter, ändra hela det där setet. Stäng ner och skit upp. Vårt set, vårt sets alone.

Och de hällde dem beoljade på elden. Skaald!

Bråkmakare valfångstande. Deras är ett lektionslöst meddelande för gott och sannherrar. Vill n'någon varelse berövad att en passant återföra eller värna Hoveds politymester. Clontarf, en kärlek, en fruktan. Ellers för kods större ordlista, callen hem: Finucane-Lee, Finucane-Lag.

Am. Dg.

Rullning i fokus.

Vind från norr. Varmare åt muffinbjällrahållet till, Lull.

Som vår relevante Colunnfyllare förutsåg i förra månans chattande predikan, det heltförväntade lågtrycket över Schiumdinebbia, en mästerbyggare av verierande nederbörd och förebådad av sketna sjuknellar, (hör Kokkenhovens extras!) och omklådd i en oanvändbar svit av moln, som hatr filterats genom det medelhav av samme sväljares kennel på dess löneväg rikedomsvästerut och invasionerad en sotten rätt av låg vällust, till vissa delar förlorad men med lokala regnskurar, utsikten för bröllop (Svömmerskan Mandig) strålade bredare, hans förmpga god.

Vad händer dem?

Jättekrasch i Aden. Fågelflykt beträftar annalkande bröllop. Begravning av Lifetenant-Groevener Hatchett, R.I.D. Devine's Previdence.

Ls. De.

Äst thu gainous en sorts icke konkurrenskraftig! Begränsad! Anna Lynchiga Påhällbar! Ett och elva. Förenade Vi Stå, även många offererade. Glöm inte. Jag önskar gynnsamt tjyvdatum för storken dyrby. Det ska bli ett tusens ett vunnet rizfält. Och snart slå vad. Om salighets trummor. Med hapsalap tro och loven, hipsalewd prydhet, hoppslot honessy, hoopsaloop lycka. Efter när från midnätter framåt fyrabens harpkvartett. (Kiskiviikko, Kalastus. Torstaj, tanssia. Perjantaj, peleja. Lavantaj ja Sunnuntaj, christianismus kirjallisuus, kirjallisuus christianismus.) Medans denna pellower hans finish.

– Komhithär, ahoratius, thu mäktige man av mod, ålderman anpassad till Capel Ysnod och tsay-fong tsei-foun en tvättstuge köbricka tills jag har funnit dig en svär-missdådare, som ska bli din svärson, gentlemäns langare. Generalman, sjölord, gosse och bosse, hunguest och horasa, jonjemsumer båda, i sjömansteknik, szedade huvudet mariners skvallerbytta, varpå skeppets evangelfader sade i den informella berättelsen till makens tillfångatagande och antingen gör du eller måste han anta detta samma ögonblock, sagde han, så så låt lagda pakter bli varande betvinga dig, sagde han, vid mitt huvudsakliga provisorium, sagde han, en fisk och ett flesk, lika platt som, Aestmand Addmundson du, dit järn halkar och så humpety dumpt som Paddley Mac Namara här han är en härdig kanotist, för Banbas båda bröst är hennes nedsmutsare och hennes arbetare, om thu willst tjäna Idyall som thu hast seglat. Bröderna Boathes, bröderna Coathes, de har svurit blodbröders eder. Och Gophar sade till Glideon och sade han till den ogifte kaptenen, den öförskämde hunneraktige Humphrey, som bad gud om clothhildier av hans koffertskölds sju bossar skulle han rädda pågra spännen när hon uppvaktade körlek till honom, komefter, sagde han, min glädjetid marlupar, du wutan val, sagde han, in i vår fyrbenta ös skeppsfålla, välsigna masthugg, mardyk, luusk och cong! Bleke Neddos skrik! Och ingen mer av dina stympade akter efter detta med dina kowtoror och criadorer till varje volym, tjock och tung, och vår endasthet beträffande hans revelans till din altitud. Det illföljbara inväntandet på dig med det vinnande ordet lagt i hans mun eller om det blir festtabellen, som Horrocks Toler mestadels har brytt sig att kalla det, jag ska likbilsrepetera dina komunderlagningar och först mardhyr dig helt. Lika puck som Paddeus plockade vitsar och lämnade godiset omintetgjort. En Trinity domare ska hindra din bom. Pat är mannen för dig. Aj aj! Och han renade honom uppmärkshyllad av ouishguss, minglande ett tecken av cruisket. Jag påvetionde dig, Ocean, sagde han, Oscarvaughther, sagde han, Erievikkingr, sage han, *intra trifum triforium trifoliorum*, sagde han, villkorslöst, föreför förste av gielgaulgallerna och hjältehövding explundrare av klansakiltisk, sagde han, banderullarens mastress till havet aase cuddycoalmans och lät denne otrevlige för dig som en total agåtas och för alla pukkaleenerna till ditt uppvaknande, sagde han, ut från det helsinkska av hurdåarna och blir förbannad på dig, sagde han in i vår roomeo connelliska relation, sagde han, varifrån detta vårt löfte har givits., Tera i sanning tärnatrine om inte snart mot tusen liksom väntade kristna hymner till vilka jag öskar ditt gudshamrande, saelir, för som du fått kvold varefter en gooden grävning och med goodare säkerställ från osion bock avklarad agen färöar fejdade hailsohame till Edar i det att herren må farbörma sig över din säl! Anonym och awer. Spickinusand.

– Nansense, din snorunge? han var halltid avsevärt emot alla religioner övertro så varföre thokkurs pokker den bigga baggen miklamanderade stort lager exploderare skulle han vara gråssistsåld daaskojad av Prest Gudfodren av den sakrala jaktdräkt i Diaeblen-Balkley vid Domnkirk Saint Petricksburg? Men ör detta:

– Och här, aaherra, min efterblivne peadar poulsen, sagde han, genomgående, till den andre omnämnde skomakaren, mitt nyligen beklagade sponsorsskap, komsänd runt det där vinet och lyft ditt horn, sagde han och visa att du är en skålare för, vinter, vare sig du gillar eller inte, vi tog med oss din sommar och, tomkin om ditt liev eurekason och hans oupptakt av amerikle, the rolling forties, sagde han, och på min kvällsmat crepidam din läst, som Harris själv säger, att släppa in dig på någon röd dottrin, är den niondesaste skinkan av en man vispad svimandes i Dybblins vatten från Ballscodden östmest åt Thyrstons Lickslip till och, sagde han, (medans Lukky Swayns hjärta slaknade i sitt isskåp för att tänka över alla soorters smukklare skulle han uppföra sig i jutefris såsom förelöpare till henne) potatis skal åt vår gudasände Brandonius, filius till en Cara, make till Fynlogue, har han det fräckaste snyggt hos en jordemoder i huset, la chito, la chato, la Charmadouiro, Tina-bat-Talur, cif för din fob och en tesura i lager för dig, eslucylampa somnär vågsvallet ser sjöar sombren, som han dottar på av vilken levande plusquebelle, till barn och foster, soms lippeårs Totty-under gå, Nyskola, två tuttar till att vinna winnie vann, trimande tramit och roligare än rolig färd, med ett grus lika hårt som the trent of the thimes men ett stänk lika saft som floden dee i överflöde och aldrig en Hyderow Jenny som liknar hennes lätthet vid åsyn och du skuttar, rheadoromanserande länge evmans förgäves, beträffande lilla Anny Roners och alla de Lavinior av din ester och pläderande för dem till henne själv i det periglösa glatschet hängandes över hennes droppande säng, det är ett stycke tur om det aldrig faller ur väskan, och, när dedn där mallauran blir över till nästa gång och alla de pryda rossier är ute ochg klädparaderar och tuborna tut tut för deras guds ära, som fåtr varje Dinny att dingla sedan hon utför Darguldalen och (vänta under tiden, stormmusköt, du är marchadant alltför forte och börja inte furlana dina ladiner tills du har lärt hennes lögnaktiga språk!), när det nåntans är skållning och hon kan höra pianostämmaren bårtom vikvågorna i Combria isömnentalande till Wiltshens muntoner, tittandes ut genom hennes droemarfönster efter en som tänder en annans brakskit flyende över Ënglish strands wishtas, när Kilbarrack klocka klingar saksalaisance att Concessas med Sinbadare må åpång!), där vår dollimonde ser mr Fotunatur Wrights fantomskepnad sedan blinksamma Miss Bulkeley elskede sin förstörare och han tog henne för att vara en vandrare, O, och lekandes hus av elfenbenshemgift av guld och ger dig jord jag settpå mitt pris, som det är ett blått loogont för henne i en skumögd seusan om hon inte kan arbeta sina mireicller och ge Norgeborgey bra airiska tidur alltmedan hennes friska saftiga torva vänligt eggar upp älskaren med influensa, med en galltjutgaltande skulle sätta eld på ett Eribröllop, än mindre en gammal Puckelpopolamos med boomarpoortar på hans hjärna, hjälpen bukt sky och dy, aasbukividdy, tjugonio på hennes dussin och coocooa honom didulceydovely till hans gamla kraxkraxare hugin och munin för hans strikta privatöra som det inte finns nån ren rubin likt en uggl pöl rövare när din polarbira visar sig vara Bruin O'Luinn och dunka hans slup till en misshandlad pråm med hennes flätade väg för klubbning och, vare mej fagra fé, sagde han, äktenskapsfixaren, till Kersse, son till Joe Ashe, hennes trotsgrundare, seniga ögon och kukigt hår, timkin dunkande din Andraws Meltons och hans kärlekssång om det korta och lömska, att jag ska vända mina tänker till älskade ting och jag ska bara tala tre stycken ena, sagde han min sannaste patrioners goda fountrar, stakar en hamn och zoner isönder, binda upp i hat och repeterare i lyx, kan du förbättra din alltförblå prodestinerade mordbrand, tyler bach, after rondeller och donochar och den volymerade röken, fast dunket i hans snubbling tänder varning, och var han lade ut på disken där likt en Slavokrat bland sina skippier, vad beträffar att rida edervärt , sagde han, för att göra alldagliga Nanny Ni Sheeres en full Dinamarqueza, och allt som krävs för ligget, från hörsäg på monteyet med rummet i herberget ned till gaffelstycke och spännregel, (Ëlding, min elding! Och Lif, mitt lif!) det pirma-nocturmas privatliv, hopp, sagde han, vid denna nattens mötestimme, och slump, sagde han, och de första annas nånsin thried (mens Huppy Hullesponds andning översvämmad ï hans sjömanskista för att omnumrera alla mallyminakäras långa rullningars och rop efter hjätevännen emmas att alla hade en hamn från Coxenhagen till bordellerna vid Nilen), mens tagsljuset fortfarande glider in under kudden, (onda varsel om Kitty Cole om hon spiller dams åtgärd!) och innan Sjunger Mattins in the Fields, ringsengd ringsengd, bingar Heri the Concorant Erho, och Referinn Fuchs Gutmann ger oss *I'll Bell the Welled* eller *The Steeplepoy's Revanger* och hela Thingavalley vet för det dagas aldrig i mörkret men dådet får liv? och våldtäktsmannens brud är aplikt avlad (tha lassy! tha lassy!), och, för att flytboja hoppbandet som hoppar inom oss, är detta ingen timmertjära hon har därefter i sitt armskydd för att snygga till den kelvaggade, vår eldfängda drånning, vid den nattens tings natt då man gjorde dubbeltet uppstånd rörande övervakaren av storleken som kommer från det mäktiga djupet och som på natten gör Horuse till kriumf över hans fiende, med min hjälp klara av som så pluse rödsköldarnas rika, med Elizabeliza signande sängpinan, vid ska bligjortavet Yinko Jinko Randy, kom Bastabasco och hippychippa ägg, hon ska göra ett sumesiskt par och singlette, jodhpur krockar och skräddarlös, en köppnares krubba full, löv, knopp och bär, devlinens egan lilla manneken puss, (hip, hio, horatia!) för min gamle kamrhat saltvatten här, briganteengeneral Sir A.I. Magnus, flapperfluktaren, mästare till den goda livsskeppet Angreppets *Olivkvist*, och hennes härds vadmal, (Fuss hans fjärran fader var det nordiska nordöst och Muss hans moder var en limbehållare) och, såshamn eller fräsigt ankare, och ett skrovhemskt rensjunken manlighet, som (med en chenchen för hans nöjestid och ett snabböga tupplurad via hans slummer) han är det bettastë bluffiga blondspäcket hos en oleblåsand vad överspottat ett skelett i ett skepp.

Kraxfångad. Kutterburad.

Och Dub glödde denna natt. I segrarnas Fingal. Cannmatha och Cathlin sjöng tillsammans. Och de tre ärans skrikare. Ropandes sina harpor halvsedda. Surly Tuhal log mot dystre Darthoola: och Roscrannas bolgagutters beflickiade Cormacs dotter. Varendaannans själ rullade in i dess olesolesjälv. En dubbelmånads licens, förnyad munterhet, medans smekmånad och hennes flamma kaprifolade. Heligaryysland, vilket dån av klockor! Vilken strid av braguer på Sandgate där mötte bobbyn mobbade sin bibby mabbande genom kraftfullheten. Även Tombs lämnade dos och tonnage nere ï Demidoffs grav och utnyttjade de tvärnaglade hindren som Morty Manning gett honom och skuýndat in genom Spökstadens Port, likt Pompei up to date, med en kvist av Vitpojkarnas ljung på hans framlidne Luke Elcocks släktklenod. Och en del säger de sett gamle dumdöve med ett löv av brons på sin kappa så grå, myllrande sina kulörer i takt med reiret. Och liksom fraktansvört flått med hans halvkrona jool som om han vore Granjook Mecklen eller Paster de Grace på Route de l'Epée. Det var joobileejeu som Alla Sorters Jour. Frifräsare och offentligrangare, grepp på svärd. Dukunde höra dem svärandes hotfulla fördrag på Cymylayabergen, man. Och givandes det ut till den Gamle Fathach och gaphalsandes efter det Heliga Målet med en regnbåg för att få ned Tarars regn. Aldrigattlåta! Alltidattänkapå! Den största bethehaileyn seddeller hörd på jordens konspektrum sedan Bocken Syndaren, denne gafr, åt Suenders bibel. Hade vi inte himlens lampor att gömma oss? Ändå hade varenda gränd sin livliga gnista och varje gnista hade sina åtskilliga spurtler och varje spitfire spurtle hade sina handelstrick, en retning för Ned, krypinets hopkurad för Fred och en titt på mig klipp för Peer Pol. Så att Fader Matt Hughes såg totalt threbblad ut. Men dansken Danno barskade. »Deedär du ska annarsomsorg doatty lanv mötte de daggdofts härkomst till kanoners larm och refflors skräll ska sjömansvisa soloweys sjöng! För det fanns inte längre npgra Tyrrhanneer och för Laxembraghar var skicka över kopparhuvet till Vår Lädersteges.Och det var bara dunkel över högvattnen och det var dag över hela marken.

Sålunda spinner gator legender medans kajer väver skrönor men en del familjefejd kände ett hack i sitt namn. Gamle Vickers satte sig ned på deras skitviktighet och rätade ut ändarna på deras spetsar. Red Rowleys poppade fram ur deras hålor och frågade vad det var för fel på loppet. Mick na Murrough använde droppar i lager för att raka bort all ärttörne ufrån sitt ansikte. Burke-Leesana och Coyle-Finnarna betalar full bot för sina synder när Cap och miss Coolie var avgränsade.

Rullvåldtagen.

Med hennes banbax hissad från hållaren, zig för zag genom pöl och polder, billig, billig och Skrattande Jack, alla augurers scorenning, se Bolchen dina filmers rörelse och Kitzy Kleinsuessmein förlppåande för den där holm i Finns Hotel Fjord, Nova Norening. Där de drog ner kramen och de gjorde irritation och omst thu inte ser trivsam ut, nåväl, den där Dook kan syna Mae.

Han fick en nytt. Och hon spjälsängade en manege. Och wohls gorse världen ganna wedst.

Knock knock. Krig är var? Vilket krig? Tvvillingarna. Knock knock. Uppbvaktarnas uta! Utan vadå? Ett äpple. Knock knock.

Kilderne samlades, en sedan och ohindrad, (harfot, fågelhänder, fiskben, biknän), och de barneydanskade runt en katarina för att veta den vem och för att visa hurusom grymt. Varför höll du dig gömd, du moder av mödrar? Och var var jagad, pappa geväret? Pekandes upp not den molnfria himlen likt skeden från en fanjunkares te. Vilken var den värste av de där phaymix partners? Han har hörts hamstrande och hennes tro har ändrats. Varandes på gång, förefaller de samman för trots att kalkstensdöv för sin del finns där ett vindträdtopps dok som dämpar ned sörjandet. Men sägossdet allasom brasittarslut. Och ju längre det tar desto svimmande tumlar de båda. Han som vet han är just spännande och hon är säker att hon ska farhåga. Den trebente mannen och den tulpanfotade daggvåta dressen. Lludd hillmythey, vi spricker av nyfikenhet! Den törst han gjorde och det första hon någonsin? Peganeen Bushe, detta är inte polkaren, fånga som du cancan när höglandsdans! Och du Tim Tommy Melooney, jag ska tissla dina barentar om du sticker in den där svinpinnen i mig!

Så i balders och solens och den heligekrists namn, ogsobärpåsig, treköniett, samt genom att släppa anden ur hennes grosskopper och leda åsnorna hem med deras grepp, brysejåm en fålkåmröstnings plabbaside, alamam alemon, förgifta karlar, på denna Bedrägeriets kulle, och på Bedrägeriets höga plats i Isreal, som är Haraharem och diublinets ugglade kulle över gentemot Vikens, från dina tjärnar, thwaiter och thorp, kvistar, fjäll, strandängar och potatisblast, lundar, klostergårdar och dalar, måtttagandes det föraktligasom så ska är det lillaste, det myriohjärtzade med ringformad spole, eira area runt vantaanjoki, finne ovan våg efter duckaneddyka, handlar arm ett slungat skönhetsbälte, den före detta velikanen och nana karlikeevna, sommargrab och askende, Valtivar och Viv, hurusåm Store

Bil Brine Norumoter först tog sin lön hoa lill lolly lavander varade alltsedan då kapriolben åtrår en tranas lemmar och var det det tålfte eller årets månad eller hennes dofts fint som fick sjömännen att misshandla henne (i varje bildscen: infallinfall infallinfall). Till disgenereringens fertilisering genom vår kristianiserings neohumorisering. Då den siste lögnaren på jorden begeylywägledde skogens första dam. Fast Toots pardoosdunkade sauve l'hum-mour! För glädjens dagg i parkernas blomma på fälten av sjöarnas havsskum i det vilda storsegler från Borneholm har just kommit till krön.

Snipp snapp smorum. Inge fel historieslut godbit. Om en liten tripp trapp och en stor trädskonare för han sköt upp ketylen och de gjorde tre (för fy!) och ifall hec inte älskar alpy då grabb föraragar du mig. För hanigen med huningen hemsöker fortfarande ettsök för att finna deras hinnigen där For hanigen with hunigen still haunt ahunt to finnd their hinnigen where Pappappapparrassannuaragheallachnatullaghmonganmacmacmacwhackfalltherdebblenonthedubblandaddydoodled och en ostyrig person knarrade ett skämt. Gestapose för att avvärja cheekarer eller wienerkorvar efter lukten. Bra igen. Cuoholson! Frid, O wiley!

Sådan var gots akt att stega Doolins tolk, dränering och plantage, flätverk och smet, med du ska skala medans jag ska blekna och vi ska dra båten påland tesammans, testiklar taiträ och shenstone till pop och puma, kalv och kondor, under alla de gynnsamma (inkorporerade), chalen och hans chi, deras kringströvande över, gribgrobgrabba reining trippandetrappande (så främst skallst thu flöda, eljest ditt grotthår!) för vilken hon (inte gillaroch snällardig!). Till havslump blevdumpad till bumpslump en smulabädd, (altol..., allamarsch! O gué, O övergångsställe!). Kaemper Daemper till Jetty de Waarft, detta venusbergs hela vikt på hans lilla spjällseunuck! Honom den där store gamle mannen att bli såpass svårt med hörseln (innan sagt) och henne den småinta tonduren med knipet i hennes ömbytliga öga (som ser), Herre, mej grabb, han går med blåsfågel, leedy, plasheös ström. Men före det att hans skrikighet konverterades till en landsbutik var det en smujla theogamyjig incidens som lycklig-blir-nervös januari morron när han kollaborerade med rackaren på tiggarstråt blandst dessa edsamlade fenianers fionakungliga spel för vilka han tvångsorsakat en vågbrytares bro, vid Inverleffy, parande sitt engagemangs brygga, symbildiserande rivjäen och saker, dryga ut ysendt? O nilly, inte alls, här är den fösta kataraktionen! Som om hon nånsin brydde sig om en assuan dam om sina harpuner som helt sticker ut från honom vad mellan fenix hans skjutmått och den där psourdonoma slidan. Sdrats dig, Gus Paudheen! Kenny tänkte dig, Dinny Oozle! Medans stan läckte asfalt likt en förortsaurealis i dennes rure veks åt honom likt gamla bås, bås, bås, bås.

Interavbrott. Kolla eller dagdriv.

Enterruption. Check or slowback. Dvershen.

Varför, häxtillåtna under, vad o szeszame öppna, v görare s t gör? V dörrar görmen hur teng tingjarry uppsyner men detta blir blivande n z görare. K? Ett o. Det är in te honom som betalar likt en handske,skohandchinare Pad Podomkin. Försiktigt, anni piga, szszuszchee är slowjaneska.

Den åldrade listige mumieutfodrade förvirritärt överförsäkrade alltidförfallande accentuerade katekattershin, klappade, klippade, gissar kompis, tillbaks och utmed den danzande korridoren, när hon skulle pimpima honom, way boy dumskalle, icke utan hennes grottmäns komplement, mellan de två dödsdelande allierade avdelningarna och gränserna för färdigvarande eld av korkadigen uppstörrad, tagen i givande saluten, banda dina händer när du går in, bind dina huven när du kommer ut, och remoltkedade på henneskälvt i hennes livegnas heltegna ensamhet, ett väderpovigt smärt dreevigt släpigt tal och mönstret av så bekanta, långtutomlandare och behomianer, som hon sjuckert vet, skäll för en drummel, buu; nya användningar i deras mewseydimma. Familjen jammeson är en kock i hans hår. Och guinessarna är en rapin hans hind. Och Bullingdong fångar upp vinden. Dopp.

Och budskapet hon bringade underlag från frun skröt hon om att hade hennes vånda stannat överstorför hennes sari chemise, stansande hennes skiften för att hålla uppeskenet sedan kungen av alla dronningar kysste henne biförhäxade hand, huggtand (genomborra mej, snygging, jag ä full av meundrar!), hennes nylle likt en karsvans av måndagskläder, matad åt grabbarna med verksamma medikalier och hennes födslorätt stingande det som skulle splittra en atåm som de fyrtio nålarna i hennes luva, skulle fadra föraning en godapådej, att bergigt mots i hennes översedda klarspråk, från hans gärna ett vinn, hans heta och döda tös, att genomborra hans repförlöpta öra, hur, Podushka vare bönhastad, nu voro hans länders sådd uppvinkande och vakande och hans hysch vyssja vaggsångs sovsal (inled oss inte i reformikering med de fattiga i ditt blodiga tingadöme, O jämmer!), en gång efter män, tillfälle i taget, med de där Murphys puffar törstade hon med gnockägg och bramborrytårtan för butter smutsig kroppkaka lydige Mattom Beetom och tepsuta pfoten och om han önsketänkte att lictura hennes stjärt med storbystad chach från hans dauberg tillhål och novinys nyheter från Naul eller toplots prat från morrienbad eller en papegojpladdrares kur mot enseveliserade liturgier, ren är min sked och den mest välsignade skeden, det var hennes stund för kammarens ensallycopodium with love till minförlorade Panny Kostello från X.Y. Zid för att dårskapa billybobbisens gibits porzy punzy och hon var en lättsinning för De Marera att ta hennes vänliga glöd till sängs.

– Det är nu dax för min tubble, freflekterade mr ›Gladstone Browne› i tullhytten (koraktoristiskt från denne ›man från Delgany›). Dopp.

– Det här är mig vulkanit rökning, översvallade mr ›Bonaparte Nolan› under inimunnenkupp (man känner hur man härmed rökkoniserar den ›gammaldagsiga mahonagyan›). Dopp.

– Och denne är försvarare av besegrare av försummare av deformerare av deN skojigaste mannen i Danelagh, willingtonerad i med denna blick nerpå hans bruna och den som född bestörtade ligist lilla panel pars kukoljiga bedgränsare, tiklläggande; Oliver White, han e lika gruff som hon är trång. Och thisens hans prat ganska hest. Dopp.

I vördnad inför hennes lilleputistet damen av komallaera som madgestoo vår egen ens dumma betydelse. Prosim. Prosit till krk n yr nck!

O rom det är det chomicalesta ting hur det syltar till kasperteatern Om du skulle gemej ditt ting till mej ska jag spelgala en sång till dig. Stanna där du är nickedocka! Att få henne att gå dit. Han slog skyffeln och hon lagrade sockret medan hela pubens pöbel stirrade. På den mezzotinta väggen. Med dess krom för alla, krimm krimmar. Visandes hålltrekants arslen satta av Allmnacks män, hundar som ska rida med dem, hundar som hoppade på dem, otydliggjorda och tillkrånglade.

Så kateyen kom och kateyn är spel. Som så gängar snornäsa. Och den där bödelskvinnan som hoppade det dunneth där doft det.

(Tystnader)

Jo, vi har lurat thon tryck i dess glans så glad hur det kom från Finndläxers Jul till dagen och dess Hallå Tallaght Hora på kungens landsväg med sina jakthundar på Izd-la-Chapelle smakarett stycke av vattnet från den krängande Carlowmans Cup.

Det tellyvisar dess historia för sina hjärtersexor, en tolvögd man; för vilken har madjästky som eftersom han är färgad drunknad regeringstid fdamför izban.

Au! Au! Aue! Ha! Heish!

Då scenen ställts i ordning via utantillritual för grimm grimm saga om de fyra hyacinterna, den deafeelterade karpen och trumpetarens dussin av förälskelser eller hur Holispolis gick till Parkland med mabby och sammy och sonny och sissy och mopps skåjare förödelsen och bara för att finna den rätta platsen för det via kikaav skört eller spritsa ett gällt ljud när jakten satte stopp på marksluttarens chevyjakt vid denna blixtrande kärleksmakares späda vädjan till, mellan vandrande väder och stabil vind, ödeland fienligt slut, neuziel och gamle avgtryckaren någon, Mobbarmosare stängde borgerligt rusningen i allmänhet.

Låt oss propellera oss för fransens freya! Oss, oss berädda!

Ko Niutirenis hauru leish! A lala! Ko Niutirenis haururu laleish! Ala lala!

Wellingtonjakten storm bryter ut. Ljudet av maormaoring Wellingtjakt storm tilltar fuercilierar. Stormens smackasmakaca. Katu te ihis ihis! Katu te wana wana! Styrkan hos råtörnet är generellt känt över världen. Låt oss säga om vi så må vad en pytteliten Vekling kan göra.

Au! Au! Aue! Ha! Heish! A lala!

– Pauda Rooskyn, var de inte alla av dem då var och en på sitt olika sätt att säga kallade på den ene i samma stund hibernianska knektar undersåtar att hade, hälften för sällhetens skratt det är barbaras ett annat göraslutt slut när väl berättelsen om ett tublin önskades honom med sina oliv okolomber och sina kullar äger hänfördheter och Tutty sin tur i hans ingenstans yarkt. Det var innan när Aimee stod för Arthurgreven för figuren i profan och föll i onåd så galet för fylla fjäskar kompis. (De sa). Och det var längden i tröjan i det gröna av träet, där obelisk reser sig när odalisker faller, avgörande stöldsamhet är på gång och gladajacuer slösare på det muntra. (O mr Mathurin, ropade de, vilken topptung hatt ni är i! Och där aramni maeud, därefter sa de, dessa så from-fromma!). Och det var cyclum cyclorum efter det att han desajnat på korsiken och han ville grisa till honom (träd fram inför alla större Danskar), baktill, sittare och sidvis, och han anbringade (jag är häpnadsväckande sorracer!) den helade blockdjärve skukdradepojkens bdedd för fullhet, mått för messieurs, messrar hopmassade, (de voro sägkallande igen och igång och allting om igen, de louthiga meathborna, de ljudliga ängsborna, de usla mässlingarna, sex till ett, utom ena.)

Och de lovade honom förhöja skjutandet. Dopa.

Maltomeetim, alltomatetam, när en skröna sållar shome växellok knuffar till. Sen gammalt skulle de böna.

Bed.

Om detta mr A (tillalareik) och dessa tvätterskan (spräckelfärgad), fhronehflordad och avgiftsmatad, som hade till följd ivrig och duglig och en spindelsång sidan om, inget annat har sagts förrän nu, hans hemska dimtimme, hennes torra Sahara av ledsna eklöv. Och sen. Bli gammal. Den nästa saken är. Vi är en gång amore likt sötnosar som undrar omkring i en väld som friskgjorts där som med hönan i storynom vi börjat från början.

Så vapenvilam, den gamla vilan och nattonbuff vilan, grabbar. Torka är starkare än fraktion. Vinkel. Shinshin. Shinshin.

– Det var Granten, gamle trädgårsmästaren, *qua* gyllene meddlista, Publius Manlius, federal menig, (hans plats är hans affisch) visst sa de, och vi tänker markera det, säkert, sa de, med ett kolpinne manér) efterlämnande liberaloidern på hans ringa corpore-lezzo som hängde fångstnappad från hans återhållna andning, det var om honom, min fru och jag tror, att känna åt varenda yngrande frukter, ljuvtrosad som en atalantisks bröstsvall eller, ën andra kransning, ett ljust utlärt buktigt skimmerskak för hans plogs fåra. Och där som pickadillerna vid hans handledsslut möten vara älskande så lättsamt duvsolkade kanditaturen, mig torkar öga sjunker, från hans mjukkokta famn skulle bli uppenparad även för våra nullatinentiers illicterata.

Allt till vilket inte en massa snappade The Nolan av Calabasher på hans ibland evahjärtat fotognomist som med denna summa tagen var lika mycket uppretad av Sankt Bruno som det som han hade konsummerat var hans egen panegorik, och vilken tölp om detta om det bara var en pippappoff duva sköt den där gracegamla getrunnern, århundranennas man, bowlades ut av domaren, juryn och domaren vid slagmannens slag likt en häxlurad legat. Duperad.

Hans almonens varande i sidled i dispens med hans tre äldre gynnares hjälp, försynares guddomliga ko för att mjölkmata mleckman, bonafacies till solafides, vad som gäller vad all hans freudzäger eller vem håller hans hatt för att skada honom, låt kaninbur bara hänga med under varandes en försvunnen konsinent och låt annapal livibel snyggt och nätt pladdra en lude helt hennes egen. Och må vara att semiliminal lax dyrtbart anglad, inport och utport. En vapenvila för kärleksrop, dövad i krigskläder, Maleypåsar, saker och bleakhusen. Lämna brevet som aldrig börjar och gå och hitta det senare som aldrig tar slut, skrivet i rök och suddat av dimma och signerat av solitud, förseglat om natten.

Enkelt. Som muggen i mitten säger, varken brian eller noel, varken billy eller boney. Föreställ twee cweamy wosen. Antag du fick en vacker tanke och gallrar de däringa sylvior nära tystnad. Tänk sedan en stammare. Supponera att han är en störremästare Omnibil. Föreställ dig därefter (ballerinakjola typsnittet och sparka på bokskogarna – likt glada fötters dans) energiskt upp emot tre långliga lurande lobstarter. Omedelbar rätt för Will Woolsley Wellasmördare. Klappa henne, knacka honom, spela spratt med dem. Hon ska nicka otillbörligt leende. Han må tyckas uppskatta det. De är som piraktiska jokersmän säkra att paltipsypota. Känn oliverna droppa ut från fingertummar. Säg till dej selv (blommor har öron, höhör!) sålångsamt: Så dessa lindra Budlim! Hur då, läckra daulimber? Så persikad att mobba dig på detta sätt, ernt och enkelt, pigg och rask! Glanstid också, Mäster Faunagon, och hoppas din hahititahiti slickar apnötterna! Och igist terrorist ligist därtill ja, Donn, Teague och Hurleg, som oxarna bragte dig här och hur toxon mår du?

Vi vill ha Kropp. Vi vill ha Kropp Kropparen. Vi vill ha Kropp Kropparen kroppsligen. Där är han i sin Borissalong. Mannen som skydde vecken på Gereland. Mannen såm vann skrålandets batalj. Ordning, ordning, ordning, ordning! Och tufft. Vi hälsar på Tancred Artaxerxes Flavin att jämföra med Barnabas Ulick Dunne. Ordning, ordning, ordning! Milster Malster i talarstolen. Vi har hört det sjunget tusentalsgånger. Hur Burghley skalar rackushant. Germanon. Für Ehren, gossar, bråkapå!

Ett offentligt rus. Medborgar soldater.

TAFF (*en smart kille, en av de torv fria, trettio två elva, tittar genom taket mot en relevution av karmalivets ordning inan han hissade en nödfalls umberolum i via paraguastisk solation till rhyfel i hans huvu*). Allting flashade och kraschade suddigt moriartsky blutcherudd? Vad se, smörgåswalch? Berätta allt som oftast?

BUTT (*marmorerad yngling, klerikal utseende, som, när hans fläckiga munk, kan antas måtta den ledsna avgycklaren i tifftaff tåffighet eller att bli vänarad från alltid och en dag i hans noteringar*). Men då. Men dada, mwilshsuni. Till alltsom afton. Vidsträckt hav en pöl!

TAFF (*direkt hjälpande sig själv ut med kloakdrag med en hållkäft yuropa, sätter han upp sin håriga ärttörniga hare*). Menigt bitigt! Humme till våra bergting. Inkolla honom tillusk, unt, i hans jubilande turbulans, markstridisen, med sin jordens dag plats på hans klubb dags insida. Gerenal-guvernören i Baltiska amores laut-löjtnant, amaltehus för hamnhål! Utherdar paramilitant mordbruk. Ladarnas seglisar nocacont palignol hinder ridner. Skalsläng och welltass och telltuss äghom! Slunga Stranaslang, hur Malorazzior spetsar henne, myntandes att spika ett snack! Inte det setaniska stoff som slammed mjuk Siranouche! Den fina gamla vapenaffären monovist för manoenklar. Tinktur så jäklar! De gjorde ek hö fö' Chang-il-meng när denne man d'airain var stor topp tom saw tippsida luffare boss tusenskönefyllare. Ajakulatera! All mark lätt! Återsamla Bruyant den Brefes glödringar när Mollies Makehal-peng tog hans ben för hans tumme. Oc h må han vara en våra drömmars alltför orädde en som vi förgät vid uppvikande när mamma raserat ut haltakärlek och dysterfrosten kylt ned yra! Plats. Sjung ching lew mang! Gåupp, bobbysnut! Låt oss höra till minnet av Holds bräsering!

BUTT (*släpigt från sin blossande därsom hans smutsgamla meditiöverflöd, slår på sina ärttörneavkoppars släng weiroheito långtörne, fått nog av Aerins kornoljor, mens hans skratt gnäggar banck likt de där blottarsinnets strålar och hans lipponäsiska vardagsrumskil illamår*). Ullahbluh! Sehyoh narar, pethål sann! Manhuvud mycket smutsigt av är anoyato. Likt gamle Dolldy Icon när han kokade upp sina ägg i bicon. Han gotovittade och mej gotafittade och Oalgoaks Cheloven fick en fudden! Kokerska gamla pitschobed! Mädchennachts molodeztiös belaburtar den där pentschmyason! Kärr lågland och damm rent, sar, gam kant'e! Hans mjuka skymf, virke bakom. Medans bocken biter hans dos bidar hans harta rosen tills hans bukts skutt ringer varningen.Sålockar såbarkar. Han var enmivalluppedrad. Krimensk stil. Med alla sina kanonkulor wappent. I sin raglanrock och sitt malakoffierade lampbygge och sina fernissade roscianer och sina cardigankoftor blustaggade och sina scharlakansröda manchokuffar och sin trädfärgade camiflagga och sina perikopendolösa gaelstormar. Här hyr veckor skönhet! Obriania är berömst! Från Karrs och Polikoffs, männens syndasbekännare. Seval shimarar behaglig tidsbetalning. Mousoumässlingar bockskulle se ut. Tilltala och gilla.

TAFF (*helt perssiasterssiarerar skakunderstridslarmet vid hans vagnshörslar, hans utbuktsbländande stjärnstirrares razzeldazzlande fullt med ögonen, fullt med kulor, fullt med hål, fullt med knappar, fullt med fläckar, fullt med medaljer, fullt med blickblackplumpar*). Grozarktiskt! Paddlebens! En hel del plaggkille! Insekter motbjudande, lågt sorl klang synd. En billig bulvan! För djup förstör! Säg mangrafisk, må säja nej por daguerre!

BUTT (*om han gömmer bortglömd har glozerings minering färöiserat bland skoogarnas floror, hans spenderade fisks likbleka smajl som ger alladiverse den dopades bumfit*). Kåm ni alla Wymmingtows kjolar som betar kalvarna på Man! En björn som regerar i sina himmelsynglade konsumtionsskrudar. Hyrd, rasande, idegranslövad, spannmålad, ballongerad, hinderstångad och voluant! Erminias slängkappskragade huvaman! Först så s s st stiger han. Sedan st sta stannar han. Tittad.

TAFF (*strick struck strypning likt aleal energisk Lublinbo att merumbera mwed hjälp av kryssningscykeln som kämpade Attahilloupa med det som förgiftade El Monte de Zuma och misslyckades wilnaynilnay att han var armhävningars lada i Krumlins minskt innan han var poppberusad in i vattekanens munkst,gör emtets heligapolygon på pomadafotrmare, en aning längre, en aning snart, en letteracettera, oukraydoubray*). Guldskuttare, han är retouriös vartenda party! Lyewwskyn så så sydd äv en fitchid! Med hans walesiska uppfriskad. Och hans boney spöke skruten.

BUTT (*efter sina ironier, med rosenpoker utpekande i rutene två oframkomliga abjekt bortom dimmodimma mot Lissnaluhy såsom de Djublianska Alperna och Hoofd Ribeiro där som han och hans trulås må nånsin göra ett spel*). Karhags fält och det där blåsta träden. Glöm inte det fällda! För Oghrems lomondationer! Krigsfull Doonflodens bådem. Här hårig glunn. Fasanaflock? Deras feery paas. Tak! Med gerillaman spjutig likafattig att klä prydkysserars spratt. Och polarna gömmer sig i lagård. Allahblah!

TAFF (*en svartsiare, han eftersträvade att regulekta allade spretningar för frun i livets slentrian genom fnöstren i beläten gråtandes efter de tomma bladen i derasfamiljesvält till gammal anständighets avslappnad från överdrag*). Oh bastionens dag! Ah, gruvord mord! Eh, selo moy! Uh, zulu luy! Bernesson Mac Mahahon från Osro hysande näsa damopa för weetha prolettor på hans swootha kringstrykande!

BUTT (*tillbaka till hans peatroleum och paump: vingel Fittas lilla vila; inga fler äppelhålligång: dodewodedook*). Bruinoboroff, honungsmånglaren, och den gråspängdaste manmikaelen i Meideveide! Vars årskrönika livar det hissade! Ty han devouserade leliorna på det finade och han konfortade gröt, fnask och hendalsmän ut från en otäcks stjärttrumma. Vakter, liveget Finnland, tjänar vi alla!

TAFF (*vadvidd psykofannerna vid fronten och wetwadd psukofumbarna skyldig rättvisan, illsäkert, mellan hans bulkrichuder och roshashanaralerna, där han ser Bískop Ribboncake pluss dennes tumme belönt gå framåt under sina visitationer av hägring eller Fröken Horisont, justså alla våra fannacier läckrade henne, på lättsvängda kurvan; blottläggande en showknuten limbulofi till storartade bestörtningar*). Avslö ja! Glanstid, kittyler, och hurstårdetill, pan! Flottstjärt och dragrumpa. Se att vi soll eller låt mörkman vara luna lika trångmål en väg som din myras dårskap mig linje mens thin post går ifrån Pipande Pubwirth till Hemsökta Hillborough på hans Mujiksys Zaravence, Risset, Rosset, lalla Russers sur, när min farst är nära att höra och min lutning är mött att sedona medan min helhet är en jämnlikes glorior. Vi skulle säga du färdig iller. Bang på cannabislöv, garga i gurglet, rappa på taket och din flupp är uppkn …

BUTT (*när hans akt signalerades den som tycks splittra hans innermals menodi, som spelar spolens lilla bruna skuff kring hjulet på hennes whang mjölnar sig*). Buckla, buckla, blodstänkta Boyne. Bimbambombumb. Hans knäppare sköts i Rumjar Journaral. Varför fnissningarna han gled besågad honom.

TAFF (*tvingar med ett dubbelstop yogacoga symfoti på benen eller elefenbensflicka och ebenholtspojke*). Balacleivkan! Trovatarovitch! Jag trumblar!

BUTT (*med hammaren av en skära men en hummers humor. O, hurorodier genom hans forskargulade, fumfing till en fullstärkt med denna vältrande doft*). Mortar martar tartar wartar! Må hans bouler växa större så hans kägelspel förvärras! Den åldrade monad riskerade en satsning på invedstering i mordet. Jag sett honom agera stigning vad som beblinkar kroksabelsstjärnan och äskgrå måne. Vi deras ljus skallsthur kasta honom! Piff paff för puffpuff och min pip för hans cgar! Mlachy sättet att spela.

[*Upp till denna kurkskrov bind en beundransvärd verbivocovisuella framställning av den världsbedömda Caerholme Tävlingen anordnad av The Irish Race and World. De hopträngda och levande stallkrossarna har delat snabbfotad entusiasm med sadelplatsernas utmaning och diken tarerar medans stallängorna kammade marken. Hippo-hoppskrud helioskop flammade winsorplatser som portarna måtte se... Meusdeus! Detta var (med brinnande törnbusken) mr Twomass Nohoholan för deras gemensamma bidrag tillfredsfunktion i innebörder av underhållning berättande för Högvördige Fader Epiphanes helgedoms syndaförlåtare vid Sankta Dhorough (i brun kubb) hur (benhus dom där är ett bonum i din osteologi!) Bakbensmitande kapplöpnings kenneldar. Den helgonartade forskarens ugnsstekande flatskratt av nuvörsaturligas vrål när denne metan exkomologosis berättar om kastanjens (ännu en gång, Wittyngtom!) absolutiskt rumptihumpti framgångsfullhet. Massor med töser och gåssar utan damer eller pappor, men friska och slösade med insamlingsbössor. Man borde spara malmer bagateller. Som ska stängas; det är Coppingrar för barnen. Sliskige Sam hård med dem, fysiskt presenterar hurejjämförbart moraliskt frånvarande, slöade omkring i sina skurkiga diamanter efterfrågande Gmak, Knox och Dmuggiers (ett segelfartyg för era tankar,gräsmakare!) att däcka oduglingars ess. Tomtinker Tim, hur som helst, hans oavlåtna följeslagare, (siarna är Samaels siare men hiarna är Timoteus hiare) äro i Boozer's Gloom stamtavla, soalken stadigt i sina sulkna tält. Baldawl förbannelsen, baldal dagen! Och klänningarna av chica fårskallar i sina felslagna inempel! Du förstår: en chefssmed, semperala skandal stinkmakare, ett mittinäste från Casabiancat och, naturligtvis, mr Fry. Barstjärt! Förlåt inkvisitionen,causas es quostas? Det är Da Valorems Dominicala Bröner. Varför hätta denna konstiga huva? För att det bland ingetsomhelst cirkusdanser ska uppfatta det dammningstvättade poltronaget av den förlorade Gabbarnaur-Jaggarnathen. Pamjab! Store Jupiter, vicken var duns? Lycklycklycklycklycklycklyck! I det är Tusen mot en Guinea-Krusbärs Lipperfulla Slipover Cup. Håll hårt, ridsaddla tuttsmärre Pitsy Riley! Gurragrunch, gurragrunch! De är vid vändningen av fjärdedelen av hindren. Vid Xristos hrosset, Holophullobefolkning är en kulting av exkrementation! Luffarstånd! Emancipatör, krimanjägaren (Major Hermyn C. Entwhistle) med dramatisk effekt reproducerandes den folrm av berömda fäder på scvenen av den förres triumfer, visar ut örnens väg till mr Whaytehayte's trenne köp gelder Homo Made Bläck, Bailey Beacon och Ratatuohy medan Furstin II och Den Andra Flickan (mrs ›Boss› Waters, Leavybrink) alltför tidig vår plaskar, visar upp ett rent par barn för Enormpater. Sinkatankar att oppna här! Till denna jungfrus tofs, vid denna gyllene av händelser! Jag sökte aldrig på sinkatänka. Vår lordmayor han är proformigt irriterad. Han är shankligt tankligt skakande i sina schayner. Det ska bli brevi follteedde. Denna kusldröm har erbjudits dig av Bett och Tipp. Tipp och Bett, våra byteskomiska vackchansare, in* Från Topphål till Bott nenav The Irish Race and World.]

TAFF (*medvåten om att de första sportrapporterna om Loudin Reginald nu har blivit eftertankfullt kolliberade av en sviktande spurts blixt, tar den skopändade riktningen och, för retandes olusten på tiomor efter ornangultoniens gripenhet, ofrienter via Sagittarius mot Draco on the Lour*). Och ditt halsband carsstar honom, piraten, med Boyle, Burke och Campbell, jag ska gåchansa ï strängbens grav. Du hade just tänkt ett läger läger läger till Heliga Gravsättningens mars via armeemonders reträtt med pojkarna alla rangerade, ströendes jättes hagel över den fördömda gångbron, kompisföljd utmed rutten av likets stanker. Säg åt köldknäppens terroth! Om det passar dig, snyggrabb! Perfedes Albionias! Tänk lite impregnerat tänk, som Teakortairer satt öveer den Galwegianska kaftanen främrenär Orops och Aasas voro skooldrenger och mikromakreeser! En cframåt rörelse, Miles na Bogaleen, och iväg!

BUTT (*smygandes sina rockärmar över sin grupp fårkött skuldra för att ögla jemtlemannens mera liv när han känner doft av anggegeten jajamen bokam hela deras scoopkinas desperata nojs totalålder och förklarande arumpigt hur awstooloo var valdesombre sänkandes hjälte och han var i ett nördigt gods fåfiar en erixtion på den såsjufaldiga sidan av honom bortskämd apriori hans popoporportiumare*). Yass, zotnyzor, jag tror inte jag gjorde inte, värdig! Aldrig du broder mig för jag spanar det, tänk dig! Ichts nichts på nichts! Störste Schtschuptar! Jag lurar rådamen i schrepzens schpirrt. Av alla harneskar och alla qwerminer i tragedoerna hos dessa antimyror deras grandopera, den där sånen till en siktare, med hans sebaotpolletter, rökande sin skandallösa vid hans båda ändar! Foinn duhans! Jagstortänkte efter hans obras efter en annan tid om kliandet i hans egondoom han la benen på ryggen djärvtsläpad från nån sårts pulversporocher och tittandes efter stolättsam för att nemesisplotsch allafranka och för att salubretera sig själv med ett ultrabajs himmelskt massad vid hans bas ett överlägset pompskepp i kör de förgångna påvarna, de högnördiga och allaverred dösar, och när jag hörde hans fräckasnack receptande hans billiga skiteri gospedar till santry och sintry och suntry jag trodde han bara var haftara havande eftersina brytaframare men är det vardagliga Churopodvas förrän sedd bestört över hans skräckfärdighet sedan jag var drickandes med bara nåra få heliga verser lurande off för fjorg för min femte fot. Av manifest är detta lydnad och den. Flöjt!

TAFF (*fast det unglucksarsnara är gimande för att få tag i honom, krafsar in, högligt ligiös, hapagudknä, likt en soldiär sav, med gädda vid hans replik och en tyr i sitt öga och ett band på sin rygg och ett krax i sitt skrik som gjorde jätteglad skada lutad över honom*) Det är inte enskurk som skulle. Vapen, vi grunnar, sorgemons sång! Vilket getöga och fårskrämsel de kände mer än väl. Papist! Gambanman! Ta kraxrädens stöt! Yia! Dina rapphöns räcker!

BUTT (*ger sitt oranguseriade sting i erkännanneding av denna cumuluskick, bombad från branddiket, plitslögt dråbbar ledning, satoniseelar ajdåouchy, han växladecorer induniformer mens han lämnades puffran ut bfrån det stora: hans anlete glöder grönt, hans hår grånar vitt, hans blögon blir bronna för att passa hans kultiska twalett*). Men när jag ser honom i hans ettskepp fånga utmed inom stormskur denne fraktansvurt höga med sin nitshnykopfgoknob och försöker likt en brandyloggad oartigman kathargisk, rycka upp och lägga ned hans livspäls så förkrossande lik Mebbuck vid Messar och giftandes sitt gamla hudfulla jag topptilltå genom att manövrera iöppen årdning döe att förnymurarera med kovägarna i deras himmelsiriska trivselbondska tackade jag att han återvann andning efter nån sårts herdeockupanter bortom kadavren och jag kunde aldri nånsin yttra en liard story inte om jag visste prizet om från bly eller underhållsbidrag. Men när jag fick inockupering av en fullt ny av hans gamla basmedelism, i ackshan, pagne pogne, av de svängögda ljusen från de stormtruppande molnen och i heroimens stridsyxors lyslåga och mitt bland sköldfelens nytta av sorafimens bitteraccenter och fångade pvåldsamma tlukten från hans öronhörsel, orangustank, en soppskalle sjöspänd, likt Peter den Gräste, altipaltar, min debitering övergav trohet (gut bull it!) och, ingen lögn är detta, jag var babbande och ändåigen bubberande, bibelpöjk, jag marrues mig grillspett jag gnaas mig fiet, släng släng släng slå det, solongopatom. Klumpmild om nånsin missbråkad, måste använda ditts nu! Men, mea colpa, Arram av Eirzerum, som jag älskar vår Deer Dirouchy, bekänner jag med återhållen stoltsjuka när jag betraktade Sauren av alla haurousianerna med vikten av hans arge föllin på honom från hans tommucks resor och rueckenasedade en arbetares öde där fanns fruktan om mej Nuads söner för honom och det var tung han var för metan det sätt jag minglade in min Irmenial armenier ammonglödde sit Gospolis familjärer till, achaura moucreas, ja had int konst att göra.

TAFF (*det är ett aktum att, benägna hur sådana skogsmän från Burnias förförde vischan clowner, han fåreslör barangaparang after att ha gått vetandes vad han gör efter att sett honom plugga välförvirrad som en mordeffekt, du slår vad om din ävsugna kniv, innan han dås sås, fast han är soppresi*) Grot Zot! Du dålde inte gjordeontet? Vott Fonn!

BUTT (*hörande nånrannan plötsli ger tvåtree vresiga sniff snoff snarkningar likt govalisera falsksömn väntawhistade han att se mäkta han rörde till och därefter faller i kuldrum som om utan att be om frfred eller varkensåmhälstsjuga en själ*). Merzmard! Jag mötte vilken som de var för sent. Mitt öde! O hat! Farväl! Förvållande av stönet! Och tänk på det när du inbilskar till trångsynhet.

TAFF (*som undertidensom på garns avstånd för att därmed placera en nodje i poestcheren, genom en list av stoccan hans hand och av rooma göra bir fående umptyumer samladerad utanför skattert, hade slösat, lagan om fyrtorn, ord av tyst kraft, susu glouglou biribiri gongos, ovanpå den utarmade talbrickans gästgivande rättighet, tackar gemig och linnenierade normer oförhindrade, det kan inte råda något tvivel om, har resulterat i en bordsdukerad oaktalanta normer, kan det inte råda mycken tvekan, har resulterat i en annan godhets momstchancet jänstgörande, du milde, att se*) Bompromifazzio! Arslet för Pa-li-di och oukosouso för gossdandyn! Trink uipp denna skopp och var djävlitt orafferteedad! Att bugga vid?

BUTT (*han torkaborts sin skorsstens phot, liksom läppar kärlekskrullade till tungöppnaren, tar han upp förnuftets nattvardsgång i händerna på syndares förlåtelse och därioftare centelnaturligheter som potifex mixim värd med haruspical hospedariatik erbjudande ini hans pauser något saltad bacon*). Är skräms Knud i denna knarrande warld en fullt så Svend som utvidgas för förbättringav vår naturs kräfter genom din mycket rikliga referagerandes lösningsmedel på mig likt är boesen jävel.

[*Den andre bortglömmade missbråkade i Mullingarien är under denna swischandesyn tejlevisionerad. Hur den fiktionsbara världen i Fruziansk Krämarterium är urladdandes tunga furser och behagligande sigsjälva med amfetaskinkor. Neatschknä Novogolosh. Hur spenat rödhakar tatuueras upp för antigreensts andra ankomst.Hebeneror för Aromalisk Fred. Hur Alibey Ibrahim önskade Bella Suora till en helig kryptmas medan de Arumbianska Knivar Ryttarna yxrättade djävulansker runt jehumissfären. Lär Nunsturken. Hur Gamla Yales pojkar fattar beslut för de kunniga Nya Flickorna, aldrig eldande, alltjämt begiddar, aldrig för kompis för att låna ut,aldig att äta sellerier oc h aldrig att lägga till själerier och aldrig att myra sullerier och aldrig att hjälpa sillerier med sucharov med slöadigav som Burkeley's Show är bråkallakomdit. Telefon för Phineal förmogen eftermorrn och din kårtlivade är en roselixion.*]

TAFF (*nu sedan han passerat bocktornsstocken från Colliguchunas Peadhar Piper, alltmedan de alla bältar pottor till dubrins larm för gamla daddam dombstom till tåmb och livmorsa humbar lubbfiskar agamade, skymtar agam, ser flyktigt igen, reser uppför vägen och hyser uppför kullen, och finner din pollyvilliga foncey slungande ingler i parlern*). Eftersom du är för veringretorik säg ditt stycke! Hur Buccleuch chockade de rosande girnirillerna. En balett av Läcker Kraft. Och huv och av likt en gow! Och lev inte ut tårars sårg, piddyakvickt! Inte offgot affsjöng är du, bådebach? I förrgår inget avslut, hay? Vaersegood! Spänn fast! Sägjasik, Bally garry. De fyraxtjugo soculumerna är seuppdukanskekodar att kyla skovelguars bluff. Harkakompis, hyckla! Tingsman platsårar hoved vemhelst nåågoon anpasssurrar klingeltingeldellad. Shinfine dåd i kärrets pors tvej fainmän stod upp och slog, fria slavmän låg öch lurade. Tuan om vadfrågarduom! Före nys-sturmdroppar! Det ska bli en rptrevlig förändring, arrah, sir? Kan du komma det, budd?

BUTT (*som i sitt gudsförgätssökande hoarth,alltid mer kelande med sitt finniga spurk, är en niallist av den nionde hemmascensgraden, godiset i hans väskutsträckta övre sticker av allatwanst, vidgud, för att han inte skulle utmana sig själv, vegu, ångesht*) Som sagt som slille. Det var Kolporal Phailinx först. Hurrasäkert, toff! Som sagt som skulle. Det var Kolporal Phailinx först. Hittit tillhörde en annan tid, en vit orsdag där madrilen mötte bulgarn, sbogom, ojustnu utmed cirka den första dagjämningen i kalendern, på Khorasons slätt om thu gångar från Bekels berg, branta Nemom, elva hundra och teraty och två år hur kråkan flyger slut i dåd, efter en skärmytslingars kraft, deras blodigens och godinatt, när vi siktar bestarna (*häck-häck vadsnack om wraimigt wetter!*), fuktigt månfullt datum man påstår höll dömesdag död med, och högögavar i Reilly Oirish Krzerszoneska Milesien isärst Sirdarthar Woolwichligor, goda tomnycklar åratal ibland i Krimealainsk mur nånstans i Ayerland, medans mig gråtandes stillstumt över Eastchepts färskhamnar och Marrowbones dinglande strumpeband och oförvägnar mina wapping styltjippon på Bostion Moss, gammal stätta och ny stil och häv ett hopp framåt. Och vinn igen, blaguadargooser, eller syflissa dagen, spela get, banshee skalare, om moskaterna vet whoss whizz, den stora dagen och den druidfulla dagen kom San Patrisky och den storartade dagen, den excellent fina storslagna långa angenäma skålvärda cylindriska dagen, gå Sext av Nionde, äjer mej e och kommer och var bli till tidsfördröjning är i det soms sagt i Alams bok att pelardöda alla de Erins företal som gått brukg. Men Icantenue. Och incommixtion. Vi var lågsamma ungefär tills vi hade tagit ut efter de döda slagen. Så jag började studera och jag visade dem snart dagars anledningar hur att ge kalla handen till dessa blighty försvinnare och la en ö ver slagen. Alla kompisar han ser ut han kallar alla kompisar kom longa villa avsluta. Toumbalo, hur var jag acclapaderad! Från dom där banjonasarna på razzian. Yrsla upp mig anti vaniljer och gå av stissarna mig tanter. Boxerresande och coxeranvändande. Och svepande en johnny dann för att exercitisera mig själv aldrigdestomindre topkatterna och hans kringströvande patroner, helt ut över Crummwiliam-muren. Vare varför det var mig som hackla hackla.

TAFF (*allt för att låta sitt tinder och blixtar satts att beheissa i feueret och, medan durblinigt obedentia till skivisars felicitas, Alltjämt smolkande sin fulvurit turfkish i den falskspelande narväron av laddioser*). Bondlurk hur hur, övers? Den strider deltar inga buteller avskiljs. Skullru int hjälpa en komp?

BUTT (*i sitt mödosammiga tresdobremient, förnimmer han en bitvaliknande en stats baddelfall men faller ett slagförsjö en borrlefull med naken*). Och mej färskröckligt omegrimer! Mellan mig rassocitioner i det postblytungiga förflutna och mig avkåpplandes med eftertrycksnåbara fruktlösheter jag har en butell full med stympare i mig buzzim och medörs rinner lucka, blymig, då jag nu med plutonisk permis återfaller i (hur sjutton kommer de tillbaka till en för att rosta!) min missionäriska post för all de gamla goda bojarer som nu dunderringer i walhallaskrik, mig alma martyrer. Jag dringer till dem, bikorn upplivar stubinläggning, och du lättlurad adjutant, även där dess belåtna skitful, med frånvarandes wehrmuth. Djungelmän i enlighet, ger jag thig vårt stort swooren, Theockupant att Ångraochhemsk, thrownfullvnern och alla våra kungliga dyrkare med arrestering av hela invånarna av Neuilands! En kort mun. Och en välditgoolapnu! Mingamla attasheesar currganerna, (om de kunde få en kick vid denna tid för allt som händelsade oss!) Cedric sade Gormleyson och Danno O'Dunnochoo och Conno O'Cannochar det är detta var deras namn för vi var alla under det där sättet barrackare på Kong Gores Wood tillsammans, thurkmän tre, med dom däringa khakireinetterna, våra myladysar i sina toiletter, twum plumyumnietsieter, Vjeras Vjenaskayas, av gamla Djadja Uncken som bar en ett stort märke för att jinka och junka, upp genom livmoder och värme hos poservän, vi var, och charmen hos deras lyse brokad. För lispias har en orm i ögat men när det asiater eld norone bildskärmad. Hjalp, hjalp, huzzarer! Reds ras tryracy! Fritid är fri! Upp Lancesters! Anathem!

TAFF (*som fortfarande känner att himmelsdoft heroinerar som underhållsträdnade han som de var sinuorivaler från det solika Espionia men använde nödställd med hans plånböcker ii dendärattacken vid bråda Bakerloom* (II.32), *förpassande den oinationella sanningsstrunt i utjämnande ironi över de månghackeralledade infructuositeter av hans flinande set*). Revbenet, revbenet, gamla bördors hora, Sinya Sonyavitches! Din Rhoda Cockardes som är redo att omfamna vår rödlätta inflammerade värld! På deras fientwienesiska biribarbebesätt. Tills de har slatt knut i sina tringrar och kokar på sina garvanden. Whor dor ligger penisen, Mer Pencho? Är drämhuvud räknedödligt eller gonorellt hugg? Akta dina pugher och keaoher, om ni piggotar, kärr! Gör nöten, dingbut! Bli en dag! För zahur och immerfminnes! Sjung i körerna till ethuren:

[*I den heliotropiska nolltiden som följer på en transformerad Tuffs bleknad och, avvaktande dess viseversion, en metenergisk återglöd av strålande Batt, bairdbordet bombardemans skärm, ett smakfullt styvt guraniumsiden, tenderar att teleinrama och öka laddningen av en lysbarrikad. Utför fotobacken i synkopanska pulser, med pollares myggkvist deras teffgräs, missleddtroperna, glitteraglatteraglutt, stöttad av deras carnier ventil. Sprutpistol krattar och splittrar dem från ett dubbel fokus: grenadir, danymit, alextronit, nichilit: och skyttarnas skannande eldfläck som korsar de rödlätt illustrade sänksöndrade linjer. Shlossh! En gaspel vapenvila läcker ut över caeseina hinnor. Där mitt i en fluorecens av spektrakulär mefitisism caokulaterar genom inkonoskopet stealdiligt en stillbild, figuren av en kompisgrabb i den velige anden, jesuneralen bland russuaner. Fantombilden exhibiskerar hans uppdrags sigill: stirret hos Himlens Son, Izzodela Calotticas girtel, Michael Apaleogos kors, Jan av Nepomuks skosnöre, Powthers och Palls puffpuff och pompom, Gorman Martytologens stora bälte, band och spännena. Det är för kastoförskoningarnas lerlikvakas gådstjänst. Körkherden: Varsnell att intsexa snack över dina rädslor, vänligast till infanterist. Hll smthngs gnwrng wthth sprsnwtch! Han förbigår sina stirrar för att han medger föt alla sina tellaviciösa syskombarn. Han blockerar sina snarorför att han bekänner inför överalltingare sätter han alltid upp sina senaste faengrar. Han bakifrån sin mouder i med ett svärd av huggtand eftersom det att han erkänner hur öppten han brukade vara i att öppna hennes howonton han brukade underinga henne. Han buntar samlagdränna sina manucuper med sina pedarrester i det hänssendet därför att han erkänt tididgare alla sina handskakommenheter och bakom alla hans trösterier. Och (härär kan'te komma tebaks och säga hans kun'int stjäla längre, jisses, cats kommer bock stipendier han kund'ent hålla sig vaken) han vidrörde detta träd av levandes i mittenav gårarden för eftersom därför att han bekände det på Hillel och utför Dalem och på platserna som de spetälska bebor i stället för stenarna och i pontofert jusfuggading amoret kommmer han nu att tänka på det överlyckligt väl ruttengeneröst ölyövyöver den gamla krassliga butiken. Pugger gamle Pumpey O'Dungaschiff! Det kommer att finnas en hön kollektion av honom efter äftånsong på Hanars fältet. Dumma ner er, plundrare och gangstermän! Dtin, dtin, dtin, dtin!*]

BUTT (*med en gest expansiv av Lhugewhite Cadderpollard solrosat knopphål stoppad på nära håll av postsäcks måndagsism vid Oldbally Court trots fräsidensitet bock långt från hans melovelans säger hur när han var snabb markering sin första herre för kremerig hustrun till hans bothem var själva grabbens sak att föräldra hans bakom mig*). Prostatates, pujealousties! Dovolnoisers, prayshyous! Försvar under alla utsvävningars omständigheter ingen kyskheten daffar! Packa piketer, plogar och hosta att bli förlamningsruttnad! Var på äpplet, pressa, om att inte glömma eller bara antyda dig själv för att höder prace! Korrigera mig, pleatze commando, för kosacks skull men jag a vsvärjer mig det. Inga fler basquibeziguer för denna påle aprikan! Med askormils eskermillas. Jag hade mitt billyföll av ankiga glädjor under hela den puckniga tiden på rått kött och julianner med deras lammskit i mina njurar och mitt baggsmör i deras engelska revben, knäa henne, gör henne och tremanna henne, när den osiriska cumb dumb likt valen i fjorden och vi plundrar spelare och nyper fredsrökar, skådisar tomiatskyners alla, för Fader Petrie Spence av Parishmoslattary att gå och lämna oss och det krimslutna daunet att skallittera på darkumannen (scen som signerad, Slobabogue), utfodra och sova på hugenotterna (den ombonadste spalnielen är där lijonet är tamt!) och plundra volationer över allbegeneserna (sanda oss och sankta oss och låt som en pistol!). Och ändå stilla i allt, spott för spett, som vi skanderar i Söndagsskol'n, varje krigszon kläddare kaddier vardagsrum i hans snapssäck och såvida inte avnoterad blir jag tankspröd beträffande rugimenter av savaligerad skogsbrand jag var spelkompis viljepolare och sänd oss victorior med romaner och browningar, dum, skvallerbytta och curry, och allt som ät kul hade jag i den där fanagans vecka. En sällsam man som bär en tunna. Och här är en gåva av megg och tegg. Oc h eftersom jag lever av att tälja nortoner. Och dedt är järn som passar bonden, ja. Önskebågen! Regnbågsrumba! Sedan var det helvetscyegna dagar för vår vänner, de lojala leibstrarana, och vi var de regrävuta rårekryterarna, snyggingar tre och söta därtill, ett väsande harf vi på våra obärekneliga öar, vi engrishar, ett långt blått streck, jisty och kraftfull av durck rosolun, med hand i hand liksom Homard Kayenne alltid jiggilyjoggade omkring i hans vindögda kurage när våra uppvak(t)ningar hos slinkorna blev vin för en sång, tsingarillers zyngaretter, mexans Woodbine Willie, så populär hos papirosier, vår Chorney Choplain, blåade luften. Sczlanthas! Banzaine! Bissbasses! S. Pivorandbowl. Och vi rattade in för att höra märsstångens översta novialitet. Uppför svirandet nerdränk rinkerna och allsidiga almistiper! Paddy Bonhamne han fruar! Encore! Och tigg för tagg Togatogryck! Mina drömdosedagar D älskade du över all stress. Blåshål toppofficer och pojke med stövlarna av och vårt knippes karlakarl och allt. Det var översittar väldigt bra, tromej. Jag var enbart en berövad utan mina hundben men jag gav inte till en humptypenny dumpty, ving eller vang, snuddande dessa sålundengagerade Tanah Kornalls slaviga generaler, jäntors delishor, förkunnande sina mycket flankerade rörelser i solmålarsnår. Baghus vadkriget! Jag kunde alltid ta bra vara på mig själv och, ögontråker och öronväckare, böner om regn eller kominationer, brydde jag mig inte om tre tankrars tutande, (sham! hem! eller chaffit!) för vilka könslor som helst från mina livsprivata delar på deras reptrograd leanins eftersom jag har Deras Högheters bås mina respektablars sæurers systerskap utanför Lyndhurst Terrace, den puttiga Misses Celana Dalems, och hon genom att vintillverka sin druva kan bjällra tro och loven rörande sin allians och jag vet att Hans Herighet, mina respeaktabla mesdames överstar på Mellay Street, Lightnints Gundhur Sawabs, och de skulle aldrig som aiméer av bevarande överge mig. Inte för ertt lata liv, stallspioner! Inget kikande, pimpadoorer! Och, jag har vid Jupiter aldrig gått fel eller låtit honom döma till, riskfyllt jåbb ruskigt moln, i spetsen för likvakan, upp kom snubbelluffare (ni gamla föraktliga!), hans yska dlinbnang, i hans cigartetts plumpheter oreformerad och han gick före honom i att enhälligt rangordengång med samma gamla domstölds story och hans upplämna den nedfallne som storligen ska bli klappad (vitsidor gör hans skögg!) och jag ser hans brichashertä offensiv och hans bondtholomas vadnskinkaochägg vis a vis dom där schökolöparna och hur dom gav honom kärlek och hur han tog avdelningen från oss (avskyvärd hans honom och hennes flyga flyga flörtation! Bara sjöjungfru maddelerande det var det han var!) och mitt orland för en rolvever, gräsandsflock, via fåles spluntrar och propp går fienden må Percyrallyt ta mej, budbärare, (lika sant somderas en Almagniansk Gothabobus!) att blåsa det storaratade från hans övre ess. Dettatag det är migast! Och efter meath dulwich. Vi gjorde uppror och, vare de horiga synnotternas kåpplärkska, innan han kunde säga trissairrapistol till parrylewis, jag stängm, frun, likt en vid ärm. Hump till dump! Tumlarhävare!

TAFF (*kamelkännande att sedans de har gett bron en nuhlan är den volkar skrytkvädne på väg till havs vermilhion men alltför belevad inte ignorerandet ozemljaheten av denna rifals förfarande, i en ansträngning gentemot autosotorisering, utplanar sig själv till förmån för idiologin alltid bejagande sin heffaklumpiga puckel från homosodalism vilket betyder att om han hade legat amain för att snaska sitt gillar-arsle! – han må poppa lilly en ung en till sin härd – combrune –*) Ohelga skinkskiva, jag är en troende! Och Oho eran översittar-nyckel, bragador-guneral! Den stora ohållna spindeln! Det är ett namn att kalla till honom Umsturdum Vonn! Ah, du var slutare ventil och segrare belägrad. Aha ras av bisterköpmän notination oho av skorpskyttar.

BUTT (*mirakuliserande in i Dann Deafir stridsrop, hans bigoter som ilsknar till, skakisinju triggar skiteri kelgris, skriker han sin smäll och fi fa ful finngurer uppför högaon i deras ars!*) Blodig-grummelmynning! Han ska forskengra inga fler gravar inga horn notr stamgäst, lou varulv, för gael geseller i döda mäns kullar! Kaptan (backåtsikten till hans blottade!), Hans Kombulenta Embulans, det svikna fyrstjärniga Russkakruskam, Dom Allah O'khorwan, gåtmanschett.

TAFF (*som, sågåttsom kan, me' hjelp av jösses och dennes blazhen maika, har sulgurerat för sin egen del alla de syndens skärseldar praktiserad i misslyckan att plöja de dömdas theogonier*). Darrarmej, mansgeten! Och namnet på den Mest Barmhjärtige, Aweghosten, den Gregciösaste ene! I snyftarlugn och i sober civilhet? Och för alla hans mäns avknappnings smutsighet? Ickeså?

BUTT (*maoment scoffin, men apoxyomenligt avturbannad men deras bleknande fördärver ska till efter att ha gjort en regelbunden onanists ljusgårdsdag utifrån den euforiösa hagiohygiecynicismen rörande hans tärning och blir diadömd*). Yastsar! I sabeltand och sobre saviler! Se non é vero! Att han lämnar njet är min grafe. Han kärade mig att till det och han uymanade mig göra det, och bäddattla jag görvågargjortdet som Cocksnark av Killtork kan berätta och Ussur Ursussen av segerrik anstårmning med alla skallrorna i hans arktiska! Lika djärv som dårhusa en tjur på en ängar. Knutpiske Knittrick Kinkypeard! Olefoh, fiendemiende tiders sourd! Unkänd! Cför när jasernom, och tolfoklokken rulloch över hela vårherres land, hävandes upp det där snyftet av tunf för att kräva hans, för att wollpimsolff, knubbivafan. Ay, och untuonande hans kuloton i en exitoös ersiskkunglig Deo Jupto. Vi denna färålompning mot Igorländare! Prronto! Jag gav ett dubbelhack och jag upp med min kräkla. Speggör! Med mitt hur på armer och en pil träffar ben kukchock huvrobin. Sparro!

[*Splittrandet av etymen via grisandet av krossandet av slipandet av grundandet av den förste lorden av Hurtreford explodetonerar genom Parsuralia med en ävenmerentorshorrorbuller fragoromboassitet blandvilka allmän yttersta konfusion är märkbara moletoner skapandes med målekuler vilka coventry kuksugningar sagogudmodersigskälva i Pinkadindys Landaunelegants. Liknande scenator projektiliseras från Hulllullu, Bawlawayo, emperiala Raum och mördern Ateme. De var precist klockors tolv, middag minuter, inga sekunder. På nån sittplats hos Olddanelags Kongekrig, vid gryningen i Aira.*]

TAFF (*snålaresålares, hans över hela cromlin hopsamlade ull vad med birstol pojkarna med athena och det är hennes tour och det fulltutfyra femeldsarmade spruckan servisen och och deras dämd-dämd kammares porslin*). Varalla thulampors uppiluft! Shattamovick?

BUTT (*dragandes ensista stark daniel med åtminst huund vid doorak medan alltför större än benådning smärtsamt diminuendgör hans muns problem, gemenheters gemenhet, han blir, allasviktigt, svag*). Heltsäkert! Som Faun MacGhoul!

BUTT och TAFF (*despot slav insats och fiende feodal frigjord, nu en och samma person, upphölls deras rätt till en smula medans var förbryllad och vacklande, misshagad av skuggan av Gamle Ersssias magiskquammytiska mulattmilitiaman, den som lever ge nom att äga över torvans sörfare vilkas välde fega gunstlingar hade orsakat att avslöja, som, för skamlig för helvete,under kokande Mausesers brinnande brandmärke, faller han via Golls guide, men iverglad av åmstindoghäterna hos Parkes O'Rarelysi en hinder vaktad Cicìliansk conserton av deras fonngina snut gräl, skakade allesammans händer, medan S. E. Morehampton gör ledighet för E. N. Sheil-martin efter Meetinghouse Lanigan har omfamnast besvärat Vergemout Hall, och, utan att tveka eller mormor eller blathrehoot av sophsterliness, pugnate löftet om fiannaskap, propp till propp, med en vanesvänged oudchd av festprisse och bestman somalltutfallskänsla manflatar av det likt råvarupoletter mot en cococancankakakontium*). När gamle den wormde var en gadden och Anthea först ogäckade sina lemmar vandrarplunder var sättet trä svängde där väljare och benägare voro samuresta twimber. De hade sina muttrande murgrönor och sina mordhande idier och sina multnande irisar i den där muskot dungen men det ska bli ljusa plinnyblommor i Calomellas svala berså när magbåls babbeltorn bränner och tjuter från korpeniduvan. Om dessa lobade hans huvuds kön och miigs äter hans trubblares läckage är han dansande högklackianus till salivsidan och visar utför särdena. Och han ska köpa köp gå gullande geller med sin carms, itt silkes och sin honungs flossim och jessim medans migochdigs spelar lancifer lucifug och vad är duff som en beatle för användning gör blyg kusin korollaners grimasvetare till liten, Så till menigen knopp-liga skott än stigande germinal lät bodley tugga sin ilskas fett och badley bidade sin tubbs slit.

[*Pumpen och pipans pingare är idealiskt rekonstituerade. Putter och bowls är peterupppackade. Alla de närvarande är determinerande vad beträffar framtiden för deras förflutna frånvaros stårdettill som de måtte se vid lyssning kunde de en gång lukta smaker genom beröring. Att borde finna en värden för. Den måste överlistningheten. När ex vad är ogivet. Som annons varest. Rangbåge. Blink.*]

Hållkäft. Och knopp gick ner bra rätt. Och om han sjöng dumb i sin spegel mörka tal lyste ansikte mot ansikte på alltomkring.

Högröstagitantisk. Vice versaljudande. Nämligen, Abdul Abulbul Amir eller Ivan Slavansky Slavar. I alldförvirrsalem. Vad beträffar vem den större skuldfjädern var det Hercushickningars omsårj att örföra. Skönhets bad hon är bunden att binda betraktares och stolthet, hans rening, har plats fastställd i botgörning och lagens eget förtal lyfter och förlamar det låga med det luftiga. Var av de husade! Medan Hersey Hunten harvar de kullen för att fräsa de där uppsluppna skälmarna från, regera dessa utpressar stojare från, tygla deras stenpartiska ritter från. Strövning.

Nattklossetted, trandsatt segerstavarnas käpp. Efter deras batalj thin fagra famn,

– Detta är försant tillräckligt på Solsidanöarna som i Moltern Giarmany och från Amerlakimernas iväg att bakdatera till motoriserade Egyptsianers land, samtyckt från hans öppnande inför hans inskådare där var som en oxmanutang tjuvstannade uppstallade den välfödde ene, de sju dagarnas herre, överherre för satter och solar, alla solar satter somligger i ringen av hans system av satter av hans solar, gud av närkampsfallen vishetsfylldbråttsling, som (han förehåller) hangstrar, som (han återhåller) hersirrar, en vinst changul, ett myntsystem vidsträckt, tynger avseende skjortor, öycklig med skift, toppsidans uppuckel mage ommellan hans üppgörelsers kompis, Misto Tee wiley Spillitshops, som håller vakt i Khummer-Phett, vars make är An-Lyph, hundens blåsa, uppvärmare av hans soffa i förgrunden. Vi alla. Ty hela män är spetälsk, har varit inget annat än undrare i den där kyliga barsligheten som är vårt sanna namn efter allfelarnas (lurads lycka åt dem!) och, vittnande om kärlek och lögn detektorer iI enyvarieteter, vadantingen drogsanningen om det, var där ett jota av från det fausta till det förlorade. Och det är som mest förskansenligt ett omstörtande av varje ock ilkerman av oss, jag övertygade mih själv, imför Guw, gentlemän, så sant som detta är mein kopfipotta grenslad på dessa är mina styrelselödare.

Det beställde, mumlande hummley, hans sju öppningars runda lokstall, av allt, skuldskrikare ellerbrottsmimare, att bli sagd av, torsknoppar, råd för, fri från gracias, slynglar bifogade, tävlandes dem, om de hade stabiliserat Jura eller när de hade skyndat Messafissi, make till din bättrehälft eller bestman ditt självs botchaälskare, hur kommer sig alltid en kropp i vår skräddarsydda värld att själva ut dettahans, varthän det ger ett pimeum nobiles för vår notomise eeller intet, den snabbfisna vridningen från ubivencet, varom är mänska, den gamle lagbrytaren, annan mänska, mens han är densamme. Och fullexmplifiering. Pajnterna i fråga. Med en del överrinn. Och kräkpåsar att visa han är hurtig. Soppan står på!

– En tid. Och en funnen tid. Näri jakande var en fejsslickning. Och tarikierna höll blötlagd sowansrätt. Låt det stråla en friskfrej. Och de sodhe gudhe rudhe brodhe wedhe swedhe medhe i kanddletrumman. Jag har just (låt oss överåska) läst i en (undertryckt) bok – det är oaktfrestande av långa och begränsade åtgärder – den senarepressen är i högsta grad körsumbar och tidningen, så hakade han ivrigt på, har knappast smörats i arbeten av tidigare publicitet helbit i angelägnare tokfan skulle jag grästäcka åt sidan för pasteurotionering. Packa papper pinar vemsom är heligt skriftligt tecken. Den som spänner det slänger det som måtte, om askat, ha hjaelpt. Nog, emellertid, har jag läst om det, som min gode bedste vän, att förebåda i tidernas brådska att det ska beberömma den största möjliga spridning och ett renommé samutsträckt med dess meriter när som instucken i säkra och fromma händer under ett så uppbyggligt uppdrag som detta, kan jag se, som är hans. Det hans förskönande med expurgaterade tallrikar, fyllda med information och ackampanjerande den aktiva passiomen, slasksmäll, whizkrasch, skrällskramlande från kevad till dåtid, som jag just har sett, med mina varmaste venererktioner, av en timmersam stassdel uppilandetlivare, (Vakt plassera staden!) alladessa evigösta på det där idiotiska sätet, innan denna tidiga vedhuggares ordmakt, en mästare av vinjettiner och vårt findaste grovsmed bland alla deras goldsmeder, (och, shukar i musselsoppa), så splunderligt Engelskt!), mr Aubeyron Birdslay. Halvståndbrachob, mordbrandskvitter och välvillvärt en behandling! Bismillafelaktigheter. Men hasarden du bad om är rimligt alltid bakom hans befattade kast. Dessa ledsen pour ledsen forengistantare, dammigkluven stoftrost! Chaistolar. Det är som nånting, ve, aurorböna i denne kamrat, hamid och damid, (hade han ändå Hugh de Brasseys skäggglid hans hapåsig gruva av antik täckmantel) som skärövrar detta såmhälst persian vilket vi, skyldig, realisinus med purupprar en penisgadd. Där finns bland andra pleasoner som jag älskar och vilka är favörestade för sinnet, en som jag har tryckt in mitt finker i för rörelseblicket och, men för min sigillring är ingen till hands det svär jag, hon är högligt katateristisk och där finns en annan som jag har fumbligt fingersatt frikveentiskt och, när min signet är på gång igen svär jag, hon är djupt sagnifikant. *Culpo de Dido!* Arsch vi säjer i klassierna. *Kunstful*, sa vi andra. Vilken korpaktig skugga! Vilken duvlig linje! Inte kungen av denna tidsålder kunde rikligare ögonfesta i oreillental lång-vaktshet med alternerande nattfröjder av tusentals slag utom ett slag. En shahrry-arsk skomakare på mig när jag ljuger! Och alltmedans (när jag fittar min glidande panel och jag hör kraxkrax) jag har varit idylli turmbandes över de löösa hand-loovars lygblad otvunget jagglad på lamatoriet, som är min detta är, då jag måste förbinda mina läppar att felfejs för olycka, oftast, så långt som jag kan tjansa att minnas från de några vekkor sedan, (så mattsköna är denna selvischdischdienence av att inte vara förmögen att vara tvungen att tvingas hålla ytterligare någonting än en sten hans slängda frukts fall!) när jag, om du kan ursäkta mig detta informel-la nedledande av illuttryckbarheter, upplivade gentemitt Naturens Författare av de naturliga synderna som ligger gobelimnerade sina framför mig, (hur olikerade med de konstgjorda Eonochs Cunstuntonopolierna!), de må vara vittrade av ett allmänt golf format, bebedyrad, eller blommandes emrodnande sig skälvas un-derbehov av några huggtorns dårskaper, är jag uppförankrad funderande på mig själv, med mitt nakna jag, för lindrande avsikter i vår sannerligt virrvirra vegeta-bilaum (trädgård), jag ibland, kanske, det som rättvist sagts om gamle Flannagan, en likvecka från detta eller jagarframåt, med en del chock (skal jag så göra det?) har (när öpp mitt takfönster och jag ser gökgök) ett begrepp ganska ofrivilligt vällustigt av att jag snyltar ägenblöcksbilder som vid mummummellmåfåer av ut-vidgade renationer från fiksliknande faser eller skyddsrum i bakomscenerna av vår jordvall (vilken rovinande rysning! Vilken dödlig vävstol!) som detta är, vid ingen rumslig tid behandligt som avser att konförråa kronologi om vilket faktiskt, vid trots av att jag har förringat mig själv till mitt glada givna insektarianska namn, lyckliga byars vila skulle göra hemljuvastad happygolucky, mitt tidigare måtto, som jag gör anspråk på, snubbes lastbil, myntade jag, Jag är högelikt pälsad och djupt glutenerad att minnas bakersta hjärtan att se via deras ljudligaste rapoorter från mina treavlade bajsdelar (shsh!) som, colombofiler lika väl som corvinofober, när jag har remasserat mig, mit travlarjag, som från de Magellanska molnen, efter mina avtalade utgifter, genom perofficierna av merlin, jag, mitt kära nån, jag är, jag är stor blåögd idealist.

Han landsatte sin berättelses bark; satte till make och vin: och harpmästaren berättade för alla de levande naturvårdare, känn Meschiameschianah, hur att vin-na en vinst var inne igen. Flyga det Persokungliga. Med alla ombörd, padar och madar, hal och sal, känslan av Ere med Irans duchtarer. Amick amack amock i en mucktub. Qith det mjuka loulouser och gryfftgryffygryfferna, på Fenegans Likve-ke, Vildemännen. Uppspolad vit och levererad rhätt. Ljudlig beröm för hans lå-spuckel och bebryggor på jonahs! Och de winxade och wanxade likt baileyfyrar. Tills vi vuxte upp äldermän.

Från vars plutibust preförsvårad, av baskatstol teologier (där varnära på ektoritet hjältinnor i att alrashid arthurankors draken), de voro vemlikt plaserade att säga, i frågor avseende ducomans ingenbar ena, med björnars respekter för honom och tjurars bekräftelse (kom nu, flickor! för bort, O kära, vem som än demonterande och plockandes honom isär, hängmatteknullningar, med diskriminering av hans majstång och ett gnugg vid passagen av hans puckel, drogeriers närvaro, front, faeces och fridsstol: 1) han måste dö det, skalbaggen, 2) han sloghonom själv, trågs fisk, 3) allt alltid pelikanen jagade med sant förtjust uppvärmningsplats eftertänkt sedan hans toork mänskliga liv där hans personliga lågt hyrde ut hans territoriism, orenoret under den självdolda bessernatur, var överge i sin kalkgrund och lumbojumbo, 4) han var som Fintan före floden och efter att stundom alltför bannad endast ofta på den räddade sidan, såg han vore, 5) beträffande att fittiatter eller kvasisjukerande han wassand inte bättre än han skulle ha varit innan han kunde ha varit bättre än vad han försäkra sig efter, 6) blod, mysk eller hasisch, som sövd, diamanterad eller inbråttsplastbit, och bledknar honom från alla klororinn ämnen, ner till en benaska bittstoff, han är, tink för tank, samma gamla stoftbelopp på samma gamla tennomslagstråk leksaksklass, pystutteblinkrunkare och falskväskvindsbristare, vare sej fästa däck på Danelope pojkar eller svaja fris för laurettas, varhelst hinkbrigaden och pluggfesten säger, tochant Rum Tipples Arsle och hans kamellotteri och lyonessplundring men med en lekmans brutalstyrka, vid Jacohon och Esahur och alla de kullerbyttor eller alla utfall, det vi varna att höra, jeff, är skogarna med kvittringars skrin åt singaloo sweecheeriode och smocka till honom, den gamkantade skurk.

Grupp A.

Du har skämt (en skinka) leende lyssnandes genom (en skinkgris) hans upphalade utdrag ur John Whistons femaxlade produktion *The Coach With The Six Insides*, från Tales of Yore om gångna tider innan det fanns en hövdikung eller ett hovting eller grisiensäck i Oreland, all själ såld. Går Tory av Eeric Whigs är Att Bli Tintinerad i Fearsons Nattlig i Låt Alla Vaka Tegelfejsta I Lucan. Alouette, gentille Alouette! Med tirra lirra rondineller, jagandes vi gå!

Attention! Stå still!! Lättsamt!!!

Vi diffussrar nu bland våra älskare av denna sekvens (till dig! till dig!) den daggvikta sången av niktergalar (Alys! Alysaloe!) från deras skyddade positioner, i rosensceneriskt dold hödynga, på ljungsidan av waterloo, Mount Saint John's, Jinnyland, varthän våra allierade bevingade med skymningsfolie från Mooreparque, snabb fristadssökning, efter Sunsink gäng (Oiboe! Hitherzither! Nästan stollig! Jag måste krascha!) att hälla deras frid i partiell (floflo floreflorence), sötaktiserat lättergayl, twittvinn twosingwoolow. Låt varje ljud av ett tonfall ligga stilla i en resonans, jomcrow, jackdaw, främs och andra med deras terce som whora imllom dem, nu full teorb, nu hackbräde, och när vi pressar av pedalen (sof!) plocka ut och vokalisera ditt namn. En mamma. Du fader Golazy, du bara Bare och du Bill Heeny, och du Smirky Dainty och, mer samma som, ni fandåresenairyaner med alla era batchtrumpererade pidestaler! Vi är gluckgluckiga i vår tillvaro än så länge lyckligt lottade att, skäll och yla nära med Man Goodfox inklingningar hat upphört till ögonblicket, så tillåt våra nocturnefälts klinkare, nattens skönmozteaterkonst, deras Carmen Sylvae, mitt sökande, min rottning. Lou måste gnälla för att kyla mig luftligt! Kringla mig krulligt, drillare kär! Må sjunga det blomstra (i underbeståndet), i körrus, få det att blomstra länge (i Nöten, i Nutsky) till torrus! Hemligu Uppkrokad.

– Rövnar Ljudbraks, den där usle gamle samfen! Hur hög är mutsig, var?

Till vilken ja han gjorde, kapt, detta var svaret.

– Och hans kartkorta i samlas tropp dess färger! Vi känner hans buktaaliens.

Vilket detta detta ringde rippripprippliing.

– Galgal! Jag ska villandevelande. Du skallst snopp. Du skulle skulla som du skulle remesmera. Jag hypnot. Detta är gyllene skärans timme. Heliga månprästinna, vi vill älska våra mistlars druvor! Nattfjärls är problemet? Pschett! Tabariner kommer. Att fälla våra rättvisaste. O gui, O gui! Salam, salms, salaum! Carolus! O minsann och vi vore! Och huvtröja krax var ïnnan. Jag svävade från persikpik och Missmolly visade också sitt päron, upp till tre och iväg. Vad biet beträffar deflorerat gröndig gräsbeväxt gulhäst. Kematitis, cele our erdours! Jaröstade du, ögnade du, såg du överallt på sådant sätt, på sådant varför, kuslig peruk luftigvuggare? Även till världens extremitet? Dingoldell! Det enormanoösa hans, vårt lillnaste lillna! Kissa kissa, denne långe alancey ene! Låt sitta på denna myrstack för vårt kråsklännings snack efter denna dag av glättiggörande inslöjade hjärtat inna vår grynmiddag serverades till oss Panchomästare och låt harlekvind spela piptomin upp alla våra colombinationer! Vinner vann är ingenting, kvistar är också noll, tricks träd fixar nix, mässors fruktan stoppar vid intet. Och till Arthur kommer igenus och sen patrick är han är reformerad vi ska ställa honom samman ett stycke, ett steg. Aktier i guinesser! Sikten där är tjusig! Säkert gosse, grabben tårfylld! Store Säte, hörde du? Och lär honom svindlarna på iriskt tungomål. Redo grabb må också gåh. Skynda på, asp; ask och idegran; vide, kvist med ek åt dig. Och flytta din berätta om. Det där är inte trevligt, skälsnäckedam! Anta vi försöker det lägtligt. Älska alla. Nejsejmejknut tennis! Håna mig bedhandlande! Men säg nu till mr Eustache! Ingen mingen måste höra. Vems skarv är utom svartsjuka nu? Varför, himlakroppar är ondskedjärva. Hoppande Artig, atlig färlig! O berlesk mie, vilken nerv!Hur en mans i sin rustning vet vi sköterskor. Hängsläng sparka, stackars söta Nelly! Nån Poddy gropade in, ska anny petty pulla ut? Kalla Kitty Kelly! Kissykitty Killyjelley! Vilken nossuggla vråk! Men vilket snyggs ung geler!

Här alla löv lyfts i luft, fullt med springning, föll skrattandes över Ombrellone och hans parasolder med sina svarfta tronvakter från County Shillelagh. Okunniga oövervinneliga, oskyldigas immutant! Onzel grootvatter Lodewijk är oangonämnd före jordvivans bro och hans twy Isas Boldmän är mött blåögdklockorna nära Maskroset. Vi tror det är en gorsedd skam, dessa gudomar. En citrondamers lärka! Ett gömsle för apelsingulamän! Du är bakbens sårad, knoppkleytt herrn, bester av boyne!

Och de lämnade the mest livliga av lövtider och det mest lövverksenösa tills där kom munterhets skratt och alla skämtsamheters jangrapparen och de voro som vore de aldrig dessförinnan. Ändå hade de skrattade, en på andre, till slutet och avnjöt sina skrattingar gladsd var tiderna när så förunnat det Högt Hilarion oss må också!

Sluta, beröm, storyvandrande omkring med gestare romanoverum han slavandes omkring är de tror och planerar nysta upp vadå.

Tillbaka till Droughty! Vattnet på ytan har flödat.

Varenda alla av dem, sowriegeurerna, blåtirade pojkar, i den där grisens byrök, en sexdigitarisk legion om druid cirkel, den Clandibblonska musselkartellen då utdragen och avlossnad och rally höll med dem, rostade malter med stekta burleyer, i kondomnering av hans frefrestelscring och för varaktigheten till hans återplantering, på gamla nollkromfrämsta järnsidor, som kamnabel hövding, sedan, som Sammon trodd att förklara att samla, seende att, som han hade få ut av öars imperium, han kan lika kallt ha rullat till skol upprop, tarponturpojke, en gramtumlare, den mångfamnars brudgummen med den fyrtiotums bruden, utifrån kupten hyresvärden boskapsauktion likt soldren av en britsh var han tvingad att vara och bli tills havet tog honom mensfrågar, från makare tills missar och det han gav var mönster, han, denna en hords hunner, 'rf en finn som hon, hans tältfru, är en famn, hemmavid på en springare, utomlands genom elden (för att inte tala om honom som gjort vadvetdu hurduság närduhörde, den kjennespakade souckar, generös som cocke, girigglasyr med garzelle, upprättare av ålder och mest umbrasiva av alla idegranar, unsder tyngst corpsus exemption) och vemsomalltid spottar henne i hursåalltids smekandes räddar hennes vårdare som formar det djärva hon skulle hålla vinet som väcker kornet, pinnen i hans skafferi för att hålla bort hans hjärtas tungavärk. Domarskapets lustiga behag, en vinst från skogen att hålla samman. Som de ljusa lamporna, Thamamahalla, årin ut årin. Önskvärt misstänkt men i respektabelhets förväntan. Från smutsig flockbädd, dripp droppande genom taket, med två systrar av välgörenheter på framtrappan och tre evakuerrensare på bakblicken, singellåda och par stolar (misstänkt), stundtals och alternativt använt av hennes make när har skrivande att göra i anknytning till skäliga druider och vänliga eller andra sällskap genom perioder av tvingande behov med jämförfelsevis massor (åsksalva, hänryckning, upplösning och försynlighet) till en soffa fastän ab hästhår med Amodicum plagg, hyrd payono, spelar fortfarande ut, använd av ungdomarna för att sprutta fram gammelklinkar, tre sovrum upptill, av violka en med eldstad (aspektabel), med växthus i utsikt (särskilt perspektabel).

Och du, när du höll vid Dulby, var du alltid (bara för den stunden) vad vi visste hur när vi (ur den punkten bara) var du vet var? Där är du! Och varför? Varför, fäst ett vindöga, han var knäppt i smyg upsaprästkragandes coras pärlor ut ur pajen när alla de fräcka på princer street satte upp sina kopparslagares humn, med de där nynäspojkarna pearcin vråla av sig sina vapensvärde. Bossen gjorde duvorochhänfördar ut från sitt bocknäste medan hon själv bär plommonstopet när hon badar. Deduktiv Almayne Rogers maskerar sin röst, jalusierar bakom bluff kastanj från värkställande. Heta fruar lyfter. De bara fortsätter rosande. Han hoppar skutt stigande. Howlong!

Visste du det tom? Visst visste jag. Är deras bann båsstiad? Plötsligt ledsen nu. Har de fördärv återlöst? Såtunnt låg. Borde de köpa papperspojken när han fotlöser upp deras kostym? Han är deras märke för att gäcka luffaren och förvisso är de skyldiga.

Han spröt i sitt fejs (sidfläsk!). Han salta till deras bis (dum!) Han kottlade henne palam (så calam är solom!) Och han sukade deas vänners lov (bonnick raring, far väl!)

– Skyldig men kamrater syndare! Det upplevdes av mig syndavadam, att nedsänka degduktigr dubbelansikte sagt strandkantens arbetare. Men då vi för hemmavids hälsa har chansat allt detta, de vilda piskslag, de vindiga skeppen, de underlösta för världs höfter, tills deras kvadratiska föerströstan bönfälld till hjälp av dess knubbtiklumpa patetiska som, när det sköldpaddat omkring letandes en duns av surf, talade för att närma sig från ihennesarsle imtrång genom slynblandat hår. Fast jag må ha spritt det, sagt, och sålt mitt hur heta bönor efter teaterinropningar från min pankosäkra position och fast en chans kunde jag ha tömt en panna med motlut i avloppet via stunder av undvika en efterbliven från mittenliguster tillhöranden därav, mildrande de närvarande i styrelsen för dumpar och pumpar, är jag alltid oförmöget oskyldig, vad avser frisläppandet av fångar på rätt sätt, av olyftande uppfallna flickor vari riskad från dem i däröppen utifrån genuiniös bowery, med dessa hintrande influenser från en angelssexonism. Det var endast mitt nöd och näppe till deras oh iväg. Missaunderstaid. Meggy Guggys giggag. Kodens bevis! Den fräcka faran med de som skulle bära vittnehet mot mig avfärdarjagdem från gott sinne. Han kan berätta en sådan historia för de Tolv Baktalarna att min första var en barnpiga och hennes kamratare är ett skabli strövtågstrix. Det finns twingty till twangty alltför styrka och läderpost kavajsystem brevöppnarkniv till värdpost för det frivillkusligt med min värderade fåfavör till posten puzzlar deparkement med lärkträdpaket mdd presenter för framtida grenerbjudanden. Det gröna godkänner raiden! Shaum Baumds bod han är sammankallande i dungarna medan hans hasande kommer släpandes utmed! Vill jag satte mig själv i deras kirtlier jag vore ayeam att hoppa med dem och också visa mig bisextin. Kära och så att jag inte glömmer sammanslagningar och bugar för er låga, marscherare! Försökning! Vilken ën antastisk månad av knoppsamma fröknar de gör, så vingtyönskade att fladdra beflorera deras släkt! Attonsure! Öra till höra! En gallas skall (för varje slant han girskriver det där momouth du kunde parkera din ford i den) som har pappersbehandlat hoom ini fångenskaper med hans insides man av en stjärnsyns hochzeit för en avragetofred på pergament, kokandes upp hans linsr att bli min apokloggist, rekryteraren av värnpliktiga, låt honom vara somtjänare till Kinahaun! För (fred fred perefektfred!) Jag har avväntat mig i ett Elin vatten och jag har placerat mina vassrör intectis inför tributens uppfattnings Registorn i hallen till Analbes stad. Hur avse någon muntertant och vattsåmhälst gravskändarsnyftare det är perensempry sex av kul att hjälpa en auteur. Vad avseende Mucias och Gracias må duvlinaren våldta den snyggaste! Och det hela totalt galna knektkanskars näste! Tunntumult, finka och fläck! Om Y skullden aningens, nåja, jag har förmåga vara skyldig det, härd och chem ney lättsamt. De sööker efter vannflaum all världens merkiner. Jag är ivrig göra lyst skamtipp under arkens. Basast! Och om min litigimitet var väl till wrenn tigtag kacklande om det, likt den snabba fogel hon är, att abery buskis i Cutey Strict, (jag skall kalla på mitt första bland mitt förlorade av lyrarer bortom en jingoobangoist, att överkasta henne) avfärdande mundamanu alla hennes victuum insamlares plundringar (min gamla chuck! Hon drakar mig druck! visande sig, glad vid nittio!) och ejält skrävlar om en bostonjonglering som lots fruar gjorde över sina handplockade män, som hon skulle kalla på, väl, för fortsatte oljemirkler på alla hennesvägfarare gudar och avannonsera mina djävulsförsök som var jag en lokal grottperson tills jag fick mitt köp på henne fast förhållande är jag, vill jag tro, genom deras sakreligion av diamant keps diamant, bekännsamt i min barona gentilhomme till herrgård ändamål till damigaste dag som pantoposofer, att ha splettrat för groont en pär av bröl likt Bacchulus skakar ett väckande guttural vid vilken gammal serpentid genom presiskodika (sulrea vi är inte anusikaliska) det krigslika warst mot mig själv i passagen som en lieberretter sebaiskopal av dessa mispeschyiter av det första virginiala vattnet som, utan en auktion med partiskhet å min sida, med gladyst ton ahkvickjakad i det, overhoved och underplagg, själva totty lolly poppy flossy conny skyltdockor. Fast jag häver en koald på min bauck och är kunde svullna upp till mina öron ibland använde jag alltidvatten att bli en svärmare för de ödmjukaste och de hedraste. Du ska inte göra inte. Du kan bli trebröstat helsniffande på ett valsamlande från vår Don Amir angående provinser precisande kushkarer fester och det kunde bli dubbelt förtätade oräknade timme av alldystraste ålder med en dålig av vind och ën tom av regn, nompos mentis likt Novus Elector, vad sägs om hans Marx och deras Grupper, gjorde ändå ett tvivel, skulle ett trots, vore till dig, du skulle göra och dhamnka mig, shenker, dhunka dig. Skunk. Och far med mig för att dela med mig. Hinder och dunder, hand genom hund. Genom varest dauvnande strimlar ned vars arsliga körfält. Som yose var och som yese är. Säkert och du skulle, mr Mac Gurk! Var säker och du skullle, mr O'Duane! För att vara säker och du skulle så, mr MacElligut!Skulle du nickar? Mam mam. Ingen mam har käppen att puda en stump till en könslas krängning. Min lilla älskade lärlingar, mina käror, estellorna, van Nessies von Nixies voon der pool, vilka jag hade en verklig innerlighet för ändå var det endast låglätt eller bara en känsla med dessa vilka oldermannen K.K. Alltidvilly han visar på fullnätterna för min handflatsspridning var gav till en persiljekvist, kring de lockigaste weeden gamla spolar, så prydlig en krydda för saltat hästkött, sonnier, och så tår till drivkraftigt som Taylor's Spring, när eftaändamål, när hon var se ut som en liten fuskat kyld (Oh sard! Ah Mah!) vid mitt tidvatten busrävling, likt Beacher säte, och alla kolorierna rätt flydde från mina tvungna kinder! Popottes, där du kan upphäva mig måttest du tvingad mäta mina mutor. Ondskegapare, jag överklagar mot ljuset! E nexistens av vividens. Panto, grabbar, är på en lösare införlust; ballett, flickor, ryggledes kastade strumpbyxor. Jag har velat tacka dig sådan en lpång tid så mycket nu. Tack ska du ha, sir, snällast av butelhållare och en mycket kär bän, bland våra hjäärtan av stål, froutiknu, det kommer att inför dig, min kare vackre unge soldat, vinnande mer eller dinsom helst av rudimentala muskater, innan du ställer upp fullt ut, du som har sett din del med dina strumpboulande sodalister på dina buntade träpluggar vid våra älskar tennis på huks regattor, sugpump, när på med ballarna oförtjänade glädjen, min guldrush mot hennes silvernät, att säga, biguidd, för gudinnans kärlek och perthnu när du vördar din enda mödrar, mitsch för matsch, och medan jag således avslöjar min djupsuup dotter som stolt bars upp ut ur oklädda medsdrömmar när jag kuddlåg i min saltlake (av Lördegsafton, hur nu. Vareint vi't?), att se, säger jag, hoppsan sa, uppskjutande av verkställning beträffande Milcho Melekmans, anklagad, vad du känner, üuddakanin, på varje stark grund du nånsin tagit upp, genom bitterstelt arbete eller batongstavigt spel, med överfall av turk mot en barrakraval av grekskott, tråts att Jambuwels svårbajsande är Terry Shimmyrags möglighet, om det är behag för gräs som ska redigeras vad balsam är för bramblarna, som det är som det är, att jag är den katasmatiske gamle ruffin formödligen imskrivväktare att bli den som förför hittebarn, den extremt tokiga damdiakonissorna, likt (varför suckar mildsångaren) liljorna ofta i feldten, och, när tabbeabbe brutalar och försiktigar bara siktar på oggog hogar i det humanda, då, (Houtes, Blymey och Torrenation, uppväktare och på dem bara!) Jag hög story täljer kronåklagarer, såvill klumpar och tänger, detta thash på mig stubbiga blåser kroken ivägmambition och dets ebbåflod eller mästare gör en bra snygging att bli stängdvid. Höst grejs.

Hans utantill i dessförinnan, afstef, var.

Och dong wongade Magongty tills krigets bombtomb, trastskjulad i hans hela sorts stäng.

Hysch vem som uppvakta i Weald, Bawshaws bindanded bukter. Miriams önskan är Marians förtivlan liksom Joh Josefs skönhet är Jacq Jacobs sorg. Bryn, förtälj nunna; öga, hyckla ledsen, mun, sjung mim! Titta på Lokman! Vademellan koppflickorna och och talllrikspojkarna. Och han växte tillbaka till sin matvarubas: och för all hans storartade gensaga: och där är du.

Här ändast chinchinatibuss med har talat slut. Med en haygue för ett stopp på en slungfot panse. Pink, svarar rosa, två svarar pink, hur svara rosa.

Punk.

Mask ett. Mask två. Mask tre. Mask fyra.

Upp.

– Se dig om, Tutty Comyn!

– Minns och kom ihåg, Kullykeg!

– När besöker Dan Leary försök hönhuset för dig.

– Jag krediterar dig för simmence mer om du lymfar.

Våra fyra avunculsarer.

Och, eftersom trevånings sorraberättanded var mycket för många, de vanvettade och de bårbusade och de utföll och de käkade. Synoptickade på ordet.

Tills Juken gjort det.

Ned.

Likt Jukoleon, sjöfararen, när han tillintetgjorde i sin päronvin båt hade han lyft ett slid och skeppat sina order och greppat sina unghöns och preppade deras fjädrar, fionnlinget och dubhlett, kravet och elden, och, sändandes dem en efter den andre till kost för skum, hade han sett en vildfarelsens residens: den dimmiga tuppluren är fortfarande stark, de obesegbara imperiernas gamla thalassokraterna, vattenvörldens maskerare, ställd inför det ena sättet efter det andra sättet och denna väg på detta sätt, från åtskäligade deras fyrdimansioner. Där blixtarna skuttar från numbolosor, där kyld av kallt breide ligger trött; hoppen varim ål våra säkra kråppar alla anpassade uppnå arrest: utse, det är allt. Men se vad som följer. Snicklesnacklingar på tvistatwrestlingar bland oräkneligor om en okomutbar (en ängel profetadedetta? befallningars kungakurir? kalifen i sin halifhud? den där eyrienevinagd ene?) och tomrummen bubbligt vodes dodoer tvärsöver det vilket dundermunnarna från sina duperaste duperade befann sig i varje avundad och anonymligt stort blåsande.

Skjutvapen.

Håll till baktill, vänligen, för det var inte bra att godis kommer upp igen. Skjutvapen. Och det skrevs upp i stoas bokstäver. Skjutvapen. Säger aldrig underskärt farfarsgosterfostrare! Skjutvapen. Och vad man sade de sade, fyrlingarna, på inga villkors vis var du inte att. Skjutvapen.

För att inte vaddera dem förföljda i fara. För att inte gå, tonnerwatter, och Bungley väl sköt den rystande gineranten. För att icke stavlikt vakna omkring jerumsalemdo på småtimmarna om murketplotterna, luktande okey boney, detta lilla fikon och arraks belloky denna lilla rosa ini skinka men, skinkadirto, att låta gentlemännen pedestarollia ut från Monabella culculrening leva hans egna lämnade ledighet, cullebuone, via perpubliciteters oavoavbrutet utan att åkalla ocksås mellan (sic) det arrakaiska benet och (suc) okejskriket. Och inte att inte alltid vara, hemmern och hummern, träande osjälva upp med en upphtsad men inte att aldrig grottforska fint, precist, tyst, robust,tendroligt, oremarkabelt, övergivet, vacklande, enligt allmän mening, först, någotigt, jasägernolly om backdörrarna. För att aldrig svaga upp i bordellplatser. För att aldrig vollusssoova i pootors plaats. Och, allerthings, för att aldrig äta de sura dekanerna om de inte hade nånsynd på sina samveten. Och, när i Zumschloss, för att aldrig, besvär, upphöra förrns det fina slutet fullbordades av prestationens fullständigande.

Och sålunda innanför tavernans hemliga bås ska De vishetshöga ena som smuttar de testade sanningarna Röra dem när den Schysste har bjudit att jabba kuramens punch på sanningens trut.

K.C. käkar, de are blöta av hemlighet. K.C. käkar, de är visst visa. K.C. Käkar, rättvisejobbarfna, för de ska finna ett annat faller om deras knep inte kniper. Whooparen Whooley.

Återstår att se. Kvadratiskt stort ansikte med atlasjacka. Strålkastare, bruniga ögon i blåsparkande skoende. Spetsig bookig näsa över en lousiansk skjorta. Rödblommigt stacklat hår bid sidan om ett stråkamelbälte. Nämligen. Gregorovitch, Leonocopolos, Tarpinacci och Duggel-duggel. Och var dems stirra hela tiden? Jorå men det var. Beundrar spelen, bestående studier, odjärvande historierna, allt slut. Ned? Bara ombonad sedan och trivsammad sedan man uppfattat noll medan tuffbagge upprörde egensinnord och menandetecken från deras bakhand tillgångsefterfrågander. Och vare de bortga att splana splikation? Den värd som har en på hosan när bakvänder när han ansiktsfrontar ingen ingen i huset hans gäst har gäst. Du slår vad de är. Och näsan bra nere.

Med emellertid vad sublimering av kompensation i radikalisering av tolkning av ajöpojkar? De är de. mr G. B. W. Ashburner, S. Bruno's Toboggan Drive, mr Faixgood, Bellchimbers, Carolan Crescent, mr I. I. Chattaway, Hilly Gape, Poplar Park, mr Q. P. Dieudonney, The View, Gazey Peer, mr T. T. Erchdeakin, Multiple Lodge, Jiff Exby Rode, mr W. K. Ferris-Fender, Fert Fort, Woovil Doon Botham påstansom tillägger framhålla som pumpade portern som länkade stripen dem där kalla den sandiga som nästadörrade svinpälsen som lurade rimmaren som varvade vid huset som Joax pillade.

De hade hört eller hade hört säga eller hade hört sagt skrivet.

Fidelisat.

Att där först en rudrik kungakom till en värdshusdomstol; och anblicken av den där gården var en sittpinnestolpen med en luffaluffa på den; sista mannarkar gör man när blekskift vinner kvinnor: så hur skulle det humma, vemspå av en vilken, om nånav somvar att starta att stunta historien fram?

Så många nålar att ponka ut till så många nudlar som är sällskap, de noddlar allt om det *tutti* till *tempo*, decumaner också räknar, (*a*) nåväl, att sekreterarfågeln, bättre känd som Pandoria Paullabucca, som de trodde var mer lik en allmänpraktiserande advokat som urskillningslöst gjord tro mid författarförslag från Schelm Pelmanen att skriva någraord till Senders om hennes chilikin puck , skrattande att Poulebec skulle bli hennes död, (*b*) att, välan, att Madges Tighe, den postulata revisörskan, när hennes utmaningshumör är en tillväxtare, är alltid på den vem går vart, hoppandes till Michal för den senare att dyka upp med ett utmärkt te före hennes kortlivade faller av utan någon mycket fader som är avskiljande paket av samma goumeral är postopsida. det blivande verkar klokt på varifrånet blåser väder hjälpandes mängd så att den söliga änden av den där ledaren må svamla ut efter ett kubitalt lugn med ett förhoppningar snart för örat, comprong? (*c*) bekakar getmannen på fråga, eller vadhelst hönan den fumlande var, känna sig inte hålla måttet besparka vadsomhelst ungarna Payne Inge och Popper betydde för honom, ändäigt engångad vid en genomkärlek, sann sörjarfrue fara, som en helgedömd procent till hans älskarinna, skiljde deras par Mather Carays skrocklingar, *pante blanche*, och skuttade hans avfall likt kavaliermannen i Cobra Park för ogeborna jänkelmän, Jeremy Trouvas eller Kepin O'Keepers, vilcken som helst gammal håla och vicken såm helst gammal sedan och när omkring Dix Dearthy Dungbin, sceniskt anmärkande med ladyliknande trötthet ovanpå vad han slutligen efterskrotade, (*d*) efter det är så länge tills jag tackade dig för jag gör nu så mycket tack ska du ha så väldigt mycke då du introducerade mig till fourker, (*e*) skall, dessa påminna att bli sund? (*f*) Fel steg! Aletiometri? Eller bara zoot doon floon?

Nöta ut det, pissavid öga! Onamassofmancynaves.

Men. Topp.

Du var i samma båt av dina självver också, Getobodoff eller Treamplasurin; och du receptionerade de mest diliskiösa av milisk; vilket det allt flödadeöver dina slokande dunlearier: men dribbla en droppe som rann ut ditt råtthål. Betyder, Kelly, Grimes, Phelan, Mollanny, O'Brien, MacAlister, Sealy, Coyle, Hynes-Joynes, Naylar-Traynor, Courcy de Courcy och Gilligan-Goll.

Oddstoddars bedövare på blåblödande vildsvinshäst! Vad soresens huvud subuppgår således tous utifrån rumpumplikun ek med, nåja, vi kan inte säga vem vi ser ut som nuansikte? Det är av Noggens vilket damm bådasidorna av sätena på kraftslaget hos bogdrengerne av polarnararna av määringaar av Lochlumm gonlannluder av feofets foef av forfummad Ship-le-Zoyd.

Boumce! Det är polisteckenstuntman. Sockerson pojken. Att pumpa den oanständiges eld in i dessa baucheers självhar, havsousedovrar, tillfellde dödskrig knuthämndlysten. Och medans tid han var härsknandes där smutsiga floskoner ingedunder okolerad för deras poopishrar, askrov onem Fyre måingenannan slutanu! Skugga upp skepp! Bouououmce! Nomo clocholjeskinn kindinlämnare! Alla i land för Capolic Gizzards! Fripassagerare där, frosseri av stänk! Porterfyllare och spirituösa sjunkare, ooom oooom! Då dessa vitupetarder i hans famn han gjorde högborgare, fjärilar, skrovelnacke, swingligawangler, sjunkentrunk, som från tenn av dessa skrockigt haddade runced slapottleslup. För honom hade hord från fard en rörläggning. Som? Av?

Butter duschig var en sieguldson. Han kutrrade så högt inte heller var han ung. Han idissla dålig ko inte heller var han grå Likt vatten skilt från det sagda.

Ostia, lyft det! Lyft på det, Ostia! Från det sagda! Bort från det sagda!

Honomhonom. Honomhonom.

Hörhastande han, honomad, reerinrade alla de knubbar, chipps, skämt, käkipuckar och klockslagsklockor. Det hade han mistrubierat i port, pub, park, pentry och pinnhus, Medan de, därad, de andra, detta är, var mest efterapnigt vad gäller att infånga de sista dropparna av såmmar ned genom deras lundar av lismande. Innan påmedstrumpan låsts vid det tuffa. Vilket han skulle, stängainsäkert. Og lave dem at sture.

För vara alla sportregler är det rätt Att ungdom behemgiftad till charmnatten Medan ålder dumpas till sinnet dagen Då vatten delades från det sagda.

Hummandet, kommer. Iväg påväg.

Fingool MacKishgmard Obesume Burgearse Benefice, Han var bowen hem och skrapning honom i raktframet Och dessa probenopubblikoer klamatiserande för en förlångning av hans hostilleri Med hans givarhand som bombar deras dessförinnor. Tids, genmen, spel, hon har blitt avskjytten allmåingenannan omedveten.

Du hör norr farvågornas tupp? Ashiffla ashuffla det sättvi de.

Från Dansandeträd till Suttonsten Där grabbar inte ljuger skulle snatte en krona Till klura deras säck och brygga deras tay Med vatten delat från det sagda.

Lelong Awaindhoo är en selverinriktad påvög till Rochelle Lane och friheter dessa sångerskoareer är marskalssång, på pipstämd väg, under varest, uppepå en hålig kulle, den där stackars mannen från Lyones, gode Dook Weltington, hugon kom erinåt, hade hirkammit till klockbågar och varit avskuret attrapperade av mausrarna. Nu är det stadigen lund major av Dublin! Och naturligtvis tollaren, plus hans ögon dotter med henne: Moke den Wanste, varför sektar vi likt en pose av fredade poeter? Mens dumheten han skjuter shoppar repet. Och de hällde alla fram. Utan butly Tuppeter Sowyer, den misshandlade ingeneranden, en bartler av beauyne, fortfarande vår benjamin liefest, ibland frankländе till denna stad, varsom storhyrde honom en pirs halva subportrar för hans armar, Josiah Pipkin, Amos Love, Raoul Le Feb-ber, Blaize Taboutot, Jeremy Yopp, Francist de Loomis, Hardy Smith och Sequin Pettit följda av vårt Café Bérangers ombonade salong seanad. De sceniskahandledarna.

Därför att de ville försvinna via getvägen innan fåret var släppot fömkle och räddabäck åt Brunhasselskog från alla de dinnasdooliner på de blygdläppiösa bankerna hos deras svensydda snyhetssnerare, återigen vriden västösthemåt vid Danesbury Common, och de endast, tveast, trelast, fyrmast efter regndräneran-de fountyhinkar (kritaupp dem, dömdatttömd!) tills de fångat vinden utomlands (gränd lodare passerargirande!) all rockare på vägarna och alla stövlar på stritorna.

Oh dere! Ah hoy!

Sist du, lundsmin, förhaxstad, förhostad! För en mirifikerings oversvemning och lutikfaneringen av vår paludination.

Hans knölpåks bruk, hans trumma är sliten. För pluggar behåller vi hatten han bar Och rullar i klöver i hans lera Av vatten delat från det sagda.

Hray! Fria skurk Mountone till Dagg Mild Källa att kitteldal musa och lysande ära! Är nu mött av Brownaboy Fuinnninuinns föe detta för ett lynchparty med hans borgarbu. Shanavanens Wacht. Dorans Rantinrytande Batterier. Och den där visslande tjuven, O'Ryne O'Rann. Med en fångst likt av hennes list och ing-enstans en mer vässad.

De för kallare var aspsoluuligt på deras vätssida i de utsända vattnen, försökte att. Göm! Sök! Göm! Sök! För att nummer ett levde vid Bothersby North och han försökte att. Göm! Sök! Göm! Sök! Och nummer tre han sov vid Lilly Tek-kles vid The Eats och han försökte att. Göm! Sök! Göm! Sök! Och den siste med seglarlloyd donggie förtöjdes han på Moherboher till och de försökte alla att och trotsandes med waltrarna av, hoompsydoompsy waltrarna av. Hög! Sjunk! Hö-gohög! Sjunkasjunk!

Vågor.

Gangstertrappornas stress och vrede är uppe Som Hissat sällsyntar kannan och koppen Att snabba iväg bogres barkskepp över vatten delat från det sagda.

Horkus Chefaste Ebblynuncies!

– Hans skakade bli askapad av hampahyllor, gömmande det där fårmen i sin get. Och för att sammontera så björnföllsad Rogwers magberedde prins. Thut-hud. Hej hå, hej hå, vårt släktadöme från en äst! Bruni Lannos ulligheter på Brani Lonnis hårigheter. Och hunken i sin trunk skulle bli ett insaltat övertramp det faktum om den där källarringen till ett svintråg, Stoppa hans licens. Bläcka ned honom! Du skulle tänka dig honom Alladubblin riskera sin lordsäkra like en ka-lebass på fat. Dubblinitet guddomligad. Heltjagande parken på ett methylogiskt uppdrag närhelst det finns imberillor! Och ropa efter Rina Roner Reinette Ro-nayne. Till vilket mitt svar är en lekmans. Arderleyar, klåkkare och fakturerare hörde honom. Tre poäng mot en. Ericus Vericus korrumperad ini råvaruägg. Håll tyst, bränneri! Broree tittut! Tryck ner honom en johnsgata utför jamsesgränd. Avlande en hustru som blev hans syskonbarn genom att hälla hennes ungdoms-ting i åtsittningar. Det var då han hade yrselanfall. Tills Gladstools Åillols fick honom att rida likt esplanaden. Tack vare hans huedomässings skäägg. Långmannen Lodenbroke, nu upphäver han under varierande personer men ör verkligen alltid den där Rorke! Under övervägande för musickerna borde han ha ned det. Dela ut dina kinder, varför gördudet inte! Straff snälla! Där kommer du att veta hur vaktare skaldade dunskallen som passera vår bakgata., Vi är bara uppochned sjungandes vad nånsin dimkimmarna mumlar allaliltigt drar hon innert huven. Detta är inte slutet på detta på inga villkors vis. När du har blött tills du är ben skärs det ut i ditt kött. För att säga vad du är mjöd av, mard, är gjord av. Alla gamla Dadgersonare undviker en lurning ens kopiering och det är vad underlands vandrarland ska ståta med på mässan. Ett transklart pojkmanus med tittivate av. Hm. Du får läsa det i morgon, marn, när ostarna på bordet. En nigg för en nogg och ett hat för ett hot. Revisorn lär sig. Pumpar fortfarande på Torkenwhite Radlumps, Lencs. I förspel till vänster om Anonymåtte antydde palinod uppenbarligen introtspirerad av en mastinksäm anknutning. Notera noterna om beundran! Se signalerna om masstinksämhet! Räkna hemiemidemicolonëna! Skrikhals begränsar och uppfinner gommas, quoites förlotrad stakbåt, tvingade till fars! Pipetten ska säga någonting alls till omväxling. Och du vet vad ënhandske betyder i Murdrus-duelukten! Färre att fäktas och skenande kulotticism, en fugle för munterhet för medeltida sångare och spara, sitt och sy. Och ett byxor överförstoraded på Doughertys brädgång pekandes mot frid hemmavid. I någon, lagochordning på lägglockpåning. Vänta tills vi hör the Boy av Biskop ragla kring din postorala lektor! Epistelgjordtemologi för djupa dorfy tvivlingar. Som vi ska ligga till dagbräckning in baskybritsen, O! Vår ö, Rom och plikt! Bra försök, bockstyv! Slå det, känga! Sälj honom bruten kontakt, försäljaren, köpadvokaten En hyde, säck, hick! Två pinnar holst, Lucky! Finska Gör Mål! Först var du Nomad, sedan var du Namar, nu är du Nuhma och snart ska du bli Nomon. Härav förordas Ecklesiast. Det är varje återupptagande. Yttykes depattementet är på knuffen att lägga ut dossier. Darby är på gårdsplanen, planerande den på dig, tomt och kanter, den viskande skalaren sedan kockarna missinformerat. Hans sorts fynd! En artist, min herre! Och vrakpris för en soverign per skalle! Han kan sina Finsbury Follies avkrokar så du bättre seer till dina regent motbevis.

Skrämslig vinda utbreder igen beträffande trevliga gossar lever infödingsliv. Du vet vem var omskreven i Estkapellets orangebok? Basil och de båda andra männen från Kungens Avenance. Pressa bara detta kalla brännjärn mot din panna för ett klipp. Kainfullt! Bihålan förbannelsen. De e allt. Hung Chung Egglyfella nu talar han berättar numptywumpty topsayer stillhörahonom pidgin. Hemliga ting andra personer placerar där oklädd. Hur du föll från story till story likt en sagasänd att ljuga. Enfilmung svaghet. På det för att påstå att ha ett finger en fudding i pudding och paj. Och här är vittnena. Klistra fast på honom, Grrevy! Bottenankare, Noordeece! Och spraka sparka krigssparka för huset som vägcaféet byggt! Vänta tills de sänder dig till sömns, pråmfånge! Vid jurymedlemmars korsning! Därefter ska Hunphy-dunphyville bli jäklad till bombrädor av den ungdomlige härold som skulle du en gång vara. Han blir vår utvalde ene vad beträffar Brittas mer än anarthur. Men vi ska likvaka och se. Det helas fattigas rika bland våra hundratals manligheter och kvinnligheter. Två öre, två möllor och två myrder. Och det är alla oss skogvaktare du ställs inför i boxen före den tolfte krimvårdsanstalten. Likt en man, eller hur. Mellan alla Fröknarna Mountsackvilles i sina halvmånformade halvcirklar, flämtande åt yrheter att färga för skammen. Håll bara hårt tills den ena vi hoppade ut får sin läntan! Hyrda i kameror, extra! Med Hans Höghet Surpacker på på supfest. Så stjälp din skuld och kitza bocken! Du har brist på beröm från Wimmegames förfalskning! Framåt! En översittarson växer dumbommen och hans twinger uppläst an Nazi Snokar. Du kämpade vad hur de aldrig hade vuxet opp, gjorde du, jättepöl? Det ska väcka ditt iriska, att det ska! När härbärgerar statskassans gårdsplan detta barnet som utlottar fadern. Bra för dig, Richmond Rover! Slöddra omkring, vår sida! Låt honom ha en annan mellan sländorna! Ett storartata spel! Dalymount är avgörande. Don Gouverneur Buckley's i Tara Tribune, ståtade med insidorna av en Rhutiansk Jhanaral och lilla Fru Ex-Skaerer-Saxar mutar halva priset att be for hennes änkling i hans allvarligaste förskängring. Du på henne, heglige jigsus, det ska bli en del nonstop marymont! Du i din stulna muskot och städet, Magnes, och hennes lånade i Berkness cirkuss klädsel. Fionnmaccumhaill med en graneen till nytta. Tonar ner stänket av slav. Mycket av det hon var när den smyckade ksar ut insamlade milstenar upptäckte henne en gungbräda på en ormbunke. Så gloria, sa han, en droppe dagg. Mellan Furr-y-Benn och Ferr-y-Bree. I denna tår Vikloe som han elska. Det smilande alltid. Om du drar mej över pröjsa mej, prhyse! En skraddare skulle adaptera sina tätande vandringar fram till vilken skepnad som helstg till sjöss. Tilltala bedraglig av vävda vävnader. Världen tillsammans kvinnors mirakel, moya! Och den älskligaste Luna sedan Ineen MacCormick MacCoort MacConn O'Puckins MacKundred. Bara med hon är en smula vid vidare fick. Rör dig abog. Du kan inte skapa en limousindam ur en hillman slyna. Lyssna tills du hör Mudquirt accenten. Det här är en bucklad kättarna, det här är wollan avlatsbrev, det här är en flamsk. Tik. Skulderblad, pärlor och en stearinstump, Hubert Var Jägare, *chemins de la croixes* och Rosairettes ägg, alla tgrädets prydnader som hon plockadeupp efter det att Coontarf voterloost när O'Bryan MacBruiser slog Norris Nobnut. Beknäckade sin kokosnöt mellan sina kknnäänn. Umpthump, Herr Värdshusvär, det är dotterens onsdassmorrn! Delfin drinkande! Kuslig undergang! Och de Verkliga Hymernianerna stränga de strongt vid knocker knocker! Helig och massallklämtat. Du borde taka en dos med frutt. Jik. Sauss. Du blir tyngre, en tolv sten tyngre, fulländar en tolv sten tyngre, i din corpus entis och det scurvar dig rätt, banne dej! Tant lika farbriliga ärar de gör oom. Men Nichtia du band att inte loossas borta på Neffin sedan hon klappade sin tjusare på honom vid Gormagareen. Vid Gunting Munting Hunting Punting. Men hon harf kliandet i blodet, urrah! För en fräknesam framfusig honungsordad läpptryckare. Och han visar hur han plockar honom hennes inbillnings spärr. Poghue! Poghue! Poghue! Och ett bra skutt, Powell! Rengör över alla deras huven. Vi kunde kyssa homom för denna enda, kunde vi, Huggins? Gnistor är sidfoten som därav av fjollor. Skalphuvud, fortsätt! Innan du bunkleklottrar ner din birkentopp igen efter dem tre slag från tid, drink och bråttom.Samma tre som ammade dig, Skerry, Badbols och den Gråe Ene. Alla från din egen klubb också. Med näven full med burrybär var för massan att föda dig levande i döende. Köp klikex och du kommer aldrig att säga hund. Och var i det finaste av sällskap. Morialtay och Knivrep Vandraren och Rowley Tunnan. Med ljugets Långbåge. Trickskicklig och arbetsskons Blennerkassel. Klanrickard för alltid! Fennen, Fennen, alla Fennars släkt! Döv för vindarna när för Croonacreena. Fisht! Och det är inte nu sägandes hur vi är där vem mjuknar vad som skyndar sig. Maryjungfru förbjude! Men om de aldrig äter soulfriede äter de det nu. Med påskgirigning. Angus! Angus! Angus! Nycklarfnas nykelbärare till de sju dörrarna till drömadooriet huset av hushåll av sägsäjer. Vidmer, vadmer? Ge över det, ge upp det! Mawgraw! En glarios huvud, champinjons kista, ett måsöga! Vad skulle du om han skulle. Brudgummen är i växthuset, flbbar ut sin. Pistol! Den där grabben är stilen för. Lannigans boll! Nu ett slag till sjöss! Shallburnchocken. Glöm bort din puckelrygg. Glid på din nöppna krage och drag hästfoderpåsen över ditt huvud. Ingen kommer att känna eller beakta sig, Postumus, om du skippar runt schlymartin bakvägen och kommer framtill sloomutren att tigga i en av rakapparatens sjömanskläder. Tre klättrar treskyndapåtre iklädda nios dräkt. Vi vill dela oss för att se dig formad avvisande. En vinge åt oldboy Welsey Wandrare! Bra spottat, kvicke sädesärla! Piawna nu till biskopens fort! Gå på. Det är Mummelaktigt Bryllops Mursch vevar upp till hormoonium. Drag oss ur *Ivy Eve in the Hall of Alum!* Finnesierna av poetisk brudmusik. Känns nervositeten? Du ska bli lika stram som Trivett när bandet är påknutet.Nu är ditt aldrig! Peena och Queena duettar fniss-för-fniss och briden Alennah är förlorad i sin diasinnesväntan. Vilken magnifik gest du ska visa oss denna gallus dag. Ren och skär, var horan!Och en fri för kraxande efteråt. Dovlen är ute efter det. Det är oxå Rathfinn. Och, vandra, här är likvagnen och fyra hästar med de interprovinsiella kporsfästarna som kastar in massor att veta vem ska bli deras gosson och huruvida bräcka nyheten till Morhor. Hur vår myterbilder hans fulla isömn. Och vem vill slå vad om inte Shonny Bhoy be, köttklumpflytaren från Poshtapengha och allt han blåttar undermedvetna äningar på självskins solsken.Dess signerade fordomar, stråket av ett hin. Nup. Lägga kläderna, deras förinnan. Och tacka fisken, ders kärna. Att skika nåden för Gards skull! Ahmohn. mr Justician Matthews och Justician Marks och mr Justician Luk de Luc och mr Justinian Johnston-Johnson. Och askarften, see, bakom! Hjälp, hjälp hurra! Allsup, allsopp! Fyra ghoolar att nagla fastg! Hugg ber dedt, kompisar, e kvicka ut! De har fått en träff med en swimingpull. Dang! Ding! Dong! Dung! Dinnin. Är det inte stort han svävar över oss för sitt och vårt godas skull. Flyg våra ballonger, alla danny och denise! Han är dörrgrepps död! Och Annie Delap är fri! Återigen. Vi kundwe äta dig, par Buccas, och supa genom dig, nedlugnande i gotlihets vilda hav. En bevingad, en skara ungar till Hulm Culms Evurdyburdy. Öh thromaren! Äh ferödären. Öh sanningen. Erusäker, han är Arrahlands mannork överkänd han skräckskräckade sitt namn i dudunder. Rrr-wwwkkkrrr! Och såg det uppruddat i proppeldessens på blixtmurket Parsse O'Reilly. Av det rulloriska rattelliriet. Fräckingsblåskruvaredallucktruckdrön-konduktorn! Den onämnde ejiriskbloodaren som blev en Grönisländare över en natt! Men vi har ömsat superstituetter från hans skinande thortin magkänsla. Prövat varumärke, Ötserlingare. Signera, Soideric O'Cunnuc, Rix. Negativa ord, Magtmorken, Kövenhow. Det är en stor omvandling, myn! Coucous! Finn hans orsaksak! Från Motometusolum via Bulley och Cowlie och Diggerydiggerydock ned till bizniss som vanligt? Han är fortfarande avstigen där, vid Mike! Lossa tidigare! Frambringa ditt dåd! Bong! Tills det är rättan tid. Bang! Partick Tistel mot S. Megan står emot Walsallen! Kupp! Timor mortyis conturbat me dåligdag. Pesten ska snart vara över, råttor! Låt synd! Geh tönt! Allt vad vi viljen är att får frid för egendom. Vi har larmat unnerstunned varför du sassade om säkert tretton till avskild, sor, vänligen upprepa! Eller ledom oss ensamma från din lungorge, personifierare föreslår vad avser våra edelweissade gudabild wort! Shaw och Shea lär sig obsen så spy upp, gandfarder, och gurgla mig gurk. Du kan inte tvinga på fransskrikare som oss. Varenda kagge här spottar sitt eget fet. Häng tvång varsomalls! Och dämpnarra Gramms lagar! Men vi är en dropparrue gaeliskliga allt på en gång. I byginnelsen är tomrummet, i röran är ljuddansen och däriofta är du i det unbeweised igen, vund vulsyvolsy. Du pratmakar dunskers arbetssko män vi våra själars tal hindrar histyria. Tystnad i tanke! Spredika! Bär yttre nonsens konstfullhet! Tasstass, wojoj! Momerry tolvs, noebroed! Den satt bra den, ha! Så de ska bli ganska så ett ämne vad *Må* vidare bli oframtatt åt dig, gamle *Mäktig*, när det är efterapat till att trassla en delfian i Uppmaningen. Ha ha! Tala om Paddybarkes eko! Kicke nock, Knockkatell! Muck! Ocj du ska sniffa det, O du ska sniffa det, utan varnavdelning från vi. Vi vet inte sendaren till vem. Men du ska finna Chiggenchugger som tar Klibbtårtan med Bugle och Tiken parsaritandes och Horssmayres Prosession stramande upp under treden. Stopp. Press stopp. Att stoppa pressarna. Allt till press stopp. Och vare förefallandet talar vadomkring slangrenfanor, det är säkert celebrerat ord! Bing bång! Saxoplundrare, för överbefolkare är soldaters byte. Knäpp upp det på fri fot, ojämn den oskrivne! Vem som helst kan se att du är son till ën reling. Följ upp honom oc kxså, Carlow! Olyckor till den maskannulerade, jo, och krig till vinnaren! Tänk på Handrianus Mur och Kastets

Fall. Ge honom en annan för att volleydolleyklottra. Hans ljus har alla inte slocknat än, liverposören! Boohoohoo är damm! Med sju horor alltid i hans tänkartings hem. Hans oljudslösbords hans nickarloddlekupol. Två Idor, två Evor, Två Nessier och Rubinjubin. Phook! Ej att unnra på, rör som kirles, att han nånting likt en rheinbok. En dålig bäddnatt hade han delysiumer att det alla var dronningar som mobbade honom. Föll stel Oh, ho, ho, ho, ah, he, he! Abedikera dig själv Det bara geggar vår pikstav. Han ska bli den döve av oss, pappappoppopomfamning, samblända med daiyroder. Jo, gräsänder, fathe, du vill, spackla vår smidare! Vad väntar vi vara efteråt? Varför kom vi gåttjörandes? Ingen av er, kuk isig! Du håller den där hennalängtan och hennes fyrtiobaksadel glimmar sebakomare. Vi kan klara oss med rubina linser. Men av alla dina avtaganden sänd ut oss dina lustigpårydda öl och du ska inte vara sådan en massa dåligt. Rågen är bra för den som asinnad men det ena vetet är propert älskligt. B E N K! Vi uppriktigast tror att Missus med söta Gorteens småungar inte har B I N K till sina allra minst rubbade tecken om i B U N K och vi å det artigaste lovar för era Meggers en B E N K B A N K B O N K att slupa in med alla sorters adceterus och adsaturas. Det är vår sista strid, Megantic, frukta skall du! Flyktingen ägna sig åt haglande att tid att gå. Där går svartvaktkvinnan, helt i vitt, uppflaxad, renad! Rätt tå, Armitage! Team för Tam vid Timmotty Hall! Vi har ryckts bort. Bortom mål och bågar. Så vi lämnar det åt Keyhoe, Danelly och Pykemhyme, de tre muskratörerna, vid slutet av denna ålder som hade det från Variants' Katey Sherratt som hade det från Variants' Katey Sherratt's man för bonnefacies av Plaskvitt och Rodnadsrött av Aquasancta Liffey Patrol för att vinda upp och att berätta om alla drabbade efter att ha Hånat Majestät i Malåsamkad Mangårdsbyggnad.

Så ni sa, grabbar? Hursomhelst han vadå?

Så hursomhelst, melumps och mumpos av ounderhuset, efter det atgt vindat upp det där längeattblikrönikerat kommatillsammans tackattblisägelse dag vid Glenfinnisk-en-la-Valle, årsdagen av hans finsta heliga nattvard, efter att samma grillade bönfest fanns över all stackars gammal gästfri korn och äggfaktor, Kung Roderick O'Conor, den högste chefpolemarken och siste förelektriske kungen av Irland, som var allt du säger dig själv mellan femtioudda och femtiojämna år av ålder vid tiden efter den så kallade nattvarden han storartat gave i sitt sårbara hus av hubdratals flaskor med radiosändartorn och dess handgarer, skorsstenar och ekviliner eller, åtminstone, var han faktiskt den då siste kungen över hela Itrland för närvarande av den mycket goda anledningen att han fortfarande var sådan som han själv var den obestridde kungen över hela Irland efter den siste förobestridde kungen över hela Irland, den tidigare jockey gamle toppen som var före honom inom Taharan dynastin, Kung Arth Mockmorrow Koughenough av de läderklädda legionerna, nu av okända delar, (Gud skydde hans generösa lustiga sångboks själ!) som putta en tjuvjagad fågel i den stackars mannens potta innan han tog sin lastpall av strån med det gråtande eczemet på gott och ont tills han gick under grästäcket på oss, icke förty, det är det var ont om sockrer, och vi löddrade och rakade och lockade honom, likt en skallig svallande boj och han själv ned till tre kor som var kött och dryck och hundar och tvätta åt honom, det är bra skäl vi ska minnas det, genomgå sommarsultrynger av snö och slask med änkan Nolans getter och flickorna Browns prydligar i vilket fall, vänta tills jag säger till dig, vad gjorde han, stackars gamle Roderick O'Conor Rex, den gynnsamt vattentäte monarken över hela Irland, när han fann sig själv helt allena för sig själv i sin stora handvävdneda hög sedan alla av dem alla hade gått iväg av sig själva till sina slott av lera, så gott de kunde, på bakfot, beroende på läckan hos McCarthys märr, i förlängd ordning, ett träds längd från den längsta vägen ut, utför det bakåtväxlande glidet hos den landsådda rutten av Hauburneas livligaste årgång på hjärnan, de oviktiga parthalonierna med de mylliga firbolgerna och Tuatha de Danaan ägg och strövarna från Clane och alla de resterande intemycketna som han inte brydde det kungliga spottet från hans skenbara mun omkring, välan, vad tror du han gjode, sir, men, faix, han bara hälpluggade igenom vinspillet och bagginfekterade poppkorkar som stod knädjupt kring hans egna rätt kungliga runt muntert fyllos bord, med sin gamla Roderick Random tapå hatt vid en Lanty Leary kan inte på honom och Mike Bradys skjorta och Greenes fink bågkrage och hans Ghenters dysterheter och hans Macclefields uppsvall och hans färdiga Reillyer och hans panprestuberianska poncho, kroppen du skulle beklaga honom, som världen ser ut , stackars han, hjärtat av Midleinster och den supereminente herren över dem alla, överväldigad då han var med svart ruin likt en svamp upp ur vattnet, föredragande i belcantoer till hans egna oliverianska sällskap MacGuiney's *Dreans av Ergen Adams* och trummandes genom allt till honom själv med diversade tungoade genom sina gamla tårar och hans gamla plattfiskiga släpiga tal, styvnad av den mest kungliga av rapningar, likt en lämpad Cashelmagh sångare som lurar i Clare luft, koltrastens ballad *I've a terrible errible lot todue todie todue tootorribleday*, nåväl, vad gick han och gjorde alls, Hans Mest Överdådige Majestät Kung Roderick O'Conor men, arrah förbannadmen, han fullbpordade genom att sänka sin ulliga strupe med den underbara midnattstörsten var över honom, lika ivrig som senap, kunde han inte säga vad han gjorde öl, vilket besvärade han var från topp till tå, och, önskeönskaönske, lämna det, vad i irländsk, pojkar, kan göra, om han inte går, slampmaglooralisk remyrunt och fjäska, mycket riktigt, likt en trojan, i vissa särskilda fall med assistans av hans vördade tungomål,vadhelst överskottsrävgift, sorra much, lämnades kvar av maltknektars och öltölpars lata förlorare i de olika bottnar av varierande avstått dryckenskaps redskap kvarlämnade där bakom dem på platsen av hela den där fatmåttad ankar familj, den avreste ärevördige hemgångaren och andra luriggroggande förortare, sådana som det var, falla och omkring, till hans förhäxade livs svängningar, som brödrostomvittnats av hans keerubrondnanleten, oavsett om det var chateaubuteljerad Guiness eller Phoenix bryggeriets porterdet var eller John Jameson and Sons eller Roob Coccola eller, vad den saken beträffar, O'Connells berömda gamla Dublin öl som han ville gilla av helvete, mera den där hälleflundraoljan eller jesuiters te, som ett fall bakåt, av flera olika kvantiteter och kvaliteter uppgående till, jag skulle gissa, avsevärt mera än större delen av en gäl eller tjatet av kejserligt torr och flytande mättad kassa, var välkommen från oss här, till morgonens resniong, till dessKavens höna visar sina beaconägg, och Chapwellsfönster fläckar vår hemskhistoriskköld och Fader MacMichael stämplar för klåkkan åtta mässan och det livianska Nyhetsbrevet ses senare, sålt och levererat och allt är klart för omstart efter tystnaden, som hans förfäder till denna dag efter honom (vi ber att deras gammalstöpta gudars flammor må delta i dem!), övermotsidor snäckkillen i hörnet och i motsats till dagdrömmeri hos vaxljusad catering, att hans albums prydnad och familijens falkenfader, han kom att krascha en svansrems slags tillfredsställelse vid ackomodering och själva boxsten i alla hans komposser, varpåengång, behemma den främre för flygfisk och trålare, häv brynsten, lämna ensam, Larry är i fokus och Faugh MacHugh O'Bawlar vid ratten, en som gör och en som bryr sig, slag för slag, ëtt makalöst par, alltid här och över där, med sin fol the dee oll the doo på sina bedrifters blomster och dimmornas känsla i hans örons likvakor vår vinman från Barleyhome han just sjönk att trona.

Så seglade det solida skeppet *Nansy Hans*. Från Liff iväg. Till Nattenlaender. För vem som har kommit tillbaka. Farvel, farerne! Goodbark, goodbye!

Nu följer vi ut med Starloe!

– Three quarks for Muster Mark!
Sure he hasn't got much of a bark
And sure any he has it's all beside the mark.
But O, Wreneagle Almighty, wouldn't un be a sky of a lark
To see that old buzzard whooping about for uns shirt in the dark
And he hunting round for unsspeckled trousers around by Palmerstowne Park?
Hohohoho, moulty Mark!
You're the rummest old rooster ever flopped out of a Noah's ark
And you think you're cock of the wark.
Fowls, up! Tristy's the spry young spark
That'll tread her and wed her and bed her and red her
Without ever winking the tail of a feather
And that's how that chap's going to make his money and mark!

Overhoved gällgladskrikande. Denna sång sjöng sjösvanar. De bevingade ena. Fiskgjuse, fiskmås, storspov och pipare, tornfalk och tjäder, Alla havets fåglar fiskade de ut rättdjärva när de smackade Trustan och Usoldes stora kuss.

Och där var de också när det var mörkt, medans vildkapsarna cirklade, lika långsamt deras skepp, vindarna likalätt, uppbärande ödena, stridshäst flyttad, tack vare mr Deaubaleau Downbellow Kaempersally, inlyssnande, lika hårt som de kunde, i Dubbeldorp, donker, vattterfallens turnégamla, med deras vuoxenar och de kom in shattajockey (bara en kvartsbuck perskalle för de sista akterna) till solaner och tysklönnar och de vilda gässen och havssulorna och flyttfåglarna och dubbeltrastarna och egiderna och alla fåglarna vid klippvidsuckarssousyoceanalt hav, alla fyra av dem, alla suckande och snyftande och lysnande. Mykleohojkling!

De var de fyra stora, Erins fyra maaster vågor, alla lyssnandes, fyra. Där var gamle Matt Gregory och sedan vid sidan gamle Matt var där gamle Marcus Lyons, de fyra vågorna, och oftavis brukade de säga nåd tillsammans, tillräckkligt rättt, bausnabeatha, på Mirakeltorget: här är vi nu de fyra av oss: gamle Matt Gregory och gamle Marcus och gamle Luke Tarpey: oss fyra och säkert, tack Gud, det finns inga fler av oss: och, säkert nu, du skulle inte gå och glömma och utelämna den andre kompisen och gamle Johnny MacDougall: de fyra av oss och inga fler av oss och skicka nu fisken vidare för Kristi skull, Amen: sättet de brukade be sin bön före fisk, upprepandes sig självt, de Augusburghska tillfälligheterna för godnattsvalsen. Och så där var de, med sina palmblad i händerna, likt pulchrumets procul, stukande sina öron, lyssnande och lystnande till oceanernas kyssande, med sina ögon gnistrande, alla fyra, när han fiskar och kelar och kaninkramar smaskigt sin irlandsflicka stengärsgård och genuina klockskönhet, en oscar syster, den femton tum hångelsätet, bakom chefskvinnan flygvärdinnors kabin, hjälten, gaelisk, mästare, den endaste ene av hennes val, hennes flickväns blåögonavtal, varken storful eller småtrevlig, betyder ganska mycket allting för henne då, med hans olycksbådande fingerfärdighet, lätt och rufthanterande.vicemversem hennes trassäck et assaucyetiamer, före och efter, på och avsides, den bruebrända sexfödan, handpålagd och jägarem, det var påtagligt fel och glödlampigt opassande, och kramande och kyssande henne, fittapropp charmaunt, i hennes ensemble av jungfruigt blått, med en utklädsel av nät, kittlad med guldgrejs, Isolamisola, och visksjunger och läspar sig genom Trisolanisans, hur man var pisk för ett var två och två och två var läppar för en var tre, och dissimulerande sig själva, med hans okrig likt Arrah-na-poghue, den kära kära årliga, de alla fyra ihågkåmna som gjorde världen och hur de brukade vid den tiden vara i att vulgärt öronkela och krama henne, efter en ostronsoppa i Cullens lada, från inunder hennes mistelinfektion och kyssandes och lyssnandes, på den äldre Dion Boucicaults goda gamla förgångna dagar i Arrah-na-pogue, i överförandet av nyckeln till Dubbeltungade Mötesplatsens andravärld, med Nush, ordets bärare, och med Mesh, vassens beskärare, i ett av de längesen, kolsvarta århundradena när vem som skapade världen, när de kände O'Clery, mannen på dörren, när de alla fyra var studenter utan diskussion, nära Nickarlands Daghem, vitpojkar och ekpojkar, tim pojkar och pojkflickor, ställer till bråk medan synden sken, med deras grifflar och skolväskor, lekandes Florians fabler och kommunisk avsugning och vellikariska friktioner med maximum medlemmar, i Queens Ultonianska högskolor, tillsammans med en annan forskare, ett primtal, Totius Quotius, och frambära en potta med hyllning till Boris O'Brien, Clumpthumps betjänt, två kärlek, två omsättningar plus (en) krona, att se den galne dansken äta sina vitaler. Ulv! Ulv! Och kastar sin tunga i ormgropen! Ah ho! Damerna har misskunder! Det återuppväcker igen de kära förhistoriska scenerna, lika frächa som av fordomdags, Matt och Markus, naturligt födda naturälskare, i alla hennes rörelser och avseenden, och därefter nu där han var, den där munnen med käkar, edsvuren till ren skönhet, och hans Arrah-na-poghue, när hon mummelaktigt, efter det hon avgett en hostning, gav sin fasta befallning, om han inte tillfredställe sinne, för en sjunger till ett hopp ett dussin av de bästa favorit lyriska national blomningarna i Luvillicit, fast inte för mycket, speglande på situationen, drickandes i drag av renaste luft seren och frossande i det storartade fria, inför fyra av dem, i den fagra fina natten, medan stjärnorna lyser klart, via hennes sken från månen, längtade vi att bli sked, innan hennes honungsgamlavävstol, den klagomålade effekten är egentligen där på det hela taget, en sjötuation så chockernade och skandalös och nu, tack gode Gud, fanns det inte flera av dem och han poghuande och poghuande liksom Moreignern bugade sin täckta hatt och Tilly Skräddaren Tog en Tjära på släp i det Arktiska Skvaller Dagshundar nummer och där var de, likt en fyrmastarna i rullning, lyssnande, till Rolandos fördjupat mörblå Ossian rullgång. (Damen, det var alltför underbart, denna bekostnad av en härlig färgton, förskönad med konstens behag och mycket bra utförd och trevligt stajlad och med alla de otäcka oförskämda oljuden inlåste i äckligt gömställe!) så trötta som de var, de tre glada fyllona, med sina vattnande munnar, alla fyra, de gamla äktenskapliga havets män, som jambar omkring med sin gamla pentameter, i tiostavighet, Luke och Johnny MacDougall och allt önskande för vad som helst från gamla tider, waldtiderna och faldtiderna och humptytiderna och dumptytiderna, för ännu en kopp vänlighet, för fyra förlängesedan glas fulla med kvinnosquash, med dem, alla fyra, lyssnande och spetsande sina öron för milleniet och alla deras munnar gör vatten.

Johnny. Nåväl, visst, det är sättet (upp) och det råkade sig där var stackars Matt Gregoty (upp), deras pater familias, och (upp) de andra och nu verkligen och (upp) de var säkert fyra kära gamla handamer och de såg verkligen hemskt snygga ut och så trevliga och glasögonbara och efter att de hade sina fem famnardjupbrillor för att finna ut alla fanbarna och deras hälften så höga hatt, just nu likt gamle Merquus av Pawerschoof, den gamle beslutsamme despoeten, (*stillsam i brage!*) bare för utvinning ur saltvattnet eller auktioneraren där slunrande, mitt emot platsen nära O'Clery's, vid det svarthögiga nummer nätverk, bakom det antika Dame Street, där statyn över mrs Dana O'Connell, prostituent bakom Trinity College, som arrangerar alla auktionerna vid de värdefulla collegen, Systrarna Bootersbay, liksom auktionsförrättaren Battersby Sisters, de prumiskuösa kreatörerna, som säljer alla de emanciperade statyerna och blombuketterna, James H. Tickell, gaphaolspissaren, utanför Hoggin Green, sedan han gjort århundradena, går till klackvändarhästupppvisning, före fiskenomadernas högvatten, tillsammans med en annan kompis, aktivt impalsiv, och de skosvarta och de rödskaftade och plebejanerna och kapsylöppnares ungar, Jules, vatendaen, Gotopoxy, med hälseneskärare på dem, som livsnjuter sprick- och frakturlinjerna, sju fem träor upp, tre fem sjuor ned, för att komma undan honom, onasmuck som deras mankes tillstånd kunde inte rimligen ha för bättrats, (prisad vare sjukdom!) likt Judgity Yaman, och alla de trehundraårsjubilernade hästarna och prästjägarna, från Curaghet, och förvirronärer och auktoriteterna, Noord Amrikaanska och Suid Aferikanska boskapsplundrare (så säger man) överallt likt en tiara dullfuoco, i hans gråa hälften så höga hatt och hans bärnstenshalsband och hans mörkröda seldon och hans läderklyvare och hans billigtskinande tagelskjorta och hans skottbrittska gehäng och hans parapilagiska legosoldater (hur står det till, tjejtjusare,

Elevato!) och finna ut alla de olämpliga högskolor (och hur står det till, mr Dame James? Ur vägen för mig!) tveskäggad och blåtandad och mjödmagad och benlös, från Strathlyffe och Aylesburg och Northumberland Anglesey, hela det yaghoodurtska lotteriet och alla hästkrafterna. Men nu, på tal åm hayastadanarer och vulkanologi och hur vår sjöfödda ö kom att existera, (explutoren, hans tre andesiter och de båda pantellariorna) som påminner mig om manausteriumer av den stackars Markus av Lyons och stackars Johnny, patriciern, och vad tror du om de fyra av oss och där de voro nu, lyssnande rätt tillräckligt, de fyra saltvattenänklingarna, och allt de kunde minnas, för länge länge sedan i äldre tider Mominian, kastade mörkare timorger, den prinsaste dagen, när Fagra Margrate väntade Svenske Villem, och Lally i regnet, med det blanka präntet, nu utdött, efter Wormans Noes haveri, barflickorna, när mitt hjärta inte brydde sig, och efter att då där var Lady Jales Casemates offentlig ankomst, året för översvämningen 1132 S.O.S., och kristnandet av Drottning Naltersby, det Fjärde Surrarbiet, enligt Hennes Nåd seniorbiskopen, vid sidan om väntformen, och sedan var där Faraos drunkning och alla hans fotgängare och de var alla totalt dränkta i havet, det röda havet, och då stackars Merkin Cornygnwham, den offifielle so m lämnat slottet och gått i pension, när han var helt igenom drunknad utanför Erinöarna, vid denna tidpunkt, vet floden Suir, i röda havet och en behaglig mourningtidning och tack Gud, som Saman sade, fanns inget mer kvar av honom. Och detta var nu som det var. Arzurianen djupar över sina humbedumbens svep. Och hans styrsel som yrsel bekransar hennes mynnen som hennes nådigaste tribut till Matvaru Handlarnas Månadstidning. Se upp gevärsfri av Gladeys Rayburn! Rundabord Återinkorporerat. De nya världspressarna. Där den gamla konken kryssade nynnar skräpet nu. Exeunt kasta en darras Kram av Llawnroc, du kompis kille, kyrkad till yord. Intresse bravomirakel Wehpen, luftkatt revol, rätteskaperande i sin nattskjorta. Tisda tumblar. Och milda tant Liza är lika lös som hennes nääsa. Fullfest meonom infamna behent. Som gentleman skulle döma inkontinent. Så rånad för varje jänta är Elsker olyckad. Ne har hans borrande. Fin. Liksom nyhetsuppläsarna i sina gamla smidiga av *En Royenne Devours*. Jazzaphoney och Mirillovis och Nippy hon nätar bäst. Fing. Aj, aj! Sobbos. Och så var han. Sabbus.

Marcus. Och efter detta, glöm inte, där fanns den flamländska armadan, helt skingrad, och alla officiellt drunknade, där och då, en underbar morgon, efter den universella översvämningen, vid cirka klockan elva och trettiotvå va? utanför kusten vid Kommahem och Sankt Patrick, vederdöparen, och Sankt Kevin, ute i sjön, med för mycket tullar och lottans av tiggare, efter konvertering av Porterscout och Dona, våra första möräldrar, och Lapoleon, ryttaren, på sin vita höst från Hunnover, höjande Clunkthurf över Cabinhogan och allt de komihågtråkade och där var sedan Noahsdobahs Frankiska flootta, från Hedalgoland, ungefär kring Notre Dams fribyttarår 1132 P.P.O. eller så, avomslöjande från under Motham General

Bonaboche, (noo poopery!) i sin hälften så gråa traditionella hatt, ale voila kom alla villor, och efter detta där var han, så terrestrial, likt en Nageltång, poghuigandes henne skandalös och mycket fel, ungmön, i ensam strid, under tysklönnarna, bland bangets bluddringar och alla galgfåglar i Arrah-na-Poghue, så silvesteriösa, när Queen's Colleges, på 1132 Brian eller Bride gatan, bakom århundradets man vid dörren. Och sedan brukade de återigen ge de mest storartade gloriaspannquostade universella vrålmoderhibbertade föreläsningar om anarkism utifrån läran om den allmänna uppfattningen (hallå, Hibernia) från hav till hav (Matt talar!) beträffande bildernas vykort, med sexon grimmacticaler, i Latimers romerska historia, om Latimer som upprepar sig, från Lord hughs vicedrottning, Spetstyranten, till Bockleyshutsen det rahjana gerachklämtet och ragnarökiga sammanfattning. (Marcus Lyons talar!) till de havfyllda med nybakade studenter och höga klasser och fattiga forskare och alla de gamla trinetaniska senatorwer och helgon och vise män och Plymouthbröderna, ensambrummande, peanzanzangan, och nicka och sova bort där, likt förgätmejejare, i hennes vilande tjänst, kring deras tolv bord, per pioja vid pulga bollas, i de fyra trinity colleges, för tjänamensdulärdig Éirinväxtebaks, av Ulcer, Moonster, Leanstare och Cannaouyght, de fyra storartaste collegen kvällsvard en fråga om Erryn, om Killorcure och Killthemall och Killeachother och Killkelly-on-the-Flure, där deras roll var att regera den runda rulle som Rollo och Rullo rullade runt. Dessa var de storartaste gynecollege historier (Lukas kalla, håll fast!) i Janskardanskarnas Lady Andersdotters Universary, för gammal bekantskaps skull, (denna unitariska dam, hisnande skönhet, Bambams behagligaste, levde till hög ålder på eller omkring före detta Nr. 1132 eller Nr. 1169 Fitzmary Rondell där hon sågs av många och var allmänt omtyckt) för undervisning om Fatima Kvinnan historia om Fatimafamilias, upprepandes sig själv, med naturens andemening lika difinitivt utvecklad i tid av psadatecfolomi, den före dette och nuvarande Johnny MacDougall som talar, ge mig koffertar, fröken!) och nuvarande och frånvarande och förutvarande och närvarande och perfekta *arma virumque romano*. Ah, dearo, dear! O gråt för svävaren när eva lämnar hävaren! Hur det gick men alla kom eddavirvlande tillbaka till dem, om de bara fick blick, gagagniagnian, att höra honom där, slickandes och kramandes henne sedan den giktige gamle galahad, med sin like bland kvinnorädda och hans troad av thistuner, så skändlig, från hans upphöjelse om en yard en handard och trattiotva linjer, inför oss fyra, i hans Romersk Katolska armar, medan hans djupdroppgluttare glodde och snodde och irrdillförvirrade sig in i hennes dullukbloona rodollande oloskinande ögonskålar hos Cornelius Nepos, Mnepos. Anumque, umque. Napoo.

Queh? Quos?

Ah, dearo dearo dear! Bozun braceth brythe hwen gooses gandered gamen. Mahazar ag Dod! Det var så skållande tråkigt för allt det hela två gånger två fyra av oss, med deras familijära, skapande de toten, och Lally när han förlorade en del av sin halva hatt och allt vad han ägde, på sitt fruktlösa sätt, slängkappa, handuk och knäbyxor, och upprepar sig och säger honom nu, för Sensers Newslaters sak och Sankt Brices mossaker, att glömma det förflurna, när inbråttstjuven han visade kräket i kärnarolja, och motsäger allt om Lally, Gostertowns ballaste mästaren, och hans gamle vän, Lageneren, i Locklanes Fyrtorn, örhänger sin veke med skyddsnätspiercing, och ligger högt med sin stege upp, och den där äldre tiders drejare och hans lörtags kösliga molndräkt, den gamle kronionen, Skelly, med lädermagen, full med nellter, full med kelter, full med lättvikiga beltter och alla de skalliga drakarna eller hade han nånsin haft uppe på landsvägen, utanför Artsichekes Road, med Moels och Mahmullagh Mullarty, mannen i Oran moskén, och Duignan och det stora confarreatio, i enlighet med cabbangarnas lyxbutik, av de arkivaste arkiven, och han kunde inte sluta garva om Tom Tim Tarpey, Walesaren, och de fyra medelålders änklingarna, alla nanglar, sanglar, änglar och wänglar. Och det påminner mej nu åm att inte glömma de fyra Walesiska vågorna, skuttande skrattande, på sin Lumbag Walk, över gamla Stridsstrand och Deaddleconchs, i sin halvt Romerska hatt, med ett antikt Grekiskt sken på det, i Chichester College auktion och, tack Gud, de skildes alla summariskt, fyra år innan, efter vad de påstår, från sina kära stackars honäktamän, under dessa matafordagar, och aldrig kom att minnas, att aldrig mera se regnvattnet på golvet men de skildes ändå, regnvatten flabbade, per Nupiter Privius, bara terpari, på de bästa villkor och bli glömd, whilket helt enkelt var föruttolkat av deras gamla pilgrim hjärtmusslesång eller så sjöng de igenom våtaste indierna *As I was going to Burrymecarott we fell in with a lout by the name of Peebles* som också på en annan plats enligt deras ortodoxa ordspråk så det sades således *That old fellow knows milk though he's not used to it latterly*. Och så skildes de. I Dalkymont nemmer tå. Aj aj. Den gode går och den onde blir över. Som evil flyter så flyter Ivel. Aj aj. O, visst, så är det. Som Kunuts holymaid sa till Koombes haryman, För hans ödmjuka pesition i udda råd. Kvinna. Squash. Part. Aj aj. Enligt absolut dekret.

Lukas. Och, O så visst de kunde minnas vid denna tidpunkt, när GooldFinernas retstickare var i Poolands kungaskap, Fru Änkenåd Domare Squalchman, foorsitter, i sin heltäckande peruk och skägg, (Erminia Reginia!) i eller iring eller omkring angående året av köp i skam 1132 eller 1169 eller 1768 K.F.U.K., vid Gifta Mäns Familjemans Auktionerares domstol i Arrahnacuddle. Stackars Johnny av Douglas-klanen, den stackars Skotten, (Hohannes!) ingenting om inte amorös,glöm inte, så skrämd (Zweep! Zweep!) på grund av hennes heltäckande peruk och skägg, (outplonlig attraxitet!) som bussade yearlen av förskoningar på honom, och de fyra maastrarna, i kör, med ett hing behängt dem, därför att han var så långsam att borstella henne schoon för henne, när han förberedde hennes nåd, i stället för att ryggklia hennes materfamilias propert, likt vilken gammal metodist som helst, och alla skilda och påvisstsätt förbjudna, i mitten av templet, enligt deras kära trofaste. Ah, nu, det var illa det, för illa och totalt robust, alla felinträffanden; och stackars gamle Mark eller Marcus Bowandcoat, från brownesberrow i ingenslandsland, den stackars gamla kronometern, alla förföljda med varenda ens allierade olyckskorp, via absolut dekret, genom Herrinsilde, eftersom han glömde sig, gjorde vind och och vatten, och gjorde en Neptunus röra helt på egen hand, vrickårandes över giamantens gångväg, och då han glömde att minnas att signera ett gammalt morgon ombuds tidning, en skrift med begäran att håriga henne själv, på stämplat bronnaleum, från Roneo till Giliette, innan sägandes hans nåd före fisk och sedan och där och också var där stackars Dion Cassius Poosycomb, också helt drunknad, inför världen och hennes make,för det var det mest opassande och felaktigaste, när han försökte att (nå, hans hälsa var chockerande usel, sa han, med spånen som föll av honom), därför att han (ah, nu så, fredsbitar pissar till Wedmore och låt inte sången bli dum på Raseri, som vi säger i Davies Spaasmer, och ska inte vara alltför hårda mot honom som en gammal Manx presbyterian) och därefter, lika röd som Rosse är, gjorde han sin sista vilja och gick till bikt, likt generalen vid Berkeleyites, vid romens kant, på hans båda bara märgben, till Hennes Tillbedda hennes Moder och Syster Evangelist Sweainey, på Cailcainnin widnatt och han var så ledsen, han var verkligen, för han hade lämnat kvar bytetknappen i den snygga bilen och nu, säg sanningen, ovänner aldrig, (hon var hans första röriga gidunna och det var en mycket snygg päls och där fanns fel på båda sidor) välan, ha försökte (säger dom i alla fall) ah, glöm och förlåt (gör vi inte det allesammans?) och visst, han bara skojar med sina andrewmartiner och hans framskridna ålder kom över honom, välan, han försökte eller, Connanchyen, han frestades att testa några hunniska familiariteter, efter att ha ätit en dålig karmp i den oförskämda oceanen och, hevantonoze säker, han var död sjösjukbädd (det var verkligen för dåligt!) hennes stackars gamle frånskilde man, i huslikvider för dagandet vid Martyr mrs MacCawley's, där just då han höll på med att läkte och lekte, för att hålla den sköterskömsinta handen,(ah, den stackars gamle lirkaren!) och räkna knapparna och hennes hand och rynka pannan mot en dålig krabba å pröver å kämme ihög vad dutam de va födda å vem som fick en vem å snarka. Ah dearo dearo dear!

Och var lämnar du Matt Emeritus? Abbotabiskops lekmannachef? Och exchullard av ffransk och thysk. Achoch! De var alla så sorgsna för pourboir Matt i sin saltvatten hatt, med Aran kronan, eller växte hon ur den, för stor för honom, av eller Mnepos och hans overaller, allt föll över henne i veck – säkert är han hade inte hjärta i henne att dra upp dem – stackars Matt, den gamle pilgrimsfalkens grymma matriark, och en drottninglik man, (det lila rodnar över dem!) sitter där, den enda bosättningen, under jord, för en försonande rit, förutsättande hans orsak, (vem skall säga?) i hennes bäverhätta, kungen av Kaukususs, en familj helt för honom själv, under geasa, Themistletokles, på hans flerspråkiga gravsten, likt Navellicky Kamen, och hon färdig att skoja vid sötnosedags, med sitt anlete mot väggen, med tanke på fattighus, och tog hans rost i Irens oxsikte, under alla auspicierna, mitt i skallret från hagelskurar, kalospintheochromatokreenande, med hennes murgröneklädda huva, och greppandes ett gammal par locktänger, tillhörande mrs Duna O'Cannell, för att blåsa hans begåvning med, till Nyahögrelands höjder hörde Bristolhytten, med hans tekanna och en väska med alfredkakor från Anne Lynch och två skivor av Shackletons bruna limpa och dilisk, i väntan på att slutet ska komma. Gordon Heighland, när du tänker på det! Den muntre strapatsaren! O hoj! Det var alltigenom för dåligt. Allt slukat av aktiva uppassarmän, laudabiliter, av kvinna kvävd och allt på grund av lukten av Shakeletin och klösman och hans mun vattnades, lsd och alkolik; tecken på saltet, och så skicka för Guds skull vidare brödet. Amen, Och så. Och allt.

Matt. Och bröd. Så det var slutet. Och det kan inte hjälpas. Å, Gud vare med oss! Stackars Andrew Martin Cunningham! Håll andan! Aj! Aj!

Och alltjämt och allt vid en tidpunkt för de dynastiska dagarna av gamle Soteric Sulkinbored och Bargomuster Bart, när de slog spiral och överraska tillhåll, i gamla Hungerford-on-Mudway, där jag först mötte dig gamlepoettryck flyende från mej och de Finnanska koljorna och de Noalska hajarna och de geggasvansade sköldpaddorna likt en akustisk pottish och det griesouperade jättehuvet och hur han stakade upp honom hans boccat av vuotar och fick stot surr för sitt namn i till luftveckans ära hemifrån, kolonier och imperier. De hade alltid assisterande grace, (upp)tänkande och inte glömmande metallmellanlägg och sjalar vecka, i auld land syne (upp) deras fyra hosenband, det var fyra (upp) vacker syster mister, nu lyckligen gifta, med gamle Gallstonebelly, och där var de alltid räknande och varenda natt motsägande det är tidigt den förtjusande modern av strandsnäckeknappar, i enlighet med deras anakronism (ett upp två upp ett upp fyra) lapardel och därefter var hon nu där, i slutet, raringen, soldpuder och allt, de vackerfyra systrarna, och det var hennes republikanska fläcknamn, tillräckligt bra, alun och havre, och de brukade komma upp underifrån, i sina kransar av tejp och strå, med alla de bekymmer vakna i sitt hår, när som kookaburra klockan ringringde alla deras felaktiga insidor (kom in, kom an, ni lata limpor!) allt innanför deras stackars gamla Shandon ringlåda (kom ut till helvetet, ni slöa slynglar!) så skrämsa, för dthklangavore, likt kobenta knän hopstötta av fittgrepparens raksträckor, (jo! jo!), vid alla tidpunkter varenda natt . På deras mistlar, de fyra gamla åldringarna, att se var Transon Postscriptet kom, med deras oerkussenar under deras armsaxtrar, alla vattenpussade och mytifierade, på den väg som vinden virvlade skonaren omkring, när ens skulle låtit dem rosta, från spelande deras gästspel, korsa deras sömn med chockerande tystnad, när de voro i sina drömmar från fordom, stående bakom dörren, eller lutande ut ur stolen, eller knäande under soffaöverkastet och sittande på soppterinen, kommande i deras väg något barbariskt, bäddande den ena våta undervid konvibrationell säng eller så brukade de slumra under, när det inte fanns något hopp längre, och tog på sig en bhal v hatt och föll över alla synoptiska och en panegyrik och upprepande sig själva, likt svvälljaande, likt tiden då de var andvikande den pratsamme kocken som jagade dem, se se runtomkring stoolen, gå överallt för en joolen, at knuse fyre för alla rivarna, att samla allt och bitar av brunt, rathorernas tuveckling i tidsandan i alla rymdens famnar och slupandes omkring i en báinín och badtofflor och gå bort till Oldpatrickoch träffa en doktor Walter. Och därefter så glada de hade sina natt tentakler och där de brukade att vara, flaxande och cyklande och görandes en undergångs slinga, panementiskt, kring skeppens midjor, i kölvattnet av deras gode gamle Foehn igen, lika trätta som de var, vid sina vindvidder i vågslängder, den klipperbyggde och de fem fyrmästarna och Lally av de klyftofta bagoderterna och Roe av de rimliga fusken, utbytande loppor från värd till värd, med antgroposofia, och han säljande honom innan han glömde, issle issle, efter att haft förebyggande deflegmatiserat hans avloppsfull med strupgrodor, med en lungbar fong i sitt sugmunsöra, medan den kära åkallade till coolun vården av en palpaögonbrynen lyfta vänster utan tvivel i hans skötare, tills han var omöbelbart och han var tilliti, systersjäl i broderhand, subjekten var deras stora passion, att en färsk från kon om Aithne Meithne gifte sig en mailde och en där ene också från Engrvakon saga oom en gooth en mye ett gotheny ägg och parksidans spratt om kvalitet drottningar, katte eller kinne, för Earl Hooved — snarts urval och Huber och Harman ellerhurnär digovanpå — således (chchch!) eysolt av kikare memostinmust egotum endurmedvetet förstånd uppå de multimatematiska immaterialiteternas deprofunditet därbejubare i det pankosmiska driver på allimmanensen hos det sin Sigsjälvt är Sigsjälv Ensam (hör, O hör, Caller Errin!) blottlägger på detta vårthärnu plan i avskiljd solod, likvakt och utströmiösa kroppar med (vetenskap, säg!) farovitnad passionflämtande pugnuplangenta intuitioner av återförenad självständighet (skum vassla, abstrew adim!) i det högredimissionella självlösa Allsjälvet, digmeng otäckast migtheeng Idolös, och säg Jolly MacGolly, käre mäster John, den försenat ovårdade, som hackar iväg mot ett fläckigt pergament, och alla de andra analisterna, ångfartygen oct damernas kvartett, ovenfor, nedenfor, dinkety, duk, downalupping, (hur lång tandem!) likt en förtidspensionerad skonarmästare, och deras par gröna ögon och tittar in, så sägs det, likt narkolepterna vid Comas sjöar, genom de immiga fönstren, in i smekmånadsstugorna, ombord på de stora ångapårierna, gjorda av Fumadorerna, och salong damernas madorna toalettrum beklädda över räksilke och gnuggar bort de kvicka kackerlackorna från ett fönstren och, hii hii,lyssnande, *qua* committe, de stackars gamla kväkarna, oben de dure, för att se alla dessa hunnermånare och dessa förstaklass damer, seriösa mig, en tösvår som du tänker dig, och blad långt ifrån pojken, uppvaktande i filtar, enfamillias, och, hoon

hoon, helt felaktigt, i en underbar morgontoalett, för rosensmularen, rysföraren, suckinspireraren, med det där olivgröna dunket i hans nakna hals, och vinglande och tinglande, tack så hemskt mycket för det fjuttiga citatet, som sökt av piga alltingling igen så mycket mer glädjeenkompis, och hennes lömska dräkt, din bytesungföförbundne, under alla deras familiariteter, genom att förfebygga nåd, glömmandes bort att säga deras nåd före chambadory, innan går till båt med gränserna för kaptellet av öpperingen för mÅnaden Nema Knatut, skicka för Guds skull vidare poghuet. Amen. Och allt, hi, hi, skälvande, så skrämd, och, hoon hoon, skakande. Värkande. Aj, aj.

För det var då en snygg sak kanske av ren avledning inträffade, när hans smickrande händ, i det precisrätta momentet, likt måhända någon modig kock kunde klippa grabben på en potta med havregrynsgröt vridstängde hans ankhus, den livlga flickan, död av kärlek, (jo visst, du kände henne, som var vår ängel, en romansens oförgängliga mirakelkvinnor, och, säkert nu, vet vi alla du var svag för henne även till dags dato!) med en drottliitencree av joycisk kris renulitade hon deras disförenade, med rispad lepes till seg lopes (den käraste käre!) och den gyllene enträgenheten hos den mest tillbakadragnes fritid, när, lika snabbt, är flottig svinsvål. Amorikas Champius, med ett aragant tryck, korde det massiva hos virilasegerns flshpst de båda linjerna hos framåt (Eburnea är ner, grabbar!) rättjingbangskott till hennes matstrupes mål.

Alris!

Och nu, stå upp och lägg till dem! Och spel blir hederligt! Och dragdet ini dig själv, som på manåkvinnan enannan gör! Kandidatiskt, allesammans! En mot för amot, Comong, meng, och douh! Där var detta, nådumåkallahenne, ën fastspånd modern gammal antik Irisk prisscessa, så eller så händer hög, väger så och så mycket ridbana, i hennes madapolam skyddsblus, ingenting under henne hatt utom rött hår och solitt elfenben (nu vet du det är sant i dina knapra hjärtan!) och ett förstklassigt par sovrum ögon, mest trivsamma blå, (så svaga vi är, envar och alla!) förtrollningen av förmåns förtjusning samförstått! Kunde du beskylla henne, säger vi, för ett psykalltlogiskt ögonblick? Vad skulle Ewa göra? Med en så tröttsam gammal mjölklös bagge, med hans tröttsamma plikt kyss och hans luftrörs tuber, den tröttsamma gamla håriga orangogranna bävern, i hans tröttsamma gamla tjugosexochsexöre herdar lunk dåsare och hans trettiobobandnioöre svansar pluss toop! Hagakhroustioun! Det vore verkligen alltför överstigande om man skulle erbjuda vid tjurighet en gammalvirduell en knalla av gångjärn träff. Den viktigaste saken någonsin! Sedan Edem var i boagsens noavy. Nej, nej, de köra himlarna vet, och desto avlägsnare desto från det, om den stulna urinen fel fickveta, vemän det aptitretande, och vadän var fruktköttet, de tillsammans tvoonade, och ge de m mest lidelsebara vädren, de gjorde en lally en lolly en dither en duther en lelly två dather tre lilly fyra dother. Och det var ett femfyllt ögonblick för de stackars gamla tidhudsjukdomar, som ticktackar, i tenk räkningen. Tills gnistan som pluggade skonade kvävningen ha n greppade och (rörligt ypperligt, hur kortad är dina lunguinger!) de kunde och de kunde höra såsom en kollapsad läspning, det var hennes sanningars riddare stringtrosa som plippar ut ur hennes kapelldeosy, efter vart han hade gått och polpat den ifrågasatte. Plums.

Å nu, det var tutulligt fruktanstigt, mummelluvidjesus! Och sefan efter det atrtr de brukade vara så glömska, räknandes moderperistjärtar (upp en upp fyra) för att minnas hennes vackera mögliga flicknamn, för översvämning, genom drömmen om kvinnan dagdrömmerskan, i fyrtio länder. Från Greg och Doug ppå stackars Greg och Mat och Mar och Lu och Jo, nu lyckligen begravda, våra fyra! Och där var hon helt tillräckligt, den där trevliga anblicken tillräcklig, den unga flickan innegård omtyckt, vad beträffar dagar i överflöd, Gregory harpalåt. Egory, O bunket inte Orwin! Aj, aj.

Men visst, det påminner mig nu, likt en annan förtäljmejenstory repeterandes sig självt, hur de brukade vara dvaliskt kära, vid slutet av alltsammans, vid denna tidpunkt (upp) alltid, trött och allting, efter att ha utfört musjobb och hittat på det, över deras samfundssjungande (upp) på luftstrupens topp loft, av Mamalujo likt äldre dårskaper vid mördar magreer, som hukar omkring, två om två, de fyra konfedererade, med Caxons och Cowarn, uppföer det våta lufu registret i Gamle Mannens Hus, Millenium Road, krönande sig själva i lauraliga avdelningar, med sina kalla knän och sina stackars (upp) fyrkantiga innergårdar rupier, försovning, och alla uppklädda, för sina ¨filtar och moderliga halsdukar och dojor och deras skål med bruna kedjor och mjölkiga och smörgås proppar, en potion per fred, en bit aportion, en sked aläpp, alupp en lapp, för en kopp av vänligast hitttils, med hållen tagihand och skjutskökerska och bara en snudd på äta, ett förtjusande apben och för xdoft och vänta nypet och snabbe gamle Marcus Lyons att inte bli halshuggandes skillettet fram för gastars liv men att bskicka vidare tänderna för sätta i halsens skull, Amensch, när det så råkar ske var de alla tysklönner och glömda av världen, eftersom den slemmiga kikhostian, för alla en möjligbarad, efter ete ën svår kramp och johnny magories, och ryggklös de stackars liggsåren och det fjärdingdoppade, deras magnegnosiums vaxljus, och läste ett eller två brev varje kväll, innan de gick tlll dodo sömn atrans, med deras blomställningshänges hätta, i skymningen, en storbokstav, för vidare beskydd, på deras gamla en sidas codex bok av gammalt års afton 1132, M.M.L.J. gamla stilen, deras Senchus Mor, genom hans kompis flicka, mrs Shemans, i hennes sommar sigill husstickprov, med den karakula bredsvansen, hennes *totam in tutu*, slutlig mattgul middagsmål upplaga, i regatta skydd, uptenbar från den annra, för att regula deras drömmar genom inkubation, och Lally, genom deras kallbrända spentakler, och allt det goda eller de gjorde på sin tid, rigioristerna, för Roe och O'Mulcnory en Conry ap Mul eller Lap ap Morion och Buffler ap Matty Mac Gregory för Markus på

Podex av Daddy de Wyer, gammal bagabuljong, biffar och sculloguer, bönder och vasaller, i samma, sept och flertaligt och en efter en och sjung en mamalujo. Till den hjältigaste av Erens kämpar och hans braceoeländare och Gowan, Gawin och Gonne.

Och efter det att nu i framtiden, snälla Gud, efter ostraffad början, allt upppfepar oss själva, in medios loquos, varifrån han fick en användbar arm upptagen på sidlinjen, förväntad söder om hennes västra axel ned till död och kärleksfamnen, med ett intressant talgutseende och alla nu förenade, sansfamillias, låt oss rusa fram för att säga oremus bön och honungsött folklig,efter att helt insett de glädjande erfarenheterna av högst kontinentala händelser, för meter och peter att templa en eslaap, för gamla bekantskaper, till Peregrine och Michel och Farfassa och Perfegrine, för naviganter et navigants et pilgrimsfalkar, i alla de gamla kejserliga och Fionnachan hav och för mode vältrande sig till en Miss Yiss, du hårprydare, du sjung en lovasteamadorion till Damersögon, här är Tricks och Doelsy, våra förtjusande, i hennes förfallet näpna lilla blå och rullar sitt band och hur hon sprang, när vett van fri, den smilgröpta saligheten och fruktansvärt trotsade, helt gladvi ska aldrig glömma, fast gången tid älskar de fortfarande unga drömmar och gamle Luke med sitt kungligt lömska leende, så väl värt betrakta, och Senchus Mor, besatt av tydlig ökändhet, och en annan mer av storfräsarna, för att inte nämna andra, av vilka stora ting förväntades i det filmfyllande departementet, för Lazarus liv och gamle luke syne och hon heiheihell hennes kobbor kohinor sehehet på prazet savohole shanghai.

Hör, O hör, Iseult la belle! Tristan, sorglig hjälte, hör! Lambeg trumman, Lombog vassen, Lumbag flöjtisten, Limibig mässingisten.

Anno Domini nostri sancti Jesu Christi
Nine hundred and ninetynine million pound sterling in the blueblack bowels of the bank of Ulster.
Braw bawbees and good gold pounds, galore, my girleen, a Sunday'll prank thee finely.
And no damn loutll come courting thee or by the mother of the Holy Ghost there'll be murder!

O, come all ye sweet nymphs of Dingle beach to cheer Brinabride queen from Sybil surfriding
In her curragh of shells of daughter of pearl and her silverymonnblue mantle round her.
Crown of the waters, brine on her brow, she'll dance them a jig and jilt them fairly.
Yerra, why would she bide with Sig Sloomysides or the grogram grey barnacle gander?

You won't need be lonesome, Lizzy my love, when your beau gets his glut of
cold meat and hot soldiering
Nor wake in winter, window machree, but snore sung in my old Balbriggan
surtout.
Wisha, won't you agree now to take me from the middle, say, of next week on,
for the balance of my days, for nothing (what?) as your own nursetender?
A power of highsteppers died game right enough — but who, acushla, 'll beg
coppers for you?

I tossed that one long before anyone.
It was of a wet good Friday too she was ironing and, as I'm given now to
understand, she was always mad gone on me.
Grand goosegreasing we had entirely with an allnight eiderdown bed picnic to
follow.
By the cross of Cong, says she, rising up Saturday in the twilight from under me,
Mick, Nick the Maggot or whatever your name is, you're the mose
likable lad that's come my ways yet from the barony of Bohermore.

Mattheehew, Markeehew, Lukeehew, Johnheehewheehew!
Haw!
And still a light moves long the river. And stiller the mermen ply their keg.
Its pith is full. The way is free. Their lot is cast.
So, to john for a john, johnajeams, led it be!

III.

Lyss!
Tolv two elf kater ten (de' kan in't stäm') sax.
Loss!
Pedwar pemp furtify trej (det måste vara) tolv.
Och lågt stal över stillheten hos sömns hjärtslag.

Vit regnbåge spänner. Valvet befäst. Märke som kapsel. Näsan på mannen som var ingenting likt äcklig. Det är självtonat, skrynklande, rödfärgat. Hans krok är en ärttörnekon. Han är Gascon Titubante av Tegmine – sub – Fagi vars inventarier mobilar så wobilande framför mina remembrandter. Hon, nästa bevis, hans Anastashie. Hon har bedjanden i lågdelph. Zeehär gröna äggkvastar. Vad nämnde blåtandmand är dit bort vem stirrar? Jugurtha! Jugurtha! Han har en vild hindigans becco. Ho, han har hornhud! Och hvis nu är för dig. Pensée! Veil veilchen veildes vackraste kvinna. Hon skulle ungar till mitt palats mitt valv, med obsidian lupp, hennes ål i hennes duvas amning. Apagemonite! Kom inte nära! Svart! Byt ut!

Jag tycker när jag föll i sömn nånstans i ickeland där som snälla (och det var när du och de voro vi) hörde jag klockan noll som att det var klangen av ragatas skratt bland midnatts klockspel utifrån klockstapeln till den gulliga gamla spräckliga kyrkan klämtande så vagt en godmanssann som nattskaps osedda viol återgav alla levandegjorda storbrittiska och Irländska objekt osebara för mänskliga bevakare bortsvett från det var kanske genast någon glistrig glimt nattligandes nerför ytan till floderande flödochflöd som igen måtte tyckas tvätt vilandes klädnader en läsida nära till hands i full förväntan. Och när jag joggade fram i en dröm lika slumrande jag sölande, arrah, tyckte jag mig höra bredton och klängerväxterna och glidflygplanen och flygmaskinerna av jord andning och skogsbrändernas danstungor och humrarna i sin mark alla ekandes skrikandes: Shaun! Shaun! Posta posten! med hög röst och O, ju högre på höjd desto djupoare och lågt. Jag hörde ho9nom så! Och si, något av mescemed skom från oljudet och nånsom kunde flytta allt mörker. Nu, det var som klump, nu måhända. När titta, var ljus och nu var det som blåttare, nu moren som glöeden, Ah, i oupplysthet var det i mycken likhet, välsigna mig, det var hans bältade lampa! Den vi drömde var en skugga, visst, han har blättfärgade ögon,grabben! Välsignade momens, O romens, han växer att stanna! Aj, han som så svängde ett irrblåss cvramför mig, hand stöd för hand, prompt sida för proffsen, klädd likt en jarl i just det korrekta plagget, i en stilfull mac Frieze jacka av helt överlägsen ojämnhet, indigoblå braffe, trekkad och trampad, och ett Iriskt ferrier halsband, frittsvängandes med marsvins snörband från hans skuldra och tjocka bakomlagda broguesskor som hamrats på honom för att passa det skottskmest publika och klimatet, järnhälar och skonbara fotsulor, och hans jacka av försynen väl förskaffade wollier med en mjuktrullande läsp hos ett rockslag därtill och stora sigilllacksknappar, en god portion större än deras knapphål, av tjugotvå morot krasnapoppsky röd och hans osårbara säckvävsborste och hans populära kraghalsband, Tamagnum sette-och-forte och hans högljuda boheem leksak och damasterns utanpåskjorta han ståtade inuti, en stjärnspäckad västanvind med en avgjort röklinförsedd skrynkelklottrad framsida medf hans motto genom kärt liv inbordellröd över det i ärtor, ris och äggig-gula, Eller för kungliog, Är för Post, E.M.D. hård valuta på stubben och den mest framgångsrikt burna uppdragna gigoter nu du nånsin, (vilken parfakt pressveck! Hurärjagsåtittaktigt kersse!) har sönder över fotleden och kramandes skohälen, allting det bästa – inge annan från (Ah, sedan må sköldpaddans välsignelse av Gud och Maria och Haggispatrick och Huggisbrigid sopprukllar över honom!)och må hans hundra tusen välkomststuvade brev, vidarebefordrad trollstav postjagad, multiplicerad, ja tro, och plultiplicerad!) Shaun själv.

Vilken primitiv bild!

Hade jag Messrs Gregorys och Lyons överensstämmande viktigpettrar vid sidan om dr Tarpeys och jag vagar säga pastor mr N'Mac Dougalls, men jag, stackars sate, är emellertid som deras fyrdelade tattares åsna. Dock tyckte jag mig Shaun (heliga budbäraränglar vare oavbrutet knuffandes honom bland och utmed de slumpmässigt slingrande vägarna alltid!) Shaun i egen person (nu må alla den blåsvartglidande konstellationerna fortsdätta att forma hans ombytligatidtabell!) stod framför mig. Och jag svär på mitt agrikulturella ord vid oddset etthundra och sextio stavar och koner av denna kvällsvision att ung kompis ser ut som grejset, Bel of Beaus' Walk, ett kreditkort om det nånsin fanns! Full fart? Nu utan svek är det knappast för mycket att påstå att han såg stilig ut, så eldat snart, i mycket mer än hans vanliga hälsa. Ej att ta miste på den där gladlynta pannan! Det var en för dig som aldrig skulle nu med gode Hertig Humphrey men skulle okej genom månaderna utan något tecken på fel i fåll och sedan, annars avrundning, lättöl åt Traroes bottensats. Dessa jehoviala ögonkast! Roolens hjärta! Och slå hönshuset. Han var enorm, utmärkt garnering för han var efter att haft dets jättekul, en tjugofyratimmares varje ögonblick spelar roll malsynsk, i ett porterhouse scutfrank, om du vill veta, Helige Lawzenge oavToole's, Lyckohjulet, lämna dina klubbor i farstun och vänta på dig själv, inget köäk för valnötsketchuppar, Lazenbys och Chutney greppis (huset den en gång drottningen av Bristol och Balrothery två gånger beundrad för att hennes nuckade dörr upptittad Dacent Street) där i det suckade i behagliga ögon medan hans hjärter knektar förstörde hade han rekryterat sin styrka med måltider av spadfylld med jordbankad, i förväntan av bordservetters fasta, konstituerande hans tredelade pranzipiala måltider *plus* en kollationering, hans första frukost, ett välsigna oss O blod och törstig orange, nästa, en halv pajnt med fyrtorn med nyledda leksaker och ett segment av risfin pudding, möte med söndrat socker och en del kall övergiven stek förstenad från den fladdermussvarta natten då överflödad, utan försperma till evektueller, kom med merendally hans soppgrytsmiddag på ett halvt pund eller rund stek, mycket ovanlig, Blongs bästa från Portarlingtons Butchery, med en sida av lättsomplätt och Corkshire alla blandning och bacon med (en smula mar pliche!) ett par hugg och inkastad från silvergallret av rosteriets innehavare som bor på kullen och gulash sås och pumpernickel observerande och en icke zigenares lampiga lök (Margareter, Margaretar Margarasticandeatar) och likaså med andra kurs och sedan slutligen, efter hans klockan lunchlavins tilltugg hos Appelredts eller Kitzy Bratens ridbyxlårstek och en Störhonom med hennes gamla fenix portar, gycklar till gwen hans gvissel och sötpotäter och också irisk och låtsas gurglande att vissla sin väg genom för sväljande,swp by swp, och han fick sin tunga kring det och Bolands Broth bröt ut i köpslagan, till hans ånger hanssoppa *avic* sängfösare, äggulадet en karusall i enlighet med andra maträttsögnare och becon (det myckna av) med breda bönor, hög, stek, hagg, peppra diamantbenet upphottat timtom och mens det var efter att han hånat en gosigt fylld kallankling följd av kall fläskkotlett mer grönsak och i deras gröna fria tillstånd ett klisterkluster av ärtor, srtolpillerligt ringa, sist. P.S. men en Fingerhut med rhengenever att ge Pax cum Spiritututu. Torrt tacksam. Burud och dulse och typureely sylt, alltsammans gratis, aman, och. Och det bästa vinet avec. För hans hjärta var lika stort som han själv, så var det, och större! Mens bullarna är ett blommande och nachtergalen fyller på, Hela St Jilian's av Berry, hurra där för tobier! Mabhrodaphne, brun stolthet hos vårt vaniljkrämshus kaj, älskvärd med måltidsfylla, uppmuntra oss artigt, heja på oss! Alltid om dig, Anne Lynch, drömmer han djupt! Husiannan! Te är i Höjden! För gamla tider Aevigheit! Således ska han nu växa sig tjockare, växa på nytt. Og bedre og bedre paa smrre och smrre. Vid tecken av Mesthress Vanhungrig. Emellertid! Märk väl, smocka ner till nourritures, var de huvusakligen en del skinka och jaffor, oc h jag avser inte att tra in föda för ögonblicket att han var guilbeys sväljbara frosseri vad beträffar tuggbara bultabollar, men, råmjölk varfe råmjölk, och på det hela, när inte av hans havre, given förälskad aptit och efterälskat prissättande god kupp, brabillig, var det termidor skörd eller blomstrande maj medan de visslande prårieskrävlarna leker, mellans överätande och finsmakande, han grävde sitt inlägg all rajt, deah smörregås, varje gång han varf för att skapa skit till ett mål mat eller köände sig som en butelj med ardilaun tesammans med ett läckert betts zigg hos en välklädd tårta eller. Fast hans netto inträdares varelse vägde noll men ett flygägg till hans gross och ganz försenade balans. Och han var så hyrkuskkäck med ett skoj som en skolflicka som fastställer sitta bra över hans Ostron Måndag tryckt ansikte och han var helt enkelt ute på rampen och mäsk, som man kan säga, för han sprokade.

Ouvertyr och nybörjare!

När si (önska, O önska!) jagsåg jag strömmade, när the green of the gred var flugen, var flydd, via murkhets döfder gröngrott djupare hörde jag an röst, Shauns voce, de Iriskas vote, avaaz långbortifrån (och cert ingen renare ren palestrine nånsin skanderade panangeliskt mitblann målnen av Tu es Petrus, inte Michaeleen Kelly, inte Mara O'Mario, och visst, vad mer numerösa Italicuss nånsin råsög frisk uov i urinoar?) en bris till Yverzone över det brozaozaozande havet, från kalla vägen hur den avandade (merafläsk! Merafläsk!) till doftande nattliv lika mjukt som upphöljda marconimasterna från Clifden brus öppna oförtröttliga hemligheter (malvaport! Malvaport!) till Nova Scotias listning systerstavar. Tubtub!

Hans handflata lyftad, hans handkupa kupad, hans handtecken riktat, hans handhjärta parat, hans handyxa höjt, hans handlöv fallet. Hjälpsam hand som hålmest helar! Vad är hett helig! Det gestade.

Och det sade:

– Alo, alass, aladdin, amobus! Släpade hon mjukt fall betyder vila ned? Shaun gäspade, enligt hans allmänna adress repetition, (detta var anteproföregåendedags duvor-i-en-paj med grov deg för bäraren och röra-säg-ugh av overgestern pluzz tisdans chamsmärta i sitt huvud, med minnena av det förflutna och hicnuncsen av det nuvarande förskönande framtiden musik från Miccherunis band) tilltyalande sig själv *ex alto* och beklagande med vokalt missnöje det var så nära från och med det faktum trasan var uppe och trosorna och billpassen, ett husfullt med döda skallar, och han som färgar sina paddykappor att morna sin höstligaste inkomst, sitt styrelse i hans ödes välstånd som, havandes fuktandes sina steklars på de tysta och åtkapande kindtänder och slipare rena med sina båda pekfingrar, sänkte han sin hunk, ned- och utslagen att omedelbart riska, utmattad likt en andfådd hare, ytterst medtagen, det var allt han kunde göra (äcklad över sig själv att den kombinerade vikten av hans tonvis med iosaler var etthundra män alltför mycket samlade för honom), på den infödda heden han älskade täckt han älskade knähögt täckt med jungfrubuskage, för vem vem som nånsin beträdde Erins gräs kunde nånsin sova bort det grästäckta. Nåväl, jag är frikostigt överlistad när jag ser mig själv påså sätt vårdad! Hur alltför ovärdig jag är, en enkelt freds brevbärare, en första gradens usla högljudda hetshatare, Candias principat, ionga ben och en titel, för sådan eminens, eller snarare oskydd promenad, för att vara mera exakt, för att vara wen extraordinär bärare av dessa postförmånga missiv i hans majestäts tjänst medan mig och duor och dem vi sträcker ut oss enligt ett mönster av lyhördhet! Vi är mig, du är dig! Jag, den mäktigastifall strål maircanny, som tyglade hans munterhet för tidigt eller mötte hans födelsehet för sent! Det skulle ha varit min andra med hans leicknamn för han är huvudet och jag hans alltid hängivande demon. Jag kan ses tillspegel på åretsd tossdagar när vi lofobsedade oss så ker. Desa sembal simondina pumpkel pajförsäljare! Vi delade tvillingrummet och vi blinkade mot den ena jäntan och vad Sim snyftar att dö ska jag knutförstärka imorra, för det ska bli, hoppas jag, Sam Dizziers matad. Ställ in, ta in, gamle Tighe, hög, hög, hög, jag är ditt uggleglas. Bli gammal! Han ser ganska tunn ut, imiterar mig. Jag är mycket förtjust i den där min andra. Fiskhänder Macsorley! Alien! Begravningsakter! Bonzeiöga! Isaac Egaris Röv! Vi är musichallparet som vann de simma lugnt urinblåsorna vid Guinnessgalan i Badeniveagh. Jag borde inte skratta tillsammans med honom på denna scen. Men han är en sådan spelförlorare! Jag höjer min skiva för honom. Mässing och vass, stöd och redo! Hur var din tupplur, Handy, och hurnu står hon? Först levde han för att känna vad den äldsta dottern hon drömde och sist han jättegärna ville veta vad gamla Madre Patriack höll på med. Tag denna John's Lane i din rostarförgrening. Shaunti och shaunti och shaunti igen! Och tolv kolendermånar! Jag är ingen helotwabefraktare men jag vördar henne! För min egen rakning! Hon har studerat! Piscisvendolor! Du är behag!Framtid dronk av Skullendom! Men Gemini, han ser fruktansvärt tunn ut! Jag hörde mannen Shee sjungandes i skafferibukten. Låt honom ligga nere i soptunnorna! Öea! Öra! Inte ja! Öga! Öga! Förj jag befinner mitt i dets hjärta. Ändå kan jag inte på mina högtidliga meriter som en recitatör minnas att nånsin ha gjort nånting av det slag som förtjänar sådant. Inte en nations phost! Inte heller med en lång slampa! Jag hade inte bara tid med. Helige Anthony Guide!

– Men har vi tills nu nånsin bönfallit dig, käre Shaun, vi minns, vem det var, duktige pojk, till att börja med, som utifrån symfoni gav dig tillstånd?

– Adjö nu, replikerade Shaun, med en röst ren som en kyrkomusik, i eko rättkräsen, med en bra kattslickning på hans kokosmossiga godislucka, en försmak i tid för hans träiga hjärnas lockigblomma. Athiacaro! Kamma hans tjär udda sjung din gräsklippar O mijau? Välkomna dig Väl? Hur är dem columbuseer! Isterflott har senap på dem! Tröttsamt, mycket tröttsamt. Luffare meniskknä och min ryggrads korvatyr. Poumeerme! Mitt tyngsta krux och mejeri mängd det är, med en säng lika hård som grekernas tänkettvirrvarr och ett bord lika bart som ett Rmanskt altare. Jag har lämnat ständigt tjatiga kök och lättnadsgrötar. Inte senare än några mycket få två veckors sedan jag vid Tänkares Damm mötte ett par män ut från glashus som jag blandade hand med vid namn Mac Blacks – jag tror deras namn är MacBlacks – från Headfire Clump – och de förbättrade mig och fick mig att tro inte fem timmars fabriksliv med otillräckligt uppmjukande och industriellt handikappad för dem att dena dag av gratisar. Jag har den högsta tillfredställelse av att förkunna hur jag har det från vemvemmen Hagios Colleenkillers profetior. Efter solar och månar, dagg och blöta, åska och eld, kommer sabotage. *Solvitur palum-ballando!* Tilvido! Adie!

– Sedan, förklarade vi, freda en tur, drygt andy, du må kanske bli så på uppmaning?

– Förlåt mig, upprepade Shaun från sina flytande läppar, inte vad jag vill utdela ett slag av arbete men det var fördömt på mig prfemitiellt av Hireark Books och Chefsöversyns Kockarna i deras Eusebianska Överenstämmelse Predikan och ska finnas en makt som kommer över mig som sätts på mig uppifrån utifrån boken om uppfödningar och så som det börjat bli hemskdittary har jag av tvång i ngenti g i sikte att se fram emot om inte xdet är Swann och bultar fjärdedelsjuver ut ifrån min gamle kompis konsturs könsloförlust olorium. En svår likmasksattack känns det som. Detta är liknelse, sa vårdaren, Jag måtte nästan säga om mig själv, mens jag håller mig utanför brottslighet, jag nu har fått nog av att går runt omkring dessa nya hiklars motorvägar likt dessa namnlösa själar, havererade och hånade och gråsprängda helt igenom, tills det är rostig Oktober i denna dystra skog och blev veribalt komplussade genom att tänka på kratern av någon noterad vulkan eller Dublinfloden eller kaskeloten forell subvenititet lika bort ifrån eller att isolera jag från min mångfaldiga Mes på Lumbageöns landtunga eller begrava mig själv, träskor, vsal källare och allt, djupt i min vin på ponten om inte Morrisseys fåle kunde hjälpa mig eller gåskarlen kanske vid 49 som det är en tiondels fisk så är det, denne gris magbusiness, och var i bristens namn eller i deT mirakulösa ingreppet hos detta expendande omniversum att svänga sedan det kom i mina händer är jag hopplöst ur kurs att göra någonting med avseende.

– Vi förväntar oss att du är, hederlige Shaun, vi håller med, men från frankreringsmaskiner, limerickade, som till sist myc ket väl kan visa sig, hör vi det är du, vår försnenade, som ska bära dessa öppna brev. Tilltala oss Emailia.

– Som, svarade Shaun smeksamt, med tandpetar takt till och ned med hans spjäll, så att jag har krut och, Barbes välsignelse, är det en spärr att säga med allting, min älskade.

– Har du något emot att berätta för oss, Shaun sötnos, ber lille store fåmerpojke, vi föreslog för en sådan kär yngling, där du mestadels förmår att arbeta. Ä, du skulle mäkta! Gnäll och vi skall.

– Här! svarade Shaun medan han lekte med en av sina kofotsmanschetter. Det finns ingen sabbat för nomader och jag var mestadels förmögen att vandra, varande för mjuk för hederligt arbete, sextio udda eiliska mil om veckan mellan tre morronmässor och två radband på kvällen. Jag säger alltid dessa fotgängare, mina besvarare, Top, Sid och Hucky, nu (och det är en varieraste sås som tjuvarnas rscension) hur det förutsades mig av brevet för min semester i liv medan innehade kraftiga ben att uteslutas som advokat efter heliga beställningar från onödigt tjänstvilliga insatser av hänsynslöst promenerande av all slag för reliker av min tid för annars genom mitt så duschandes jag skulle hamna i ett klander där som silat faller ut, Excelsior stjälper det bästa. Vek slutar verka slutar vandra slutar glatt överraskad. Go thu thenna ö, en hussömn där, gå thu sen till annan ö, två hussömnar där, fånga sen en attlabyrint, swen hem till de kära. Stöd aldrig en kvinna du försvarar,gör dig aldrig av med en vän som du är beroende av, grina aldrig illa åt en fiende förräns han är mogen och fastna aldrig i en annan mans pfife. Amen; ptah! Hans hungrig ska gå över! På kontinenten liksom i Eironeisa. Men tro mig i min enkelhet är jag fruktansvärt bra, tror jag, i min själva rot, prisad vare höger kind Disciplin! Och jag kan nu trosvisst deklarera inför min Geitys Pantokreator med mina köttfjättrade handflator på aposslarnas epizzlar att jag gör mitt rimligaste bästa för att rabbla upp mina matvarobönor for mummy *mit* dummy *mot* muthar *mat* reguljär bonzar, knäfall bifigade. Hek domov muy, där thu kräk på kullen, stig upp, di n hund, för deitt daggliga bröd, etc,. Lyckliga Maria och Floriösa Patrick, etc. Faktum är, jag har alltid trott, Creedo! Här är min hongue!

– Och det är ett fullblods fullsot. Dock en minuts observation, käre hushålls Shaun, mens vi pekar ut hur du har mens borta målar vår stad en buren grönluvekulör.

– O mord bara, hur hörde du? svarade Shaun, smajlandes jäd vägen uppför hans lampfodral (det verkade bara vara detg naturliga att göra), så rädd för ljus var han då. Nåväl, så får det bli! Dunklet har strålar, hennes klump är kärlek, Och jag vill bekönna att ha, ja. Din diogenes är en hederlig mans. Genombligul gjorde jag. Jag gjorde alla ligg. Ner med Saozon ros! Jag jag är rädd det inte skulle va min första jackas slitning efter att klivit på vampiren och blossat på fokoalen. Som ses! Blossar mot fienden, Likt den vanlige rödbena jag är. Orubblig som självaste åsnan. Någon kanske antyder ett nolligt intryck av vad fel! Inget sånt! Cu gjoerde aöldrig ett mer freudefullt misstag, förlåt sig själv. Vad betyder fläsk för dig kött för mig medan du ser hur jag blir eld. Men det är grandiost av minasätt att tänka från profetiorna. Nya världar för alla! Och de var skotografiskt arrangerade för gentlemän bara av en ränseltuggare i vemfoundland som fginner han är en släkting. Och det var med min extraverte davy. Likt lim. Avsluta. Moyhards dagånatt, tomthub. Phwum!

– Hur mielodoriös är inte din bel chant, O sångfågel, och hur inteeenziv din efter klunk! *Buccinate in Emenia tuba insigni volumnitatis tuae.* Men menar du, O fucsiavacker phewn, från Pontoffbellek till Kisslemerched ska bli vår ledan triz? Vi samlade materiellt oavsett möbler skulle eller lackerad?

– Det är ett draduåtskogen injektiv så att säga, Shaun den ivrige pojken skrek, naturligt förgrymmad, medan han skakade den röda pepparn ut ur sina öronmusslor. Och vid ett annat tillfälle var vänlig begränsa dina grälla intinuationer till någon annan sarkastisk plats. Vad enda in i denna masugnsplanets fysiog skulle jag göra vid sidan om din verjus? Det är mer än jag kan fixa, för teom bihanet, i alla fall. Så låt nu jag och dig vänligen släppa det, arge man! Det är inte fransk pastej. Du kan lita på mig. Förstå mig när jag säger dig (och tänker be dig att inte whispla, ropa gyllene eller säg mig tebaks) att under den föregående purcells befattning, så djupt sörjd av min dåvarande äldre vän, fröken Enders, poachmistress och glad evig mottagare för framför allt till den Skotska Fattiga Mäns Tusen Hinkars Ko Sällskap (jag tänkte på henne i butik) allablirde välsignade med tjugotvå tusen sorterares utifrån en största poss om tjugotvåtusen, min vunnen, för mycket privat brevpapper och säkerhets quipu var i stora drag uppätet av dessa stingsliga getter utifrån underhållslystnad. *Colpa di Becco, buon apartita!* Fortsättningsvis vill jag säga det är också en av mina bekännelsers avsikter, vid något tillfälle pease Pod pluse giktmord (när jag inte är beredd att säga så lämplig som min penna är tämplig att rispa, att sammanblanda ganska förmågan hos en ärgad sparbanksbok i form av ett par boxhandskar av caprifår som omger detta fall av Welsfusel maskotörer och deras sindyslantar som räddade staden för mina pubslickare, Nolaner och Browno, Nickil Hopstout, Christcross, så länge som, tack vare ödets makt, min lön som paykelt är proparerad, och det finns en peg under mig och det är en tum åt mig.

Till det Mycket Vördade Minnet av Skam, den Mest Noble, Ibland Sopgård Står till Tjänst för Författaren. Salutem dicint. Den nyss bortgångna Fru Sanders som (Herren försäkre henne!) jag var bytt och butt också, med hennes shyster Fru Shunders, båda medicinska dauktorer från högskolehäst och lika likt som Esters lägg. Hon var den trevligaste personen som en välutbildad icke imblandad kvinna som jag någonsin erhållit he nnes brev, bara alltför fet, van vid babisar och attraktiv domprost fastslå detta är hennes unterhållningsdags för hon sket flaskan och smet medascenen alla tider på dagen. Hom var väl under nittio, stackars framlidna Frun, och hade känsla för poetik, jag hade stått flintskalligt friskt till havs när månen o kså stod i ett hörn av söta Sanderson min skida. P.L.M Mevrouw von Andersen var hennes som gavmig en fårköttsbrosch, stackare till hennes tiggaförst partaj. Hedra din bonde och mitt avfall. Detta, mina tårar, är min sista vilja intestikel avskrivning i struttafördet om deras frånvarande kvinnliga assauciationer vilka jag, eller kanske vilken annan person vad på huk en toffette, har den äran att haft på sina hövliga sofiakuddar i den verkliga närvaron av hängivna fru Grumby när hennes hud utsattes för luft. O vad måtte icke min Munds bedrövelse vara för två små punkttillpunkt kulier värda tjugotusen fyrlingar härbevittnat med bådas galenmässiga önskningar om Peppette för nästa match från deras varm älskade Roggersa, M.D.D. O.D. Må fördubbla torkans fall! Skrivandes,

– Absolösligt skojandes är du tilltammans med din Cadenus och get utmed näsa hur vi skall färdigställa denna vitbok. Två venustassar! Biggerstiff! Konstig men gaon! Var brus eller hel brus! Annars, uppriktige Shaun, fullföljde vi det som skulle bli din mjukkroppsliga fumiforms självbiografi?

– Hurramest! Iongen oavsettvem, replikerade Shaun, himmelskt tom! (han hade haft för avsikt och var nu kikandes ganska så nära sin rubinära winklererandes klister) fast det borde vara mer eller mindre råkraxkrax romantiskt. Förrexten, hur mår Herr Fry? Alltsammans, om jag så får säga, som votivgåva, lön och förmåner och småpengar av trä, en del noshörning, Rhen, O gladaste Rhen, hanterades över spontant av mig (och buntade slut på min missgynnares Fröken Anders! hon bar sina ruiners vålnad natgten hon förlorade jag lämnade!) i jamsrot hos Herr van Howten av Tredcastles, Clownsnack, timbreman, bland mina slösaktiga nanbober och naviös vad betgräffar varje prenumeration berättigad Boisen in Boscooren, vår vräkta hyrsgäst. Vad jag säger är (och jag är noen roehorn eller culkilt tillåt mig säga dig.o, du år oinformerad), jag spontade det aldrig. Inte heller har jag the ghuest of innation on me the way to. Det är min regel så. Det gick hur som helst likt hett grytbak. Och det för mig till min färska punkt. Quoiam, jag är lika enkelt inslagen som bärbar, ihurmycket, du nu ska parabliskt erhålla, c/o en av Mooseyeare Goonness registrerade ochyttersåledes tunnor. Tag snabbt om doft vid ochdrain det. Nu!

– So vi et! Svarade vi, Sjung! Shaun, sjung! Ha humör! Håll tillbaka!

– Jag ber om ursäkt, började Shaun, men jag vill hellre spinoza dig från Jackos och Esaups grymma gester, fabel ett, famla tvåckså. Låt oss här beakta kasus, mina kära lilla cousis (husstenhasstencaffincoffintussemtossemdamandamnacosaghcusa-ghhobixhatouxpeswchbechoscashlcarcarcaract) av Myran och Gracehoppet.

Gräshopparen joggade alltid ett jig, humlig på kant med hans joyicistad, (han hade ett partnerpar av bläckpenstyltor som ersatte honom), eller, om inte, gjorde han alltid påträngande närmanden till Floh och Luse och Bienie och Vespatgilla om att spela pippa-pippa och pulla-pulla och långtennis och skjutpåpygidium och inleda insekter med honom, där mundelar mot hans öppning och hans efterbörder mot deras luftiga processer, om så bara i enkelhet, ibländ eviglistades, se en getingviskande mugg. Han skulle förbannklart yppsåtligen med sina främre förnimhenare, flexare, entrepenörer, depressörer och extensorer, tamt, hurra mej, geft dej me mej, bind mej, tills hon var rödbrun av skam och dassutöm fyrmish henne i Spinners hustrikåer vid jordbästa shoppingtid så somrig vid hans stuga, som myrslokigt kallades Tingsomingenting, tafsade upp. Eller om han alltid stämde upp roliga jordfästningar med Bedste-fjärrfader Zeuts, den Åldrade Ene, Med alla sina wigearedade blomkronor, albedinöst och gammalglatt, igräslie sin elytrikala maskkista och Dehlia och Peonia, hans fallande nymfer, lirkandes med honom, med sammansatta ögon på hornitiösa skaft, och Auld Letty Plussiboots kliar hans topp och kacklar spårvägspassage, diva Deborah (sju paddbollar, en slick lajm, två sprut fosfor, tre stölder svavel, ett skak chock, tålv gryn migniss och en mesofullt med företagsplatser. Hålet i det hela i världens hjul hos Bouboun från Bourneu, har alltså kommit till stånd till stan!), och med tamburiner och kantoridetter slåendes knut kring hans äggkulles kackerlucka sin dans McCaper i retrofobi, bak från balk, likt fantastiskt avslöjad och jenny apriler, till ra, ra, raet, raet, långsamma hälar och longsomliga tår, ombesörjd av en muttrande och avtagande duffdunkel baxningsmotch och en myrmidoner av pszozlers pszjungande *Satyrs Kalldagade Mys* och *Ödmjukt, Humle Dumle Gräsmatta Oss Medans* men *Ho, Tid Tidigen, Likvakna!* För om sciencium (vad är vad) kan tysta oss alls, en tanke, uttänkt den Stora Någgonn inom Omnibossen, förhoppigt ett konstackord (tuts tut) måtte sjunga oss tumtim om de Små Nykompisarfna som ringer hans mage. Ett högt gammalt tidvatten för den barhettade publiken och hela dagen är gratiis! Foder och ljus för hela bunten, vem som helst i en dimma, för O'Cronione ligger vittrande i sin sand men hans solsolsolar rumlar fortfarande på. Innanallting över marfk, som hans Andetags Bok bädda ner honom, så som varjevarför, bluff eller undvikare, till zyyness för att sparka tid.

Gnällskvärdia mig och skarabéa sahul! Vilken bagateller det är! Förtalisk! Otillräknelig! Lus! Pschla! Ptuh! Vilken zeit för gotherna! Vädrade Myran, som, inte varandes sommardum, tandningsenligt skapade kulna utrymmen på hisphex mittemot hans vinddons husbloss, som var antitopiskt kallat Nixnixundnix. Vi ska inte komma till fest hos den där loppan, bestämde han tgroligen, för han står inte på vår umgängeslista. Inte till Bas begravning heller, den jobbhårde, denne ollonborres avlånga år då det finns en khul på en khat. Neferförtyhet, när han säkert slatt upp sitt äggläggningsrör, lyfte han hälsning och bad: Må han mej ej voida vatten! Sökdet upp med hatt! Må han icke belägga mej med svinskit!Sökdet uppvärmt! Lika bred som Beppys värld florerar ska mitt rike sträcka sig! Lika hög som Heppys slag skall blomstra skall mitt hat blomstra! Skall växa, Skall blomstra! Skall skyndas! Humhum.

Myran var en välstor kompis, rumsbultad och dugligbröstad, genomnära såg altitudiöst kissa en beskjutning i koppar. Han var utgånget utgånget högtidlig och såg ordförandelik ut när han inte beredde rum i sitt psyke, men, laus! när han bar bereda rum på sin inyckel, var han myche mest hemlig och muravyigt vice ordförandelik. Nu hade påhittet Gräshopparens sillybilly bjällrat genom en djungel av kärlek och skulder och janglat genom ett mischmasch av liv ifrågasatt eftervärst, kissandes med strövnäbbar, drickandes med nautonektarer, frånnotansmitandes med fimpdyngläckor och tutande på nyckelpigor (*ichnehmon diagelegenuitoikon*) för han precis lika sjuk som en kyrkvaktmästare och tantoo pooveroo quant a kyrkoprins, och där knotten att bege sig av fållsylfider eller vosch till sök efter krubb till hans corapussy eller att finna en värd, ett slick, han visste knott! Bruko torr! Fuko arsle! Sultanberg osa naken! Och volomundo osi vide-vide! Bruko dry! fuko spint! Sultamont osa bare! And volomundo osi vide-vide! Nichtsnichtsundnichts! Inte en pickaplock av moskvapengar för att spara en jotabitar av bibröd! Iomio! Iomio! Ryggskotts corbicula, vilken belägenhet! O min Bog, ångade han med melankoli. Migsnöstormar, han slagen! Jag är hjärtligen hungrig!

Han hade ätit upp alla tapeter, svalt ljuskronor, slukat fyrtio trappuppgångar, tuggat upp alla altarstenar och sekler, kränkt protokollen, gjort krösamos av efemeriderna och glupskat som klibbigast med självaste tidsplatsen i ternitariet – inte alltför dammigt en cikada av neunäring för en kitinolytisjk så pass mäktig chip. Men när Chrysalmas var på de nakna grenarna, bort gick han från Tingsomingenting. Han tog en runda promenad och han tog en promenerad runda och tog återigen en runda promenad tills grillerna i hans huvud och leibnitzarna i hans hår fick honom att tro att han hade Tossmani. Hade han tvåhjulat gärningarnas hav och tregånger korsat deras revermer? Hade han kommit till hevre med sina engiler eller gått till hull med pååven? Junisnön samlades i prutttuber på hegelstomerna, dess tusenfotingar och mångfotingar, och en släpigt svischande tornadous, Boraboraskrikare, blåsblästrande tegelhus upp till irriterer och nätande snöslask från kappehusen, spelande ragnarock ringvrak med en irriterande, penetrerande sifonopteröst spöke. Grausssssss! Opr! Grausssssss! Opr!

Gräshopparen, som trots blind som en läderloppa, ändå visste, inte en lille bagge, sin utmarkta entymologiska smatterfjäril aspad nisunitimest lus eller licens utan kastade sig genast in i vicot, phtunn och pheras, på toppen av hans summer, arschligt undrande var hans lycka skulle lyftas eller blidka bådas boss och nästa gång han bekantyar sig med Myran efter det dd har mött sig själva, dessa muskikaliska umsambler, ska det bli motilycka om han vill bli skådad inte en värld av skillnad. Hälsad Vare Hans Storhet Myran, prostrandvorös uppå sin dron, i sina Papyloniska babushkor, smolkande en rumslig börda av Hosana cigaler, med okrympbarheter långtbortfallande från hans otänkbarheter, sig själv svärmandes i sitt soliga rum, sittandes framför sin komforttumliga hinnauppsvalp på en platta med o'apnos och en förvirring av Minthe (för han var en anpassad asketitist och aristotellare), lika appi som en enögsslickare eller baskerpojke på Libidot, med Floh som biter hans benlår och Luse som släpar på sitt motvindsvända ben och Bieni som pussar honom under hans hätta och Vespatilla som blåser mysiga tuttitillgångar uppför den helbreda längden av det stora hos hans småttigheter. Lika påtomat som intimt kunde vara nypbart. Emmet och demmet och bli galet dumpad och bli jadesigt vispad! nös Gräshopparen, geting med ptchjelasys och på hans hanrejs avsikter, som har ögonframsynthet!

Myran, denne sanne och perfekte värd, en spindel einspinne, gjorde det största spass en kropp kunde med hans drottnings spetsswingande för han var sprutandes över hela sig likt sakerdumångating i könslan av buggar som kryper på dig, gränslöst fylld med salighet i en allallahbath hos hourierna. Han roade sig högeligen på krabunden och maryposering, jagande Floh ut ur välgörenhet och killande Luse, hoppas jag också, och tacklande Bienie, trosviss, därtikll, och juckande Vespatilla finligt genom chimiche. Aldrig dansade Dorsan från Dunshanagan det med större djävulskhet! Den veripateteiska imagon av den omöjlige Grejshopparen på sin edderkop i myran, efter hans trefaldigt kortlivade resor, utan bönsyrsa eller schasskor, fjäderviktad muskeltönt, i själva verket och sannolikt sinktifierande kronisk förtvivlan, var tillräckligt och troligen kookoo mycket för hans kör av gravitateter. Låt honom vara Artalone den Bgråtare med sina parisier som skalar av honom ska jag bli Högarvodet den Spräckåtsidane, Fjäskar Flamssnackig hemförlovat förorenad, blåsa av hans bluff, men Conte Barme gör melodin som myntar mynt. *Ad majorem l.s.d.! Divi gloriam.* En tröskelns mörkläggare. Haru? Orimis, hans myrbåts kapsejsare, sekketh anvisning från Ond-det-är, ¨limpors herre i Amongded. Det vare! Thu-som-thu est , den flyt-som-slåsare, mottagande thik på min brehöjd! Haru! Varde! Så må det bli! Thu-som-thu-est, flyt-som-vågstänk, mottag dig av min aru!

The thing pleased him andt, and andt,

He larved ond he larved on he merd such a nauses
The Gracehoper feared he would mixplace his fauces.
I forgive you, grondt Ondt, said the Gracehoper, weeping,
For their sukes of the sakes you are safe in whose keeping.
Teach Floh and Luse polkas, show Bienie where's sweet
And be sure Vespatilla fines fat ones to heat.
As I once played the piper I must now pay the count
So saida to Moyhammlet and marhaba to your Mount!
Let who likes lump above so what flies be a full 'un;
I could not feel moregruggy if this was prompollen.
I pick up your reproof, the horsegift of a friend,
For the prize of your save is the price of my spend.
Can castwhores pulladeftkiss if oldpollocks forsake 'em
Or Culex feel etchy if Pulex don't wake him?
A locus to loue, a term it t'embarass,
These twain are the twins that tick Homo Vulgaris.
Has Aquileone nort winged to go syf
Since the Gwyfyn we were in his farrest drewbryf
And that Accident Man not beseeked where his story ends
Since longsephyring sighs sought heartseast for their orience?
We are Wastenot with Want, precondamned, two and true,
Till Nolans go volants and Bruneyes come blue.
Ere those gidflirts now gadding you quit your mocks for my gropes
An extense must impull, an elapse must elopes,
Of my tectucs takestock, tinktact, and ail's weal;
As I view by your farlook hale yourself to my heal.
Partiprise my thinwhins whiles my blink points unbroken on

Your whole's whercabroads with Tout's trightyright token on.
My in risible universe youdly haud find
Sulch oxtrabeeforeness meat soveal behind.
Your feats end enormous, your volumes immense,
(May the Graces I hoped for sing your Ondtship song sense!),
Your genus its worldwide, your spacest sublime!
But, Holy Saltmartin, why can't you beat time?

I den förres namn och i den senares och i deras förintelse. Allmän,

– Nu? Hur bra är du i explosinering! Hur fjärran är din folklära och hur valtingelande din kroppskabulär. *Qui vive sparanto qua muore contanto.* O särling, O snärt, ruhar det där flyttfågelstjutet inombörds! Detr faller lätt på öppnaöron och gå ned den muntert kortaste likt sirapandes tumtim med dess tingtingtaggel. Det mest lismande munvädret i hela Corneywall! Men kunde du, naturligtvis, anständig Lettrechaun, vi känner (ändra ditt namn av inte din nation) medan fortfarande i tunnan, läser de sällsamskrevna i låg relief hos dessa shems brev patent för Hans Christmas Endersen?

– Grek! Ge det till mej!svarade Shaun, och pekade plosivt på kanelkvistokillen bakom hans akustrolob. Jag är lika ädelt tomersk efterskymning som påven och vatten kunde kristna mig. Se på det där för en ryttarpinne! Jag är, ting Sing Larynx, brev potent att spela sem baklänges likt Oscan vild eller i växlig Persse transluderande från Othermanen eller vid sidan om Ämnet eller vad som helst vid sidan om mina finklars typer i vinddraget eller med buttlar, med mina öygon tjockslutna och allt. Men, hellas, det är hallåbrygt usel på korn och grymhet. Så långt som det beträffar associerar jag mig själv med din anmärkning just nu från teodicé *åter*stulna anteckningspapperet och instämmer helt i era recept för jag är förvisso, betala Gay, i juxtaposition att säga det är intge en trevlig produktion, Det är ett nyp klotter, inte värt en butelj med cabbis. Övertrasserad! Blåst på allt strunt! Förutom det är auktionsbart. Allt om brott och förtal! Ingenting bortom klerikala fasor *et omnibus* att bli införd för det främmande som andraklass ärende. Det bränsligaste snusk som nåns avfyrats sedfan Charley Lucans. Floskler är vad jag skulle kalla det om du bad mig att placera i en enda dimension vilken uttalad åsikt jag möjligen kunde ha uttalat om dessa massor av skräp som modren och Herr Onämnbar (O odla icke hans samma!) har resducerat till skrift utan att skapa nyheter utifrån min sotignemm. När hon gled in under sin körsven. Och där han gjorde en katt med en blick. Hur de buro madonnor på vattenmakaren Oc h varför det fanns trädfällare i buskrubbarna. Därefter harklar han sina handleriga figgrar från Francie till Fritzie nere i kookinet. Phiz är min moder och Hair är min fader. Bauv Betty Famm och Pig Pig Pike. Deras livsträdf (må det blomma!) vid deras ecotaf (låt det fläckas!) Med balsinbala bimbiasar som svärmar hoppfällbart.

Comme bien, Comme bien! Käkänn! Käkänn! Och Hertiginnan döende loffin vid hans pon peck de Barec. Och hela högen stegrad. Tills han vet inte vad han skulle börja. Ett barn som seglar äggskal på golvet en våt dag borde ha mer sabby.

Brev, bringat av Shaum, son till Hek, sjrivet av Shem, broder till Shaun, omnämnt för Alp, moder till Shem, för Hek, fader till Shaun. Signerat. Jisses. Borta. 29 Hardware Saint. Lendet till Laonum. Baile-Atha-Cliath. 31 Jan. 1132 A.D. Här Commerceras Enville. Prövade Lämpligt Hus. 13 Fitzgibbets. Loco. Riskabel. Tax gd. B.L. Guineys, esqueer. L.B. Inte känd på 132 a. 12 Norse Richmound. Mittskepp obeboeligt. Gillade noas klädsel. Syndade. Jetty Pierrse. Middagstid sjuk pastor. 92 Windsewer. Ave. Inget sådant nej. Däld. Finns hetta. Ütpinglad från 1014 d. Dra ner. Skräcksyn. Öppnad av Miss Tag. 965 sextiifitt. Skrik åt Sajt. Taklossning. Passa Dunlop och Var Tillfredsställd. Mr Domnall O'Domnally. Q.V. 8 Kungliga Terrorn. Ingen lika knepig. Håll käften fönsterluckan upp. Dinerande med Danskarna. Avlägsnad till Philip's Burke. Till sjöss. E.D. Place doft på. Klonsnack. Fader Jakob, Risfaktor. 3 Castlewoos. P.V. Arrusted. J.P. Konverterad till Hospitalism. Före Marachen förbi Civilisation. En gång Bank of Irelands. Åtgerkomst till stadsvapen. 2 Milchbroke. Felaktigt spillt. Traummeddrag. Nu Bunk of Englands. Drunknad i Laffeyn. Här. Den Vödnadsvärdaste Adam Foundlitter. Visad geschotten. 7 Streetpetres. Sedan Fångad av Folkmängd. Nåväl, Sir Arthur. Köp Patersens tändstyickor. Till hans utlåvade händer. Exploderad sista Lemmor av Orkidé Stuga, Sök Otageniansprak Man. Hus Fördömt av Ediler. Tillbaks om Få Minuter. Klosett för Skördare. 60 Shellburn. Lösning vid Kates. Kyss. Isaks Rumpa. Stackars Karl. Läcker mordband. Fasttagen. Saknad. Justisierad. Kainiskt framåtskt. Abrahams Dåligts Kung, Park Spoke. Salvad. Alla röda bär täckt. Hålig och tung. Överge det. Övervägad. Understrumpad. Tillbaks till P.O.Ker av. Eget skyldig M.O. Alltför släppt. Att bli smutsad. Sambodd av Olyckligheter. Förlorat alla licenser. Hans Biff Tå är Överefrusen. X, y och Z, Ltd, Destinierade Tårar, A.B. ab. Avsändare. Boston (Mass). 31 Juni. 13, 12. P.D. Raserad. Advokatad. Ledigt. Mionerad. Här är Lagerbladen. Stig ut till Sal ut ur detta, Ereweaker, med din Jävligt Stora Bristol. Täpp till. Stopp. Täpp. Stopp. Släpp Käpp. Stopp. Kom Bakad till Auld Aireen. Stopp.

– Snälla Shaum, bad vi alla, fast vi hatade att säga det, men eftersom du var pengarna vuxen har du inte, utan att för ett ögonblick antyda, använt miljontals stämningslägen språk tun gånger som ord som pennmärken använda i sinskript med sådan tvekan av din eftertänkta broder – förlåt mig för att inte nämnadem?

– ÖvertTänkt! replikerade Shaun i skuggan av sitt irländska uttal, medan han gnuggade sin magiska lykta så den glödde i fullmedvetenhet. HeCitEncy! Dina ord skorrar i mina aron. Notorisk lutar jag mig först och främst närmast mot mig själv att beskriva mr O'Shem Plagghandlaren med inför brev om jag accentuellt skulle bli kallad för en dieguineesisk att lägga fram mina åsikter, korrekt spottandes, i impulsorisk irelitz. Men jag skulle inte bry mig om att vara så ofruktsam vad mig själv beträffar som att svära för ögonblicket positivt vad avser Danmarks synpunkter. Nej, herrn! Men låt mig säga all min tro inför min höge Jisses är att jag tvivlar mycket på det. Jag har inget rum för den där kisen på min fagroaster, jag bara inte kan. Som jag stundligen lär mig av Rooters och Havers genom Gilligans majstänger i ett trevligt patetiskt besked så är han, den pixilleterade kluddaren, på sitgt yttersta med oläslig klerimanter alltid skrytande om sin rödaktiga ansiktsfärgighet! Hon, mammyn, hölls till godo till det av honom, den orättvisa som borde som borde depraveras av hans libertiner för att tystas, säckvävas och upphävas och slås i järn på någon draperad institution utanför motpåvar för ordskärpning bara om han var tillräckligt klanver att skicka. Gach! För det är fullt utvecklat faktum och rejält celibaterat inför de fyra skilsmässodomstolarna och alla Kungens isterbukar, hur han har ensamheten från att ha sett Skotska ormar och har en lågkänsla för framställning av konsumtion och dalickey cyphalos på hans brutna förutgsättningar där han kan rensa sitt förakt och dejeunerera till en skillyton som tänker sig själv till döds. Ruttna honom! Flannelfötter! Smicker! Jag ska beskriva dig med ett ord. Du. (Jag ber om förlåtelse.) Homo! Sätt sedan hans sängkamrat på mig! (som till mike och nick till post).Crinimannen: Jag ger det till honom för detta! Få lobbarden att byta överdelar, som vi säger i den långa boken! Är han på vemsombehåller eller är mig! Mestmotbjudande posthummåste! Med hans unika hornbok och hans fattigjonsprins stolthet, tabbande sig över alla de båda världarna! Om han väntar tills jag köper honom en mosselmans present! Vems är nåns min halvkusin, grisrätt! Vill inte heller att! Jag skulle svälta med cishtan först. Aham!

– Må vi hemställa hos dig, brömde Shaunn, då, att sätta hans lärlingsstolthet i din rätta börs och att nysta upp din egna sköna väg med ord av stil för din mycket och mesta underdånighet, förfeslog vi, med ännu en esiops egenart, vad beträffar hur?

– Nå, det är delvis mitt eget, eller hur? Och du må, borde och välkomna, replikerade Shaun, och tog samtidigt, som hans hunger förbittrade honom, en hjärtlig tugga från hans honungskaka ur hans Braham och Melosedible hatt, försöken, försök på och treenighet. Ann wunkum. Visst, jag thunkum du vet allt om detta, hedersorsaker, genom telemonetära kanaler utmed agum. Visst, detta är lika gammalt som Sankta Dominkos Badenbin och lika vardagsvänligt nu till allus puebblåsta och floskler som Nelson sin trafalgeraösa pelare. Emellertid, låt mig se, gör. Beermans bluff var det som startade det, Gamle Knull och hans lånande! Och därefter slättens liljor, Nancy Nickies och Folletta Lajambe! Sedan mem och hem och jaquejacken. Allt om Wucherer och rättande hans namn åt honom. Jag beklagar att meddela, efter att lagt ut hans litterära säng, hon under två dagar fortsatte skrika ner för bullriga munkar och tillrättavisa sin jameymock farceson i

Shemish likt en moder hos inkas med en garciolasso som Ananymus nöp hennes trikåer och om Balten med markdelen parawagad och hans lojala skilsmässor, när han ursinnigt släppte ägg i Alemaney, tse tse, allt tal om tud med bourgeoisin klackspark, och honom, fubbfubbaren likt en dubbeltricksare, aspirerande likt dekanerna, raskt islupad vid infarten till hans poltronstol med hans sjätte finger mellan sina katttögon och pekfingret, som gör hans pillgrimsfärd till Childe Horrid, fängslande till hans hangåspanna den idiogloslista han uppfann under bondläpps isop! Hock! Ickick gav honom den där toocka, imitatör! Och det var helt och hållet tjåkk att senare skylla på. Dricker han för att jag är i högsta grad det inte ska bli några fler Kateor och Nellor. Om du ser honom det ägde rum där. Det gavs meeck, tacka Bänken, för att assistera vid hela saken byck speciell statsarkivslicens. Så ofta som jag tänker på den där oblodiga husvärmaren, Shem Skrivenitch, kapar jag alltid min prhosa för att behaga hans phras, fögusskull, förklara jag att jag fått oont i käken! Vare mej stakandes hans spegling han börjat sin edogreskrämsel i lerogstjärt plumpheter. Digteter! Grundtsagar! Nedslagsbiff! Du vet han är särskild, denne äggkyckleng, med lukten av en gammal kvinna från honom, för att suga ingenting av hans bytesskojare. M.D. Gjorde sitt *ante mortem* för honom. Han var grå klockan tre, likt svanen cygnus, när han buade åt publiken och låmghalsade upp över ögonen när han ångra sig efter sju. Alunet som övervintrar på hans topp är ståndets urin som ska sväva när han snabblar tills den där haggan av honungskakan våldför sig på låset till hans dyna. Han var deppig av det tjutande skrattet vid åldern för förlust av förstånd tjutandet första gången han föresjukade mig. Han är konstig, säger jag dig, och medeltida middagsondska ner i hans vegetabiliska själ. Strunta i hans falls fötter och hans solbarkade utseende. Det v, under de Hjälplösa Croppars Eftergift. Det förvånar mig inte alls att helgonet sparkade honom varvid summan som togs Berkeley generöst visade orsaken. *Negas, negasti* – negertopp, negertå, negertoby, negrunter! Sedan puschades han ut från Thingamuddys skola av Miss Garterd, för att ha kliat. Sedan tog han europicollona och gick till judars samhälle. Med Bro Cahlls och Fran Czeschs och Bruda Pszths och Brat Slavos. En vikarie när han gäckade att bli dödad, missforstret ville avsiktigt putta hans tvåspråkiga huvud genom *Ikish Tames* samt gå och ansluta sig till prästerskapet som en demonikansk skyeterrier. Slåendes dunster i ögonen på de Heeliga Bönnerna! Han brukade bli viddådad när han borde vara vitandist. För en gångs skulligt gnällde jag genom vridning skulle jag kväva honom. Sedan gick han till Cecilias behandling på sin solofärd för att plocka upp Galen. Asbestopoulos! Inkukruka! Han har enkaustik i blodet, Shim! Jag hyser det största för akt för. Prostbiten! Conshy! Tiberias väntar på dig, arrestokrank! Bäva en fiskmåsbiljett vid Gattabuia och Gabbianos! Far över havet, hej hedning, från mig och lämna din frigörelse till Trinity College Dublin. Din pudding är lagad! Du serveras, proppa i dig! Din ödesmättade ... Ex. Ex. Ex. Ex.

– Men för vadå, trefaldigt trovärdige kassör, nådens Shaun? Bristfälligt fortsatte vi nu att fråga den artige, Bevärdiga så att säga. Du kommer nu att, store tid, det kommer du väl? Varför?

– Vad hans rotspråk avser, om du frågar mig varför, replikerade Shaun medan han hängivet välsignade sig själv likt en krävbomb, utförande en akt av glömska, fotenimodern! (vad i tjockning övigt?) som han spetsade in i sin sallads uppfinning. Ullhodturdenweirmudgårdgringnirurdrmolnirfenrirlukkilokkibaugimandodrrerinsurtkrinmgernrackinarockar! Tor står för dig!

– Hundrabokstäversnamnet igen, perfekt språks sista ord. Men du kan komma nära det, skulle vi gissa, starke Shaun O', vi förutsatte. Hur?

– Peax! Peax! svarade Shaun i näst sist vealar. Det är stenar före Sweeney når han halsade en slurk av Jon Jacobsen från dennes trädstams sugsockerrör. Mildmen angenäm! Jag kan lika väl tala till de fyra vågorna till tibbes gråa aftnar och resten sover. Frost! Nix! Ingen med sina sju sinnen i behåll kunde som jag ha har dessförinnan sagt, bara du missade min avdrift, för det börjar bli brandstiftan. Varenda dunkel bokstav i det är en kopia och inte några få avsilbilerna och helt och hållna ord jag kan visa dig i mitt Himmelska Kungadöme. Hans mångordighet! Med hans trestjärniga monoftong! Tö! Det sista ordet är stulenträffande! Och vad mer rakt ner brackig schistematisk tuggummimint! Ja. När han lyfte mitt lödder. Som du. Och när jag plockade hans fjollben. Som du. Han lagra berättelsen om mitt sludder. Som dutt. Vad sägs om det för Shemese?

– Fortfarande på ett sätt, för att inte smickra dig, vi tror dig att du är så påfallande klipsk och väl ordläst i dina självar som Shamous Shamonous, Limited nånsin var. kunde använda värre om sig själv, fyndige Shaun, vi fortfarande så imbillade oss, om bara du kunde ta det lugnt så och besvärfet att så göra. Upu nu!

– Otvivelaktigt men det där är show, svarade Shaun, hans blodgivares muttermilk började att verka, och sasmtidigt som oskyldig till spridande den illaluktande utströmningen, skulle det vara en höstdag då jag inte kunde, ensamen, så du kan hålla din rymd och med hjälp av suddiga avdelningar är jag lojalbar att göra det (jag är övertygad om det!) när som helst jag någonsin vill (slår vad dig fem öre av mitt kängbidrag!) med den allra som grossaste transfusiam som, förstår du, mens jag kan soroquisera Siamansihen bättre än de flesta, det är en öppen hemlighet, må det sägas, hur jag extremt genialt vid kanslisten även med min usla vänster och, arrah go braz, penslar jag det med immenuensoer lila lätt som jag orerar en kyckerad av bönor för priset av två marikler och mitt trifolium librotto, den autoduxa Lievets Bok, skulle, om given i dagsljus, (Jag hade en mest otrolig tro på det) gick lpångt utöver vad den där falska bolsjeviken av en skam, min soamheista broder, Gaoy Fecks, är förtrogen med i hörbart svart och skärt. Poetskalders outragedy! En ordens akomedi! Jag har dem alla, tama, djupa och härjade, i mina minas jag. Och en av dessa fina dagar, bäste man, när andan faller på mig, att jag må hända till skära halsen av mig med min tunga i kväll men jag ska bli ormuzd flyttad att ta blyertspenna och introventa det Paatryk exakt som ett verk av värde, sanna mina ord och lägg till min mark twang, som ska öppna din pucktrickares ops för dig, bredare broder, bara för, såsom en påve och en omogen och en nayophight och en *spaciaman spaciosum* och etthundraelva andra saker, skulle jag aldrig för nånting ha så mycket besvär för något sådant. Och varför det då? Därför att jag alltigenom är en grabb som är alltför mycket gylf och hårigman för att *infra dinitatem* en som liknar denne ultragiftige. Och vid allt som jag håller för heligt på jorden molnen och i himmelen svär jag för dig vid min piop och ed av Shauns fruktan (och det är ett skrik till namn!) att jag vill anförtro till flammorna vilkenmord brännare som helst eller ahriman hursomklipsk som skulle anstränga sig att alltid sätta eld på min annyma roner mooder. Gunmga mig julie. Men jag vill soho!

Och med denna hans treanfallna skråls crickcrackcruck från vilket sorg hade tillskansat sig varje leende, store hetlevrade husky fusky krenfy strenfy boxare, sådan han var, bröt han formligen ner på hedhöjden, blev ganska jerry om henne, övermannad av honom själv med körleken till det tårsilver som han tvinnat i hennes hår för, säkert, han var den mjuka simpelrockens världslige slusk med ett hjärta som Montgomerys i dennes showchest och harvey laaster med känsla i honom och lika oskyldig och odesajnfull som fräschfallen calef. Ändå, grovt osjälvisk i sjuksjälv, krossade han bort alarmer och slog det skrattande bort med ett svep mot hans knubbigheter och en ursäktande klunk, som helade hans vicker blir hans öjes smajl, ögnandes omkring. Honom buk inte tillhör svälja mullvads duva. Grändmobbbare, Fu Lis gulpa. Lägg märke till, nu, att han var i det mest dumpade av allvarligt ellertrots honom käftr krig hoo slömnig hur halk jordad utterliggare. Moe som dfretta bara han tvärslutade med att titta upp upp uppifrån sina tidvattenfjättrade handleder via ett havs gast, ogräset i joe peters gaseytotums pantasifulla hedlingar som de inte berättar men voro och ville vara, allting sagt, granskande framback in i förlångtgåendeiförväg att känna ut vad ålder av tropiska åratal, ecklesiastik, civil eller siderisk mätte han finna vid det siriösa punktståndet hos Charley's Wain (wad betunar sfärernas slidandes utmed lakteala och lyckliggörandets herrgårdar påknäppandes gamla tider) där nyss han hade krävt av således, drömskschwindeln halsbandade honom, hans tummar föll i hans nävar, och, necklassoed him, his thumbs fell into his fists and, förlorandes den harfmoniska balansen hos sina kullagrade extremiteter, vid den heliga kitteln, likt en flaska blixtning över krängde han (O fädernas söner!) med sin tunnas mäkta fina vikt (allt detta förhindrade trilldragelsen av vem om inte asteriskerna beblänker sig skall nånsin?) och, som den klokaste postludiekurs han kunde agera, kollapsade i ensemble och rullade flytande baklänges på mindre än en handvändning via Rattigans hörna utom fjärran hörhåll med sitt högt nyfikna sätt av slarvig rörelse, säkerfot, sårigfot, slickfot, slackfot, länkman sävligt, lampman vardagsrymd, och med Killesthers pennor och fall, med korkar, stgavar och trädlöv och mera bubblor till hans kölrad ett drägligt och tillräckligt lätt sätt när som stadskon råmar bakom tiderna i riktning mot Mac Auliffe's, tortyrredskapet, *Open the Door Softly*, ner i dalen innan han verkligen var upprest dessfrinnan i ett dopp i nefans (uila!) försvann han sporlöst och kom bort, likt ett poppa ner en pappa, från en cirkulär cirkulation. Åh, skit!

Gaogaogaone! Tapaa!

Och stjärnorna sken. Och jordnatten strödde ut aromatose. Hans pibrook smög blann murkret. En stank forslades med luftströmmen. Han var våran, all vällukt. Och vi var hans föf en livstid. O smekade drömingar långsomligt! Taboccoo!

Det var sharmerande! Men sharmeng!

Och lampan slocknade då den inte kunde glöda av eld, japp, lampan slocknade för att den inte kunde brinna.

Välan, (hur trängande gör vi timmarna när dittgill dör bort!) allt är dalt och dugylld och det är att beklagan att du passerar härifrån, min bruder, duglige Shaun, med en viftning på rocken, innan morgonljuset dämpar våra hårdaste plågor, bortom torsks vagga och tumlarslätt, från kamal relationer undfamiljära ansikten, till Tusklands inder där olifanterna trängs till Amiracles bortkörning där tullstoryna växer stoltast, mera är synd omet, men för alla dina dåd av godhet du var så oofta och gjorde för alltid, manomano och myriamilia även till mulimuli, som våra mer ödmjuka klasser, vilkas dygd är ödmjukhet, ka n säga, det är knappast vi på det gamla landet, Sean Moy, kan skilja dig för, oleypoe, du var det vandrade helgonet, du var ockock också väntare, den av gudar välsignade och petitess och likvakans salus. Ansiktsuttryck vars försvinnande hemsökt kärleksfullt Fuinn känner. Vinnare av spelen, främst vid studienset, propredicerat från historieslängarna, valet av visa åldrar! Ticktaackstalesman för vår spektereska lössläppthet! Musha, besinna av oss där ute i Cockpit, stackars klockan tolv forskare, iblancd eller annan närsomhelst du tycker tiden. Wisha, kommandes tillbaks till oss på väg hem i Kärringhus enkelriktat eller antingen varsomhelst vio saknar ditt leende. Palmvin brödfrukt sötsak mjölksoppa! Suasusupo! Emellertid! Vårt folk här i Samoanesien ska inte vara efter glömmandes dig och de äldre som lukar och markerar resorna, krita upp duggregn på duggregn ute på de fyra tomma mattorna. Hur skulle du tänka i dina tankar hur djupingarna gjorde började det allt och hur du skulle handgemänga bia dina skrupler att gripa tag i en ofullkomlighet som begåtts. Sireland kallar dig. Mery Loye seglar likt månen. Och Slyly mamourneens damjente vid Gladshoyse Lodge. Vänd din kavaj, strong karaktär, och dröj kvar bland oss nere i dälden, duhangås, bara en gång till! Och må välmåendets mosse samla in dig rullandes hem. Må dimmig dagg bediamantisera dina hoppringar. Må sonlighetens brandpost återförsäkra ditt skithål! Må kornvinden bakifrån glöda lycka till dina bathershinnare! Det är bra att vi visste du var lös att lämna oss, lindande ditt stapplandehorn, rätt kungliog post, men, aruah säkert, din slummers puls, drömbokssida, med Votre Dames nåd, när din nocturnes naturliga morgon samkörs blankt med den nationella morgonen av gyllene soluppgång och Don Leary får sitt egna tillbaka från gamle groggen Georges Quartos som det där vänlige Jonnyskojarna tar vinden ur vattenfyllda Erins kung, du ska skeppa över Moylendhavet och hamna i din egna flyktologi någon kanoniserares dag eller så, avsked på besked, ack ja! skottar snö, (inte det?) likt den gode man du är, med dina bildfickor knocksida utvänd i regnets rafsande för friska remitteringar och cfrån detta till denna i vilket fall, timus hyresgäst, må tuvorna växa snabbty under dina luffarsnår och tusenskönorna lättsamt trippa över dina smörblommor.

Jaunty Jaun, som jag strax dessförinnan gjordes uppmärksam på, haltade härnäst för att hämta andan, den första gemensamma sträckan på hans nattsteg som genomfördes, och förlorades (låt Guds son nu titta ned på den stackars inledaren!) båda hans blåmärkta arbetsskor som sonika gjorts en bra bit innan hans byxor gjordes, vid dammen intill Lazar'z Walk (ty vitt och brett, lika stort som han var livfull, var han noterad för sin humana behandling av vilket sorts missbrukade fotbeklädnader som helst), en fråga om måhända nio skåror eller så bösseskotts avstånd bort som han verkligen var meriterad att göra. Han var där, det kan du planimetriskt se, när jag tog en närmare titt på honom, det var så att säga, (älskvärda portioner, i denna växttakt kommer vårt spjälsängade barn från i förrgår kväll snart att fylla upp utrymme och brista in i system, så rusar ögonblicket!) rikligt förändrad för det mer lysande, fast fortfarande den tjärade bilden av hans fyrkantigare jag som han brukade vara, transpirerande men lycklig trots att hans fot fortfarande sov på honom. Det sätt han tänkte, vid den helige januarious, hade han en oxhov i sin halvstövel, med sina stortår så finfina, oöverträffade i hela Irland, skrytsamma poester, uppstöttade, överblivet, mot en smörblond fredens föreståndare, en hurmårdutrotsig Sigurdsen, (och var en bättre än sådan exytman som vilar från flackande damens del han skoputsat?) som. Begravd stående likt Osbornes, varmochskönt, hade tumlat trött i sömn under kvällsplikt bakom efterbehandlingstationen, i jämvikt bland omfamnandet av monopoliserade buteljer.

Nu, det var så pass många som tjugonio häck döttrar från Benent Saint Bercheds nationella nattskola (för de tycktes minnas hur det fortfarande var en det-var-en-gång-en-fyra års) lär sin antimeridianska lektionen om liv, under dess tre, mot dess varning, bliplatsad, som de voro, på kantpondyn, attraherade av celllsyntarostanblicken av den första mänskliga gulstenslandmärket (björnen, boern, alla bondlurkars kung, sir Humphrey hans kneckt vi möte på hedarna!) medans de paddlade bort, hållande tiden magnetioskt med sina åtta och femtio pedaletter, lekandes dårdåre jouay allo misto posto, O så jaonickalt, alla knappt i sina tipptapp tonår, beskrivande ett charmeransde daktylorgram av nocturner fast frånsötta av vedträets snarkningar som såg fastnad ut vid gräsmattan lika alltid och ofta, när kondenserat, (smutsig!) han murstönade abbasurt i sin Nederländars infödnad, synligen orörlig, över hans skattfynd åt kronan: *Dotter dead bestead mean diggy smuggy flasky.*

Jaun (sedan han till att börja med tagit av sig en hatt med en förstärkt krona och bugade för alla de andra i den där kören av lovpris av godvilliga flickor för deras bästa beteenden som de alla var flickor alla så varmt rusande för posten lika flitiga som de kunne vara at läsa hans kysshänder, kissemissande omkring, rusande och åstadkommande ett våldsamt flickväsen över honom blektmanlig, deras *jeune premier* och hans rosigt tillgjorda smajl, drömmande sitt krusiga hår och sina trasdockiga lockar, allt, utom detta enda; Finfrias fagraste, utförd i kärleksbrev likt ett fat med hjortonpajer (ä'ke de fina, mäktiga, mäktigt fina och hyllade?) och leende luktandes, par och par om, bred av bröd och slank till smalare, de trevliga perfumios som kommer framförd skalar bort honom (trevligt!) som var änglalikt änkelt, avnjutandes vild timjan och persilja blandad med brödsmulor (O så trevligt!) och kännandes hans fulla feta pung för honom så hudnära och bjällrande sina gelépåsar för, fast han såg ut som en ung grabb kring sexton, de kunde frola utifrån hans mandom att han bara var den dödandestaste ladykiller av ren vänlighet, nu du, Jaun, frågar vänligast (halloj, fröknar!) efter deras goddapådej alls med dessa av deras dockväskor (och var är Agathas lamm? och vad med Bernadettas kolumbilaser) och Juliennaws tummiharar? och Eulalinas bogserskojigheter?) varpå han fortsatte (kännersigfintfrisk) att fälla några få spridda anmärkningar beträffande deras personliga uppträdanden och de motstridiga smaker som uppvisas i deras tajta barnhjälmar och deras smarta fricky-frockies, frågandes blyg en efter slyg en hade hon läst irländska lägänder och varsamt förebrå en att hennes homs ham kunde ses under hennes hem och viskandes en annan åtsidan, lika lavariant, som hennes hums krok var öppen en ändalykta på hennes rygg att ha ett sidoöga på detta, hom, (och alla naturligtvis bara fyller i ett formulär av ren mänsklig vänlighet och i en anda av kul) för Jaun, förresten, var förresten på väg att bli (jag tror, jag hoppas att han var) den mest uteslutande mänskliga varelse som nånsin kallats människa, tillgiven från topp till tå hela skapelsevägen från Sampsons buse till Jones klenis och från Kungens alla Wrenns ned till ingjuterier) Jaun, efter dessa få framlemmar urskiljda genom hans erosskop kärleksfulla syster Izzys uppenbarelse för han kändade henne via hennes vågor av skvalpstänkande och hon gav honom bevis för sitt sätt att blårodna inte heller kunde han glömma henne så evinnerligt lätt som allt detta eftersom han varf brodersidanom hennes nygifte gudfather och himlen vet han trodde världen och hans liv av hennes ljuva hjärta kunde köpa, (brao!), usel, bra, sann, Jaun!

– Käraste syster, Jaun tillhandahöll sig själv med snabb hjärtlighet, markerad av diktions behandling och allmännna leverans, när han genast började ta ledigt från sin skolastik för att vinna tid med djup affektion, vi tror uppriktigt du säkert ska sakna oss det ögonblick vi gör sorti ändå känns vi som en martyr till avkyrka all plikt om det är på tiden, vid Store Harry, vi skulle knuffa undan för att ströva på vår långa sista resa och inte vara belastning för dig. Detta är den snuskiga avkastningen från dina läror som vi uppfostrades i, du, väs, som brukade skriva till oss de överstigancde vänliga brev för redovisning och skulle berätta för oss enunna (fuller väl vill vi återminnas) din gammelvärlds berättelser om hemmaspinning och dristighet och daddyho, dessa historier vilka relitterärt vispade bort vårt hjärta så berättat av dig, gesweest, till perfektion, vår gullgriselev i hela den rutmetiska klassen och stöttesägare till vårt erigennella hus, den tid vi unga twå voro ganska så kastande oss själva (O Phoebus! O Pollux!) i säng, efter att ha lagts upp med Castors olja på församlingens sirap (natten vi kommer att minnas) för att dela vår hårda svit av tillgivenhet med dig.

Jag stiger, O fagra anordning! Ochcommincio. Nu då efter denna introitus av exordium, mina galaxflickor, *quiproquo* i riktning mot hontjänare bad jag om hans råd fader Mikes strikta T.T., P.P., min orationella dominikan och biktdoktor, C.C.D.D. (köp fåglarna, sa han mens han stötte mig under hogrevspredikan påett offrande sätt och fötroende pemellan ärter som oss själva i siochså många sexuellt aptitliga ord om hur han hade confarerat titt-a-tutt med två intakta argbiggor om vilket hemskt liv han levde, uselt prissatt, som yttrat massa för en coppall av valacker och vilken lagenlig dag det var, där och då, för en förbrukning med en utgjutning och hur, med alla de många lastbilar äter grisnattier, hur, helvete i tunnlar, han kunde gifta sig med mig vilken gammal böckklingstund som helst som flyger snabbt mens han såg påmig) och jag ger ungdom nu igen i ord med stil bortiväg av nattvardiskt hansoch majkråd, och det plats perosnen, som innan han återtog honom till hans kur, dessa verb han sa till mig. Ovanifrån. Den högst ansedde biskop tituläre av Dubloonik till alla hans snyggingsbussar i Dellabelliney. Komallanidimmigdamer, slå er ner och lyss alla! Följ mig nä! Ha mig i sikte! Understöd mig sarier! Vilket är för alla praktiserande massörer från en predikande obunden och var en gentleman utan en dammtrasa inför en husa utan en innesittare. Nu. Under den korta bortovaron från denna förstulna fuktiga säsong anslut till så många som möjligt av de tio budorden, och snudda vid reningar och eftergivenheter och i det långa loppet ska de bevisa för din båttre vägledning utmed sin sanna vägs bana. Var lisieuset är vi och vilken är den första sången som sjungs? Är det rubriker, order, pasqualiner, eller verdidaders är i det, eller de likblåaade otillbörligheter av extrem våldsomhet och, för älskare av liturgi, bekant eller besant, där ödet att önska sig? Åtskilliga syndadagar efter vaditid. Jag ska sparka den där sjuke survaren i det ögonblick jag välsignar honom. Det är det mesta jag kan göra för hans grapce. Stundens ekonomi, yxa varför sagt. Jag har ett hoppsamt val om jag väljer av alla de sänkta i durkslaget. Från allmänningen till ignitiös Purpalume till det rätta hos Francisco Ultramare, den siste av stekare, den tredje av snö, i skräckskinka hurmårduar. Här e hon, e en klocka, detta e gods i himlen, junhgfruvit, under trigesima, vi kissy manonna. Doremons. Detsamma eller liknande att bli vänligt observerad inom den trolovade dietskatten hos Gay O'Toole aoch Gloamy Gwenn du Lake (snakker dansk!) från Mat Måndagh upp till hovslagares siesta i dominobrickor av porslin. Odd tagna i triumf, min skäna assistans, från vår jocosuse inkerman militante lidande pennan av vassrören bakom örat.

Missa aldrig din nånstansförlorade mässa för paret i Myles du rumpros till brudadyrkan. Hata aldrig ren skinka som är dålig för di n kniv under en lång fredag. Låt aldrig en gris i howth trampa dina Killiney linnen under fötterna. Spela aldrig damspel för Ghuds skull. Förlotra aldrig bort ditt hjärta innan du återvinner hans diamant. Poängtera starkt att aldrig sparka upp ditt bråk över soffornas rulla ihop ände i Dar Bey Coll Cafeteria genom att spatsera riskabelt *apropos* sånger vid kommersiella resenärers rökare för deras kolumbianska nätters underhållning som påminnr om *White limbs they never stop teasing* eller *Minxy was a Manxmaid when Murray was a Man*. Och vid bullen, är det du går kexande Hans Esauer och Co och sedan kastar de där väskan i asken? Varför e burken nästan tom? Först thu skallst icke le. Sedan skallst thu icke älska. Lusta, thu skallst icke idka avgudadyrkan. Hipp begränsare hjälper skrupler. Parkera aldrig dina korta vistelser i männens bekvämlighetsinrättning. Rengör aldrig dina knappar med dina smutsiga saxar. Fråga aldrig hans första person var din snabbaste genväg till vår sista plats finns. Låt aldrig den lovande handen användgöra fri av ditt engånggjorda sakral. Yxans mjuka sida! En sladdspole, en flicka slinger, en rodnad på en buske vände flrste mannens skratt till högljudd klagan moider. O dåraktigt kopplas! Ah, tärnings misstag! Doppa aldrig i urnan mens du har ögnare på din dräkt. Låt aldrig silvernyckeln glida genom din ports gyllene ålder. Kollidera med man, konspirera med pengar. Glöm mitt pris innan du seglar. När du tros bli omskursmisstänkt och se innan du läcker, kära ni. Kristna aldrig mispel äpplen förrns en svinom är i sikte. Vattna din tistel där det finns ett ogräs och du ska ångra det, despyneedis. Se vänligen särskilt upp med vara på en fest till något demoraliserande hemliv. Det undergräver en bäver. Håll kall tilltro i det fasta, ha varmt hopp i huset och börja från hemmavid att vara vaksam med kärlek. Månn ädlare att i huvudsak superapojkar och fel hos skamlig dygd. Ge tillbaks dessa stulna kyssar;påterställ dessa bomullsvantar. Kom ihåg de gula porlärna som alltför ofta anfäktar gröna fleckorna, Rhidarhoda och Daradora, en gång de blevhobbyhästiga, och spelade byxbaksdelar för Bessy Sudlow in köttfärgade underbyxor i stället för att gåjordnära i kolhålet i försök att laga den stores middag. Ben-före-Retsam släpar-efter-Mur där som här mr Whicker smällde till ett fall. Femorafamilla kände det en stearinomtyckt men Hayes, Conyngham och Erobinson svär det är ett ägg. Förglöm mej ej! Stanna, förstå och tillgiv det! Minns bedragarens öl jag spred likvakan jag begrov vår Harlotte Quai från stackars mrs Mangains från Britain Court vid Marie Maudlins fest. Ah, vem skulle torka hennes tårar och föra henne till haltaret? Såld under sina gklansdagar, lagd på strå, köpt för en ynklig petunia. Moral: om du inte kan peka ut en lilja stick åt henna härifrån! Sätt din uppsvällda fot främst på halsduktig lunginflammations skjortblusar, oförenligt med sann fimin risirvation och band av spetsar, limenickars vanära. Säkert, vad det är på det stora hela bara hopbundna hål, de renaste och tydligaste washingtoner att göra Lamguid Lolas underkläder längre? Fly Fåfängan och frukta Sanning! Diabibel! Valfiskben och planschettrumpor kan skada dig (schlåbort achluck!) men blåttlägg aldrig ditt brösts hemlighet (pyttekuks plats!) tyt fröjda en Janas i Delfinens Barncar med din inbördes solfjäder, Duvögda Flickbegär, tvingande uppmärksamma spasmer mellan annonseringen för Ulikahs vin och ett par dragdörrar av den gamla nyfirkenhetsformen. Där ska du spänna dina ögon mörklagda på den bringfasta kabelns bilvagn men här till din martimorfyserade vänligen sitt stilla ansikte mot ansikte. För om din skorth korthet faller ner på hans knän nedjamde hur illa ska han se ut nör han reser sig upp? Inte innan Gravesend är förvandlat. Men nu påterkommer Autist Algy, pulchermannen och skulle bli artisten, oleas mr Smuth, fastställd av vice korsfararna att vara välkänd för alla flörttanterna i och nära Buellas Arias ciudad, för dig till plågoteatern för att se *Smirching of Venus* och be med bviskade erbjudanden i en mycket låg skäggig röst, på ett trevligt litet obetydlig sätt, vill du inte bli en artists moral och posera i din nakenhet som en lokal estet inför talföra gamla mästare, introduceandes dig, festen omfattar vänster till höger, till hogarther likt Bottisilly och Titteretto och Vergognese och Coraggio med deras extrahand Mazzaccio, plus den vanlige bedragarens dussin sjaskiga kameramän. Och oanständige Buylans valser, till oskuldsexempel! Och Bussup Bulkeleys fyllesofier. O, de yras nyheters fräknefrihet! Det är mången ispollad globetoppare som är hemsökt av den hetaste fläcken under sin ekvator likt Ramrod, den köttige jägaren, alltid jaeger för en knuff. Ryggen vacker, det frångraget guddomliga! Och Suzys Moedls med deras Blå Donaupojkar! Allt blah! Huggorms fadda gräsligaste! Avskräck den gamle mannen vid själva fonten och fortsätt direkt med den nötige gnistaren kring ryggen. Smyg din ovala utom räckhåll och låt paraviset bli ditt mål. Upp läder, Prunella, konverftera ditt försök! Stick vekar i dina öronsnäckor när du hör sufflörfens röst. Betrakta en boa i hans skönhet och du ska aldrig mer bära dina jordgubbsblad. Bero av reliken. Vilken träl du nånsin binder till jorden skall jag vara bunden det var kombinerat i himlen. Håll luftiga smutser och masken är din. Kläd fittan för hennes nattinatti och följ hennes hårpiska uppför deras väg till Winkyland. Se lilla poupeep hennes förschta sovande. Efter att ha satt dina poesier och du vet vad som händwer när bwergskammen kastar över jupan. Gå till husrum med fågelhandlaren, förstår du, och ryck upp med milchmannen. Smutsen van gamar är på jakt. Och trevligheternas fingrandemarior. Tobaks tabu och toboggans ett baksäte. Hemlig mättnader och oanonyma brev gör det stora obevakade lika dåligt som deras bättrar. Tillägna dig inte på något sätt en kalaskula före den där alltförvanliga fimpvananatt frekventera och menstruera tillsammans med pars hängslängen i mr Tunnellys tamburer (krossa det) slingrandes med lågförbannelser och ollonborrar och vamper och gnagare, i avsikt att begår handlingar av interstipitgal otillbörlighet som mellan bindsnören och tejpstrumpeband, fingersmek på keldjur, under couvrefeu förbudet. Det är den tunna änden; klyv dina steg! Din inflytelserika mastiga pojkflicka har inga problem med att rasa igenom en hel rad av rökfria äkta män. Tre minuter jag räknar dig. Inget terichande nu! Ge mig det där när jag säger till! *Ragazza ladra!* Och är det där en plats att smuggla upp hans madams äpplen? Bedräglig jade. Jisses kil! Vid Gud, jag gillar sättet de är halvkokta på. Håll, flå, grilla, fyra av den där laney känslan för kosenkyssande disgenikalt inom de föreskrivna gränserna likt Populations Pinne vid en antydan eller hemligt dvvjm gör blir görandes till Frestelse Frans vidkungar frågor i torftiga och snakkande svärord likt en barnpiga. Mens där finns men-a'war på säg det ska det finnas loves-o'women på gör det. Kärlek via de vanliga kanalerna, cisternbordelligt, när ordentligt desinfekterade och prydligt tagna på det generabla sättet i samband med pensionering tupplurning i sällskap med en svärmake eller annan respektabel släkting av ett motsatt kön, inte kärlek som leds vid näsan som jag förutsniffat utan kanaliserad kärlek, förstår du, gör en förbrytare gott,misstänkt nog om han har en sluggers lever men jag kan inte överarbeta poängen alltför ivrigt (och efter erfarenhet av skadorna talar jag utifrån inspiration) att stinkande andar är klådors tjuv, så ingen av era tjugo spön körsbärsvisp, min dotter! På Katten och Kaninen eller Fläckiga Hunden. Och på 2bis Lot's Road. Du får betala för varje sabla sorradag natt varenda affischering sömdag morgon. När natten är i maj och månen skiner makt. Vi ska inte ses i Navan förräns du försöker ge Kellsfriesklubben smörbulten, Hill eller ihålig, Hull eller Haag! Och se upp hur du trotsar drinkars väta i Kilsdare eller detsamma må se ditt bröllop åka hem från din likvaka. Askgrå pigor när du flört skämmer bort grabben men skonar hans skjorta! Lägg din liljelika utmed hans axel men sparka bakut om han blir djärvare och bara håll ditt enkla hopp och beakta ingen kåtning men om du har fått något begåvat begrepp att lyfta cancan och väcka uppståndelse skulle jag vara böjd att vifta på den svansen åt dig tills det är födandes. Låt den älskade slevlika vid ögat gördla sina magar i gymmet. Inte heller måste du und vika att skruva fast locket kraftigt på den där jazz hokus och kickstarta. Skumpande tävlingar på plattan och punkt till punkt över hinder. Ridhjulande det där acklibrutaliskt uppför slingriga Rutland Rise och upplysande rebelliska nordare före strosande i staden Dunlob. Därefter breretoncykling på det fria med dina förnäma miner av gå-bli-dee och dina hälar på styrstången. Boerboel fräckhet! Nej, innan ditt kroppsliga revben är avbroskat, vilket betyder om du har invärtes hängande ögonlock, så är min poäng, om man tar hänsyn till din svaga bukväggs nycker och din levers utbredning, vinvin, vinvin, eller skulle du känna, kort sagt, som om du behövde hälsosam fysisk exorcism att spola dina njurar, förstår du, och flytta den där tolvfingertarmen och trikinen som bor där inne, jänta, och svettas fritt, likta din lektor i lobbyn och varför du går ut via dörrvakten ut på det smutsiga spåret och skippar! Var en sportig.Umgås med Naturfen den store grönsakshandlaren och betala regelbundet de månatliga. Din Stakbåts Parfym är bara i hattnålsbutiken vid sidan om röken av brunst. Det är viktigare än luft – jag menar än äta – luft (Hoppsan, jag öppnar aldrig mi'mun men jag packar mi'mat i den) och marknadsför den där naturliga känslan. Stampa slut på ruttna ägg. Varför så många puddingar visar sig misslyckade, som Dietisten säger, i Kreatur Komforters Kåserier, och varför så mycket soppa är så mock slask. Om vi kunde fettna på de elisabetonska skulle vi inte ha tänder som flodhästarna. Emellertid. Sammaledes om jag vore insvept i din skjorta skulle jag hålla mina korpgluggar uppspända för dina möblerade inneboende betalande för sin mat i överensstämmelse med sällskap och pianolåtar. Bara bredrövandwe dig själv! Den alltför vänliga väntypen, Mazourikawitch eller någon annan sukinsin tillhörig en häxa, som han är kommen från olt Pannonienpå denna tumlare som lagförde stooderin beträffande de mauliga och femurliga artiklarnaoch som mixade honom själv mitt i musiken och smiskar elfenbenet så där kärleksfullt för denna din Mistro Melosiosa MacShane må snart visa sig vara ditt fördärv och utplåning under de efterföljande åren av regn skulle du, medan Jaun är från hemmet, vänjka dig vid att sola i hans kärleksslöafamn, omåttligt klädd, mustaschretandes, när knusslig bakom lyckta dörrar, stadigt kyssandes, (malbongusta, det är inte den sak du kan!) med den tonårskäre opportunisten, under en kvinnas inflytande, närmar sig dig tum för tum, disarrangerande dina anspråkslösheter och fumlande med sina starka nävar i dina livstycken sedan din batong tänker mens du suger som en första början (ta hand om dig, skulle du ströva och göar slut med mig!) och gå och göra hans idiot varenda gång du gav hionom hans chans att bli tjock och lek pigglywiggly, görandes mycket av dig, pratandes strungt likt en tvekare, gougouzoug, om din glada hals och xen runda globen och den vita mjölken och de röda hallonen (O uppskrämmare!) och snoka ned vidare att pröva sin lyckoarm med sina havande frågor uppemot våra gångna liv. Vad har fångat att sjunga med honom? Nästa släng du sprutar på Tubber Nakel, hällandes kannor till källan för gamle Glädjedansks förhärligande och den Svarta Vaktens postvärdeökning, tjuvgluttandes privat från Busken och Kronojägare. Och vår lokala skvallertant, snackare-gör-skryt. Värre igen! Iväg från den där bönande beundraren på väg till dom bedjande! Det skulle vara ett alltigenom horbart sakernas tillstånd för pressskrivna epos rödkolumnister, Peter Paragraf och Paulus Puff, (jag fortsätter blötlägga dem för att dölja mina konserter) att få gfrepp om för derasballonger och skjuta dig privat genom överrumpling, med tanke på äktenskapsraset som finns i denna oljeålder och loppor tre shillingar per pajnt och sex per hustru och sju när hushållskatastrofer haltar par och nylagda vrål fördärvar för den tjugotvåalltförsända gången den riketog tusen i civilisationens slaka marsch där du, blivandes skyldig till olyckliglik berusning att ha och att hålla, att grisa och att uppätthålla direkt kontakt, i egenskapå av ingripare, med en prominent gift medlem av vicerykande trupp och, till följd av de därinunder lagsökningar, bringas ur andra gradens fattning genom att bli en avvittnad företagsinnehavare på Lucalampljus demimonde. Vad som helst utom detta, för fruktan för och kärlek till guld! En gång för alla, jag har inga högskolemallighter (du förstår, jag är vältalig i kärleks arsenal och alla dess ouvertyrer från collion pojkar till flickinhägnad så jag har all anledning att veta att skälmars galleri av nattugglor och hyndkännare, lyckliga duffar och lätta lindsayar, högdragna hamiltonare och glada gordonar, doserade, doktorerade och i andra avseenden, vänsterprasslande bland kjolar och vad deras ombytliga avsikter ser ut som, du får själv bestämma dig om det) inträngandes på din riskzon under dansareåren. Om jag nånsin kommer på dig med det, var försiktig, är det du som får kokottcha det! Jag kommer att tackla dig att känna om du har några få djävlar i dig. Heliga pickadolver, jag ger det tilldig, hett, högt och häftigt innan du kan säga sedro! Eller må Uselskräcks förbannelse falla likt nässelfeber på vitmunkens fader som konverterade från hembränt den första nancyfria fostermodern som sporang bort efter trumpaduren som sargade Moores melodier och så vände upp badkarshalket av den stjärndumme journalskribenten att inspirera den främste avslutaren att fällahonom granen utifrån vilken Cooper Funnymore hyvladeytan på öltunnan på vilken min farfar kraftfullast satt sitt säte av ovishet med min tants smekta syster för hans glädjes skull! Amene.

Puff! Det är putzweg för dig, vid Gud, och planxty av det, allt i överflöd kring min bredd! Glor galore och ära vare! Lika bred som dess lunga och lika lång som en lina! Valiantinen vaux av Vördnadsvärde Val Vousdem. Om mina käkar måste brassa iväg vederbörliga dropparna på mitt läge. Och det toppnoterade framförandet du väntade blir min röst. Theo Dunnohoos varning från Daddy O'Dowd. Veem? Vad jag undrar för migsjälvvems för där finns en stark tendens, för att uttrycka sig milt, att göra mig till mediet. Jag förnimmer sprut av klianden ut från överallt av mig och bara för slägghummarens kraft i min hand att hålla dem i mörker ensam vet vad som vem som ska säja härnäst. Emellertid.Nu, innan mitt upperotiska rögister, nånting trevligt. Nu? Käraste Syster, återigen i perfekt ledighetsäger jag ta en agents råd och behåll det för dig själv att vi, Jaun, först av vårt namn här nu till verkar alla våra kärl gratis. Lugn, min kära, om dom pirrar dej antingen säg ingenting eller nicka. Ingen kinda-kind med flisarspräckare, du och din senaste mosgrabb och padren i papplådan uppräknande dig sina patentlösningar. Förhåll dig vacklande till dessa vaksamma som skulle lämna dig att tvätta svart på vitt. Närma dig lika väl för pyskiska hijiniker men slåss skygg för lättlurade. Jag skulle bränna böckerna som vållar dig sorg och tända en allasåtskildiansk signalbrasa som skulle suffragata Tome Plyfire eller Zolfanerole. Perousse inför din *Weekly Standerd*, vårt verila organ som är ethelred via hela pressadömet. Arsdikens *An Traitey on Miracula or Viewed to Death by a Priest Hunter* ligger fortfarande främst på fältet trots slottshindret, William Archer är en helt igenom bra katalog och han ska ge dig en uppgång på vägen till vårt nationella labtonry. Skim over *Through Hell with the Papes* (mestadels pojkar) av den guddomliga komikern Denti Alligator (som utplånar ditt index) och finn en gliring i en pappershög arisus aream från bastardtitel till faderjohnson. Svär högt via from fiktion likt *Lentil Lore* av Carnival Cullen eller den där *Percy Wynns* av vår S. J. Finn eller *Pease in Plenty* av Krigs Kurerare, licenserad och censererad av våra som mest pittoreska prelater, Deras Nåder av Linzen och Petibois, biskopar av Hiberniterna, *licet ut lebanus*, för utvidgning av löften, de två bästa säljs på marknaden detta det lyckligaste av år, uppsatt av Gill fadern, nedsläckt av Gill sonen och dystert cirkulerat på bekostnad av Gillydenheligeand. Stäm upp en nickande bekantskap förvår doktrin med verken av gamla mrs Trot, senior, och Manoel Canter, junior, och Loper de Figas, nates maximum. Jag brukade följa Mary Liddlelambes flitsy berättelser, särskilt med den doftmintade såsen. Sållad vetenskap ska göra dina konster gott, *Egg Laid by Former Cock* och *With Flageolettes in Send Fanciesland.* Mest flickor. Snubbla över sakramentalt te i våra helgons och prästers långa liv, med vinjetter, avkortade till instruktuella läroböcker av de myndighetspersoner för dina sökningars bittermint. Förverka inte den förlamade. Tänd en sticka för stackars gamle Kontraförbannad och skicka lite balsamolja åt de schismatiska. En skjorta i nöd är ju ett vänligt dåd. Minns, piga, thu stoft är puder men Askungen thu måste återvända (varför berövar du hennes ärm, Ruby? Och dra in tungan, Polly!). Kugga ut ur era tonår, allesammans. Grabben som inte tålde nära överträdelser lyfter tösen som snobbar en skräddare. Hur vågar du skratta utifrån ditt munsken i brist på detta? Behåll lugnt din fräscha kyskhet som är långt mycket långt bättre. Tidigare än att skiljas från den där vestalityiska smaragden av första vikt, nedkommen till mig allra som mest från vår familj, som du samlar på hög så nära till där ytterligheter möts, nej, avsågat tillftrisknad, snarare låt hela ekumena universum tillhöra glade Hal och gör vadhelst hans Mary gillar väl. När gonggongen slår för bålgetingars-två-nästes-äktenskap kryp in i din sele och ta av dig den där ogiltiga kostymen. Håll igen, Faminy! För kapplöpningen är till det dumdristigaste av, de stojande, hoppande jäktandena av. Haul Seton är ned, svart, grön och grå, och hissa Mikealys vassla och sågspån. Vad är överklätt om underklädd? Poposht försaka mej knop där det är vitt låt oss öppna. Hysch! Lovad vare hon som vandrade med ej Jook Humprey för han gjorde henne lyckostram. Gå! Du kan svepa allt droppande du kan forma till, och gladunge liverpölare dessutom ad libidinum, på dessa lassituder om du har föräldrar och saker att ta hand om. Det var det som fastna på Grevinnan Cabtilene när hon stack ut Mavis Toffeelips för att mata sina utrangerade huspaler, och det är hädanefter associerat med hennes namn. La Dreeping! Die Droopink! Det oefterhärmliga på jakt efter det ofrånkpomliga! Det finns inget som vidrör det, vi äro taucht, försåvida hon inte brydde sig om ett munsryck av vit pudding för önskningen är på hennes rosa marina och lunchljuset i hennes öga, så när du daltar med brödkavlen skri v mitt namn på pajen. Bevaka det där dyrgripen, Sissy, rik och rar, sejr han. Vem skulle känna det i denna kalla väreld? Hum! Juvelen som ni alla är så knäckta om det är ostabilt få av dem får det för det är ingenting nu utom sobelstolor och ett springa omkring som matchar det. Sjung honom en ring. Vidör mig lågt. Och jag ska ha lust te dig så, min såochså. Show och show. Show på show. She. Shoe. Sken.

Avslöja, plötsligt knullade ut hårt jobbande Jaun, sparkandes spelbordet till sin dubbelgångare och skriandes högljutt likt Brahaams åsna, och, då hans voixehumanar svällde stort, greppande hans manligheter, så högelikt stark var han, man, och gradvis tyst intresserade sig för henne (det måste ha varit en kraft av kinantiker i den där källingen av vällingen han svällade vid sänggåendet) skiljd ini mig och säger eftenamnet i avklädd (om du hamnar i svårighet med ett sällskap du inte torde glömma hans utseende heller) av vilken knä valp som helst eller ärmracka som yalarupp till dig på vägen där han stoppar dig att vara en vält, O, (den getfärgade saxoskalaren uppskjutned idisslar skal från honom!) och volontärer att leka med dina rundlingar för erbjudet glas och deg, den giftande handen som hans fritid ångrar sig av, utan att ta ut sitt rätta lösenord från den kvalificerade minimatte för affärfer mwed den svarte fremdlingen, den där fienden till vårt land, i ett ljus som ser rent ut och jag bryr mig inte om att, en tongsers tammany hängning som den smutsige är varken tvåå tut i hörnet eller tre tjut på en kulle (vore han även en konstantineell namnslik av mitt alldeles egna. Bragjort Knowling, och likt henok till mina borfgmästarförfäder, de båda som tar ut sina skilsmässor i Spookabury domstolars tingskretsar, Rere Onkel Remus, Eboracums Fördom och Gamle Fader Odyssabon Knäbyxor, den gänglige herren till Wolverhampton, neträffande deras ilskor), men lika sant som det är ett sök för saker i Dubbelriktade Peterborough och bi kommer till newsky prospect säkert som hemmavid från västvågen på fastställd tid (kommer jag ännu snabbare är jag raskt tillbaka innan jag lämnade) från det brutna löftets landmed Brendans mantel som bleker det Kerribrasilianska havet och Mars stenar snurrande underifrån våra fotslipar för att bära eld och svärd, var så försäkeratt som vi värderar själva namnet i syster att så snart som vi gör möjligt ska det bli ett dåligt utkik för den där insystreraren. Han är en märkt man från denna stund. Och varför säger vi det, kanske du frågar mig? Förföljd? Gissa! Kallar du? Tänk och tänk och tänk, uppmanar jag dig. Klantat! Fel gröt. Du är en ignoratis! Därfgör att sedfan kommer vi troligen att mållöst väl snart visa honom vad Shaun sättet påminner om hur vi ska dra vidare på väg mot knäckande hans utomståendes ansikte för honom för att göra sig till för dig med hans bringadig balsam från Gaylad och hans sjungdig sånger från Arupee, chanstagande min omyndings huvud till fristad innan kännandes med sina två dimensioner för ditt bröllopsditto. Åhejbug, vore jag Blondareboss skulle jag gåochskrämmadennedualmänska! Nu, ska säga dig vad vi ska göra att bli sjukare i stället för kompensation. Vi skall han skall brista vår hans mun likt Leary till Leinsternuna och reducera han skall vi skall våranhansan linimenter till en poolp. Öppna dörren mjukt, någon vill dig, kära! Du kan höra honom ropa på dig, juck, likt en salighet, i den turkaste nattens muezzin. Kom nu, brevlåda! Jag ska styvna din skrivareallt, bruten vass! Så ska det vara, operora stil, även jag skulle, med min svinkyrkbänks och cheekas sleutrar, måste kanna det påflugna hos liberalerna kring Heliga Patricks Gränd för att lägga mitt lusbröst på hans behaitch likt solitär. Vi är alla ögon. Jag har hans quoram av bilder på min näthinna, Mohomadhawn Mike. Karska upp dig! Dessutom därefter, dålig stil tycke jag, om du inte har starka tankatr om att sätta brodersbeskyddaren i fängsligt förvar hos den första polisbubbyn konstapelösa av Doras Elakingar på fältet jag kanske försöker falla på. Eller för den delen, för din information, om jag kan hamna till slut vad du slår vad i min vredes hinkar. Kanske jag inte ens tar med det i mitt progrom, lika skön kurs, för att utföra en dumdristig åtgärd och hjälpa till och svänga för din perfekte främling på glädjens äng och därefter sopar uppför gatan med klonmellianen, avvaktandes mitt förandes talan mot glädjepöjken inför en knippa magistrafer och tolv goda och förtjusta män? *Filius nullius per fas et nefas.* Det skulle visa sig vara mer eller mindre en tilldragelse och demonstrera det bredast federala i min kopp. Han ska ha ha plåster sedan till sina pensamientos, ÿlande efter frid. Sköna smällar, jag lovade honom massor med burkar till hans smalben. Dumnlimn wimn humn. I vilket fall ska jag inte vara komplett i slagsmål förräns jag planerar att halvt döda din Charleydu är min älskling för du och skicka honom till Hemma Kirurgen Hume, algebraikern, före hans utmätta tid, särskilt om han visar sig vara en man i brunt på stan, Rollo Gungaren, son till en som vill ha en fleurvalsare till Arnoffs, plockandes upp idéer, om väl över eller omkring femtiosex eller så, pithekoida proportioner,med könske fem fot åtta, den vanliga X Y Z typen, R.C. Toc H, ingenting annat än rödvin, inte i stamboken på långa vägar, med en tandborst mustasch och käkporsliner, alias flinare via halsband, och naturligtvis inget skägg, kött och colmans kostym, med tjäras bylsiga byxor, uppenbarligen för stora för honom och vårsidans stövlar, tvättandes slips, Fader Mathews stämskruv, smuttandes lite Wheatley's hos Rhoss's på en barstol, med någon pubkompisav Olof Porter njure, alltid försökandes att köpa lösöre av hebdomedarierna för att putta in ett nytt hus att plundra, cigarett i hans munstycke, med ett bar jobb och pension i Buinness's, vad sags om vår tripp till Normandie stil konversation, med en tillfällig som de säger den där filmfärgade filmen på Mothrapurls vita duk om Michan och hans förlorade änglainer är korkshower gör anderbura, blågröna ögon en aning skumma under utveckling av en serie arga kokningar med vissa anspelningar på Guddomen, under sökande av lättnad i alkohol och så vidare, allmän omnibuss karaktär med ett stänk av järnvägshjärna, sliten hosta och något enstaka sting av haltande, havande sin favorit fruktsamma andraklass familj på uppgång under ett årtionde, både harfotad och arbetsskor, att sparka och frikpa. Jamen.

Så låt det bli en knoge eller en armbåge, uppmanar jag härmed dig! Allt kan mycket väl bli jättekul men det är tippa och springa och vidröra och flyta för varje smäll när Marie bryter Phil maneters lek att gå. Armars arom, sida åt sidan ansikte mot väggen. Till fittans tummeltott problemet med att linda, O. Och för att det inte ska bli någon massuppfittning, Miss Forstowelsy, över vem ska fästa svårighetförlivstid på (trehundfra och trettio tre till en på Rue the Day!) när den trevlige lille smellaren tjuter i sin vagga vad den smutsige gamle store ska skrika genom sitt avfattande du hellre håller i pistolpipan rakt kring vokseutbrott som jag rekommenderar dig att (du zigenarögda packning, hör du vad jag ber?) eller, Djupsår utan att störa mitt huvud att arselellersvans vars slag tvingade eller slog tillbakut , ska jag själv komma över hela dig horizontellet, som remhängaren sade, för att knocka mig med mitt namn och dig själv och din babybag ner med en stor uppoffring med en smäll av en ordförandeklubba till en tredje klassens kohandlare lika billigt som niggerds smuts (till salu!) eller jag ska smiska dina dina fruktkryddade bröstbärsläppar bra för dig, så jag vill väl för dig, om du inte håller tand för tunga i ditt duvslag. Kärlekens nöjen varar bara ett flyktigt men livets löften överlever en livstid. Jag har det inne för dig. Jag ska lära dig sängminnen, step för steg, att spela din udda dotter tangotricks med micky snyggingar om jag finner sjörövarhår på din flodklänning och din burbärs pangbrudigt täckt med gransångare och rakningar. Uppför Rosemiry Lean och Potanasty Rod du vet, vet du? Jag förstår dig, förstår du? Ber Annybettyelsasor att bära dina paket och du drömmer om nettoära. Du ska gå närmre vi'Varg Förmannen. Skar du kapell, gjorde du? och hade möten med skojare på särskilda hotell, eller? Ensam gick att såela din moder, isod? Ni var mevänner? Hej, prick är ett dockgarn! Markera sedan medelväg!Jag ska hemsöka dig, Luperca lika säkert som att det finns ett palats i Limerick och i randig konferens här är hur. Nerbu de Bios! Om ni båda två går och prfomenerarpå järnvägen, Gard, och jag driver på med slagbakom busken! Se till det! Knipsa! Det är upp till dig. Jag ska hattrycka harhund till gömmande hurier hindrarhäck. Knäpp! Jag river sönder dina lampskärmar och låser in alla dina travare i garderoben, gör jag, och skär ditt sidenskrin till strumpeband. Du avstår din fråga på obordellt sätt när jag gör dig verkligen smart. Så stjälpe din knopp och kyss skadan! Jag har obegränsad tillfredsställelse, spelar bispen, för din partiskhets flatheter om din min rodeo gell. Rimlig man och skamligt förslag. Det finns en massas lagligt nöje som kommer bangslangande till dig, Miss Pinpernelly siden. För ditt eget bästa, fattar du, för mannen som lyfter sin pudding till en kvinna som sparar på vägen för vänlighet. Du minns ditt mätto *Aveh Tiger Roma* troligen smartar grevens tid. För jag ska just dra mitt spratt och tilldela dig en kluven puck i svansremmen, förstår du, som ska bringa vallmorodnaden av skam till din pion löängst bak tills du skriker föföförlåt och radar upp dina rhodautbrott till takten av hettarodnadsmärta, jag är,jag gör ocj jag lider, (hör du mig nu, slickepott, och sluta glo på din kissekattbuga i skiffret?) att du inte vill utplåna för den mer skrymmande delen av ett rinnande år, lyckas inte avge en god beskrivning av dig själv, om du tror jag är så brun amorin som allt detta. Ljusen släckta nu (puff!), tätt och sov på saken. Och det är på det viset jag ska buteljera din girigkatt skönhetsbuss för eder, mig knullen kviga, för detta är jag som har arrams jämlike som bär en råsop. Dem emellan.

Dig ovetandes skulle vrede vända over hav, som förebud skulle jag återvända hit. Hur (från det sublima till det löjliga) tider alltför ofta, min framtid, ska vi tänka med djupaste kärlek och hågkomst genom rintrospektion av thig men mig långt borta på kudden, andandes ömt över mina namn alltigenom tomheterna, medans förvirrad av doppeldörrknackarnas skallrande. Vår hemmaroll poet till Ostelinda, Fred Wetherly, sätter det på sätt och vis bättre. Du sitter på min stil, måhända, varofta jag hjälpt din malm. Lillspel rumilie från Liffalidebankum, (Toobliqueme!) men en stor hörna fyller dig i detta oförfalskade sate för dina känslor. Aerwenger är min avel så må vi okrypandes tusenfotigt likt sanden over Amberhann! Sjuhimlar, O himmel! Ja vill dig! Dina vägar till mejlillamej var underbara så Jakom samlastolt i att sända dom härligaste pantasifulla tankar som vidrörde mej tankstreck i-dej fast vi punkt Bindestreck, den så sött välvda lillgud av sängklädersnätter. Om jag bevisade till ditt tillfredsmode hur jag är en man avRustning låt mej så, låt mej stämma, låt mej se din isabellis. Hur jag skall, skulle jag överleva, som, förenaren av U.M.I. hjärtan jag lever i hoppet att göra, ersättandes mig vandrandes uppmehänderna i hjälpare så ivriga för mitch, positivt täcker de båda rena brudarna av din snygga plumskaka med zuccherikyssar, hong, kong, och så gong, att jag skulle skrämma läderlapparna ut ifrån ifryn en av dessa puggyga morgnar, uppriktigt sagt, vid min rantanhund och pappaek ska jag, bekom kom kommande när på våra mötande vattens minglande, önska till önskare, lika massiva berg att aldrig mer skiljas, du kommer där och då i dessa lyckliga ögonblick av vårdin mjuka endräkt, regnkyss på min rygg, för hela märken med axlade armar, och i detta förenade I.R.U. arena, när jag kom (tuff! tuff!) vildgylfs räv i mina egna gröngäss igen, byta sötade självbelåtenheter, sex av en för ett halvt dussin av de andra, tills de ska slå vad vi är det galna derbyt när körsbären härnäst kommer återvänder till Ealing eftersom de måste komma, som de murkna i deras förflutna, som de måste för min tvingande årstid, som hädanefter de måste chirrywill genast suant vid min säkra återkomst till okunnighet och sällhet i mitt hästlösa Coppal Poor, genom suirland och noreland, kungars rike och drottningars, med mina rep av pärlor för fräna flickor sättet ni knappast. Känn mej.

Smalna eder, kom slumma med mig och återsamla råttors hopsamling. Denna efter rening ska vi, försäljning av verk och social service, frun, kompletgterar vår Abelita förenming genom adoptering av fosterbarn. Skeppa in för Eufonia! Upp Murphy, Henson och O'Dwyer, Warchesters Väktare! Jag lägger in en skjort tid om du tar dig igenom ditt skift och mellan oss i vårt delade slaveri, stötta åt behå och utopare till växellok, vi ska riva av vårt arbetsprogram.Stig in i gårdsgillet och var fri från gäspningen hemmavid. Vi ska omskärssamhällsiga hela Dublins land. Låtom oss, de sanna Oss, alla antända vår förskärsweldiga grad som aposkaler och vara instrument för utensilie, hjälpa våra Jakeline systrar göra ren svinhålet ocbh rent allmänt ingefära upp saker. Meliorism i masskvantiteter, utlotta recept och dela loltterier till naveln, ekrar och fälger hummar likt hymn. Bränn bara det som är irländskt, acceptera deras kol. Du kommer att lugna den kokasvarta galla som tillhör Anglia och snuddar vid Armourikanarnas järnåder. Skriv mig dina *essäer, mina* yhrkesmässiga forskare, fast ytligt, sticker näsan in i det, för Henriettes skull, om dödsnativitet i judars liv och sörjan hos Kung Haarington på dess höjd, löpande boulebvarder över dets helhet. Jag skriver allt av migschälv om jag bara hadc mina glada unga vattumän här. Håll i minnet, vid Michael, alla de provinsiella bana,skalarnas och elakuk ägg som gör tecknarettdammkornsjubileum utmed Henry, Moore, Earl och Talbot Streets.Luke på alla melemmars bemanning är han dynga för fåglars rov, vår präst-borgmästar-kung-handelsman,som beströr Castleknock Road och drar gödsel över den till den första skymten av Wales och från Ballses Breach Harshoe upp till Dumping's Comer med Mirist fäders bröder elva vs Vitbröder ute på en rogations kronhjortsfest. Jämför de där kapuchinvandrarna med Belchesbron i Fairview, norröst Dublins favorit sydväst vattenhål och döm mens du pucklar det. Vad menar du med Jno Citizen och vad anser du om Jas Pagan? Compost liffe i Dublin av Pierce Egan med buken i Fino Rallis Baughkley. Förklara varför det är sånt antal religiösa ordnat i Asea! Varför ett sådan antal i preferens till vilket annat antal som helst? Nu? Var finns den grönaste ön utanför Spaignens svarta kusttäcke? Översätt till universellt: Jag är rapphöna och min kelkris rygg. Oralmus! Sätt, o sätt för Fordarnas vår stads självrustaxering i en gruppering! Hejkompis någon välmött benskakare eller, för att hon för sig själv förvissar sig om fakta, springa upp ditt regnväder en gång och förtroende och ta Trumgondolcns spårvagn och, bärandes mellanbenet och skjortbröst stödd av hierarkin utrustad med predikare, böjer dina steg, tar upp ett spår och står pall, säg, Astons, jag råder dig starkt, tillsammans med ett ex av Utsädes och Ogräsaktgen när du har införskaffat en för egen del och ta en god lång titt på vilket närliggande skyltfönster som helst som du kan välja på förmodan, låt oss säga, hoythet av nummer elva, Kane eller Keoghs, och under loppet av cirka trettiotvå minuters tid fortsdätter till att vända runtom på di na heehälar mot den tidigare gångbron och jag ska förvissso ha tagit mycket brutalt miste om du inte kommer att rubbas förvånad att se hur du undetr tiden ska bli förbaskat väl överrockad med tårtor av strunt orsakad av den mosiga sylten av kors och s vartväggars trafik på genomresa. Se Sumpan och flyg sedfan. Visa mig den där reklamationsboken här. Var är Cowtends Kateclean,kvinnnan med dynggrepen? När ska vår suggas W.D. Ansikte dyngälskad d'lin, städers Troja, och centrum Carmen, kräla med tiggare i perforerade plagg, få dess broccoli vitg likt l'pool och m'chester? När är denna stornationella guldkapsylade dupsydurby ryckt som kommer med sina kräkmedel för vår mosdersinlassning och bårar för deras försvagade män? Jag är hela mig för hastighetsfrihet men vem vill avsparrisera Påvens Avegnue edller vem vill resa upp den Opianska Vägen? Vem ska brighton Brayhowth och agna Bull Bailey och aldrig förtvivla om Lorcansby? De hejdlösa kungliga kommissionärerna! Det är ett sjukt ogräs blåser ingen vallmo bra. Och detta arbete är värt mitt högtryck. Olja för mjöd och möda för föda och vandfra med bandet för Job Loos. Om jag hoppas ingen välgörenhet vad profiterar mig? Ingenting! Mina flaggorfs tipsare äro knoppar av strapets för det ärengrym berättelse, som håller lockarnas fader från eks idrott. Vet du vad, liddle giddles? Endera dagen är jag rådd av den smilande röstsökaren som nu snarkar endvakinde att positivt slå bort hajking för gott och allt som jag jävla väl jävligt borde tills sådan sil likt en del stämning är gjord under sigillbevarade order at få mig ett ökat automoboil och skodon för dessa stackars barfotingar och en börs från bon Vissvind för en kur i Badanuweir (fast var ska de gå ifrån för atgt komma från denna tid –) som jag sikärlegen tänker nu, ärlig mot John, för en inkomst plexus som det där om sangvinska yttre gräns. Amean.

Bäste herre, tillade Jaun, med röst något skymd, vad trots ännu högt kla ndrad, när han vände sin bokrygg mot henne för att uppvakta det, och överlämande sina buhögion för att ge noten och poäng, fonoskopiskt inkuriositerad pch melankolisk denna gång alltmedan, som på fulmament han gapade i förwuldran, hans påsaturnkasta ögon i stjärnattraktion snabbt följd till en imaginär svällav, O Fåfängsans fåfänga! Allt upphör försvinnande! Pusonligen, hjälp mig Grog, har jag inte våldsamt bråttom. Om tillräckligt med tid förlorar ankorna som vaggar lätta att finna. Jag ska snifffa en blå fonx med vilka som helst trista som blinkar vid detta jordeljus av alla dem som passerar förbi hjortdrevsvägen, kankanins rutt eller wilfrids wäg, men jag vände om lika mär som inte om jag kunde bara skedfinna den raska flickan av mitt hjärtas utnämning, Mona Vera Toutou Ipostila. Min fru av Lyon, att gajda mej medf gastronomi under hennes säkra ledning. Det passar mig bättre. Jag ber inte om några vänligare öden äön att få vara där jag är, med mitt klirrande tomtethe, under åkallan av Den Helige Jamas Hanway, tjänare till Camp, stenad, och Jacobus en Pershawn, förbönlig, för min thurifex, med Peter Roche, denne vän av mina tuttar, som lutar sig mot mina armbågar, vid detta flyktiga ögonblick av lokalalternativ i fåglars härbärge, mig bland fasaner, där jag drömt att jag dväljts mitt i sångares väggar när taltrastar och alpkråkor till min suck skyskyndat, med mig står harar upp väl och mig longsläpar ditton, där ett mördande oväsen, räven! har brutit vid den fega anblicken och väl in i den utandande nattens enormskönhet, knyckandes stannaochköra juveler ut ur häckar och fångar dunkeltoppsbriljanter på tippen till min insats om inte för att ugglеklocka (snabbt upphör med det!) har just tvåhåat timmen och att yen briser zippar omkring via Drumsally gör bli djävlar att spela fleurt. Jag kunde sitta på säkra sidan till Den Helige Grouseus skall för härfågelns timmar, till heolls horaresningar, skratta dåsigt vid fårs blixtar och vända ett widamest öra drömskt mot krypskyttars drummliner, hörandes de trådlösa harporna av sköne gamle Aerial och försändelserna över nattströv (pipett! Pipett!) och nattskära willy i den skogrika (hed park! hed park!) lika fredsmatad som en philopotamus, och spräckbildande krus vid grodorna, lämnar tebladen till forellen och porsliner för uppmärksam tills jag följt genom mitt uppfältade nyvyskop rugabymånen cumuliöst gottböljande honomsjälv västsovande iblandskt molnklungor för att se hur omsorgsfullt min nattliga gåsmoder skulle lägga sitt nya guldhonägg för mig nere under den skygga orienten. Vad skulle jag inte tjuvfiska – arrendet på min flodsida, mina anndra skor, mitt bäverbo, jag lovar! – ay, och smält mitt bälte för mört fest av bäcknattsländor med de feniga ena, dom däringa lyckliga sökarna i deras småfiskiga, som glimtar ner svansvikt, hoppar framför den snabbe MacEels, den store Gillaroo kommunistbröder och väskvirade retstickor, odlande antis krucifix högt placerat ettstank av mig, eller, när jag gillar eget företag bäst, med hjälp av napelsin och björn, att bli tillbakalutad av klatscharen på min logansome, mitt g.b.d. mitt f.a.c.e., solfanelly i mina shellyhållare och älskade latakia, den villvälige, för mina näsborrerysningar, med svartsjukebådanden som vissnar iväg till deras hjärtans fröjd och kungen av september som sviker hans tidsmänskliga odörer för min bestörtning, ísfiskande min grip, eldandes vatten i spjutljud eller fångandes troféer hos kungens kungliga högskola för störar av de famnenfull för att grädda gädda och paj medans, O flätade mig enlövsal i L'Alouettes Torn, alla Adelaides näkterflickor juckjuckandes undermörkadt mig, jag skulle omfänga mitt twittytrevliga Dorian svartknoppars chthonic solphia av min sjungensångpiccolo till pip musikalla förnäma miner på numberösa sagoförgiftningar. Jag ger, en kung, till mig, hion gör, ensam, där uppe, ja se, jag dubbelger, till skogsdungen helt instängd ensång med dem. Är det inte härligt ändå? Jag ger till mig ensam ger jag trubbel! Jag kanske inte har sinne att lamagnaga forte bitarna likt daglönarsystem men du kan inte snylta till mig tonfalskt. Jag har en alltför sann röstikal trall. Nomario! Och bemolly och jiesis! Ty jag zstptar med en vaddumacormack i i regeldel av mina hjälpmedel. Och lärkan som jag lät flyga (olala!) är lika kukfull som den är justerad till min gaffel. Naturale må du lägre registrera mig som diserharmonisk, men jag är athlone i killarneys lillabillingen. Det är platt. Ändå var backigt landskap, du! Det som är bra för ärttörnet är en pikstav för trädgården. Dödligheter gömmer sig hemmastängda i loganer. Avsky gullregnen. Krossa den pråliga flugsvampen! Bryony O'Bryony, ditt namn är Belladama! Men nog med skogs grönskande skvaller. Fågelbon är fågelbon. Ditt att vänta mit att kämpa. Och spela nu skarpa för mig. Dubbelbetygförst ska jag bege mig främst genom alla mina examenshopp. Och vilken känslig slant var jag besatt av hos Latouche's, vid gud, jag skulle sänka det totalsumma, varenda docka som pruttar, i skrudar av subdominellt hembränt till peimär kostnad och jag agnar du min chancey gamla rock mot hela det uns du halvt på din målbräda (om galna maud strippar mina damer må kallt bomba illgland!) att jag är dengåhämtare som skulle få det betala sig likt kassaapparater så säkert som att det finns en potta på en pol. Och, vad med en mans fisk och ett dussin mäns gifter, sår jag min vilda plommon att skörda mogna ymnighorns mjöd, piskning av erbole och honungdryck och skrävlet, jag skulle komma ut med min magiska lyckträff i närtid, fager, fri och lekfull, zoomande topphål på marknaden som en faktor. Och jag ska säga dig att Bectiverna skulle inte hålla mig. Vid den ickesovande Solman Annadromus, eder gud av smärre ertar, skulle ingenting kunna hindra mig för penar gör multislantar liksom arbetsskorna och avgångar. Inte Ulster Räfflor och Cork Milis och Dublin Stubiner och Connacht Beridna församlade! Jag hugger av channon och skuttar en liffey och dricker vilket blackwater som rann påmig väg. Jipp! Vad sägs om det för spillningar, mion shatz, för en dvärgpapegoja? Att undvika på grund av skräck ät bara övernaturligt dess djärva rädslor guddomliga. Si! Var orädd! Likt Varians fäste helt bakom mig. Och innan du visste var du inte var, iskerade jag min signaturs dividend, cash-och-cash-kan-igen, jag skulle bli vacklande mänsklighet och lojalt rulla över dig, min suggvita sponsor,i mitt tonvis av rödklover, nattinatt till metronomen,fyhög och fyhögre och fyhögst av alla. Helige petter och kompis, jag skulle skämma bort dig heltoch hållety, min storslagna Sheila! Mummallt att göra osötat gallra upp fräz och opoppa några få korta asiater eller skaka en inhägnad av gnistrande is, hör det virvla, lyckans flicka! Inte en fläk på min hud men du älskar att söka och avsöka igen! Det ska inte bli någon ståendemig, kan jag tala om. Och, lika spelpöjk som mitt hedna namn K.C. är vad det är, säger jag aldrig låt flyga tills vi skjutit upp den där salighet och svumpat varandra, manafru,in i vår skärare nevers där jag planterat dig, min Gizzymuntre, på den elektriska ottomanen i liderlighetens famn, stynglöst leende med beundran, bland de mest lyxeriösa avdelningar, med sybarata kammare, just som jag drar mitt skosnöre in i nären miljon eller så pass av dem som en första klassens handlare och allting. Bara fören sak att, imillirted famiksedad jag skullebli, hade han förfärligt angelägen, förstår du, vad beträffar skopissoar regnigt och i assideration av de hemska luftsug som vaggar omkring med hydaulikar i det kalla amstoppethär till bortinget som skulle förstöra Dansken och hans kapitel av olyckor att bli atramental förden bättre halvan av min alltförlyriska hälsa, uatn hänsyn till min öronlappsmössa,och det ärnu sanningen upp ur den kacklande väskan för heltsäkert, fören annan sak, kunde jag aldrig säga den minsta osanning som sanningsenligt skulle ge tällfridstellälse. Jag talar inte hellerom äppelsås. Eller upp i min hatt. Jag upprikigt. Schue!

Sissibis käraste, när jag läste för mig för inte länge sedan i Tennis Flonnels Mac Courther, hans korrrspondans, blev övermättad på min tripos, och bara tänkerlikt författarnhurf länge jag skulle liktg mig själv att bli fortsatt vid Hothelizod, spanande i fokus och pickande på tumnagel luftslott, spetsande öronen till min fonograf på marken och plockande upp viktigaminer frånden andre där borta,som är tramsporteradmed sorgjag är denna natt sublim, som du kan se av min storlek och mitt byn som helt är panna, att gå framåt, rättfram och humledoft, till tonen den gamla plogen frånkopplad, från vårt våningslösa hus,på dedtta benediktinska ärende men det är historisktdetmest ärofylldamisionen, hemlig eller djup, genom alla våra annaler – som du såofta benämnt henne – efferfräschmålad livius, i själaglad vila, ovanpå den dödes tystnad, från farao den nästförsta ned till ruckel det sista kaputttinget. Vicovägen går runt och runt för att möta där förhållanden börjar. Alltjämt påöverklagad att via cyklerna och örädd för tillflykter vi förnimmer helt serent, du aldrig retar upp dig, vad beträffar vår plikttrogna fat. Full med min andning från stolthet är jag (brisad vare det hälsosamma!) för det är en stor sak (storartat!) att gå för att möta en kung, inte en varjenatt kung, nenni, by gannies, utanövwerkungen av Fram-och-Tillbaka Erin själv, pardee, säger jag. Innan var där jordlapp över hela Irland levde en Lord i Lucan. Vi önskade bara att alla var lika säkra på vadsomhelst i denna vattenfyllda värld som vi ärom allting i dedn nyblöta kamrat som måste följa. Jag ska löägga en guinea tilldig för en lantis nu. Säg mamma det. Och säg henne säga hennes gamla. Det skulle roa henne.

Nåväl, för Annanmeses småsaker med hela abuelish göromålet! Ty jag kungör för Jeshuamatt jag börjar bli solsjuk! Jag är inte för inte halvt Norawain. Den fina isen så tempererad av våran, olyckligtvis, dessa tider ärinte så långt borta som du må önska ska vara koagulerad. Så nu frpågar jag dig, låt er inte skapa scener i min skralprimmafors likvaka. Jag vill inte ha digar att molnkriga din kärring moriarty dueller, rabbel pladder, över mig till du spottar porter, förstår du, efter berusad makrill, snörvlande strandfest att höra och oförskämd dispyt, skrytmåns av smicker, eller du fule citronkoliska mummar över hällarna i en syende cirkel, stoppandes udda varor i pigors klädslar till svepande reduceringar, utslitandes dina ohn genom att sitta omkring dina ahn, skapande areekeransy runt omkring där jag senast lade det, därtill medmålarna i också, förbanna lycka, med dina paltor uppdragna, egggandes ditt slem, förvandlades frukostpruttar till förlorade suckar och salong thay ej heller dina sladdrigheter på dina jämrande stolar över Bollivats bekymmer betgröffande en blåmånedag, ångandes dina fuktiga hörselben, bönfallandes Heligt Förbud och Jaun Dyspepist medan OleClogår genom skogen med Shep tillsammans, vitt och brettandes i kastanjerufs för Goodboy Sommers och Mistral Blownowse kramar sina tändvedar när pålagdröst det är min gala drar nytta, berövandes blad ifrån min berättelseberättade bok. Må min tunc sårig om nånsin jag ser en sådan gyttjig massa av maggalenor! Det var en gång ett fyllo och det ganska så bra fyllo var det och det övriga av ditt pladderskryt! Helt enkelt en vanlig vagnar av elden för frånvarande She den Poige och jag skulle göra eder alla en ostlig hummasfär av mig själv det ögonblick då du nämner vägen. Titta i slaggboxen och du ska se mig segelspridd över sjungandet, och vad vill du krokbena för när du har Paris inspirerar din hatt? Sussumhjärtlig runt omkring, låt eder legeringar och olyckbådelser, mens jag irrar och lpt eder inte få ut sorg av det, fast omintetgjord förlovning bli helt berövad, på min stackars huvudsak, även om vi skulle förverka våra liv. Ty si, förbättrade åldrar väntar eder! I benens frukträdgård. Nån gång mycket för tillfället nu när på andra sidan moln är skingrade efter deras fyrtio år av skurar, är oddsen, vi ska alla bli fast och lyckliga, nattvardsmässigt, bland de viktiga nätternas eliceam, belyst av det valda, i landet av förlorad tid. Johannisburg är en uppenbarelse! Smycka diamnaterna som aldrig dö! Så skär bort det ensliga stiffet! Vänligen, drick upp det, damer, lika smart som du kan sänka det! Ut med fastan! Klappa händerna postilium! Fastan är inne. Din enda och myopper måste härpå skiljas åt, Så för alltid far du väl! Skiljas är kul. Tak thu, ditt gräls, kärlek. Denna slant tröstar dig från mina almosor. Adjö, schweizhjärta, adjö! Haugh! Haugh! Säkert, skatter, en sportsman blir ofta tänkt läsandes eder mellan rader som inte har någon som helst mening. Jag undertecknar själv. Med mycket ben. Orubbliga ditt. Ann Posht Shornen. Fortsättning kommer. Huck!

Något av en hejdlöst rolig natur måste ha drabbat westminstrel Jaunathaun för ett grandiost stort berusat rekorderligt stentoriskt skratt (även Drudge som lägger valp tänkt fjädrar föll) hoppade ut ur hans dunkla strupe likt en boll som lyfts över huvudet på ett djupt fält, vi bara tanken på hur överlycklig de skulle vilja vara provocera hans tjut och de alla truetotypes i missammen masshet som just började att spladdra splodder med de glada magorierna, hicky hecky hockey, enormer enormer enormer, mera, mera, mera, O Jaun, så skojbar och så gladläbbig, O, (Thu rene! Vår junghfru! Thu helige! Vår hälsa! Thu starke! Vår seger! O nyttige! Upprätthåll vår fasta isoledring, thu som thu strök väl! Hör, håriga ena! Vi har stämt thig men sent. Farlig skönhetssalong!) när plötsligt (hur typiskt kvinna!), snabbare än kvicksilver han hjular rätt kring stjärnlikt på Rizzies plötsligt, med hans giner lågar tämligen sternigt (hur svart likt åska), för att se vad som sluppit löst. Så de stod stilla och undrade. Tills först hans uckade (och hur illa led!) och de nästan grät (jordens salt!) varefter han grubblade och slutligen svarde:

– Det är en sak till. Ett ord som åstskiljs och skall tysta hjärtats ton. Överenskommelser, beseglar jag dig! Far thu väl, ganska bra! Allt jag kan säga dig är detta, mina säkerlingar. Det är böner i skrönor hela den bankande tiden, vid Gud, den yunga glorias gäng röster de gamla doxologerna, i de himmelska trädgårdarnas förorter, när vi väl har passerat, efter att ha upphört, allt serena genom halsen och halslikt Derby och June för vår mysiga eviga vedergällnings belöning, (brändatomten). Växla oss! växla oss! växla oss! Om du vill bli felixerad kom och bli parkerad. Helgad sorglöshet där! Senaten och pobbel kös återstod. Till det, till det! Sökdet seupp! Inget futtigt familjegräl Där Uppe eller hemagjorda orkaner i vår Kohortborggård, ingen spindelhurling eller apukalops eller någon tunnna joddlande eller ingenting alls. Med Byrns som är mycket bättre och helgdagsafton för alltid blir du på tomgång. Du kommer knappast att rekognosera den gamla hustrun i den nya brådskan och bondesinnfeinaren i sina senaredagars färg. Det är festklädda Toussaints likvakegångers experdition efter en borgensgest från horus kammaren. Saffransbullar eller enväldiga kultingar vad än du aviderar att gilla det och klumpa det, men ge det ett namn. Iereny tillåter irelands. Och det finns mat till förfrikdsning när helaflocken är hemma. Nyårsafton di'yegut? Nyårsafton di'yesmellygut? Du tar Joe Hannys tips för det! Postmartem är det åtråvärda. Med Festlighet en stram sekund. Attlåna och atthåna och attspåna! Det är vår hänsynslös, hårig och eviggrymt liv, till en slutlig hurdödå Bouncer Naster slår på klockanmed ett ben och hans stinkare stank bakom honom medspiran och timglaset. Vi kanske kommer, snudda och lämna, från atomer och ifalls men vi är tryckvis ämnade för att bli misch utan masch. Här ömsar vi skinn i Moy Kain och floppar på den förefallande sidan, leversäker på knappt en tröskel för en stopp lucka, med Vemgårdit och en levande sandsäck runt hörnet. Men upmeyant, Malmletare, du gror hela din abel och väftar dina vingar döda säkert emellertid av neuting saksamma att jaka för alltid medan Hyam Hyam är i sin stol. Jo, visst, skämt åsido, i kons svans vilken humpty daum jord ser ut vår missrim häridag somjämfördvid sidan om Härviärigen Efterstyckes Munterheter när dessa verkliga globoers Kungliga Revolver låter hans *mio colpos* nobla eld för chrismannens pandemon att ge över och Harlekinaden att korrekt börja SPQueaRkande Mark Times Finaste Skämt. Stoppa Allrymd i ett Nötskal.

Välan, skivan och grönsakensammanfogas väl på sitt sätt, och det gäller för ett rostat revben och fällkniv som sportnad maträtt, men hemlagat hvergang. Berg god senapoch, med bistånd av damers slickfingrar och gentlemäns njutning, har jag ätit en bakplåt.Men jag fyller två gånger så stuvhård som jag kände innan när jag efter att ha ätit några få införingar. Knaprets knaster ligger i tuggandet. Ge oss enannan pokal från er skald! Santos Mozos! Det var en jävla bra pokal pför en skald!Du kan lunka en mus på det. Jag avnjöt din väft att väsa varm lunch fin, det gjorde jag, än hemskt, (sublim!) Bräckligaste översittare jag nånsin åt med de kokta protestanterna (alltiolija alltiolja!) bara för dina ärror igen var en smak av tand psalty att medföra arom med min magasinsbyggnad och härmed återvända med mina bästa välsmakande smaktillsatser och en penny på tallriken för the jemes. O.K. Oh Kosmos! Ah Irland! A.I. Och för rapskannionvitkål gemig Cinncinnattier med italiensk (men *ci vuol poco*!) ciccalick ost, Haggis god, stark som haggis, haggis säger aldrig dö! För en tia får vi recipimus, recept, O tölp! Och spar detta, Oliviero, till en solig dag! Torftigsoppa! Kunde inte se på den! Men om du köper mig jackan där borta av den allra som bästa päls, ska jag försöka ta påmej den! Den är i tämligen gott skick och ska utan tvekan tjäna att vända inut. Ta bort detta kläde! Nästa steg, säg åt bordtillhandaren, för en uppsjö av Hugenott ligoomer ska jag försöka ställa på kant gripa tag i en argaankor, grillade över björkved, med några få bloomankåpor i albier. Jag vill gå på utsidan av klosterlivet. Mässa och mat skänmer ingen mans resa. Ät minst en mässbok. Nötter för nerverna, fläsksida för rökkanalen och för att glädjasåt hjärtats kamrar kryddöarnas andar, curry och kanel, chutney och kryhddnejlika. Alla vitalminer börjar att berusas i tuggat och hormonier att klingaklanga, kola, kater och kragar och naboc och erikar och oinnos på kungskludd och xoxxoxo och xooxox xxoxoxxoxxx tills jag är luktmatad likt doftstel och mycket nuvarande från nu jättesnabbt är det av du ska se mig ryolla på min vanliga rundaigen att draTerminus Lower och Killadown och Bokstavsgodis, Bokstavstal, Bokstavsmoja till Littorananima och det rymligaste huset tilloch med i Irland, om du kan understå detta, och min nästa pinkts plattformdet är hur jag ska försöka samla mina extraprofessionella porton som ska betalas till mig av Thaddeus Kellyesque Squire, dr, för icke önskvärda trycksaker. Jooksen och Kelly-Cooksen har mjölkat fångväktare och sugit blodet ur bysättningshäktetända sedan de Första Lagöverträdarnas handling. Men jag vet vad jag ska göra. Jag ska ta stor möda från honom och det ska bli din röda dag kalender, fönster minkära! Jag ska knacka ur honom det! Jag ska amputera det ur honom det! Jag ska ratataa det ur honominnan jag lämnar tröskeln till gamle Con Connollys residens! Vid hornet av tjugo av båda de två Sankta Collopys, jag ska utpressa honom i efterskott eller mitt namn är inte otfärdige Ferdinand! Och det är dagligen och stundligen som jag vårdar honom tills han betalar mig bra bot. Amål.

Välan, här tittas på dig! Om jag aldrig lämnar er brallisar till min stav är en bjälke frestas jag stelt att bli en kärleksfull fader. Mig hunger är vägd. Hungkung! Mig ånger är stmplad! Hangkang! Ni kan stanna där ni är, små lekmannamödrar, och vänta i önskan och önska förgäves tills den gramse liemannen drar nära, med skärornas skära,som en förklädd välsignelse. Så fan jag bryr mig ett krulligt hår! Om någon lättfotad Clod Dewvale skulle uppehålla mig, kukstöra mig och plundra mig på mina rättigheter till min onus, yan, tyan, tethera, methera, hallick, jag ska låta honom få mitt bästa par galloperares bakfötter i gräddförsuraren. Han ska uppföra sig bättre, om inte är jag krossad! Trösta dig, draghora delikat! Det är en återbäring av ett äggs storlek på väg till dig från mig så märk väl att du hatr förpliktelsetill mig! Blåmärk din bula under bältet tills jag blåssvärtade bredvid dig. Och du saknar mig mer när allt trängre veckor flyger förbi. Någondag vederbörligen, endag sannerligen, tvådar nyligen, till nånsdag. Leta efter mig alltid västerom mig och jag ska tänka mig äta.En tår eller två i tisd är allt som ska tutas. Och sedan vid ett klick hos klockan, tut tut, och lyft lyftpoppar vi med senneretterna i silketter som bekläder långvägaför Hans Uthållige Majestät, vår långdistans godsägare som tycker om skapande. Att swischa!

– Meesh, meesh, ja, kelgris. Vi var så glada! Jag visste något skulle hända. Jag förstår men lyssna, drarhenne närmast, Tizzy snappade upp, spolande men blixtrande från hennes duva och pil ögon när hon känslofullt grabba tag i sin manliga komma överens att spola'na söta nunnesånger i hans snabbvända öra, vet jag, benjamin broder, men hör på nu, jag vill, flickor palmassande, att visska min önskan. (Hon gillade dem likt oss, mig och du, hade du han al'ri skulle det skraltig så smidigt när tacitempust tunga är uthyrd). Naturligtvis, motor älskling, skäms jag för mitt liv (jag måste rensa mitt reglage) över detta förlorade ögonblicks gåva av memento nospejpeer som jag är ledsen, min dyrbara, är helt hemma jag med sorg kan kalla min egen men som trots allt, lyssna, Janick, acceptera denna witwes kvalster, fast en pytteliten änkebit som slits i en plats från mina händer i en andra plats av en Linen Hall valentino med min käraste och mycket vänster till handledare. X.X.X.X. Det var kraftigt bulledikterat för unge Fr Ml, min sötaste samkönade präst, och du vet vem mellan oss av din vän påven, fyrtio sätt under fyrtio nätter, det är det som är dess skönhet, se, betrakta det, retlig. Alldeles för perfekt ovärderlig att tala om. Och, hör, förbättra mig nu, tillmötesgå min fästman och bär det med dig morgonväkt till livs ä'en och, naturligtvis, när aldrig du gör det tillgängligt, hör, vänligen tänk galways om eller om igen, glöm aldrig, av en frånvarande inte sester Maggy Ahim. Det är den dummaste lilla hostningen. Var bara säker på att du inte blir förkyld och smittar oss. Och, då harpalt skuttar och lärkor svävar, var inte hela natten. Och detta, Joke, en kvist av blå teärenpris bara en förtrollning av floralora så att du tar hand om din veronika. Naturligtvis, Jer, vet jag du vet vem skickar det, presenterar att snälla, nåd, på vattnets yta likt den där film oboten, hemst charmig naturligtvis, men det gör henne inte rättvisa, bortsett från hennes hätskhet, i maggibuteljen. Naturligtvis, var snälloch skriv, det vill du väl, och lämna din lilla påse med tvivel, frågvis, bakom dig till ditt yttersta ditt, och, tack ska du ha, skicka det tillbaka med retur duvans däck till den älskande ifall jag inte kunde tänka vem det var eller något kulföralla händer blir jag så nyfiken att se i Homesworth frukost spännen som jag vet hur som helst via ynka bleu om det är bra för mitt system, vilka utsökta knappar, gorgiose, ifall jag inte hoppas att snart höra från dig. Och tacka alltid så mycket för de tio och den ende med ingenting alls på. Jag vill knyta en knut i min stringbyxa att märka dig med mitt silkespapper, eftersom jag är avsedd nu att förstå det ska vara värt mitt pris i pengar en dag så bråka inte till svar såvida inte skickad speciellt då jag får hans betalningoch önskningar för ingenting så jag kan leva enkelt och enbart för min underbara trassellösa och dess öglor av kärleksfullhet. När jag kastar bort mina rolletter finns det ringar för allt. Undvik en flicka, säger det är hennes färg. Så gör B och L och vad beräffar V! Och lyssna till det! Cheveluir! Så långt borta du är alltid. Buga din boche! Absolut perfekt! Jag ska packa min kam och spegel att använda ovala skulder och konstlös fruktan och det ska följa sedan du effintlogen så långt som återkomst under alla mina ögon likt mina safir radband av ringarosary ska jag säga för dig till Allmikael och klara ut qui pu medans duvduvorna plockar mina munknoppar (msch! msch!) med sköterskan Madge, min kopplarklass flicka, hon är en skrämsel, stackars gamla holländare, i hennes sömnsjungande när jag målar mässlingar på henne och lerstuskare som gör henne till man. Vi. Vi. Issy gjorde detta, erkänner jag! Men du kommer att älska henne för hennes hessiskar och sjukligt svarta sockor, bortrens mischmasch, bärgad från tvätten, är det inte kattens tonsiller! Helt enkelt dödande, hur hon snyggar till sitt hår! Jag kallar henne Sosy därför att hon är societet för mig och hon säger sossy medans jag säger sassy och hon säger vill du ha lite mer förakt medan jag säger ska du inte gå nära fler skolor och hon talar om käreithel medan jag helt enkelt aldrig talar om athel älksling;hon är dock bra på att locka mina vänner och hon älskar din styil med tanke på att hon bryterin mina skor för mig när jag har fotvalvsproblem och honskullekyssamina vita armarför mig så angenämnt men bortsett från det är hon verkligen hemskt trevlig, min syster, kring kröken på Erne street Loweroch jag är alltid strängt förbjuden och sann på mitt eget sätt och privat där jag länge länge ska så vara sann dig utmed tillsammans med en som så vill vara sann dig att inte en enda gång medan jag är sann honom inte en enda gång ska han vara förådd själv. Fattar du inte? Obroderbråk, jagmåte säga sanningen! Min senaste väns kärleksbrev ska jag säkert jag göra nånting med. Jag gillar honom massor kyss han aldrig förbannar. Stackars karl. Pip pet. Jag skulle inte påstå att han är snygg men jag är tvärsäker att han är skygg. Varför jag tycker om att ta med honom ut när jag kopplat ur hans kordonglås. Ope, Jack, och andedräkt! Obealbe myodorers och han kelade så. Han föll för mina läppar, för minläspning, för min min fräcktalare. Jag föll för hans styrka, hans manlighet, hans gör det något? Dedt kan inte finnas något ljus att hålla till det, kan det? Och, naturligtvis, fattar jag, käre professor, Du kan lita på mig att fast jag ändrat ditt namn trots att inte brevet aldrig mens jag blev sysselsatt med min första hästkraft, hjärtats mästertjuv, ska jag ge bort ditt härliga anlete till mig, min pojkaktige bob, inte för massvis av åsnor, till min andre polare, med batongsvingarna passionsblommans anstiftare (O den onda osanningen! vicket säg! Att han har köpt mig i sina wellingonare som du inte har!), i ett av dessa rent rena lippstäck av din tankfulle, huvudnycklarnas Arrah, oavsett vad.Du kan vara säker på detta, fluff, nuj vet jag hur jag ska tackla. Lås min märaste nästya själv. Så höll mig inte nuför att vara en bra påg för mitt doftande helgon, du skurk, pepprande med fruktan, min gudlösa charmlösa, eller ska jag först mörda dig men, viskning, möt mig efter nästa utnämning nära du vet Ships alldeles där vid sidan om Skeppet vid den framtida stackars dårens krets av kärlekbergsglädje torg för att visa mina respektlösheter nu, lät mig bara carolina för dig, jag måste verkligen så sent. Ljuva gris, han ska bli rasande!Hur han stalkar till simmasjälv tölpare och älskare, immuterande imitationsjäklar. Min prins vid hoven som ska slå mig i kärlek! Och jag ska vara där när vem vet var medde objekt som jag kännereller glömt! Vi säger. Lita på oss. Vårt spel. (På kul!) Dargle ska torka upp snabbare än du kan förneka. Vilka alla som hört talas om ett sådant tänk? Till det nästansteav alla elmoer ska stjäla våra hjärtan asthone! Och mrs A'Mara gottgjorde och blev vän med mrs O'Morum! Jag ska skeiva ner alla era namn med min guldpenna och bläck. Varje dag, min skatt, mens m'nn'sb'lds löv faller djupt på min Jungfrauds Messonge-bookska jag drömma telepati poster smeknader på denna husbloss ström (men säg det inte till honom eller så blir jag hans död!) under libanserna och tysklönnarna, cyprisserna och babilonierna, där ormbunksbladek rusar till asken och idegranslöven också kysskysser sig själva och det ska bära vidare på mina hjärtvågor mina stilla vattens återspeglingar i ordöver Margrate av Ungern, hennes Quaidy beteendenoch hennes flavin frisyr, till thik, Jack, ohoj, bortom pojkarföross. Stank av väsning stänker källsprång din lax. Klink klink, blinka tvingar min skymning som Lordag eftermiddag lex skutt ska le mot mitt fyrförbättrade tolvmånaderssinne. Och vad är detta som jag skulle säga, dekanus? O, jag förstår. Hör, härska jag vänta på thik tills Tingavalla med vacker göra bli omsorgsfullla tekakor, mer stuesser smaksatta än Vanilj och svarta vinbär det finns en kuri, likt en född gentleman tills du ska påmonna om mig, hela tidendu är en stund borta, svär jag för dig, jag ska, vid Kyndelsmässan! Och hör, joey, bli inte irriglad på mig, min gamle alltidnye, när, vid slutget av ditt kapitel, du kitch vatten på vagnen för jag har förvandlats till en stjärna jag ska blomkålssopa mina två fekalier under Pouts Vanisha Creme, deras sätt för att spilla kräm, och, accent, till att förlänga min personnalitet till latenterna, ska jag pojka mig för mig själv bara av dyrbar regntät av rosa elefants andetag grå av det ljuvligaste tvärbrantaste käraste änkeskapet över flygvapen blå jag är så vild för, min en gång så värdefulla, Hope Bros., Faith Street, Charity Corner, såsom biet älskar hennes skyhöjdsdåd, hade jag alltid varit vansinnigt kär iheliotrop alltsedan hjärtihinnan av fordomdags cyklade runt Finest Park, och lyssnade. Och strunt i det jag skrattar åt vad somhelst!ag var i nerverna men det är min sista dag. Alltid omkring denna tidpunkt, tyvärr men, när våra spel för Bruin och Näslängd är allt oh du retas och eftermidda min slicklilla fittighet stjäl jag hemslickhet i mina ryssar från attraktionsdelen med min ruskigtdetalla stövlar kalvfångare Pinchapoppapoff, som ska bli en jennybytta, vid min nacke, genomdränkt, kärlek, med droppande till tillgiven daskmamma men sist på natten, se, sedan mina gyllene våldheter blött ner i mina trapporupp finfint väluminerade med sådana damlila gardiner tapetserade för att matcha katten och en eldplats som snällt håller uppsikt på prislösa päronloggar jag bara vill se om han eller är alla Mikaeler sådana, jag ska klä av mig omedelbart efter hängivenhet inför hans ömhetsstirr – och jag menar det också, (thin gäspning åt mitt gloendeska jag binda och görakoppel) och peta styv under mitt isonband med soie budgivare slaglinje knäns kindknubbiga kammarkompis för nattens utlänningsmän och det namn Shane ska dyka upp mellan mitt skamsna aneletes vhäsen med andra läpthar naknast öppen mitt lår just som vaknat av hans toccatocksålåtgå min första morgon. So nu, för att plata parnsligt, thome, thittandes med Mag på oljthand gör vi till thai en liten spelare innan görande till dåd. En ett tiss till tassien för lu and för du! Träna mig hur att tumla, Jamie, och lyssma, med överlägsna hälsningar, Juan, i hast, varna mig vilken att ah ah ah ah...

– MÄN! svarade Juan fulltskanderade till hennes systerliga sonoritet, honom själv imiterandes kapitalt med hans bubbelblåsta i hans patapet och hans mjukartyg drink nu väl i hand. (en spilld, se, för en splittrad, se se!) Alltid samma ärorika sort! Och jag är sannerligen nattvårdad till ditts. Också *sacré pêre* och *maitre d'autel*. Nåväl damer o vanpå gentlemän och festgeneraler, låt oss, brindiserande brandysång, uippvakta och vinn kvinnalång med hälsa till rika vingårdar, Erin bli Torr! Blandst de levande vattnen av, de levande är givande vattnen av. Tajt! Löst! En stel en för Staffetta amullerad med krämer av hormoni, kupén som kyler för jacklös jill och en trådformad dusch på Doris! Esterelles, var inte på ditt gråtande vad fast Shaunathaun är i sitt misslyck! För att röra upp kärleks unga fräslutar jag meddetta remtygs opp champanj, fördunklande douce från hennes kurragömmors buktbyxor, trångklämda på min snöbröstade och medans mina pärlingar i deras gnistrande visdom bröstvårtande hennes små bubblor svär jag (och låter dig svära!) vid stötfångarrundan till min stackars gamla trassliga tands solida tarm ska jag aldrig bevisa mig osann som passar dig (detär!) så länge som mina hål syns, Ned.

Så gullaby, mig stackars Isley! Men jag glömmer inte mi innerman monofon för jag lämnar min älskling ombud efter mig till din tröst, förlorade Avid Danskarlen, en fjällig rymling och en kär gammal man vän till mig också. Han ska anlända oupphörligt inom bråkdelen av skorpa, som, om han kunde fördubbla och sluta supa, skulle han bli enhörningen av sitt slag. Han är det mäktigaste fällparaplyet jag någonsin blomstrade bakom skuggan av en post! Var säker och länka honom, mig O skattmästare, lika ofta som du lär under förutsättning det inte finns nånting mellan dig utom ett enkelt bord uppmuntra honom bara inte att gråta lektionstimmar över Leperstown. Men lugn! Kan väl knappast? Mumlar milstolpar? Lumtum lontjuv! Nu Frubaduren! Jag darrlarr! Tala om varg i en mage vid allt det där verminösa! Eccolo mig! Atalatens återkomst! Vem kan avskilja till hans framgång! Är inte Jaunstown, Ousterrike, den lilla platsen när det kommer till kritan? Jag vet jag kände lukt av garlisk lök! Varför, välsigna mig kvist, här han dets, älskade Dace, likt kattmenioliv just i tid som om han föll ut ur rymd, helt draperad i mufti, kommer hem för att sörja bergen från hans gamla avhållsamhet och inte på en fot antingen eller på två fötter eter utan på quinquisekulära cykler efter hans Franska evolution och blindbocks passage av de 4.32 med fläskets pastej i hans självmordstass och måsarna som skrattar kalk över hans naturliga skunk, rodnande likt Pats gris, vid Gud! Han är inte alltför bortkommen väl skäms att bära ut onaglibtograbakelly i hans showmans olycksbådande rekommendationer han gav sinna tjugo annis orf, visande de tre vita fjädrarna, som ett hem botade emigrant i Paddyouare långt under vår havsnivå. Bärare må lämna kyrkan, välsignade, Figura Porca, Lictor Magnaffica. Hans nokande påminner om oss, tro, mitt altares ego i miniatyr och varenda Auxonianske aimers ess lika nasala som en Romeo som jag är, för alltid knäckande spydigheter om sig själv, den där glade, tillfredsställarna, han ska snart höga moders rosor bland daggstänkta tårar under dessa vilt våta ögonfransar till någon levande flickas skrattkinder. Detta är hans lilla besticklighet. Och hans unpeppeppediment. Hand har nya idéer jag vet och han är ett nattkärlmystisk fisk i god tid, beviljar jag dig, och elak, hans ords förgiftare, men löss och alla och halvfärgat målat glas, jag är enormt uppfylld av denne främling. Jag säger jag är! Räckte till en get, ammad av samma nanna, en spasm, en natur gör oss gammelvärld släkt. Vi är lika tjocka och tunna nu som två rörformiga käftbollar. Jag hatar honom för hans tydliga hennessy, plaskha det, ändå är jag amorist. Jag älskar honom. Jag älskar hans gamla portugalnäsa. Där finns krassen för eder nu som räddade mången stackars sjunkare från vatten på graven. Diasporeringen av alla pirater och quinconcentrum av en bluff som Basilius O'Cormacan MacArty? Som kamouflage vända han sin skjorta in och ut. Skaffar han sig inte efter att ha lånat allting framför sig, vänner med alla röda i Rossya, vita i Alba och vidrör varenda utmärkt Ourishman han nånsin kunde utmärka framför eller bakom från en Yourishman för den vanliga hjälpen av en krona och fred? Han ser åldrad ut med sina steniga ögon, johnnytunn dessutom, från att livickat på pidginers ifallor med lunnefåglars ochar, har han förtalat sig själv, men jag fäller ingen anmärkning. Hoppas han inte har kolera. Ge honom en ö i långt borta. Mosesar och Noaksar, hur mår ni? Han är lika mysig som Columbsile Jonas wrockade i drejandets mage, lika kvotad tidigare. Bravo, senior chef! Famose! Säkert att det inte finns någon annan i kontakt nånstans som håller en kocks kankel åt älskslingen alls för ren omtanke med den där fängelsekittelpannor av spanska svettningar på honom likt spottstyver knekt! En gladbrun fin tokig tegelsten och prinsen av godafilipper! Dave vet att jag har den största respekt för vemsomhelst i min skuldoch jämna väg till den där intellektuelle gäldenären (Obbligado!) Mushure David R. Crozier. Och vi är de närmsta av kemiker. Lägg märke till min användning av du, kugge! Fäst dig vid hur jag anställer, krubba! Se upp när du, jag gäckar, dunge! Det är synd att han inte kan se det för jag är fruktansvärt snäll mot honom. Canwyll y Cymry, sjöjunfruns flamma! En trogen av O'Looniysarna, en Brazel tittut! Den väktigaste mannen! *Shervas!* Kuksugerska, blir de heliga ormarna, någon har rakat hans oslipade huvud åt honom lika rent som Nuntius pajform! Den utbrunna härvan och mattan och allt! Dunderväder, khyber schinker escapa sansa pagar! Han är det spattonska spottet, så är han, hud som flagar och allt, med sitt lymmelsöga och getskägget i hans knapphål från Shemuel Tulliver, min grandsourd, den gamle kruxfararen, när han iväg med sin paudeen! Det var för att låta folkmassan av Flu Flux Fans bakom honom se mig tydligt. Ah, han är mycket omtänksam och sympatrisk på det sättet är Broder Intelligentius, när han inte är tankspridd, med sin Paris address! Han är, verkligen! Hållhand tills du skall öra honom klicka sin tjurs ben! Någon padda klakkar! Du är välkommen tillbaka, Wilkins, till röda bär i frosten! Oh här är det smörutbyte till pfeife och drömn eder med ett piphuvud Moulsaybayssen och yunker doodler runkad mot vägg skrivande iväg sin bluff.Jag är trött på att håra av dig. Hatta dig själv! Ge oss din färgade dextremitet här, skumbildare, Claddagh låset! Jag mötte prydlig snobb och han chockade mig stort hamden. Var är din vakthållare? Du har sett alla sorter i skepnader och storlekar, maroderandes om mappahög, Vad sägs om tupp och tjurfäktning? En gammal Auster och Hungrig? Och Ölen och Magen och Kängan och Kulan? Ej att förglömma "fettets olja under den där kalkonen i groggen och Fader Freeshots Feilbogen i sin trädgårds stenparti med vaniljsås? Och tre gånger om dagen mötte du alls Peadhar Grepparen? Och hälsade du på i Tornet Geesyhus? Kompenserade Mona, min egen älskade, inte större än hon skulle vara, dig på sitt mest väluppfostrade sätt när du gjorde din bröstlag och fick henne, berätta för mig? Och tyckte du om landskippet från Lambay? Jag är mera tillfredsställd än tio guidneysar! Du glädjer mig! Tillit, jag är stolt över dig, franske dävert. Du har överträffat dig själv! Bli presenterad för ja! Det här är min tant Julia Bride, ers höghet, ivrig att ha er tyna bort till skandal i hennes buskiga gamla härva. Du känner inte ögon honom? Han är Jackot den Hornige som boxade i sin hörna, dumpande inte färre än tre kvinnliga bestickningar. Detta är hans straffbarheter. *Shervorum!* Du har inte sett henne sedan hon steg in i sina avdragheter. Kom nu, nucka, gör din grej! Var inte skygg, makemanvir! Weih, vad är det med dig, wip? Skamgreppet bakifrån! Hon har massor med rum i underplagg för bådasföross, syskonbarn skjuter på! Kläck dig själv väl! Njutomaversjälva grunnligt! Skulle du vänta två ggr hon knoppas tills du biter på henne? Omfamna henne blygsamt för all del vid min uppriktiga inflammatoriska och säg henne i ditt semiologiska agglutinerande yez, hur Idos efterfrågade henne. Låt oss bli heliga och onda och låt henne vara frid på grenen. Visst, hon föll i linje med våra tripptäta foton som de lyoniserade breven närvi var stallkompisar tillsammans likt korkarna igen bröder, hungriga och arga, ryttargrace av rundflöckad kraft, eller som pojkspring till sybster, du och jag, shinfeinsann och nypmej, vår tertius quiddus, som aldrig talade eller lyssnade. Alltid yrandes hur vi hade en snigelcharmares rynkor och gliporna och sniffarna hos en kompis som föll fult i de Loonas grevskap och den första vegetarianens köttfälla.

Att bli lurad för det begärda. Ha en kram! Ta ut henne ur usel två penny lycka innan hon försvinner i ren treppel likvidans. Jag ger tre shilling per unghöna till kyrkan för konjugationen att skugga ditt kyssandes henne från mig leberalt över allt som om vore hon ett krucifix. Det är bra för hennes båda blygdläppar, föestår du. Det är inget likt mistelberöring finnande en dronnings örhänge falskt. Klirr klirr. Som den lockige barden sade efter att ha kitchat kvinns i sin hymn till hummandet i hennes klädnad. Du prövar en smula tich till tisslet av hans tamp. Racisten till saftige, rossy. Solket är enbart för egot. Var egensort. Var kithkinish, Var blodigsibby. Var irisk, Var var inisk. Var offalia. Var hamlet. Var fast egendom. Var Yorick; och Lankystare, Var cool. Var dina egna täckesdyngor. Var avslutad. Ingen martyr där preaturet är där finns inga plågor likt rom. Det släpper greppen. Betrakta svanesvänget. Tag din tiger över det. Damen i sjön och skogens straffånge. Vaffö, de kan vara Babau och Momie! Gnygny! Att vaska! Att vaska! Att tinpinvaska. All dårskap mig gläfsa till Storspov! Ge oss en brosch för henne och vi skall kalla det ett trotsa ödet. Kan du ändra ställningar? Låt oss ha en fuchu runt omkring, uppvaktande kusiner! Kvuuck, en kvinnas bock för ett kvack, en mans andrake, hennes lilla levande äpplen för Leas och kärleksdryck för Leos, nästa bestkung. Sätt ner mig för alla platser vid ringside. Jag kan känna dig bli korrumperad. Rekyl. Jag kan se dig gro skrupler. Gå tillbaka. Och när han kokar av vatten ska jag tända ditt bål. Vänd om, sjaskige Sammy, ur metafor, tills vi känner att du fortfarande är tropfull med popesi. Jag sa ju det. Om du tvivlar på hans kärlek av uppfödande hans känslor blir du mycket sårad för mishmash mastufrakturerad på europa kan du läsa från hans svans. Skärupp skäruppare skäruppast och jack jack jack. Fundera på det, min hjälte och landare! Det är sidan som tilltalar dem, det vrängvrånga sättet att vrajt kvinna. Skala henne! Låt honom! Det han är bra på. Skala henne mer! Låt honom igen! Allt hon vill! Kunde du lirka med ett stabilt dacapo utifrån din imitatörs jubalharpa, hej. Herr Jingelskoj? Församlingssång. Rota rota drev pagoden *con dio in capo ed il diavolo in coda*. Mången en degaranterad diva såg hennes Dauber Dan vid den prästiga pagoda Rota drev. Kuksug! Han är så trägen att alltid sjunga om föranledd, skojprovokatören! Bevilja oss, ber jag, din förebådade artikel på vår egna estrads hamnochnonsens inrtroducerandes Nelsons död med coloraturas! *Coraio, fra!* Och jag ska stränga i andra hand för att harmanisera. Mitt bröd och soppan nähöhöhör Rochelle. Med din dumpsey diddely dumpsey dör, fiddely fa. *Diavoloh!* Eller kom nu, skolfärger, och vi ska skrota, rya och matta och sedan vara lika vänskaplig som två påpucklade potäter. Rättegång via holmgång eller förräderi bvia jury. Bra gjort, grabben! Avgift ingång har Heenan tanklös, se upp farbror Hare? Vadå, herrn? Möjligen, herrn? Åstadkom! Thu, thu! Vad sager ni? *Taurus periculosus, morbus pedeiculosus. Miserere mei in miseribilibus!* Det finns uval språk för dig! Tornet är förebyggt, mobben är i hennes underskjolar: Mr R. E. Meehan är i misär med sina billykängor. Vid gud, det finns inte så mycket grönt i hans Irlandsöga! Trevlig kamrat ovokal, han stenar ut ostämd. Men han kunde vara nära en överste med en röst som denna. Skallet är fortfarande där men kindtänderna är borta. De usla billykängorna jag brukade låna honom innan vi skiljdes och, vare hålet i året, de läckte likt himlens reflexer. Men jag sa honom att låta ske din vilja och gå till en general och jag bad bekännelser för honom. Areesh! Areesh! Och jag ska bli din oräddare. Rufsa henne! Bussande fanns före blodet och pissande ska bakom gardin. Triss! La du märke till den där ängsliga expressionismen på hans megalog? Ett fullt oktavium under mig! Och hörde du hans pannringar skallra när han predikade fötr sig själv? Och, hoppsan, fattade du det klöverliknande lövet spökligt antastandes nerför sin blusklänning? Vår nationella umblomma! Areesh! Han skulle inte. Han är säker. Dessa väldigheter, min gamle faders farbror som garotterades, Caius Cocoa Codinhand, som jag förlorade i en folkhop, brukade hugga sin tunga, japlatin, med min duonkels uggelsäljare, Woowoolfe Woodenbeard, som blev munslaget, i Balbus Torn, lika rask, man, som jag skrapade upp muttan chepps och lapskojs. Men det är allt dövmans duff för mig, vid gud. Sam vet kilometervis bättre'n jag hur man gör ett mirakel. Och jag ser i den diarré han droppar stammaren ut ifrån hans tystade blåsa sedan jag fäste av honom mer som en vän och som en broder att försöka och gräva en muff och kanonisera hans döda fötter nedför på floden luftig genom att tänka sig själv in i den fjärde dimensionen och placera oceanen mellan hans och vårt, kyrkogården i djupens kloster, efter han skyddade ut från arabpojkar scoel för synden gentemot perfekta participet och tjänade factitationen av torskande kaplan och varandes lika vardagligt tafatt som snabb B.A.A. Vem flippar ut halvlång två gånger som allemanden skalare. Men baddaren sitt ord desto svagare våra öron för aurakler som talar tolkar orileys. Olycksalig vitsare, läppstyrande koknockor. Det var quadran skickat honom och Treenighet också. Och han kan cantabba lika spänstig som vilken oxon som helst nånsin jag är i stämning med, en tåspets sångare! Han skulle taggigt snart räcka ton din Erins öra för dig. p.p. en stencilapparat i sänder, numan förbittrad, med hans ancomartiner att läsa romerska vägen med falska steg eKr Pernicious från rhearsilvar ormolus till torquinioner storartning medan jag är långt borta från varhelst thu est betjänande mina tallyhon och tullandes mina hostiliusar geno m att gå in vid de heligaste recitatandas *ffff* för mina varsatila examinationer i ologierna, att bli en tränare på den Fukianska missionen P? F? Hur brukade du lära mig, brader soboostius, på mina augustanska dagar? Med cesarella som tittar på. I början var det bara säger han rättvist, för slutet är med kvinnan, kött-utan-ord, mannen som ska bli är i ett sämsta fall efter än före eftersom hon liggandes på rygg tillfredsställer gränsen år honom! Tufftuff, alltförlogiskt. Thu then första person skenbengeller. Konst, en ofullkomlig konjunktiv. Ynklig, nonchalant, hade allvarliga. Miss Smith onamatterpoetisk. Hammisochdivis hugger colles vaxar varmsom likt sodullas. Så plocka dina slut med tillgivenhets snö. Och se upp du tvinnar dina smeknamns två nickar. Och dra upp ditt bjäfs så långt upp som dina krinoliner. Det ska säga honom hur trycka på avtryckaren. Visa ska du och ska han inte vilja! Hans hörsel är ifrågasatt precis som min syn är otroende. Så daktylisera honom upp till näta håll och låt honom blinka för sig själv där du talar den bästa kittlingen. Du ska känna vad jag menar. Förtjust namngivare, låt mig aldrig se thig skylla en kyss på ett knäs skam!

Eko, läs avslutning! Siparioramoci! Men från stressen av deras klyvning uppiggande, aj kram, lövfällandes, ett nikrokosmikon mpåste komma till majk.

– Välan, mitt positivt sista på vilken scen som helst! Jag avskyr att betrakta alarmer men, huränn de sätter på min synkraft, måste nu stänga då jag härmed hör via öra från av semindre sockor det är tid att vara uppe och lunka. Minmellan tå kliar, så duggregn måste jag annars det ska tjäna mig ut. Svälj en bulper när du går och ju meer desto veldtågan! Farväl men varheklst, som Tisdall sa till Toole. Tempos rastlösligt. Låt fly mig nyckfulles, säger den gamle manoarken, stormkrönt kråkkuk och böljande hår, bundet. Jag är lika uttråkad nu gormandes ölynnest vid ömtassar där som Andrew Clays delade sågspån med Daniels gamla jycke. Denna hydda är inte tillräckligt stor för mig nu. Jag drömmer om er, Azorerna. Och kom ihåg detta, en kördansöser, där är häxan på heden, sistra! Bansheeba skalande hourihaared mens hennes Orkotron froster till. Och när muinnuit flittsbit mellan hennes tuttarhon ropar långmidy! Himmelens döttrar, vare lyckor i helomvändningar till den röda jordens vandrande söner! Jorden travar på! Solen är ett vrål! Luften är en jig. Vattnet är stort! Sju gammelgamla kullar och den enda blå projektorn. Jag går. Jag vet jag går. Jag kan slå vad jag går. Nånstans måste jag hamna långt borta från Banbakust, varhelst jag är. Ingen saddel, ingen stafett, men i stundens ingivelse! Så jag tror jag tar fribytarnas råd. Psk! Jag ska låna en stig som bisträcker mig vingar, kvickkvack, och från Jerusalems mur, klickklack, min kursare är klar, till Muntrauppgatan ska jag resa över hela vida världen. Det är Vinland för moyne, bickbuck! Kusjisses! Jag skadade mig nässligt denna gang! Kom mina goda grodvandrare! Vi kände fallet men vi ska leda passagen. Var inte min gamla mutther, Sereth Maritza, ett Rinnandevaten? Och den bumling ene som påskyndade henne den s'havsfödde Fingale? Jag känner mig som om den där valfångarens kullen underkastade sig runt Groenmunds Cirkus med hans träd fullt med sjögräs och Dinky Doll föll i sömn i hennes skal. Hazelridge har sett mig. Jerfne fångar val. Stormbyar ombord för Kew, hoppa! Farväl en stund till henne och thig! Laken är min blivande brud. Förled, Macadam, och fuktig vare han som först siktar Halt Linduff! Solo, solone, solong! Lood Erynnana, råvara thig jämre! Med mig syndaspel soarem o'erem! Här är min avfärd. Nu är nunc eller nimmer, syskbarn! Härf kommer fienden! Bennydick i flygande fläng påförskämda avvaktare! Förlåt! Jag välsignar allt till det önskade med denna panromanska apologiska som är är mitt tag av Watllwewhistlem sjöng för de kerry-blyga. Bryt leden! Efter år-av-krig plågar mig tänka mest. Fik idegran! Jag är slut, Vann, Tå. Törstig. Du ser min rök.

Efter det att stackars Jaun den Skrytsammes sista eldlösa ord av postludium av hans lådstolsföreläsning avslutats i kärven, tjugobistånd plus ett med en flört av vingar som flöda till hans undsättning (kunde de knipsa den där locken bland lockar att lägga med deras handskar och hålla sina ungar lyckliga!) beredda att heja på honom om han skulle hoppa eller förbanna honom om han skulle falla, men, med sin biga triga rheda rodeo, keruberna i charabangen, nedsatta här och bärvagn, önskar du inte att du vore ett ok eller en del i din mun, bortstötandes alla försök till första hands praktik, då ingen es nada, vår enormt missförståd-de ene vi uppfattade att ge sig själv nån sorts hermetisk stöt eller spark att sitta upp och lägga märke, vilket funkade som magi, medans falangen av döttrar av Februaris Dikesfyllning, bakhållen och klättrad, vandrare och gråt, röstade god-kännande på sitt vanliga sätt genom att fälla knödjupt i tårar över sina tillsam-mans officierade midnatts solrosor, piovaddöga pojke, deras tröst i mörkahet, och stänkande tillsammans fröjdefullt deras trumhänders dunk som, med ett skrik av genuin ångest, så prettly prattly pollylog, betraktade de honom, den juste ene, deras älskling, bort.

En dröm om favörer, en förmånlig dröm. De vet hur de tror att de tror att de vet. Varför de jämrar sig.

Eh jourd'weh! Oh jourd'woe! Yrslande det psalmodierade. Gissningsväng är obenägsljug svarande till-maroniters klagan.

Oas, cederös framträdsmålsökning lövgrensmiddag!
Oas, häftigttryck påberg av Suckar!
Oas, palmnästan framträdesmålsökning Gladdagar!
Oas, fantastichal rosväg anjerichol!
Oas, nyalövos spaciösande lägerslagning!
Oas, kokbananös daggfästaacqhägring speltennis!
Pipetto, Pipetta har obemärkt misär!

Men det sällsammaste ting hände. Bakifrånknull för avhoppet med oddsen alltigenom till förmån för hans dråsande ner i flodern. Jaun just då jag såg samla in från den mildast avvande bland användarna, (som av detta var i halvt droo-pellövslångt sörjande det sista inläggets bortgång) den bekanta gula etiketten i vilken han lät falla en droppe, kvävde en förbannelse, ströp ett asflabb, spottade upphostandes och blåste sin egen trumpet. Och nästa sak var han gummaslickade den klibbiga baksidan och stämplade den ovala brickan av tro till hans agnelågs brynmed ett genuin stänk av okuvlig fromhet som gärna svängde hans damlika typmanzeller kapsylisk kurvig (den helige slyngeln!), med en halv blick av irisk sprallighet (en Juan Jaimesan *hasta luego*) underifrån hans parallell bryns knull.

Det var då som han gjorde som om han blott vinkade istället för ett handkors över havet som anmaning att sluta medan pacifetter gjorde sina armpakter motsols (Frida! Freda! Paza! Infarkt! Irine! Areinette! Bridomay! Bentamai! Sosospky! Bebebekka! Bababadkessy! Ghugugoothoyou! Dama! Damadomina! Takiya! Tokaya! Scioccara! Siuccherillina! Peocchia! Peucchia! Ho Mi Hoping! Ha Me Happinice! Mirra! Myrha! Solyma! Salemita! Sainta! Sianta! O Peace!), men i självrättning hans kroppslighets balans för att återutbyta vidsträcktomfamna med den Yrares pelarfamn han älskade sötare, mellan estellos och venoussas, otur för lögnen men när näst intill ingen förväntade, deras stjärna och strumpebandstittare vid hans höjdpunkts klimax, stjälpte han en slickbar bröstvårta av och till och, skapandes en splitterny början för sig själv för att racka ner på hans easting, genom att välsigna hes sthers med det södra corsets tecken, hans bungalowaktiga borsalinohatt med det häckgröna bandet förbigått i en kärleksstöt (belöning för rättegång!) och Käkjon Rödhårig, hinkande efter, meccagalning, (den huvudlöse ska ha ben!) kungskurirerad omkring med en lätt rusning och beredda stafetter vid bron en stadion bakom Damslott (och vad herm men han nästan missade att förorena hennes stödpelare för henne med för han akveduckade) och sedan, spännandes hanen på hans prediktningar, så mära och ändå så fjärran från det där områdets general, bort med honom vid den dubbla, ett åbäke till garronpony, kastandes efter vägen, på Shanks märr, prutta till likt en lössläppt windhound (herdepojken! Du kan gro det var i detta ögonblick de gav honom jambona!) med en skara av kastande suktarviftare till hans lovart likt serafer somsamlas i luften och en storm av goda ting i paketform myllrande från alla konton in i tratten till hans beundrarbrevs räknät, utmed nationens motorväg, Föräddarens Spår, följande vilken öm blommig frans han var snappt tappad ur sikte genom de statymän fast utan tvekan var han desto mera på det där samma huvud till minne kära medan Sickerson, denne född av björne, la garde auxiliaire mumlade hon, hellyga Ursulinka, full med armod (och hur lämpligare skulle duktig pojkes hand skakad än av värmen i hennes brest som vred ur hans lindor?): *Where maggot Harvey kneeled till bags? Ate Andrew coos hogdam farvel!*

Visen, nu må det goda folket sätta fart på dig, lantis Haun, export porter kompis som du är, smörsångare född med söt klagan av frammanare, helande musik, aj, och hjärtat i handen till Shamrogueshire! Suckabollys googoosar i rockabeddyn blir överflödet av klokduglighet hos lekmannamunken i predikstolskoppen. Må ditt murade hår växa sämre och snyggare, vår egna bredhuvdade pojke! Vila din röst! Föd ditt sinne! Prägla sin ärtor! Lirka dina qyous! Kom för att missakta insmickring och vandra våra så charmiga lundar och se igen det sköna rockaloss där du först sjöng *O Ciesa Mea!* och vidrörde den lätta theorben! Sångare, fiskare, koreograf! Gäll sång för fångslad! Musikskap satte Embrassadör-på-fri-fot! Av naturen god och naturlig med avsikt, hade du bara blivit besparad oss, Hanueen pojken, men säkert var är det för mening att jag talar fortare när jag vet du hör mig helt vilse? Mitt långa farväl jag skickade dig, sköna dröm om sport och spel och alltid nånting nytt, Borta är Haun! Min sorg, min ruin! Vår Joss-el-Jovan! Vår Kris-na-Murty! Det är bra att du blir omhändertagen från sista till första då du strålar av ljus vi följer avtagande på vår fotoforiska pilgrimsfärd till dina antipoder i det förflutna, du som så ofta anförtrodde dina distributöra tidender om stor glädje till våran aldrifösentattälska låda, beskedlighets manipulatör, offeroffrat segerhes, käraste Haun av alla, framsprungen ur stövlar, sann som lampfältsfest, postanulengro, vår romerkompis! Det nu bleknande ljus Luzern vi kanske aldrig ses igen. Men kunde det tala hur trevligt skulle det inte sluddra till de fyra kantonerna pris vare dig, vårt mönster skickat! För du hade – må jag, i vårt, ditt och deras namn, våga saga det? – kärnan av en glöd av en iver av själ av service som lika sällan, om nånsin, jag har mött hos enskilda män. Talrika är dessa som, nej, det finns dussintals folk som alltjämt är outkrävda av dödsängelen i detta vårt land i dag, ödmjukt odelbara i detta grandiosa kontinuum, överherrade av ödet och späckade med slumpar, vilka, mens det är timmar och dagar, innerligt ska bedja till anden där uppe att de aldrig må lämna denna deras jord tills i hans långa lopp från denna plats där dagar börjar, innan han återvänder efterexiliskt, på denna dag som tillhör glädjerika Irland, folket som är av all tid, det gamla gamla gamlaste, det unga unga, ungaste, efter årtionden av utdraget lidande och århundraden av tillfällig ära, att minna os om vad som var när och att betyda oss om våra vägars vissnande, deras Janyouare Fibyouare vinner sant från Sylvester (bara Walker själv är som Waltzer, nyckfullisiimo irrar de omkring) kommer hemmarscherandes på flaggvägens sommarskorpa. Liv, det är sant, skulle vara tomt utan dig eftersom avicuum inte är där alls, till aldrimer bryr sig från nomad vet, innan Molok kring bringar djävulseran, en halkning i tiden mellan ett datum och ett spökmärke, rämnad av darbys kulna dagar glöd, bakhårskul John att sprättframåt, från natten vi är och känner och tonar bort med till de förra själven trampar vi till gickemot.

Men, pojk, du avverkade din starka nio furlong långa mil och buskis rekordtid och ett långsökt dåd var det i ärbarhet, läraktig mästare, med din höga studsande gångart och passage bedrift ska kämpas om med dig och genom dig, i kommande århundranden. Phaynixen lyfte en sol innan Erebia sänkte sin dämpare! Skjut upp på detta, lysande Bennu fågel! *Va faotre!* Strax därpå så också vill vår egna sphoenix gnista spurta hans sbål och solvart kliva den skenande flamban. Aj, dysterhetens dystra ogenomträngligheter äro sphanskade! Modige ömfotade Haun! Jobba deina framsteg! Håll till! Nu! Vin nut, din jävul du! Den tysta tuppen ska gala till sist. Västen ska skaka liv i östen. Vandra mens du har natten för morron, lättfrukostserverare, morgonskap varpå varje förflutet ska fullt fast sova. Amain.

Lågmjukt, långligt, en klagan gick vidare. Ren gäspning låg lågt. På kullens äng låg, hjältesjäl vilande mitt i skuggat landskap, kort plånbok vid hans sida, och armen lös, vid hans stav av citron biar, tradition stav-går-vidare. Hans drömmonolog var över, naturligtvis, men hans parapolylogiska hade ännu inte hänt, affakt. Allra som plågsamast (men, min kära, hur framgångsrikt!) han jämrade sig, hans lås av en lukasiansk skiftning, snabbrik, moget porlande, ofilead, dessa fransbetofsade ögonlock på gränsen till stängningsdags, ibland slam från hans sidvisöppna mun hans andning, ävenså smäktandes som den prinsaktigaste tredubbla sirapen eller litchiplommon chewchow börs kunde köpa. Gäspa i en halvsvimningställning klagandes och (hooh!) vilka portioner av honungsfullt suurhuvud (puh!) vilken öronpiercande snällhet! Som antogs du på väg att skjuta på ditt raktpåtomma stift i hand uppi hans fläsksomplyscha småkuddar av någon knubbig pojkdjärv kärlek från en ängel. Hwoah!

När, som summern kallar på den lätta brigaden, som håller hem bränder brinnande, så vid surrandet själva anropen kom till honom, från östra mittlandets västgränser, tre dräkters tre kungar och en rättsmedicinare, från alla deras främsta delar, utmed bärnstensvägen där Brosna är brakskiten. Att lyfta dem gjorde de, fyra senatorer, vid skymningens första lustiga tjut och de hoppade det uppför den bergiga mullvadshögen, korsande gamla tiders nejder förgångna dagar ej värda att minnas; uppfinnandes en del förlåtdem, vad som helst, havandes ett sjulager svett av natt blues fukt över dem. Feefee! phopho!! foorchta!!! aggala!!!! jeeshee!!!!! paloola!!!!!! ooridiminy!!!!!!! Afruktat sig själva vore att undra överden klass av korsvägars puzzlare han troligen skulle vara, längd gånger bredd göra svarslös hans tjockhet, hans aln på aln, som åstadkommer så många kvadratmetrar av honom, en halv av honom i Conns halva med hela honom ickeförty i Owenmore fem fjärdedelar. Där skulle han ligga tills de skulle varsna honom, nedstapplad på en blommande bädd, på en ojust sträcka, bland påskliljorna. Nacissus blommor som fourfettrade hans rampljus, en halohäck av vilda potatisar svävandes över honom, finmakare som valsar med trädgårdsfyllnad, puritan som trusar under avancering mot Aran hövdningar. Phopho!! Hans meteorpulp, det sömlösa regnbågsskalet. Aggala!!!! Hans magtomma nebulosa med hans aldrigstoppade nagel. Dumbom!!!!!!! Och hans vener som skjuter melanit fosfor, hans krämtillvaniljsås komethår och hans asteroid knogar, revben och kroppsdelar. Ooridiminy!!!!!!! Hans stridslystna förvridna inälvsbälte.

Dessa fyra lermän klättrar tillsammans för att hålla sin svurna stjärnkammarrättegång om honom. För han var alltid deras gräl, sättet de betraktade sig själva, allt som hans förkroppsligande på toppen av vemsomän hennes begrepp, och deras natts möte var värt två i hans morgon. Det var upp till åsens rygg, Mallinger socken, till en äng som inte var långt borta, sonens viloläge. Först klettrade Shanator Gregory, som sökte spår genom det djupa tidsfältet, Shanator Lyons, som följde den vågiga linjen av hans skiljevägs fotsteg (något i hans blåsor sa honom hela tiden hur han hade varit på den plats en gång), därefter hans Registrerarskap, dr Shunadure Tarpey, språngjagandes efter ärevördig sömn, hett på till anifrö och, upp ut ur hans omgående hörna, gamle Shunny MacShunny, MacDougal fotvandraren, i bakdelen på dem som är på flykt, för att göra ett kvorum.Han greppade deras arslen, deras himmelsgråa globetrotter, genom en eftertanke och på intet vis benlös antingen för sådana groddar på honom voro de så mycket ujämna att det tumlade han var av fyra hästlängder, inom gormet av en maskot, kuss yuss, kuss klo, syndabock hyndastock, likt kapr i kasbisserna, det stora arslet, att höra med hans ohjälpta öron harpan i luften, det jakthornande dianabläset, vild som vild, härmtrasten vars ord är olycka, så sägs det, den persiska närktegalen ned med vinden.

Protot var traskad genom härvan då, Mathew Walker, hudsöners goddestfar, ställföreträdande för skvallerkrati, och hans station var några få sittpinnar till vädersidan av kullen Asnoch och det var från ingen annan plats utom där, hur och alltid, som han proxtendade på avstånd på etern Mesmers Manuum, handen som gör tystnad. Översittarna bortom på betesmarken, stannade sedan varhelst de fann sina ståplatser och på det sättet spärrade de in honom, visade lydnad, nickade, börjde sig, bugade och neg, likt Förhoppnings väktare, upprätthållande deras klarvakne utforskares hattar på deras firrum huvuden, den kringresande domstolenpå dess upptäckter cirkulerande att personer i hans omkullfall. Och en sprucken finneduär av stenhuggare de gjorde av sig själva, soloner och psykomorer, allt sagt, med deras oförrätter och daimoner, illviljor och klappranden, inte ens till isoleringen av deras best av dem som var flockens udda trick, trumf och ingen vän av morötter. Och, vad tror du, vem skullle ligga där ovanpå alla andra personer motsatt till dem bara Gäspning! Helt utspridd låg han dessutom bland vallmonoch, jag kan tala om för dig någonting mera än detta, triste skribent, djupt som du måtte bedöva till det, han oscasov sov. Och det var långt mycket mera påminnande om en satrap låg han där omgiven med salvelsefull skönhet, posören, eller för allt vad jag vet lik Lord Lumen, coaching sina föredragna konstellationer i tro och doktrin, för gamle Matt Gregory, är det han hade stjärnmenageriet, Marcus Lyons och Lucas Metcalfe Tarpey och regnrocken som aldrig förlät arslet som hängde kvar bakom honom, Jonny na Hossaleen.

Mer än deras goda andel av deras fem sinnen som drog olycka över dig skulle säga sig själva vara, rasande censor, sättet de inte kunde med rätta skilja sina hälar från sina tarmuttömningar när de fittade ned en mamalujo med hans kubiska krubba, när frågetimmen drog närmare och kartan med själarnas gruppografi växte fram i relief inom deras inkvarteringar, för att leka med snurror eller drakar eller rockringar eller kulor, curchycurchy, ståendes gloendes på honom, för utfärdande av hans personnummer och mjukbullrande en av dem till en annan en, boguaqueesthrarna. Och det är vad de började säga till honom fyrsidigt swedan, mästarna, vilket sätt han var.

– Han ger, det föga barnedt. Yun har levt.

– Jädra, vaffö de, min chef?

– Oj då, ä han full ellö va, mitt barn?

– Ellö kommö vind från fel skåra, säger Ned på Berget.

– Hör!

– Vaffö då och tala ut, höru mej, herrn?

– Ellö så repeterar han nåns begravning.

– Önska utdärifrån! Hubba är upp!

Och när de spred utomlands på sina bläckfiskar deras drivgarnsnät, kromuset glimtvis seiners nät och, ingen lögn, var det ord av assonans som tystlåtet bland dessa kvartermästare.

– Skynda dig, grabben!

– Sprudel, kom nu!

– De nuvarande härbärgena är en god tid.

– Jag muckar gräl med den där killen.

För det var baktill i deras sinnes öra, lockande böjligt, hur de skulle kunna sprida fyrliberaligt sina azurfläckat fina tilldragande nät, dras nansen nät, från Matt Senior till den rökelsekars mystagog efter honom och därifrån till grannen och på det sättet till den underordnade donkeymannen och hans korsbärares coda. Och i deras sinnen åratals tillbakabok, så var det, slirande skönhet, hur de skulle bli insnärjade på det sättet, när han var det vuxen, med plankton att spela om honom, kogeret av fjälligt silver och deras grepp av krom av den högst tydliga tryckförfaringen guld alltmedan, när timme gav efter för förvillnade timme, med självaste Yawn som höll yiden med sin trifttunga, att öpp hans blökformade läppar skulle han, ett klassavslut, sättet på vilket myrens myrra och smultet måndis skulle blanda mellifond i hans mun.

– D?

– För Dig!

– Ecko! Hur skönt thu gör svar! Eftermedans? I i lejonodörens land?

– Vänner! Först om du bryr dig, Nämn dina historiska grouner.

– Det är samma förhistoriska gravhög, detta, orangeriet.

– Jag förstår. Mycket bra nu. Det är i ditt ornmageri, som jag ser det, du har dina bokstäver. Kan du höra mig här, min herre?

– Trusens. För min älskling. Skrivette!

– Hej då fordomdags? Kan du höra bättre?

– Miljoner. Ren gudagåva. För min älskling kärling ende.

– Nu, för att komma närmare zon; skulle jag vilja höja min deuterösa punkt ljudligt snuddandes detta. Det är dessa skojade. Min tolk, Hanner Esellus har sagt mig, att det finns hela sex hundra och sex ragord i ditt malherbala Magis språk i vilken wald stav rimmar alpman och det finns kåda i alla rötter för monark men du har inte en uttalbar term som blåser i alla tartallaghts murar för att beteckna majestät, även provisoriskt, varken ingen rheda rhoda eller terpentin stig eller halluciniansk via varken aureliansk gäspning eller sjunkin hjulspår varken grossvuxen led eller brottsförslavad korsväg och inga rörhöns skrik eller stjärtblottares plankgång där som leder oss till hopenhaven. Är sådan *unde derivatur* kasematt messio! Uppriktigt sagt. *Magis megis enerretur mynus hoc intelligow.*

– Hur? C'est mal uttalbar, tartagliano, perfrances. Vous n'avez pas d'o dans votre boche provenciale, mousoo. Je m'incline mais *Moy jay trouvay la clee dang les champs.* Hö bluff tupplur fet velour, come on!

– Inne där! Commong, sa na pa de valure? Vem er teit i dina jamber? Surr är att siga och tala om messias så klöver? En sann är till din trefling! Hora du!

– Trinathan partnick dieudonnay. Har du sett henne? Skrivette, min taktil O!

– Är du i din fatherick, ensamme ene?

– Samma. Tre personer. Har du sett min älskling bara en? Jag är såhåhållen!

– Vad skälver du för, ultramontan där, likt en hund? Fryser du, dorafob där? Eller vill du ha din primafikus skolman?

– Dimbytes skogar! O mis padredges!

– Hysch ett tag, gråben! Ankan reser sig och du ska vakna detta stand av plogare. Jag kan denna plats bättre än någon annan. Visst, jag brukade alltid vara över där på den fjärde dagen vid min farmors ställe, Tear-nan-Ogre, mitt lilla gråa hem i väst, i eller omkring Mayo när den långa hunden gav skall och de lät hunden jaga marscherna och de sträckte kopplet. Sköldpadskal mot ett guineaguld! Burb! Burb! Burb! Följ mej uppför Tucurlugh! Det är platsen för de tydliga ostronen, Polldoody, County Conway. Jag visste aldrig hur rik jag var likt en annan berättelse i västanvindarnas zoedone, strövande och strövande, medförande min dragoman, Meads Marvel, ass medouttalbar svans, utmed stranden. Känner du min kusin, mr Jasper Dougal som håller fast Ankaret på Berget, prostens son Ölfatets Jasper, Pat Vadhelstdunuheter?

– Snubbe och jag snubbar. Fochluts vargar! Vid Varförkalladedupåmej?

– Kukbarbar och det är en god blek just nu tillräckligt! Ullovrar inte mindre!

– Ett ögonblick nu, om jag förkortar blosset på din pladdrare. Intrång innebär erosion. Kärrsnäppa och roskarl förebådar oss var, hur och när bäst vad beträffar begravning av kadaver, avstjälpningsplats för skrov och eländes häktningsorder. Men, då du åkallar för skuggning av ragator, skulle jag vilja skicka en skarv kring denna blåa lagun. Säg mig nu detta. Du berättade för min lärde vän ganska tidigare, ett ögonblick sedan, om denna dös eller gravhög. Nu föreslår jag dig att det före denna pesthög, som du tycks kalla den, fanns det en begravningsbatalj, båten av miljontals år. Skulle du stödja mig i detta, relativt sett, med henne flaggstångsknyckandes mot hennes pennystegar, varför inte, och dimensionerandes ett lämpligt segel, vet du sorten? Pourquoi Pas, på väg till Weissduwasland, den där fyrmastade barkentinen, säger Webster, vårt skepp som aldrig återvände. Fransmannen, säger jag, var en orangebåt. Han är en båt. Du ser honom. De båda hur du ser är dom! Draken af Danemork! Plundrade det eller åt det? Vad! Hennu! Spake ab laut!

– Soffa, kortege, ringdös, dungcairn. Besök runorna och se långurnan! Allmaun bort när du hör gänghornet. Och möter Nautsen. Ess Ess. O ess. Warum night! Lura två lägger betalningsmottagare. Norsker. Hennes korpflagga var ute, slavskeppet. Jag tror på got, jordaniens skaftare, gotts barnet och lojalman. Kryp ihop lågt, ni duvor tre! Säg, kalla den där flickan med den bruna hårlocken agn! Kalla Varhunden! Havets varg. Folchu! Folchu!

– Mycket bra nu. Den där folksägnen direkt från hans arsle hans mun. Jag vill korståga fram med föräldraskeppet, väder profetterandes, långt borta från dessa gröna kullar, en station, säger mej Ireton, i god tro för költappare, nu att komma till midnattssjökadett på denna levantiska ponentare. Från Daneland seglade den oxögde mannen, lägg nu noga märke till vad jag säger.

– Magnus Spadskägg, korsets krosser, skuldstruntare svekfull. En jagare i vår hamn. Signerad till mig med hans buntade skyffel. Frilade hans bröstgröt att ge sug, att dia mig. Ecce Hagios Chrisman!

– Oh, Jeyses, flöde! säger den förgiftade brunnen. Futtskum den Förste. Ölbägares enkel vid örlogsmanövrerna!

– Hipp! Hallå där, Bill av Old Bailey! Vem e han? Vem e den här grabben, varför valparna?

– Hunkalus Childared Easterheld. Det är hans förlorade chans, Bemania Vara honom väl.

– Hej! Drömde du att du ät din egen komage, acushla, att du band upp dig själv den där nackspärrs knipan?

– Nu förstår jag. Vi rör oss i de bestars cirklor. Grymhulling och pansarkryssare! Du tog orden ut ur min mun. Ett barns skräck för en drake vicefader. Kullmoln omger oss! Du menar att du levde som mjölkig vid deras lyceum, medan du lärde, volp volp, att yla dig själv vargaktigt. Gdb! Gdb! Gör ditt besta.

– Jag dub dub dubblar likt gamle Booth, hövist. Valparna är efter mig, det zeebar, det hela totem byltet, vuk vuk och vuk vuk till dem, för Robinsons sköld.

– Dofter och rävar! Djuret jangar igen! Finn fingalls stövare! Här ylar mig besserwissers hatt tills jag dör av mjölkmannens lupus!

– Vad? Wolfgang? Ojdå! Tag det mycket lugnt!

– *Hail him heathen, heal him holystone!*
Courser, Recourser, Changechild.............
Eld es endall, earth.....................?

– En kataleptisk ståkuk! Var denna *Totem Fulcrum Est* Anfader du höld i *Dies Eirae* där ingen spindelväver eller *Anno Mundi* innan oanständigheter bedrevs i Jollesund? Var rättvis, Chris!

– Dröm. På händelselös dag sover jag. Jag drömmer om en händelsedag. Jag ska vakna på vinnardag. Ah! Må han ha nu av här skräckfylld mig! Syndaflödad, O syndaflödad! Fia! Fia! Befurcht christ!

– Jag har ditt treversstycke nu; det återkommer i tre gånger samma olika sätt (det är en sån fui fui berättelse som införskaffar honom): kommandes egen från asfalten till betongen, från den mänskliga historiske besten, Finnsen Faynean, oceanisktlevd, till denne samme vulkaniserade bergherre från ditt, mr Tupling Toun av Morgon Höjder, med hans lavasta flöde och hans vittsvävande underjordar, skulle han återkomma *Ad Horam*, som gamle Romeo Rogers, i stad eller land, och din säkra orb, eller av, med eller från en urb, om du kan differantialbussen, som brukbar i apabhramsa, sierra! Vi talar om Gun, den fjärran. Och i lokativen. Bap! Bap!

– Ouer Snäpp, Hellig Babbau, vilken vissa omlopssbanor hävdar beträffande hemplats för Chivitats Ei, Smithwick, Rhonnda, Kaledon, Salem (Mass), Childers, Argos och Duthless. Nåväl. Jag är rekommenderad han må på sätt och vis vara både likafullt, varje på man som jag själv, suffix så att säga, Abrahamsk och Bäckbjörn! Av honom gjordes det bapka, av mig gicks det in i, för vem det ska blibliv, Mushame, Mushame! Jag är rädd du inte kunde häva enhora att av dina egna gamla stegstenar, ladaladalad, över en omkullsnubbel mur här i Huddlestown till denna klassiska Noktober natt men detochde idiotsupning, mycket som illvillig, bort från fattighus baksidan av en kapplöpningsryttare i sina köttaktiga färger, antingen handikappad på hans flatsida eller knappt upprepande honom själv. Det är en tipptopp tim gammal faher nu mannen jag går i fruktan för, Tommy Terracotta, och han kunde vara hela din och min das, brodern till grundaren av fadern till finnaren av pfandaren av pfundaren av den främste mannen i Ranelagh, fu,! fu,! Petrios och violett is (jag är jamsrot, som Mig och Tam Torn brukade jagger pemmer det, borta i Eddy's Christys hus, innebärande Fintfader, Fintson och Coo) och spiriduös sanktion!

– Gå självsäkert mjukt. Breeze softly. Aures är aureas. Hau e hans namn?

– Mig das har eller öron. Piercey, piercey, piercey, piercey!

– Vit ögonförförisk och lerigthästspad! Svin Tjockriley! Men var stiger vi av, snorunge?

– Haltstille, Lucas och Dublinn! Vulva! Vulva! Vulva! Vulva!

– Macdougal, Atlantic City, eller hans påettgräs som är, chuam och coughan! Jag skulle gå nära identifierande dig från dina stavrotider, Jong af Maho, och weslarierna kring din yokohahatt. Och den där O'mulankonriga pluchern du har från Irlands värsta förbannelse, Glwlwd av Mghtwg Grwpp, är ingen idé att du heller, Johnny min donkeyjote. Nummer fyra, fixa till din bredbenthet och ansträng dig!

– Hooshin hom till vår regional är mått och Haydens gåskarl. Skulle du känna en ung stepptudent av psysisk handskrift, namnet Keven, eller (låt utvändiga bedja) Evan Vaughan, av sitt Posthorn på High Street, som schasade en Guiney förblindad, Prostitutölare, som fann den födde nummer ett, skulle jag föreslå, en oläsligt nerfumlad av en olämplig?

– Om jag vet sinted vishet? Ibland kunde han hålla tyst i några få minuter som om han bad och greppade sin panna och under tiden kunde han tänka för sig själv och han hade inget emot någon som tilltalade honom eller skrek stinkande fisk. Men jag behövde dig absolut inte, stök åra eller dina snabba handtag. Du också långtbort en kuk från norr där, Matty Armagh, och din andel söder så.

– Söder jag förstår. Du är uppe i Lojala-Ulster och jag är-fri-Nere-i-Easien, detta är mycket bättre. Han är botad av tro som är trött på ödet. Pruttarna som ska uppfinna en skrivning där är i slutändan poetens, ännu mera lärd, som ursprungligen upptäckte plundringen. Det är poängen med eskatologi vår bok om kills sträcker sig efter för tillfället med såochså många kontrapunktord. Det som inte kan kodas kan avkodas om ett öra jo griper vad inget öga tidigare sörjde för. Nu, erhåller doktrinen, har rvi förorsakat orsak orsakandes effekter och affekterar emellanåt återorsaka altereffekter. Eller så ska jag ta på mig att föreslå att tvinna skribentens berättelse affischledes. Kärnan är kärnan av Shaum men handen är Sameas hand. Shan – Shim – Schung. Det finns en stark misstanke om förfalskning Kevin och vi alla minns dig i barndoms dagdröm. Det är skandals klockor som gav ton till klagomål över honom och någon mellan mig och thig. Han skulle predika för de båda turkier och doppdoppa alla dindier, denne mäster klosterkyrkan, och ge gyllene tidender till alla som är i bonzeåldern av antiproåteruppväckelseism för att anförtro deras påsk neframträdande till Borsaiolinis hatthantverkshus. Han är vår utsände på jobbet. Har du nu rimlig tvekan i ditt sinne om honom efter fyrprästig rödmässa eller är du på din post? Säg mig och på utan bestörtning, Hoppa, leopard!

– Eldäpple gör mig äldre! Nvo, nvo! Denna blixt i min hand blir min ordare! Jag ska se dig flyttad längre bort, lismandes Markantonio! Vad burkar sådan usling att säga till jag eller hur har Min att döma med honom? Vi vara moderlivsfulla med rackartyg och begynnelseklocka, alltidgillandes en omtyckt, hårigtopp på hältippare, alpyflicka är ett tittarmål, en ikeson jag är ikeson, den där sötrnos, ohuvudsakligen, mina lurifaxbröder, Pojken, entitet oskyldig till dock femton primärer. Jo, allt i din hyndlejoniserade så trilysande ståendes den verkliga skolan, att stå upprätt som hans motstycke, hälsaktigt som är ägg, frälsare så saltet och god liten brutta, parallande macka, altermobilade honom till en låga insidande grisfet. Been ike hins kindergardien? Jag vet inte, O cashla, jag är säker ivägad dräktad detta underat himlen, månad till slut, kontrasterande den förste flyttaren, den där fadern jag höjer mig frånandes vet, som jag tror, orrsakad vem jag, ett själv tecknet, kom kvarvarande blivande dväljande ayr, strand och watford vad beträffar jag var ändrad impostulans besittande min framtida ställning fallande tre gånger mot mig själv vilande barndold när jag tog emot vanan följande Mezienius anknytande Mezosius inkluderande var grönad omfamnande en palgrim, omskar mina hår. Oh lovpris, och tog av mina kläder från patristiska motiv, meas minimas culpads! Tillåtande detta ick (lilla tvättbjörn icoocoon) lågt hopkrupen äntrande ödmjukt ned, död genom medel eskatologiskt förflutet, görande så lukt tagande del mig själv att bekänna bestående rent telefonkissande dina oktopoder, munsnack allinga fingerkraft, ägande min saktmodighet inför honom anbringande Audeons prosterandeavdelning mitt ömma ställe ackompanjerande mina thrain trupper erbjudande mig ögonsalt, som jag (den personsomi jag nu är) inre gjorde, hur han att säga sabbade ochande hur han gick ärende ochochande hur han helt locutey sunt, varför babblade du, min sjätte bäste vän, alltid skulle du vara så anklagad att stödja mig, sedan ersed irredent, vältande Humphrey famnande Syskonbarn, gammal bäggelaut, formgivande sådan post sittande hans nattkontor? Annexerande sedan, producerande Saint Momuluius, du nonchalerar runt om slutande din rörliga rörelse snuddande de andra katekumener fortsättande säger tillhandahållande bifogad namnteckning eftersom du ska fira min fölelsedag eftersom, dolde ett täckstift, jag är tvåsidigt uppisk, en falskövertygelse isolering, som avslutar inget hav hyber irländsk. Välan, hacka i bitar din nedtonade springa, före avtillkinastan, eftersom många har pollett i handen att, jag må lika väl ödmjukt korrekt att vespian nu i händelse av timligheter. Jag har fickorna fulla komlek av dig liggskapade kardonaler, ap sköljning, ap rowlare, ap borrverktyg, ap bråkig! Växelsång! Jag räddade dig framför av Hekkiter och du lossade mig baktill skonsam Harry till Aud Dubs borgmöte. Jag lärde dig inom rimlig tid, mina åldermän, lagliga krafter W.X.Y.Z. och P.Q.R.S. och du, Ailbey och Ciardeclan, lär jag, episkoperande mig heltigenom, cirkumöverlämnade mig. Jag bringade dig från Lazarys vargar och du hade kommit ihåg mina långväga felspråk. Slafsigpåpassadbindavilkenskygg! Oirasesheorebukujibun! Watacooshy gäng! Är sinnets förgiftning. Tänk detta tidsting! Hedershågkomst att spotta gör ödmjuk. Min kontraktsprost kast är ett snäpp över er vandrare. Jo bekräftar att rumanescu. Se min generations arbete! Har inte min mästare, Theophrastius Spheropneumaticus, skrivit att anden kommer från den övre cirkeln? Jag är ifrån pöbelkratin med Prästofer Palumbus och Porvus Parrio. Soa koa Kelly Terry via Chelly Derry sittvagn. Hora se på mitt fängelsemärke Exquovis och sekventiell Högt markerat på mig bluffliknande i det utländska av Pappagallus och Pumpusmugnus: öhum! Anglicey: *Eggs squawfish lean yoe nun feed marecurious*. Sagart kan själv högljutt imedelbart till Lowman Catlicks patricier morgon vapensköld med min Höga trepennyfärja hjälmpryd-nad och stjärt alltsammans: Klåda dekan: vilken Gaspey, Otto och Sauer, han gör: eko förbli så! Grip an äta eller inte äta kropp Din jag är. Och, Försiktig, prisagu', är det första prisonala Egonamn Yod hört boissboissy i Moy Bogs domedag. Hastan själva vistat! Eller i alleman: Sug på!

– Sug det själv, sockerpitt! Misha, Jude tänk vems som frågade att luckat din ömma tå eller att smaka ditt flämt, hett och surt! Ichthyisk! Fånga runkare! Munkavlar blir plebejer! Mellan hans huliganer och hennes konsinanter! Gangster, Dirke och Hackare med Rose Lankester och Blanche Yorke! Talar vi d'anglas landadge eller språkar du sjö Djoytsch? Oy soy, Bleseyblasé, vart att gå är veta bli kvar? Bli kvantitet som samtal arbetssamt när vad göra? Kännande bli kvar? Kom tillbaka, föraktfulle elaking, till Mobbardamtufft! Kukolja honom, polare rowly, med mig! Vad sägs om din en gammal väns tolvskillings solnedgång, mig pojk, genom åldrarna, säg oss, eh? Vad sägs om Brian den Skrytochpåkalke, Mäster Munk, eh, eh, *Spira in Me Domino*, spetsa mig Dekan! Fett pris i god tro peachumduvälskare, eh, eh, eh, väpnare tvestjärtar, badrum, inom Jenkins Område, med hans jag har murgröna under hans tanrek och hohallå till hans dullafon, innan det fanns ett ljud i världen? Hur stor var hans uppsvängde vän och blev shanghajad till honom? Swaabern! Tvågångaren, trefalidg i Wanstable! Högljudd förbannelse till honom! Om du horade honom ytterst medan vi harum lubbaruntigt, från morgon ris till nattman, med hans trummor och ben och sorl i surr ditt inre hört halv kilometer han. Ho ha hi he hängd! Tsing tsing!

– Mig ingen angli myche, mej spikar Yellmans sprak. Trevlig Doc Mistel Lu, snälla! Mi inga grisiga ludimenter allt samma blod en Toppsidad Tellmastoly snubbe. Mig grisigt kunnig en sjungensång enannan tid. Snälling. Mistö Lukie Walkie! Josadam kojuver madam ostronspel honrycktememejalahmalong, begolla, Jackienboss tillhörhenne; jättemycket boohoomeo.

– Helvetets Confucium och Grundämnena! Alltför musprit! Det är aldrig den postale prästen, som checker chinchin tjat med japanjeppar! Stopp där snyftstory till din lammpappas berättelse! Är din romerska kraxthrick CJ 432?

– *Quadrigue my yoke.*
Triple my tryst.
Tandem my sire.

– Historia som henne var harpspelad. Därtill nyansen din ugglefront ljög om. Tantris, hattrick, möte och avsked, vid vokalglidning»! Jag förnimmer dina raffelglädje munnar som öppentalar, O dragoman, händer understudium. Dyker ord vad paddlar verbade. Barra mans mim: Gud har skoj. Den gamla ordningen ändras och räcker likt den första. Var tredje man har en spricka på sitt samvete och varannan kvinna har ett skämt i sitt sinne. Fixera nu på den lille killen i mitt öga, Minucius Mandrake, och följ min lilla psykosinologi, stackars arme i slingslang. Nu jag, Tuttus Herre, placerar det där initiala T torget av begravningsjade upprätt till ditt tempel ett ögonblic k. Se du nånting, tempelriddare?

– Jag se en svartfrinsk pliestrykock ... som på sin hjärnskål bär ... en katedral av kärleksgéle för sina ... *Tiens*, hur han liknar någon!

– From, en from person. Vad ljud av tistress isolerar mitt öra? Jag hosisont samma, denna serpe med arbetsskjul, och lägg det lätt mot din läpp en smula. Hur mår du, lipkär?

– Jag mår en bra dam ... flyter på en stillström av isiglass ... med guld hår till sängen ... och vita armar till blinkarna ... O la la!

– Helt och hållet, i ett rent skick. O, köttbit men snabbt och alltjämt ett fåfängt försökandes! Trolovad idag, upplöst i morgon. Jag kastar om intialen till din tredelning och undertecknar det strängeligen, och tväryxa till gördel, på ditt bröst. Vad hör du, bröstplåt?

– Jag åhör av en gräshoppa gömdbakom dörren smällande sina ben i en pöl av bran.

– Bellax, agerar som en bellax. Och så passerar triptyk visionen. Ut ur bergsidan in i bergsidan. Skönahon tonar bort. Igen gläder jag mig vid dina blilders pikareskhet. Nu, drömdrift tillfälligtmanande, känner jag mig uppmanad att fråga om det nånsin föll dig in, i egenskap av dig, innan detta, genom att dra ut din iberborealiska inbillningsförmåga, när det är snabbare än detta kvackande att du kunde, utom accidens, vara mycket omfattande ersatt i tänkbar utbrytning ur ditt nästa liv genom en komplementär karaktär, röster isär? Upjack! Jag riser för din tanke! Tänk! Skjut från ditt sinne det där och lita på det här. Nästa ord beror på ditt svar.

– Jag tänker till, tog bli tänkad! Jag försökte just tänka när jag tyckte jag kände en loppa. Jag kunde ha. Jag kan inte säga för det är helt utan mening. En eller två gånger när jag var i odinburgh med mina förvirrfiender, Jake Jones, den handskabbige, när jag thänklade jag bar försökande i min trädgårds surrogat, pojke är åtsidan, vid mitt nästords grannes, och kanske ännu mera varken du quoshar ändå dig, mässkompis, förverkliga. Vid få tillfällen, så att skapa, försökte jag att dra, i skuggan som jag trodde, livet rätt ut ur mig själv i mitt ericolösa föreställande, Jag kände känslan av en halv Scotch och soppa likt roungt mitt medelåldrande likt Bewley i basten så att jag indikerar ut till mig själv och jag svär mina goter hur det kommer sig jag inte alls är mig själv, ingen gladlynträdsla, när jag inser vamejsjelvare hur blivandes jag håller på att bli.

– O, är detta sätttet med dig, krearthur? I blivandet var det klädda, skaintnatt! Huva gör inte frere. Rösten är en röst av uppskämt, fruktar jag. Är du imitation

Roma nu eller Amor nu. Du har alla våra empatier, eh, mr. Trickpat, om det inte gör dig nåt, det vill säga,bortsett från sånger och mos, besvara min raka fråga?

– Gud bevare munken! Jag bryr mig inte detta är, besvarande till din strikta korsanklar, alldenstund det vore oetiskt av mig nu att besvara liksom det hade varit meningslöst för dig att då inte ha frågat. Samma kan inte, hem vill ingen, gaddad är jag. Kakadua är Min och jag ska återvända Utifrån mitt namn anropas du mig, Leeländare. Men du ska sakna mig i mitt skydd. När Kapac vandra tillbakordigt han är den darkaste hästen i Capalisoot. Du kände mig en gång men du vill inte känna mig två gånger. Jag är *simplicter arduus*, redans konst, Fridags barn i kärlek och tjuvnad.

– Mitt barn, vet detta! En del av detta svart tycks ha blivit taget av dig från den Helige Synodius skrifter, den där förste lögnaren. Låt oss höra, därför, som din ära och hörsamma drottningen, varthän kvarliggandeheten hos denna skamtro blir hopflätad av en eller gottgjord av två. Låt oss höra, Konst helt enkelt!

– Kära älskade bröder: Bruno och Nola, citron bogholder och stationära livskamrater utanför beiga Saint Nessau Street, var förklarande det ömsesidigt allt omkring varandra före förvecka ut från Ibn Sen och Ipanzussch. När honompå Nola Bruno mest ovilligt monopoliserar hans egobruno seses av de dödliga krafterna alionola likvärdig och tvärsemot brunoipso, *id est*, ständigt provocerande alio tvärsemot likvärdigt som provocerat när Bruno blir evigt emotsatt av Nola. Stackars omnisprit, singalow singelearum: så är han!

– Man kan höra i deras bakgrund detta lejonvrål i luften igen, kattdjurets zoohoohoom Kallar, påstår vem är? Om är detsen? Eller menar du Nolans utan Bolans, ett alibi, stumillvill du, lidande oegoistiskt av det sekulära men positivt avnjutande på det plurala? Skvättfärdiga av detta enda, du bruder! Sorgihåg, dösnack, du måste ljuga!

– Oessoyess! Jag dämpade aldrig om i förväg en postman men jag menar i ostralien nånstans, mångar djupt belubdöd, min allapojke broder, Negoist Cabler, från denna stad, som det är bäst aldrig mämna vid namn, min sagde broder, den skippade, exryckte för att se på kyrkor bakifrån, som är den som sänder Heliga Elgdagsaftons Cenograf i prosa och värre varje Allasånas natt. Höge Brazil Brendan är Senarelagd, mödding Irsc klart språk, Nollnollnollnwein. Assass. Dublire, per Neuropater. Punk. Svälter i dag spelar punk öppnar i morgon rvå spelar punk tråd stänk hur två spelar punk Cabler. Har du glömt stackars Alby Sobrinos, Geoff, du fördärvare, identifierbar genom den nödvändiga vita fläcken på hans bak? Hur han gick till sitt swiltersland efter sina lungor, min lessne framlidne broder, före sin bolliga ecpansion? Vill du inte ansluta dig till mig i en liten hellmaria, a butelj med det bästa, för välmötte Capeler, förenade Irländare, vad trots föreragande främlingen, hostningarna och klinadena och farmödrarna och råttorna och tranbärsbusken och bilgenser, för han tog miste på patrioter. Hjärtat som var vår

Graw McGree! Ändå finns det nån som sörjer honom, fastställer honom död, och vidare där är denna väntan stående. Hans fuchs uppför trappen och huvudböckerna i sina haires, borde han vinna det där *V.V.C.* Fulldruva för en sluthamnare, halvt klibbig över sitt huvudtaget! Om han vore ens bland de förlorade! Från vårt berövade bortom tillhörig. Oremus poor fraternibus att han må ännu undslippa galgen och fortfarande förbli vår trofaste bortrgångne. Jag gjorde dig orätt. Jag vill aldrig se mer av dåliga människor men jag vill lära från vilken som helst på arslet, likt Tass med mycken tack, här är dito, om han lever på samma plats i austrasiens antipatier eller var som helst med min kalvgäst på hans mutpengar, säkert och fördömt, eller har skuttat deteller vem kan kasta någon kalk på sopjacken, min ömme fosther, E. Obiit Nolan, Verksamheterna, N.S-W., Hans tillstånd borta från Högvördiuge Jerrybuilt, inte hörande till dessa delar, vilka, minns jag honom till mig, när vi vara likt bror och syss ölver vår castor och pollgröt, med hans stråvande skulle jag gissa, avvkatande hans clarenx negus, en helnykter absolutist. Han känner han bör vara skamsen för mig som jag ska vara skamsen för honom. Vi var i en åldersklass liksom till två klumpar ägg. Jag är mest skådande till honom, min namnesjuke, som vi sa på vårat amharikanska, genom den Dubbla Teleönskaren. Avsvimmade hjärtan vaggar kort fruktar storligen. Utslitna skor på hans fötter, för vilkas åtwerställning ingen tunga kan tälja! I hans händer en känga! Avvara mig, snälla, ett öre eller två och jag ska glad jhoppas du ska bli! Det ska förnöjat mig bakifrån med tack från tidigare och kärlek till själv och allt jag förblir här din trogne vän. Jag är ingen lärd men jag älskar den där mannen som har afrikos luppar med månskön i hans profil, mitt lufsbara! Min frigörare! Jag kallar dig min halvbroder för att du i dina nyktrare otiumiska stunder djupt påminner mig om mitt naturliga sägnär bordell under matning, skutt och munterhet, S. H. Devitt, den där okunnige irisstympade, som är sönderslitet pryglad av Sydney och Alibany.

– Som du sjunger det är det en studie. Detta brev självskrivet till varandra, det där aldrigperfekt nånsinplanerade?

– Denna ingendags dagbok, denna helanatten jornalfilm.

– Min bäste herre! I denna trådlösa tid kan vilken uggletupp som helst picka upp boshtooner. Men vemvaxade han så plågat? Var han vektor viktorerad av offer vredgad?

– Mäkta säkert! Ur vägen för hans fordon! En barnvagn ammar hans väsklilla när han läste högt, med två ekoliter och han har misslyckats med detta trassel i hans konster över förnuft.

– Madonagh och Chiel, idealist som lever ett dubbel liv! Men vem är, för bröders briljans, denne Nolan som tydligt dyker upp nominellt?

– Herr Nolan är pronuminellt mr Gottgab.

– Jag fattar. Genom att höra hans ting om en person börjar man placera honom för en visshet i sanning. Du rykare, han står pall för dig inför ett direkt objekt i det feminina. Jag förstår. Vid flicknamn. Nu, jag frågar dig uppriktigt, och formulerar det som mellan detta yohou och det där homonymet, vill du bara söka igenom dina skvallergoda minnen för alla av två minuter för denna utgivandesigför pronolan, ljuslagd på felskuldror. Skulle det vara i tvåfalt sant en otagen missflykting, alltför fullfyllt sann och veverkligen en dublingångare mycket om ditt eget medium med en sandig polisonger? Peta mig grepp i revbenen och plocka erstwortet ur hans mun.

– Holy Baggot Street Tredubbelt Uppdämd, tidigare Svärdkött, som jag nyligen överträffade honom för fyra och sex förklarande Kristmässan, lika tung som musik, hand till öga på jämliken för Noëls Ark, i välsignat fosters plats gör det smutsiga på mig med sina raseriutbrått och alla dessa gudsförgätna kilowattar jag vore bättre utan. Hon är skriver till honom hon är levt av mig, Jenny Rediviva! Tut! Dättre för er, mr Nobru. Tut tut! Bättre för er, mr Anol! Detta är sättet vi. På en rödbobobokstavsdags morgon.

– När din kontraman från Tuwarceathay letar efter korrigering så är det inget gott tecken? Eller?

– Jag talar sanning, det är ett duschtecken att det inte är.

– Vad emellertid är det för hans hjärtas svin? Om hon också vore en god förenad Pegeen?

– Om hon åt din fönsterbräda skulle du inte säga svin.

– Skulle du bli förvånad efter att jag frågat om du har en tjur, en bosstyrann, med en vissla i sin svans för att skrämma andra fåglar?

– Det skulle jag.

– Var du med Sindy och Sandy och vårdade Goliath, tjuren?

– Du får mig att sjunka vad du vill att. Jag avsåg en begravning. Enkwlt och provat.

– De är för kloka att lösna sina syskon?

– Och båda nynnar på samma tema.

– Tugbag är Bagguts, när en skomakarsolist sladdrar skjuter fram kamper eller skäller ut en irvingit utanför bryggorna. En lyckoförändring, jag förstår. Tänker ungt genom muddelåldernas spridning, det moraliska fettet hans mentala lutar på. Vi kan haffa det med vår straat som kallas korkskruvad. Det skulle bli den finaste boulevard bocken dryga kiloometer i båda riktningarna, från Lismore till Cape Brendan, Patricks, om de tog tjejenut ur mitten på det. Du berättade om ett möte också, två en ballerinakjol. Jag undrar nu, utan att avslöja alkovens hemligheter, turturduvor eller raabraaber, jag har hört nämnas dessa namn nånstans? Mallowlane eller Demaasch? Stäm upp oss endera änden *Have You Erred off Van Homper or Ebell Teresa Kane.*

– Marak! Marak! Marak!

He drapped has draraks an Mansianhase parak
And he had ta barraw tha watarcrass shartclaths aff the ark-bashap af Yarak!

– Brudrevpitt på en velicoped?

– Och liljevalp på gräsmattan.

– En varelse igen i tillblivandes igen. Från framhopp till framhopp genom deras centrala makt?

– Pirce! Perce! Quick! Queck!

– O Taras trast, lottlangaren! Och han sa att han bara tog medelgrästemperaturen för gröna Torsdagen, den flammige scaligern! Vem du känner musselmanen, hans muskel mamma och mistelmamma? Maomi, Mamie, My Mo Mum! Han älskar en drury lane. Förnim Phyllisciteringar till struntprat mr Hårwigger som just hade tvinnat små lockar! Han vilade mellan horrockses lakan, klagande efter vit krigföring, ptrootölp walesisk-bretonsk, och opartisk beträffande förlägenheten till disposition men, den första arbetsdan, vid Åska, steg han in i bräschen och satte på sina fritidsböxor och red förkläde i Baltisk Bygrad, den gamle degige, var när Irans bålde bhuoys inte ställde upp.

– Hur ger du röst åt detta, trevlige Sandy man? Ingen stor husfader är han, Sandy trivsam. Fråga honom denna en minuts uppkastning inre lotus av hans bastanta öra kräkning han tappade sin Bas till P ton. Och för den skull bklev han utskrattad? Och därefter mobbad? Hela färgomfånget?

– Vanvettiserad! Tortyrfärgad!! Likvakamighennekulosserad!! Judasförädlad!!!! Fågelpigahot!!!!!! Lockförföljd!!!!!! Och, måstejasäjadej, faulcrescendierad!!!!!!!

– Dias domnas! Dockgjord till dumhet? Och Annie Delittle, hans dansksträd diva, i keltiska skymningar, sjungandes honom hunsat jäktad genom barerna? Min Wolossay är vild som de det Krasnianska Havet! Kärbashagga, vimsig, skopa och jag ska kurera dig! Smaragders moder, äro poog grannar!

– Capilla, Rubrilla och Melcamomilla! Kluddig, kluddig, utan Vederbörligt Dröjsmål! Nåväl, jag ber att korsa ovanstående yttrande av saxiga lutspelare i deras bakbyte från Kolhuggare som reflekterar över mina långsamt förgiftande administranter som min evgadadu devere vördade meinherr var instängd i vaktrum, jag hindustår, genom min halvpanna med hans Lorttrerade pilsenbutelj på grund av Zenaphiah Holwell, H och J. C. S, Som jag bringandes upp min homo parapotaräckvidds beställningar i min sittned stol med mitt leransiktespaket från min kontant kemist och familje farmaceut, Surager Dowling, V.S. till vår öronkirurg, Afamdao Hårdoktor Achmed Borumborad, M.A.C.A, Sahib, på en 1001 Ombrilla Street, Syringa schersmin, Grindskiva, att se vad var mitt vattenbra, mitt mesikala wasserguss, för lagningar utförda av bomullsmal i röran av trosor, sju meter till hans jalandar påle på pinne, tillsammans med hans för mig ofyllbara ostburgare, min djupt avskräckför bakekare, som kostar oss mestmotgångatr vilka jag skriver i minställan till Kavanagh Djanaral, när han satt sig puckelryggad i torrsmutsighetta mtill sina trinidaddors pinslare vid deras ellermålar, innebärande en laxativ tendens till maria, särskilt med honom varandes förbjuden frukt och certifierad av hans sexulära präst till att ha till badazmy emotionellt tarmvred, med en korg full med präster korsande det syndsköna att försvinna honom med magmarks maladier, och hädanefter skyldig att ge efter när kraftigt delgiven brev under bältet, om min rupie rerenat reryktade husbondeskap H.K.H. tog ett kort ett i hans skjortsegelutifrån det påstått givvna mineralet, som säger mig se hans i Främlingsistan sambat dokument Söndags verktyg av välkomnad aperrytiff med Erill Pearceys hinder O han bultade aldrig en örns innanhan betalde mig sin skuld på mitt jubileum till pappegojögonens lista i min noll ensemble, i sin vilstol men han dolde till mina profiler i alla mina mayarannier och han låste plommon in i min muntermun likt Ysamasy morgon vid tidens slut, med detta så lättas hopp på hans rosenkinder och käkkäftar och, min charmör, som jag doppat min hand i, han bara visade mig sin bögtalare, Sjöormar väser sissatoner, vilket var som sedan är producerat i hans manliga sätt av denna klokaste av Vikramadityationisterna, med återköp återminnas återmur återmärk, i sin gulughurutty: Yran for parasiter med rom för kalkonstöddig så Lithia, M.D., som detta är för Snooker, diamant!

– Vilket sades av vem till vom?

– Var vam. Men vim kan jag inte vimma ihåg.

– Fantasi! funtasi på fantasy, amnaes finntasier! Och där är ingenting naket under den beklädande månen. När Ota, Torquells weewahrwificle, stötte hennes beruskoj ner i hennes yllesärk hon modade vårt heuteyleutiga flickskap av makalösa att sätta upp i alla deras bålgetingar av feodal stålthet, fläktad, volangerad och mandelmasserad , medans Massstaben med vilken Ephialtes har vuxit i omfånget, *simplex mendaciis*, med vilket vår Outis kapar sin sranning. Arkiväg nu!

– Jordar och nakna säger jan och nejn! Se! Se!

– Låt Eivin beminnas för Gates af Guld för deras oblekbara solar bestrålade henne. Iris, Osirisar! Bli din mun given till thig! För varför saknar du en länk av lycka att balansera en ponton av perfekt, fred? På vignetten är en rasandeöös. Havets överhuvuds hus övervakare, Nu-Men, säger, triumferande: Flyg som falken, låt som kornknarren. Bakdörrens Ani Lås är dett namn; ropa!

– Mitt hjärta, min moder! Mitt hjärta, som kommer ut ur mörkret! De känner inte mitt hjärta, O kärast coolun! Mon dysteri! Mon glamori! Vilken överraskning, käre mr Predikant, att jag hör från eder strånumeriska måttlighet! Ja, där var den där skeva bågen av krom sweet home, fasadbelyst upp över det förbluffspökade farmamentet och puckel där kamelen fick nålen. Tala om regnbågskimringar! Rubein och beryll och krysolit, jade, safir, jaspis och lasursten.

– Orca Bellona! Himlagråt vid jordsamtal, etna athos? Utrota din vulkanologi för Moltens lava.

– Det är du inte jag som eupterar, häcklare!

– Ormbäraren visar sig över thorisonten, arbetarflicka blockerad av Saturns ormringsystem, piskiolinnierna Nova Ardonis och Prisca Parthenopea, are a bonnies feature in the northern sky. Ers, Mores and Merkery äroi stigande bakom kanten till Zenith Delen medfans Arctura, Anatolia, Hesper och Mesembria gråter i sina hus över Noth, Hets, Sot och Spill.

– Apep och Wachet! Heliga ormar, jaga mej charly, Eva har fått korn under sina flytanden. Uralberget han är i rörelse och han ska quivvy henne meed sin strombolo! Vaggarwurst, säcken med släp, lika bred ovanför som han är nedanför! Krypandes genom lejongräs och tjurryssius, fetdekanen, före Mottagningen av Mauryas klass, i Bill Shasser Amättkorta författarakademi, kamouflerad till en blancmange och lönnsirap! Hyllning så deras siittsittstrejker är detta Orps fjällhet! Hennes scheijk till Slav, hans pitt till Dave och landets cfetma till Guygas. Trampkvarnen stensläppare haha etthalvthuvud ovanjord och hon har bara småpratat i sin smiskande träff hätta, Allapolloosa! Uppför langaren! Tre leven och ett heva heva för namnet Dan Magraw!

– Jättesolen är på sin top men vem är chef bland dessa vita dvärgor av vilka han nånsin är surabunden? Och tror du att T ska ha blivit hans sjunde! Han ska ständigt kyssa mig på melbollen. Hur gammal är han? säger du. Hur så? säger jag. Jag vill bekönna hans synder och rodna mig vidare tillrättavisa snorskymferna från köttgränder, kanalerna. Synamit är för bra för dem. Två övertrettio i strand kortisar. Hon är askepotten vid Nile Lodge och hon är köksräckvidd till vänster mrs Hamazum's. Varnar du din gamle habasund, som skäller på grävare, hans fullpackat tuggande sin kedja? Responsif din plais. Sagda Sully, en kritiker associerad med tattare, den svarta handen. The said Sully, a barracker associated with tinkers, the blackhand, Skyffelvagnar, wreutare av retfulltmesta brev och skirrilösa balletter i Parsi Franch som är Magraths skurk och luktar billigt av Krafts sprit, likt en djuphavsmus, och han är inte tillräckligt anpassad för att kasta ner slakt till en björn. Sylfling mig när är en piga ingenting en piga han skulle att vadsommöjligt längd för henne. Hej sålänge, Sulleyman! Om de kapar hans näsa på häftapparaten hade de sina sjunne goda anledningar. Här är till benlyftet hos mitt snus och forell stockangt henkerhugg orange fena med en mosaik av fördelningar och en frusen svart potät, från min kyrkomodist. När Lynch Brother, Withworkers, Friends och Company med T. C. King och Galways Väktare är beredda att töja honom helgad med krafterna till stjärnljuset, L.B.W. Hemp, hepp, hurra! Säger kaptemem i månskjuset. Jag kunde sätta honom under mitt polarssle och såva pånom alla nätter som jag skulle rulle mig för helig velig över hans lånande platser. Hur ska vi inte kratta åtg honom y'tillsammans, jag och min Riley, i Kyrkoherdens säng! Quink! säger jag. Han soppas till mig Farmor-ström-Röhårig när jag gömmer mig under mitt hår undan honom och jag coolar honom min Finnykung han är så glad en knöl. Plink! sade han. Såtillvida som jag är förtjust att ha förmågan att fastslå, med glädjen att leva i mina fyrtio skygglappar, att en stilig suverän var fritt förpliktad i deras slantar i slampors maskin, längtandes ström en mariafrukts körsbärs-flätkysstutt under La Rose Skugga, till obestridlig uppvisning av båda de legintima damaktörerna, Elsebett och Marryetta Gunning, H $_2$ O, den där utsugares nobless vid sitt Saxontanneri med motti i Wwales ffransklatin: O'Neill såg Dronning Mollys trosor: och beundrade mycket inskriften, avseende kompletgt manliga delar under påstått nyligen timad åtgärd av vår chef mergey margey magistrader, fem klådor ovanför knäskålen, som statuter kräver. V.I.C.5.6. Om du inte vill släppa mig lös sluta att behaga mig uippför mitt ben. Nu förstår du! Respektera. S.V.P. Din fru. Amn. Anm. Amm. Ann.

– Du vill ta oss, Frui Mria, steg för steg, som as *artis litterarum-que patrona* men jag är rädd, min stackars kvinna med samma namn, orsakat av dina silvanor och dina salviner, du är vilseförd.

– Det är synd om levandes löften!

– Lordy Daw och Lady Don! Farbror Foozle och Tant Jack! Visst, den gamle bluffmakaren bojkottades och flickklipptes i skuld och undergång, på höjd och i hamn, till och med vid visa-flagg flotiljen, som jag nu är benägen att förstår, illskriven i alla de meningslösheter och buanden i tabortdinahänder. Bumbty, tumbty, Fyllo på en Mur, Stum konst för Miljonen. Det fanns ingen Arkimandrit på Dansks Ö och byländerna varken en snärta från Isle of Woman eller en av de fyra kantinerna eller någon på hela hjulet av hans ekumeniska möte eller nogent ingen mö på allad det hållna ärransiktet hos jorthen skulle komma härnäst eller nära honom. Mr Ålpiskare, utsädes- och barnkammarman, eller hans allgas bumgalouvre, Auxilium Meum Solo A Domino (Amsad), för rim eller ranson, från högar eller anleten, därefter.

– Alla öron viftade, gamla Eire likväkt likt Piers Aurell var förbluffrad.

– Omräkning!

– Jag har det här till min fingals slut. Denna glasse nasse vill gå till syltburken. Och denna leggy peggy spilled böna. Och dessa lyckans pucker spelade vid bajsande tooletum. Mors far, Fars mor. Madas. Sadam.

– *Pater patruum cum filiabus familiarum.* Eller, men, nu, och, vädrande ut ur hennes fusion margarin vattendelare och, för att ändra det där konjunkt från traumaturgiden för en gåmg då och då och tillbakakastande till grejs, om så vore du må identifiera dig med honom i dig, den där fluktuösa krage köpmanamatur, blodfader och mjölkjuver, sedan dess vårt alltför mycket av henne, Abha na Liv, och gå vidare till papappa igen, som dem vi aldrig är fria från, var han nånsin i te, gick han på båren eller gjorde han inte i tid nånting som verkar tungt i socker? Han sände ut Christy Columb och hank om tillbaks med en burfågels obeskrivliga i sin näbb och sen sände han ut Le Caron Cråkan och bitarna stirrar fortfarande på honom. Sökaren från de dominerade, varaomkringarna från föräldrasvärmen. Tala till höger! Rotacist omsorgsfullt! Han kan aldrig bli besvärad men må'an nånsin bli likväckt. Om det finns en framtid i varje förflutet som är närvarande *Quis est qui non novit quinnigan* och *Qui quae quot at Quinnigan's Quake!* Stövla! Hans producenter äro de icke hans konsumenter? Din eamination kring hans faktafiktion för vridningsprocessens inkomination. Deklamera!

– Arra irrara hirrara man, anlände dom inte i hemligheter för förkreppsligandet av *Ad Regias Agni Dapes*, idiothallick och pannvilenskare, efter de duktiga och de magra åren, skalpmånglare och houthjägare, likt den store gudens messikaler, en scharlakansröd tågfyllnad, den Tveeggade Petrarden, slutsummande, leggater och scenväxlingar, i deras sammanlagda åldrar två och trettio plus odecimmerade centrumar av dem med insidare, utomallor och tuttifruttor allcunct, från Rathgar, Rathanga, Rountown och Rush, från America Avenue och Asia Place och den Affrianska Vägen och Europa Parade och blisogar Noo Soch Wilds oduglingar och från Vico, Mespil Rock och Sorrento, för hans välfärds lockelse och fruktan för hans oppidumik, till hans väntrum i hans kraals köl, likt ådror av malmer som snabbt flockas till Mount Maximagnetic, skraj han var en skytt men rädd att hålla sig undan, Merrionitrs, Dumstdumbtrummare, Luccanicaner, Ashtoumare, Batterysby Parker och Krumlin Boyardare, Phillipsburgare, Cabraister och Finnglossier, Ballymuniter, Raheniaker och Clontrfstiggare, för att överväga i specifikation och betala deras första klassens plikter innan de båda av honom, 76 kilo åsidoe, med deras *Thieve le Rou*! Och deras *Shvr yr Thrst*! Och deras *Uisgye ad Inferos*! Och deras *Usque ad Ebbraios*! På och i den licensierade sprithandeln i hans behagliga bazar och återförenade magasinshall, vid magasinsväggen, Hosty's & Co, Export, för hans gemhuncdrfa och sjättesjätte fölelseda, den stgore gamle Magennis Mor, Persee och Rahli, tributagare, Rinseky Poppenkork och Pjovtor den Druvlige, hållande Dunkers hovstat, kängkungar och suddgummidomare och potatisblast från pisley och muftier i muslim och sultana reiseines och jordan mandlare och en rad med trängsel sahiber och en udda principsessa i hennes underkjol och drottningen av riddarklubbor och vigselringledarna och de två salameeserna och Halfa Hamet och Hamzas Khanet med två feta Maharashrar och den Tyska selver gejser och han putsade upp, förköpsriktig, tintanambuklerandetill honom själv så silfrich, och där var J.B. Dunlop, den bäste tyrenten i våra tider, och ett snobb av Franskt vin stuartar och Tudor minnessaker och Cesarevitchloppet för den nuvarande motparten Leodegarius Sant Legerleger ridandes damsadelslångaben uppför ekiga trapport på Mulrygg likt Amaxodias Isteroprotos, rumpa i förgrunden och spark lyft till vänster, och och han handgrepvidare till sin i sanning naturliga hymn: *Horsibus, keep your tailyup*, och lika mycket som hallen till det lediga thronrummet, Gammelbullens Smörig, tryggt kunde inrymmas av husen Orange och Bättres parlamenstledamot, genomsyrad av Druiders D.P. Brehons B.P och Sprickhoolags F.P., och Agiapommeniter A.P, och Antepummeliter P.P, och Ulster

Kong och Munsters Härold med Athclee Flaggning och Athlone Poursuivant och hans Kejserliga Fångande, hans glade awan, och hans gnisternäsade sanctsoner i fejd och råttgräsmatta och hans diamantskallade barnbarn, Adamantaya Liubokovskva, allt möedandes Iriskt, amok och amak, utifrån deras dunderkumpaner i punchjab och pekoral och pammel och gougerotty, efter en massa av hans färska porter och hans goda glas med whisky, ej att förglömma hans öl a'mona eller hans bira av råg, neddoppad av hans bröds annagolorum, (vi Kennedys ugn knådade hon sin deg, bakom hennes bak för mig, bullar!) socialierandes och kommukanterandes i förgudligandet av hans medlemmar, för att knycka eller rädda deras hans hjältebit, den bagatelliserande gamle bolllossaren, med sina arthuriösa rosor av lera, Dodderick Ogonoch Wrack, bruten till vurlden i stort, på det runda bordet, med strålkastarljuset tillbakakopplat, lika sant som Vernonerna har Brians svärd, och ett dussin och en vid en tilly talgsmord kringi ringkampf , runtomkringförsamlad av sina döttrar i förgåvhet av sina söner, liggandes högt som han låg i alla dimensioner, i hivdräkt och ludmers kedja, med en stank, fluorescerande av hans liesvep, runt honom, likt dofter som ackumuleras i en italiensk lagerlokal, erika är klungad i hans hår, hans snus spektrem som hånar hans pappatids stearinljus, säckkoktpuddingrensad till den döva fläcken, begråten av sina barn och serafim, luspanka och personligheter, våghalsiga, drönare och dominatörer, antikens folk och gammelantika folk, med hans stjärt upp, hittebarn till salu efter domares inspektion, svullen och smocktastisk, täppt till ignoriös, helad kurerad och reservoirkompis, avvaktande hans hjärnspkes återuppståndelse, allra som högsts förbluffad, som det visade sig, sedan hans liv överevigt, på så sätt reduceras tikll intet.

– Gladledsen-gå-gata och gaffla för oss alla! Och alla hans hornstötar gymnastik, snubblande ett skifte, neniatwantyng: Mulo Mulelo! Homo Humilo! Olycklig ett dödig O! Dööd dööd dööd! O boss! O Bass! O Mörderer! O Mord! Mahmato! Moutmaro! O Smertz! O Smärta! Oj Hillill! Oj Hallall! Du Thuoni Jag Du Thaunaton! Omartyr! Udamnor! Tschitt! Burhås! Eulumu! Huam Khuam! Malawinga! Malawunga! Seriell Oh Seriell! Sjö ah sjö! Hamover! Hemover! Mamor! Rockviem ändlösligt ger bamse ja i dös! Dålig lyckas perpepparströare lossar hans ögon! (Psich!)

– Men det är leppar av flam i Lustigcons Veke. Nöcklen har passat. Lunga lyft tangentandet!

– Gud bevare dig kung! God save you king! Mönster av det Dolda Livet!

– Gud träl ditts kungligt, fete rex! Jag hade fyra på morgonen och ett par till lunchen och tre senare på, men dina själar till delar, gör det, Finnk. Fint. Fudd?

– Omöglig vävnad av osannolika lögnhalsar! Menaru att sätta där var som du är nu, pjoskande ditt övertaliga ben, me den däringa bizzarra tungan i ditt tolkskap, och dina huindier och shindier, likt en mocka på en marknad, Säkerligen pojke, som repeterar sig, och säg mig detta?

– Jag tanker sitta här på denna altkulle där du är nu, Säkert grabben, mättat i mig själv, så länge som jag lever, i mina vadmaler, sovandes likt en ståck, med allt dettas begravda synder isedan isinnad insides mig. Om jag inte kan kullkasta denna fålla av pressade oolaver kan jag sitta upp tusentals ljud på honom.

– Oliver! Han må vara en jordnärvarande. Var det där ett stön eller horde jag Dingles säckpipor Vansköta krig och? Ge akt!

– *Tris tris a ni ma mea!* Kärleks fånge! Blötande Hjerta! Låglagd Hjord! Vattenbad Hand! Vänjd Fot! *Usque! Usque! Usque! Lignum in ...*

– Novis till Gar och Donnerbruck Brasa? Är strövdjuren världen rör sig jordhög eller vad för statisk babel är detta, säg oss?

– Vemehon bemehon vemehon vemehon länkar in? Vemehon vemehon vemehon?

– Den snärjda trumman! Lägg dig släppt till marken. Den döde jätten manvidliv! De spelar fingerborgar och hårnålar. Kelters klan! Hopp! Vem är innanför?

– Duvgalla och finnhaj, de är ring till undsättning!

– Zinzindruva. Zinzin.

– Smula abu! Cromwell till seger!

– Vi ska stånga dem och såra dem och skjuta dem och gotta oss åt dem.

– Zinzin.

– O, änkor och föräldrfalösa, det är kavalleristerna! Rödbenor för alltid! Upp Lancashirer!

– Det är rådjurets skri! Den vita hinden. Deras nischer, länklänk, hunden Jakthornar! Skicka oss och fred! Titel! Titel!

– Kristus i vår Irish Times. Kristus på radiovågor Independent! Kristus håller fridatt slavs ordförande! Kristus lätta daglig express!

– Slog slagt och sluaghter! Våldta dottern! Kväv påven!

– Aure! Molnig fader! Osäker! Int'bra!

– Zinzin.

– Såld! Jag är såld! Brinabrud! Min förster! Min sydster! Berinabrud, adjö! Brinabrud! Jaf såld!

– Kära! Oss!Oss! Mig! Mig!

– Fort! Fort! Bayroyt! Mars!

– Mig! Jag är sann. Sann! Isolde. Pipette. Min ögonsten!

– Zinzin.

– Brinabrud, gissa mitt pris! Brinabrud!

– Mitt pris, min ögonsten?

– Zin.

– Brinabrud, mitt pris! Få mitt pris när du säljer!

– Zin.

– Pipette! Pipette, min oväderliga!

– O! Mina tårars moder! Tro för mig! Vik din son!
– Zinzin. Zinzin.
– Nu fattar vi det. Ta in och plocka upp de utländska grevskapen! Hallå!
– Zinzin.
– Hallå! Tittit! Säg din titel?
– Enbrud!
– Hallåhallå! Ballymacarett! Är jag färdig Iss? Miss? Sant?
– Tit! Vad är ti ..?

TYSTNAD.

Ridå ned. Biståå! Avskärmning! Ridå upp. Sätt ljus! Bottensats!
– Hall! Är di Cigarr skaft och Vete?
– Ja' fattar. Kalkongluck Anns Morots Kannor.
– I sanning. Nu efter denna baraenskunds siesta, bara tillåt mig ett ögonblick. Utmanares Djup är barnlek för detta men, av våra pejlingar i sus kanalerna, land i sikte. Ett stillestånd för att avmobba svärdord. Rensa linjen, förturslarm! Sybil! Nättrfe det där än det här? Sybil vänd hitåt! Bättre så? Följ baby fläcken. Ja. Mycket bra nu. Vi är åter i magnetfältet. Minns du en särskilt fisljummen sommarnatt, efter en skriande ljus dag? Fukta dina läppar för ett blixtnedslag och börja om. Undvik flimren och dunklen! Bättre?
– Nåväl. Öarna är Timjor. Ölor är Penzance. Häftig Genral. Delhi utvisad,
– Fortfarande nånstans kallelse från dess specifika? Inte längre? Mindrekontinuerligt. Det var brasor på varenda kal kulle i heliga Irland den natten. Bättre så?
– Du må säga de voro, son av en vik!
– Var det signaleldare? Det klart?
– Inget annat namn skulle alls passa dem bortrsett från detta. Bona-fieries! Med deras blåa skägg strömmande till himlarna.
– Var det en hög vit natt nu?
– Vitaste natt dödlig nånsin såg.
– Var vår herre i höjderna nära vår fru av dalen?
– Han sökar sig upp och flökar sig omkring och spökar sig tills munter hon mumlar likt en andinskövre balkan.
– Lewds carol! Var där händelsevis regn, mistochdagg?
– Massor. Om du beger dig farranoch.
– Där föll något fall av lillvinter snö, helig-som-elfenben, gissar jag, jesse?
– Genom ryyycka clocka. Trevligast överhuvudtaget. I bergig-och-även zimalayarer.
– Blåste det inte en del stormar, västit eller östdoft, ganska starkt eller mindre, helt med humörer utanför kön, juss som de rosade och sprang fram?

– Ut ur alla skämt gick det. Pipep! Iskall. Brr na brr, ny prr! Lieto galumfanter!

– Stll cllng! Nmr! Frid, Pacific! Råkar du minnas huruvida Muna, den där hög-lycko-nakna, överhuvudtaget sken?

– Visst gjorde hon det, min middagsälskling! Och inte bara en utan ett par söta gealachrare.

– Quando? Quonda? Gå på träff!

– Sidledes! Sidledes! Sidledes! Sidledes!

– Det var sannerligen latterligt. Och var där frostverk o mkring och tjockt väder och hice, snart varmt, snart fruset, kallt på varmt men mestadesl torrt, och en båtformad filt avluftsiktade brumor och helvetesstenar och eldkulor och vådaskott och allt för att tillfrfedsstlla varenda en?

– Hell många stora vattenfall! Horig morig dimmas kvävare! Där var, so spelar dina ahrtider. Absolut kokt. Obsolet kåpad. När Julie och Lulie är som kyligast.

– Artigheterna, artigheternas artigheter med alla sina artigheter. Och den första dimmans fymers famösas fägrings fasthet i Maidanvale?

– Fångstfångst och soffamed!

– Från Miss Somers trevliga dröm tillbaka till Winthrops delugium stramens. Men förväntar sig denna sorts rimkomponerad känsla i faderns årstid?

– Det gör man säkert, Åtrå, till salu, skulle trötta ett fylke, fon, funkel, eller tråd. Och märr.

– Några vita mössor?

– Skumflingor svårfångadflock från Foxrock till Finglas.

– Ett lammskepp för marinsoldaterna! Paronama! Hela horisonten kläde! Alla effecter på sina fogars orsakade sätt. Regntrumma, vindmaskin, snölåda. Men åsktäcke?

– Inte här. Under lakanen.

– Denna allmänning eller gård är nu i stillare realitet ett oleotoriums stjärnklara sfär för krossat krukmaker och antika grönsaker?

– Helt enkelt hemsk smuts. Ett evigtotäckt askfat.

– Jag förstår. Känner du nu till den välkända kökkenmöddingen där det illablandade första paret förste mötte varandra? Var platsen Ålderman Fannagan? Tidpunkten när Junkeman Funagin?

– Det jag då gjorde, W.K.

– I Fingal mötte de också vid Litefrid inunder bidansträdet, Snugsboroughs Gulahus, Westreeve-Astagob och Slampgränd med Winnings Dårskaps Maria-falls Strumpor, alla av ett två, skidoo och bikupsödmjuk?

– Godamedy, du är en djävul till tolkar!

– Är det ett ställe lagom utsatt för de fyra sisra vindarna?

– Nå, jag tillitligt uppriktigt tror så förvisso om allt som jag hoppas till barmhärtighet är hälften sant.

– Denna packning på skogarna, är det Sorglige Dansken Botten?
– Det är sorgligt i behov vadhelst beträffande vadsomhelst eller alltsomhelst under rensade gröna Eireanns kornsbarta sol.
– En tricolör remsa som betyder försiktighet. Den gamla flaggan, den kalla flaggan.
– Stenplattan. Vid graver, djupa och tunga. Till det avslöjande minnet av. Peacer den grave.
– Och vad sigger Träaktige Varning därom?
– Trickformerare ska bli paravskilda.
– Det brukade vara ett sturskt träd? Ett överlistande askträd?
– Det brukade, helt säkert. Vid sidan Annaren, Vid Slivenamonds vadställe. Oakley Asks alm. Med en snöriva från en bärs från en gren. Och den grandösaste kronigaste invigda majstång i Vildmarks hela regeringsladdade historia. Browne's Thesaurus Plantarum från Nolans, The Prittlewell Press, har inget liknande. För vi är matade från dess skog, klädda i dess trä, burquade av dess bark och vårt föredrag är dess löv. Tranan, tranan, alla tranors kung. Plantagenets väpnarpiga och damersman, höga och heliga.
– Nu, sätt inte din gärdssmyg under en skäppa! Vad gjorde den där, till exempel?
– Stående mitt emo toss.
– I Summeriskt solsken?
– Och i Cimmeriska rysningar.
– Du såg det tydligt från ditt gömställe?
– Nej. Från min osynliga ljugarbänk.
– Och du gick sedan ner i stereo och vad ägde rum blev alltså begånget?
– Sen tok jag min tagnaplats liggandes, jag tunker jag sa dej. Lös det!
– Återklättra ett lyft mot rymders utomräckvidd. Precis hur storartad i väsentliga rundor är denne överlögsne jätte, sir Arber? Eder bards högautsikt, fågl över dal! Jag skulle vilja höra dig babbla för oss i strikt konklav, purpurando, och utan för mycket italiotisk interferens, Vad vet du? *in petto* om vårt förhärskandevarandesnack, Tonans Tomazeus. *O dite!*
– Gurgel Andy, *Udi, Udite!* Er Högvördige, Er Överhängande och lagbrutna fraterniträd! Det finns tuodore dronningbiträden och Idahore butiksflickor och desssa vediga babysar som väer på henne och fågel flamengor sweenyswingande fuglevart på toppmasten och Oranien äpplen som spelar hopptillskyn

Stöttackajorden och Tyburn fenier snarkandes i sin snabbträdstam och korslagda knotor utströddadess heliga folv och kulpriner från Erasmus Smiths burstallgossar med deras lömska blyertspennor som klättrar till hennes skrev efter kryddors ursprung och charlotte älsklingar med silkesblå askmes sladdrande av annan åsikt än dem, gibboner och gobboner, guelfandes och babblandes erbjudandes bönedagg till sina anatolier och spolierade hittastötar på sina kataränder och dödsstympadessa pensionärer som locksmackar omkullvräkta milstenar upp till henne att falla hennes tranbär och hennes potatia annetter för deras onaturliga förfriksning och handmålade pojkflickors plockande äkta män från honom och tupp rödhakar mycketmera kläckandes mest ut från hans missado yggdrazzlar för honom, solen och månen fixerande kaprifol och vit ljung nedåt och skygga avledande harts där och tomahawker som iakttar tjära annorstädes, skogens varelser närmar sig honom, ihålig mitt i murgröna, för att klösa och gnuygga, ökens eremiter gormande sina infernaliska skenben över hennes trilitterära rötter och hans ekollon och tallkottar som skjuter brett ut ur alla hans sidor, överflöd sänds ut i mängder till tusentals, sedan yttersträdda skolkarna och hennes downslyder i detta mest-ormade-tu-stygga gnällande kvinnan seleib en sådan fashionaperande satängisk räkt utifrån den där utsökta kreationen och hennes löv, min käraste älskling, syndsyndsyndandes alltsedan tidens natt och varje och alla av deras grenar mötande och skakande vridande händer om igen i deras nya värld geno m arrangering i par av dess groende från Onds örjan till Odds slut. Och omringa honom cirkulärt. Evovae!

– Är det så exalterat, eminent, extraordijeri och excelssioriserande?

– Ibland mänliknande träd som vandrar eller träd lik änglar gråtandes ejfågl aviar svävar vilkenving som helst att örna det! Men vaggad av frossor, stupad för jaröst!

– Berätta att öka trefadligt?

– Sperma, sperma av en blandhet.

– Förvisso en vällustings buske! Men denna lags steyne är minsann ett som stilar dess neming?

– Murgrönsbuske, murgrönsbuske, alltför hart delad!

– Jag förstår det nu, dr Melamanessy. Ändligt män mittenoändligt sant. Formen maskulin. Genuset feminint. Jag förstår. Nå, är du derivatov av det själv på något sätt? Det sanna trädet menar jag? Låt oss höra vad vetenskap har att säga. Splanck!

– Äpplefallbaum.

– Det påminner om döttrarnas gråt?

– Och klättrar upp till känna av hinder.

– Den wittold, den frausch och den snuten! Hur denna lösa affär brimstar av fussfor! Och var denna trädmanängel på hans ihöjdenläkt på grund av Knockout, knyckskojaren, knackade honom på knektskaftet?

– Nåväl, han var alltid sig självför förkänslan av råheter mot djur för han hade satt sitt eget smeknamn på varenda padda, anka och sill innan klättraren klottra högt, mickrandes sin bittra hälft med hennes konkonontrummor. Han skulle låta oss ha de tre tunnorna. Så var en bit alltför tjock för husets Mönster så som han kallade ner till den Store Föregångaren som rullad ihop honom en fjäskare av den bedragnaste färg och dundrade åt honom att prutta ned från den där erektionen och bli slemmad av sig själv för bellansen av hissch leif.

Oh Finlay är kallkompissad!

Ahdag är begatem!

– Var ni där, eh Herrn? Var ni där när de sackade om genom kammen?

– Ve ve! Vem vem! Psalmtider grår på mig att ströva, ströva, ströva.

– Ve! Ve! Så det var så han blev den förste av våra trädfällare?

– Yeshus och, i frånvaron av något öknamn, den mest beundrande av våra truefallosar. Pattpattar Bomslingrare!

– Hur nära känner ni till dennna capocapo udde, sir?

– Det ska bli dagar av torr kyla mellan oss när han ska vara som ett hyreshus lång långt vilse och det ska bli nätter av vått vindvisslande när han ska göra mig löksoppa alla sorters sätt.

– Nu är ni mehrer den mörke, Lansdowne Road. Hon har slängat sina pippingar runtomkring och de har dykt upp tand enöjd med hat att surdegsjäsa dennna Såropade ö. Nu, taggfödde, vänligen följ strålkastaren! Beträffande en pojke. Är ni bekant med en hedning, vikariemässigt känd som Vidrörande Thom som är. Jag föreslår Finnoglam som hans livsmiljö. Se er själv i båset nu och vakta era ord, ta mitt råd. Låt ditt motto vara: *Inter nubila numbum.*

– Du bryr dig aldrig on min moder eller hennes hoppautdet, jag betraktar om jag så gjorde, skulle jag känna mig fruktansvärt skamsen av beundrad osedlighet.

– Han är en man kring femtio, imponerad av Anna Lynshas Pekoete med mjölk och whisky, som gör bondgårdar och har mer skit på honom än en gammal jycke har loppor, sparkar stenar och knackar snö från murar. Har ni nånsin hört talas om den gamle gossen »Thom» eller »Thim» av det fisklika stirrandet som tillhör Kimmage, ett torpar distrikt, och är inte helt där, och är helt mera han själv eftersom han inte är så, större delen av sin tid nere på Den Gröne Mannen där han stjäl, pantar, rapar och är en plåga, glatt drinkandes två timmar efter stängningsdags, med jackan på sig skinnsidan ut mot ruppenbarelser, med sina strumpor utsydda hans vårsidor, klappandes sina händer på ett kraftlöst sorts sätt och systematiskt blandande med allmänheten på väg till livsmedel, daskandes storheter och småvalpar ljudligt med sina kategattbälten, flaxandes kalsidor och valsstapplandes omkring i sin utstyrsel alltid mitt emot typsnitt av tubnogarna, likt en långarmad lugh, när han skulle avlivas med sitt te?

– Är det denne kille? Lika galen som han svamlar han är. Vidrör honom. Med advokaterna som håller fast vid hans byxsmalben och flugsmällemänotting på hans baskiska baskermössa. Han har kysst mig mer än en gång, beklagar jag att säga och om jag begick gladrollerier må den ensamme förlåta det! O vänta tills jag berättar för dig!

– Vi ska inte gå ännu.

– Och titta här! Här är, min kära, vad han har gjort, lika långa näsor som jag säger det!

– Försvinn, din skit! En sällsamt anmärkningsvärd del av tal för de hetast arbetade ord i vårt sprak. Du är inte! Oförhindrad och udda tider? Enbart tummenupp? Nyligen?

– Hur vet jag? Sådan min hiljett. Köp ett barackpassersedel. Fråga de kåta, Säg till rövarna.

– Du anspelar på ficktjuvarna på Lower O'Connell Street?

– Jag inspelar på packpickarna men jag undslipper från Laura Connors traktering.

– Nu, bara tvätta och borsta upp dina memoarier en smula. Så jag finner, med referens till den nuvarande mannens pater, en tidigt dement tegelstenskastare, jag undrar för mig själv i mitt sinne, *qua* vår förbundsark, var Toucher, en metodist vars namn, som andra säger, egentligen inte är ›Thom›, var detta århundrades salte son från Boaterstown, Skälvande William, den sjöligaste gamla bifurkation som nånsin harklat crannock, som alltid är med honom vid den Stora Almen och Arken sedan hans tänder skakades ut ur sina socklar av den vrånge hunden, för att ha 5 pajnt 73 av icke Eryen blod i honom på baksidan av sömnivån, lodisen, som bar sin koprojektor och falska kläder av en bryggares korn mönster med backtecken med hans motto på, *Yule Remember*, till synes för detta tillfälle bara den tolftedagen Pax och Quantum bröllop, jag undrar jag.

– I slår vad du gör. Nå, han vandrade, du gissar, vadhelst var hans ärende, i hans sinne också, ge honom det honom tillkommer, för jag ätr ledsen att tvingas säga dig, hallå och jubelrop, det kom ned ifrån honom.

– Vilken kuliös trettondedag!

– *Hodie casus esobhrakonton?*

– Det såg verkligen ut som så.

– Behövare känner till måste och varken klädnad. Man är sinnad av det Magra, vadå? Luddig? Ostadig?

– Ja, ännu en bra knapp som knäppts fel.

– Blondmans fiskstuvning! Likt ett skepp läckt överstycke lusthushamnen leidend med …?

– Pamelor, peggyleear, pollywollier, sökanden, piitoreskkvaliteter, kvickamerries.

– Konkavar nu konvexit till semidemihemissfärer, och, från den kvinnliga vinkeln, musik minneomröring, voro subligat systrarna, P, och Q., Cleopatriks våldtäktälskling, *mutatis mutandis*, i ganska mycket samma knipa, alla pajdömens persika, all smabbhets sökande?

– Ärtdrottning ossjälva, de sötaste rackarungar av oöverträffade stumma kostnad jag nånsin buhtjuvtittat på gungbräda skallhon, sedan staden låtsats att ett ord som inte finns finns på Pranksome Quaine.

– Silke uppmanarskalar och tjurar livskraftigt?

– Pöjk och Ballar, gapa och borra.

– Jag hör att dessa båda gudinnor är benägna att stämma honom?

– Well, jag hoppas de båda Collins inte ställer borgen att skjuta honom.

– Båda var vita i svarta arpister vid klöver utsläpp, knäckt?

– Gelé hej, jag, försmäktade, lisztad. Etyder för den högra handen.

– Vore de nu? Ochvoro de betraktandes dig som vaktare därtill?

– Var får du tag i tvätten? Denna framställning stämmer inte med min erfarenhet. Betraktande betraktade de de betraktade. God vecher alla.

– Gott. Håll detta betraktande kort och håll detta förhäxande longuer. Nu retoucherande vänTomsky, fienden, fattade du mycket av de than sa? Vi sitter här för den sakens skull.

– Jag var jag var ryskigt galen, ingen lögn. Beträffande hans formlösa hatt.

– Jag misstänker du måste ha varit.

– Du gör ditt dundrade misstak. Men jag var också dyngledsen för honom.

– O Schaum! Egentligen inte? Var du ledsen för att du var galen med honom då?

– När jag sager dig jag var ryssnationelltgalen med mig själv heltigenom, så var jag, för att jag var ledsen för honom.

– Så?

– Absolut.

– Skulle du skylla på honom i alla lägen?

– Jag tror på mången gammal bygg ställning. Men det som föreföll sant för en Grek summerade nooth till en jättlig, Vem dödar katten i Kairo trugar tuppar i Gaul.

– Jag puttar till dig att detta bara var i hans solros tillstånd Kansas och detta hans havsdrapering hetta var varför pigorna suckade för honom, vågade och slogs om honom. Hm?

– Efter Läggaundyo, Kansas, Liburnum och Nya Amstirrdamer, skulle det inte förvåna mig det allra minsta.

– Den där vickern och den här mullvaden, din tår och vårt leende. Detta liv som ligger ljuger om kvinnas ögon har varit vårt gamla fördärv. Lock efter lock. Reform i min storlek hans deformering. Tiffpuff upp min näsborre, kan du puffa daggmasken ur mitt öra.

– Han kunde claudius stall hans ögon till hans luders födelse, kunde han klumpa ihop hela sin mängd genom hennes spels hälft, men han kunde bara inte skratta genom hela hennes upptågs bli lik för han var inte fakturerad på det sättet. Så han heltochhåller sin volimetangere och har ett åsknedslags konsultation och han nerochnerar sina pantoloogioner och gjorde ett stycke av först perpersonell puesi som stannauppstätta återstår att vara. Rengjord.

– Dunder av bomber och tunga återdån?

– Detta syftar på dig!

– Svansen, så mastrodantisk, som du säger tar det nästan din egen mammun bortandad. Dina trupper är så oundsatta därför att hans soldater var i svårigheter. Låt ändå stultitiam gjort in veino condone ineptias utifrån veritues. Hur manga guifte sig på toppen av alla fastspända morgnar, efter midnattens kalkonkörning, min gode väktare?

– Puppaps. Det vore talande. Med ett hoh frahonom och heh frahenne. Men, vad beträffar Tammy Thornycraft, Idenfinera gräsmättan och laney gräsklipparen och alla vildas nybörjare att ge honom massage.

– Nu från Gunner Shotland till Guinness Scenografi. Kom till skrida på Tailors' Hall. Vi tänker strida på Mailer's Mall. Och skutta, rinka och göra narr till Gaelers' Gall. Vakna! Kom, ett vaket! Varenda gammal hud i läadervärlden, smittar Läckande Pipors gamla hus hela aktiebolags varulager, var thomistiskt berusad, parvis, kulkung av tutare med trummor a tiggare, bloggen och torvor och brännvinet sparkbanksbyxor, sant Nordmanna snitt, det har sagts mej ner till de bank rena kontoristerna? En del snuskiga rakt på sak klubbar drevs enligt traditionen hos ett wellesleuanskt buteljkrig och några talrika tallrikar skyggade kring och tumlare som bar spår av fräsch porter rullade runt, oberoende av detta, für äran av Fyns Insel, och därefter följde den jättesmockande frukosten vid Himlen och Kontrakt, med Rodey O'echolowing hur hans brödkostnad på väljarna skulle nlir en comeback för varenda en, likt plundri ngarna av Skandalkniveri, i och på vanattvingla slupar utanför kluster, va? Skulle det ockspå vara en skröna? Detta var farfar Orther. Detta var hans pubvita häst, Sip?

– Visst,det var han naturligtvis, tölpigt också genusmän, Varandes Kerssfesstiydt. De kom från alla länder bortom vågen för Inishfeels sånger. Whiskyvägen och mortem! Inte puseyporcious heller, invitem klycklighet runt omkring. Men den med rätta vödnadsvärde prästen. Mr Hopsinbond, och den vördade burden till vänster, Frizzy Fraufrau, var tillräckligt nyktra. Jag tror de var nyktra.

– Jag tror du är motsols där om den rätt vördnadsvörde. Magraw för Norrbaggerns cupteam var bröllops beastman, tidningar före oss framför. Du såg honom som hastigast, eller gjorde du om detejag är inte ovidkommande? Kanske med Slaters hammare? Eller var han i cheviot?

– Det gjorde jag fasansfullt. På slaget dussinet. Jag är säker på jag har fel, men jag hörde den vanvördige mr Magraw, på jakt efter en stammare, kuckkuck kickandes ut sängkläderna för den gamle kykrvaktmästaren, röd-Räv Goodman kring sakristian, tills de voro tjurvaktmästarsvarta och byffébläa, medans jag och Flood och de andra männen, jazzlika paraplyer och sinnligheter, gicklade hans fru att gackla i hallen, den lille djävuln, (hon har en lampa i strupen) med hennes svansvan lerjord och hennes tolv punds skratt.

– En lojal frugisk kvinna lagernik skrattarhosta! Medan hon liggligtlågt var all deras vrede. Men etablerade du personligt kontakt? I länktext eller på en orderpunkt?

– Den där perkumiära tjärnen är bårtåm mina pinniglada anspråk. Jag vilar på ett smuts av Jesost, men jag har ett stort förslag det var om en pajnt porter.

– Du är en parasiting! Men allt detta, som fläktar är till oska, som bara den där Barnbäraren kunde dåligas väl sidsplittrad? Där lettier ärver en mörk min swart hår?

– Bara. Det var kvinnass också kvinna med mans kastar man.

– Mobbare tobak ändå knappast tobbare. Salongen skiljevägg, sade du, eller mellandäck?

– Mellan drinkar upprepar jag det djupt smärtsamt.

– Bar hon shubladeyrer tiroirer i sina hobbyshobbies, husbonns stjärn stellar?

– Mrs Tan-Taylour? Bara en flytande panel, sekretärglidandelådor, ett klövrars flytta sig på hennes schalter, ett vidsidanommässing sähssing på hennes öglors fyndring och fyrtio korsläppar i hennes curlingtungor.

– Så detta var töntne som dunklade snubben som slog knut på rycket som bullrade våldtäkten som prövade saven som kramade den döde?

– Denne harvärjde sig i sprattet som skämtet smet från.

– Det djungliga skräpets skoj?

– Uppjackad i jock omslagaren.

– Lollgoll! Du säjer int' det! All uppsidned hennes hela skapelse? Så det var inget serikalt mellan er? Och pillerhandlare, Izods fader, hur mår han nu?

– Till den rosa, mannen, likt en allmanox i sin skjorta och rånöverfall, mörkasteondska till björnen, vår vintunnasvattenvägs Megalomagellan som kramar livet ur liffey,

– Crestofer Carambas! Sådan är zodisfaktion. Du punkar mig! Han kom, han kishade, han segrade. Gamuvarnar! Musten i hans glansfullt framlockande stråle i hennes öga? Den myskade klockan hos denna maskeradbal! Annabella, Lovabella, Pullabella, japp?

– Jupp! Titentung Tollertone i S. Sabinas. Aj aj, hon var vig och angenäm. Vill du läsidan? Vill du hösidan? Vill du husfrun?

– Ju snabbare den döve desto mjukare savstaven, ju viktigare den mäktige desto strickare sundet. Till det omåttliga går spelet! Det är cirkumförvandlandet av antelithuella paganeller av en famnarknut cramwell energiman, eller caecoutgåvan av en absquelitteris puttagonnianne till herreraismen hos en teatralisk exploderare?

– Jag tror dig. Jasupa verkligen, O verkligen!

– Nautaey, nautaey, vi är ingenstans utan dig! I kavos ånga nu arbatos över våra härdar gör brus. Och Malkos knastrar vedträn av skoj medan Anglys hejar på våra öppna spisar. Så låna hon honom öra att borra hans mandom (eller så det töcks) och låna hans hus? Själfulla ögon och gulbleksmutsigt hårogräs och den sjukliga sucken från hennes gingersatta mun likt en Dublin bar på mårronen.

– *Primus auriforasti me.*

– Parken är nådigare än hålet, säger hon, men shekleton är min lycka?

– Nånsinsökt att bli uppnådd? Du har ett mjukt saga med dig, Smicker O'Ford, detta, sötnos, grubblar jag dig hinder.

– Är detta svar?

– Det frågar jag!

– Huset var Tut och Kom-Inn via bron kallas Tiltass, men är du vetenskapligt högljudligt säker, bortom det värmeböjliga årets kross? *Nascitur ordo seculi numfit.*

– Siriöst och selenigt säker bakom fönsterluckan. *Securius indicat umbris tellurem.*

– Daterat som? Din tid av nedsäkning? We är fortfarande i torka av ...?

– Amnis Dominae, Marcus av Corrig. En skrattande jögare och Purty Sue.

– Och tokskallade Jorn, den bulvärk födde?

– Flöjtfull som hans orkan. *Ex ugola lenonem.*

– Och Jamber, av Delphin Delphin's Begränsad eller (som äldre lägger) av Höghatt?

– Dawnsande det kniejinkskyskt koreoepiskopala likt en påsk sol kring durkslaget, den osedlige! Taranta förmånidag! Du borde kössa honom den svassande illern, du borde sniffa honom spagettta omkring, du borde höra hans piedigrottor stjärtdaskande som hans underplagg snor en ...

– Cristmässalångtbårt Corumbas! Förvisso en Czardansare! Djävulskt glad dessutom. Ortovito semi ricordo. Den pantaglioniska affektionen genom hans blod likt en usel ionfluensa i ett skutt vid avgränsningspunkten?

– Ut från Sexiga Pappagenua, den förlamade gamle priamaten, hem ifrån Edwin Hamiltons Kristmässo pantalongader, *Oropos Roxy och Pantareia* vid Glädjen, Trippudiatande kring arian, med hans femtiotvå arvtagare av ålder! De må ragla vid hans likar men det är Noeh Bonums shin do.

– Och ved vad var Lillabil Issabil pigkväll, piga påt?

– Träffar och thraner och trenigheter och tränare.

– Ett gå tillbaks till jungfrusidan, förbaskat också!

– Oj, beviljar dig.

– Genomvadkvartetten var där också, om jag inte misstar mig, men som en bisyssla. Med all aktning för förakt för senaten, väl till framkanten. I ett amnenesti möte, mötochmerväsnas att besluta varigennär möta sig själva floppsamma och rycksamma, knark och delirisk, drinkandes ostadigt genom Kerry kadriljerna och Listowel lansiärer och mästersjungandes alltid med den där konsekutiva femtedelen av deras, eh? Likt fyra visa elefanter inochutandes under ett tolvpiedestallat bord?

– De var simpla skandalmakare, det där gamla vanliga, och allt! Normand, Desmond, Osmund och Kenneth. De gjorde medicinsk historia över hela showen!

– Summerat, visst hm? Och andra äktenskapsdåd?

– Alla våra insatser de tumlade omkring de fräna larmen som munterades när Store Arthur fluggade fältet vid Annies uppvaktning.

– Plötsigt någon väleldad lera kastades ut genom hoys hus schappsteckrar?

– Skottenligt var där en helveteseld klubba sparkad ut genom Därestvarests vindöga.

– Likt Heavystost's Envil Catacalamitumblande. Tre dagar tre gånger in i Vulcumet?

– Smäll!

– Eller Noak et Predikaren, nunna?

– Ninny, det finns inget hö i Eccles vandrarhem.

– Ändå om jag såg ett tecken på honom, om du kunde skrapa ut hans kännedom? Nämn eller gottgör honom och vi slutar jobba natt och går hem!

– .i..'. .o..l .

– Är du säker på att det inte var en schülers ommöblering eller en belägenhetares handgömmande eller en blinkares likvaka etcaetera etcaeterorum som du var på?

– Precis.

– Måhända. Hora pro Nubis, Dundersdag, på En Smula av Heaven Howth, hustrun till Deimetuus (D'amn), Greve Adam Fitzadam, af en Tartar (Birtha) eller Sackville-Lawry och Morland West, till Skydd för de Levande, Bonnybrook, vid floden och A. Briggs Carlisle, brudtärnornas väktare och deputiliserare för brudgum. Påblig mässa. Eller (dyblötigt) Schott, hemligttänd av upploppen. Inga flugor. Överenskommet?

– Förödelse. Också lån bvia posten. Med eller utan säkerhet. Överallt. Belopp som helst. Mofsovltz, träsksatsare, helt och hållet lyckosam.

– Översvämnings. Pinkmannen, omfamningen, pajnten med kicken. Gaelic Athletic Association. Och därefter smockan för att Gaelisisera det. Räv. Damen med lampan. Pojken med kornpåsen. Den gamle mannen på sitt arsle. Du Store Skrot! Det är vi och du och ni och mej och hymner och värk och klackar och sköldar. Den mest iriska rasen, den våraste nationen, den luftigaste platsen som innanstationerad. Han culpade för botgöring medans du ringde hans klocka. Sade den sparkade, husfader ångrade räv, någonting viktigt? Samla musslor eller proppa full, spansk eller gruff?

– Inget mer än Richmans perimussla.

– Nnn ttt wrd?

– Dmn ttt thg.

– En gael grämd via planerat hån? Nock?

– Betecknar ingening. Mock!

– *Fortitudo eius rhodammum tenuit?*

– Fem lemlästa! Eller nånting mycket liknande.

– Jag skulle vilja eufonisera detta. Det låter som en isokronism. Hemligt tal Hazelton och uppenbarligen orduppskärrad. Men det är bra liggalågt också. Vi må ta dessa välmenta gratissparkar för givna, fasta ultra styrkor, ogiltiga och, faktiskt, onödigtvis så. Lyckligtvis var du inte fullt så pass framgångsrik i den vebala processen varigenom du skulle sublimera dina blefarosspasmockikala förtiganden, tycks det?

– Vad var detta? Första gången jag hörde talas om det.

– Var du eller var du inte? Fråga dig själv svaret, jag ger dig inte en kort fråga. Nu, för att blanda ihop, kasta dina ögon runt Capel Court. Jag vill att du, vittne till denna episka kamp, så ditt som mitt att rekonstruera för oss, så kortfattat som du kan, i exakt samma som ett sinnes ögonkast, hur dessa begravningsspel, som har hällts över oss via Homerus brevduvor, massakrerade likt holinamnets rally runda ägde rum.

– Vilken? Visst sa jag dig att detta är snärjt. Jag var full helt förlorat liv.

– Nå, säg det till mig rättvist, hela planen med kampanjen, i denna din bedrägliga förspända röst Låt oss ha det, christie! Det ägda Dublin, det trefaldigt bekanta.

– Ah, visst, jag ögonvittbrist falsk. Det är allt omkring mig bebultandebud hatt.

– Ah, gå på nu, Masta Bones, en gig för ett gagg, med dina förhinder och dina pappegojtrick! Tomt minne hos hattlös svarting i blåad kostym. Du var alltid den milde poeten, duva från Haywarden. Tillbringare, lappkeps, potatisman? Var bussig om det, Bones Minor! Se gladlynt ut! Kom, delikatess! Gå till slutet, thu slöfock! Det var en gång ett gräs och det var ett högt hoppande gräs.

– Tro, då, Miistö Körsbärsman, först kom han upp, ett gag som en gig, ungkarls rucklare till stadens bårgmästare från wesz, MacSmashall Swingy från Kattelaxerna, gick upp oavsett, med tuppen på Kildaresidan av sitt tattersull, i hans gåtskvallers ragadämpare och skrämmande påhittet som sågs här ovan, vispandes in i ett tämligen delikat ben, *Wearing the Blue*, och tog avstamp sin plyschkvaddade bugsby på sitt vanliga lopp och urlusiga sätt, sägandes god mrockas till skalbaggsbomull och dragandes fötterna i den vanliga riktningen och var alltid så fruktansvärt naas, verkligen, sägandes honom rena naglar och fexa till sig, Miles, och så vidare och så snabbt, och att ta kokongen till sina grizzlybjörnar och vem gjorde det där rävaktiga misfostret på hans björns hårstrån likt eld som bryter ut från Ump pyren och, hälft hänger mig, sirr, om han inte vill ha sin calicub kropp tillbaka innan han skulle ta sitt liv eller så rädda sitt liv. Sedan, vid Gud, räknande lika många som elva till trittytvå sekunder med sin fickbrowning, som jag sa, wann swanns wann, detta är min skräckofastortyr, han höll avsvärjande hascupths fusk Fanden, Cogan, för träntränarokey nycklen till John Deans fält före det var för sänt och sättet Montague rövades och vargung att veta allt som försvann och vem eldade höet, måhända villst thu säga, innan han skulle döda alla kanena och priset för Patsch Purcells falsktotem, vilket mannen, hans plantageantogonist, upp från kärrets djup som rasade med törsten efter den heliga svampen och som, i egenskap av pashto mashtare, såtillvida som det han angick, bara var att stå där svarslös till hörnet av Turbot Street, förbryllandes beträffande en pumpbutik och papparingande att spotta, viljandes veta valp hönkonventionens kompuss memfis önskade han med sig nytt ingenting om.

– En sandstens hinder, likt Nap O' Farrell Patter Tandy hed och borgare potpurri? Med andra ord, var detta hur i sakernas anusvanliga riktning, som komplement till komplimang dock, enligt mäns sätt som jag måste och ska säga förefaller extraordinärt, deras celikolära subtila angeliska krigföring eller filmanuskript finisterre startade?

– Verkligen. Det må jag aldrig!

– Skummade man sedan i aradramat, deffet, efter något skickligt spel i gyttjan, nämn för de andra oönskade, en dum, under diverse avsiktliga ögonblick, som vid återupptagandet efter vredgatosset, hur för hans del han var en envis Svensk och att vända sig till en läkare?

– Var så säker att han gjorde, den huggornöten! Det var bara så att det var kålrotstråkat dumhuvud, jag ber om ursäkt, och han skulle skoja bumlingsblåst den vadhållaren med sin svarta mask utanför bawling green.

– Varningen var sublim!

– Författaren var, faktiskt, mardad.

– Gjorde han, den förste talmannen, något mot honom, den siste talesmannen, när, efter att ha hävt en del mera smuts och skämt dem emellan, rullade de till rännsten i diket tillsammans? Svart Svins Vall?

– Nej, han hade sina tänder i sitt huvuds hack.

– Försökte Box sedan att putsa sin pussykatt?

– Nej men Vox försökte skinna vitsaren.

– Den värstade grät som om han aldrig sett på Ledighetsholmen igen och den bättre nyansade att han alrig måtte rädda solliv?

– Verkligen verkligen Asbest han alltid. Och jag inte alls sowasso.

– Denna styrka carlysle vidrör brytandet av camdens pianorygg.

– Pansh!

– Håller du med mig om att ska hålla på till omkringhalv middag, så klicka en klocka, eftermiddag, Grinwicker tid, enligt din korsskurna kvadrant?

– Du kommer att fråga mig och jag önskar för higgins skull att du inte skulle göra det. Skulle det?

– Låt det bli halv ett efter en den efterblivnastes kullerbatta!

– Och klockan var elva och törstigtvå innan fyra i sådanochliknandeting, lita på det!

– Dyk upp i tid. Hurdag du dömer? Denna stigande dag sjunker rosenlyftande i en natt av nio veckors underverk.

– Vänligen, marcy back up! Det ohändelsade årets oelfte månads ojämna dag. En marknad i mässa.

– Ett triduum före Vår Larrys egna dag. Vid vilken av dina kronos, min man av fyra klockor, babord, styrbord, hund eller död?

– Dunsink, rugby, ballast oco ball. Du kan tänka dig.

– Språk detta alltillåtet för avsky för Marses ambivåldsam om det. Vill du svära trots allt såg du eras skuggor hundra fot senare, diaboliskt kämpande om dethär, detdär och de andra, deras förtjänster pro och hans furstendöme con, nära Ruinerna, Drogheda Street, och sparkade upp djävulens eget damm för den Milesianska vinden?

– Jag ska. Jag gjorde, De voro. Jag svär. Likt den himmelska militia. Så förstöre mig Ghyllygully! Med min tunga genom min tåhätta på kismets huvudstupa sten om så detta är Whose B. Dunns vilja.

– Gråtande Lorkaner! De måste ha satt in en del underbart arbete, ecad, i smyg likt, under dessa armars överläggning, meatieritier pressar vegasliteraner. Tror thu int' det?

– Jo.

– Den olagligtliknande räckvid eller skydd, alias grästäckande järn, en product från Gisslan & Co, Ingenjörer, bytte skor flera gånger medans törnbuskar revalvrade under vapenbytet? Piff?

– Puff! Ursäkta dig själv. Det var ett ersatz tombolahjul.

– De visste inte att kriget var över och var bara rerebellerande eller be repellerande varandra av en slump eller av nödvändighet med bluff butteller, mere och witney, som mellan Bildskjortor och Snagelband, likt deras caractakurer i en Irisk Ruman till sorgebarn uteslutningen av Danos? Vad sägest thu, scusascmerul?

– Det var allt. Ty han var en tungt ärlig man, Limba romena i Bucclis tucsada. Ställd inför hängrännesätt.

– Jag avser Morgans och Dorans, på finnska?

– Jag vet att du inte, hos Feeney's.

– Fromtidens mujic hos de påpucklades barbarihamare? County Canniley?

– Da Donnuley.

– Detta krig har ändå gett fred? In voina viritas. Ab chaos lex, prydligt försvar?
– O bella! O pia! O pura! Amem. Handväggade bland oss. Tackpilsner till Balbus!
– Trots allt låter du som om det skulle klinga makabert likt Hull hopp för kristmianer?
– Men det kommer klinga djävulskt likt englar öppnade för neuropéer, om du förnummit, hela summan. Må det bli vaka!
– Och detta mönster pootsch kokongs vitsarmin och förbyte fortsatte, en hel likwhaka, din natt efter larrys natt, trots spott på Dora O'Huggins, ormonde fångad betjänt, O'Hefferns artilleri besvarandes MacClouds kavalleri, furrtio och mer furrtio, tusen och en gånger, enligt din kuk och en fruntimmershistoria? Lludillongi, kanske år efter år?
– Detta är ri. Det är hans större liv, detta är mig timtomtum och detta är hennes båda tittsvulstiga ena. Från det sista fingret till den andra foten hos den fjärde mannen till det första ena på det sista av det första. Det stämmer.
– Fiskkul. Mycket mycket fiskkul!
– Det kan verka kul men men det nästan är.
– Detta e int' tilläckligt bra, mr Brasslattin.
– Knullandes och tångandes och påskyndandes och stinkandes! Och allt ditt rally och ramp och rantande! Sättpinne tror jag satt och sov vid ratten? Menar du att arktiska atens höga stora jurymän på din ed, jag grabb, och be oss att tro dig, för alla dina varaktiga långa tider, med din sista fot främst, att din måne skenande på topparna och på krönen och vindblåst natt efter natt, kanske år efter år, efter det att du svurit på det för ett tag sedan innan ditt Skithåls granskare, Markwalther, att där fanns massor med dike hela myllret?
– Kanske det, som du store vederbörligen bekräftar. Robman Kalvinisk. Jag tänkte aldrig på det, tro. Jag tänkte helt säkert så på det. Hoppas jag. Såvida det inte är åtalbart. Det skulle vara en välgärning för mig att tänka på något som jag är tvingad att på inga villkors vis utesluta, om du ställer frågan till mig. Det sades mig som ett inspirerat påstående av en vän till mig, som svar på hälsning, Tarpey, efter mässan klockan tre, med fyrtio eftergivna ankor, att en del regn utlovats till mrs Lyons, invaliden i Tant Tarty Villa, med massor av klunkar och fat och han salikaledes till mig, en oliktänkande, efter att ha framfört mässan, med tvåhundra knäböjningar, vid fördärvets delade timme när skrank håller sig så sluga, till vad som följer. Han promenerar, säger hon, i feelmicks park, säger han, likt en jättehemsk Turk, säger hon, släppandes loss mot hans barnkammare och, vid gud, han mötte sig själv med mr Michael Clery på en Tisdag som sa Fader MacGregor var desperate beträffande den dåliga platsen om detskrålas och ejakuleras om alla de trappmattsfästen och katttassen plaskar sitt öronkräk och tunnbekvämlighet blir inlåst i månader, med anledning av att ha blivit ruttet behandlad av eftgersläntrare som missbrukar apparaturen, och för Tarpey att dra sig själv in i denna soppa

och fisk och att skjuta på sin långa salongare och att gå till tumplet likt grisig beklädnad och se Fader MacGregor och, var Cad, sir, han skulle plötsligt prata och saluatera den där prällen och att berätta för hans helighet hela getstutpen om de tre shillingarna i det konfystionella och att säga hur mrs Lyons, som spår i koppar, var den otrogna som profeterade om att lägga fram tre fäbodar Peters kosing ur hennes hemgift från Paraguais och albor i mängder till mr Martin Clery åt Fader Mathew att lägga upp en midnatt mask helgon inom av en Torskdag för Afrikan man och att låta Brunt barn göra och att lämna han Allnena och alla obehagen begångna av soldater och intebärsigåtare och felälskare för N.D. de l'Ecluse att skicka mer åsneskri helvetes flöjter, min pådrivare igen! Och jag bringade aldrig mina rackare i kläders täcke! Foueh!

– Anglosax som pilar, men du har rätt, min keltslungare! Nils, Mugn och Knutte. Borde bröder vara för respekt sedan?

– Så låt använda åstad vara åtta medan olja hojar bilen och hjul pittrunk till svajning besmutsar dig men blott och blött trulloper ska skojarkompis ett spel på bibby bobby brinner av.

– Struntprat! Vilken kulle fluckar du om, din lamtittapåa fiatar! Jag ska disciplinera dig! Tänker du svära eller bekräfta dagen för din synskhets andra blick nu och återkalla att allt du bekräftar som profetiserat vid första anblick för hans sydliga accent varf allt paddyflaherty? Vill ni, ja eller nej?

– Ja, säg ja. Jag bekräftigt svär på att det detta det och ruli och kuli baliholi var med mina helighagionösa läppar oupphörligen beredda på helige ulstars rödrubricerade kalendrar.

– De e möche snällt av er, R.C.! Ni kanske inte har nåt emot att berätta för oss, min tjåkkleppade grabb, hur välditt mysche begåvat kålhuvud eller pappersmingande komfirter som du drar för allt ditt svärande? Paljetterare, krabat?

– Rootha prootha. Där har du mig! Mycket ingenting, O potatorer, kallar jag det för jag måtte lika så väl berätta för ers Essexelens, och jag sväljer inte min luft, den Gyllene Brons sanning. Det uppgår till ingenting i pund eller pence. Inte ett glass med Lucan eller lika mycket som kostnadspriset för en höglandsmans bralltträd eller de tre kronorna kring ditt drophål (är det inte snaps motbjudande?) för hela den dumma pulsande grejen!

– Kom nu, Johnny! Vi var inte födda i går. *Pro tanto quid retribuamus?* Jag ber dig att säga på din skotske terriers bildsvans du var lovad böter gånger med en del starksprit eller dödhäst, på remsa eller i storheter, vid Korpen och Sockertoppen, antingen Jones är lam eller Jamesy är på gång, hur som helst?

– Bismillah! Tänker du för ett ögonblick? Ja, för resten. Hur verkligt nödvändigtvis sant! Ge mig rent spel. När?

– Vid Duvan och Korpens tavern, nej, ah? At the Dove and Raven tavern, no, ah? Att veta din skrumpnad?

– Vatten, vatten, nattparty vatten! Upp Jubileum gräsmatta! Beta peta veta kleta!

– Vilken skada önskas men kräver det! Hur skulle du viklja höra ditt rätta namn nu, Ghazi Power, min triste sångare, om du inte blev skrämd av rättfram anmärkning?

– Inte skrämd av Frank Vemsåmhelsts gaskraft eller ohälsosamt magsår heller.

– Dina onklar!

– Din matstrupe!

– Vill du upprepa det där för mig utomhus,panträttmedmåste?

– Sedan du har skrikit några få? Jag ska när det passar mig, skojare.

– Bra! Vi ska låss! Tre mot en! Beredd?

– Men nej, från exempel, Emania Raffaroo! Vad har du? Vad anser du, august där? Rentspel för Finnianer! Jag vill ha minaskämtlynnen. Visst, du skulle inte begå det fega tinget och molla mig trasa? Säg Drottninggatana att jag seglar. Farväl, men närhelst! Köp!

– Åm ja veljer att placera en kula som dig genom grillen för häcklande va har du me det att göra, din oxe?

– Jag vet inte, sir. Fråga mig inte, ers höghet!

– Varsamt, varsamt Nord Ire! Älska den där röda handen! Låt mig en gang till. Det finns sjaskiga berättelser inom berättelser, fattar du det fullt tydligt? Nu till min andra punkt. Visste du, huruvida genom melanodaktylism eller rent libationellt, atten av dessa två Krimbor med eldgallret, den större mannen, var anklagad för en viss förseelse eller för ett val av två allvarliga anklagelser, liksom kjolar var delade om ämnet, om du gillar det bättre på det sättet? Gjorde du, din skurk där?

– Du hör saker. Dessutom (och seriellt nu) har buskar ögon, glöm inte det. Hah!

– Vilken moralisk skändlighet skulle du välja av de två, i valmöjligheter, om du får göra som du vill? Spelandes tjur inför honbjörnar eller bakbenen från en torkställning?

Dök några apelsinskalare eller gröngetter upp periodiskt i ditt skogiga familjeträd?

– Fan om jag det vet! Allt beror på hur mycket familjesilver du vill ha för wett blöt-och-par. Hah!

– Vad menar ni, sir, bakom ert hah! Du inte hah att göra thah, du vet, snappograf.

– Ingenting, sir. Bara ett ben som som rör sig till plats. Blotogaff. Hahah!

– Vadå?

– Ska du ha allt nöje av utfrågning om mig? Jag sa det inte högt, sir. Jag har nånting inombords som talar till mig.

– Ni är ett trevligt tredje gradens vittne, tro! Men detta är inget att skratta åt. Tror ni att vi är tondöva i våra näsor att sparka? Kan ni inte urskilja känslan, prain, från ljudet, skrik? Du har empatis homosexuella katexis mellan expertens narcissim och steatopygisk omvändhet. Få dig själv psykoanoliserad!

– O, vid Gud, Jag vill inte ha nån expert sjuksköterskа sympati från era bruna skvadroner pch jag jag psoakoanalösa mig själv när som helst jag vill (dimman följer er alla!) utan era ingripanden eller någon annan duvtjuv.

– Stickprov! Stickprov!

– Har du nånthin weflekterat, repowter, att det onda vad dock det var önthkat måtte hurthåmhelst på nåt thätt leda till gott emot allmängiltighet?

– En irrawaddy av eldskärm möter odåga och talar om votering genom handuppräckning, vare sig tillkännagivande eller efektiv, på fullt allvar, har fått det att gå upp för dig till sist att vittnet, mannen från Sant Yves, må ha varit (men tvekar att använda det passivt formade) må bli varen lika mycket syndad emot som syndandes, för om vi betrajtar det verbalt kanske det inte finns något sant substantiv i aktiv typ där varje blir förbaskad – vänligen läs detta förälskad – blir klädsam i sin egenstads ögonglober. Nu den långa formen och den stronga formen och reform heltigenom!

– Hotchkiss Culthur's Everready, en broder att alrignådd. Väl över oräkneliga händer, manga vinnares ohc förlorares sieur, skött av S. Samson och son, fostrad av dilalohr, ska stå vid Bay (Dublin) från midda till gryning och vins inversion och vid Miss eller mrs MacMannigan's Gård.

– Du kanske kan förklara, sagoböna? Moden behöver en rebus,

– Pro allmän fortsättning och framför allt förklaring till din singulära utfrågning vår förklaring. Damherr, kompisar ska le utan mig och Frisky Shorty, min arbetskamrat, som är ovanligt drabbad av poppel poesi, och några få loppvidsidanom runt kring vid West Pauper Bosquet, var glad att komma tillbaks igen med grabbarna och bara diskuterar vänskaplikt vid Doddercan Easehouse efter att haft ett piss pratsam med vår värd i hans bekväma etabliss över det gamla middlesex partyt och hans moral prostatoperationer, betydelse influensa, koppärr, vattenkoppor och mässling, grepp, flunsa, flammation och glutenintolerans, karies, rabies, påssjuka och depression. Vad jag och Frisky i vårt konsensus och hela den dubbla gifknull av abonnenter, förattinte säga burmannen, som framgångsrikt har konkluderat vår bibeltur, vill veta är dettahär. Antagandes, för en etisk fiktion, vilket fynden visade, att ha tagit hans epscena frihet inför norsects divisionella respektive vad beträffar de manliga könsdelarna och eller samtidigt med alla vanliga eller neutrala vseenden till de offentligt tillgängliga damerna, under det att änskönt verkligt söta ungston, som var ytterst ordentligt hållna av storstaden i anslutning till detta beklagliga otyg, som vidrör godtyckligt uppförande, i strikt kränkning av tidtabellen för skogsstyrelsen och arbetar enligt regler som reglerarar gnistmaskiner och sugproppars förströelse sektion i vår älskade naturpark under utövning av det polis agentur mig och Shorty har närmat en ärevördig gentleman vid namn mr Coppinger med hänvisning till ett stycke brandbekämpning som var högst tillmötesgående, på mitt ord, i detta avseende beträffande hans bekräftande förklatringar, negativa och begränsade, som getts mig och Shorty, snuddande vid vad den goda boken säger om förgamladaisymän, beträffande tidig hårtransplantations fördelar, bortsett från hans citering av godkänt lektionära exempel framlagda av en vörderad vän vid namn mr J. P. Cockshott, fåordig från England, som äger ett snyggt etage, *Quis ut Deus*, trotsande Soussex Bluffs som kategoriskt sa till oss hur mr Cockshott, som han var assignerad till, nuvarfande innehavaren av ensidig urkund och kontrakt om det bedyande bältet, säger han honom hypotetiskt, den vördnadsvärde mr Coppinger, hanräknar sig själv disjunktivt med sitt lovart öga upp till ett dussin mil från en stmrömmings kilskriftsskola, förbipasserande sig själva simmandes ovanpå via Bloater Naze från tolv och de måridahonom vid den tysta timmen. Stångandes, laddandes, stärkandes, stödjandes, springandes, krympandes, svängandes, pippandes, pilkastandes, skjutandes, bakåtsparkandes och besprutandes sina dossierer sågörosscheock med deras taylz twinx. Och, högvördige, säger han, någonting problematikaliskt, vid socialistsolen på andra sidan, vet vad jag menar, men dessa örhängen var lika glädjefyllda som Wissixys böcklingar kunde överväga, voltandes sina små coppingare, krukfäst dem, de små färska flörtiga, de smutsiga små nejlikblekarna, marinera deras sprattier, de små laxartade vänsterhänta, och, vördnadsvärde, säger han, bedyrbortdet mera, zwelfa mig Zeus, säger han, låter doften bli utvidgningen av intrångsfiskarena, förlama deras scaligerance och peska den ständigadrift flossity hos deras pektoralium, deras små salta populatorer, säger han, högst klart och tydligt, lika säkert som mina riam ägg ärp kukskjut under näsa, all dessa små uppochner orimligheter de var alla av en libidiös pickpackfest och razzia mot en wrigolo finnsky doodah i intyg om deras tidiga bisektualism. Så, säger han, är hur den vördnadsvärde pastor Coppinger, han visualiserar de trångsynta predikningar av bekännelse krux etik. Betrakta dig själv känsligt varje morknon i din brödbesudlade talett. Användningen av kallt vatten, testifikerar dr Rutty, må vara varmt rekommendera för underkjuvandet av förlorade cungenitalier. Tölloll, skolor!

–Tallhell och Barbados vi ni och eran Erianska kropulation! Pelagiarist! Remonstrant Montgomerit! Kort liv för dina slaktingar! Du är besexad, det är du, med makroglossia och mikroocyphyllicker.

– Stopp nu, leixlep! Jag vädrar eggoarchicism. Jag måste tillrättavisa dig. Jag följer dig inte så långt i ditt annars så ackurata redovisning. Vad är *esox lucius* eller *salmo ferax*? Du taxar oss in i den drivna framtiden, eller hur, med detta hjulspårsgjorda fiskeri?

– Lalia Lelia Lilia Lulia och livligt lovande Lola Montez.

– Guvernördsigt! Det säger de är en fenier i hemlighet. Kallad Parasol Irelly. Ynglande rom och stek lik en merry monark allt ettmångagårrunt hans sju sockenkyrkor! Och befolkar de fräcka baronskapen med dans, oges och konaler!

– Lyft det nu, Hosty! Sätta på är ditt märke! För en runnymede landningsplats! En dundrande onsk önsk, Magnam Carpam, es traff nätt zoo?

– There's an old psalmsobbing lax salmoner fogeyboren Herrin Plundehowse.

Who went floundering with his boatloads of spermin spunk about.

Leaping freck after every long tom and wet lissy between Howth and Humbermouth.

Our Human Conger Eel!

– Hepp! Jag kan se honom i fisknoten! Upp vi din smidige! Håll den där grabben! Klå honmom, Markandeyn! Tjurskalle! Den stora fenan må kumulera! Tre tredjedelar över det vilda! Manu vara!

– Han missade hennes mun och stod ini Dee, Romunculus Remus, bedrivande våldtäkten, så att nu vilken vägtull som helst bunden att få upp henne om han lurade henne och banka 'na på rumpan. Nej, han slirar som en skidsko och la till vid hennes brynja och aldrig en fruktan men de ska landa honom ännu, hala skal på liffeys strand, tider och tider och en halv tid med en kudde av sand som kuddar honom.

– Menar du att de kommer att?

– Jag slår vad de kommer att.

– Bland det darrande starrgräset så? Ogräsbevuxet vajande.

– Eller tulpanbäddar av Bråddka nedanför.

– Vart tar du dina mugger för diskning efter mörker?

– Till min plats, Toomey tölp, Tommy grabb.

– Bredvid de bubbliga vattnen av, babbelbubbel vatten av?

– Exakt.

– Grenadjärer. Och säg mig nu. Existerade angler eller änglar samtidigt och tillsammans med eller utan deras tertium quid?

– Three in one, one and three.

Shem and Shaun and the shame that sunders em.

Wisdom's son, folly's brother.

– Gud bevare din ingefära, vingelvacklare! Det är tre springor och inga brännare. Du glömmer jinnyjokarna för älvpojkarna. Vadå, Walker John Referent? Spela oss klappmest! Och Och packuppdinavargar!

– Naive Cruachan! Eländes elände, säger Wardeb Daly. Kvinna vill vattna över den vilda världen. Och dårskapens piga vill gå dit äran. Visst tyckte jag det var larvigt i den håriga penisens treklöver med två strippande utskänkerskor, Stilla Underwood och Moth MacGarry, han var, handen på dolken, denna tid och deras moder, en råknägipssmutsig, jag var benägen att förstå, med överflödiga arvingar, begum. Där var den som alltid blev vansinnig på honom, hennes förste klöver kung och den mest kringkastat utvarpade mannen i Corrack-on-Sharon, County Rosecarmon. Visst drunknade hon nästan i damms kalla strömmar av beundrande förhennesjälv, lika dålig som min Tarpeyanske kusin, Vesta Tully, som grimaserade mot sin bachspillada likhet i bäcken efteråt och kylde ner sig i elementet, hon behagligade det, hon prisade det, med videung och änkehjul, allt bortkastat, som hon var, strandtrix, Lough Shielings älskade!

– O, tillägg sköldsam brudliten! Allt av hennes egna! Nircississier är som inversions döttrar. Secilor genom deras skrattande klasser blir poolkamrater i sjöliv.

– Det tycks samma med Iskappella? Ys? Gotellus! En bilett för knytna tankar!

– Lyssnandes, mem märaste! De härjades, dessa järngräs! Kom, billa i detta sköte! Så synd att du förlorade honom, stackars lamm! Jag vet naturligtvis att du är en möcket elak flicka för att gå till drömplatsen och vid tiden för dröjmen och det var en mycket fel sak att göra, även under nattens mörka flush, trots all farfarssia! Han har gått på sin bombashaw. Genom gässande och så angenämande vid Strip Teasy uppför trapporna. Pojkarna på hörnet pratade också. Och dina sorgesamma eländen först kom på dig. Ska fortfarande förlåta det, ana min lilla fru, och alla vet du ser underbar ut i dina oövervinnerliga, Eulogia, en perfekt apposition med coldcreamen, Assoluta, från Boileaus jag alltid använder i salarna efter jag har bränt ett rikt ägg och härlett den största förmånen, tecken på orsaken. Jösses, du gör! Helt enkelt tillbedjansvärd! Kunde jag bara till dels stryka mina händer, mina händer genom, ditt hår! Så vicky-vicky mycketsmå! O Frnces, säger hurstårde'till, Dotty! Eleganta händer. Sättet på vilket de kurvar sig där under nakna charmeen örfilar! Jag är mera guddomlig som detta när jag har två av allting upp till pojksäkra mamelucker. På ett sätt vinnande, bara mina armar är vitare, käraste. Blanchemain, lösdrivare. Hårfager, skör en. Lyssna, mem raring! O var fröjdefälld! Spegel gör rättvisa, elfenbensspira, klosterhjärta, guldbågar! Min slöja ska rädda det odödligt från hans eveiga eld! De e huv'sakligen oss två, mem idol. Naturligtvis var det fullkomligt mycket åndskefyllt av honom, verkligen träffandes mig förklädd, Bortolo mio, peerfekt lockande, D.V. med mina dvärgpapegojor, mina colombinas. Deras könsligheter krympta. Även Netta och Linda, våra vises tuttar och de har synd nånting, tankus! Mina rallyn var lieben aus, mina akterdofter glödkol. Hur jag dyrkar ätaannat helt enkelt (Mon ishebeau! Ma reinebelle!), i hans stormkrage, medan jag i går kväll lutade från hans myskspridda labrador, till och med min lilla pomeranian blev upphetsad, när jag vände hans hu vud på hans samma manliga byst ocbh kysste honom mer. Bara han förmår tala till en person, herre hur ytlig, plockar upp min ord illa fel! Får jag presentera! Detta är mina enfaldiga, läppar och verkar kärleksist. Ändå mej me' dej, du stackars kylde! Ska försonas med moder Befruktning och en ärofylld lögn oss emellan, sötma, så som inte en niodarsbön i alla konventets loretor, inte min lillaste en av alla, för nådens skull måste alltid veta, vad kom ur våra läppar eller. Ja sir, vi skall vilja! Linda plagg! Arvode fy fan! Flocka oss bussigt! Förvisa rädslan! Upptänd tittande! Sänk honom härligt! Gör mig på gott humör vid menstid. Det kommer att krävas bloss lika orangefärgade som Sankt Audiens rosa choklad kapellförsamling med mina diamanter blickfest efter att minna egna hos för hela kattklubben att bli crazy och Fader Blesius Mindelsinn ska vara försiktig med hand. Kyrielle elation! Kristall elation! Elation enorm! Sjung för oss, sjung för oss, sjung för oss! Amam! Så mem närmaste, borttynad histoira, bli fri från mig! (Jag tonar bort!) Och lyssna, du, du sköna, påsk, jag ska bli ledtråd till vem som könner dig, snälla Magda, Marfthe med Lux och Joan, medan jag ljugerligger med varma läppar på Tolkan. (Jag är fé!)

– Eusapia! Fais-le, tout-tait! Försmäktande hysteri? Histgorikens clou? Hur är detta alls? Är pappor das ding an sich eller är tuttar det detta? Hör vi här hennes förste posaproem av syster till syster? Illvillig, tvillingströmmar, tvinnsträngar, genom lockande glas eller det är synd om i jumboland? Ding dong! Var är din vän i silkeslyster? Tänk på en umgmö, Presentacion. Dubbla henne. Bebådelse. Ta ifrån henne dina första tankar, Obefläckad. Knacka och det ska förfäras för dig! Den sken ändå skimrar ska för allti scheining. Stäng henne, dölj henne, håll henne vänligt. Efter liryk och åtgärden mjuk aglo iris av valset. Denna unga barflicka, vad, eufemiasligt? Har hon en egen ambidubbel akt i spökbild med sig själv som Consuelas till Sonias må?

– Förbaskat! Och tjuder, en toatyp O!

– Drittan och drattan och dis och dos! Ditt sprakande ut ur din tur. Min Månster eldfluga, som alltid. Och 2 R.N. och Långhornads Connacht, hall dig borta från etern! Du har greppat kapitalet och du har haft lejonets grevskap sedan 1542 men det är all skillnad i Irland mellan din borderation, min pratsamma bukt, och mig. Sångarpojken mot väggen är borta och det är moreen astoreen för Monn och Conn. Med jyckens namn åsna. Doggymän vinner aldrig! Du sist ledde den förste när vi höll ut men vi ska först trumfa din sista med ett hållbart. Hoppa rälsstolar eller tag dem, som det passar dig, men och, sir, mina frågor först, rävjackt! Du har lika mycket skallmosse kind på du nu som skulle koka en kittel med kalebrose. Bötfällde mark´nads missionärerna Hayden Wombwell, när gavs hallonen, mer än sandsteen pro cent av kal i renheten, snabbhet och perfektion mjöl hos denna råmaterialist och mindre än en sjunde för mil i hans mål? Vi skärpta unga grabbar av den splitternya hjärntrusten informeras här och med moderlig sanktion tvunget infällda vid fjärdedels möten under de diskvalifikationerna för uniformikationen av unga personer (Nickande Neutralier) avlägsnandeakten av Åtagandeman Nummer Underfemton att veta om generalernas adelsdam, som har fått näsa pengar biligt och hetsat upp den allmänna opinionen om privata kulur med deras ben, Misses Mirtha och Merry, de båda dropparnas assistenter, om de hade sina serviceböcker i ordning och vederbörligen undertecknade när lossade från sina sista situationer? Vill ni gå upp och säga styrelsen i tilldälligheten hur, i de tre skräddarnas på Tooley Streets namn, O'Bejorumsen eller Mockmacmahonitch, f d hos Butt och Hocksetts, under brytning ryter mot skäppan standarden, hamnade i magtvätts baljas förfärliga position? Och varför, det skadar väl inte batt fråga, var denne vagnshästman i honungskaka. Och varför. är det någon skada att fråga, var denne hyrvagnsman i honungskakan, en papersalor med en vitlukas till honom, Falksfitzhuorson, insamlad från Manofisle, närandes sin ark, av äggformad flygkropp och tillverkad i Fredborg inne i motorn, över hans rygg när han kan ha suttit på sitt jonarsle innanför likt en hyrkusk i Glassthure? Var befann sig infanteristerna, tree till antalet, vunna i ziel, cavehill exercis eller hjärtan av stål, Hansen, Morfydd och O'Dyar, V.D., med sina glenagearrier ställandes sina steg i enlighet med Kungliga Ulster Poliskårs förmedlingsofficer, med sina öppna diskessår och sina händer i fickorna, i strid med militära regler, när han konfronteras med sin fullskaliga obstruktion? När levde han av att svindla de fattiga och hur påbörjades tidsspillning vid hans Paterson och Hellicotts? Är det faktiskt fakta, bevisat upp till sårskorpas tänders fäste. Att detta nordiska maskeradplagg i rakade lamm knäbyxor, barns kilter, rump sparvar och wellingtonare, med klubba, halsring och huvudbonad, prehållare till Bar Ptolomei, är medägare till en hingstares cirkus nära North Great Denmark Street (händelsevis, det är den mest onjutbara föreställningen som äger rum i provinsen och jag tar med mig ungarna dit på Lördag först när halva kvällspriset för att se de fallandesjuka apa efter buckleyuppbackare och de blinda till två världar som sätter av daffydowndumskallar) och bluffbuff-showmannen har klagat hos poliskasernerna och ansökt om ett påbud om *cortiorari* och skrikit ut nånting vidrigt om att han blivit våldtagen, eftter att han fått trillingar, via erbjudanden om vakanser från kbinnor i denna stad, gnäggandes efter mannen och hans enastående attraktion ända sedan hans röntgenbild framtonade i hälsosamt rött i sabbatsark? Var det honom som mutade den där hans surdogemensamma son, en skräpdistributör i Saint Patricks Klosett, att vända en Romare och lämna en stol och gikt i hans bara bomullstrikåer, svepet, och köpa den vanliga krukan med porter på puben Bårhus & Krus, och satte sig ned framför hustrun med hennes brandmans hjälm på sit huvud, bidande sin monera hosan, strumpeten, medan han och hans laganloves rusa fram på vägarna i alla deras paroply under näsorna på den Heliopolitanska poliskåren? Kan du slå det? Bereden väg! Var är den där reservgendarmen, arianautiskt soldatartilleri, som rapporterade om hela ligisten, förlitigande sig på hans morseerse ordrikebok och batongen på hans svans? Taklägg Seckesign van der Deckel och få ut hennes historia från honom! Seckersen, magnum av Errick. Sackerson! Hakaihop

– *Day shirker four vanfloats he verdants market.*
High liquor made lust torpid dough hunt her orchid.

– Jaga hennes orkidé! Käft och han fann det på hennes högra tillräckligt!Med hennes skor på hans axlar, var det högst prövande för åskådare när han ökade deras frullatyllplisséer med vår varning. En skam för den enkla protestant religionen! Jävla gamla föreadamare med sitt tvåskaftade paraply! Lita på jag ska spionera på min egna spya!

– Valborgsmässor! Och är det detta som är din avgudade stad? Norganson? Och det är vi som ska bedja för Stormessers omvandlinga? Kalla på Kitty den Pärliga, Mandamen på Tiptock Castle! Låt succuba gå under, det förbättringsbara hans rikedom möjliggjord! Han är matlagningshagar som rostar hennes bön till honom på överstra trappsteget. Hon är djup, den där ene.

– En pruttbullrare för hans tuckiska artigheter. Vår Tidigare som felade i att han ned till puckelryggig disdag vår älskling slag. Och därefter confisieuren för klanskallens oaktsamhet. Som sunktionerats för hans salmenbog av Councillors-om-Trent. Pave Pannem på hans damaskers brons! Nummer halv fruktar Log Laughty. Mästares gunne han var den bäste. Jag messade hans deltamusklers såspenderade musslor på kisschen bordet. Med min strykjärnande anka genom hans brödkavlar av gansyfett, do dodo degig deg, tills han var bräserat röd i grillansiktet med lovenmjuka ögonglober och hans långrevstrumma ångande och skallrande likt det stekta i min låtsasmölla. Jag respektade att ha brännskadat hans Abarms russinbröd åt honom. För en Obadjas limpa, tag ditt bakverks noakar ut ur min mjöl hink! Om den underligare scenen du gett citronpressar till min stekpanna! Som härdens grädde regerar thu allthemma. Hans överlappning och förespråkare var klistrat vampyrförenad mens han fräste där betraktandes mig lautterick's kastare av Wexford-Atelier som Katty och Lanner, den förfinade subrfetten, med min byst alla brosch och kanelbullen under min fisksoppa, uppvisandes mina jigotty ärmar och alla mina nya toulong touloosier. Vispa! Där är jag bleck och här är jag skinkor och det är mig juppetter, flor vare mätaren. Vispa! Vad är detta? Vispa! Och det där? Han slumrade aldrig finare, tro mej, på Romiolo Frullinis loppantomin ifrån Stekbordet-Diskhon eller Skodon-med-hennes-Sulor-Upp eller La Sauzerelly, puciestövlarna, när jag började så kokplattsmopp slevliknande, tanklöst, att sparka tiden ifrån skrockklock lyckolucka quamquam kamkam potätpotta panapan kickakickkack. Hårhorhundar, skaka upp pförtner. Förvirrande festligt för Fullcans sak!

– Allt halt! Sponsra program och stäng ner. Det räcker, genral, med petande om Finnegan och fiddla med hans fjantor. En slutlig valsedel, guvernör, för att undanröja all tvekan. Vid sylfid och salamander och alla trollen och tritonerna, jag avser att toppa hennes färd och att tippa dettas tapp, till sist. Hans tankar som skulle bli ord, hans livssätt som har blivit dåd. Och ska också, vid Cooles heliga barn, ärkestiftets primapatriock, om jag att börja med har sänkt varje mask i Trancenanien från Rövar Liljas Håla till Stammarnas Hörna för att finna att Oketav hans brev, detta Yokan hans dahet. Släpp fram kungens riddarspelare, Kovnor-Journalen och fredsdomare väktare ingen mindre än han själv, megars meg, med Carrisons gamla gäng! Bort med era persianer! Sök ni Finnen! Klyvet är under biktlakan. Fa Fe Fi Fo Fum! Ho, kväk, illgärningsman! Stig upp, sir gast! Så länge som ni har levt blir det ingen annan. Ta av er!

–Amtsadam, sir, till er! Evigaste stad, heil! Här är vi igen! Jag är bubub uppfostrad under en kamelakt av sedan länge slutsålda dynastier, den förste av Shitric Shilkanskägg (eller är det Uggleskratt MacAuscullpth Thorden?), men, i

Pontifakta Massmåste, är jag känd i hela världen varhelst min gode Allaengelseker Anglesaxen talas av Sall och Will från Augustanus till Ergastulus, som detta är, hutuvida i Farnums ringfort eller Condras ås eller Dalkons ängder eller Monkish kåkstad, av helgon och syndare ögaöga likaledes som en renlevnads man och, i själva virket, vid min halvhustru, tror jag hur vår publik i stora drag sätter allra som mest höga värde på detta från mig att jag är lika renlevande som är möjligt och att mitt spel var ett röttvisande medelvärde

Eftersom jag oupphörligen höll min ouija omgång öppen. Om min verafru var jag aldrig eller kan ha råd att vara skyldig till krim misshugg bonnfåneri av

Ämbetsbrott försyndelse mot präst med personen av en ungdomlig flflicka vävä vän kvittrade Äpplen, spelad av Miss Dashe, och med Vem som helst av mina kusiner i Kissilovs Slutsgartern eller på Gigglottes Kulle, när jag skulle vidröra till hennes punkt och känna mest grönt av hennes omogna ena då det skulle visa mest ettsyskonbarn och alldeles för bahad, syskonlöst att säga, för mitt anseende på Babbyl Malket för döttrar-i-handel varandes lättklädda.

Ändå, som mina bekantskaper gör mig den godheten att uppskatta mig, skulle jag ha kolvtappat henne under min förklädnad av gisslare genom gravar och Dempeyer, lagmän, så mycket som klinkade hon om ett sådant pingel.

Och, som ett i själva fiktfakta, säger jag om mig själv hur jag bebe behärskar de mognaste lillingar wifukie kring globuletter globerna på vilka hon tumla iväg på Floss Mundai utifrån harfams väg runt Skinners cirkusgrändförst med hennes tröstpris i mina seriella drömmar om fagra kvinnor, Provdockans Passé, med belöningar i figur och leende underavdelningar, handikappade av två bröst i operablusar, ett anmärkningsvärt litet anlagsplagg. Fäst på olika ställen. Vilken spurt! Jag kickkickar kännbart kärlek så, särskilt medans njuter av deras smaker när som allra mest perfekt bäst när serverat med heliotropiska ögonläppar, som detta är, där jag genomblöter min glada själ på den re rena skönheten hos hennes förflutna.

Hon är min bästbevarade helhustru – såväl hennes som härefter, i Evans öga, med ojämförligen det minsta skonumret utanför porslinskrus. De är glatt läckra, sant snackat. Ska vi inte rekommendera dem? Det var mitt provstycke från min gesälltid. Och, så synd, vår privata kaplan i Lambeyth och Dolekey, biskopsregionärt, en alltid sorgansiktad man, i sin silkessträngade kyrkbänkskappa med tygband, som har besökt våra olika hårda hjärtan och tyglar genom påläggning av fufu fingrar, också haddock är dum, i detta Övre Rum kan tala högt till dig några ganska berömmande ting om mitt rena karaktärande, även när som spårad i mörkret, beklämmande som sådan redogörelse ändå visar sig för mig, när jag presenterade henne (Franfurtare, numboriner, varför driva på fruktan?) för våra fyrstolpiga tunier chantreyandes under Castrucci Sinior och De Mellos, dessa jättestora gamlingar, med sykamod eufonium i endera betäckning i vårt alltigenom burhausade dukkehjem på Goosna Greene, den där kojlilla hemljuvade genom tillgivenhetens lagerplågor Först Murkiss, eller så sjunkögnade de. Dodo! O tydligen! Och Gregorius längst fram med Johannes längst bak. Oj, oj!), glädjedystert det finns gnom svepplatser likt däresvep Nowhergar. Av vem, som min Kerk Hittasenn är, den lilla körk ronden din trådspolare, och K.K. Katakasm föreskriven i Tron och, som ni alla vet, av ett barn, kära människor, ett av mitt livs ambitioner vid mitt ungslut från en tidig pisspiss period meda n fortfarande i häckskola, avsedd för vidsynt, jag, såsom varande helt vid liv till det, var trångsynt konfirmerad i Caulofats sang av vår bujibuji älskade präst-författare, Michael Engels är vår man. Låt Michael skifta Sutton och säg ditt folk här som har den falska vanan (det var anmarknadsbordat) i hans kläraudians, som detta är, som bara vår egen Michael kan, när reicherut mot vidskepnad, för att bringa störningar till våra brusanden hur jag är amp amp amplifiera. Hiemlancollin. Pimpim är envis förniohalv. Shaun Shemsen sägnär sägnär. Holmfast ostadiggjord. Livpoomärke lloyrge hoggs en fyra baggar reterande. Stort Smör Skryt! F'låt! Tack! De va allt fö i da. Lägg av. Gudatoppen, myckkokig. Avsluta en grumlig krossmassa! Förkortad pånytt York tullar. Kyow! Tak.

– Tiktak. Tikkak.

– Envind isurr ettvatten faller.

– Stackare en vi khans jude försonare.

– Det är fukt fukt fukt.

– Stillhet har inträtt. Stor stor stillhet, kungörare. Det är mest ernst utslagsroligt ett fyraplysettknull intartenment. Fåles tand! Jag ska ge tandsel till det. Jag protesterar det är luttrelliskt icke ett teskedsspill av belägg på slutlögn till mitt dådålig, som du skall se, som detta är. Keemun Lapsang av första plockningen. Och jag contango kan ta bort mina fifiasko smutsinio citat artiklar här i Pynix Park innan de i himlen prästar mig själv, genom gramercy av rättmättighet, jag menar barjeman och mermon, stel och ständig för alltid, och skriva in under rekommendationerna från misrs Norris, Southby, Yates och Weston, Inc, till deras gynnade klient, in i mitt förprotestantiska förbehåll mot dykupp publikation av skymf av något bilettim ensamfyllo eller Keisserse Leans övertagandetomhandukigt (ett blåsögt grändjoymt), seupp lågbälte kostym, med knockfrukkost känään och tjurnävar kring honom och en falsk plump yxhand (han är ochvisitör till Promenads Mysbrev och Poes Kolas Katalog i hans jåbb), den bäst missunnade mannen i Belgradia som inte behyr till vår gatsten) till min makalös, denna högsta personlighet vid ögonblick hållandes nere tronen. Så att saga om backra scouter i elegant jakt på blommor, sökare för tabernakler och celluloidens konst! Råka se ömma ögnes betrodd? Bajsrackaren! Han promenerade utmed Norrstrand med sin Thoms handuk i handen. Snoköga! Sofiakatade gröna papegojors strypare! Jag protesterar det som han är, vid min torkhalva. Han utelämnade från mina dubbelpubar medan han helt störtade över min enda utgång. Så var keshaned på för hans nyliga beteende. Sherlook lurar efter honom. Allaär bältesspännare. Få ditt hår kort! Skam över Menige M! Shames på hans överdrivenhet! Shamus på hans atkinscums skrattsperma ligger trumpen för en utstött mastiff ynglad i blodig byrackighet! Eristokrat till Hängande Torn! Stick ett spjut genom hans besvärprövade hjärta! Instaunton! Fladdra, min arryfågel! Dingla, min högflygare! Jiggety jig minlillasnobblinje! Lät mig aldrig se hans waddphez igen! Och det var min, Barkthålad von Hunarig, Soesådd af Plogfåra (timvårlik hans gester, immititera mitt skrik! Som vårt nu, så ditt, sen!), när det föll på vår lott på mitt poppelära Sexsex, mitt Sexenårhundrades, närvia Hallepoort, före hans Odenmannens vandrarhem, jag skyndade att äganderiktiga upp till hans Mam hans Maman, Versaler, Hans Magnus Maggerpinne, första stads hyreskajer av denna Nova Tara, vår ädlaste, när stalldrängad på sin prislist laddare, Pferdinamd Allibuster (dubehövint lätt åra till Noreg för du fann en över varje dörröppning) med mitt allbums hälsahånåm genom denna mina löftens helhet, Hanskakigt Congratugranddigliktdem, Ecklesiastik. Vågar densomsåg det sjuka handgripa dessa bröst? Dos kompisars ingefära. Någon vi var med oss alla fyra. Kontradiktorian! Den spikande Djävulen! Förste lögnare i Londsend! Ulv! Se din ärrskorpa på detta skopbryn! Och dessa meisier! Tjurig pastej! Man säker på jag innan bluffat konservativ? Äsch! Sånt rathause lusröra så jag kan nätt och jämt inte tänka på! Lägsta källaren i historien! Ibsenaste nonsens! Noksagt! Per Peeler och Pawr! Den hjärtbrutnaste shugonen! Hela affären är rutten falsksvensk piggsvens utkast. Nog!

– Är det dum, Whitehed?

– Har du huvudbrus nu?

– Kan du ge oss din frukt mottagning?

– Skicka vidare fisken, för Guds skull!

– Gamle Whitehowth han talar igen. Öpp Eustace tub! Ynka stackars vited! Kära gångna pantomin, smörbult! Säg världen jag har levt genom tusen helveten. Beklagar, vänligast, damen, för jag har fångat stackars O.W. i hans djupaste snobbhet. Nio smutsiga är min ålder, hårstråns frost, pantomins felslut, snöfyk till min arnböge, absolut som Adder. Jag bad er, bästa dam, att bedöma på mitt träd via våra frukter. Jag gav er från trädet. Jag gav två dofter, tre ätingar. Mina fri-

atrosor, mina celeberprimater: mina glada bröst, min allfallande frukter från mitt dån. Beklaga stackars Har Chattingar Everallt med Mudder!

Detta var Kommunikatör, en före detta överste. En snedinkarnerad ande, kallad Sebastion, från Rivera i Januero, (han är inte heltigenom höra) må fjärran vårbräck inom kort med meddelanden frän min dödporterade. Låt oss muntra upp honom en smula och bocka en tid för ett framtida möter. Hallå, Råvarukommunikator! Hur mår rumporna? Evigtskeptisk! Han tror inte på vår psykos beträffande Verklig Frånvaro, varken mirakel vete eller P.P. Quembys själsoperation. Han hade haft en del matsmältingsproblem, stackaren, för en ganska liten tid, förvirrad av hans struntprat. Iväg med honom! Stackars Felix Culapert! Ring up phans sinne, ni klamrar, (bonze!) i mitt gambla stinkeriers förbaskhjärta och i mitt krumlin och i arrondissementer och stremmis! Sparka eleathury! Sparka eleathury! Pang! Jag beklagar ångerligt över honom. Mongrieff! O Brynsten! Gästare med noblessen, att dö bronxitiskt i värkenshus! Så njut av gamla tjocka stunder, i hög vit sprätts hoyt av våra formade reflektioner, med lager av järn hela hans stöd, så buckla strumpade från Kungliga Lammben, och hans stora hamnar, skulle han blåsa upp en dhymfull bock. Och det hur han skulle hushålla henne att verikerfullt, hans guddomliga cigarett! (Han skulle rodna henne med sina tändstickor, men det var inget.) Med oss hans nefos och hans neberlar, mest förgrymmad och förvirrad av honom och hans rök därav. Men han skall ha sin sejdel med vår zober ölbästa i Oskarhalls vintaverna. *Buen retiro!* Den högklassiga rösten är fortfarande flautish och hans mun bär alltjämt att soldats scharlakansrött genom linfloyeder är pepprade med sälta. Det är på grund av vad han var steg i sitt fängelse på grund bort. Jag vet det väl. Härav hans djupresta ord. En dag kanske jag berättar om hans andra våning. Stämning! Stämning! Det ser ut som om någon annan bär mina bördor. Jag kan inte låta det. Kanes intet.

Välan, odalmän, jag har blottat hela mitt förflutna, smickrar jag mig, på båda sidor. Ge mig åtminstone två månader enligt släpphänt lag i andra divisionen och mitt första kläde är affärer som ska protestera mot Protkollförare vid alla Tings Ting, eller Skivinis domstol, med gråa affärsmän, antika och trovärdiga, Nollbubblig Torftigton, Jonah Whalley, Beslutsamma Codde eller Upprättstående Gurka, mina edsvurna, om det inte inträffar igen. O rimma oss! Håår Faagher, vilt hjärta i Hemlann; Harrods ska vara namnet. Komme min vänligare, vunne mitt wohl.Det finns inget som luther. O Fé! Och otacka män i gladshus de ska inte kasta stenar. Elefantens hus är hans borg. Jag är här för ratt saga dig, ja till godhet, att, änskönt jag tog avstånd från bliallaövertalningar, i avstående från pompa av hitills, med ett vax också hålla i hand, är jag tankfull att bedöva mig av hennes blandprydnader och via virchow av dessa filtrerade Ovocnar för tillfället likt Browne omfamnandes Christina Anya, efter Iriskerna, för att konvertera mig till en saltstod (men först måste jag ombudsvis babetisera mina gamla antestyggingar), när, som Sigismond Stolterforth, med Rabbin Robroost för min auspicare och Leecher Rutty för min livskonst och Lorencz Pattorn (Ehren til viktrae!), när jag vill västerögna dessa stackars soluppare och utbreda deras lands eng. En man skulle punga ut och jag ska betala mitt tämligen passande partipris för min klistklistra glukos, stenar, var det jämnt, som detta är, den laglige erik för opassande uppträdande (vanligen finn bifögat min fickankradecheck) och, som faktum är, åtar jag mig att fullständigt avbryta all verksamhet och jag förnekar helsvepande in totot på min egna begäran i all korpulens att ha konfermenterat och ingått förbund och samtyckt i prebelliska tider, när här var vadarstövlar för tågfolket, so m det nu är guldklimpigt lagt på mig, med en vän från mitt, mr Billups, pulleter, min kvartsbroder, som ibland vikarierar för mig på ett förskott och som jag har kallat väljare, för kändes det för mig, vid bra ajököp sothöneburar avosshuggna en munlös nigress, Blanchette Brewster från Cherna Djamja, Blawlawnd-via-Brigstow, eller för att illsälja min fjärdedel i henne, vilket trots tillåtet i Deuterogami liksom på flera ställen i Skriften (copyright) och uteslutna böcker (de skulle med all rätt verbannade vara), skulle verka äggägg omåttligt allhelgona till mina kännlemmar för två krus skotsk, en trädtopp och en crocard eller tre folk på stranden, Thu, Fricks Flamma, Usewn Sulfer, som slår till bara på de gifta bokker, snabba på mig om så vore jag copheturiserade myladys tjänsteflicka, in spekt avhennes möss är hom en kvinlig och helgad. Sådan klädsel ett hyss för min tecknade serie, Mons Megs Månatliga, kommer ut oj Fanagans Wack, att skria åt av clowndummiga på Åsnebäcks Mässan. Det skulle sakna makna Hodders och Cockers eritmetik. Den oförlåtlige förköpssonen av alla hennes av ditt, av Juno Moneta! Om hon, Irlandiserad Marryonn Teheresiann, har undanskaffats för av hänsyn för henne, är jag, Ledwidge Salvatorious, handelsfullt uintriserad. Och om hon fortfarande är ytterligare talkspilld över hennes kakao konturer, jag vad mik angår, är kraftfullt av den uppfattningen, varför jag inte skulle vara. Osannolikt! Jag krediterar inte ett enda ord av det från sån och sådana mistraversers. Bara fjädrar! Oidentiteter! Eller att ha oktrojat att svetsa eller stadsdela genom utbyte samma super melkkaart, betyder hjälp; bästa Brixton högt gult, inga utflykter: öre för öre på Auctions Bro. Det var en gräslig godtrogenhet vore så tentement till deras nakenliv och scatab orgier vi slukar omkring i de mäktaonda rum av e ntika körpengar. Ytterst olämpligbart! Inte för gamle Crösus eller vit själ a v guld! En kusning på brödet, två klappat på konselj, eller tre kopp koppärr cassey knockad på Bkdörren! Intwe för en retlig biljett gärningsmans mynts metall för alla slantar i cunziehowffse! Så hampa mig Kontant! Jag menardet.

Mina laxar! Dess surditet! Menar att säga. Hennes nakna idéer, det är tufftuff skrattsamt. Absurt kap, mumma, ska kalla. En linje med! En linje, md med! Ska äta varendada saumon likt en boyne levande O. De förberedda körsbärsplockarna, med sina catherinetter, Lizzy och Lissy Minkuk, från Street Flesh-röra, voro de måne i gryningen med hespermun och jag deras svekfulla väktare, skulle jag inte veta att kontakta sådana gretchade ungdomar på mina vägar från Haddem eller några suistrar eller deras arvtageskor, avkrävandes, direkt, eller under dem. Iös av deras freiung pfann in i min foajé. Hon är en som återsamlade till mein enormt. Den man vad som chockade hans fläsklägg vid grevskapet Crlows. Han är Deukalion. Var och en habe gåhörd, uppfattandes du är innersinne, men vi sen du mötte saltlakelagd barndom. Deukalion! Doft. Ondskande vadställen är smutsjukt rännilverfläck men sig hart kastade dersarsle svinstenar ovanpå Congans skottmän i Schottenhof, jämvälstigning? Igen Deukalion! Jag gillade hans Gothamm tjej! Motorbåt! Att spela ett sånt buskage spratt! Jag tänker sätta mitt edshuvud unner min mjölkpudding för lösen av biffar och skall stånda mig där jag stod mitt i all fri hetta mellan Pelagios och lille Chistayas av Rodericks vår mestmonolit, sedan båda mina öronlager och knäbyxiga köpbiblar och, minhattpå, vittna om min nakna dygd av bautastenen erectheion av vår allra första manhär. Jag skulle berätta för dig att uppriktigt sagt, på min heder av en Nästanond, tänker jag alltid i en wordsworth av den där främsta favorit kontinentale poeten, Läcker, Droppe & Butiksägare, A. G., som de allmänna beundrarna i det här det där är och att detta ska komma. Lik som mina pilgrimers tidigare politik har jag haft mina bästa masterlektioner, som den allmänhet han känner, och vet ni, hemmalagare, jag uppriktigt sagt tror, om jag har misslyckats helt förskräckligt av misstag drar nytta genom alkholförgiftning, hetsporrad, förplågad och propptoppad, gör jag min insats och har använt min klokhet väl. Det har sagts mig jag äger stöldgruvor eller nåt i den stilen i södra Spanien. Hohohoho! Har jag sagt ogso hur jag avskyr mig själv enormt (sanning att säga) och ångrar nederhjärta av diverse plagg? Den lattjo delen är, skulle jag säga, hotellmän, som sedan jag, över den djupa drunknaren Athacleeath att igen söka Irlandning, skämd i sinnet, med min rodersvans tre djupdyk, och ändå inte bottna, den bästa kejserliga standard via vapenrätt och platzat mitt residens, tagandes bourd och by under stjärndimma och sprang och skötte min brixtol urval här vid tullbod, för storgatans män med genomsnittlig fimmel, i nattvard dagsvärke bland konstig och fiende, bland dessa intrigisar, i Poplinstown, alltså Fort Dunlip, sen-till-sjöss, hål i Serboniansk mosse, nu stad av magnifika avstånd, bramuromkring, med talus och kontereskarp och påle av pallisader, ovanpå krigisk belägringsvinst, med Abbot Wafre att prisa och lova, på ndra sidan clontariffers slakatardag, i det år som jag har kallat myriabellos, och högvarvade dessa märken (sidfläsk på Varavhanslagar var mina och mina prusshiska släkt från Allbrecht af Bearn), under patronskap av våra goda kungarsomturarom, T. R. H. Urban den Förste och Champaign Chollyman och Hungrig den Bullige och Argsint den Hatade, här där min tjänstgöringstid och mina mödor att domesticera först påbörjades, tyngd av kvinna min skatt och skuld men Flukie av Korparna som min säkra pilot, svält med Engelsk svett och oppedemiker, de tvåtandade maskarna med alla sorters romar, har kompolitiskt lyckats från denna landsliga av många nationer och öppen och ständigt stygga levrar icke befinns i våra rullor. Denna plats för vår stad den är på alla sido behaglig, komfortabel och hälsosam. Om du skulle färdas över berg, finns de inte långt borta. Om champagne land, ligger det i all delar. Om du skulle bli raderad med färskt vatten, den berömda floden, kallad Ptolemy den Libnia Labia, rinner snabbt förbi – Om du vill se ut över havet, ärf det tillhands. Var alert!

– *Do Drumcollogher whatever you do!*

– *Visitez Drumcollogher-la-Belle!*

– *Be suke ad sie so ersed Drumcollogher!*

– *Vedi Drumcollogher e poi Moonis.*

– Saker och ting är inte vad de har varit. Låt mig i korthet granska. Tillkännage ett undvikande! Pip! Peep! Pipitch! Ubipop gaphals skrek, ibipep låter vissslingen. Här Tyeburn strypt, mass mumlad marsch: där som bussen stannar där shoppar jag: här som du ser, ja vilar. På mig, din sovande jätte. Estoesto! Estote sunto! Från min kaptens hållhake i höjd över havet till förödmjukelse det är mitt öde skall den förste i våran sheriffsby. Nya höjder för alla! Redu Negru må vara svart i garvad men under dem dröjer överliggare mina kåtgubbar möter var och en sin mansiemagd. För jämlikar och gyntar, kajherrar och kabyssliggare, färska lettier från säga till om och speltrötta headygabblare, gänggångare och darrande körkarkar, samhällets stöttepullare och langare på rosmersholms hem. Lydnad från stadsbor spiller lycksalighet med året. Vär börs och politico-ekomedi är säkra hos gode Jock Shepherd, våra liv är oundvikliga i sortering med Jonathans, vild och storartad. Varit så fri! Tack ska ni ha, bästare! Hattentater har skyddsvindlat. Blåbläs djävulsstuds har gått från läget och snälltryckta skåror är ganska ur modet nu. Skurkaktigheter är löpning som handskmakares möten, spetälska brist, okunniga visar under misstankar likt eskulapoiders bitterhalvor. Vid middagens galleriasyn låt Miledd diskurvasejsjälv. Mig luddar i hennes hajd park sök Minuinette. Allt är wäldigt bra. Snytasig aerios vi luft till dig. Pyromaner, goda flammor! Drumlar, håll era poudier torrare! Sjömän, vi segnar dina skivor och fruar! Sju ondskor så knappt som centri-stakbåt havde jag haft, sjösju simlar för omkrets båbörjande är din berg möjlighet. Snodd Svart-vadställesklippa, Calton, Liberton, Craig och Lockharts, A. Costofino, R. Thursitt. Nicholas Inombords chort var min guide och jag byggde en kupol på Michans därförutan: via hemska toppar min välvärda byggnad sköt sky genomborrande spiror, moln kupolerade kampaniler: vidare detta. Genom finuns och avgifter fick jag och växte och via i runda tal skrupler fick jag vuxet överstigligt: hägrung och lestage voro mina huvudsakligheter för Överherres tionde och mina avlopp för fälla och hålla arfbetslöshetsunderstöd och hyllningen: jag var helt unkelt galen med alla mina hjänlocks slagverk tills jag slog för mig själv och via bevis myckade andast: till Sirrherr af Gambleden rödblommiga pengar, till Madame af Pitymount jag loue ditts. Betalusla floriner rörde sig i hugeknutar mot oss och jag mötte dem, pava till påve,bartolomei: milreyer (mark!) på-föll, och (Luk!) lyfte jag Daniel i Leonden. Bulafester avundad mej, Corkcuttas graatchplats. Bra bragt! Jag trätsade Brien Berueme att begräva honom mot Loughlinerna, alla hennes tolkier hållande sig vaken: Fiugabollager! Lusqu'au bout! Om de hade vredesmod bakom ögonglob fick de skada på framtand: det är där var sviranden på ridottos, här vara rivalitet i skans: jag iwegskickade Hertig Wellinghof att återshockla Roy Shackleton: Walhalloo, Walhalloo, Walhalloo, sörj i fullo! Under lags krig och warschouw led jag till blys hopplött, ping på pang, lättade mig. Jag gjorde pragfest ovan acorpolous och snabbbröt ned i Neederthorpe. I släptte in klarautsikter på slobodens men rankade rosgarder runt vredestänkare: jag badhandsdåligtslut på tiggeri och jag corokurerade bort det ookulerade. Vem kan berätta deras berättelse som jag fyllde ad liptum på Solusburys hed? Med tre hukande smygtittare och twa och twas! För elegantande skönheter snurrade jag deras nattslöjor, till slumbrad best tumbade jag tjuv luften. Kring det myskiga rörde sig en murmel men jamanden men basaltiluftad och odjuren zoomade: tendulcis låter likt vatten delat flutet upp från västinderna samtidigt som från pass i östern kom ourangootangers kiv. Allt i min tjockaarslesby Escuterre ofta var rakigenom skräck men i mecklandet av min borg Belvaros var läget förbättrat: tuberklerosis attraherade jag potatofullt från den potatisplanta Hawkinsonian och beriberier från den Iriska shous plethora. Jag hörde mina libertyländer frigöra genom sina curraghklyftor, mitt sannblåa hurusolglasögon inför Wailingtones Wall: jag richmundade regnförskjutningen i mitt badkar av rundvirke och förmedlade det med skålar och kablar, rytandes mäktiga skrik, genom mina längtretuber av alm: utifrån forkärlek för den utezone förde jag dem okk currylagade dem i mina Putzaneddem bilar till mina Kommigochät hotell: jag fontänt gjorde groddar från Philuppe Nykterhet i kupén som är kedjad för middagstids alkoholister: när de avvandes trötta på det där pippandet såg jag till att ingjutandet blev mer ingjutet: såvarskridare i vingarden, obtempererade till mig! När du tänker mig i mina kärrors utseende i där du skulle meckamockama, när du betalar i dråskförares skydd döda kattfiskar likt dina korss utslagsplatser. Varföre bevaka dej väl!Ty, medans jag direct upptittade det första hos Janus, nedblickade jsg det sista av Julens steg: förvaltare plattformstril och på beloppen, jag för utfattig och beställning: i Forum Foster demohotade jag mitt folkfiendeskap, enemy peoples kände mig stollig var inte värre än deras britt: Sapfageta och Consciencia voro obestämt anknutna till mig men de magra machreearna och tantpartenope mina sväljda ord med upplysta svamplikheter sätter deras blötlagda fängelser och hafsbönor i rök: Fletcher-Flemmings, elisabåda, hur interkvackslavande de frågade mig, deras gyllene ene, intveksamt replikerde jag: Ja'unnrar till fritidssponsor: och vem på bergsejdan, lät du inte flugeld tills du ser deras bunkerögons vitor! Herr Besvaringar: Bringhan ung, bringhan ung, brigham young!: i mitt Solymans bethel förlöste jag deras Rotundatier och jag nyckelvred mest kränkande över våldtagna lutetior i låset: jag gav bax mededer till jakobätarna och soppa bakas till de ansolutna; jag levererade dem med knasochesajas av de ständiga spillningarna från mina småprylar avbetalatapetmånader medans jag likafförtotalade upp deras managrynsdagar för dem på min slapaters griffeltavla med min chandras chowk: jag strövade på ming bjällerbretta försjunken i halsduk och fönsterbågar, och jag tiggade för bussbakållen likt rundning i en skål. I mitt hjärtas mänsklighet sände jag ut stråtrövarkvinnor för att friska upp de bolltrötta och sedan, dubblernde megapolitansk artighet min stor stor största av dessa välgörenheter, devalöriserad grundrabbarna för reduceringarna av deras lögre man: med en slog att kvadradera ben skickade jag min gräns till Botany Bay och jag samlade upp poäng och fyra av mes mean Jänkarna häcklade Domaren: Jag har emottagit åm olycksbådande brev och vida signerade petiotioner fulla med krukmakeriskärvor avseende min monumentalhet som en tingsbollar och jag har haft förtjusande samspråk till det mest fångades skålpojkar så att de är allkallande på mig för en hyndas sång: desto mer hemligt ät byggt, desto mer öppet putsade. Attent! Soffa hör! Jag har becket min vonderbilt kaninbur i solmidnutt och vid morgonresning var innesluten av svamptak. Vila och vartankfull, med licens, tack. Jag betraktade liljorna på stäppen och till Balkis disktrasade jag min ära. Och detta. Detta fröken, mina töttrar, och denne man, min son, från min den förlänade Ostmanorums villa till Thorstans recte Thomars Sraid, och från Huggin Pleaze till William Inglis hans hus, den där mannen de Londres, i all deras Saltus baronskap, fasthållare och fiendeborgerskap, heloter och zeloter, svassande -ogar och skrävlande regnröckar, lärobok jamesare, rödpigor och blåkåtor, i hyllning alla och grovt brått, alla som har fått böter, överfullt fagert hem, årydligt men mycket lite möbler, respektabelt, hela familjen deltar iden dagliga mässan och är dödströtta på smör och bröd, ibland i hemvärnet, mentalt ansträngd från att läsa verk om Tysk fysik,delar garderob med åtta andra invånare, mer än respektabla, får bekväm församlinglättnad, inkomsttagare nyligen rakad från fängelse, högt respektabel, planerandes ny avfärd i Mountgomery cykelspurtning, äldste sonen vill inte hjälpa till men granskar Stor-man-uppe-i-Skyn smulor, anoopanadoon som saknar bakdörr, kvasirespektabel, betalar lumpsamlare i ben för bleknande fönstergardiner, trappor kontinuerligt upplysta med gäster, särskilt respektabla, hus förlorat i smuts och blockerat med skräp, håller på som Roes destilleri i brand, slafsig hustru aktiv med kruset, i affärrer för honom själv, har en tionde illegitim på gång, delvis respektabel, deltar i korrrespondenskurser, slängde arbete över gräl, båda kinder kyssta vid vall av framlidne markisen av Zetland, som delar garderob som är frikostigt överskrivet med el va andra prenumeranter, på sin tid respektabla, öppen hall skarp av Baltiska maträtter, knull håller kvinnas huvud mot vägg därmed störandes grannar, privat kaåell ockuperar återvändande landstigningsplats, avlägsnar varje kvartalsdag, första fallet av särskild hopplöshet, högst respektabel, nattmylla måste avlägsnas via sbarkande hushåll, excentrisk sjöofficer inte fullt stadig åtnjuter veckovis kykvärd och skratt under läsandet av utländska bildtidningar, på klumpstubbe framför dörr, känd som fällan, änka reumatisk och städhjälpare, jagad, fördömd and brännmärkt, av dubiös respektabilitet, verktyg alltför dyrt utlovade eller oförsäkrade, närmsta vattenkran tvåhundra meter bortsprunget, fjäderfä, och buteljerade krusbär frekvent förekommande på bord, man har ionte haft av sig skorna på tio månader, barn lärs att hamra platt piano, utåt sett respektabel, hör ibland ifrån betitlad anknytning, en fot stoft mellan trappräcke och sprucken mur, hustru rengör avföring, i högsta grad respektabel, ottawark och vanliga dagdrivare, skulle vara hålla igång om hon santyckte, bedrövligbordet hyrt i tak, rödvinskällare spindelvävd sedan Leos pontifikat, bär borrbrallor och amlar sällsynta buddhor, underåriga mycket klibbig och nedlusade måste separeras, uppsittning med feberfall för ett och tre öre, äger två terasser (rygg mot rygg bris), de V's (djurdiet) lever i fenvånings halvt detacherde men sällan betalda handelsmän, skapa säkerhet för som försvann, delae samma garderob med fjorton liknande stugor och ett ökänt inackorderingshus, respektablare än somiga, tefönster pension men hållen att inköpa, ärvd silkeshatt från svärfar, chef för aldrig nämnd hushållsekonomi, förfrågan hur de lever, känd för upphandling, sista fyra invånarna utförde, mentalt kompanjonskap bara med kompisar, inriktad på icke framgångsrik respektabilitet, kopiösa hål som släpper ut möss, dekoration från Uganda hövding i stängd elfenbenskista, farmor har avancerad alkohol amblyopi, Goodmens Fields terror, och respekterad och respektabel, lika respektabel som respektabel respektabelt kan bli, fast deras hedrande erkännande där skräckarna jag kunde ha väntat, alla, låt dem alla komma, de är mina finder, med register jag har påstått dem. Varföre jag vill och bestämt kräver, som jag önskade och bestämt krävde, på mitt kungliga ord och för det stora sigillet som nu blir anbringat, att ifrån det avlägsnaste av det avlägsna av deras fäder till deras barnbarns barn de bebor det och håller det obesvärat för mig och mina ättlingar, bestämt och tystlåtet, rikligt och hederligt, och med alla friheter och fria sedvänjor som männen i Tolbris, en stad av Tolbris, har i Tolbris, i deras stads grevskap och genom hela mitt land. Härtill mina kvtoon, kniv och snusdodor. Avgift för farm. Utlöser oss vrak.

Kämpande kilometervis har jag livtamenterat, mil efter mil av mancipeller. Si, jag har betraktat mina pumpakära i deras easancier och mina trummare har skvallrat stora storier om mej i landet: i upplyst morgenvindsutrymme hoppas jag, i kvällskällare tvivelaktigade jag dysterätande utpressare: vid min belägring av mitt mäktiga var jag barmhärtig mot mitt subjekt men på gatan vaken som är mörkast jag snyggade superbt; jag bedömer drogsvansar i mina minidomstollar och soptunnade dammig fötter i mitt husinärhet: hos Guys blev de slåttersträngade, hos Foulkes skurna, spelet för en Gomez, en spade för en lynchning: om jag vore magmonimoss som stadig laggivare revolukaniserade av mina eruktioner: tillsjöss ajöss vägfrön jag spred ut dem, på mina graben fält sydda avlopp samlade jag dem: i Sheridan's Circle vilar mitt vett, i svarta gropar av den utsatta Lefanten är han dömd. (Hjärtan av Ek, må ni slå ruttna till stycke! Rekabiter avstå! Leriga lakan, tallsvepta, vaka inte, vandra inte! Sucka lento, Morgh!) Quo warranto har sina storheter min soliven och puissant lord V. kung hälsningar för mig och han har gett till mej smeknamesh (flistsra det!) som är andra fiol till ingen man. Dessa är mina gentilistiska vapen. På krönet, två friska, stjärniga, flaxande, blottade på sina klädslar, bestående sobel, tillbakadragares silver. För skalbaggars boss, lagd, partifessvis, utbasunerat olycksbådande, i träsket, korrekt. På det lägre fältet en tredje timme av lansiärer, skakandes utdragna skaft, deras vapen korsade i andreaskors, bakhållen, grönt. Motto: i järtecken: Hery Crass Evohodie. Stillastående var det, förpasserandes från elserground till den äldre dispositionen, för att utfråga huruvida jag, dragensönder, är den påtvingade generationen av gruppbröllop, holokryptogram, av mina esséer, eller buren på moln från gräshoppors land, född i koltrast galär, jag, hopkrupen tills kallad blir teamworks massprodukt, tre i synnerheter sammanfattade i vörandras, två tvilling snygglirkande levde som en, oroade i trigon eller dubildin också, för abram naken är jag eller roberoyed med fenierna, av Feejean ympad apa på jungfrusjö, omgoiven av dunkel, genom min skapelse dygd och via löftes välsignelse, via min naturligt födda fri mans resmänskligarätt och min andrakyrkas inre ljus, på så och sådant sätt som det så besitter, helt säkert låtsas jag och återvinner att välja för samtidigt. Till dagbågebräckning och showskuggor flyr. Således bli hack. Sannerligen! Sannerligen! Tid, plats!

– Vad är din domnad? Bulle!

– Vem gav dig den där domnaden? Bajs!

– Har du lag in alla dina sparslantar? Jag lyssnar. Sree!

– Håll undan för propengar! Framtill!

– Mr Televox, mrs Taubiestimm och osynliga vänner! Jag må-må mena att säga. Irriterande del av det var, hade trofast Fulvia, som till följd av denna världs avvändade kurser, vände sin rygg mot hennes sätt att gå på uppförsbacke under sökande efter älskare, brunette män från Earalend, Hövding Nord Tass och Hövding Går i Black Water och Hövding Brun Pöl och Hövding Djupens Natt, eller hade Fluvia återigen, bärnsten som hon var, lämnade henne ridderlig skurkskurk krokus säng vid blotta antydningar om nåra kringstrykande stråtrövare från Moabit som kunde ha missbrukat henne, rävbusarna, det må öka nytta att fråga var i pellmell hennes lurendejare syndade. Vet ändå det var väldigt annorledes vilkte jag har hört det av mmamma varor hittebarn, som jag, hubvudsakligen slutmest härtligen alltid, för Fulv, på tomgång kvinna till plusneefödd, alltid var en följd tillstädes tingen som tillhörde till rättvisa, detta varom jag är frjäskad på, detta som var förlorat. Ändå, för jag drev kärlek till henne: och spolierade hennes trosor. Och hon grät: O så hemskt!

– Tills vi mötas!

– Innan vi skiljs!

– Tollollallt!

– Denna tid om etthundra år!

– Men jag var bestämd mot henne. Och jag tog mina föjers räckvidd, min svartsjuka, ymashkt, beyashmakt, öronsvepta, nos-hårnätade, och flottade henne kanalvärdigt och vänsterledde henne på land stegvis, från sömnbrist upp till liffbacke, nyhet ned, som borgmästare skulle, kvidande vid Kevins bäck och Hurdlesford och Trädgårdsmästarens Köpcenter, utmed flodsidan väg, stora vägbanken, till Ringsend Flott och Ferry, där hon började att dunsa en smula, min pil att kasta: och där, vid vågkanten, på sydstrand, med muskot till mastlår, vässar Koylandes, mindre vaktel Högtoaletter, lyfte jag min magikianers bas, treudden blev far till färgblind släkt, farruler, och jag bjöd dessa polyfräsbullrande hav att dra sig tyillbaka med sig själva från oss (rökvarvs thu havhav stamoror!) och jag avbröt med domfint nordmannaskap tills jag hade undanröjt hennes maidan kapplöp, min baresärk brud, oxh visste henne köttsligt när med all min oanständighet horskapsdyrkade henne, min bryllopsvibb: Himmel, han halldundrade; Glansdagar, han kastade sigförhennes. Och jag kastade mina tiospansnöjen på henne, välvt överpippad, från anropsbank till ekobank, starkbåges fördjupning (Galata! Galata!) så strikt var vi i en, malström, i hongulf: och till ringvägen tummade jag henne med Erins iern och handelsmansmarkerade hennes lieflånga mitt förallt och singulär, idag, igått, imorrn, och för evigheder: basera din topp, du! du, stryk din flagga!: (vilka sjöfarters skik! vilka ångtjurars låghet!): från Livland, hoks zivios, från Lettland, skall vives! Med Kejsarinna av Asias och Drottning Columbia för hennes paranymfer och den sjungande sanden för hennesbruds musik: gåsblick smorde uns, kanaljer sjungna och jag till hennes blyga blommor lyftade; och jag namngav och äktenskap boltonerade kring henne det vilket att bära till hennes grav, min kära durdin, Appia Lippia Pluviabilla, mens jag hens livstid amstellflod och varit: jag kedjade hennes kyskvän att influensa rykande mysare, jag vattentänkte hennes chambrett för att traffa furiosos: jag var hennes hochgripna, hennes klivini, hennes everest, hon var min annie, min lauragrabb,min pisapå: vem klippte hennes band när mina förmågor ingenting? Vemutsatte detta hamniga till strandlockade ankarliggande när jag inte, freipforter?: I treeniga hyttor möte de min dam, plock av deras pet för mig: när jag förefader det var mitt sumbad, om jag långtsöker kliar min lista: hade jag inte arbetat i mitt kattegut med jyckhundars harpor at rena och hade jag inte gett av mina kavajivägar, konstantonobels syfte:

och, fortifierad av min rätt som man av capitol, omgördlade jag henne omkring, min skadedjuriska ättikssås, med all kärleksfull vänlighet så långt spom det liger i mänskas makt och frigav henne till friheter på marginalen: och jag gav tills mina liljayngre kalkonlårs mjuka gods och hårdvara (katalog, slumpmässigt) och stegsäkra strumplinjer (se stockingers klädsel), cocquette coiffs (se Agnes hattar) och penningvärdet på den bästa smak av knaggar av strålar, och silvrade vatenrosor och krimskrams av mina söta nyheter och stripigstrapiga klänningar av röda ormbunkar och lagerkransvärden, genomspjutigheter såsom kvinno boskap naken och fjärderfäng på hög, Pims och Slynes och Sparvs topp, vävstolsändes dag lumeniösade lyxheter på utseende, *La Primamère, Pyrrha Pyrrhine*, Eller de Reinebeau, Sourire d'Hiver och en krinolin, brett ett grevskap, och träskor för hennes filthattar som vet hom måtte kängornas tortyr och wanpumpårlor med att leka och kveckselvir glasyr, skärva till spegel, för all läckerhet av mig thigtetid, cupochtjat timmen: och jag virade kring min lilla svans halsplats en skola av skal av moyles sjövisst att svänga deras sägsånger i hennes tystnad, vad trots överträffar bitter, genomborrade jag hennes näbb med Dannebrogorden (Cunnig är stort! Soll leve! Soll leve!): med märrs brylkrämer på Leonards och Dunphys och Madonna lantörnen före quintacasas och kloeldar spjutspets sjungande hackslutsbokningsagenter och fårkött ljusbollars doppdoppandesned i svarta hål, topparnas spetsar och hans knuffbår vid hissen: under dagar var det ingen natt under mätter var dagar och vårtr folk hade rfest från Svarthedning och hedningarna från prinsen av pacis: det som darrade gräsmark skalv inte längre, det som var frusna njurtrakter var omrörda och levde: borta var septetten, mörk dödlig dyster dämpad dödslig desperat, inte mer tolvmanna, jävla dunkla otäcka ängslig rasande alarmerande fruktansvärd sorgsen sorgmodig förskräcklig skrämmande: fred, perfekt frid: och vid Jul hänge jag upp mina förminskade månar, hjälphjälpt av Kettil Blixtnäsa, för min frigidas superhora, coloumba mea, frimosa mea, i Ödevindars tjärade sund och Elgins marmorhallar nattjakt halta från black till block, genom hela Livanias välvda amperium, från amoder till katoder och från Mournes topazoliter, Wykinloeflare, genom Arklows safir sjömäns lockade och Wextsträngningars krok och krök lyser rill Hy Kinsellas poldrar: avenyue pissoff mina brummande pärlor, kronan till mitt flodmynska friköstighet?: tre fjärdar av havet svepte jag med draghet och jag buteljade upp alla tömdheter i krigshamn: när jag höggstrandsatte jack och maturin jag var en dålig pojkes spöke men det var när jag gick till sankt pjotrsbark som de gav min djävul va han förtjänade: vad är greppare kan hacka i den gambla verld sågare må hugga i det gröna: på Breasils ö försvann det vilda i mig och jag tog min säkra plogbill sorgset, tyckte synd om mig sårad: där djärv O'Connee ogräsas på Alta Mahar, det gulbruna sprider sig vid sidan om det där silver brända, jag satte mej och bosatte mig med min härds lilla crither: jag charmade hennes intellekt med jag kallar dem nyttiga tankar, hennes tyrlydold dimpade jag med potatum för amiens ärtor i massor: min biblösa pärleller visade hennes triumfer av listigförgylt prål, upphöjde Adam, duffade vår underläggsklädare, Conn och Owel med hornstjälpt baskib, Sire Noeh Guinnass, exponent för sin påträngenhet och Lord Joe Starr att puckla på kroppen hos en kamell: jag skruvade ner Kejsaren med käglor gäliska med sexpenny-hapennier för hans hängande kring: mina värdiga voro vålsägnade och oppkladda från Joshua till Godfrey men de skulle ha plåderat min processus prophetarum till förevigande. Moral: boka för att vara säker, se press.

– Han är inte helt boom och mobbing.

– Men hans medlemmar hanterbart föder honom.

– Steving's grain for's greet collegtium.

– S. S. Paudraic är i hamnen.

– Och efter dessa saker, matade jag henne, min carlen, mitt kalmagra linstyre, oppanpå krydderier för hennes skräp andning, kursiver av knölig purjolök och marylebones rika munsbit och kedjor av vitlök och svinpeppar och götakraut och lillfinger sölalger, primärer av mashaller och subtiliteter i geléverk, nalkas den Heliga Bukspottskörtelns fest, och mördegskakas näringsämnen för Paas och Pingsters pudding, brödig och ickeallad och inlagt kött snyggad från affär fuktkokning, och Kafas och Jelupas droger och schalottenlök ifrån Ascalon, föder hennes mat lämpad herfor, att passer dem ner i jord: och till min saffransandande mongolid, den skinsyge, gav jag Bioviks påwlver och Ulivs oljor, salvor av cuticura, för den svartmuskige sökallas ansikte på henne, med handkannor och ljumskborstar och en bärkam att kamma ut hennes hårtofs, det bruna men hårkamliga, en mopsas kvast att damma hennes säte, och lummer och vargfötter för hennes mer fuktiga salar (häpnadsväckande effektiviteter!): och, mitt butiksskadat sammafogade, när veckor av vänlighet vänligt civicerat, i våra esquiriella salonger, med finglas bågbukter, draperade skottgluggar och guldkantade bibliotek, jag planerade min skvallrare idrott vid lagombröd att smidigt vrida ur hennes manke, stenskvätta, handlöst klädhandlare-klippt-dekan, skria, tupplur, spinado och bluffstopp: vi hade våra oanständiga bårgmastare och vår koj-ägare meiressar svansandes och smuling hela ansiktet mot oss utifrån deras brerömda förseningsheter, oljeklädda över för samboende och allpekade av Hind: Timurlenk den Cussacke, Dirk Brynarsten, Pieter Stuyvesant, Fredlöse O'Niell, fru Currens, fru Reyson-Figgis, fru Dattery, och fru Pruny-Quetch: i hånom förtröstar vi, fot bad och sekters principer, söka till tillsyningsman, Amos fem sex: hon hade plasktid för att visa upp sitt behag av aljambror och duncingk blodpalm i hennes vauxhallar medans jag, förvirrad och omtumland av det lumpty thumptiga hos våra mellanöglingar, föll klocksäkert av min ballast: i vårt windtor palast det vamparött för eländare, vi lubdade Sur Gudd för sömnen och gastarna: hon chauffade sina hårigheter vid mina Wigans juveler medan hon skaldade sina sjöjungfruminnen på mina Snorrysons

Sagor: i betalkocks tronsaal domineerade hon, medverkande diamanter utanför de vindkupsvindögda rutonabeundrade alla henne i kamiser: på Ridå Rad bor Duanna, du märker väl det du ser: låt rikedom där jag vår pantokreator skulle deras blir trikåer för gudarna: i lillaritt reddinghattar och askgula och glimma och glittra och haklappar under huvar: jag obehagliggjorde många väl nedtryckta segraramoröser och langade fritt i skrubbning: fördrömde för thig och mer än fullgjorde: jag förutsåg för thig i tillhållen att glädjebjällrade bräckligt lätta löv för robusta trädmän: *pelves ad hombres sumus:* Jag sa till den skiftfria prostituterade; låt mig bli ditt foder; och till hantverkare och pladderbröder; Chau, Camerade!: evangelium av goda tidender, allvis som Hälarens ord, för den förlorade, avskyvärde och vem som än vill; som, i likriktning genom liberal domation i koordinering för orgasnisering av deras installation och förökning plus en del annektering and amplifikering utan överilning mot kulimineringen i latifikering av vad som fordom var deras uttalade försakning, kompetens, gladlynthet, användbarhet och den väl förtjänta belöningen, skall, i deras andra adams. Allt blir gjort levande: min bogserbåt drar styrd nedför canal grand, mina pråmar ligger på långsidan vid Regalia Water. Och jag byggde i *Urbs I Rure*, for minne elskede, mina skinande bryn, under astrolabium från min uppservatorium, en jordgarderob med visad ejektor därinom att bli hukslut i mest bekvämligt från hennes sabbatsbehov, när öppet oväsen skulle bli stillat; festfixade jag inte med oxfordmössa mina universerier, helt rationella och gottalika, sofister agen ömknull, liv läxhjälp alla?: var jag inte rosettad på lilla egyptens två stjärnor? hade jag inte stenklippt läsare, hieros, gregos och demokritikos?: triskenelerad, bimedalliserad: och vid min sjuuppringda ändrandes rödingars Hibernska Ulitzas fick inte mig att passera genom tolv nålsögon och Nygade och Vicus Veneris till cooinsikt?: mina kamelers lunk, kolossa kolossa! no porte sublimare benaredade mina portar: Oj undersökte du många utom mina få var valda (Röstare, röstare, tidig röstare, han var aldrig alltför ofta för gamle Sarum): terminalfyra voro mina statiska, Geenaren, Greasouweanen, Debwickweck, Mifgreawisen. Och jag sept upp tvilling katedral, för och emotet, mina stavkirker väver så norskigt av skalade väggar och anbringatvidrörd översvämningslera, nu all lös tegelsten och stenfest, fritt murad bågad för överenskommarc och sinnfcincrs tillflykt: medkom från ovan till oss, Astralias Hagiasofa, våra orisonter thitt nav och absider, vår evighet tonar evigheter thitt studvest gravvalv; Hamiter, kretsiserar! Shemiter, tillbakablickar!: horn, hysch! inga barkögon! häromkring är det helgat!: alla skolkartroll gjorde jag komådra, alla spillrande gnomer jag skjutit på, gowgow: Cassels, Redmond, Gandon, Deane, Shepperd, Smyth, Neville, Heaton, Stoney, Foley, Farrell, Vnost med Thorneycroft och Hogan därtill: sprider tjänar mej! gobelängers gard!: döljer mina tilerier (O stammar! O mänskor!), håll mitt grepp, mina fyra vägars frid: overksamma fanskap till Booth Frälsning, arcane celestialer till Svettenburgs Welhall!! Jag spårade mina sju saur till labyrint här och alltid en väg har räddande återvändsgränder snitslade med blåst, korgar för henne, hattav för honom och volanger genom Neeblows gårdskötsel: och det var därför Blabus raserade sin vägg och andrade sitt närskaps suzannor: och för det tredje, för evighet, reformerade jag och återställde för mina självbelåtna spädgrisknän. Min söta coolocked, min auburn skyggmodtappar ene, hennes paddypalats på korskullen med massgo klocka, sixton krockbowlingant, dolycksbådande och mellanstorleksnyanser att kommindira den ryckige: dom adämpdämp adom adämadämp: och lovprisets oragel att förvidarets ära: och tillade därtill en ytlig ätlig tång att slumpa ut hennes helveteseld och blomprydda fönster för hennes burspråk hus: evangelisk kyrkbänksmiljö, kristus bänkmiljö: fårskallar pappaljöd, allabössor tararullade: och hon satt sin nach, chillybombom och fyrtio bahytter, på altarstenen. Måtte alla ha mossiga hedersbetygelser!

– Spela över!

– Spela över!

– Spela över!

– Spela över!

– Och helhaila, snöfall, dysterduggregn eller slaskskurar, där det fruset i blåst eller simmat i sakristian, med ljus hud bok och styrstav. Min jungfrusidas ven, hennes tuktare lärde jag alltid min lilla ana lantmus i alfabitiskt kamelhumör, från albjörk till grandig, med myrra rotting åter dundrum; ooah, ohör, ohör, ohör: och jag spred framför min Livvy, där Herren gata slöar och damer dröjer och Kammomill Passage skär Jordviva Stigning och Kanin Kurva sammanbinder Mullbärs Ön men aldrig hade en blid blött eller bruddrat sedan längesedan när hela det fördärvade tunnlandet var bloody well pisspåskat, mina bärgade mattor av mjölkarbetat gräs, min gräsmattegård vid Guerdon City, med choppars pyramidös och musselimer och fyrbåkseldar och kolossetter och penslade turisser för bussflätade semiramisor och esplander och statyståtliga och tempelsnygga, Måintes Förlåtell, Fra Teobaldo, Nielsen, sällsynt beundransvärd , Jean de Porteleau, Conall Gretecloke, Guglielmus Caulis och den eilight bäfengda Passivokanten (äriettas vareihögden!): för tråkdagar och för dårskapsdagar till kalendarias kompletta år, gregoromayas ant zigenarjulisuaner som sådan är nöjd att vandra med deras: och jag planterade för min egen heta lesbing tös en snabbsatt vingård och jag inhägnade den med höga Chesterfield almar och Kentgish humle och riggar med fickkniv och bowery skyrmslen och grönviskade villor och pampos animos och (N.I.) nödvändigaste kyrkor och broar för akvadankor; ett hagtornsdene, ett marknadsglenn, den helgade väggen, dyrejagten, Finnmarks Håla, mot lyckeknoppsmånad och axplockarmånad med en magisk scene mur (kantkant! Kantkant!) för en Drottnings trädgård md hennes fenix: och (hysch! hysch!) jag bryggde för mina alpina plurabella, perukvärmande jänta, (lönnkrog!) mitt gravilligt helt gamla Dublin lindub, det fria, det froha, den fräsige fräscharen, puss, puss, pussyfot, att splittra hennes muns livsleda: och jag nedlade inför travhästarna till min eblanit mina steniga nötta vagnvägar, mina nordsouda cirklar, mitt östhedland och västlandshed, löpande boulevarder och plötslig parader, (likbilsmän. opslo! Bröllöpare, get storting!): varpå, i sannfolks mantram likt hulliganmän (förvänta tills hålländsk kundoktor kalalde in hinpm att betala alla fahrter, velkommen all hankihunk i denna Hoseas vogn!) claudesdalare med arabinlag, Roamer Reichs rickyshawer med Spaniens Konungs trompetare, galridna mustanger, bukarestiba bronker, löpsedelsvagnar och lämnaindroskor, och höga höga tillbyar och nick nick Nickare, andra fnittrar glatt, en del nedsövda i salonger: mina pricsnutande gentlemän, uppfatgtgat uppfattat, mina mör mjuksidessadlade, hemligt, hemligt, och Lawdy Dawe en sittpinne efteråt: mulan och mulåsnan och klipparen och senaps hästkraken och de skäckiga fårhundar och skäckkalla besvärsknän stiger det livligt (lyft du det vänstra och rinka du det högra!) för hennes nöjes skull: och hon skskrattade i sin gjordedudgjorde domino till piskans switchande. Ner med dem! Sparka! Spela upp!

Mattahah! Marahah! Luahah! Joahanahanahana!

Vad var dass? Dimma var tass? Att manga sovest. Låt sovest.

Men verkligen nu vistelsetid? Bred sedan ut hur mycket tider vi lever i? Javisst? Så, nat vid natt vid noll vid naket, i dessa goda gamla usla dagar som förgått, dagarna, ska vi säga? om Vem ska vi säga? medans kinderväktare brydde sin tvillingsäng, därnu destod, sykomorerna, alla fyra av dem, i sina tredjedagsfrossors malaria, majorichyten, minorichyten, det alltidså och brödbrytaren med deras jippiska sugskördare, titranicht av textranoxs, vid deras fittahörn, och det där gammaldags polareögagas, lekandes hästskojare skrämmande, med Gus Walker, båthytten, och hans stackars gamla döende bossiga hosta, rullstensås, newcsle, säkrad, crumlin, däg mej, dunka, sättet att wumbla. Följ me raka spåret och stumlande rullstensås, newcsle, säkrad, crumlin. Och lyssnar. Så gladiolusad upp när mysbarn Kevin Mary (som skulle bli kommande chef för korgossarnas brigad i det ögonblick han växte upp under alla auspicier) irisklog i hans mjölkgata av kräm läckage och iålder tustard och upphöjda floden tabage, utskrämd när skitunge Jerry Godolphing (som hade bråttom att bli främste diskpojken i ett natthärbärge lika skallig som han var tillräckligt botad på alla fell sjukhus) pälsfodratrynkad nerför hans rynkiga avfall av denaturerad sprit, usch, och lemonkoliskt grums, usch, och pulvriserad romabarbarorum, usch;

natt genom tystsegling natt medan infantinan Isobel (som ska rodna hela dan framöver, när hon växte upp en Söndag, Sankte Helig och Sankte Elfenben, när hon tog slöjan, den sköna presentation nunnan, så knappast tjugo, i sin rena frisyr, syster Isobel, och nästa Söndag, Mistelmässa, när hon såg ut persika, den fagra Samariten, fortfarande lika fager och fortfarande tonåring, sköterskan Saintette Isabelle, med hårt stärkta manschetter med på Helgdag, Jul, Påskmorgnar då hon bar en krans, den underbara änkan om aderton vårar, Madame Isa Veuve La Belle, så sorgsen men lycksam i sina pojkblås långa svarta med apelsinblommande gråterskas slöja) för hon var den enda flickan de älskade, då hon är dendrottninglika pärlan ditt pris, på grund av sättet natten som först vi mötte hon är bunden att vara, tycks det mig, och inte förgäves, mitt hjärtas älskling, sovande i sin april hängmatta, inom hennes singachamer, med hennes renklokryddade gottisdrillade duettade till lapptäcke, Isobel, hon är så söt, sanningen att säga, urskogsögon och primula hår, tystlåtet, alla skogar så vilda, lilafärg hos mossa och tyibastdagg, hur helt stilla hon låg, nedom hagtornet, barn av träd, likt något förlorat glatt löv, likt blåsande blomma stillad, som villig skulle hon genast, för snart igen ska det bli, vinn mej, uppvakta mej, vig mej, ah trötta mej! djupt, nu jämnlugnt låg sovande;

nu på nacht, mens i hans doppstol Vatman Hatitt sehomosexscener, från andrasidan av sjögången, punktlig som sin kursbok, gick utmed gräsgross stjärtstrasse som klyver pubblet att passera, packandes sin butelj i ett hål för på bad hans whuskle att sträcka skurkman, beslagtagande för älskandes förlorade besuttna kontor lämnsakerna från allborgsmassaafton. og gnejs ogas gnasty, grodor, brillor, knapprar och band, handtjänst och strumpor, sminkpinnar och edditketflaskor;

en fin natt och nästa fina natt och sista funnen natt medans Katmarina Diskvatten i sin medfödda kammarbekvämhet, med drömingar av sjudande mitt kalvkött på lager, baskiskade till hennes pillersömn hur hon tänckte nåt om bakfoten kom nedförtrapp butter vid detta sväva till peirce de äro och nedochhon gick, skritt blir skratt, att se vad det Schweppe's mineralvatt eller Skohorn posth med tillykramp för Hamsjälv och Co, Esquara, eller de fyra ryttarna på sina apolkalopsar, Norreys, Soothbys, Yates och Welks, och, massormynt av de sunda i hevel, det var ett ryggskott uppför stirrkisset och när hon rödade ankelsvullnad att se, gallori, nedoch hon gick på sina knän till välsignarknull som byggsten tillsammans likt mjölkjonglering som om det vore slumphycklat eller gamle Kong Gander O'Toole av Bergen eller hans kladdkladd röttkött hon såg, strimlar av ver sågspånslobbyn utifrån bakrummet, öns kare, som var varendaens i getsprång, i hans trimmade smekmånad, hållandes upp sin fingerhals, med greppet i sin fisstboll, davys hemgift, murgrönsligans hemgift, för henne att hyscha, du din svinmage, och hans skenheliga ögons vitor som svor henne till tystnad och tribunal;

var och varannan juridisk sammankomst nattetid, närsom tolv godamän och sann vid filur och gäss i deras räknade habitater försökte gammalt trådlöst överbord i deras juremedlemmar, enär via vördnadsvärtde fann honom skyldig till deras och dessa anklagelser om otuktskopulering med två av hans armbågsbeniga korrelationer om vilken han sades ha åtnjutit genom förväntning när skolgångat dem i amon, mittigräs,satt hon, när man var, häpnadsvacklande uppriktig, för deras första konjugation vars färger vid uppstående från ovanföret var av snygg hudfärg men, om det verkligen inte var så, av nån sorts efterföljande berövning med avsikt till stimulering, orsakad av hans retrogradering, bland eldhandvapenbeväpnade trupper passande till denna nation men frånsett all kittling som, sa han, var under het påtryckning och en bra lindring varförutan i bilket fall han insisterar på att vara värdig en fortsatt näringsprocess för honom att ha skyltat med, säger han, sån storartad toleration, ogilla så välkänd och allt, som han var med sina högeffektiva mjuklädersvenskar och sin rökfimp, för förnekande transsubstantiationen icke förty med avseende på sin högeffektiva station, varav mera särskilt som han förmodligen under tiden led av förnäma tortyrer från den bästa medicinska attestering, som han alltsomoftast gjorde, bara försedd med tillräcklig kraft, i form av festination, att bönfalla (eller jag tror du har mäktat ha sagt bättre) att beklaga, med total bönfällning, på var och en anknuten till honom koaguleringens förbannelse, för, berättar han för mig utanför Sammons på Kungsgatan, efter två eller tre timmar av sluten mytomani, med sin tennbägaröl av Gilbeys getvassla som är hans främsta tröst, låt vara detinvolverar på detsamma ingen oklarmängd av matstrupes uppstötningar, han varande personligen oupptagen i samma omfattning som en loppas muskelmage beträffande rapning, om han fortfarande var extremt offensiv till en poängställning och fyra näsborrars utvidgning, bar han alltjämt likaledes, på sin andra sida, för några NEPmäns ögon en rekreering, medan han bedyrade utan den minsta alienering, så bönfaller för hans felsteg du skulle göra obliterering om det inte vore för vår vän bakom galler, fast likt Adam Finnsenare, en man av estimering, sammanfattande honom att bli gjord, det må bli vad det blir av ans överdrivna exaltering, tänker vi ännu som Sally det inte kan finnas någon riktig extinuering för kränkning av sedvanerätt och skriven lag för vilka den passande boten residerar, för Herr Sully, i kroppslig amputering: så tre månader för Gubbs Jeroboam, parkens fradgepolisongerade skadedjur, som vid akt ett, scen två, tidsplan tre, klausul fyra eller fem av Kung Jark, denna sentens ska utföras imorrnbitti av Nolans Volans exakt klockan sex haj, och må jästvinden och den tvångshoppande malten nåd över hans sju honungsmjöd och hans växandetumult, Amen, säger Prästen;

niece via nice via nätt via nyttig, medan bland drömbilds lyckliga trädgårdar nio med tjugo Leizlip årlingar, alla ormhalsfåglar, hade en sådan fläkande tid med förtjusta skrik av vad som är trevlig päläggsshaun gjord av gjord för och gråtande likt skoj, honom att bli borta, för det var aldrig lyckligare, huhu;

än då det var miserabla, haha, i deras prövosäng, på strapatsens bolster, vid minnets glimmer, under feghets överkast, Albatrus Nyanzer med Victa Nyanza, hans muskot av förödmjukad makt, hennes skönfallna upphängd på en krok, han, våra fäders Herre, hon, vår moddereen ru arue rue, de, ah, vid hallåpoker och blazier, de är, lika säkert som görinte droppar i diket …

Ett avbrott.

Var är vi alls? och ungefär i rymdens namn?

Jag fattar inte. Jag kan inte säga. Jag därsägen dig med.

Hus av cederbalsam av mjöd. Garth av Fyon. Scen och fastighetstomt. Scenmästares sufflering. Bostads inre i utkanter av stad. Skåra två. Kammarscen. Lådlagd. Vanlig sovrumsuppsättning. Laxtapetserada väggar. Bakgrund, tomt Irländskt gnissel, Adams mantel, med slokande giftasrymnings fläkt, sot och glitter, förbannad. Norr, vägg med framkomligt fönster. Argentina i sidohängt fönster Vamp. Gardinkappa ovanför. Inga draperier. Persienn fördragen. Söder, brandmur Säng för två med jordgubbsmönstrat överkast, korgknogare, clubsessel och käppsatt millikinstol. Utan boktempel, med ansiktshanduk. Stol för en. Kvinnas plagg på stol. Mansbyxor med korsbältes hängslängen, krage på sängknopp. Mans manchesterkappa med tamburiner och hållkäften, havsvask pärlemorknappar på spik. Kvinnas klänning sammaledes. Över spiselkrans målning av Mikael, lans, dödandes Satan, drake med rök. Litet nattduksbord nära sängen, framsida. Bädd med sänkläder. Reservdel. Flaggstycke lapptäcke. Juverned design. Tänd lampa utan kupa, schalett, gazette, tumlare, vattenmängd, julepot, klocka, sidrekvisita, eventueller, mans gummiartikel, rosafärgad.

En tid.

Akt: pantomin.

Närbild. Kabel.

Man med nattmössa, i säng, framtill. Kvinna med papiljotter, baktill. Upptäckt. Synpunkt från sidan. Harmonis första position. Säg! Eh? Ha! Kolla handling. Matt. Man delvis maskerad kvinna. Man ser sig omkring, avskyvärt uttryck, fiskögon, paralelliperade homoplatter, ghazometron pondus, uppvisar ursinne. Affärsliv. Rödlätt blond. Armenisk trädstam, svart flack, bärsperuk, brutto byggnad, episkopalisk, vilken ålder som helst. Kvinnan, sittande, blickar mot innertak, häxlikt uttryck, spetsig näsa, trekantsmun, fitheri varelse, visar upp fruktan. Waleskanin färgton, Nubiskt sken, nasal smilgrop, torvtäckt tuva, undergripen, frikyrka, ingen ålder. Närbild. Spela!

Inspicient. Utebli. Tablåare. Hennes tur.

Filmlängd.

Vid mare Pocahontas seniga styckbringa och vid Finnualas vita skuldror skulle du ha sett hur denna smarta bleklagda tös nyss hoppade en daddas strategi utifrån en kojliknande gammal moder Mesopotomac och vid åtta och åtta sextiofyra var hon borta, dörr, knattlampa med henne, billys storlemmars prodgande efter att drottnings ledning. Promiskuös Emresa till Fiammelle la Diva. Flås! Hans drag. Mörkläggning.

Cirkus. Korridor.

Scenbyte. Väggvåningar: sjunk och fly. Strålkastare bearbetar vägg tygstycken. Spill spelandes skrapa och broar: trappsteg and sänka bakom rum. Två delar. Höbärgning efter kö. Omspel.

Den gamla humburgen ser ut som en ofullbordad sak. Så är det. Vid dess död. Men det ska pantas upp en fin stadsbudschef när det är avslutat. Under snabbmarsch. Kastellet bröstskyddsmakare säkert placerad i en rutig trappa. Den har bara en rutas trappsteg, att vara stadig, ändå utan att snubbla pattställer de backgammonare suppför trappen via skutt och bockar hoppfällbar dubbelhörna. Whist, stund och spel.

Vilken scenisk artist! Det är idealiskt residens för mäklare. Vid honoms ingang till tinkt en trimmad klocka att Limen mr det där Hjärnspöket Godde, bli luftväckt. Lingling, lingling. Var deras sillgrissslor i allt. Knäppskalle, ansträng dig. Shoppa! Var snäll shoppa! Vänligen bråkshoppa! O var god bråkshoppa! Hur hillavarslande hans hus, häng på det? Jovisst, ska det bli så! Nogen, av brittiska måttenheter, är begraved beneadher. Här är hans ihällda decilitrar, hans alladimmas lampor. Kring den blomförsedda ölkistade, bytet med det bästa. För dem som han har förstört gör vi tacksamt nytt!

Säg mig något. Stadsbuden, så att saga, efter sina skuggstölder i tjuvlyssningen, är väldigt trevliga människor, eller hur? Mycket, all fyrlika berättat. Och på detta vis, Herr, Stadsbud (Bartolomeus, tung man, akterut, makrillskjorta, hayamatt peruke) är en excellent förfader och Fru Stadsbud (primadonna, framförhållningsbajs, gaffneysaffran, nattklänning, iszoppy, ströbröd) i en mest godhjärtad stökmamma. En så förenad familj patermater existerar inte längre på eller utanför papper. Som nyckelmästare passar i låset gifter det sig så att denna braskande reklam byggare till sin strömlinjerade hemlighet. De bryr sig inte om någonting bortsett från allting som är heltstadsbudligt. *Porto da Brozzo!* Är det inte fruktansvärt snällt av dem? Av deras kostymering kan du känna att de kommer från en sällsynt gammal familj och man måste attgiva den där avsmuttad i alla tonarter från bävan till iver. Jag tror jag börjar ana så mycket. Bara snakkest mig utmärkt! Jag kastar sten oss jag är pratsam.

Att nå en sked gör! Still høyhra till venstra! Här finns tvårum en trappa upp, vid förflank och vid knivkanter. Vem i skogen är de för? Jo, för små stadsbudsbarn, att bli räddade! Samundervisningar, flickpojke ensomslår, och timköp retsticka. Här är en sak du är skyldig att veta. Denna det var en gång ett tag sen var den and ra men detta är det andra en nattådar. Åh så? Korsikoerna? De äro räkneliga. Gästa dem. Större säng, mindre bickkupa. Gloriasåbutik, sov oss! Vem sover till exempel i nu nummer ett? En fitta, spinnande enkelt, Cunina,Statulina och Edulia, men så snällt av henne! Har din fitta ett pissnamn? Förvisso, du kan höra det passim i alla novelletterna och hon kallas Smörblomma. Hennes blotta namn säger det, en ordningsflicka. Så väldigt snällt av henne och vilket alltför kärleksförtrollande frökennamn att överge, nu då jag kom att dricka det filtrerat, en gunstkopp fylld med bitterhet. Hon är pappsens mest fantastiska dotterpärla och brooders fjolligaste tantbrud. Hennes ekvatorkorsnings fingerborgsskrins spegel kan bara visa hennes käraste frienden. Att tala väl hennes nåd skulle det handla om Grekiskt språk, om hennes godhet, den där gyllene legenden. Biryina Saindua! Loreas med lillias flagafling arrosas! Här är nyårssprej, posquiblomma, en vindburen och heliotrope; där miriamljuv och amarant och ringblomma att kröna. Lägg till lättaste knut till tiptition. O Charis! O Charissima! En mera intriguant bambolina kunde man uinte färga upp utifrån Boccuccia's Enameron.Skulle man ändå åtskilja en liljebit hennes näckrosor och, så, att andas, så, däremellan, skåda, hon hade omedelbart med sin handgjorda som att gripa myten mitt i luften. Moder till mott! Jag ska visa hennesord i kött. Närma sig inte för gasts skull! Itis dormition! Hon må tänka, fast hon föga inser, som morgon färskast, det har hänt henne, det vet du, då de ocksåvad två inte vågar yttra. Silvoo plysch, om utskälld tec knar hon ett ansikte. Underkjol sover men i hennes tankars mildhetsnäste är apoo en sjuksköterskepinne. Att bli presenterad, Babs för Bimbushi? Vid domstolar och med frestare. Upp, flickor, och på honom! Ensam? Ensam vadå? Jag menar, vår stridstiftare, blinkar hon flörtigt med sig själv. Fitta är aldrig ensam, vilket hennes lilla sovrum noterar, för hon kan alltid se på Biddles och säga smeknamn med sitt lilla lekfulla sto när hon sitter ned på plyschmattan. O hon talar, gör hon inte? Gifta sig, hur då? Rosenbladiserade ljud. Å Biddles es ma plikplack. Af plikplack gifte sig ma Biddles. En trevlig jezebel barytinette vill hon gifta sig men jag hellre föredrar hennes felbeteckning i jungfrulig gyllene tösliknande glädjerik jäntfull blomstrig flickaktiga skönhetskragar. Så gör jag, mycket. Dulce delicatissima! Gråter Dolly hon har bråttom. Kommer Dally stötpulla ät det baljtid. Allaliefest, hon som ynkar mycket småsten, vågar vi inte önska henne vår tregångers onsk? En härlig fruktan! Att hon sjutrippade på tå sin guldning, att hon spinner blå till trollslända till hennes tinnings slöja, att Berget Vemärjag det öppnar det henne till skyddare! Hon ska blåsa så väldigt mycket mera löftesfullare, blöja mej, än alla de andra vanliga marytjejer som stojar runt birgittaskola, charmanta Carry Whambers eller sturska Susy Maucepan av Marfry Anna Patchbox eller dumma Polly Flinders. Platsch! En plickplack.

Och eftersom vi talar om jagärhetlig av brukaslinga förrycktsåvida, som dåsar i sovrum nummer tvågånger? Tvåfåglarna. Helige polisman, O, jag förstår! Hur gamla är dina birdier? De börjar bli hopkopplat vuxna så snart som de må födas till att bli åldrande like dessa åldringar medan de lever under stolar. De är och de tycks bli så tätt bifogade som två likmaskar som vidrör varandra, jag tror mig lägga märke till, gör jag inte? Du gör. Vår begåvade tjur sötnos Frank Kevin är på hjärtärmssidan. Väck inte upp honom du! Vår långtifrånhörda boning. Han är lyckligt att sova, Herrens lem, med sin upplyft i välsignelse, hans puckel Iosa, likt den sällhetade ängeln ser han så lika ut och hans sladdriga är semiope som om han vore blåsdelling på en naken. Närhelst jag ser dessa leenden i ögon är det Fader Quinn igen. Mycket inom kort ska han lukta skönt när han hör en kuslig att avvänja. Vi underbart, den där pojken skall skrälla någon knekt när tyar sin dansks löfte och lämnar våra englatårar, trots oönskade föräldrar, för att bege sig till Amorica för att söka ett inkomst bringande jobb. Den där vrige dekanen med sitt moraslands ejförskämdhet! O, jag dyrjkar den profina musiken! Dollarmäktig! Han är också beundransvärd verkligen, eunik! Jag gissar att ha sett nångrabb som han i sagoboken, tror jag mött nånstans nånpiskad för vem han ska bli lik. Men hysch! Hur oförlåtligt av mig! Jag ber om dina förlåtelser, det gör jag uppriktigt.

Hysch! Den andra, tvinnad på torskleversidan, har gråtit i sömnen, skarpslipat sina framtänder på nån sortts första val av sötsaker uppfiskade ur moja. En stake i vårt mjöd. Vilken tandsprickande usling! Hur hans bok om fega föreställningar. Här finns posthumiösa tårar på hans intimella. Och han har pippettiskt bespillt sig själv från sin reserveringspenna lika illaspenderad från nedbläckningshorn. Han är jem jobb fröjd prick bajs klapp (dyft om för en kamrat!) Jedrry Jehu. Dus ka känna honom ytligt i bluffarna men du kan inte se vems häl han fårinhängnar med sin smidda hand jag inte sagt dig göra det. O, fostersömn! Ah, fatala glid! Den ende älskade, den andre lämnad, stolthetsbruden uthyrd till främlingen! Han ska bli ganska inom det bleka när lordbyron ögonbryn han svär honom så galet att bli av den sir Blake stamfolk dystert medan genom livs ovälsignad han red tillbaka av banér. Är du i nte en smula bulgär med dina tarmar? Vad du än avser med dystert? Med blek blake skriver jag tonatansikte. O, gör du? Och med stålvitt och svartpressning är jag pank för mitt söta ett anemonebrev med ett guld av mitt brudaste hår timade. Donatus hans märke, ad ress som följer. Så gjorde du? Från Katten och Buren. O, jag förstår och ser! I hans svetts black ska han finna det till sist. Vad Zigenar Devereux lovade Lylian och varför almen och hur stenen. Du må aldrig veta i preteritumet allt kanske som du inte skulle tro att du nånsin ens såg att vara ifärd att. Kanske. Men de är tre mycket blizky små portereener after deras uppfostringsklungor, Runkaav och Ätsoppa, vad mig angår förvisso åsikt. De skulle födas sådana, motspelandes, puck och narr, mariapojken på Donnybrooks marknad, godolphinggrabben i Hoys Domstol. Hur rysch- och pyschig man ska bli när det skvallras om Formio och Cigalette! Vilken dårskap oskyldiga! Deras valpdoms slipade kläm! Båda skumhjärtan ska bli jästkaka vid deras brakfest. Jag ämnar lämna en min kopparvisa välsignelse mellan deras par, för rosensluk, för grönhuggtand. Beck och tennsoldater, välfärd i en snusdosa. En del hela, alla delade. Gråta skallst thu icke vara när mänskan faller men det där gudomliga intrigerandet alltid blir beundrande. Så du bli antingen man eller mus och du blir varken fisk eller kött. Tag. Och tag. Nyp nyche! Vellicate nyche! Bli ens mens vi för låter för låter nu timmen av passerande minnelser snabbt med kväst. Adiey, mjukt ajö, för dessa trevliga presenter, kerryjevin. Alltjämt tillsorg!

Jeminy, vad är synpunkten som nu upptar en andra position av missämja, vänligen berätta? Mark! Du lägger märke till det på den där bakvägen eftersom mannen delvis medför förmörkelser femecogrön. Det kallas så för dess missljud meseedo. Har du nånsin hört hisorien om Helius Krösus, den där vita och förgyllda elefanten i vår zoopark? Du förvånar mig med det. Det är inte så att vi befaller från fullback, kvinna tillåter, ett frikostigt fågelperspektiv från bakom denna park? Finn hans park har blivit mycket beundran hos alla främlingar ena, grekiska och romaner, som anländer till här. Den raka vägen ner till centrum (se undsättningskarta) bisexar parken som sägs vara den största i sitt slag i världen. På den högra prominensen konfronteras du med den stilige vinregentens stuga medan, vänd mot de andra suveräna kindstyckena, exakt mitt emot, du är förväxlad med de i lika hög grad stiliga sakristiachefens residens. Runtokring finns en liten älskvärt tofsprydd och man påhejas när han beundras genom buskaget hur naturen i all frisko pigga upp av gentlemäns säten. Här är tunga måltider – det är för pappor härbärgering för hundrafläktar av våra supertunna tusen. Vid gummi, men du har harts! Ur dessa långörter frambringas joser för ledvätskor och fittor för hedningar. Lyssna! Detta är en trädberättelse. Hur olave, den där vävaren, var planterad i hennes livvidsidanom. Hur tannenbaum höll tonblomning. Hur kristi kors i norrlandes. De svarta och blå märkena tvärsemot skogen, som nu nätt och jämt är så avskalad, indikerande närvaron av sylviösa utsjungningar. Därjämte skumma ritter lånar sig till rustika rytterier. I dalen därbortom, därtill, står bergen nymf. Vilka snyggt kära som helst ska fångas insides men det bär en slättens dålig medömkningar. En röda nejlikan mular nu jordhögen där fordom först morden förväntades slå rot. Vi fionghalisk fejd. Snakketräd och syndningssten står på vardera sidan. Hystoriska tjuvlyssnanden må också uppsamlas med sir Shamus Snabbpatrick, Ärkefältskaplan vid Sankte Lukans. Hur bekant är det att se alla dessa intressanta ankomstbefordingar med en ormads ögon! Är allt? Ännu ej. Hör ens. På bonnen fundus i denna kungliga park, som, med tviport blygasiatisk trädgårdsarbete, är öppen för allmöänheten till sent på natten, så väl sissasteg så vill gångarna, missa inte att peka ut till dig själv en fördjupning kallad Helt Hålig. Det är ofta ganska ragnarökigt i vår närhet och ger valkyriösa tankar till huvudet men medlemmarna av de pentapolitganska poleetfurcarna fagotterar in i på blåsiga odensdagar deras välblomstrande ulvertoner. Ulvos! Ulvos!

Vargfolk törst thu börja darra av våra rörliga bilder i detta ögonblick när jag ska placera min hand med våra sanna vänskaper på thitt knää för att markera klart vad jag säger? Dru sägest vad? I Amsterdam bodde en … Men hur? Du darrplånar, du hulkar, likt en verry jerry! Niet? Vill du en guineserhälare? Gaij beutel av staub? Att känna, du? Ja, hur det darras, den timide! Vortigern, ah Gortigern! Merciaas överherre! Eller rycksorgar hjärnhud? Hejdning! Vilken pojkness! Enda skuggan syns. Detta just jibberveckas skämt. O, keve tystnad, båda! Skämutdej! Jag har hört hennes röst nånannnstans föfe mig i dessa öron som alltjämt är för mig.

Låt upp. Slåihjäl musier. Dunder i eiret.

Du var drömslut, kära du. Tassläpet? Patricket? Sko? Här finns inga fantarer alls i rummet, avikkeen. Ingen dålig orädd faadren, käraste. Opop opop capallo, muy melakoli styggpöjk! Gotgorod fader gåner följväg imollgon det lyckliga lasset till Lublin fö att göra hans generalbas grossmans storhet. Tag dessa två bitar stora slapp slapp djärv hash stjärtsida pap pap pappa. Gothgorod father godown followay tomollow the lucky load to Lublin för att göra hans generalbas grossmans storhet. Tag dessa tvåbitar stort slapp slap djärv hash stjärtsides pap pap papa.

– *Li ne dormis?*
– *S! Malbone dormas.*
– *Kia li krias nikte?*
– *Parolas infanetes. S!*

Allt e bara i din inbillning, dunkel. Torftigt lite bräcklig magisk nation, dunkelt sinne! Visa för mig nu, älskling! Oj om mej! Medan valje ström vindlar sejlar på för att hålla denna tuna med frikostighet rullande och nattposten långtbårtifrån morgon närmar sig.

När du tränar genom Lucalised, på svavelkurort att besöka, är det säkrare att träffa än att missa det, stanna vid hans värdshus! Hammarna säger kullerstenarna, pikterna hackar saxumarna, det är mysigt att gräva enbäds än balett på broadway. Stoppa i din blankett! För dess lopp pund lopp stegrar hostior alla vägrar till ruin och lager med livstider rikt nedlagda från fattigfolk. Skrikade föreningar att chippa, saltpeter att strö, gallhöjd att dricka, stenbröd att bryta men det är mobbare att svälja god blåbärspudding. Dåsa i den värme! När älvorna i månskenen, kännt varför, vill hålla min liljepärla glödande.

I sovgemaken. Domstolen håller på halva morgonen. De fyra lagmännen med sina palfreyhästar ska vara där nu, alla bileamande i sina säljaomer och skärpandes till sina penisiller. Boufeithern Soakerson vid upprätthållen tältpinne. Svabbsystern Katya att ha kravpratat och att hållit iskakad nedan'nas droghedare. Dessa tolv chefsbaroner att stå vid pågrundavtrist med sina hopvikta munkhättor och lagt av alla utflykter och falska alarmur och efter detta att gå tillbaks nu till deras runakött farumar och omsammanställa deras magnum chartarumer med vägens bredd mellan dem och alla harrumer. Alla pigbrudarna, i förmån glada, att strö slaskig aska på deras fallande hår och för påstådda gladbjällror att ringa sorgligt ringlösa händer. Madam änkenåden ska stå knäböjd hur hon är, som första mandråpare med sladd i spole. De båda prinsarna i kungligt torn, dolfin och deevlin, att ljuga hur de är utan att se.Madam änkenådens duffgerent at presentera vappen, klinga fullt utdragen och vad beträffar hjul utan att bli sedd av dem. Infanten Isabella från sitt hörn ska visa vördnad för duffgerenten, som förste ytterligare med draget svärd. Sedan hovet ska komma in till full sorgemorrn. Häri se du felar inte!

– *Vidu, porkego! Ili vi rigardas. Returnu, porkego. Maldeli-kato!*

Gasväv från himlen! Vision. Sedan. O, pluxty plötsigt, nblicken hänförande! Humlor! Den där klippan! De där seglen! O Majestät! Så äger olycka rum ska inte påbörjas! Vad har du därför? Fruktar du dunklen? Av vandrare? Jag fruktar att om vi inte har förlorat våra (ingen beviljar det!) beträffande dessa vilda delar. Hur är slag finister! Hur knulligt allting och bestfullt! Vad visar du på? Jag visar för att jag måste se före min motgång så en helt pekande påle. Stegarnas Herre, Vad för longitub! Kan du läsa avståndslegend härpå? Jag är hed av de förlorade. Deklarera! Till dúnlaoghaires obelisk via klippan vhad myles knox furlonger.; till huvudpostkontoret tålamods hurärocks; till Wellingtons minnesmärke en halv league felgänges; till Saras bro bra jägareoch nio att möta henne: till saken, en hemmansägares gård. He, he, he! Ler du lömskt vid detta, en fälla? Med en sådan frisläppt kulmage? Två kaskader? Jag ler lömskt (O min store, O mitt träsk, O mitt storsäcksben!) därför att jag måste se en flaggvävsmössa av ett så lillfinger på den punkten. Det är för en sann handskmakares hälsningar och många borgares med oss, storheter och dussinar, brukar knacka det på detta sätt vid téte-à-tête. Sedan länge har det varit avbildning av standardkunglighet när bruten på takpersonal som till lägga an skall kasta välkommen från Militärdomstols Fästning, umptydum dumptydum. Bemärk du dessa baksmällor, dessa rubrikfält, hans inflöde. Har du inte hört att, drottningen ligger utomlands från kulingarnas raseri, (smeknamn gyckeltitlar hennes Nan Nan Nanetta) hennes vasall av latentha digniteter skall komma till deras vik imorron, Mikaelsmässa, mellans det tredje och fjärde på klockan, där till alla kungens australier och alla deras kungs män, knektar luffare och kavalkader, ledda av härold gråfäll, Ulaf Goldarsköld? Hund! Hund! Hennes loft ska låsas upp för henne och deras tillhållarlås utsända. Ett framsteg ska skapas i gång, eller? Jag tror det väl, och uge för uge. Han skall komma, kyrkvärd antastande, av ariske jubileraren och på brigadgeneral Nolan eller buckanjäramiral Browne, med – vem kan betvivla det? – sina gyllene beaglar och sina vita elkox terrier för att jaga på våra examineringsillkomstfaxor. I Beauforts blått och brungult ska jakten göras. Det är adligt noblige. Ommes ska flina genom kragar när var och en rider andres arsle. Mig Eccles! Vad katters övergripande dödande! Vad dyker fram ur giljotinerade änkor! Snabb tid! Se upp för väntan! Vindögda utövar favorer på oss från hennes jäktspröda och Zosimus, fifflaren, i sin överrock, lagför oss med souffixare. Vi för sig! Här är handskar. Jag tror, vid Massmänskor Mestblandada! Om jag ändå törs uttrycka förhoppningen hur jag må ha möjlighet att närvara. Alla dessa pipel angedda och tågavstigna på hojygelar och troykalkyler och dessa ynkliga pruttande små solitärer! Tollacre, tollacre! Polo nord ska passa Siberniansk och Komplett Pelota ska vråla åt inte kasta mot slottsgräsmatta inte ghimklockandes på gylfbanor. Mauser Misma skall sluta att sträcka henne och komma utomlands för vad blinkingar är att bli sedda. En röd, en ranchägare, en heltäckande, ett veridamm och lika lättrogen efteråt som han var innan efteråt en slånbärsvaginas krikon. Mbv! Evabusiers annamation, hennes skratts lifvlighe, såsom mångfald av klockspel! Ha fridsamod, ber dig! Plats för damer! Även Lady Victoria Landauner ska lämna för att slappa och parasol, allt svindligt ini strömflämtar med hennes skjortbröst stärkt. Britus och Gothius skall inte längre knuffas om den där sonneplatsen utan markera försoning när, med si så tystnad, Cloudia Aiduolcis, bra och uppfuktad, skall låta falla, ja, nej, ändå, nu, ett regn. Muchsias grapcias! Det är så sött av henne, den stripiga, och de ses snart växelsib så en sautril som en mes. Its ist inte tåren i denna upptrissade rörelse. Bilett sexpence! Poum! Heela val tjuren!

Dåre pröjsar notan. Häller upp Kannan full. Ringning, ryck i klockan! Ännu ceremonier hos samer, mycket mycket mer. Så vänligastdin! Det står i Instopressible hur Meynhir Mayour, vår boorgomäister, thenne pålitlige Torsman (vår Nancys fansasi, vår egna Nanny Store Billy), hans tegel upplyft, i bästa haklapp och krås, med Woolington stövlar över tyg babbishkis och hans fördunklade spatserkäpp och nackspets aurelia, omgiven av hans fullständiga samarabete med fasta baronnetter och blanda våra pueblos, tyglad av kedja med händer från svältare, griskulle, mörkallé, galgäng och sprätt och stegar och stappla, ska ta emot Dom Kung vid bredsten skåttkärra möte ett nyckklar av goodmorron till hans pompej kudde. Mig lunkar prickig till ers nåds myndighet! Stig upp, sir Pompkey Dompkey! Ör! Ör! Svagare! En allhets allitidsidor! Men vi saknar den där äldre hasten ändå sökare av den visa gravlöken i kapuchinapans trädgård. Att hans bli överflöd, gamle Caubeenhauben! Det ska bli alla dagars vändkrets. Vid Sjötungas prakt! Perfekt vädrast förhärskande. Dettaefter, snabbts måttemuskot iårdningställa, han skall aidresserad till Hans Serenmesta med en talläsning från hans minstmålade veläng, alfi byrni gammanhandlat etcera zezera acla treacla borde tillfångatagare lomdomnuu, som underingsmedans att illuminiatyrerat ett, Papyroy av Pepinregn, min Herre, viktig, stor Kung, (hans schavott är uppställd där, som för att bygga upp, vid Rex Ingram, skönhetsgeneral) ska petas ut med sin kanyl in i gobelängen av vad briljanta brokläder och skämtar till med hans tungspets åt de krimoserande balkongdamerna, här finns en hjälp upphäva deras blygsamma kvarfstanningar med en fullnwedanför må roligkänslatillhörig. Mildatiders, detta kan bli det! Klockspelen ska ringa sina gluckspeels. Rng rng! Rng rng! S. Presbutt-i-Norrr, S. Mark Underlinga, S. Lorenz-vid-redskapslådan, S. Nicholas Myre. Du skall lyssna till anune S. Trädgårdsmästare, S. George-Greken, S. Barclay Moitered, S. Phibb, Iona-på Fälten, med Palle-Aposteln. Och audialteroch: S. Jude-vid-Port, Bruno Friars, S. Weslen-på-Raden, S. Molyneux Förutan, S. Mary Stillamaries med Brud-och-Audienser-bakom-Wardborg, Hur chimärt i själva verket. Alla tingeling lassoklockor! Så en många av kyrkor man inte kan bedja egens böner. Det är heligårets dag! Juin juli vi må! Agithetta och Tranquilla skall blygsamma omklausulerad men Marlborough-den-Mindre, Storekrfist och Helig Beskyddare skall ha öppna virfilancer. Beata Basilica! Men ska inte bli pontification? Hamn, hamn, ett spel! Primatiellt. Vid vattenkant. Cantaberra och Nyarejork måtte underförsiktiga när, vid vesprar, för städer och berest, hans guldvita svajspö upplyftad i höjden, umbrellaparasoll, Monsigneur av Deublan skall skänka till alla. Benedictus benedicat! Stig ombord! Och måltidssyn! Koppla från honom detta bittern, frustrera mig denna kyckling, visa upp på andra sidan trankran, lår henne hennes duva, snör upp mildra kanin och fasan! Sjung: Gamle Finncoole, han är en mogen gammal saoul när han svinmatar med sina fufflare fritt! Poppop samling! Ty vi ärom helt igenom gladlek föllhellkillar som ingen butelj kan neka till! Här blir foreller kulponerade för er och laxar ryggradsskurna och störar trancherade, humrar ljustrade. Kalla på halton ätord! Mujmma mej moe morsan! Vad, inga Italienare? Hur, inte en Moll Pamelas? Följaktligen! Spela skådisar av oss nånsin har krasch på deras port. Herr Messop och Herr Borry ska producer av sig själva, då de är två gentleman från Veruno, Senior Nowno och Senior Brolano (slurligen! slutligen!), allt för kärlek till en timligt botfärdig som, nöär hon blir framkallad, rhoda är en rosig hon. Deras båda stora skinn! Hur de strävade att få henne! Vilket pojkspel! Deras boucicaultur! Vilken tyronte kraft! Köp vpra fayer! Mitt namn är nytt och på Granbyn i bergen. Bravose! Thu förrädarslav! Jag heter Apnorval och på andra sidan det Storabortom Bergen. Bravossimost! Det kungliga nusjuka eras show skall sluta med sångglid till naturs högtidliga tystnad. Djupe Dalchi Dolando! Må mild harpa tillsnorungigt! Det ska skänka tullväg till tummelpladsen och foraindanser och häckhinder och dollmanövrar och vesuvius pyroglyfer, ett snö av gryningsflingor, vid mörkrets inbrått får Graces Manesti och våra fina damer, alla assamfödda. En del heltid i heta staden i kväll! Har du inte hört? Det st¨år i bok om detta som är. Jag har hört npån som helst berätta det i går (mäster skinnberedare med armband var det) hur man skulle komma i gång i mårrån här men det är aldrig här denna enda dag. Nåja men påminner mig att tänka, du vardå i går? Ys Morgana krig och det är alltid imorgon i tots andras plats. Amen.

Sant! Sant! Förunna mig mer ljudbild! Det skänker ursinnigt att tänka. Är rike Herr Pornter, en junker, inte alltid i sin så starka hälsa? Jag tackar dig för det bästa, han är i en tagen affär utomordentligt herkuleansk. Man ser hur han är en massa hårdnackare än tidigare. Man skulle säga honom att hållahela en litteringtur av unggetter under hans aproham. Har stilige Sir Pourtner alltid varit så länge gift? Jovisst, Herren Pournterfamilias har varit gift man ända sen så länge sen i Hurtleforth, där han framstår som vår oljige aktive, och, ja, förvisso, han har sin majk son och sina båda fina makj söner och en jättefin mick vill de regnrocka mellan dem. Hon, hon, hon! Vem för vad kastar du åter lömsk blick? Jag kastar inte lömsk blick, jag knackar dina förlåtelser. Jag är högeligen honhon allvarlig.

Måste du inte vilja gå nånstans för närvarande? Ja, så synd! Vid tidigaste ögonblick! Den där stickande heta känslan! Eftertänk mig inte spilla det är vid alltid så guey. Här skall vi göra en lång promenad (Så synd) vartsonmhelstgå khaibitar till saireys ställe nummer ett. Is, is, Jag vill att du beundrar hennes scenerier illustrerandes vårt första nationella nederlag, ett borde borde ett. Vi ska också se ned på det där vadstället där Sylvanus Sanctus tvättade men hurdley dessa stjälp av hans smorda. Visa aldrig nånsin baklänges, krokodilledd, tills att du blir ganska rö i ansiktet! Se upp! guardafå! Det är Hjärtats Tjuv! Jag är angelägen vad beträffar du skulle alltidkastat ditt avlagringssalt. Jag ska dui sui, tefnute! Dessa grilltida vågskuttsljus! Vänligen säg mig hur sjunger du dem. Seekhem seckhem! De stiger från en klar vårbrunn i närheten av vår park gör det fåniga att höra allt blandas. Denna plats för ömhetsbetygelse! Hur klart det är! Hur de förhäxar, ormbunksbladen som flyter däruppå, bokstavs förgreningar! De drogade stammarna, löven inhugg på träd! Lägger du in deras tantriska stavningar? Jag kan lese, skillsmätress hjälper till. Alm, vik, denna väg, gallra utmaning, ta ett besked, garvade runor järnek sälg, möt mig vid tallen. Ja, de skall ha fört oss till vattnet mötandes, via häckar av jungfrulig farmränta, sedan här på ett annat ställe är deras lätthetskapell, sålt för en sång, om vilken du har tänkt mig prisa mitt pris för mycket.O ma ma! Ja, Ziods sorgsne ene? Sälj mig, min själ käre! Ah, min sorgsamme, hans kloster dryper av hans munkstormhatt, hur det är trist till döds, all hans mörka mugrönsklump! Varest kallt i nöd. Se ändå, min bleknande kyssenskönhet, i det under nära är hon också glad, hennes kjortlar gröna, hennes nigningar vita, hennes peon päron, hennes nistlingsloes! Jag, pipette, jag måste också snabbligt pröva mig mjukt in i detta lätthetskapell. Det skulle jag hellre än Irland! Men jag ber, gör! Gör din lätthet! O, frid, detta är himlen! O, Herr Prins av Pouringtoher, vad helst skall jag bblidka att göra? Varför gör du såna livssuckar, min skatt, när jag hör från dig, med limmenings klagovisor, efter den där svullne ene? Jag sjunger inte, jag försäkrar, men bara jag är såså ledsen för allt i min saarasplats. Hör! Hör! Jag gör det! Lyss mer till dessa röster! Jag hör dem alltid. Hästhem hostar tillröäckligt. Annshee läspar hemligthet.

– Han är lugnare nu.

– Lagligtberättigad. Tillgångsattskiljaskotan. Ejvildärsch. Ikraftavoaptz. Tvennesuputfick. Haochvänta.

– S! Låt oss gå. Gör ett buller. Slee …

– Qui … Giren …

– Nyanseravrikautvecklingmorrn. Vaknauppstigochbevisa. Tillhandahållföroffer.

– Vänta. Tyst. Låt oss lyss!

För vår underjords hjärtefiende arbetar tand och nagel övertid: i jordvener, paddkaviteter, schackknutor, saltklestrar, undernärd: tjatiga eldnafsare knacklandes ärjkarl upp ut ur hans bakomkoppling. Grav blir deras redskap! När de ungakolvätena snatrt ska bli hjärtärrade på deras bättres dörrnoggrar: och ungaglin ska bakmuddra diamantklyvningar över deras föreliggi underliggningar, skinande och gruff murslevandes ett gradike för deras fyrspannslipsiga förfäder. Rösta för din klubb!

– Vänta!

– Vadå?

– Hennes dörr!

– Öppen?

– Se!

– Vadå?

– Försikig.

– Vem?

Lev väl! Iniivdluaritzas! Ton!

Kan'te öra! Hennes sovsalar ofe? Hora? Hennes eskmena döttrars hopp? Whope? Ellme, elmme, elskmegstund! Snart!

Låt oss överväga.

Prokuratorn Interrogarius Mealterum presänder oss detta erbjudande.

Honuphrius är en lystnadsfull extjänstgöringsmajor som kommer med ohederliga förslag till alla. Han anses ha begått, åkallande *droit d'oreiller*, enkla trolösheter med Felicia, en jungfru, och för att praktisera onaturlig coitus med Eugenius och Jeremias, två eller tre philadelfier. Honophrius, Felicia, Eugenius och Jeremias är besläktade till den lägsta nivån. Anita, Honophrius fru, har tillsagts av sin tjänstekvinna, Fortissa, att Honuphrius blasfemiskt erkänt under frivillig bestraffning att han instruerat sin slav, Mauritius, att uppmana Magravius, en kommersiell, eterlikna Anitas kyskhet. Anita är inforfmerad av några av Fortissas illegitima barn med Mauritius (det är Wares antagande) att Gillia, Magravius trolösa hustru, besöks i hemlighet av Barfnabas, Honuphrius förespråkare, en omoralisk person som depraverats av Jeremias. Gillia, (en fräckare blandning, insisterar D'Alton) ex equo med Poppea, Arancita, Clara, Marinuzza, Indra och Iodina, har ömsint blivit sedeslös (enligt Hallidays sätt att se), av Honuphrius, och Magrfavius vet genom spioner att Anita tidigare har begått dubbelt helgerån med Mikael, vulgo Cerularius, en ständig kyrkoadjunkt, som vill förföra Eugenius. Magravius hotar att få Anita våldtagen av Sulla, en ortodox vilde (och ledare för ett gäng mesd tolv legosoldater, Sullivanina), som vill uppbringa Felicia åt Gregorius, Leo, Vitellius och Macdugalius, fyra grävare, om inte vill underkasta sig honom och dessutom bedra Honuphrius genom att begå äktenskaplig plikt vid behov. Anita som påstår sig ha upptäckt incestuösa frestelser från Jeremias och Eugenius skulle ge efter för liderligheten hos Honuphrius för att blidka Sullas barbari och legosoldariteten hos de tolv Sullivanirna, och (som Gilbert först föreslog), rädda Feleicias oskuld åt Magravius när som konverterad av Mikael efter Gillas död, men hon fruktar att, hon genom att tillåta hans äktenskapliga rättigheter kunde orsaka klandervärt uppträdande mellan Eugenius och Jeremias. Mikael, som tidigare har levt sedeslös med Anita, befriade henne från att underkasta sig Honuphrius somoffentligt låtsas besitta sin förening på trettionio flerfaldiga sätt (*turpiter!* bekräfta *ex cathedris* Gerontes Cambronses) för slakthushygien närhelst han framställt sig oförmögen att fullborda genom beklagande. Anita är störd men Mikael hotar att han tänker spara hennes fall i morgon för den ordinäre Guglielmus även om hon skulle praktisera ett fromt bedrägeri under affrikation som, av erfarenhet, hon känner till (enligt Wadding), ska leda till nullitet. Fortissa är emellerid uppmuntrad av Gregorius, Leo, Viteilius och Magdugalius, återförenade, att varna Anita genom att beskriva Honuphrius starka tuktan och Caniculas depraviteter (*urpissimas!*), Mauritius bortgångna fru, med Sulla, simoniaken, som är abnegand och ångrar sig. Har han hegemoni och ska hon ge sig?

Översätten slap, du avlar en bradaun. I varorna från Cape och Chattertone, avliden.

This, lekmanna läsare och gentilmän, är kanske det vanligaste av alla fall som stiger fram ur paraplyhistoria i anslutning till skogsindustrierna domstolar för rättstvister. D'Oyly Owens anser (fast Finn Magnusson själv också anser) att så länge som det finns gemensamt kapitalkonto i de båda namnen en inbördes förpliktelse är förutsatt. Owens citerar Brerfuchs och Warren, ett utländskt företag, alltsedan rånad, registrerad som Tangos, Limited, försäljning av vissa ägodelsartiklar. Aktionen som ägde rum när förvaltaren av hednakyrkans katastroffond, lagförd av dess förvaltare, en statstjänsteman som avgått, för betalning av tionde som förfallit till betalning hördes av Domare Doyle samt av en gemensam jury. Ingen fråga väcktes vad beträffar skulden om vilken intyg sa en hel del. Försvaret hävdade att betalning hade genomförts. Fondförvaltaren, en Jucundus Fecundus Xero Pecundus Coppercheap, gick i genkäromål att betalning var ogiltig då det offererats fordringsägare under skydd av en korsad check, underskriven på vanligt sätt, i Wieldhelms namn, Hurls Cross, attestkopia tillhandahållen, och dragen av senior partnern endast genom vilken förläggningen av sorter påverkats men i deras gemensamma namn. Banken specificerade, det nationella eländet (nu nästan helt i händerna på de fyra största aktieägarna för värde i Tangos),¨vägrade betala utkastet, fast det fanns rikligt med reserver till att uppfylla skyldigheten, varpå det pålitliga Coppercheap förhandlade det för och på uppdrag av fonden för det till en av hans klienter, en notarie, från vilken, efter beaktande, han erhöll i utbyte legal lättnad som mellan förvaltare och pådrivande kraft, med tack. Sedan dess har checken, en bra tvättbar rosafärgad, präglad D du D No 11 hundra och trettio 2, god för siffran och nominellt värde, hade cirkulerats i landet under mer än trettionio år bland innehavare av Pango aktie, en konkurrent firma, fast inte en makulerad skärva nånsin hade snurrat runt eller fluktuerat över landet i skepnad av hårdvaluta eller flytande kontanter. Juryn (ett surt dussin fetlagda herrar av vilka alla var egendomligt namngivna efter doyles) misstyckte naturligtvis gemensamt och var för sig, och den stridslystne domaren, som inte höll med om de allierade jurymedlemmarnas misstycke, gick helt utanför sin jurisfiktion och gav order om ett utmätningstillägg till den neutrala firman. Inget påbud kunde lokalisera den utarmade forne Breyfawkes när han hade inträtt i ett antikt moratorium, som gick tillbaka till de tidiga byteshandlarnas tider, och bara juniorpartnerns Barren kunde hittas, som inträdde i ett framträdande och dök upp, vid en antydan om rörelse och efter rörelsens akt via interimistiskt föreläggande, bland de manliga jurymedlemmarna att bli en absolet hästkvinna, ursprungligen från den proletära klassen, alltjämt med en bra titel till hennes könsnamn Ann Doyle, 2 Coppingers Stugor, Doyles land. Doyle (Ann), lägg till kvinna i, efter att med beklagan ha lämna jurtbåsen, protesterade glatt i båset i en lång jurymiad i rö korset koll, levererad i doylish, att hon ofta hade, i förråd för brysk efterfrågan som nästan växer till kokpunkt, rabatterade mr Brakeforths först av alla i utbyte vid nio månader från datum utan problem och, för att vara helt bokstavlig, buteljutsläppt i bekräftelse ett checkkonto om hur hon hade gjorts vid uppvisandet för tjänster erlagda betalningsmottagare av otvättbara oskrivbara överlåtelser, stundom pinkwilliams (skratt) men mer ofta *crème-de-citron, vair émail paoncoque* eller marshmallow serier, som hon, som bärare, brukade stödja, vidhäftandes, för sina varierande betalares lådor som i de flesta fall identifierades via pulppapper som stadens och förortens välkända tetigister. Vittnet, på hennes egen begäran, frågade om hon kunde och bearbetade nånting mellan bladen av notpapper som hon hade haft med sig för tillfället ifråga och hade tillhandahållit för domatna att se på i kamera, Coppingers docka som hon kallades (*annias*, Mack Erse's Dar, det adropterade barnet) föreslog därefter jerrykin och jureener och varenda jim, jock och jarry i det där lilla gröna tingshuset för hennes tillfredsställelse och som en hel akt av överenskommelse för att återförena sig själv, i morgon ovillkorligen, i förlåtpartnerskap med den permanent lagförde fondförvaltaren, Monsignore Pepigi, under Will Breakfasts och Sparrems nya stil, som, när alla hans kännedomar hade vidimerats i kopia, tycktes han erbjuda den stadigaste räntan gentemot henne, men detta för förslag avfärdades vid överklagande av Domare Jeremy Doyler, som, avvakta domslut i ett domstolsärende och kasta om undersökningsresultatet från den lägre kriminalvården, funnen, bortom tvivel om svek, klarandes sig själv ickesamtyckare av piclpackpanelen, tolv lika upright judaces som nånsin svikit sina thomer, och, *occupante extremum scabie*, överförde till Liffeys jury, som taktum är, kvinnande gav som fri var född in i kontraktsenlig oförmåga (Kalifen av Man v Eaudelusk kompaniet) när, hur och vardå mamys slavakt inte gällde och därför höll i högsta grad att, då ingen egendom i klag kan existera i ett lik, (Hal Kilbride v Una Bellina) Pepigis pakt var rena nonsens (högljutt skratt) och Wharrem skulle vissla för noshörningen. Ska du, vill du, fästa med Pepigi? Inte för Nancy, hur vågar du? Och usch uschusch usch.

– Han suckade i sömnen.

– Låt oss återvända.

– Om han inte förväckts.

– Göm oss själva.

Medans svävande drömvingar, hopfälldes omkring, skulle gömmas från fruktan mitt föga mig skyltdocka, håll min stora peruk lång strong manomen, vakta mitt barn, mon beau.

– Till sängs.

Prospektor projektor och buumooster jättebyggare av alla brovägar ve måsåvara, hoppande avlämningsplats och straxraktskuren sann slutstation och korkskruvadperambulauper, iver varifrån att göra mål dit, vandringslust, i turordning till vilket varje mycke måste göra dets mäcke, lika olika som York är från Leeds, varandes den ende kloke i en mockas värld att se på sig själv från i förväg, spegelsinnad kuriosiretas och skulle-till-det-stora som bringar berg att mullvadsjägare, hem via förste maken, risker bakom svin och hästkraft ner till hungerford, kuka denne man och skutta denna kvinna, våra påtvingade betalräntor, Bogy Bobow med sin listighets mardröm, Store Mäster Finnyukin med Phenicia Parkes, hans öras lamhet och hennes bens gap, allra som mest korigerande, vi bönfaller av dig, nerför deras nattvakts tjänsters stegställning och bringa dem vid soltids spolning med deras styvbarns nedermesta gängring, guida dem genom labyrinten till deras samilikar och deras pseudosjälvs alter ego ases, slingra dem bådahållen från alla kringflackare vilkas namn är ligiösa, från förlust av bäringar leverera dem; så de håller till sina rättigheter och ser upp med tullfritt, neoliffisk smed och magdaleniansk jinnyjones, drake mor och svag wiffeyfavorit, Morionmanlig och Thrydaciangalen, basilisk gloriös med hans wienerdrottning, tigernacke och svangunst, han lika hal som sina kärlekar, hon lika snabb som sina vener; denna främsta vita arsenik med legerad ölkompis, martialisk synd pekkadilly, fri att arrendera med första inteckning, slagrutetrumpen och mild össlev, stoppa-det-där-kriget och förnim-denna-fjäder, norrönablodhjärtandes och landsmulltvättbar, storartad gas med skoj-i-hörnan, grand slam med tricket-fall, högtidlig en och skabbig, torsk och kanin, i allt drömde vi den del vi fruktade, sjörövare kopplad till sin dam, kunglig bäver men konstant lymfa, värdshusvärd och goda funktioner, avslöjad slang och flodmynning, banga-ombytet och bulta-bolsteret, stor rök och lickley potatisplätt, mänsklighets färdman med samhällsledare, voguener och verklig, bulad och älva, Urloughmoor med Miryburrow, läckor och hemsk, basal förbannelse dock nåd i överflöd, Regies Producer med skärmdocka Vedette, hans anspråks pinne och hennes hjärtas stolthet, gräslig klintklätt men kuttrande klippduva, honsdag på friggavad, friherre och dam: att han måtte diskdolt upptäcka henne så hon må avkoppla honom. Så man må komma och tuffsa till dem, att de må snart ersätta sig själva; nu och då, tid i tid igen, i enlighet med periodicitet; från Neaves till Willses, från Bushmills till Enos: till Goertz från Harleem, till Hearths av Oak från Skittish Widdas; via mala, hyberpass, helsikehansväg per alpstig: genom landsvag och gäves, efter många mandalayer: i deras första fall, till den nästa platsen, till deras förledarcurryer: det höga och det om sidan, bägge instängda och enkla: korsa gullvivor yula, gula, gala, förbi pumpas pingvinad, purpurartad: vare de utpumpade till bredden andra bundna till talarstolar, långa fräsvägar under arthurssäte, honom till derbyt, henne till stan, till sengentid gör coddlam: i grunderna eller unterlinden: ånger att förlora och kalla slug: vid fartygssida, vid covent garden: munk och sömmerska, i silkig säckväv: konstiga drömmare, konstiga dramer, konstigt krav, plagiastisk dagarbetare, strandskämt käraste, irriterandest avogast: de starkfjorda nyodlarna prodesterar och karkery brottslingar golvtorkar det och friheternas kontorsarbetare som järnar vägen, blump för slagen lurig!

Stopp! Rörde sig om? Nej, går fort. Till sängs! Såhan är. Det är bara vinden på vägen utanför för att väcka alla skälvande fläskligg från att snarka.

Men. Ååm Gudd sin vilja, vem ska han vara, denne mitryman, sorts kung av jästen, i sin chrismy grånade bronsperuk, med snön i sin mun och den kaspiska astman, så bulkigt byggd? Reliker av pastor och levit! Dik Gill, Tum Lung eller Macfinnans coole Harryng? Han har bara sin huvudmyskista på och sin wollsey skjortplissé med ärtbalja jacka, också hans fötter bär dubbelt vida sockor för han måste alltid försäkra varm sömn mellan ett par fullt pälsade bankirer likt en havsöring i en kåpa. Kan så vara att Mishra Norkmann håller vårt hotell? Vid Gud, mr O'Sorgmann, du ser ganska bra ut! Häcklares mästar etnicist. Hur flink som en rävare visar fånig som en fisk! Han är sättpinnens egna doger för doublin existenser! Men en roligt fin dagsänd form av ett ord. Han rundar upp sin familj.

Och vem är partikeln hos honom, herrn? Så voulzievalsshie? Med ybbar och zabar? Hennes trixiesstig snubbklar henne, vop! Lycka på vägen för röks stålar hon öglar lampan! Va, den där gamla frökheten tårkademtorra! Välan, välan, välsåvbrunnar! Donauwatter! Ardechious mej! Med henne halvböjd lika stolt som en påfågelshona, allaknasig, och hennes forellbäck dallerkränga, ninyananya. Och hennes gåtillkamgarnsmammas durkslag brådska. Lyckligt teområde, stygg-glad fransk jude! Säljer solbelyst sope för att tvättabort vinschar och regnkalla korsdrag till hans pubars rekvisita. Hon trött läppja Pont Delislesas svall tills hon hoppade bommen vid Brounemouth. Nu har hon borrid hans huvud undee Hatesbury's Hatch och nedmyllat hans öde till gamla Love Lane. Och hon är bara samma gamla genomblöta korvöring. She's even brennt her hair. Hon har till och med bränt sitt hår.

Vilken väg tar de? Varför? Angell barnvakt eller Amen Hörna, Noorwood's Southwalk eller Euston Waste? Den förlösande mannen i sin övre gambeson medinte ett andetag emot sig och den lilla stund avtorkad kvinnoahoussy. De kommer terug sin diamantbröllopsresa, jättes tumligt älvdvärgs aln, förvärvande sina karaktärers ragatutveckling, andens aller, författarnas misstag, vår första dags man och din påklädare och min, den där Luxuumburgaren avec cettehis Alzette, konyglik grevskap med hans drottningskta grevinna, Stepneys skeppsbarn med hans båtsmans uteliggare, Dunmows fladder med anka-on-the-rock, nerskalat, sättet de vände upp, under tallar och påträdandes plågoandar, undvikandes stjärnfällorna och glidandes i slidare, riskerandes en startbana, ångrandes uppdaganden, från Äldre Arbor till La Puiree, eskippandes klockbaksidan, kristall i kol, hjärtanskärligt. Varmt och kallt och elektrickligt med närvaro och salong och promenadfritt. Trots all denna vetenskap kunde stövel eller konst kunde fylla på. Lås grinden. Gröp ur och lägg i dem. Enstaka vrak för den veke, dubbelyxa för posten, och kvick kveck kvack för den radioöse. Förnya den där bibeln. Du kommer aldrig att få post i din ficka om du inte har en braxen på ditt fat. Tiggare utomhus. Get för det Ionde, thu slö väktare! Se upp för Munkarna och deras Grepp. Skrapa era själar. Begå inga mirakel. Uppskjut inga räkningar. Respektera uniformen. Håll raaberna åt de listige hans plethron. Låt koppla duvorna till slanten hennes coynth. Hatainte fattiga. Dela med välfärd och spoliera bytet. Stabilisera pundit åt tom djävulen. Min tid är på fat. Buteljera ditt egna. Älska min etikett såsom mig själv. Förtjäna före maten. Slava efter drink. Kreditera i morgon. Följ min giv. Fånga mitt pris. Köp inte från syltor. Sälj inte till freund. Härnu skocka engelska och lär att bedja tydligt. Luta dig mot din lunch. Ingen torsk framför Mig. Praktisera predikan. Tänk i din mage. Importera genom näsan. Genom tron allena. Säsongs väder. Gomorrha. Salong. Mycken mat från min tidtabell. Oljas källor i vårt land. Låt öronwiggrars giftbara lära dig dansa!

Nu hjälper dem deras svär-släktare och unerlättar deras fall!

För de möttes och parades och lägrade och bågnade och gick och gav och stegrade och lyfte och bringade Töland innanför Har danger, och vände dem, sölandes till havet och planterade och plundrade och pantade våra själar och plundrade punden utanför murarna och fäktades och föreställde sig med ansträngda relationer och efterlämnade oss sina ondskor och återklykade krymplingars gång och underminerade lungachers, manplanterandes sju systrar medan varmuppvaktad kvinna skrubbar, och vände ut kavaj och tog bort deras ursprung och aldrig lärde sig den första dagens läxa och försökte att mingla och lyckades rädda och befjädrade fienders nästen och ruffade sitt egna och vägvänster om arenotterna och färjade vodavallar för de zollgebordade och undkom likvidering genom sina arvingars död och voro ansvariga för överfyllda distrikt och rullade gamlade stockar i i Peters sågeri och werfade nya träsnitt på Paolis varv och undgick Rachels lea och rammade Dominicks gap och såg tärda efter lazabord och red åttio uddavintrar och slog klipp olja och tvingade en polisman och hjärtlösade vid deras anleten i Förfördomsfull och Zachary slutade avlämnande och fortsatta fortsättande och väckte upp drink och hällde lindrade ned och örfilades av deras kunder och bet i gräset vid foten av valet när i hennes rådjursgård han gav upp sin get efter slaget vid Multaferry. Farao med féeri, två ljög, låt dem! Ändå vände de tillbaka, kvalade hans leif, hodödlighet, bulzebub och hänförd djevul, ljus i hand, hjälm högt uppe, at leka tittut stickert slummervarests snår, till deras stund med deras scen präglats för gott och boklen med datum han stängde, han låste och hon och hon seegn sin tour d'adieu, Pervinca ropar, Soloscar hör. (O Sheem! O Shaam!), och milt förser Isad Ysut munkavle, flisprande smicker i nattlöven, dopålitligt, till Finnegan, att synda igen och att återigen få barsk farmor knorra och flina medans de första grå strimmorna stjäla silverring förbi för att narra deras gräl i dollymount dråsandes.

De nära basen för köldtrappen, den där stora bolagiserat licensierade binhandlaren, sådan som han är, från tidigare tider, nio hostior i honom själv, i hans hydrokomiska etablissemang och hans lunkande lymfiga fluktarpartner, ringens slav som bekymrar handen som svänger lyktan som skuggar gångvägen som svänger till hans fördärv den upptagetnäste mannen som attraherade fenianens skall som syltade hans änka som fullproppade påven som sände det lag om på e frivilligas tallrik tills det klippte öronen Persse O'Reilly som knådade upp O'Connell ut ur hans husrum som axlade Burke som knuffade O'Hara som väckte gatumusikanten som grattanerade sin hop som tråtsade palldragarna till rimma rann som översvämmade rutterna på Eryans öar från Malin till Clear och Carnsore Point till Slynagollow och rengjorde fickorna livlöst friköpte alla lyssnarnas revben, vassal och lekman, som köpte nalladen som Hosty gjorde.

Hur som helst (det är en svår och penninglös fråga) ar de inte kallat honom till mångas deras åtlöjesindignationsmöte, vehmäns vedergällning vektiv volleyande, invadör och uitlänning, de anmärkningsvärda, krossande förtal i deras sullivans monterade skägg om honom, deras rätta berömdbara patriark? Heinz burkar överallt och swaneefloden hennes egna själv och Eyrewakers familj strumpa som de smugglade till liv emellan dem, rytanes (Big Reilly var den värste): fri sprit åt mannen från tjallaret, visst, han var aldrig värd ett hörnväga knull, och hans landsförvistats bäckenskål är hon ett varförgammalt bett av tark: när som de berusade sin zingiväg hustruvis från hans fynd min svalknings fukts frodiga vineri, kidnappkapandes genom flasknackepasset, när de halade hem med sina hogsheadtunnor, förebråendes, och hävdandes ventilatorhuvad tröst, lyftupphjärtigt, från karlavagnens blåfunkeldar och den marsianska frosten?

De använder inte, våra noesmå terminshandlare, avsky frånochmed honom, den än så länge oåterkönade åskknog, vars subrogue conneth ingen lordgjord undersidandes, hur mellan hustruligt styre och *mens conscia recti*, därpå hanmanlig man helt avstödjandes till omnikvinnor, men nu honsläpper hans kopplingar likt vilken maidavale uppersida ästryttare i ett idi nhål? Ah, dearo! Dearo, dyre! Och hennes illian! Och hans willyum! När de alla voro där nu, matinmarkerade för att se på. Vid forslafyra med allti plawshus, deras gladarsle cloudious! Och sen och också trivialer! Och deras bivak! Och hans monomyt! Åh hå! Säg inget mer om det! Jag beklagar! Jag såg! Jag beklagar! Jag beklagar att saga jag såg!

Ges där inte också ibland oss efter alla händelser (eller så grymtar en ledande hebdromadary) en del tillsammanfors av stillaochmenalltduvet detta såtillvidasomvidare som, allt upp och ned säger hela konkreationen, effektivt först kommer dit slutligen varje gång, som ett komplext ärende av en form, för dessa överskott och den där pasfalta hårdhörbarheten från deras eldfar, i flunsor och bullerlejon, genom färsk skamfläck och gammal förräderi, en annan lik denna förändring men inte riktigt sådan anander och stillochmen en icke helt den självsamme och menstillaen bara skadan och inropning immerhonom måtte alltid, med en liten skillnad, tills det sista aktuella så tidigt på morghonen, har alltiddestomindre blivit helgjort mottaglig?

Ändå födde han.

Låt oss varföre, riva upp åldrar, för tillfället befängt en ryckröstning av tacksåmyche till den hesast trugande experimenteraren som nånsin gav sin bästa hand till chansrisk, önskar honom med hans spelande utan slut på långsamt gift och en mäkta bred spelplats för dem själva mellan djävulens punschbål och det djupa anglesearådet, att de måtte tacksamt slå ett dövöra nära på vankelmodig desperation, deras aktieägare från Taaffe till Auliffe, som ska förbanna dem under par och mar med deras avkomma, skam, humbug och profit, till grönmögel ovanpå mjöldagg över gulsot lika länge som det finns sädesärla extrataxerad till ett testfall för envar en man.

Wi måste ha dem vare sig vi vill eller inte. Dom e tvingade att ha oss nu då vi är här på derasplats. Deras eller vårat föga hopp att undkomma livets höga blodbad av ständigidentitet genom överleva styckevis på variabler. Jävligt säkert har vi fått se till det innan luktfullt frånfälle förbluffar åss på denna betong nedför tidevarvs raviner må vi fånga oss skälva blickandes framåt till vad som ska på nolltid stirra dina vildar i slutanletet i den där multispegels megaron av återvändssnören, virvlad utan slut till slut. Så där fanns en bullrande ... vem in i Dyfflinsborg gjorde ... Med hans lödda järn, spadvis, hammarben och ... Där det fann en täck ung ... Som spelade sitt spel om ... Och sade hon du vaggade ... Vill du mixtra i min bog ... Och han sådde henne i Iarland, banade sin väg från Maizenhead to till Yughal. Och det var så som Humpfrey, mätaremir, håller sitt egna. Skyggsnygg vilar hon.

Eller visa på'nom nu, snälla du! Derg sarv ansikte skulle ta Patricks rening. Krokovis, i hans hipphöga björnsärk! Endräkts tredje position! Utmärkt utsikt från framsidan. Sidome. Kvinna ofullständigt utklädd man. Rödfläck hans pannmärke. Kvinnan är villebrådet! Thon är dullanyckelkongsvidogtilluradesiggarwaggapålinje (privata bedömare, byt här för Lootherstown! Bara romare, behåll er säten!) som drog alla damerna vänligen till vår stora metrolloper. Tveksam, tveksam, tmjugoti nästan, han anstiftar ner kungar för sin villas utvidgning! Stirra på honom nu i momentum! Eftersom hans broar har sprängts till barnpaltor, genom hans hulks läsida upprätt på hennes omloppsbanor, och hans enbärsfästes hävning i aktion, ser jag hennes örlog. Stackars lilla tartanella, hennes larmbrand är smattrande, trångmålen hon befinner sig i, bullogen hon bär på. Hennes flin osar efter för hennes kullar. Genom sin skyddsmössa fikus kvicka twist och hennes slumpmässiga skifts lyft och hennes ports forthet av att gå i takt, två tnakar samtidigt, hennes land jag är stolt över. Fältet är nere, loppet är deras eget. Gallionmannen jovial på sin bockiga bruna mardröm. Stortrån grävtjatandes sitt horungeskap. En till en tråkar ut en! Datteren, io, io, sover i frid, i frid. Och tvillingsönerna, ganyamedes, garrymore, vänder i trav och trav. En gammal pairamere knullar i en gallop, en gallop. Bossford och forforine. En till en på!

O, O, hennes feeriska setalit! Kastar sådana skuggor över Persiensblinda! Mannen på gatan kan se den kommande händelsen. Att fotoblixtra det är alltför omfattande. Det kommer snart att vara känt över hela Uranus. Likt avundsnöje titanerandes fruktan; likt rykte rhea runt planeterna; likt kinas drake avsnoppandes japetus; likt rhodaväca upp i öst. Satyrdagslyft anfäktar Phoebes närmaste. Här är högvattnet och det lingula högvattnet som ska komma över hjälplöst Irryland. Finns det ingen som kan malahide Liv och hennes bettyskepp? Eller ven vill köpa hennes rosenknoppar, kolsvarta rosenknoppar, nivias sulor, nonpaps of nan? Från fikonets fall till undergångs sista utpost varenda förgänglig årsdag medan parkpolisen skalar tittandes förbi för att tynga ner moral från grevskapet bubblin. Den där tränaren rullar! Kvickt, betala skuld!

Sparkaenspark. Hon måste sparka ett skratt. Vid hennes käpp-i-klossen. Sättet på vilket han lunkade omkring sin isterbuk, elbedubblerade, möte ofta kompis på, likt hale Kung Videträ, rövaren. Kain-makares muskotblomma och vaxliknande bräckenpaj. Men tarrant är märkt på sin våtvarma panna. Klockan halv kvickt på morgonen. Och hennes lampa var helt skev och en trumblig veke-i-henne, ringeysingey. Hon var tvingad att luravidare, hon måste sparka, den alltför tjocka veken för hennes älvas loomph, brett slickandes jessup, den rykande skurstenis. Och hennes fuskade skyddspunkt hos en utmärktad slagman, varhelst hon drog bakom sina stumpar för en tyldeslig blinkning via hans tunnelklyvna pungslaskar sedan den stigande knölens bowlade bollar, när han stödd och stoddard och fittig och trumfad, att se hade lordherrys blackhams röda snut abblar, det kittlade hennes bollomgångar till att umgås med slagmanskast vid klockankick på morr'nen. Tungspetsande honom vidare i hennes duvlika rotwaleska , med en snärt mot borgen för rfundsmörjning, för att brännskada henne snabbare, snabbare. Thu häck, tho hack, thu hucky hyrmånglare! Magrath han är min fixerare, han är, för att mura igen hela mina gamla kentgata. Han ska vinna ditt kast, prygla din gamle toms bowlande och jag utmanar thig, barackbullrare, att bryta hans dyk! Han är flott! Jag lobbar honom. Vi ihopkopplar all Tröskor tills de tommahav går googlie. Deklarera till aska och testa hans match! Tre för två duger för mig och han för thig och hon för dig. Gålättsamtlätt, för fältens gunst, eller heliga veliga, skålkupig, vi skall båda varda hejdå och genom fångad i tabbarna i fruktan han skulle slanga och spränga sina dunlopsdäck och väcka hennes barnbarn görandes hans drummelungar. Spelet gamle merrimynn, torg till ben, med hans slickebreda lakanshatt och hans käpphast strumpor och hans wisdens förman och hans daghemsförkläde och hans gentlemannagrepp och hans playbojs dykdopp och hans flannella förnimmafjantande, beträdandes hennes kulle och hamledown likt envål hållen jungfru, avlångad över, med hennes veck där hennes straffs vadderingar borde vara med kvinnlig rätt när, bajs, hönan i dorans kåkkönstighet började i kikkey nyckel till skratta bort det, drägg, drägg, gnägg. Gnägg, det sätt på vilket hon var veke till doodle-doo av hennes galgfågel (hur kommer det sig? Ingenboll, han bär sitt slagträ!) nio hundra och smutsy mer ej ut, vid alla tider utmed förfluten erövrande morganernas kuk.

Hur skylla på oss?

Cocorico!

Vapendragarslut ständigtfastande hord. Rico! Så notan till bowe. Som bjällran till friare. Vi härmed vänligast återgäldade revisors tack för dessa och deras favörer efter att ha säkert anbefallt. Cocoree! Tellaman tillflickvän. Tabernakel i tipperary, söner travlare i sällskap och deras transportbara tochtrar, tanks stramt anne thynne för hennes förkortningar tugovis hans personal. Eko, troké trokéko! O jag du O du mig! Nåväl, vi enas alla tankfullt i rendering gratias, välan, mellan återpasserade kärlekar, tiggandes din heders benådniong för, tja, exklusiva bildsvinsrättigheter hos härhör förtjust tispdam hans veckorekreationer, som dyker upp i nästa eons nummer av Neptuns Väktares och Trionvilles Lightowler med mer än den största upplagan kring hela universum. Ekolo troké troko troké chorico! Hur mig O jösses duhu mitt jag dume till jag O? Vidare tack till Miss Glimglöd och prydlige Mäster Mettresson som så vänligt profiterade deras servischer lika demittsälj av heder och, ja, som respektive stressbärare. Och en den hjärligasta korta nick av chinchin dumskenben att, nå, tålmodig ringasend som förutseende (genom din avgång), till alla sådana tillfällen, löstagbart ersättligt (tack också! två e intakta!). Lika väl som hans hörlurar av malthus, den prometeiske paradonnerwetter som först (Bed gå! bed gå!)lärde ut kärleks blixtar det sätt (visad sympati) att, jo, uppföra sig (nåd, bra skott! vänligen bara nämn det inte!) Kom alla ni getfäder och stönmödrar, kom alla ni märkesmakare och fallhammare, kom alla ni arbetsbesparande planerare och laddleiden utdelningar, eldfinnare, vattenverkare, djupt kondelade med honom! Allt detta liv är fortfarande död idigfödd, alla nogsagda dock bundna bli, agtt göra och att lida, varje varelse, överallt, om du vill, vänligen känn för henne! Medan den apelgråa gryningen släpar sig fram närmare nästan för att väcka alla drönare som dåsar i Dublin.

Humperfeldt och Anunska, nu för evigt gifta i munöppning av en grundplan av platsjägare, morrhårad sprätt och donabella. Alltman och esquimeena, som så ska separera fjättrar till ny åtrå, upphäver en föreningsakt att förena i bindningar av schismatik. O ja! O ja! Återkalla din medlem! Bokslut. Denna kammare står avbruten. Sådant prejudikat är i huvudsak en orsak till brist på kollektiv självkontroll i Donnelys fruktodling som livslånga skuggsidan till Fairbroders fält. Humbo, lås in jamaica dialekt! Anny, blås ut din ättiksbourbon! Stoppa undan bordsduken! Du kisser alkdrig teet! Och du må gå raka vägen tillbaka till din Tant Dilluvia, Humprey, därefter!

Träd tillbaka för att vila utan att först störa din granne, mänsklighet av förbryllande beskrivningar. Andra är trötta på sig själva som du är. Låt var och en lära sig att tråka ut honom själv. Det är strängeligen anmodat att ingen majsrökning, spottning, pubsnack, brottningsronder, grovfjäskning, nersmutsning, etc, skall äga rum under dessa timmar så ägnade åt vila. Se innan bakom innan du klär av dig. Blotta dig klädd under striktaste hemlighet som privatliv kan tillåta. Vatten *non* att uttömmas *coram grate* eller genom fönster. Åtskilj aldrig i sängkläderna den handske som skulle avslöja dig. Pigan Maud dumbommar avslag men babblar till Omama (för ditt liv, eller hur!) hon till sin nära vän som utför alla sysslor (och vad tror du min Madeleine såg?): denna ignorant sveper mestadels ut det tillsammans med alla de ganska gamla korporatörer (har du hört talas om en nedödmjukad djungelman hur han förutsåg byrn-och-bushe spelandes penna och plommon?): den gråtmilda floden får sedan sin rätt (tilläggandes ett larm ett ting eller gör): därav följer dessa tvätterskor (O, förväxla mig mer om maggierna! Jag menar bwnee Madge Ellis och minior Mag Dillon). Lystring alls! Varje utdikares fegis i Dupling ska låta oss få kännedom om det om du har betalat bötesmannen genom vilken du hyr är öppet för att bli tvångsförsålt eller tillbaka i ditt skuldbelopp. Detta är allvarligt menat. Här är ett litet hem inte ett hotell.

Det stämmer, gamle oldun!

Allt är i själva verket snart lika allt enligt gamal rätt som nån nånsin var på mycket gammal plats. Vore han, när utskälld av den där pinnfågeln, att härstädes överskrida gränserna vid en sådan tidpunkt som denna är för att samla upp all skogens halvpenny och rivieror silverslant (halv tillbaka från tre gängs multaplussade på en tjugoplats tillägg allt till en femma med bövelen eller vandrares nummer aln en avgift och gör små ena) med vimlet på honom upprätthållet för trastars unga damer ändå sjungandes ud sina parasanger i cornisk gärd: betyder fjädrig eastend äppelceleri, gammal dam han hög hål: pollysuck patrullman Søkersen, stadsresidens tanquam, tyst crumlin down från hans hoonger, han skulle mac säkert av bläckhorn varufrämstbegravd föreskinande av ljus kalkon antingennågon av thonkels fönstöpp. Mera, om vi inte var aldrigså feltagna, om han bringade sina stövlar att pausa i frid, den ende vid sidan om den andre, mitt på vägen, skulle han inte ha gripit något ljud från gömställe eller nån gråtta bortom flödey av trållstav zigneade vatten, säganes honom nu, sägandes honom allt, allt om skinka och lever, stanna och smaka skinka i livré, och smörmera med mummeladen, att väckare havre för honom på leverfärg. Hänförelse! Skräcktimme! Äntligen förbi! Hynda vid torsk sedan herrin eller tunn vind bland dem träd.

Fräs! Som vi bara hade vårt dimljus att se med, cert, i vår synvinkel, jag och min auxy, Jimmy d'Arcy, hadvi inte. Jimmy? – Vem at ses med? Kyss! Inge skäj, kapt'n, vilket han stod oss, tre glada postpojkar, först ett par Mountjoyare och knäppa vildviner med hans snubbmobbares kvävare, upplivad från vår Theoatre Regals komisk pantomim, i båset vid Cambridge Arms hos Teddy Ales medan vi var på plats, kronjuveler till en jordnöt, var han styvfru, gammal nostung, eller en skulleöver, som han sa, grabbar, han tog lågt din Whitny hatt, hugger bort skummet och önskar, med all respektfullhet till det gamla landet, i morronkamrater, vi, hans långa livs styrka och läderskärm lån åt våran allhelgonade kung, pilden som han har vänt att svetsa väggen, (Herren förlänger honom!) hans ståndpunkt var, att prygla och bluchra honom innan den håla pläderande kyrkhallen och undervattens bar där borta med han gjorde ingen klass alls i hamn och cementerade kompisskap mellan våra vapenvilare, varandes en flykting, var han inte det Jonny? – Vem sann för mig? Issörja! Kaprifolsnuttare, det är vad min unga dam här, Fred Watkins, trumpeter Fred, hela vägarna från Melmoth till Natal, kallar hon honom, doppa färgerna, kelgris, när han begår sina särskilda frågor visavis ormens hemliga imperium som vid ett tillfälle var på vårt sutton down, hur var det, Jimmy? – Vem har sinneretter att deklarera? Nätfiske! Vidrörande våra Phoenix Rangers obehag vicd motet med servitriser, delikatesslinjerna, Elsies från Chelsies, de båda leggleglarna i blomning, och dessa parkskötares pest, spasm, tistel och senap, om de var beredda att på order ge upp sina fördunklande överträdelser som vi samlade måsta han vara rå i rörsocker, festen, nej, Jimmy MacCawthelock? Vem försyndar sig mot mig? Bris! Det är han med sin peruk på, tuggandes på sitt lönntuggummi, det är vår spannmålslabb, Herr burgomaster, en stor en bland de allra största, som han sa till oss meniga utifrån sin egen dåftande mun han brukade vara, mina grabbar, före denna lag om vinimport ankom, vad säger, vår Jimmy kapellbesökaren? - Vem fruktar alla mästare! Hej, Jocko Nulång, minegna söta arga älskling, som han pola verar sina tevare hos mig bakom tiggarens buske. Gör Freda, vare nu inte en emuggee! Fortsätt en, säger han, fast vi strandsatte genom hans välde. Vi måste spionera en halv ett bakben på kaprifoler nu hans gamla anletes hårtensam med hans försvarer ner under hans vad som händes stillastånd, säger min Fred, och Jamessime här som, besegra det, hon måste helt enkelt, säger hon, vår kelgris, hon skall göra en retroussy från sin utgångspunkt (Sättet du flyr! Likt ett oljud!) att hålla hennes hoppande borta från gräset medans avläggandes de blötmigejs ett musikhall besök och para hennes fyfajter före honom med bara ett krull efter rackaren återkom som vi bekämpade han var en artillerist och hans korkbildning lade upp två buteljer med glädje med en shandy havd av Fred och en fino oloroso som han värmde upp till, min rätt, Jimmy, min gamle brune friare? – Vems sorg, O så min!

Passivt uppföljandes till seepoint, under kungsbergs skugga liken för likaså av oss, vilkas välorganiserades förbjudna, vilkas hofd huvade, welkim krigssegel, hur fuktade du? Heligamaria, murgrönslessen, viulkenare och vemare, Herr Svart Atkins och du pinsesspenny soldattvåa, var du där? Var snös uppehåll, månstaplad snö? Eller hängde wolken över jord i umbrafärgad nyans hans blixtbomb? Nummer två kommer! Fullt innanför! Skymtade medelantalet moln? Eller föll droppande regn i ett stänk? Om vattnen kunde tala när de flödar? Timgle Tom, kista klockan! Izzy är upptagen nere i dalgången! Mizpah lågt, dudu, nummer ett, i djup fuktighet! Lyssna, vilselett makalöse, snälla! Du är naturligtvis. Du saknar honom så, att lyssnatill! Naturligtvis, mitt löfte oss emellan, det finns ingen Noel som han att höra här. Esch så eschess, douls en doulse! Eftersom Allan Rogue älskade Arrah Pogue är det helt Killdoughalls marknad. Triss! Bara träd såsom dessa var dom, vinkandes där, barkträdet, o'brierträdet, rowanträdet, o'cornelträdet, behanbusken nära vindsvept berså, magills o'dendron mer. Tremolando! Alla träden i skogen de tremofräck, humbild, när de hörde stoppa pressen från domedags innanskogs.

Tiss! Två söta misteltottar remsade till ett träd, iupp reste sig befriare och, infall, de var fria! Fyra kvicka frökenfruar, som blinkar under hättor, fick flickor likt pojkar älska majstångskarusell och spred ut vårt gröna med knepfulla par, fiftyfifty, deras barns hundrade. Så barnslig penny tog hand om föräldrars pund och många tjäna' pengar på det sättet i världen där snabbspår till rikedom korsade slum med löss och, orsaken till allt, gick han vidare likt en blästrande urbochorb, som brygger tredubbelt för att dränka sorg, giver och tager mayom och tuam, spelar miljarder med sina tre gyllene bollar, skapar party kapital från landat egenintresse, ljus på en piga men tung på börsen, vårt störste kommersielle emporialist, med sina söner buande hem från långtborta och hans döttrar uppbetslade vid hans sida. Fenval!

Hur tornade han upp det, skröt upp det, valfångaren i stakbåten, ett guineamynt för ett gryn, hans index i balans och sådant välstånd på köpet, med spöket som ryckte i framförvarande bagagediligens? Framåt på jakt, mästaren jackill, under natt och tillbakakrypande, hund att dölja, över morgon. Att falla ödmjukt och resa sig snålt, exponering av misslyckanden. Genom Duffys blundrar och MacKennas försäkring för övre tia och lägra femma band spelade på. Som en generation säger nästa. Oftare fallet. Först för en förändring av en sju dagars licens vandrade han ut från sin farmares hälsa och förlorade så sitt tidiga sockenliv. Därpå (det var i fenland) occidentalt plötsligt, sex juniutseenda lögnansikten spretade vilt ut ur sina varv via hans prosteldade grind, uppvisande alla former av spolingar i sömnlösa trikåer. Omgående vemsomefter i odaterade tider, mycket ordentligt ett dussin generationer föregående dem själva, en huvudchans att brista och missflöda hans öde, vredgande fult spel ö ver sina fems domstol och hans fina hönsgård där det var skonat en rättvis två av en fjäder enbart i tvättrummet. Därnäst, vid tillbörlig återflotation, började fyra orkanvindar att småflisa hans planglasade husväggar och griffeltavlan för räkningar hans bokhållare kokade. Därpå kom tre pojk jakthornare som motplundrade och korshornblåste honom. Senare samma kväll avvek två hussiter genom en lucka i hans stadgar och lämnade honom, de otrogna, att själv betala av minnen in natura. Tills, slutgiltigt honom, det krönande kornstrået föll, när ett explosium i hans destillerier dövdumpade alla hans torra varor till hans mest favoriserade syndaflöjt och släppte hponom, vad som finns kvar av en heptark, läroögd och skrivaktig, gråtande orosbunden på sin bankrumpt.

Fartfräs. Betala bärare, säkert och sorgligt, vid fot av ohoho hederligaste policist. Beträffande aldrig mer, vid Phoenis, svär Lloyds på honom, inte för slagen vete, inte efter Sir Joe Meades fader, tack! De känner honom, överenskommaren, åtminstone utantill, för en kameleont slutligen, i dennes sanna falskhimmel färger från ultravåldsamt till subröda vävnader. Det är hans sista försök till marsch genom den storartade tryumfaliska bågen. Hans regeringsbults skott. Aldrig mer! Hur gör du så här, Mistö Klåkka? Ni har trevliga mums plemyumer. Bönbetalda mina löften!

Håller med, Wu Welsher, han var kärnfylld till strandknull på inkomst som vid knoppning, av rävgammal bakstudiehet men vilken, hej honungsljuv, för alla värden i hans sistnämndas, enhet enhetligmest, firmans förmast? Vid hailad folkstämning, delvis farväljämmer, ackwmwladdat avslut, Noa-Noa, Nebob av Nefilim! Efter allt som följde för att gå i lära? Eftersom de nu nära närmar sig när som de ännuaste hastar hin. Oroskänsla, usch, kek, ptah, detg var en sjuk man! Käkasprit, puddigott, det är i sanning en sötaktig karl! Men umbluffare, bagdad, sir, den där skulle för en gångs skull bli över all vår hedrade kristmässotid påskademan. Lösningens fjärde position. Hur johnny! Bästa utsikten från horisonten. Slutfinal. Man och kvinna omaskerar vi henom. Begum vid pistol! Vem nu hårbroscher gammalsylta. Gryning! Naken till hans namnbeskyddares scalp. Hjalp!Efte att ha trummat allt hanborta. Hun! Tränade till en tum av sin torso. Mera! Ring ner. Medan drottningbiet vackeltutade han välsignade hennes sällhet för att känna hennes roligmans funktions Tag. Mullrande.

Rader, rader och rader. Rundor.

IV.

Sandhyer! Sandhyer! Sandhyer!

Nedkallandes allt. Nedkallandes allt till danskig. Ordning! Omstörtning! Eiremjukare till den välda blommande världen. O rally, O rally, O rally! Massor, O rally! Till vilket livsliknande ditt av fågel kan vara. Sök du såmånga spörsmål. Dis hav öst om Osseania. Här! Här! Kopp, Mall, Stab, Stank, Hav, Blåst och Spade. Dimman lättar. Och redan äldremans äldreman har tatt sej opp på andratider till litana bonamourerna. Sonne feine, somme feehn försvinn! Guld morron, har du betraktat Pirs gryning? Thanna ååårs sen har vi använt upp diina sedan när vi har sammansmällt nu annra. Kallande alla dayner. Kallande alla dayner till dagning. Den gamla fortplantande bradsted culminwillth av naturer till Foym McHooligan. Ledaren, ledaren! Säkraste jubelsluts albas Temorfam. Skälv upp, svaga dunkel, väck undergång för kraftkarl! Och låt Billy Feghin bli utbaalad av hans förödmjölkelse. Självsäkerligen till kyrksan. Vi har högsta gratifikationer i att meddela till tennkärl publikomst av praticierska potätanvändare, djingis är ghoon för dig.

En hand från molnet dyker fram, och håller en utökad lista.

Den alltid med säd av ljus säende såningsmannen till köldig gammal sovel som finns i Defmuts domnatorium efter natten som bar Noahs ord och natten som fick Mehs att myskrypa upp i en pjåskpotta, Pu Nuseht, herren för uppståndelse Ntamplins undervärld, trots triumferande, talar.

Vah! Suvarn Sur! Sprid brand till förnyare i skyn, du som agnitesta! Dah! Arcturis kommer! Var! Verb onybörjare genom de trancitiva rymderna! Kilt hos kelt skell bekantigen med kännigen. Vi väljer åt dig, Tirtangel. Swadeshi salve! Vi Durbalanare, bönfallerdig. En väg, Marganen, från vår astgamit, genom dimdöme till ljus tändvedandesljus har låtit hopas vi men jaga mig med resan, bryggambulerande, kalen hans kurs, bland körkågår'en i Somnionia. Även till Heliotropolis, det krenelerade, det förtrollande. Om nu någon spermasög en handduk och såmånlösa warmet wattare vi kunde, medan du sa Morkret Miry eller Smud, Brunt och Rubbinsen, gör solliknande sylp åm denna stridsfulla dyns botten. Ändå börjar klargörande vid. Varthän fläcken för? Varav timme vid? Men se! Lever hulme! Tag in. Nkräktare borde bli väskutstyrda. Qui stabat Meins quantum qui stabat Peins. Vad dig beträffar. Vi på nytt. Våra minglingars skuggor blandar dem och hjälper hjälp horisonter. En flaska och, raskt, det skall komma till pass, när härd vid härd skuttar levande. För den sprödaste stam med den hartsigaste topp Ahlen Hills, klubbpubbare, i diverseaffärer och. Förmakgenomtill, Lugh den Beroendekufe kommer att efterlyssnas och han slåpåkäftande satte eld på utifrån sina teiney ena. Gryningselds spjutfart att vidröra ain bordsstenen i mitten på den stora cirkeln av Helusbelus makroliter i bushmannens snudd på denna vår peneplan vid Fangaluvu Bukt varav de behornade rösena ståupp, stanserståndad, till tennmalm frohn, istmiernas avgudar. Överdär. Beniga grå spöklika skvaller växer ogräs i glöden. Förflutet rycker nu. Usling en best, även Dansken den Store, må trampstig med snusare han tryne imenligt till bencricketrunda. Edars skrocklig humuristisk. Men varför kärna ur uslingen innan noxet? Låt gällt deras duan Gallus, han, och hon, hou Sassqueehenna, gör ankmarsch vid krokig. En gång för kyrksångsmannen, två gånger för tumultet och en gång två gånger tre gånger för vädret. Så ett oätligt gult kött visar sig osenligt svartsch. Kvad tjänar att röva med Alliman, seglare, ett omvridet trav till Seapoint, pierrotetter, betyder Noels Bar och Julepunsch, bid Joge, om du har tipptappar i ditt huvud eller startar förbannelser, skraddare. Tystas du vid Henge Ceolleges, Exmooth, Ostbys för ost, påjkar, var och en? Dös fördärvar och det kvicka kväker. Men liv beger sig och kullarna talade. Skalv? Hafids kulle, knacka och knacka, nachensach, ger relief åt langskapet när han buskar sin lamusong tillpå gasellkanal och bruden från Bryne, skenben högt skak, är dotter än nånsin för en ungmö gifte sin fader. Märkning på uppgång! Vi må angenämnt bota Geoglyfs tjugonio sätt att säga goodbett ett wassing säsong liv. Med de fyrtio arbetsnarkomanerna blinkande vänligen mig mycket vad beträffar. Med hennes vädur. Det är ett långt långt sken till Nyairglands främste. För kårer, för strömfisk, för tillagning, för mobbunga, för asmutsarsle, för patater, för stekt gris, för män, för limerickar, för vattenfåglar, för viftidioter, för tölpar, för kalla viktigminer, för sena spårvagnar, för curryrätter, för storspovar, för leekser, för föräldralösa, för tonfiskmåsar, för klara guldvägar, för vitamintabletter, för penningjägare, för rättvisa pengar, för likkistor, för raserianfall, för rustningar, för viftryck, för skurkar som kommer, för sluga förehavanden, för lärksmather, för homdsmeether, för vaktelsmeather, kilalooly. Tep! Kom led, ödelägg lech! Topp. Klokt nog för oss har Gamle Bruton dragit tillbaka sin teori. Du har alpsålumpt smitt! Amsulummmm. Men detta är perporteroguing youpoorapps? Namantanai. Säkert att det inte reviengar ditt? Amslu! Bra allt så. Vi tycks förstå apad velängtomer dokument. Arans Duhkha, bland hästskor, triumfvagnar etceterogena förhandlingsrycksrullebärer, ofver och umnder, sedan, äv'nom eller fastän, i dubbel preposition som i trefaldig konjunktion, hur den slammiga forskningen i topaian som var Mankayland har bevisats från pikalavan närvarande i maramaramelman som medan en på varandra följande generation har varit i Djupereras djupa djupa djup. Begravda hjärtan. Vilar här.

Dö en plug han ska räcka. Växling.

Så låt honom slå till, dumbommen! Tills de tar ner hans splitter från hans shap. Han kanlätt. Fyll slutaslå.

Således faraklackar munkskatan. Lyssnande, Syd!

Barnet, ett naturligt barn, sedanägd av mnamn av, (aya! aya!), skulleblivar kidnappad vid en ålder om nyligen förmodligen, troligen avlägsnare; eller han frambesvor sig själv från syn genom glidning till hands; för vilket theatronen är ett lemoronage; vid mjölkgets marknadsmässa; i full dogdhis; gräs på en höst; klapp; de hundrande blundrande dunderfonder av plundersöndrad manlighet, se, han återkommer; återfödd; finkarnerad; fortfarande förutsagd kring härdsidan; på morgonen ett fakta; hyllad klockringares gealisksort; purmanant fiende, rök i hans skulle; vikna upp i våg som återuppstår i vågtopp; victis poenis hesternis; solumfosfat; framåt urvalaste av knep med krigare och sogner till Banba, begravningsarrangemang; under artiklarna trettionio i rekonstitutionen; enligt herrens order i konsekrerbar canon; jordförlorat att vi tänkte honom; pesternost, den ingenkände krigargrubblare; från Tumbarumbaberget; i narväro av hela landlotter; dössferinnan alla rassiar; sire av förslagna nästan dubbar; Digginar, Trähenge, Vd gäller att hänga ut på; med barnsig öl Fyllde hans angalach; cheftillräck; gnomesulfidosalamandmardörman; den store brucern, feet i fort; Gunnar, av Gunningarna, Gund; en av de två eller tre fyrafemsta vännerna en snubbe kunde möta i helgdagsträngsel; välsignad vare tunnan; kilderkiner, locket av; en mört, en oxmästare, en sorts högar, en stekel, en vintivat niviceny, ett hygieniskt knep såkallat av redaktören; ditt lårs tjocklek; du knox; ganska; tala till kyrkoherdens glädje och ömkan; grenen, ord och lim blivit mäklat av maybole trädgårdar; han; när ingen trana hörs i Elga; upput att tala detta läge; utan länkar, utan svårigheter, med gygantillvirvlar, med frifelsformer; parasema till honom själv; atman som strax; vilken annars eftersomar; ingen kvidare som förr utan som ung en palatin; vitlockad ej i avsaknad eller temperavanvid; fast han framstår som en rolig färg; lekatter någon; men en ganska så stor lus efter daliorna; plats inspectorum sergeant; också det håliga chyst uppgrävning; astronomiskt fabulagissat; som Jambudvispa Vipra förutsåg om honom; den sista halva versiklen återköpandes sitt pantsatta sørensplittrad och paddylappad; och pför att psluta vårt pskoj med en psolfjäder kyldande dödisgropen mickviot; säker, sträckrak, smal, ståndaktig, seren, syntetisk, snabb.

Vid Yasas antar! List gjorde honom värd uppnå ärvd önskan. Dropparna på denna mantel regnade aldrig kring Fingal. Gikt! Loughlins Salter, Will, gör en nyman om nånsliten. Soe? La! Lamfadars arm den har övövensstämmanden. Du tänker se om vi har haftat en sund natts sömn? Det får du. Det är, det är bara ungefär att rultaheltöver. Svapnasvap. Om alla de sällsammare tingen som någonsin inte ens i hundrundan och sämsta unthwosenta festtågen och en gång trevligt eller i eddor och odder böcker av grav, hinder och hål att bli ha hänt! Livslevandets helheter är den enda substransen hos strömtillblivelse. Totalerad i tilltalat och taltillat i titelsagt skvaller. Varför? Därför att, nådad av Gad och alla vimmelkantiga prylar, i vars ord voro begynnelserna, finns det två tecken att magen till, jästen och istet, den rätta sidan och den felaktiga sidan, känner sig trött, och vaknar till, så kårt, så lång. Varför? På dövsidan har vi Moskiosk Djinpalast med sinatvilling grannskap, läerlappshuset och bazaren, allahallahallah, och på skedsidan är det alkoven och rosengården, vischan värdelös, allt purgatory. Varför? Ens apredikament atornseglare om bröd och brakfest och parerbekämpning och hashsoffa men andra är av stödpinne och kastanjbruna inköp, utdelningar och köpslagningar i hetta, tävlan och fiendeskap. Varför? Varje prat har sitt sätt, visuell Shavarsanjivana, och allt-en-drömmar som kansknar under lyckoslup till sist är igenom, Varför? Det är ett fyllo av en swigswag, systomy dystomy, som varjenda du nånsin varsomhelst alls slumrar. Varför? Sådan mej.

Och hurpsadåsäg.

Se! Ett schakt av kusligt på gärning, anilancinant. Kölds deckare! Vayoss! Varifrån kom thoter? Det är oändligen febrar, vila feber, arias coranto, sovare vaknar upp, i det lilla av ens ryggkänsla, bedra, och igen, vittlingyra, en blixt från en framtid av måhända mahamaförmåga genom vindr av ett under i ett vildr är en weltr som en virbl av en varbl är en värld.

Tom.

Det är perfekt grader excelsius. Ett nonsens alltjämt stilla. Moln ligger men makrill är. Anemone aktivdoft, torporaturen återkommer till det mornala. Fuktig natur känner sig själv fritt tillrätta med al fresco. Järnörten är att förebåda medan gräset administrerar. De säger, de säger i själva verket, de verkligen säger. Du har äden frukt. Säg ett dugg. Du har snakked med en fisk. Berätta önska. Varenda den sortens personlig placerar föremål om icketing där såalltid och de bara gjort bliven gjord blivit i en ingång till allt medutan ett band att bli dina förlorare. Försvundlad. Du höll honom med tappen på bringaren. Det finns inte ett välgörande säljbart ljud sen dess. Istf i rörelse, pådrift med en flätte. Nuctumbulumbumus vandringsvis Nilen. Victorias neanzas. Alberths neantas. Det var en lång, mycket lång, en mörk, mycket mörk, en alburt utanslut, knappt uthärdlig, och vi kunde tillägga mest ganska ollka och någotsånär snubbeltumlande natt. Ände han sände. Diu! Det har gångande på väg, det är kommande till kom. Hälsar till ghastern, Hasta till morgning. Dormidy, destady. Dom är gynnsam. Bra nobbat, god annan! Nu dag, slö dag, från delikat till guddomlig, dagar. Padma, ljusare och sötraste, denna blomma som ringer, det är vår timme eller uppstigningar. Kittla, kittla. Lotus dusch. Till härnäst. Adaja.

Tag tack, sanctum, thamas. I detta öronpeiska slut mötas Ind.

Det är nånting övernattligt beträffande vadhelst du kallar honom det. Panpan och vinvin är inte ensamitet vanvan och pinpin din Tamales utan ogräs men helt enkelt endast de äro de. Dettayttrat följerär detta udda kamrat. Himkim kimkim. Gammalt jästerbröd må vara ett avslag likt en stump och kastaren går till aftomer på väggen. Mögel, mörker, läckage och garn nu vill de usla som de låg på. Och våra sista ord till dags dato i kamparativ akustomologi kommer att berättar töjning av en fantasi genom styrka mot fröjd, adjutanter, där han står upp. Stilla för stilla, ett hot för en strupe.

Tim!

Till dom i Ysat Loka. Hörande. Staden den omlöper. Sedan är nu med nu är sedan i stram fortsättning. Hörd. Den som har den ska ha haft. Hör! Ovanpå studsar truckars lastbil, bra, det ska bli exakt så färre timmar med så manga minuter av öppna dagen av veckan av maaned av året av åldern av mahamanvantaran av Grossguy och Littleylady, vår enormiga enormrumpa och vår kissakiss moder, actaman hussannameds, och deras börn och deras napirer och deras napirers börns napirer och deras lösöre och deras avskiljande och deras kognans och deras likar och deras smulor och deras alltings som är ska vara deras.

Mycket tacksam. Tid-på.da'n! Men värt, O kanslist?

Vissnar en dunk? Vartman! Se du inte så pfamnaren de pfinansierade, våra vatten som ärro in Himmal, harruat varor namas, opiumet, stiaret, tigaran, leofanten, när även thörst var athar våtmarker, mitt i klöver gled sobeln hedjlöst, klöv, klöv, klöv, klöv, padapodopudupedding på fattafottafutt. Innan vi äro! Betecknar, om oljeträd må tolkan, att, urtida betingelser gradvis har trätt tillbaka men icke förty placeringen av solitt och flytande i stor omfattning har härdat ut genom återkommande högtidlig häftighet, dödsallvarligt vigslande, högtravande begravning och lyckosam slagruta, göra möjligt och alltid; oundvikligt, efter hans en tid har en spänd de som har och inte har obeslutsamhet, på platsen och perioden under övervägning en social organisk enhet av en tusenårig militär meriterande monetär morfologisk kringformering i ett mer eller mindre fastställt tillstånd av ekonomisk ekologisk olja rättvis lob equilab, i jämvikt. I spel, Gearge! Monomorfemi för mig! Lessnatvare angardsmansjö! Du fick just bara en snudd av armé på magen. Till Angaren vid Anker. Akvatinkturer. Sjövärdig. Massa med tackskadu ha, artiga punktsynder! De e en tavern i tjärnen.

Tips. Tag Tamotimos samtalsämne. Tips. Browne likväl Noland. Tips. Var uppmärksam.

Varnånstans. Cumuluspåubulocirrhuspåimbant himmel valdes, trånadens pil har kilat hemliga vattnens hjärta och den popularaste skogen i hela distriktet växer för närvarande, ihögsta grad anpassad till panikslagen mänsklighets anspråk och, mellan alla uppgångar och allt som går ned och molnets dimma i vilken i sliter och dimmans moln under vilken vi knegar, bomar tingen som skadombas omkring det så att, bortom markering av lokalitet, det känns att man inte kan med fördel tillägga en mycket stor del till det föregående genom vad, sådant som det ska bli, följer, bara omnämnande emellertid att den gamle mannen från havet och den gamla kvinnan i skyn om de inte säger ingenting om det säger de oss inte lögn, pantomimens kärna, från kannibalkung till ägandes häst, varande, ihopsjunket och sluttande, att påminna oss hur, i denna vår älskade värld, Fader Tid och Moder Rymd kokar sin kittel med sin krycka. Dom varenda grabb och tös på gatan vet. Därav.

Polykarpos pool, Innalavias pool, Saras den mjuke som, av mittvägs marginal, påmellan Deltas Piscum och Sagittariastrion, vari vi en gång lave denne alve och vale, tillgjorthahing här från stormfågel, en pölbroar i en pasersäng, livens flod, regenerationerna av inkarnationerna av emanationerna av uppenbarelserna av Funn och Nin i Cleethabala, Alieninas kungdomän, en sjörövar ras, Libnud Oceanens hemsökare, Moylamore, låt det vara! Varifrån Allbroggt Neandser spårar Viggynette Neeinsee gladsiktad hennes Linfian Fall och en laggrävandeharv vände den första torvan. Sluss! Fångatstånd! Brafart blåset! (Händelsevis förmodas de tatt hans harpande framför Gages Helgedom för det måste vara över rumpiga fläck, fast några timmar västerut, som ex-Översten Houses bortomstolpe arvtagerska ska återvända till utsträcktheterna hos Dweyr O'Michaels ländsprungna det trubbrutna gäddhuvudet som hans hade huggit i hennes, förlängda skratt ord). Där börjar ett alomdräd att grönska, maltbröd sett för kärlekssäte, som vi vet att hon skulle, för genom medvetenhet hans lag, så det gör allt. Det är scaintat till Vitalba. Och hennes små vita avsugningar, trimmad tvätterska, är trolls vänsterprassel. Saxenlycka våra förfäder ansåg så vågat om nu går de såallti till Anglesen, fria från plikter, smutsiga däcksmönster. Där är också en platta sluskar, immerihågkommet, det enda i allt träsk. Men så naket, så flyttblock, skrävel svankande sådant ett brr bll bmm visar att, av Barindens, den vite alfred, det var skyldigt att ha åtminstone ha hyrt en del upptuffning uppe på. Homos Circas Elochlannensis! Hans sevärdhet vid Leeambye. Gamla Wommany Wyes. Pfif! Men, medan glans med mörker svävar här och där, den här treklövern och den där stripiga växten sägert till Paudheen Steel-the-Poghue och hans snygga Molly Vardant, i godkvastirländsk, hurrah, etta ställe är ett typiskt och hans prutt en vardag för kurdnal kommunal, så blir vem skulle celibratera det heliga mysteriet ovanpå eller att pirigrimen från Fastländer biten, lugnbladad hyddinburad vid den där blicken vars handgrepp han säkert menar affärsvinklar till empalflyttare. En naken yogpräst, iklädd solstoff, hans okay doakad med ormbunksbladaste löv, offrande till hennes egen negen. Tasyam kuru salilakriyamu! Pfaf!

Åstadkom det att bli åstadkommet och det ska bli, loke, vår sjö beklagad, det där grått saknas, staden Is träder fram (atlant!), urban och orbal, fast sippra fråns umbra under Eries vatten.

Havsvik!

Hur! Varf, mjölkkvinnor? Astarte, assay! Jordsuck är också himlad.

Hälsningsflickor, klippornas döttrar, gensvar. Långvarig glasörtskusten. Från thig till thig, thin konst är thin, att thu est där. Ju liknande desto nära, ju likare desto närmare. Å såsäg! En familj, ett band, en skola, en klanflickor. Femtoner ochmen fjortoner av novaer ocheller önskad av oktetter jaoch dekandenterad av en lunär med sista en ensam. Vars varenda har hennesolika från hennes plats liknelser. Sicut campanulae petalliferentes de i naturlig följd kring Botany Bay. En dwöm av dose oskyldiga dlickaktiga dlickor. Kevin! Kevin! Och de satte alla på röster om sjungande musik var Kevin! Han, Bara han, lille han. Ah! Hela klangromansade. Oh!

S. Wilhelmina's, S. Gardenia's, S. Phibia's, S. Veslandrua's, S. Clarinda's, S. Immecula's, S. Dolores Delphin's, S. Perlanthroa's, S. Errands Gay's, S. Eddaminiva's, S. Rhodamena's, S. Ruadagara's, S. Drimicumtra's, S. Una Vestity's, S. Mintargisia's, S. Misha-La-Valse's, S. Churstry's, S. Clouonaskieym's, S. Bella-vistura's, S. Santamonta's, S. Ringsingsund's, S. Heddadin Drade's, S. Glacianivia's, S. Waidafrira's, S. Thomassabbess's och (trema! ohögt!! pepet!!!) S. Loellisotoelles!

Bönfullhet! Bönfullhet!

Oj! Dett är scu vad skaell man nömna det!

Jungfruogueer har färgat tilsammmansandet. Stig upp ur din säng, grotta i en kofert, och tempel! Kathliner är kitchin. Urna gjuten, min vän! Du måste exterra exaktutfråga alla ärkepelikanerna. Austrologen Wallaby vid Tolan, som fjärrskaka våra skurar från Nyare Åland, har undertecknat duet och nuet vårt mandat. Milemsia väntar. Var smark.

En begärandes. Inte det smidigt smala, inte det brett rundade nära det smidigt smala, inte det lagomstort heltframhävda till det brett rundades läläge men, verkligen och nödligen, det slingrande, perfektportionerade, blomsterfläckade, välformat högfärgade, utsökta drag som svänger i det lagomstort heltframhävda lovart.

Var detta i luften ungefär när nånting ska sägas för det eller är det någon icke speciell som vill nånstanstiga för hela hur som helstet?

Vad gör Coemghen? Nämn hans gömställen tydligt! En träförbragörare. Är hans moraltach alltjämt hans bästa vapen? Vad sägs om lite mer målgörande guuld? Rowlins fat han vandra inte måste. Det är Rogas röst. Hans ansikte är en sons ansikte. Var din den tysta hallen, O Jarama! En jungfru, den enda, skall sörja thig. Rogas ström är tostnad. Men Croona är på distans! O'Dwyers av Greyglens arsle är ettbryntillbayse ettfält i hans platskaraktär av Pottertons förobducenter, rökarna kring den bryskhjärtade. När besökt av en oberoende reporter, »Mike» Portlund, till brinnande hålan senaremannens Resterant så kallas kommande på polisstation han mickar följande för Durban Gazette? förstkommande nummer. Från kollispondent. Var som helst. Dömmedag. Bosse av Övre och Undre Byggotstrade, Ciwareke, må han leva för floden! Spelens begravning vid Daltemplet.

Saturnätters pompa, uppvisar den där korrikaturen av en harss, yppad av Oskar Kamerad. Den siste av Holländska Schulder, kanskdeppig. Pipa i Dröm Pass. Frilägger Pub Historia. Illdådet, i Längden. Påverkad Mobb Följer i Religiös Övervakning. Återuppfinning av spår genom vilka de drogade buddhyn. Filmfigur på i scenisk sektion. Vid Patathicus. Och där, utifrån scuity, dimmigt Londan, utmed kanavanrutten, det vill säga med åren förgångna, mild stråle av vågen hans polarbäring, styrare bland stjärnor, förtroende touthena och du trampar sann torva, kommer sorteraren, Herr Hurr Hansen, hedlatiderna talande för sig själv om sina förhoppningar att falla ibland en gladylle av jungfrur gladandeshem från dansen, hans knoge redan i hans förmågenyckels klockkedja, en skaplig landsman ordentligt av Grimstads gallion, gammalt pars fris, uppätna till noxer med deras gäss och ärtor och havre på ett skärbräde och toymerna han skulle ha lust till i Wooming men med det där smajlet likt ett tecken på ynnest över hans äggläppar av solsken. Här hörs du i en gissamask, senareman! Och vilken förbättring sen! Lika rätt som posten och lika fet som en förvirring! Schön! Shoan! Skon Puztet! Ett öre för dina tankar om! Tay, tjockkuk, stjärtsnygging, mage, läcker, rostad, tay. Sats är för Bagare som baxtrar vårt bröd. O, vilken ugnaktig doft! Smör smör! Giv oss dessa dagar vår mejlade säck! Men mottag mig, mina främlakan, från den smaragdmörka vinterlängden! Förr dess är det dåss för Eilder Downers och dass är dets tuss, som sjungen sengrar, vad såm de hårtarbetande raktgångande solittstämplande säkertförslutande tjänstemännen som man kan förvänta sig vår enligt god tillverkningsseds passersedel mönstrar vanligtvis kärra för smärra och trug för slug när som knuffar sina huvun mot kudden för ett nattdelat naketskift med den andra flickan de bäddade ner för sweepsake. Pliktskyldig vandrare för sina hyders marsch. Har du tiden. Hans stick härifrån? Hörde du brottet, senny boy? Mannen var vimmelkanig av lettier på dagrigtet av daggboken, bli övertygad, vädervittrad med entre nous, mellangrått, spaggar, tedags, skuggor, nokturner eller samoaner, om välfyllda utfyllare plyschfeberfrauen med knasiga tuggare, och det här, det där och de övriga svinsvålta eller dämpade knutar, som tar en pipkurs eller gör en ångeat, sedd till sin päls i after sitt fall, när dr Chart på Greet Chorsles gata han ändrade sin ryggradvid en sittning. Han hade inte böjningen, som vad med fienderna som vad med féerna, men så långt som att hänga en smörbult på det föregående, varestdå tidsförskjutningar tillåter. Det mäktas bli vasåmhällst efter mörker. Vilka rådjuren ensammam de ser och mörkingarna de snuffar på uppvinden. Plaskande. Greanteavvents! Hyacinthier med heliotrollops! Inte en gång fullvixet missfoster och men dubbelbulvaner! Det är en prislappsiktion på porten till den kutuliska kurkan och summum mest atole för det. Var finns den där blinkande betäckaren, som av en skalars quound, aunten av en jakt vill ha rävar gode män! Var eller han, vår älskade bland många?

Men vad gör Coemghem, främjaren? Novis en tora. Den novenade iconostas av hans blågråade vitrioler men börjar i skenmanöver för att belysa hans legend. Låt Fosforon proklamera! Persika persika. Säg han att såg honom som såg! Man skall skarp spring göra ett tag honom. Fråga inte mer, min Jerry, Rogas röst! Ingen paisa soorkabatcha. Kärret som pakaruade buketten. Heremonhebers vingårdsgren på Bregias plan där Teffia ligger lämnad spegelvänd och tillbörligt fruktbärande men de kublika luckorna ickeslutar öppna ännu för timvisa sköljarsmörja. Läs Higgins, Cairns och Egen. Malthus är fortfarande lukked instängd. Innanför. Hur svepta därsvar alkov gör därinne! Bessaker solar på. Och primilabatorium solikaterar citron natrium ska bli absorberbar. Det är inte ens nu lastens maskin med halade morrier fyllda med korgar, du morgonmummel, dör hantel dumma? Visst och det är inte då. Grekens Sideriska Reulthväg, händelsevis, ska snart starta en mjuk med sin första enda snabbslöjd. Danny ringer istället för vialektfärgat mjölktåg på fartykket plandrivet med dess ändlösa galaxion av rotatoskallerormar och smultron våraäldres minnes som tjänstens skrik, Strubry Bess. Också vagnsvaggarna är fortfrande ändå föralltidade att påskynda efter natts förbränning. Aspekt, Shamus Rogua eller! Taceate och! Hagiographice Canat Ecclesia. Vilken Aubrey vår första skall visa. I närvaro som är vem är ska spela detta är vad som är det där till vad är detta, vad.

Ojäss! Ojesses Ojesesöjas! Gallernas företräde, ökänt, jag yam liksom jag yam, mitrogenerand i det fria tillståndet i etern, är nu kokandes att blåsa en gallisk kulingvarning. I drift Eyrlands Ö, Meganesien, Befolkning och tusen och en ö, Västra och Östra Tillvägagångssätten.

Av Kevin, av kreerande Gud tjänaren, av Herren Skaparen en lokal fruktare, som, given till det groende gräset, vände sig till det höga virket, slipprig task den fjädrande hälaren, som vi har sett, så har vi hört, vad vi har tagit emot, det vi har fört vidare, sålunda ska vi hoppas, detta skall vi bedja tills, i sökandet efter kärlek till kunskap genom förståelse för enigheten i altruism via häpnad, det må igen hur det må igen, skjuva åt sidan de fyra vädren och skicka vidare det delikata dagliga mejeriet och i förbifarten droppa kjolfånget av levande kol och jämna ut Nelly Nettle och hennes modige grabb, full av sting, glad åt sten, vän till gnognagares ben och lämnande all röriga röran att se efter vår dusch dusdch, miraklen, död och liv är dessa.

Yad. Avlade på Yrelands ultimata ysland i den encykliska yriska skärgården, kom deras fest om avlade heliga vitklädda änglar, blandvilka hans kristnare, frivillige stackars Kevin, hade beviljats pravilegiet med en prästs postavlade portabla altare cum balneo, under anslutning av det enda sanna korset, uppfunnet och upphöjt. i celibatiskt äktenskap uppstigning vid morgons klockslag och västfrån gick och kom i mässkjorta av guld till vår egen exakt i mitten av Glendalough-le-vert med ärkeängelsk ledning där mitt i mötet av vattnet från floden Yssia och Essia floden på denna en av varderas ensamma navigerbara sjö Kevin fromt, inlastar den treenige trisghagion, midskepps på hans välgörande altarsuperbad, flottad centripetalt, diakonal tjänare av hibernianska ordenssällskap, mittvägs över den förutsatta sjöytan till dess suveräna epicentriska sjö Ysle, varav dess sjö är det ventrifugala furstendömet, på vilket vid dagens början, kraftfull i kunskap, Kevin kom till där dess centrum är bland Yashgafienas och Yashgafiunas kringflytande vattendrag, en enysled liten sjö islanding en insjöig liten ö, varpå med strandad flotte subdiakonalt bad propter altare, extremt smord med olja, beledsagat med bön, helige Kevin bidade till den tredje morgontimmen men att bygga en rubrik botgörar honungsbikupa inom vars ihägnad att leva med självsstyrka, medhjälpare med avgörande dygder, varav det areniska golvet, som heligast Kevin uppgrävd lika djupt som till djupet av en sjundedel av en hel famn, som uppgrävde, ärevördige Kevin, anakoret, som tar råd, går vidare mot sjösidan av holmstranden varpå sju åtskilliga gånger han, österut knäböjer, i total underkastelse vid sjätte timmen insamlar gregorianskt vatten sjufalt och med ambrosiansk nattvards hjärtglädje lika många gånger tillbakadraget, medförande det där priviligierade altar unacumque badet, som särskilt sju gånger in i den utgrävda håligheten, en vattennivåers lektor, den allra som vördnasvärdaste Kevin, därpå utgjuten därvid låtandes det bli vatten där det var ditills torra land, av honom så medskapat, som nu, en stark och perfekt kristen bekräftad, välsignad Kevin, besvärjt sin heliga systers vatten, oupphörligen kysk, så att, väl förstående, hon skulle fylla hans badkarsaltare till medelnivå, vilken hans badbalja, medst välsignade Kevin, för det nionde installerad, i det översatta vattnets koncentriska centrum, varibland, när violett vesper utnyttjad, Sankte Kevin, Hydrophilos, som har fäst sin sobel cappa magna lika högt som till sina kerubiska länder, vid högtidlig aftonbön satt i hans mättade visdom, det där handbadkaret, varsomhelstefter, återskapat den uiversella kyrkans doctor insularis, väktare vid meditationens dörr, minnet extempore som föreslår och intellekt formellt överväger, eremit, han mediterade ständigt med serafisk glöd dopets ursprungliga sakrament eller alla mänskors pånyttfödelse genom begjutning med vatten. Yee.

Biskipar, smygvinkla till klippas rit! Sörvargosse, slack ut! Nuotabene. Den cellsynta utsikten från de tre Benns under den nakna himlen är på den andra änden, askträdsspjut din blixom på dunkel och sprängning, något att driva hem åm. De hade rests i ett pidigare århundrade, som en höna fina hönsburar och, om du kan ditt Bristol och har traskat på vagnvägarna och älvkrökarna i denna gamla kolvgamla stad, ska du liksom officielllt klottra en mental Peny-Knox-Gore. Huruvida de voro franklingar till namnet också har inte fullt ut bevisats. Deras avsikt är ett hushållsord och de charmerande detaljerna av ljus i mörker är fräscha från den feminiaritet som andas innehåll. O ferax cupla! Oh, sagopar. Den förste exploderaren som gör sina ablationer i dessa parker var förvisso den lycklige dödlige som monsterrättegången visade första dagen ut. Vad ska inte gammaldags papper, förhindrande bläckat med pennmarkering, skjut på, per stickprov, kuvertigt vacklande, när stil, stank och stigmataphoron är av en summa i samma person? Han kommer upp ur myllan efter att allt där Gamle Toffler kommer lufsandes utmedsnartors Panniquanne börjar uppvisa hennes säärskiljda talonger. Ivägusel omvandlare som stör till en rättsällan route för hans vanliga utterrock baksmällor, appellerad till av hennes dyra claddagh-ringar. Du bedrev den där pokern, spelfixning, förnämlig som aj gjorde, medan det var flickor på ön flores. Han må vara bucklig, nej, han må vara tjocklig men det finns alltid något saftigt beträffande, låt säga, en sjöman till häst. Så snart som vi säljer honom ingen vi utegångsförbjuder en övrrskning! Han förde tofatu på tal och detta är hur vi går från Missas till Massas. den gamla Marino berättelsen. Vi sannare sannar noterarfå demmade lyster tidigarigt magistrite maximjukasupp i lärd ludubilitet. Fakst. Tak af det där kloka huvet! Store syndare, goda sönner, är i själva verket Mac-Cowell familjens motto. Den behandskade näven (skrimmhandsker) intraducerades ideras fotbollsprästerliga träd inför den fjärde av den tolfte och det är till och med en aning udda alla fyra horoshyresgäster fortfarande gångandes återuppföra Jakob van der Bethel, smolkande bekom sin pipa, med Essev av Meddelarpostumien, som fastar ut sitt lånade varmhållningskärl, innan cymbalförlorar apostlarna vid varje timme av förändring. Det första och sista av aniversums skrimmelskrammel; när är ett nam inget ett nam närsom det är ett. Se upp! Hjältars Kungsväg där våra köttstyckare lämnar sina kukanden och varenda bob och joan ska fylla kofångarmarknaden. Det är deras segnal till gamle Champelysied att söka skuggorna av hans pensionering och för unge Chappielassies att vårdslöst driva omkring och reta sina partner kärleksmjuktkul på Finnegans Likvaka.

Och det är höghus hus. Thud u dud. Det mitt gräv pressade i ditt fula te. Gnugg av gammalt Gnigg. Nordirland, gnid mej prydligt. Jag baggar din börda. Mina är thina knän. Detta är Mej. Vi har fångat sig själva, Sveasmeas, i nåns orimlighet complex av hanovanpå skyndigt bröllop från vilka jag mest sublimbunaterar. U rsekt, min ängl! Avrätter. Åm fortfarane så smart. Medan åm till ti ti.

Ha!

Daggryningen grönskar i dåligningen. En sommarvinds vårhöstas, bedarrad. Hagel, regn av merkör, snöigt tillbadrags, dund blixtrande dund, svagunderstardat departamentsk vartut, snart hist, snart mist, till hothekullen från håligheten, Solsking den Försenade (försökt av den beundransvärde Fången Bunting och Loftonant-Cornel Blaire) skall förädlande dyka upp över Tumplen Bar varuppå han var mycket bejublad av Boergemester »Dyk» ddimma av Isoles, nu Eisold, ser högst plussad ut med (bevis 39) en daskad kapsylad solbubbla oackompanjerad från hans begynnade torso. Upp.

Blanchardstown tidningar försvarar kopilera. Nådigaste helt fantastiskt, häver mensy öveross! Ålderman Manbutton, ge dina bolare ledigt!

Det är bara en uppsynsism av denna vaghet av synlighet, märk väl, som överensstämts med av fukturolog vid Brehons Assorceration för befrämjandet av scayence därför att, min kära, omnämnandet av det i viskande ton, som i ren (som floskler!) essenesse, har det upplöst främligast du bara dräparen, de båda dragpe-rarna assisterare och de trenne dråpparna assessoer brödraskaper. Som är, naturligtvis, Onkel Arth, dina två småpratare från Niece och (kunjäkta en smula nu!) våra egna familjäriarer, Billyhealy, Ballyhooly och Bullyhowley, förvånade i en otillständig position av Sugurd Sigsrson Sfygmomanometer Sällskapet för blodlangare.

Riddarmer. Hamnvidtyne?

Ha ha!

Detta är Mister Irland? Och vid liv?

Aj, aj. Ja, ja, Aye, aye, boss.

Stenas skrik kyler ned det livsviktiga i att slumra ifrån modern har varit nöjd i gamla liderligheters skador, åtgärdare snart och snart, men Alinas röst glädjer den hjärtmusslehjärtade drömeriska för den där magiska mårrånen med sin tjing tjång autentiserad kaow laow mjölk myche bringar beckergröt, brygden med framtin i det. Sågjäst? Nodt? Njets, ja tror ja såg att minnas eller nåt sånt. En sorts tingliknande helt fatloggad sedan påminder den troligen ett bäcken eller nån sårts sedan rekvisitar en akutryggs fyrhörning med enavvinklad ohahnthenth en jäntadumågosa, liggande med hennes kungligtirländska övre skor bland de tjockalöven. Tecken är på av bara en gärd som forfarande ska bli ovanpå detta där när väl ett här var värld. När dagsljuset vecklade ut dem. I svartskickets vaka, Nattenden Sorte; närpå, hindlade fjord och hundlade fjärd, vakornas vecka är slut och över; som en veke vek vaknandes från orökneliga Ashiar till knivskarp kraft, temtem tamtam, Feniciern vakar.

Bortgång. Ett. Vi går bort. Två. Från sömn går vi bort. Tre. In i klarvaknandets warld, går vi bort från sömn. Fyra. Kom timmar, bli vårt!

Men ändå. Oh dyra, oh dyre! Och stanna.

Det var också angegrönt i vår cinegrej grepplös, turistande den ingen platslik ingen tidslikt absolent, blandar upp pettyvaughan fålkrik med magnummera herrskaper, lloydhårlga legoteater knarkhoror med boydflådda råttsvansar och goochklippta gwendoliner med duffyögda doloréer, likt så många osannolikor i sin usla kostym av det omögliga. Med Mata och efter vänligen med Matamaru och efter vänligen stopp med Matamaruluka och efter stopp gör vänligen med Matamarulukajoni.

Och enannanum. Ah, ess, språckligt arsle! Hankommer att längta efter Grogram Hrays. Och, Weisingchetaoli, han ska jämna ut sångare Spårvagnsnöje blir. Honblomman Rosina, yngre honblomme frukt Amaryllis, yngsta blomfruktsblad Sallysill eller Sillysall. Och hus med himmelstak ockupanter de är fortsättningsvis korsandes dess nationsstudinosa fönster, hetsjäktande sig själva, som stainglas på stenglas, inspeln ungliska Wynn's Hotel. Brancherd vid: Bullbeck, Oldboof, Sassondale, Jorsey Uppygard, Mundelonde, Abbeytotte, Bracqueytuitte med Hockeyvilla, Fockeyvilla, Hillewille och Wallhall. Hoojahoo managerar tingvikingen. Öbnar snart. När den uppgående solens budbärare, (se andra burspråk) ska ge till varje sebar en nyans och till varje hörbar ett skrik och till var och en show hans plats och till var och en happening hennes timförmiddag. Medans vi, vi väntar, vi väntar på. Hymn.

Muta: Quodestnunc fumusiste volhvuns ex Domoyno?

Juva: Det är Kettles Gamla Huvud puffar bort morgonens topp.

Muta: Han bore skämmas grunnligt för sig själv som röker inför sin höge värd.

Juva: Dies är Dorminus mästare och kommando illy tonskinka.

Muta: Diminusserad stjärna! Å ja kunde pegripa bland sammankomsterna vart de än går i process?

Juva: Khubadah! Det är Krysanthemländer med hans bonzos bärare, pompommy dunseduns, ghariwallahs, filmövrande de dödades slagfält.

Muta: Pongo da Banza! Å ja skulle förvissa mig om i druidansvärda spridningar ett stycke hög grabb står han ett stycke samma plats?

Juva: Skrymmande: och han är fundamentalt teosofagusterad över whästens förfarande.

Muta: Försteningsbus! O otäcke blossatill! Vem hans kukbrumningar nu bakrerexar underifrån memorialorumet?

Juva: Tro filmligt, tro! Fung! Fung! Kung! Kung!

Muta: Ulloverum? Fulgitudo ejus Rhedonum teneat!

Juva: Rolantlossligt! Till toppen på hans ziff. And the ubideintia of the savium is our ervics fenicitas.

Muta: Varför bara de supremaste leenden med sådan för en misstanke om hans regelbundna läppar.

Juva: Bitchorbotchum! Eebrydime! Han har hjälpt sin kråna på sitt burkeley köp men han har hålva sin krona på Eurasisk Genralissimo.

Muta: Skulkasloot! The twyly velleid is thus then paridicynical?

Juva: Ut vivat volumen sic pereat pouradosus!

Muta: Haven money on stablecert?

Juva: Tempt to wom Outsider!

Muta: Suc? He quoffs. Wutt?

Juva: Sec! Wartar wartar! Wett.

Muta: Ad Piabelle et Purabelle?

Juva: At Winne, Woermann og Sengs.

Muta: Så att när vi ska ha förvärvat enande ska vi gå vidare till mångfald och när vi har gått vidare till mångfald ska vi ha förvärvat stridsinstinkt och när vi har förvärvat stridsinstinkt ska vi gå tillbaka till en anda av stillande?

Juva: Vid ljuset från den ljusa årstiden vars dasgsslut till oss från det höga.
Muta: Kan jag få låna det där hänvisningstrotset från dig, gamle skräpskinn?
Juva: Här ärdet och jag hoppas att det är din avmaskning, Erinmonker!
Skjut.
Rytm och Färg vid Park Mooting. Peredos Sist i Grand Natural. Velivision victor. Dubbar nyttskede gaasmmeldax torv-krångel, erinarandes Winny Willy Widger. Två drag. Heliotrop leder från Harem. Tre snören. Jockey Uppreparen rycker Jake Våldtagaren. Hängsten och häftes snack.
Och här är detaljerna.
Tunc. Medmejmed, oxigt vampar tappanflod bobbar innanlår joss pidgin snubbe Balkelly, ärkedruid av irlish chinchinjoss i den hans heptakromatiska sjuhudade septifärgade rorangulgrönindiganna mantel avslutar han visatr utmed den hans her gäst Patolik med mässkjorta tillhörhonom den vars strup hum med av samtid all hans kaftan stönar snubbar av gråmunkefamiljen han snabbt all tid v ad tid alla honom munkakompisar med Samma Patolik, quoniam, talar, jo talar inte ingen man är frihet, han dricker upp ord, såklart, i morgon tills ska inte krya på sig, alla för många my cket illusioner genom fotoprismisk rotsegel av nyansfull panepifanal värld spektakurum av Hrren Joss, den av vilken zoantolitisk möbel, från mineral genom vegetal till animal, icke framträder till full upp tillsammans fallen man än under men en fotoreflektion av de flerfaldiga iridalers radationer av solljus, den som den delen av det (möbler av heupanepi värld) hade visat sig (del av päls av nyanspanwor) omöjligt att absorbera, medans för blod en ren – duxad siare i sjunde graden av visdom av Entis-Onton han smart innanför verklighetens sanna innerhet, Dinget hvad i sig själv id est, alla objekt (av panepiwor) allsida visade sig i sann kulöribus strålande med sexfaldig ljusgloria faktiskt bevarad, untisintus, insides dem em (obs av epiwo). Kverlava Patolik, stareotypoptikus, ingen fångst alla denna predikobok, utpiam, återtar i morgon sak även int är, medmejmed vampsybobsy fjärilstjurar toppsides joss pidginbisse Bilkilly-Belkelly säger knäskål, ontesantes, tvågånger hemhaltshälande, med andra ord betygsätta verbigratia från mummelulentus till striduloceleriös i en hunghoranghoangolisk tsinglontseng alltmedan hans förstådda hållbarhet, med minskande klaraktinism, förstärkationerade honom själv i kaloripcja till vision så pass genomsiktad, du angelägaste melankolik. Hög Dets Högts ÜberkUng Leary hans eldiga grässtillhörighuvud visar all färg av örtgrönt harsyreträd, återigen, niggerblonker, av den hans essexfärgade holmväxtakamgarns kostym den hans kompis saffransfärgade underkilt liknar samma nyans av kokade spenater, andra saker, frivilliga mutismuser, han inte tävlarpraktiskt den hans gyllene tvåbröstshalsring ser precislikadan grönkålscabbis, därefter, att skrida av och an negativistiskt, grönskande färdigtregntak tillhörahonom Exuber Hög Över Kung Leary mycket död, vad han ville säga, spott av sprutande överflöd massor med lagerlöv, efter att Allra Som

Högsta Ardreetsar Konungs befälhavar bulopenta ögon samma sak som timjan hackig på persilja, vidsidanomdetta, om passarherrn, nos undantränger dautung, sugglofabishospastorerad, emalj indisk juvel i felaktigt fingersmek av Höge Höge Siresultan Kejsare alla samma likt en andra olivlins, pålångsidanatt, med undesendas, kirikirikiring, violblå krigsvinst blåmärken av anletsnästan av Höjdar Stor Kaxigmaxi Sublissimin Autokrat, för att med rent nyansöverskott intensivt mättad en, enhetligt färgad, allomkringsides uppiochutned, mycket likt du serskåra chowchow av massormed sennacassia Puckel ruckel Vallendaen! Sukkot?

Punc. Storsiare, bryter den småsimte padren, vacklar ut det, en tumling att ta, skräphet att kalla sal och att kalla om säg är god stund, du stirr shrioskuro svartivittpaddyer, via this wis aposteriopromiskuellt apatatrofierad och paralogisk periparolysad, celestiell från rektoraste av Iros Irismans ruinvälsignelse potta innan, (för närvarande munkblinkares tidsblingade komplementärt mörkerblankerad i sina neutrolyser mellan den möjliga viridituden hos den som visar och helgonets troliga erubutbrott), som Mitt tappropinquiösa till Min torkamigsjälvs näsgrindar en handgreppskock av syntetisk sämskinnstrasa till hans hennes, ser-ut-somsådan fyra tre två överenskommelse orsakar hjärta att bli mäkta, spar till Balenoarch (han knäböjest) inför Stor Balenoarch (he går ned på knä) inför Störste Stor Balenoarch (han böjer ned knä en hel del), ljudet salsde sympol i en vidavägadwald av elddär solen in sin halo kastar. Onmen.

Detta var ting, bygutter, tinget, myrgräs, självaste tinget, Herre min Gud! Även till upptillkitt Bilkilly-Belkelly-Balkally. Vem var för att överrösta shattonen på Jeeshees lampa. Svettas på till stonker och slår sin sjua. När han skalar sina dunkande framsides funktioner benägen Sina Allrights hejhopp.

Thud.

Bra säkerhets eldlampa! Hyllade helioterna. Goldsels framdelsklump! Hallade dem. Förvirrad. Varest därpå himlavikt högt, trampatramptramp. Adjö. Per ye koomdoom doominoom noonstroom. Jomen prästluntor. Fulltbrum toowhoom.

Taawhaar?

Santer och soger, kalvar och kolvar, kungar och karlar, tält och smält.

Det har gått ilångtöver. Så för nu, dagkoppel. För idag. Att transfixureaskina. Tabernakelfest, scenopegia, kom! Skamarbete, var i vårt skinande! Och låt varje krisspar vara så krosskostnadsfria, små äggapåare, gula och mjölk, i ett långt mycket större pankosmos. Med ett hettigtskinksmakandes runt omkring. Gudstruce!

Ännu är ingen närvarande här som inte var här innan.

Bara order är ändrad. Noll är nollad. *Fuitfiat!*

Si, beröm av laurens orieliserar nu välsignandes när helgon och vis man har sagt sitt sagda.

Ett hölster av kaluptrösa skärmfjällhöljen hyllebladska Amenta: svampoösa flugfiliciella bydaddlars groblad; av tilltagande, livivorösa, känslofyllda tänkomalänkar; luxorijota – ting varendavaravvissna visserligen bland skallskrov och benhus – cystor av en vidavassväldevivilt när Ralf Återtagaren sträcker sig att käkrida så knutar hans knogar och hennes lår i söder; en kluklunk nedför de äckliga forums brakfester oboboomomkrin och du är lika målad och skinande ren som en regnbåge; bekransa skålen för att bli av med tarmen; ingen runkur, ingen klass hetgta, herrn; en röra i amullium; kloridkopp.

Hälsa, chalce, ändlösnödvändighet! Anländ, likkypuggare, i ett pek! Prakten hos de skräckslagna är olympiskt The folgor of the frightfools is olympically optimalt olycksbådande; det ska tvunget bli en lovlig dag för hägringar i det fria; Murnane och Aveling är förpliktade att plocka det där hornstenen: förutsatt att. Du måste laga den där brottsliga stranddräkten, sömmare. Du ska blasta port holm, skruddarmästare. Du måste fortfarande stiga upp för att döda (ingen särskild). Du står fortfarande beredd och gör som träff (privat). Vad dig beträffar, Jasminia Aruna och alla dina gillare, samförståndigt måste det bli av dig utvald om Monogyner hans äfr eller hennes Diander, det tuboösa, böjgärliga och honungsdöljiga. Ägd eller betakviga, ethel eller bindning. Mopsus eller Gracchus, alla dina horoditeter ska oupphörligenklagande komma tillbaka från Annone Wishwashwhose, Almstens Stuga, Dåån av Trummorna, rikligt med vithet och nattsänd hittad på, varenda artikel intvålad lämnande flera sköljningar så att varje sköljresulterar i ett dopp – farälder rolle, manschetter för mjuk och halsband för sjuk och en knut i pakterna för pjoskig. Förbira, förfader! För inget som är har fördärv. I sörjandetslund. Teman har timjan och vanaåterbränns. Att flamma i dig. Iver vigör förder order. Från antic var vårt liv är i möjligt att bli. Levererat som. Kaffirer och avlivningar och än en gång överallt, de anpassningsbart överleva liven som blåad, iorn och lagring kan göra dem. Vilkaoss alla påstår. Ren. Närastcleeps. Nära. Och herrgårdsbukten s kläppklipperklappar. Näxta. Dåsa.

Fennkänsla, finnvänsla, avtärd! Kavla upp dessa vida shorts. Det rosa hos hinken för tvärt ge. Kik. Stå upp för hårdvara och steppa in i stil. Om du smutsar, könshår, me prives. För nymanmaun sätta en rand för sammansmältningen av obegrepp, Tändning vann ett spel.

Vad har gått? Hur slutar det?

Begynn att glömma det. Det ska minnas sig självt från alla sidor, med alla gester, i vartenda vårt ord. Dagens sanning, morgondagens trend.

Glöm, kom ihåg!

Har vi vårdat förväntningar? Evi för genomgripandets frihet. Varförefter vad förevar? En enkeltplanerad liffeyism sammankomsters Eblanias konglomerade hord. Vid dämpat delta Deva.

Förgät!

Våran heltmullvadade möllehjulande en tetradomationell lusthuskrotikon

(»Mamma Lujah» känd för varenda skolpojke skandalledrare, är han så Matty, Marky, Lukey eller John-en-Donk,

autokinatonetiskt preförsedd med ett klapperkopplande smältverks sxprogessiva pro ess, (för bonde, hans son och deras hemtrevliga koder, kända som äggspräck, äggmix, eggbegravning och kläck-en-kluck kanna) tas emot genom en portal ådra de dialytiskt separerade element av prejudicerat sönderfall för myckenhusdjursavsikt beträffandes påföljande återkombination så att de hjälteerotiksimer, katastrofer och excentrisiteter överfört via det antika arvet från det förflutna; typ via sup, skrap via skräp, ord vid bord, med meningar av soldans, sedan Plooneys dagar och Columcellas när Giacinta, Pervenche och Margaret vinglade över det allt-för-makabra och illyriska och inumantiska i vår mutter nation, allt, anastamosiskt assimilerat och överidentifierat paraidioitiskt, faktiskt, samma gamla speldjärva adomiska sruktur hos vår Finnius den gamle Ene, lika högt laddad med elektroner som slampmässigt kan effektivisera det, måså vara där för dig, Cockalooralooraloo – mer eller mindre, när kopp, tallrik och gryta, som hett ska pipande ryta, lika säkert som honsjälv kärnar ut höna till papper och det är skrivning klottrad på ägg.

Naturligvis, så! Och i själva verket, så?

Kära. Och vi fortsatte vidare till Smutsdump. Högvördige. Må vi tillägga majestät? Nåväl, vi har uppriktigt sagt njutit mer än något annat dessa hemliga naturens sätt att arbeta, (evigt tack för det, ber vi ödmjukt) och, välan, var verkligen så förnekad av dessa ljus tid. Mukråttor som tar upp om väckarklockor de vill komma att känna för gott. På andra sidan ska molnen snart försvinna framåtblickande till en bra dag. Ärevördige Mäster Sarmon skulle de vara förstfödd som han var med tvåhänglad varppå och det var mellan Williamstown och Mairrion Ailesbury på toppen av långbilen, lika glatt vi rullade på , vi tror att han tittar på oss ännu som om gå bort i ett moln. När han vaknade upp i en svettig besidus var det för att benåda honom, goldylocks, har jag en airth, men han dagdrömsade vi hade ett loveligt ansikte för en dratillmin. Vi var tillbaka vid rycket av bearnstyrka, tillbaka i paladagar sist, på kanterna till det vingliga, mannen som aldrig placerar en drömn i byltet utan mjölk från en nationell kossa. Det var sländans punkt för mig som gav mig nycklar till drömland. Gympadojor i gräset, håll dig bort! Om vi skulle boka av alla dessa rötäggsskallar, viskare för hans boende, det mej kryper, nämligen, och deras bacon vad skadade smör! Det är margarsedd olja. Tunntunn tunntunn. Strängstligt är det förbjudet av det honorära tionde budordet att skall inte blotta full sötma för sin grannes knep. Vad dessa uppslemningar av grottdörren omkring dig, angeläget, (lögnerna kommer ut på dem fräknarfyllda) hade skammen att föreslå om vi nånsin kan? Aldrig! Så måtte det låga glömma honom deras intrångmot Molloyd O'Reilly, som krambäddat fann, nu om att stiga upp, det hjartligaste som Coolock nånsin! En nolla i noll Eirinishmhan, kallad Ervigsen av sin första maka. Må alla liknande tvivlare på vår oldham berättelse ha detta inbillade tillägnande! För ett rör med en vridning eller en åkersnigel i Hibernia metall vi kunde släppa ut och, med jingar, skulle någon göra carpus av någon med den största förnöjelse för privat skytte. Och i överträdelse av konstansen till kemiska kombinationer icke tillräckligt av alla de slåttrar av honom lämnat för Peeter den Plockande för att göra deras trei sjuliga femlar hos ut från av en man. Gott vete! Hur deligiöst för de tre Sulvanerna av Dulkey och vilket säljpriseget de båda Peris av Monacheena! Socker av bly för kloras askkopp! Fred! Han besitter från barndom den högsta bundenhet för våra privilegierade betraktanden nånsin heltäckande hår på bröstet, hampar och påsar under ögonen i fullföljande av försäljerskors tillgina sällskap. Hans verkliga hängivna. Slingrande reptiler, se upp! Medan vi exvindil all sådan betänkande snigger. De är pestitutioning hela tiden aldrig med status vi helt enkelt är överens om kommittén för nöje! Eller kunde ovanstående bringa under samma varsel för det att vara möjlig att bli sedd.

Beträffande den där koeogenerelle hunnen och hans kunnande om storleken på en äggkopp. Först var han vid ett tillfälle en smygman och därefter avskedade Cloon honom via skitsnack. Var vis man om korv! Strutistiken visar med hans hicka av tebord det gamla företagets fetspottare är måste ätenigt uppskattad av metropolianer. Medans vi skulle vilja fästa uppmärksamheten till vår Wolkmans Komsensations Akt. Magneter i vår mitt har knuffats på av ett överflöd av fallskärmar. Satte taltillåtelse ett dåligt föredöme för det militära så vitt vi vet i tron att det bästa av vår tro i den tidigaste önskan den i sinnet var lindringen av kungens ondskor. Och hur han trappade upp steget efter dess gångarts kraft. Hans jättestatus av okändman. Ingen brad vilja vaska vattig veta heller! När du väl är balladsäker är du ogenomborrbar till haily, isig och missilplågor. Ordning nu innan vi når Ruggers Rush! Då vi nu måste sluta hoppas till Saint Laurans allt i det bästa. Moral. Mrs Stores Humphreys: Så du förväntar dig problem, Pondups, från den efterfrågade inhemska efterfrågan? Mr Stores Humphreys: Precis som det är ett bra i till och med, Levia, min kind är komplett blank. Lod. Mening: en två tre. Finckers. Upp genom bakslangen av tsarer. Varpå vårt bästa igen till etthundraelva pluuss tusen och en annan välsignelse ska nu slutbehandla dessa epostlar till vår största vänligast, nå, vid problem vi tog. Vi är alla hemma i gamla Fintona, tack Danis, för vårsjälvsak, att hemskaste av husobligationer, ull hjul vara sann mot kärleksskick så länge som vi har en fickla full med mässing. Omöjligt att minnas personer på positioner osannolika att glömma. Vem skulle skala av sitt huvud för att frambesvärja en, tja, särskilt gemen stinker likt drift med bröderna Foon MacCrawl, mysteriemannen bland fläskmartyrerna? Kraft i giddersh! Tomothy och Lorcan, hinken Toolers, båda är Timsons nu har de ändrat sina karaktikuler under deras mörkläggning. Conan Boyles ska knuffa de dagliga liven ut genom honom. Om de är korrekt informerade. Musik, gammalt halmstrå, snälla! Vi ska märkesrepetera. Fånga! Man måste helt enkelt skratte. Fånga honom åldrandes. Bra slickar. Nå, detta borde väcka honom att städa. Han vill ha allt sitt raseri Magmördare att klä om sig. Gilly i gapet. Den store elake gamle utspredde helt yttrande foon! Har nu färserat sista pudding. Hans jordfästning ska knycka plats klockan kalla kårar toosdag. Knugen ska komma. Också bryggbira. Pennor bilder vid Manchem Hus Hästgarde visat i Morgon post som transskriberat från Boston. Kvinnligt ska bli dominerandes från tjugoåtta till tolv. Att höra denne älsklingspräst, om fallet, om ett vrål gentlekarl, hälla upp fortsatta morakler. Glöm inte! Den stora begravningen ska nu inträffa snart. Minns. Kvarlevorna måste bortföras före exakt klokan akta. Med uppriktigt uttänkta hopp. Så hjälp oss att vittna om denna dag till hand i sömn. Från av Mayasdagsad mest plikttrogen.

Nåvälan, här är text du felaktigt beträffande andra klerikala fynd härmed påstådda. Jag önskar jag vore den där dumme pågen och han skulle önska det var mej där borta häl. Vad sägs om det? Den skönaste sången i världen! Vår gestalt som en ung person har från första början blivit mycket beundrad med inhemska kopparlockar. Hänvisade till Gifta Kvinnors Felaktighets Akt målar en korrespondent ut att Swees Aubumn mode hänger ned i rak passform till hennes oskyldiga ögon. O, feliciöse coolpose! Om alla MacCrawlar bara skulle hantera jungfrur som Rustningar, Ltd! Det är andpenning för girdlar! Strunt i Micklemans! Snacka oss i stället! Rackaren med påvens hustru, Lily Kinsella, som blev hustru till mr Gympaskor för hennes goda namn i händerna på den kyssande advokaten, ska nu engageras i uppmärksamhet. Bara en princh för i kväll! Bleka magar vår milda kur, tillbaka och strimmig niotaktare. Dimmorna utanför Bullys Tunnland hade Sully fått upp. Boots körfält Brigad. Och hon hade en viss medicin hämtad åt'na i en legitimiserad krogvärds flaska. Skam! Trefaldig skam! Vi har rekommenderats det vaxartade är för närvarande på Sweeps sjukhus och han kommer kanske aldrig därifrån! Se bara igenom ditt smyckeskrin en dag P.C.Q. vid 4.32 eller vid 8 och 22.5 med en liter klyftor mästare och kontorist och flockbummet hos Marie Reparatrisen för en bra allsidig sympulverick rensning, full utsikt, för att vara säker medprisad att se under den stora flygeln Lily på soffan (och en dam) som drar en låg och sedan började han hoppa en liten smula för att upptäcka vad som pågår när kärlek vandrar in vid sidan om det angelögna geschäftet genom kyssning och titta in i en spegel.

Att vi inte behandlades särskilt stort när polisen och alla böjer sig för oss när vi går ut i alla riktningar på Wanterlond Road med min cubarola rutsch? Och personabligt sagt, de kan ha sina älskare till min älg, som Hillary Allen sjöng till opernnio riddare. Artikel, vi var aldrig bundna till en stol, och, rtikel, ingen änkling huruvida hursomhelst följde oss omkring med en gaffel på Tacksmädelse Dagen. Möt en stor civilist (stolt lever till honom!) som är mjuk som en champinjon och en mycket påverkbar när han alltid sitter mittemot oss för sin väta till alla som det kan beröra är Sally en gangster från allt han druckit fast han är en skramlande fin skomakare till sitt yrke. Skulle vi härefter härbergera våra klagomålmot sergeant Laraseny i konsekvens med vad i såna mått och steg tagna hans hälsa skulle vara konstabelt bruten till en keramikers pissdans som skulle bli hans livs förändring av en Nollwelshare som har blivit oxbelagd utifrån krispendom.

Nåväl, våra samtal ska komma att återupptas i from av mer belevad konversation med en hundert persent mänsklig över välbehags naturliga bästhet efter hans goda fåtaliga sejdlar av humbedumb och ragg. Medans för vem som än gillar den däringa urogynala kakformen en per styck är det tack, älskade, Adam, vår tidigare förste Finnämnde och vår speceriaste kyrkoherde, enligt Grippiths varuationer, för hans vackra korsmässiga paket.

Nå, vi gillar helt enkelt deras demba kinder, Rathgarrierna, härstädes vaggandes omkring rytmer i mig bedövad och han lika besvärad som han pöjligen kunde av hampty damps fall. Certifierade reformerade människor, kan vi lägga till denna scen, är trotsligtvis sägandes att ganska angenämnt dööv. Här ges du svar, grisar och knäböjningar! Därav har vi levt i två världar. Han är en annan hanvad som står under holthets himp. Bogträberömmelsens justuppväckt är hans verkliga samnamn som ska få honom själv upp och upprätt, självsäker och heroisk när dock, ung liksom gammal, för mitt dagliga komfräschenella, ett kiss man uppvaktar.

Alma Luvia, Pollabella.

P.S. Soldaten Rollos älskade. Och hon är nästan trött nu på blandade rim. Och försedd i kungliga gemak med stiligheter. Paltor! Utslitna, Men är fortfarande sitt jungmansjags bärnsten också.

Mjuka morgon, stad! Lsp! Jag är lummiga Liffey som gistet talar. Lpf! Felaktig och felaktig varenda natt har fallit på för mitt hårs längd. Inte ett ljud, faller. Läspn! Ej vind ej ord. Enbart ett löv, bara ett löv och därefter löven. Skogarna är alltid kärleksfulla. Som vore vi i deras sötnosar. Och rödhakarna i flockar så. Det är för mig ett gyllne bryllupp. Om inte? Bort! Stig upp, hothers man, du har sovit så länge! Eller är det bara meslimer? På din grubblande handflata! Tillbakalutad från krage till fot. Med pipa i skål. Tredje timmen för en fifflare, sjätte timmen för de uppsluppna, inget för en kung Cole. Res dig nu och stig upp! Novenorna är över. Jag är Liffery, din gyyllene, så kallade du mig, må mig leva, ja din gyyllene, silvra mej loss, överdrivare! Du dreglade så! Jag skämdes så. Men det finns en stor poet i dig också. Stoute Stokes skulle ta sig fruktansvärt. Så har han likt tråkat ut mig att sjunka samman. Men jag mår bra och har vilat. Tack vare dig, toddy, ta nye! Yawhawaw. Min hjälp kommer, hjälpares vin. Här är din skjorta, dag ett, kom tillbaka. Din släkt, din krage. Också dina dubbla arbetsskor. En tröstnapp också. Och här din overall och alltiddestomindre ditt parapl. Och stå rätt upp! Rakt! Jag vill att du ska se ut fin för mig. Med ditt splitternya stora gröna bälte och allt. Blommande i själva lotusen och som ingen annan, Knopp! När du är i den knäppta skjortan Rosorisaronaler nära stod upp för dig. Femtiosju och tre, batong, med bucklan. Börsstolte Alby med sin stackarsaaron, Eireen, de ska. Stolthet, komfortighet, avund! Du får mig att tänka på en mirakeldäckare jag en gång! Eller somt likt den där sejlårn, den megalante mannen, med de banglade öronen. Eller var han en jarl, vid Lucan? Eller, nej, jag menar den irenske hertigen, Eller någon annan från de Mörka Länderna. Kom och låt oss! Vi sa alltid att vi skulle. Och resa utomlands. Kanske till landet Rathgreany. Flickbarnet är fortfarande fast. Det är ingen skola i dag. De där pojkarna är så motstridiga. Rektorn är själv oroad. Hälproblem och helanderesa. Gälliver och Gulliver. Såvida de inte ändrar sig av misstag. Jag har sett motsvarigheter i ett ögonblicks blinkning. Som. Så ofta. Sim. Gång på gång. Sehm Asnuh. Två brödder lika olika som norskar i bastu. När en av honom suckar eller en av honom skriker så har du allt över dig. Ingen frid alls. Kanske det är dessa två gamla tanter som håll ut dem mot sjösidan. Konstiga fru Tillräckligtsnabb och udda fröken Doddgrus. Och när dessa två har haft några få bra finns det inte mycket mer smutsiga kläder att visa upp. Från Laundersdale Minssions. En kille googlande den helige gossens sjungenbibliskssak och denne grabb kissade på sig. Du var nöjd som Punch, reciterandes krigserfarenheter och genomträngande orationer för gapande dublinfyllon. Men efter denna natten, var du helt hönsynslös! Bad mig att göra si och så och det andra. Och struntade i mig, krama Judsys, vad skulle du inte göra för att ha en flicka! Din önskan var min vilja. Och si, som en blixt från klar himmel! På samma sätt som också jag. Men henne, vänta får du se, Ivrig att välja ligger till vänster om hennes skugga. Om hon bara hade mer av en sammanförares kvickhet. Hittebarn gör rymlingar, rymlingar går vilse. Hon är alltjämt lika glad som gricker. Det skulle vara ömt om det ledde till sorg. Jag väntar. Och jag väntar. Och om sedan allt går. Vad som sker är. Är är. Men låt dem. Slaskigt hoppahagande och den sluskiga slampan därtill. Han är för dig vad hon är för mig. Förföljt dig runt vik och hamn och lärt mig talets piffigheter. Om du spann dina skrönor för honom på svischbarkens vågor stavade jag mina trånader till henne över pepparkakshus. Vi tänker inte störa deras slumrande plikter. Låt kvastar bli båtsmän. Det är Fenix, älskling. Och flamman finns, hör! Låt vår resa till SaintoMichael göra det. Eftersom löselden har förlorat och boken om djupet är. Stängd. Kom! Kliv ut ur ditt skal! Håll upp ditt fria fing! Ja. Vi har tillräckligt med ljus. Jag tänker inte ta vår ladys lampterna. För dem fyra gamla pratkvarnar med Kastvindssagor att blåsa på. Varken du din ryggsquaw. Att få ut alla dannymannar efter dig på fotvandring. Sänd Arcturus att leda oss! Isma! Sft! Det är den mjukaste morgon jag någonsin kan minnas mig. Men hon kommer inte att duggregna, vår Ilma. Ändå. Tills det är dax. Och du och jag har gjort vårt. Drumlarnas sönder vann spelet. Ändå tar jag mig uggamla Finvara över mina axlar. Öringen ska bli så fin vid bäckfisket. Med ett drag av rultighet från Blugpudlar efteråt. Att mana fram Tay-flodens tang. Äst tu glad åt en tupplurad barnaskara? Havremålsvända, allt ut ifrån yllepallarna! Och då alla de gatukökiga unga koppkuporna som trängs kring oss, klumpar sig för att få sina krämer. Gråtande, jag, fullvuxna syster! Är mig inte verkligen? Lst. Endast men, det finns ett men, du måste köpa mig en fin ny gördel också, Nolly. Nästa gång du går till Market Norwall. De säger alla att jag behöver en sedan den från Isaacsens slappade sin linje. Mrknrk? Fy estthu! Kom! Ge mig din stora björnlabb, pater avilky, tok en miny tiny. Dola. Minnittioigathandpålägg, på flödenas språk. Det är Jorgen Jargonsen. Men du förstod, nodst? Jag visste allt av dina klarheter och skuggor. Sträck ner. En smula mer. Så. Dra in ditt spjut, Hett och hårigt, hugon, är din hand! Det är här som falskhet begynner. Slät som en lumpenheter. En gang sa du att du blivit brand i is. Och en gång var det kemisklett efter att du tog en livshet. Kanske är det därför som du höll din krage som om. Och folk tror att du missade byggnadsställningen. Bort föll design. Jag sluter mina ögon. För att inte se. Eller bara se en yngling i hans blomning, en pojke i oskuld, som skalar en gren, ett barn vid sidan om en lite vit springare. Barnet vi alla älskar att sätta vårt hopp till för alltid. Alla människor har gjort någonting. Det är tid för dem att komma till et gamla skottets tyngd. Vi ska älska det. Så. Vi kommer att ta vår promenade innan tiden då de ringer de jordiska klockorna. I kyrkan vid likbilsgården. Pax Goodmens vilja. Eller fåglarna börjar sitt trädstirmiga gräl. Se, där dina av, hög på hög! Och ooshes, sköna goda lycka de kraxar dig, Coole! Du förstår, de är lika vita som den rämnande snön. För oss. Vid nästa petersval ska du lockas fram eller jag är inte din framgångsrike muta. Kinsellakvinnans man ska aldrig reducera mig. En MacGarath O'Cullagh O'Muirk MacFewneys sokadoodlande och svepvärksepande runt Trumpeternas Fjorn na Gallas loge! Det är som att konservera floden Po till ledning på byrån eller tämja Onkel Tims stuga fram mot Viker Örns ögonbryn. Inte särskilt stora steg, huddy foddy! Du krossar mig antiloper som jag sparat för så länge. De är Penisförstorare. Och båda godiaste skoskor. Det är knappast Knuts kilometer eller sju, pungråttetofflor. Det är myc let bra för hälsan på morgonen. Med Buahbuah. En vänlig rörelse runt omkring. Som fritidssteg. Och hjälpdigsjälvtillflaneringen kurerar lätt. Det förefaller så länge sedan, åratal sedan. Som om du hade varit länge långt borta. Långtbårtidag, långskräckinatts, och jag som med dig i murkret. Du ska säga mig nån gång om jag kan tro allt detta. Du vet vart jag för dig? Du minns? När jag sprang bärplockandes efter hucklebär och hagtorn. Med dig dragandes ut storartade ändamål för att hassla mig från hängmattan med din slunga. Våra rop. Jag kunde leda dig dit och är fortfarande hos dig i sängen. Låt oss gå dutc till Danegreven, nos? Inte en själ utom vi skälva. Tid? Vi har massor på våra hängare. Tills Gilligan och Halligan kallar igen till huligan. Och de övriga pistolerna. Sulligan åtta, från vänster till höger. Olobobo, du sluga theagues! Moskorerna tänkte bolla ut dig. Eller Skog Enhörningarnas Mästare,

Asful Kapten, från Naul, sluddrar upp vid dörren med Ärevördige Whilp och Pastor Poynter och de båda Lady Pagets från Tallyhaugh, Ballyhuntus, i sin gåttäta plundrande hattar för att lyfta ett härärhälsa till sin robust, Kronhjorten, alltid Carlton hårt. Och du behöver inte bjucda ut med din raring och din plikt, capapole, medan de räcker honom ett glas han aldrig börjar att avsluta. Klappa denna vishet på ditt val och stoppa det här i ditt öra, slingrare! Skönheter svarar inte och de rika betalar aldrig. Om du vore den förstorade skulle de skrika dig nyanserat, Heathtown, Harbourstown, Snowtown, Four Knocks, Fleming-town, Bodingtown till Ford of Fyne vid Delvin. Hur de hyste dig till hus efter de platoniska kransarna! Och allt för att, frigjord från sina reflexer, hon tyckte hon såg Ericoricori coricome jägarsnygging med sina tre tjuvskyttesdhundar kopplade till honom. Men du kom fram oskadd. Nog med denna Homerus hörna! Och gammalt mutter-skvaller! Vi skulle kunna kalla på den Gamle Herren, vad tycker du? Det är någonting säg mig. Han är en hygglig en. Likt ställningen och en mäkta som föregick honom. Och en proper gammal udde. Hans dörr alltid öppen. För en ny tids dag. Mycket som ditt egna är. Du faktuerade honom föra påsken så han borde ge oss hocklocklar och allt. Kom ihpg att ta av den vita hatt, eeh? När vi star inför. Och säg näsuddigt! Hans är lagars hus. Och jag niger min mest graciösa artighet. Om Ming inte bugar för mig hövligt min egna bugnings släp till Mong Tang. Ceremonialhet att stå lägsta plats är! Sägandes: Vad ska du ta att länka till ljus en gädda på tumlare, please? Han kunde dubba dig en rustning eller också adla dig den första billiga ungernremmen. Kom ihåg Bomthomenny vim vam från Hungern. Och jag blir dina örons ögonhet. Men vi till ingen nytta. Rena fantasier. Det ligger i slottsluften. Mitt vinbärsbröd är fullt med idiotmottokraft. Avskild är tillräckligt. Vi kan ta eller lämna. Han läser sin ångest. Du kan säkert vår väg härifrån. Floras väg. Där vi en gång ledde så många bilpar har blivit fulla sedan dess. Kopplaka! Att ge Shaughnessys märr hennes livs högsta berg. Med henne sTrelldeburg – ghers! Hnmn hnmn! Den steniga vägen smyckande. Vi kan sitta oss ned på det ljungprydda bennet, jag på dig, i stillsam omedvetenhet. För att avläsa uppstigningen. Ut från Drumleek. Det var där Evora sa mig jag hade bäst. Om jag någonsin. När månen har gått ned på morgonen och är borta. Över Glinaduna. Lonu nula. Vi själva, vara själar ensamma. På platsen för frälsning. Och betrakta skulle brevet du väntar ska komma kanhända. Och gå iland. Det beder jag för vara mina drömmars huvudsak. Att repa det och lappa det som med en påminnelse från en lärobok. Och vad för skrift av knaskonskaper jag själv plockat upp. Varje brev är ett hård men ditt är säkert det hårdast kruxet nånsin. Hacka en yxa, haka en oxe, have en ann, tröst hans ences. Men en gång gjort, genomfört och givet, tattat, du är satt på kartan. Uppfostrad på drömskräp från Maston, Boss. Efter att ha rundat sin värld under antikens dagar. Körd i en Cadillac eller krokad och korkad. På hans rytandes yta. När vågorna ger upp ditt myllan må för mig. Ibland då, ibland där, jag skrev hopp och begravde sidan när jag hörde Din röst, rodderi tunnare, så högt att ingen utom, och lämnade det att ljuga tills en torkad frukt kommer. Så nöjd med mig nu. Lss. Obyggd och bli byggn vår bankalån stuga där och ska sambo respektabelt. Gulvita blommor, skit, för Medum, mig. Med akut Babel runttorn för att upphacka och snabbtitta där sternorna finns. Bara för att se skulle vi hora hur Jupiter och Peer Gyntar talar. Mitt bland Solness. Tilltop, stormästare! Klättra till toppen! Du är inte så yr numera. Hela din grundplanering och det lilla den förde med sig! Irriterad, när du hissa oss och dumpade, när du plumsade oss! Men inte en av mig bryr sig det minsta om, abraham pompa portriark! På genomskinlig flodbank har jag gjort mig ett hem. Park och en pob för mig. Bara du inte startar dina jippon åsneöronlånga år från i går igen. Jag kunde gissladdra till hennes namn som lärt dig att en, Tefnut! Fräck bättre ta tillbaka ord. För sinnfinnarnas kärlekar. Inför det nakna universum. Och Bailbyns smickrare sköljer sitt öga! En av dessa fina dagar, fräck samlare, måste du redoforma igen. Välsignad vare barn Martin! Mjukt så. Jag är så utomordentligt nöjd med den underbaraste klädsel jag har. Du kommer alltid att kalla mig den Liffey-aste, eller hur, älskling? Wonderfull Gamle Gosse! Och du ska inte urb skräpa parfylm till mig, oljad med Kolooney, med en fläck av likör. Sm! Det är ett alpint smil från Yesthers sena Yhesters. Jag är i varjeryck vattenkrassedoft. Även i Howth näsa.Medeus condignus! Ensaga om entunna. Store gamle marodör! Om jag visste vem du är! När den där harpan från luften sa det var kapten Finsen som komplimenterar och var meget pressande för hans kostym sade jag är du där här är ingen här bara jag. Men jag nästan föll av traven med prover. Som om du färgar bevingade klangting till mitt höra. Är det rätt vad din brodermjölk i Bray berättar distriktet du var skrytsamt uppfödd av Borstal för att dina föräldrar alltid skulle ramla ner i hans eldstad och förlora hennes pingstkostnader efter att ha druckit sina löften? Hurusomhelst, du gjorde mig fin! Den ende man som nånsin var känd kunde äta det klämda ur humrar. Vår infödda natt när du två gånger tog mig för någon Marienne Sherry och sedan din kusin Jermyn som signerar hennes med fdar och lösskägget jag fann i din Clarksome väska. Faraops du vill leka du är Aeskpps kung. Du gör sannerligen det mest kungliga oväsen. Jag ska berätta för dig alla sorters makeup tips, farlige främling. Och visa dig varje enkel storyplats vi passerar. Cadmillersfolly, Bellevenue, Wellcrom, Quid Superabit, villities valleties. Byt tallrikarna för nästa potatisrätt. Spendlove är fortfarande där och kanon fungerar bra och det gör också Claffeys vanor som åtager sig och vår församlings pompa är en storartad garant. Men du måste fråga om samma fyra som nämnde sig alltid myser i dina barsalonger, och säger att de är de bästa relikterna efter Conal O'Daneil och skriver Finglas since the Flood. Det är en sorts kungligt arbete under arbete. Men den är via denna rutt som han kommer nån gån i morron. Och jag kan signalera dig all flinta och ormbunke som prasslar där vi går fram. Oc h du ska sjunga tumme ett tag och sedan visa din lax på den. Det är allt så ofta och fortfarande samma för mig. Snf? Bara gräs, kära Veke! Clane gräs. Du har aldrig forgätit slag på gräs, har du, vid Broins kaninhåla, va? Mch. Varför kom dom däringa champinjonerna upp under natten. Titta, ågräs av tak i församlingar. Dome i dam, dimma i dym. Och en huvuddel för olympier att leka på. Ta't lunkt, coolossus! Försiktig med dina steg eller du knockas. Medan jag slipper soptunnorna. Se vad jag fann! En linsärta. Och titta på det här! Detta kära lilla frö. Söta småttar, min finting, var de illa älskade överövergivna av helavida värld. Granntomter för nyastan. Eblana Magna du vara dunkelhöll uppdykande ur dumskalleblött. Men alltjämt samma sitta. Jag har sörplat så länge. Som du sade. Det tar rättvisa. Om jag tappar andan en eller två minuter, så kom ihåg, tala inte! Det hände en gång, så det kan hända igen. Varför är jag alla dessa år inom år i soffran, alltbetrott. Att gömma tåren, den avskildna. Det är att tänka på allt. De modiga som gav sitt. Mässan som bar. Alla dom som är gångna. Jag börjar igen inom kort. The nik of a nad. Så glad du blir att jag väcker dig! Åh! Så bra du känner dig. För alltid framöver. Först vänder vi oss via vagurinen och sedan är det bättrare. Så sida vid sida, vända agate, bröllopsstad, Lundubs högljudda män! Jag hoppas bara att hela himlarna seoss. För jag känner att jag i alla fall är nära att svimma. Ner i djupen. Annas kärlekssömn. Låt mig få luta mig, bara ett lut, om du låter, bågsträngsstarkt stor – tider. Allaflickor e skit. Ibland. Så. Medan du är obeveklig alltid. Wrhps, den där vinden som om från ingenstans! Som Apophanypes natten. Hoppst skottst bultst i min mun likt en båge och pilar! Lashlanns Ludegate, hur örfilar han inte mina kinder! Se sjö! Här, damm, räckvidd, holme, bro. Varest du mötte jag. Dagen. Minns! Varför där det ögonblicket och bara oss två? Jag var bara tio, en skräddardott. Malligkostymerna var som alltid framhävda, säkert honom, han var mig lik en modefluga. Men det flottaste skrytsamheten från Shackvulle Strutt. Och den häftigaste knäppskallen någonsin som följt ett trånande barn runt ett slipprigt bord med en gaffel full med fett. Men en visslarnas kung. Scieoula! När han stöder mig atlas mot sin gås och tänder våra två stakar får våra singerars duon på symaskinen. Jag är säker han sprutade saft i sina ögon för att få dem att blixtra för att skrämma mig. Ändå och han var hemskt snäll mot mig. Vem vill nu söka för Finn Mig Färger på Heklafjällets bergsbranter? Men jag läste i Fårtsättningföljer att medan bubblor blåser där ska det fortfarande bli sälskare. Det ska bli andra men ingen så för mig. Ändå visste han aldrig vi sett oss förut. Natt efter natt. Så att jag längtade att gå till. Och fortfarande med allt. En gång stod du framför mig, ganska skrattande, i dina knallande bruna moln av förgreningar för att fläkta mig kall. Och jag låg lika still som en mossa. Och en gång rusade du på mig, mörkt rytande, likt en stor svart skugga med ett skinande stirr att spetsa mig rått. Och jag frös upp och bad om tö. Tre gånger sammanlagt. Jag var allas kelgris då. En prinsduglig flicka. Och du var trosormammas Vulking Gotisk Korsett. Föreställningen om Indelond. Och vid Terror, du såg så ut! Mina läppar blev likbleka för från fruktans glädje. Som nästan nu. Hur? Som du sa hur du skulle ge mig mitt hjärtas nycklar. Och vi blev hopgifta tills delningen skeljer åss åt. Och fast döden skiljer oss åt. O min! Bara, nej, nu är det jag som ska ge. Som du henne själv jorde. In this linn. Och kan det bli det är nnu ffarväl? Illas! Jag önskate jag hade bättre blickar att plira på dig genom detta växande hamnljus. Men du förändras, acoolsha, du ändras från mig. kan jag känna. Eller är det mig är? Jag blir förblandad. Lyses upp och tätnar ner. Ja, du förändras sonmake, och du vänder dig, jag kan känna dig, för en dotterhustru från bergen igen. Himla maya, Och hon kommer. Simmande i min bortersta fukt. Djävulstagning på min svans. Bara en visp frisk fiffig pigg fink smisk spurt av en därsomär, dåliggörs. Saltarella ko m till hennes stad. Jag beklagar ditt gammeljag som jag var van vid. Nu ären yngre där! Försök inte skiljas! Var lyckliga, kära ni! Jag har kanskle fel! För hon ska bli söt mot dig som jag var rar när jag kom när jag kom ner ut ut mon moder. Min stora blåa sängkammare, luften så tyst, knappt ett moln. I frid och tysthet. Jag kunde ha varit uppdärför allyid bara. Det är något som fattas oss. Först känner vi. Sedan faller vi. Och lät henne regna nu för min tid har kommit. Jag gjort mitt bästa när jag släpptes. Tänker alltid om jag går går allt. Hundratals bryr sig, ett tionde av problem och är där en som förstår mig? En enda under tusen år av nätter? Hela mitt liv har jag levt bland dem men nu har de blivit leda med mig. Och jag avskyr deras små varma trick. Och a vsky dem betyder trivsamma vändningar. Och allt det snikna väller ut genom, deras små själar. Och allt det lata väller ned över deras pråliga kroppar. Hur litet är inte allt! Och jag låtsas alltid om för mig själv. Och trallar på hela tiden. Jag trodde du helt igenom glittrade med den ädlaste av ekipage. Du är bara en bonnlurk. Jag trodde du var stor i allting, i skuld och i ära. Men du är bara en ynkrygg. Hem! Mitt folk var inte deras sort ute bortom där så långt som jag kan. För allt det djärva och dåliga och dumma och beslöjade de beskylls, sjöhäxorna. Nej! Inte för alla vara vilda danser i all deras vilda larm. Jag kan se mig själv ibland dem, allaniuvia pulchrabelled. Hhur stgilig hon var, den vilda Amazia, när hon skulle gripa till mitt andra bröst! Och vad hon är underlig, malliga Niluna, då hon vill rycka från mitt egna hår! För det är de äro de stormigaste. Ho hang! Hang ho! Och vara skriks krock tills vi störtar upp för att bli fria. Auravoles, de säger, bedakta aldrig ditt Ödslig i min övergivenhet. För alla deras fel. Svimmar jag. O bittra slut! Jag rinner bort innan de är uppe. De ska aldrig se. Varken veta. Eller sakna mig. Och det är gammalt och gammalt är sorgligt och trött går jag tillbala till dig, min kalle fader, min kalle galne farofyllde fader, till själva hans storleks närsynta, dess mojlöst mojlösa, klagansklagande, gör mig sjösilat saltsjuk och jag rusar, bara jag, i dina armar. Jag ser dem höja sig! Rädda mig undan dessa hemmska spiror! Två till. Entvå meramän mer. Så. Adjö nedströms. Mina löv har drivit ifrån mig. Alla. Men ett hänger ännu med. Jag bär det på mig. För att påminna mig. Lff! Så mjuk denna vår morgon. Ja. Tag mig med, taddy, som du gjort under leksaksmässan! Om jag sett honom slå ner mot mig nu under vita utspridda vingar som om han kom från Arkangelsk, tror jag jag skulle dö ned under hans fötter, ödmjukt sjömjukt, bara för att vaskas upp. Ja, tid. Där är var. Först. Vi passerar genom gräs behyschar busken å. Önskan! En mås. Måsar. Avlägsna lockrop. Kommer, långt! Slut här. Oss sedan. Finn, igen! Tag. Bussoftlhee, mememormee! Till tusenenddig. Lps. Nycklarna med. Givna. En väg en sam en sist en älskad utmed

Paris
1922–1939

Sigtuna – Västra Alstad
1954–2021

www.ingramcontent.com/pod-product-compliance
Lightning Source LLC
La Vergne TN
LVHW010306200726
843507LV00010B/1172
* 9 7 8 9 1 8 7 6 1 9 5 6 4 *